Das Buch

»Als es dann ernst mit uns wurde, verlangte sie meine Taufe ... Das bißchen Wasser, dachte ich damals, kann dir ja wohl nicht schaden —« Wider Erwarten hat das Erlebnis der Taufe den Juden Belfontaine, einen angesehenen Kaufmann in einer rheinischen Kleinstadt, zutiefst erschüttert und eine konfliktgeladene Auseinandersetzung mit dem Christentum ausgelöst ... Der vorliegende, unter schwersten persönlichen Belastungen in den Jahren des Schreibverbots ab 1936 verfaßte Roman ist Elisabeth Langgässers literarisches Hauptwerk. Ein religiöses Bekenntnis, in dem sie der Schuld des einzelnen die mächtige Kraft der Taufe gegenüberstellt — das »unauslöschliche Siegel«.

Die Autorin

Elisabeth Langgässer, geboren am 23. Februar 1899 in Alzey, war als Lehrerin und als Dozentin für Pädagogik tätig. Von 1929 bis 1948 lebte sie in Berlin, wo sie dem Dichterkreis um Oskar Loerke, Günter Eich und Peter Huchel angehörte. 1936 erhielt sie als »Halbjüdin« Schreibverbot. Nach dem Krieg kehrte sie in ihre Heimat nach Rheinhessen zurück. Sie starb am 25. Juli 1950 in Rheinzabern. Postum erhielt sie im gleichen Jahr den Georg-Büchner-Preis. Werke u.a.: ›Proserpina‹ (1932), Erzählung; ›Triptychon des Teufels‹ (1932), Novellen; ›Der Gang durch das Ried‹ (1936), Roman; ›Der Laubmann und die Rose‹ (1947), Gedichte; ›Märkische Argonautenfahrt‹ (1950), Roman.

Elisabeth Langgässer:
Das unauslöschliche Siegel
Roman

Deutscher
Taschenbuch
Verlag

dtv

Ungekürzte Ausgabe
1. Auflage Oktober 1989
Deutscher Taschenbuch Verlag GmbH & Co. KG,
München

ISBN 3-546-45902-4
Umschlaggestaltung: Celestino Piatti unter Verwendung
eines Motivs aus dem Winchesterpsalter
Gesamtherstellung: C. H. Beck'sche Buchdruckerei,
Nördlingen
Printed in Germany · ISBN 3-423-11116-X
1 2 3 4 5 6 · 94 93 92 91 90 89

DAS UNAUSLÖSCHLICHE SIEGEL

Commystis committo

PROSZENIUM

Wir befinden uns vor dem Eingang eines großen Auktionsgebäudes mit außerordentlich unechten Säulen aus einer Stuckmasse, die den Eindruck carrarischen Marmors macht. Der ideale Leser und der vollkommene Kritiker treten auf. Der ideale Leser ist ein rüstiger Mann von unbestimmbarem Alter, der eine Brille, aber als Ausgleich zu seinem allzu geistigen Wesen einen Spazierstock mit eiserner Zwinge und genagelte Schuhe trägt. Der vollkommene Kritiker zeichnet sich nicht, wie man etwa erwarten möchte, durch besondere Kennzeichen aus, sondern gleicht mit hochgebürstetem Bärtchen und strengem, aber jovialem Ausdruck einem Generalstäbler in Zivil. Er ist mit einem Fernrohr bewaffnet, das er gleichzeitig in die Zukunft richten und mit dessen anderem Ende er den Mikrokosmos zu seinen Füßen restlos durchdringen kann.

DER LEESR *(aufgeregt gestikulierend)*: Ich kann verlangen – ich kann verlangen, daß mir beim Einkauf eines so dicken und komplizierten Buches – –

DER KRITIKER *(beruhigend)*: Selbstverständlich können Sie, lieber Leser, eine Art Führer verlangen; einen Waschzettel, ein Personenverzeichnis, eine Inhaltsangabe, die Sie berechtigt, den Eintrittspreis, wenn das Ganze Ihnen nicht zusagt, von dem Autor zurückzuerhalten.

DER LESER *(abwinkend)*: Von dem Autor! Ich bitte Sie – von dem Autor. Von dem Autor kann man gar nichts verlangen. Ich bin selber ein Autor. Ich meine: ich war es. Jeder Deutsche, der lesen kann, hat schon geschrieben. Irgend etwas. Er hat es drucken lassen. Natürlich auf eigene Kosten. Was bedeutet es übrigens, wenn Sie ... von einem ‚Eintrittspreis' sprechen? Meinen Sie damit etwa – –

DER KRITIKER: Genau das meine ich. Kommen Sie mit mir! Begeben wir uns jetzt unverzüglich in das Gebäude hinein!

DER KRITIKER: Um einen Obolus kommt man bei Hermes bekanntlich nicht herum. Sehen Sie nur, wie er dort in dem offenen Vestibül steht und jedem seiner Besucher vollkommen schamlos die Sparkasse hinhält – das tönerne Glücksschwein, in welches eben dieser gut aussehende Herr seinen Dukaten wirft.

DER LESER: Wie heißt er?

DER KRITIKER: Belfontaine.

DER LESER: Belfontaine? So. Ich muß sagen, er ist mir nicht sehr sympatisch. Es liegt etwas Zwitterndes über ihm. Etwas Unvollendetes, aber beileibe nicht eine Spur von Romantik oder Gemütlichkeit. Wenn er der Held dieses Buches ist – – Warum lachen Sie jetzt? Was soll das bedeuten?

DER KRITIKER: Ich lache, weil es in diesem Sinn überhaupt keinen Helden gibt. Ich meine: in diesem Buch. Der Held muß dableiben wie ein Denkmal, das aufgerichtet wird. Man verbirgt ihn bis zu der Denkmalsenthüllung unterm Tuch der Psychologie.

DER LESER: Ich verstehe. Hier sieht sein Fuß und dort sieht ein Stück von seinem Zylinder heraus. Ein solches Verfahren weckt Neugier und Spannung. Zuletzt kommt die Denkmalsenthüllung. Man betrachtet den Helden von vorn und von hinten und geht rund um denselben herum. Allerdings ist selbst bei Meisterwerken die Rückseite gegen die Vorderansicht häufig vernachlässigt, wie? Man bringt daher rings um den

Sockel des Denkmals ein Band von Plaketten an. Eigentlich eine Verlegenheitslösung. Man müßte – –

DER KRITIKER: Rasch, sehen Sie durch mein Fernrohr! Nun? Was bemerken Sie? Was fällt Ihnen auf?

DER LESER: Pfui. Das ist futuristische Technik. Man sieht durch diesen Herrn Belfontaine, als wäre er aus Glas. Landschaften. Zeitgeschichte in Kurven. Das Schicksalspanorama des Städtchens, in dem wir uns befinden... Aha, ich glaube, Herr Belfontaine wird nicht wichtig genug genommen.

DER KRITIKER: Im Gegenteil. Folgen wir ihm auf den Fuß. Wir kommen sonst zu spät. Gleich wird die Auktion beginnen.

DER LESER: Wollen Sie etwa ein Stück aus der Konkursmasse steigern?

DER KRITIKER: Ça dépend. Man muß vorsichtig sein. Es handelt sich, wie ich höre, um allerlei Gegenstände von zweifelhaftem Wert. Aber sehen Sie nur: Herr Hermes ist fort, ohne uns einen Beitrag für das Glücksschwein abzuverlangen. Wir werden also freundlicherweise noch nicht als Gespenster betrachtet.

DER LESER: Ich, für meinen Teil, fühle mich ganz real und gedenke es auch zu bleiben. Unangenehm, wie die Menge sich drängt. Man sollte ein Personenverzeichnis zur besseren Übersicht haben.

DER KRITIKER: Das würde Ihnen bestimmt nichts nützen. Sie werden schon sehen, warum.

DER LESER: Wollen wir ablegen?

DER KRITIKER: Wie sie meinen. Ich selber behalte auf jeden Fall den Überzieher an. Man muß immer Distanz bewahren.

DER LESER: Stöcke und Schirme sind abzugeben.

DER KRITIKER: Das Fernrohr auf gar keinen Fall! Schließlich ist es ein Stück meiner selbst.

DER LESER: Wo ist Herr Belfontaine hingeraten?

DER KRITIKER: Dort steht er vor einem großen Spiegel und betrachtet sich wohlgefällig.

DER LESER: Ein wertvolles Stück mit barockem Rahmen und venezianischem Glas. Der Mann muß ein Kenner sein.

HERR CHRONOS *(mit altmodischem Kratzfuß die beiden Herren begrüßend)*: Vergeblich! Der Spiegel ist nicht zu versteigern, sondern bildet ein Stück Inventar. Beachten Sie nur, wie kunstvoll geschliffen und facettiert er ist!

DER LESER *(höflich)*: Ein Vexierspiegel, wie ich sehe. Er täuscht eine Tiefendimension vor, die das Zimmer hier gar nicht hat. Verlängerung, welche schnurstracks in die Vergangenheit führt.

HERR CHRONOS: Er täuscht sie nicht vor, sondern tut sie auf. Beachten Sie, wie die Personen der Handlung in ihn eintreten und uns den Rücken kehren, sobald sie den Rahmen durchschritten haben. Beachten Sie auch die Inschrift des Schildchens auf der geschwungenen Fassung dieses außergewöhnlichen Glases!

DER LESER *(den Kopf in den Nacken legend)*: »Die göttliche Weisheit des Ursprungs«, wenn ich richtig gelesen habe. Man sollte darüber nachdenken können. Aber inzwischen verlieren wir die Hauptperson aus den Augen.

HERR CHRONOS: Es gibt keine Hauptperson.

DER KRITIKER: Wie ich schon sagte. Los, los! Beeilen wir uns und schließen wir uns an. Welches Gedränge! Wer stößt mich da? Wer ist mir zum Anstoß geworden?

EIN HÜBSCHES, JUNGES MÄDCHEN *(vor sich hinträllernd)*: Gehn'S weiter, gehn'S weiter – Sie sind ja nur Gefreiter!

DER KRITIKER *(außer sich)*: Der Gefreite ist doch noch

gar nicht da. Der Gefreite tritt doch erst sehr viel später – bestenfalls in dem Epilog – auf, wenn ich recht unterrichtet bin! Wer sind Sie überhaupt, Fräulein? Sie kommen mir merkwürdig vor.

DAS HÜBSCHE, JUNGE MÄDCHEN *(schnippisch)*: Ein Anachronismus. Die außereh'liche Tochter von diesem alten Herrn.

DER KRITIKER: Ich dachte es mir. Empörend, wie das durcheinandergeht!

DER LESER: Doch sie hat hübsche Waden. Ich folge ihr auf dem Fuß. Begleiten Sie mich?

DER KRITIKER: Was würde aus Ihnen, wenn ich nicht mitkommen wollte!

HERR CHRONOS: Nun haben wir den Spiegel durchschritten und befinden uns in dem großen Auktionsraum dieses altehrwürdigen Hauses. Ich darf Sie noch einmal daran erinnern, daß es den Namen »Mundus« in aller Bescheidenheit trägt.

DER KRITIKER *(streng)*: Und das Tertium comparationis, bitte?!

HERR CHRONOS: Seine seltsame Architektur.

DER LESER: Ein Rundbau mit eingeschwungenen Grotten, die sich ihrerseits wieder nach rückwärts öffnen und in das Unendliche führen. Wudnerbar —!

DER KRITIKER *(trocken)*: Bleiben Sie nüchtern. Das Ganze ist Spiegelfechterei. Betrachten Sie lieber die Gegenstände aus der Versteigerungsmasse. Dieser Schreibtisch hier muß jedem gefallen. Louis Seize. Mit hübschen Intarsien und Büchern aus der Zeit.

DER LESER: Eine Erstausgabe, sehen Sie nur, der Enzyklopädisten. Ein Manuskript des »Contrat social« von unbezahlbarem Wert! Wollen Sie steigern?

DER KRITIKER *(winkt ab)*: Ich fürchte, das würde zu teuer kommen.

DER LESER *(aufgeregt hin- und herblätternd)*: Wer weiß? Vielleicht ist er billiger, als wir vermutet haben.

DER KRITIKER *(ihm über die Schulter sehend)*: Auf jeden Fall wäre bei dieser Erhebung das 18. Jahrhundert in Reinkultur mitenthalten ...

HERR CHRONOS: Doch muß ich Sie darauf aufmerksam machen, daß die eigentliche Versteigerung in der dritten Phase beginnt.

DER KRITIKER: Was heißt: »Phase«? Handelt es sich um Zeiten oder um Räume, mein Herr? Mir scheint die Architektur dieses »Mundus« einem wahrhaften Labyrinth zu gleichen, in welchem man sich verläuft.

HERR CHRONOS: Beruhigen Sie sich. Schon wirft Ariadne Ihnen den Faden zu!

DER LESER *(kläglich)*: Wo sind Sie? Ich bin in die Irre gegangen. Ich bin wie das Zitat eines Buches verblättert worden. Suchen Sie mich! Es muß doch ein Sachregister vorhanden, ich muß doch zu finden sein!

DER KRITIKER: Einen Augenblick. Ich nehme das Fernrohr –.

DER LESER *(von weitem)*: Nicht nötig. Ich habe den Faden gefunden. Er läuft aus dem Innern der mystischen Grotte, die in das Unendliche führt.

HERR CHRONOS: Ich rate Ihnen, das Fernrohr auf dem Schreibtisch zurückzulassen und diesem Faden zu folgen.

DER KRITIKER: Welchem Faden? Wie heißt er? Drücken Sie sich ganz unmißverständlich aus!

HERR CHRONOS: Die göttliche Gnade.

DER KRITIKER: Meinen Sie nicht, daß Sie damit zuviel verlangen?

DER LESER: Besinnen Sie sich nicht länger und folgen Sie mir nach!

DER KRITIKER: Wo sind Sie?

DER LESER: Ich habe die erste Grotte durchschritten und sehe, daß sich die zweite öffnet, wo die erste zu endigen scheint. Beeilen Sie sich! Es tropft von den Wänden, auch der Boden der Grotte muß von der Quelle, die hier entsprungen ist, vollkommen feucht sein: die Statue in ihrem Innern fängt zu phosphoreszieren an.

DER KRITIKER *(enttäuscht)*: Eine Lourdes-Madonna. Das Ausstattungsstück sämtlicher Pfarrgärten, Schwesternhäuser und Jungfrauenvereine. Was finden Sie daran? Übrigens bin ich schon ganz durchnäßt, ich dampfe von Feuchtigkeit wie eine Wolke und werde die Kleider wechseln müssen ... Leben Sie wohl!

Er löst sich auf und verschwindet.

DER LESER: Leben Sie wohl! Es ist wirklich sehr feucht hier. Auch Herrn Belfontaine, den ich mit Hilfe des Fadens wiedergefunden habe, läuft das Wasser vom Scheitel herab.

HERR CHRONOS *(hinzutretend)*: Das wird eine andere Ursache haben. Herr Belfontaine erinnert sich eben, daß er heute vor sieben Jahren die Taufe empfangen hat.

DER LESER: Eine sehr intensive Erinnerung, die das Wasser aus seinen Poren treibt! Finden Sie nicht, daß ein solcher Stil schon an Naturalismus grenzt?

HERR CHRONOS: Ich glaube, Sie müssen sich, lieber Leser, schon bequemen, ihn – supranaturalistisch – –

DER LESER *(erschrocken)*: Um Gotteswillen, auch das noch! Ich werde doch lieber gleichfalls gehen ...

Er wendet sich wieder zurück und will die Grotte verlassen, doch findet er – von dem Licht geblendet, das die Statue ausstrahlt und in den Raum wirft, woher der Leser gekommen ist – die Eingangspforte nicht.

HERR CHRONOS: Es gibt kein Zurück mehr. Gehen Sie weiter! Sie stören den Verkehr.

DER LESER: Wo ist Herr Belfontaine nur geblieben? Nun ist er wieder fort. Immer neue Gesichter... Ob ich den älteren Herrn dort mit der stolzen jungen Dame am Arm anzusprechen versuche? Sie sieht eigenartig, aber sehr schön aus und scheint ein Kostüm ihrer Mutter zu tragen: eine Art Cul de Paris. Verzeihen Sie – könnten Sie mir nicht sagen, wo ich Herrn Belfontaine finde?

Herr de Chamant, den der Leser in Verkennung der Sachlage angesprochen hat, dreht sich indigniert nach ihm um; seine Tochter Hortense sieht ihn hochmütig an und hebt ihre süßen Schultern.

DIE TOCHTER DES CHRONOS *(sich rasch dazwischendrängend)*: Das war ein Fauxpas, lieber Leser. Die Herrschaften sprechen kein Deutsch. Überdies kommt Herr Belfontaine erst viel später .

DER LESER *(verwirrt)*: Verzeihung! Wer hat nun eigentlich wieder einen Anachronismus begangen? Der Autor oder ich?

DIE TOCHTER DES CHRONOS: Keiner von beiden. Herr Belfontaine steht jetzt auf der Rückseite der Erzählung und wird von ihr verdeckt. Wenn er auftaucht, ist er 11 Jahre älter, als er eingangs gewesen ist.

DER LESER: Und wo bin ich jetzt?

HERR CHRONOS *(seine Tochter beiseite schiebend)*: Fort, fort, sonst fresse ich dich, du kleines Ungeheuer! Das ist meine Eigenart. *Zu dem Leser gewandt* Sie sind jetzt in Senlis, werter Freund, einem kleinen, aber historischen Städtchen mit herrlicher Kathedrale. Eine Turmbesteigung gefällig? Der Ausblick lohnte sich schon.

DER LESER *(ängstlich)*: Sehr freundlich. Aber ich fürchte – –

Er will sagen: ‚schwindlig zu werden'; Herr Chronos

blickt ihn durchdringend mit furchtbarem Ausdruck an und schwillt wie ein eisenklirrender Drache, der Blut getrunken hat.

HERR CHRONOS: Wissen Sie immer noch nicht, wo Sie sind?

Man hört Geschützdonner nah und fern.

Sie sind gegen Ende des ersten Weltkriegs in eine Idylle geraten.

DER LESER (*fassungslos*): In eine Idylle?

HERR CHRONOS: Ganz richtig. In eine Idylle des Satans; eine Enklave der Hölle, welche sich in ihr spiegelt und ihren Höllencharakter auf neue Weise bezeugt.

DER LESER: Der Faden! Der Faden der Ariadne! Wo läuft er? Wo fasse ich ihn?

HERR CHRONOS: Er läuft aus der Mitte dieser Enklave in die zweite Grotte hinein! Diesmal ist es ein Ort der Buße: eine Klosterzelle des Karmel, in der Sie sich wiederfinden.

DER LESER: Und das Haus mit der Aufschrift »Mundus«?

HERR CHRONOS: Das Gleiche. Erkennen Sie es nicht mehr?

Dort kommt auch Herr Belfontaine wieder zurück. Wie ich schon sagte: 11 Jahre älter. Sieben davon in Senlis.

DER LESER: Er ist verändert.

HERR CHRONOS: Finden Sie wirklich? Das wird bald noch deutlicher werden. Wenn erst die dritte Phase beginnt, gleicht er sich selber nicht mehr.

DER LESER: Wenn es gestattet ist, möchte ich sehen, auf welcher Seite wir sind.

HERR CHRONOS: Wozu? Die Seitenzählung beginnt und endigt auch wieder mit 1.

DER LESER: Das heißt: Sie führt weiter, indem sie zurück –

HERR CHRONOS: Und zurück, weil sie weiterführt.

Indem er spricht, verwandelt sich Chronos in den Mönch von Heisterbach.

DER MÖNCH VON HEISTERBACH: Haben Sie Ihren Faden noch? Man sieht nicht mehr die Hand vor den Augen. Es fängt an, dunkel zu werden.

DER LESER: Werden wir noch nach Hause kommen aus diesem Labyrinth? Und setzt sich wieder die zweite Grotte in der dritten fort wie bisher?

DER MÖNCH VON HEISTERBACH: Die dritte Grotte war immer da und hat die erste und zweite von Anfang an überwölbt.

DER LESER: Dann wäre also die dritte Grotte der »Mundus« an und für sich? *Verstört in die Runde blickend* Die Beleuchtung ist wirklich sehr ungenügend. In diesem flackernden, kleinen Lichtschein gleicht nun der ganze große Auktionsraum einer einzigen Rumpelkammer. Dieser schäbige Schreibtisch – zerbrochene Stühle – die Lederbände am Boden zertreten, zerrissen und angekohlt. Hier muß ein Feuer gewütet haben, es kann nicht anders sein. Wer wird wohl noch etwas ersteigern wollen, außer Hermes, dem Totenführer? Und wer hat den Obolus, um zu bezahlen, wenn der beinerne Hammer fällt?

DER MÖNCH VON HEISTERBACH *(sieht ihn schweigend an und zieht die Kapuze über ...)*

ERSTES BUCH

I

Das Wasser aus der großen, stehenden Gartenspritze ging wie ein mächtiger Schleier über den jungen Rasen und glänzte, von den Strahlen der Morgensonne durchfunkelt, in den sieben Farben des Regenbogens. Wo es hintraf, leuchteten Gras und Erde in übersinnlichen Farben und waren wie neugeboren; jeder Tropfen traf einen jungen Halm, den er beugte, wenn er den Stengel hinablief, und wiederum aufhob, erquickte und stärkte, indem er das Würzelchen speiste, mit welchem die Pflanze dem Boden und ihrem eigenen Dasein in dem Garten verhaftet war. Schon hatte der Rasen genug und ermüdete unter der Fülle. Er legte sich um; in den kleinen Pfützen, die sich, wo zwischen Gräschen und Gräschen nur die geringste Gelegenheit blieb, eilig gebildet hatten, schwamm winziges Getier: Ameisen, welche noch ruderten oder bereits ertrunken waren; ein Käfer, den die Nähe des Regens in eine Art Wirbel gezogen hatte, aus dem er nicht mehr herauskam, so sehr er sich auch von dem Mittelpunkt jener Kraft zu entfernen suchte; eine Mücke, die schon vergangen war und ihre ätherischen Flügel, dem Stoff zurückgegeben, in Gallerte verwandelt sah. Nur in dem Schatten, wo der Jasmin, von spitzen, grünlichen Knospen durchsetzt, sich über die Erde beugte, schien der Rasen noch fähig zu sein, das Wasser aufzunehmen; er trank und verdunstete große Mengen, während die Sonne mit glühenden Speeren durch das verwucherte Blattwerk drängte und runde, zitternde Flecke auf das weiche Frühlingsgras warf; ein feiner Dunst schien den Büschen von unten entgegenzuwölken, sich zu verdichten und ganz allmählich zu jener schweren, schrecklichen Süße der Mittagsstunde zu sammeln, die aus Langerweile und Sättigung, aus fleischlicher Neugier und geistiger Trauer zu gleichen Teilen gemischt ist ...

Mit einem kurzen, zischenden Seufzer zog sich das ausgebreitete Wasser wieder zurück in den einfachen Strahl, erlosch und war so plötzlich verschwunden, als wäre es nie gewesen. Eine Weile lag noch die nasse Schlange des Gartenschlauchs zwischen den Gräsern und wurde dann von dem Gehilfen des Herrn Belfontaine eingezogen und für heute zusammengerollt. Seine Schritte entfernten sich langsam hinter dem Rücken des Mannes, dem dieser Garten und das Haus, an welches er anstieß, gehörte und das Ladengeschäft, das sich mit Gläsern voll gelber Erbsen, weißer und bunter Bohnen, mit schmalen Messingbehältern, die brasilianischen Kaffee, und aufgestapelten silbernen Päckchen, die indischen Tee enthielten, mit beschrifteten weißen Porzellandosen voll Weizenmehl, Salz und geschältem Reis, Orangeade, Zimt, Zitronat und mit blauen, ehrbaren Zuckerhüten nach jener Seite des Kreisstädtchens auftat, deren Verlängerung anstieg und in die Wingerte führte; in bescheidene, nicht sehr berühmte Lagen, die das Eigentum eingesessener Bürger und weniger Bauern waren.

In den Rebensorten nicht unterschieden, trugen die der Bürgerschaft Weinberghäuschen, welche der eine und andere Besitzer wie rohe Liebestempelchen ringsum mit Amoretten hatte bemalen und mit Bänken, einfachen Eisenstühlen und in die Erde gestampften Tischen für gesellige Zwecke hatte versehen lassen. Sitzt man dort oben, so ist es ein leichtes, das Städtchen und seine Umgebung mit einem Blick zu umfassen. Auf den lang hingleitenden Bodenwellen des rheinischen Hügellandes liegt es an diesem Spätfrühlingstage wie erschöpft in den stumpfen, rostigen Farben der Ackererde da, von vielen Apfelbäumen umbuscht, die durch den reichlichen Ansatz der Früchte fast olivengrün schimmerten; trocken und staubig bei aller Fülle, als sei die Natur ihres Auftrags, immer das gleiche zu bilden, überdrüssig geworden. Man sieht auch die breite Straße Napoleons, welche schnurgerade und unbekümmert von Mainz bis Paris hinläuft; sie kam von dem Horizont wie ein Delphin, der hinter dem Wogenbug aufblitzt, herübergleitet, verschwindet und wieder sichtbar wird, bis sie endlich die letzte Erhöhung geschmeidig hinunterstürzte und wie ein scharfes, glänzendes Messer den südwestlichen Zipfel des Städtchens abschnitt, welcher inzwischen – man schrieb einen Maitag des Jahres 1914 – weitergewachsen ist; dann eilte sie auf den nächsten Hügel, das nächste Tal und den übernächsten der niedrigen Hügel zu und hatte die Stadt bereits völlig vergessen, welche gekränkt und beleidigt in ihrer Ordnung zurückblieb und das Schloß, in dem sich die Steuerbehörde, das Amtsgericht und das Museum befanden, wie eine Schulter emporzog. Hier war das Viertel der kleinen Beamten und grenzte sich selbstbewußt und bescheiden durch ein Stück der alten Stadtmauer ab; der Marktplatz, früher nur Pferdemarkt, weswegen dort vor allem die Schmiede, Kürschner und Seiler wohnten, lag schon bedeutend tiefer, von seiner blanken, gepflasterten Mitte strahlten nach allen Seiten die neuen Geschäftsstraßen aus.

Am Ende der größten erblickte man damals das Haus der Familie Belfontaine als eines der stattlichsten; aber gleichzeitig wurde auch deutlich, in welcher Art es sich von den andern um ein weniges abzusondern und zu behaupten wußte: es stand schräg, weil die Straße hier umbog und sich aufzulösen begann; als Gegenüber hatte es nichts als eine Doppelreihe beschnittener Akazien und das Tor der staatlichen Obstbaumschule, durch deren Gitter man weiter hinten das rote Dach des Verwaltungsgebäudes wie Gartenmohn schimmern sah. Auf der Straßenseite folgte ihm selbst eine große Wagenremise, wo ein Kutschergeschäft betrieben wurde; hierauf eine Eisenhandlung, die außer Scheren, Rebmessern, Pflügen und was sonst noch zu ihrem Bereich gehörte, auch Düngemittel und Kohlen verkaufte; danach kam gar nichts und auf das Garnichts ein Pumpwerk, welches schon höher lag; es begannen die Weinbergsmauern gemächlich anzusteigen und wieder an jene Stelle zu führen, wo der Blick das Städtchen umfangen hatte, als habe er es soeben aus dem Nichtsein herausgehoben und einem Schicksal Bedeutung gegeben, welches im Augenblick damit begann, daß Herr Belfontaine noch eine ganze Weile in die silberne Kugel starrte, die da auf dünnem, glänzendem Bein fast unwirklich vor ihm schwebte, den Garten spiegelte, einfing und ihn auf zaubrische Weise nach hinten verlängerte: endlos, in deutlichen Linien, die nichts an Umriß verloren, so weit sie sich auch entfernten; ja, noch die Art und Farbe des Kieses, mit welchem der Hauptweg bestreut war, wurde treulich wiedergegeben. Nur dieser Hauptweg selbst war verändert und schien sich in seinem Spiegelbild so unermeßlich zu dehnen, daß man denken konnte, wer ihn beschritte, gelangte an die Enden der Erde oder, was ein und dasselbe ist, an den Beginn aller Wege; obwohl ihn Rabatten und Stauden an beiden Seiten freundlich umschlossen, schnitt er gleichwohl so unbarmherzig und überhell durch den Garten, als käme er nur von draußen herein, um ihn vollkommen zu entzweien, ihn zurückzulassen und weiterzulaufen, mitten durch Haus und Laden – nicht unähnlich der Pariser Straße, die das Gleiche im Ganzen des Städtchens tat.

Die Kugel flimmerte in der Sonne, wurde dunkler, aber

fast schärfer im Spiegel, weil eine Wolke über ihn hinzog, und blitzte, als diese vorbei war, mit einer Schnelligkeit wieder auf, als wäre nur eine Echse über ihr Bild gehuscht ...

Geblendet schloß Belfontaine beide Augen und holte sich unter zuckenden Lidern aus der Gartenkugel zurück; dann trat er, von leichtem Schwindel erfaßt, einige Schritte seitwärts und schaute nun wirklich nach vorn; er erblickte das Haus und die Treppe, die in den Garten führte, und sah seine kleine Tochter Elfriede auf der obersten Stufe sitzen – aber weniger saß das Kind auf der Stufe, als zwischen den dürren Waden des ältlichen Dienstmädchens Berta, dessen Oberkörper sich über Elfriede und das Strickzeug in deren Händen beugte, sichtlich bemüht, dieser armen Kleinen die Anfangsgründe der Handarbeit, wie eine Zange der Walnuß das Knacken, gewaltsam beizubringen. »Richtig«, dachte Herr Belfontaine träge und noch immer ein wenig gelähmt, »sie ist jetzt fünf Jahre geworden. Zeit also, ihre Finger zu üben, bevor das Auf-Ab-Auf-Pünktchen-drauf anfängt.« Er betrachtete, was sich ihm darbot, und ging vorsichtig auf Elfriede zu, als ob sie eine Schwarzdrossel wäre, die unversehens fortfliegen könnte; doch merkte er bald, daß keine Gefahr war, so lange die festen Finger der Magd ihre Handgelenke umklammerten.

Einige Meter von beiden entfernt, spreizte sich, schräg überm Weg, ein Photographierapparat auf lächerlich hohem Gestell; er war über Nacht dort stehengeblieben, weil Belfontaine gestern vergeblich den Vollmond zu überlisten versucht hatte und außer sich vor Ärger, daß gerade zur Stunde des Aufgangs der Osten sich eingewölkt hatte, zu Bett gegangen war, ohne das Unglücksding mitzunehmen – nicht anders, als wolle er seinen Kasten in kindischer Weise dafür bestrafen, daß der Himmel nicht mithelfen mochte. Nun bot sich der Apparat seinem Herrn wieder aufs neue an; mit der schweren, dunklen Decke behangen, machte er einen beschämten und zugleich traurigen Eindruck und schien nur darauf zu warten, das Vertrauen zurückzuerwerben, das er sich gestern verscherzte.

»Man könnte es ja versuchen« – sagte Herr Belfontaine gnädig, rückte den Apparat in die Richtung des Genrebildchens auf der Treppe und bückte sich unter das Tuch. Er schob daran, drehte und schraubte, holte das Auge des Apparates aus der Entfernung Unendlich und hatte schließlich im Blickfeld, was er wiederzugeben wünschte. Indem er noch einmal drehte, trat das Bild auf der Mattscheibe deutlich hervor und stand, als hätte soeben ein zugespitzter Griffel seine Linien verbessert und nachgezogen, umgekehrt auf dem Glas. Herr Belfontaine schlüpfte eilig unter der Decke heraus und legte rasch die Kassette ein, griff nach dem Gummiball, wollte drücken, als sich das Dienstmädchen tiefer beugte und die Kleine fast völlig verbarg. Es war eine Masche gefallen, nun kämpfte Berta zugleich mit dem Strickzeug und den widerspenstigen Fingern des Kindes, die sich nicht biegen wollten. In dem blassen, dicken Gesichtchen Elfriedens war der Mund, wie immer, bevor sie weinte, krampfhaft nach unten gezogen; eine Falte saß wie ein winziger Pfeil zwischen den hübschen Brauen; das nußbraune Haar mit dem rötlichen Schimmer fiel ihr geringelt und feucht in die breite, verschwitzte Stirn.

»Wie ungeschickt sie sich anstellt«, dachte ihr Vater verzweifelt. »Diese dummen Finger hat sie von mir. Natürlich. Und sie sieht mir auch ähnlich. Immer sehen die Töchter dem Vater und die Söhne der Mutter ähnlich.« Er hob von neuem den Gummiball an. »Sie wird häßlich werden«, setzte er grausam seine Betrachtungen fort. »Ihre Nase ist viel zu groß.« Die Masche war glücklich aufgefangen, das Dienstmädchen schob sich wieder zurecht und streckte die unschönen Grillenbeine der ganzen Länge nach aus, legte den Kopf auf die linke Schulter und sah mit dem rechten Auge – indem sie das andere zukniff, glich dieses runde, offene Auge einem ausgezogenen Fernrohr – auf die holpernden Kinderhände.

»Jetzt!« – dachte Herr Belfontaine wie ein Mensch, dessen Wille sich fürchterlich anstrengt, um einen Traum zu verlassen, von welchem er das Gefühl hat, daß nicht er selber ihn träumt. Doch er dachte und handelte nicht zu Ende. Das Kind ließ Nadeln und Wolle aus seinen Händen gleiten und rief mit klagender, hoher Stimme: »Ich habe keine Lust mehr ... ich habe keine Lust mehr ...«

»Keine Lust mehr ...«, tönte der Ruf des Kindes in Herrn Belfontaines Herzen wider – laut, langgezogen, zurückgeworfen von einem unendlichen Echo, das, wie der Nachhall in leeren Räumen, gewaltiger schien als die Stimme, die es hervorgebracht hatte.

Er ließ den Gummiball fallen und ließ ihn noch eine Weile pendeln; auch seine Hände sanken herunter, vollkommen schlaff und entseelt. Wie sie da hingen: einfach und arglos, mit etwas fleischigem Rücken, war nichts Auffälliges oder Verkehrtes an ihnen; sie waren weder zu groß, noch zu klein, eher breit als schmal, aber auch nicht plump, und hatten gleichmäßig dicke Finger mit spatelförmigen Kuppen. Nur die Nägel standen, kaum fühlbar, in eigentümlichem Gegensatz zu ihren Fingerenden. Sie hatten, vielleicht, weil Herr Belfontaine ein leidenschaftlicher Raucher war, eine vergilbte Farbe, als wären sie abgestorben, oder als hätte das Blut nicht mehr die Kraft, sie bis an den Rand zu füllen; auch waren sie spitzer geschnitten, als man erwarten sollte, und diese graugelbe Farbe in Verbindung mit ihrer gepflegten Form gab ihnen etwas von

Stolz und Schwermut und geheimer Absonderung ... Eine Hummel umschwirrte den reglosen Menschen und schien in gleichmäßig weitem Abstand einen verborgenen Kreis zu achten, der rings um seinen Kopf ging; dann schnurrte sie, unfähig, diese Grenze noch länger zu ertragen, enttäuscht und zornig davon. Sie kehrte zurück und beschrieb aufs neue ihre eigentümlich brausende Bahn, in der sich die Stille verstärkte. Doch auch diesmal wagte sie sich nicht näher, obwohl der Mann, den sie eifrig umsauste, keine Bewegung machte, vielmehr, wie der Rasen zu seinen Füßen, von dem Übermaß einer Gabe so beschwert und ermüdet zu sein schien, daß er Fülle und Leere austauschen konnte, als sei es das gleiche Gefühl ...

»Fritz!« rief Herr Belfontaine plötzlich und drehte sich mit der Heftigkeit jener Art Menschen um, die alles wie von der Kordel reißen, weil sie sonst weder zu einem Entschluß, noch von Handlung zu Handlung kämen. Kein Fritz war zu sehen; er hatte den Garten schon längst durch den hinteren Ausgang verlassen und war mit Geschäftsbriefen in dem Rock auf das kleine Postamt gegangen. Wie auf Verabredung leerte sich auch, als Belfontaine ihr den Rücken kehrte, die niedergetretene Treppe, und der Hausherr war mit dem Apparat und der Gartenkugel allein.

Sofort fing er leise zu reden an, unbekümmert und rasch wie jemand, der den größten Teil seiner Gespräche nur mit sich selber führt. »Wo bleibt der Blinde? Er müßte doch da sein. Noch niemals hat er den Tag vergessen ... und heute jährt es sich wieder. Es –«, er hielt inne und sagte so laut, daß er selber darüber erschrak: »Unser Geheimnis. Vor sieben Jahren. Sieben Jahre sind nun herum.« Er sah nach dem Gartenzaun, welcher den Weg zwischen Herrn Belfontaines Grundstück und der Wagenremise begrenzte.

»Wenn er wüßte, daß er siebenmal mehr, als im vorigen Jahr, erhielte! Aber ich fühle, er wird nicht kommen. Niemals mehr. Nie ... nie ... nie ...!«

Dieses letzte Wort stieß Herr Belfontaine aus, als ob er damit sein Leben verströmte; es wollte nicht enden und glich im Tonfall der Klage seines Kindes; ja, es schien gleichsam die Antwort auf diesen ersten Ruf zu enthalten, ihn zu bestätigen und der Trauer, welche Vater und Kind überfallen hatte, gemeinsamen Inhalt zu geben.

Doch fast im nämlichen Atemzuge erlebte Belfontaine dieses ‚Nie' mit fassungslosem Erstaunen. »Wer sagt das ?« murmelte er bestürzt und blickte rechts und links in die Büsche, als sei der eben vernommene Ruf nicht aus ihm selber gekommen. »Bin ich verrückt oder werde ich krank ? Denn es ist doch alles wie immer ?« Er stampfte leicht mit dem Fuß auf und wiederholte: »Wie immer!« – dabei fühlte er aber deutlich, wie lächerlich dieses Aufstampfen wirkte, weil es nicht unwillkürlich erfolgt, sondern nur als gespielte Beschwörung vor dem Spiegel seiner Vernunft eingeübt worden war.

Mit solcher Erkenntnis wuchs unwillkürlich seine innere Unsicherheit. »Natürlich ist alles wie immer«, sagte er vor sich hin und bemühte sich, seinen Worten nicht mehr an Gewicht beizulegen, als hätte er zu Elfriede geäußert: »Natürlich scheint morgen die Sonne wieder«, oder »Natürlich ist alles richtig, was deine Mutter dich lehrt.« Er wartete, wie um sich selber zu fragen: »Nun also, genügt es dir ? Bist du getröstet ? Hast du dich wieder beruhigt ?«

Nein. Nein, es hatte ihn nicht getröstet, und er war nicht beruhigt. »Ich werde noch warten«, beschloß der Mann und schmeckte schon unter dem Gaumen eine schale brütende Langeweile, die ohne Erbarmen war; schrecklicher als der Schmerz und das Unglück, denn diese sagen dem Menschen, warum sie ihn leiden machen, während jene ihn grundlos peinigt. »Ich werde hier auf den Blinden warten und den Weg im Auge behalten. Vielleicht ist er krank und schickt einen andern. Ach nein, er soll keinen andern schicken. Ein anderer könnte das nicht verstehen, wie es der Blinde versteht. Auch Elisabeth nicht, obwohl wir doch morgen sieben Jahre verheiratet sind.« Da waren sie wieder, die sieben Jahre; doch barg der Hochzeitstag nicht das Geheimnis, um das Herr Belfontaine kreiste, sondern jener, welcher voraufgegangen und den Augen der meisten Menschen verborgen geblieben war.

»Er soll kommen. Der Blinde soll kommen«, – flüsterte Belfontaine wieder und wanderte ruhelos zwischen der Kugel und dem Apparat hin und her. »Er soll kommen und seinen Lohn dafür nehmen, daß er heute vor sieben Jahren –« Belfontaine blieb vor der Kugel stehen und starrte auf ihre Oberfläche, die den Weg nach rückwärts verlängerte, schlang die Finger gedankenlos ineinander, bis das Knacken der Knöchel ihm deutlich machte, wie erregt sein Inneres war, und ging zu dem Apparat hinüber, kroch aufs neue unter das schwarze Tuch und prallte gegen die Dunkelheit an, denn er hatte vorhin vergessen, die Kassette herauszunehmen.

»Wenn ich mich umdrehe, ist er da«, sagte er wie ein Zauberkünstler vor einem Parkett voller Bauern; hielt den Atem an, schlug die Decke zurück und sah, geblendet vom Einfall des Lichtes, einen Schatten über die Mauer der Wagenremise huschen ...

Es war ein Radfahrer, weiter nichts, der mit geschulterter Hacke den Weg auf das Feld hinausfuhr. Sein Rücken und diese Hacke, welche ihn überragte, waren das Erste und Letzte zugleich, was Herr Belfontaine von ihm erblickte.

»Also doch nicht«, sagte er matt und verloren, als sei nun die letzte Hoffnung mit Stumpf und Stiel ausgerodet. Er legte die Hände zusammen, spreizte die kleinen Finger weg und ließ sie gegeneinanderfallen; wiederholte diese Bewegung grundlos in einem fort und sagte dabei: »Tja... tja, tja, tja!« Nicht anders, als ob er sich selber zum Gegenüber hätte. Gleichzeitig überfiel ihn eine furchtbare Müdigkeit. Er gähnte krampfhaft; versuchte das Gähnen gewaltsam zu unterdrücken und mußte von neuem gähnen, immer wieder und wieder, tiefer und stärker, sodaß es fast schon ein Schluchzen war, was da, wie nach genossener Mahlzeit, unaufhörlich aus ihm emporquoll.

Dieses Gähnen, in enger Verbindung mit seiner grundlosen Trauer, erregte in Belfontaines Hirn die gleiche Verwunderung, wie sie das »Nie« hervorgebracht hatte, das seinen Lippen entschlüpft war, ohne daß er es wollte. Er wußte noch nicht, daß der Überschuß sich mit jeder Art von Empfindung zu paaren imstande ist, ja schließlich übrigbleibt als der schwarze, niedergebrannte Docht, an dem sich das Wachs verzehrte, und hätte deshalb jeden, der ihm von »gähnender Trauer« zu sprechen gewagt haben würde, als einen Schwätzer bezeichnet.

»Ei, was denn«, sagte er ruhiger und bemühte sich, seiner Stimme einen munteren Ton zu geben. »Ich habe nicht gut geschlafen, weil gestern Vollmond gewesen ist. Und was den Blinden betrifft, nun ja – er wird sich verspätet haben; er wird, noch ehe es Mittag schlägt, wie immer mit seinem Stock an der Mauer vorübertasten, den Zaun berühren, die Hand hinstrecken und ein kleines Geldstück erhalten; ich werde ihm eilig den Arm um seine Schultern legen und ihm zuflüstern: dort und dort wollen wir beide uns treffen, dann sollst du mehr bekommen und mich anhören, wie du mich Jahr für Jahr getreulich angehört hast.«

Indessen sich Belfontaine solcher Art zusprach, fiel ihm ein, daß er selber den Treffpunkt noch nicht erwogen hatte – doch erschreckte ihn diese Erkenntnis nicht, son-

dern erleichterte ihn auf eine fast mystische Art. »Natürlich, wie sollte der Blinde schon da sein, wenn der Ort noch nicht ausgemacht ist«, sagte er sich, als ob dieses Kommen von der Sorgfalt abhängig wäre, mit der er es vorbereitet, durchdacht und seinen Verlauf so und so festgelegt hatte. »Keine Eile. Nur keine Eile. Der Tag ist noch lang, und das Wetter bleibt schön, man merkt es an den Schwalben. Wir könnten uns also wie voriges Jahr draußen im Freien treffen. Hübsch war der Weg durch das niedrige Korn, in dem die Fasanhenne brütete, und angenehm auf den heißen Steinen, die Hände am Boden, zu sitzen; den Sand durch die Finger laufen zu lassen und manchmal ein Muschelchen drin zu haben – – ja, denn der Boden war Meeresgrund, wie die Kinder schon in der Schule lernen. Meeresgrund ... Meeresgrund ...« Ein Zittern durchlief Herrn Belfontaines Körper wie die Brandung den Wasserspiegel; dann breitete er die Arme aus und sagte mit singender, fremder Stimme: »All deine Wellenberge, deine Fluten, sie gingen über mich hinweg ...«
Dies war es, und es war ausgesprochen; das Geheimnis des Lazarus Belfontaine, *der heute vor sieben Jahren die Taufe empfangen hatte.*

... Er sank auf den Grund dieser sieben Jahre, ganz langsam, ein schwerer Körper, und kam mit weitgeöffneten Augen an dem Markstein eines jeden vorbei: noch sah er den Feldweg des vorigen Jahres wie ein glänzendes, taghelles Band an der Oberfläche des Wassers liegen; hierauf wuchs der dunkle, rissige Stamm und das zitternde Laubdach der großen Espe, die vereinzelt am Ende der Stadtmauer stand, allmählich vor ihm empor; dieses Laubdach fühlte er nur wie ein ständiges Zucken und Blinzeln, das in ihm selber wohnte. Auch an einer Schenke sank er vorüber, auf deren neubeworfene Wände der ausgestreckte

Finger des Blinden irgend ein Zeichen malte – diesen Deutefinger sah Belfontaine hernach bei jeder Begegnung mit einer Erinnerungsstätte. Er machte nichts Besonderes sichtbar: manchmal nur einen Büschel Grases, auf welchem ein taubenähnlicher Vogel ohne Bewegung saß; eine Bank und ein Fensterkreuz zwischen verwölkten, von Weindunst beschlagenen Scheiben, und zuletzt die Treppe des Kirchenportals, aus welchem Herr Belfontaine schwankend herauskam, nachdem er getauft worden war – – nicht anders, als stünde die ganze Kirche selbst unter lauter Wasser; in der Heimat des Wassers gewissermaßen, und die Sinne des Lazarus Belfontaine seien alle von ihm erfüllt gewesen: Mund, Nase, Augen und Ohren hätten mitgeschluckt, als er untertauchte, und nun entströmte das Wasser ihm stark und springflutartig wie dem Lamm der Apokalypse.

Auf der untersten Stufe saß damals ein Bettler und streckte ihm die Hand hin; das Antlitz hatte er abgewendet, und noch heute hätte es Belfontaine nicht recht zu beschreiben gewußt. An dieser Hand hielt sich Lazarus fest, holte Atem, suchte in seiner Tasche nach irgendeinem Geldstück und fragte dabei wie ein Trunkener, der sich der Möglichkeit, noch vernünftig und richtig sprechen zu können, zu vergewissern sucht: »Da ... und wie nennst du dich, guter Mann?«

»Der blinde Jean«, gab der Bettler zur Antwort, ohne den Kopf zu drehen.

»Johannes – der Evangelist?« fragte Belfontaine mit der Hartnäckigkeit aller Berauschten weiter.

»Der Täufer«, – sagte der Bettler und wandte sich endlich um. An dem Gesicht mit den toten Augen, die eine schwarze Brille bedeckte, wurde Belfontaine wieder klar.

»So, so, Johannes der Täufer. Oder hast du womöglich gar nicht gewußt, daß – hier ... eine Taufe war?«

Der Blinde schüttelte seinen Kopf, es konnte ja oder nein oder auch überhaupt nichts bedeuten.
»Am Ende«, fuhr Belfontaine zögernd fort und warf einen Blick auf das Kirchenportal, als könne der Küster oder der Pfarrer, von denen der eine noch mit dem Brevier, der andere mit dem Ordnen der Paramente beschäftigt war, ihn plötzlich überraschen, »am Ende bist du nicht einmal von hier?«
»Nein«, gab ihm der Blinde leise zur Antwort. »Ich bin nicht am Ende von hier.«
Diese sinnlose Auskunft empfing der Getaufte wie einen starken Stoß vor die Brust, der ihn rückwärts in das Geheimnis stieß, das er eben verlassen hatte. Er zitterte, griff in das Pfeilerbündel der schlechten Backsteingotik und fing zu schluchzen an – rauh, unterdrückt, mit den Zähnen knirschend, um sich nicht zu verraten; dann, hinter dem gebogenen Arm an den Ausbruch der Tränenflut hingegeben, faßte er sich allmählich wieder, wischte sich über die nassen Augen und blickte verstohlen nach rechts und links, ob ihn jemand beobachtet hätte.
Es war ein Werktag; der kleine, vergraste Platz, in dessen äußersten Winkel sich Kirche und Pfarrhaus drückten, lag still und menschenleer da. Gleich darauf ächzte die Flügeltür des Windfangs am Eingang der Kirche und schlug mit dem Lederpolster dumpf gegen den Holzrahmen an; eine Hand schien an dem Portalgriff ein paarmal daneben zu tasten, bevor er sich niedersenkte – und der Pfarrer, die Nase auf dem Brevier und die suchende Rechte noch immer gedankenlos ausgestreckt, trat aus der Kirchentür. Seine Lippen bewegten sich unaufhörlich, den Kopf hielt er schief, was den Eindruck erweckte, als höre er jemandem zu, mit dem er gleichzeitig sprach. Ohne aufzublicken, ging er, umflügelt von dem weitgeschnittenen Kutschermantel über der langen Soutane, an Belfon-

taine und dem Blinden vorbei; er überquerte den kleinen Platz mit unregelmäßigen Schritten, die etwas Gefesseltes hatten und die einsame, schwarze Erscheinung auf dem verwilderten Fleckchen einem gestutzten Raben, der sich fügen muß, ähnlich machten. Im Dahingehen sank sein Kopf immer schiefer, auch die Schulter verzog sich mehr und mehr, der ganze Mann wurde gleichsam älter, von Asche überrieselt, die ihm die Ohren verstopfte und es unmöglich machte, ihn etwa zurückzurufen.

Belfontaine blickte ihm sehnsüchtig nach, bis er verschwunden war; ein tiefer Seufzer entrang sich gleichsam als Nachhall noch einmal seinem Herzen; dann berührte er die Schultern des Blinden, und sofort erhob sich der andere und folgte ihm ohne zu fragen kreuz und quer durch die Straßen, an den Ausgang des Städtchens und weiterhin in die ummauerten Weinbergswege, wo Belfontaine langsamer ging, weil der Boden gefurcht und steinig war. Auf halber Höhe hielt plötzlich der Zeuge an und stieß mit dem Stock auf die Erde; die Zwinge klirrte, ein Mittagsläuten kam dünn und verloren von ferne ...

»Wohin gehen wir?« fragte der Blinde.

»In meinen Weinberg. Dort liegen ein paar Flaschen im Häuschen. Auch was zu essen. Kekse und Schinken. Und wenn du rauchen willst – na!« Er machte eine Bewegung: etwas prahlerisch, etwas zu weit, und stieg dem Anderen wieder voran, ohne sich umzusehen. »Weißt du«, sprach er dabei nach vorne, »eigentlich ist er ab morgen erst mein, dieser Wingert. Morgen – wenn ich die Tochter des alten Ignaz Schweickert geheiratet haben werde.« Ohne eine Erwiderung des Blinden abzuwarten, erging sich Belfontaine in der Beschreibung des Schweickertschen Ladengeschäftes, das auch Engrosvertrieb hatte, er schilderte den Keller, das Warenmagazin und zählte die Weinstücke auf – unermüdlich, ohne innezuhalten, baute er mit gewöhn-

lichen Worten den Uferwall gegen das Glück dieses Tages und seinen eigentlichen Besitz, an den er nicht denken durfte, ohne wieder aufs neue von ihm begraben zu werden. Wie der kleine Bruder im Märchen, der sein Schwesterchen an der Hand hat und vor der verfolgenden Woge flieht, warf er hastig die goldene Bürste und den goldenen Kamm zurück, damit sie als Kammberg und Bürstenberg zu einem Hindernis würden; aber wandte er sich in den Atempausen zu der Wasserflut, die hinter ihm herkam, um: so schien ihm das Nixenhaupt über den Wellen dem Mädchen an seiner Hand zu gleichen, ja, ein und dasselbe zu sein, weshalb er von seiner Braut so wenig wie von dem Wasser zu sprechen wagte, denn das Wasser brachte die Braut, und die Braut das Wasser hervor – eines die Mutter des andern und keines für sich allein ...
Oben angekommen, drückte er sanft den Blinden auf einen Eisenstuhl nieder, griff in die Traufe des Weinberghäuschens und holte den Schlüssel hervor. Einige Zeit danach saßen sie beide vor Brot und Wein, denn einen anderen Vorrat hatte Belfontaine nicht entdecken können. Das Brot war fein, aber ausgetrocknet; sie tunkten es deshalb in ihr Getränk und wurden rascher berauscht, als naturgemäß notwendig war.
»Morgen um diese Zeit«, sagte Belfontaine mit verzauberter Stimme, »wird meine Brautmesse sein.« Gleich darauf rief er heftig aus: »Du mußt mich duzen, verstehst du, und ‚Lazarus' zu mir sagen.«
Der Blinde griff ungeschickt nach dem Glas, sie überkreuzten die Arme und tranken einander zu.
»Prost, Lazarus!«
»Prost, Johannes, mein Täufer!« erwiderte Belfontaine.
»Im Grunde«, sagte er danach rasch und deutete auf das Städtchen, als ob der Blinde mitsehen könnte, »bin ich zur Hälfte von hier. Meiner Großmutter Mutter: die

alte Johanna Levi wurde da unten geboren; ich glaube, damals bestand noch das Ghetto – – also war es wohl dort, wo das rote Hannchen mit der großen Nase herumlief; noch heute kann man erzählen hören, es habe sich nicht wie andere Kinder am Kopf, sondern stets an der Nase gestoßen. Schön war sie nicht, aber fromm und tapfer und soll bei dem Rückzug Napoleons mit zehn Kosaken auf einmal fertig geworden sein. Das war an einem Sabbath, die Kerle wollten Branntwein, da sagte sie: ja, doch sie müßten sich selber in den Keller hinunterbemühen. Eins, zwei, drei, schlug sie die Falltür zu, als alle unten waren, und setzte sich darauf; sie war so entsetzlich dick und schwer, daß keiner sie hochstemmen konnte. Ihr Mann und die Kinder wechselten ab; sie hatten dreizehn Söhne, das Schwesterchen war noch nicht da. Beim Sitzen sang die ganze Familie in einem fort Psalmverse her, mein Urgroßvater war Kantor, und die Russen sollen von unten herauf nicht schlecht geantwortet haben. Das ging so einen Tag, eine Nacht und wieder einen Tag. Dann wurde es stiller, und als das Hannchen die Falltür hochhob, lagen die Russen allesamt schnarchend um das Branntweinfäßchen herum. Inzwischen war das andere Heer schon wieder abgezogen; man lud die zurückgebliebenen Kerle auf einen Leiterwagen und fuhr sie zum Städtchen hinaus, legte sie dort in aller Stille auf einen Rübenacker und überließ es dem Beelzebub, ihnen den Weg zu weisen ...
Ja, solch eine war die Johanna Levi, die nachher noch das Estherchen kriegte: meine Großmutter mutterseits. Die war nun ganz anders: sanft, schmal und klein und ist auch jung gestorben. Eigentlich weiß man nicht viel von ihr; nur, daß sie als Kind schon so schön war, daß immer zwei Brüder, rechts und links, an ihrer Seite gingen, sobald sie das Haus verließ. Ein Offizier, der im Reisewagen durch unsere Stadt kam, verliebte sich in sie. Man brachte sie dar-

aufhin zu einer Tante nach Worms und gab ihr einen Mann, der zwanzig Jahre älter und der beste Gesetzeskenner der ganzen Gemeinde war. Ich glaube nicht, daß die beiden schlecht miteinander lebten; meine Großmutter war ihm in allem gehorsam und ehrte seinen Verstand und seine Rechtschaffenheit. Er wieder ließ es der jungen Frau an keiner Bequemlichkeit fehlen: sie durfte Kaffee brennen und sich bei dem Fräulein Desclavissac ihre Handschuhe nähen lassen. Doch, doch, sie hatte es gut, wurde aber nicht alt. Als ihr Kind, meine Mutter, fünf Jahre war, hat man sie schon begraben. Es gibt ein Medaillonbild von ihr, auf Porzellan gemalt. Da sitzt eine Taube auf ihrer Schulter, und auf der Rückseite stehen die Worte: ‚Für Sulamith, Salomons Braut'. Dieses Bildchen war ein Geschenk des fremden Offiziers – meine Mutter hat es nachher bekommen, und morgen schenke ich es meiner Elisabeth.«

Herr Belfontaine lachte ein wenig und sagte: »Die hat nämlich auch so ein Täubchen, und dieses Täubchen hat zwischen uns beiden den Kuppler gespielt ... ja, ja. Es war bei einer Karnevalssitzung, sie war als Colombine verkleidet und trug ein Elfenbeintäubchen am Hals, das mich, ich weiß nicht warum, an ‚Sulamith, Salomons Braut' erinnert haben muß. Ich spielte beim Tanzen ein wenig damit, es hing an einem hellblauen Samtband, sie wehrte mich ab, ich war schon verliebt und dachte: ein anderer, du mein Gott, hätte es ihr verehrt. ‚Was ist denn das eigentlich?' fragte ich dumm. Sie sagte schnippisch: ‚der heilige Geist', knickste und ließ mich stehen. So fing es an. Und den Abend über schmeichelte ich dem Täubchen, als sei das Täubchen sie selbst. Ich sagte: ‚der heilige Geist muß was trinken', und brachte ihr ein Glas Wein. ‚Komm, heiliger Geist, und fliege nicht fort, ich tu dir ja nichts zuleide! Ruh dich aus bei mir, heiliger Geist!' Als es dann ernst mit uns wurde, verlangte sie meine Taufe; wir hätten ja auch, wie du weißt, sonst gar nicht getraut werden können. Nun, meine Eltern waren schon tot, ich hatte auch keine Geschwister, ein paar entfernte Verwandte nur ... und brauchte nach nichts zu fragen. Das bißchen Wasser, dachte ich damals, kann dir ja wohl nicht schaden – –«

Herr Belfontaine schob sein Glas von sich weg, fiel mit dem Oberkörper nach vorne und legte den Kopf auf die Arme: »Ich habe es nicht gewußt ... nicht gewußt«, sagte er mit erstickter Stimme, »daß ich nicht nur das Wasser wollte.«

Der Blinde drehte sich ganz zu ihm um, packte Lazarus an der Schulter und fragte mit harter Betonung: »Was wolltest du denn? Das Mädchen? Das Geld?«

»Den Glauben«, erwiderte Belfontaine einfach und richtete sich auf. »Den blinden Glauben – – «

»Prost, Lazarus!«

»Prost, Johannes, mein Täufer! Prost, blinder Glaube!« Und ablenkend, fragte er von sich fort: »Woher kommst du eigentlich? Hast du Verwandte? Und wovon ernährst du dich?«

Der Blinde blieb stumm und hielt sein Gesicht regungslos in die Sonne; in dem scharfen, brennenden Frühlingslicht traten mit überwirklicher Schärfe alle Linien um Schläfe und Mund hervor, der Bau seiner Nase, die Backenknochen, jede Mulde, Stoppel und Pore, das Beständige und das Verwandelnde – von dem Skelett, das sich jetzt noch verbarg, bis zu den ätherischen Ölen der Haut, den Tränenfurchen, der Feuchte des Lächelns und dem Atem, den sowohl Reden wie Schweigen wie einen mystischen Schleier über die Züge warfen ... verbergend, alles wieder entrückend, was eben noch deutlich war.

Herr Belfontaine blickte ihn aufmerksam an. »Wahrhaftig, du bist nicht von hier«, sagte er überrascht. »Aber wo kommst du denn her, mein Lieber ?« fragte er ihn zum zweitenmal, während sich eine steigende Spannung seines Wesens bemächtigte. »Von weit her ?«

»Von weiter her, als du denkst«, sagte der Unbekannte.

»Also kenne ich deine Heimat nicht ?« fuhr der andere hartnäckig fort.

Der Blinde lächelte. Dieses Lächeln schien gleichsam die Blüten und Gräser jener Gefilde zu sammeln, an die er sich nun erinnerte, und löste sie in Duft.

»Schon gut. Ich werde es heute nicht wissen. Vielleicht einmal später – wie ?«

»Heute . . . !« rief plötzlich der Blinde aus. »Was hat dir heute der Herr gesagt, Lazarus Belfontaine ?« ‚Heute habe ich dich gezeugt‘, gab er sich selbst zur Antwort. »Dies hier« – er wies in die Richtung des Städtchens und schien es wie einen Haufen Spielzeug mit seiner Hand zu bedekken – »bedeutet nichts gegen die Herkunft des Glaubens, aus dem du geboren bist. Alles andere: Vater, Mutter und Brüder . . .« Er verwölkte sich, legte den Arm um Belfontaines Nacken und sagte: »So sind wir nun Vettern von Abraham her, der der ‚Vater des Glaubens‘ heißt. Aber du mußt noch zurück hinter ihn . . . dorthin, wo wieder die Blutkette abreißt und keiner sich auf sie berufen kann – – hinter Noë, Henoch und Seth.«

Der andere starrte über die Hänge, über die Rebstöcke, Mauern und Hügel, die ein wasserhaltiges Licht genähert und wieder entstofflicht hatte, bis sie nur noch Erinnerung waren. »Noë, Henoch und Seth . . .«, sagte er vor sich hin. Ein Schauder berührte plötzlich sein Hirn, als flösse das Leben mit furchtbarem Brausen von seinen Windungen ab wie Wasser von bleichen Grottengebirgen und sammelte sich bewußtlos in Becken und Eingeweide. Tief unten lag der dampfende Blutsee des auserwählten

Volkes und tränkte den Wurzelballen der Herkunft mit Segen, Verheißung und Fluch. Bei jedem neuen Einschuß des Blutes bebte der ganze Baum und erinnerte sich an Jahwes Hand, die auf des Erzvaters Hüfte lag und auf der Schulter Mosis, als Gott vorübereilte.

»Jetzt!« – sagte der Herr und nahm seine Hand hinweg; da durfte Moses ihn schauen: doch nur seinen Rücken – das, was vergangen, und nicht, was zukünftig war ...

»Jetzt« – wiederholte Herr Belfontaine zum letztenmal seine Beschwörung und sah auf den Rücken der sieben Jahre, die er zu kennen glaubte wie der Fischer die Nixenbehausung am Grunde, in der er sieben Jahre verbracht hat, der Schäfer den Elfenhügel. Aber nichts als vollkommen finstere Schwärze schlug von dem Wasserspiegel zurück – und von dem Leben unter dem Wasser eine Hitze wie von der Bergwand an heißen Sommertagen. Das Licht war jenseits; gewiß: es hatte darauf gelegen und dieses Wasser durchfunkelt, diese seltsame Hitze erzeugt; nun aber war es verschwunden – er wußte nicht, wohin.

Aufs neue versuchten seine Gedanken, zu dem Anfang zurückzukehren: zu dem Kirchenportal, zu dem Haus in dem Weinberg und vor allem zu jenem Zeichen, das der Finger des Blinden, weit umgebogen, an das Wingerthäuschen geschrieben hatte, als sie beide, angehaucht von dem Duft einer jetzt erst geahnten Rebenblüte, daran vorübergetaumelt waren – auch dieses fand er nicht mehr.

»Und ich habe es doch genau gewußt«, sagte Herr Belfontaine hilflos. »Es muß ein schreckliches Zeichen und ein merkwürdig fremdes gewesen sein, sonst wäre mir nicht von da ab der Bettler immer ein wenig zum Fürchten gewesen; gewiß: es war ein Ganovenzeichen, etwas, womit die Diebe das Fenster oder die Tür vermerken, durch welche sie einbrechen wollen.«

»Vielleicht ist es gut, daß der Blinde nicht kommt«, schloß Herr Belfontaine seine Erinnerung ab. »Denn was weiß ich im Grunde von ihm? Man hat sich einmal im Jahr gesehen, ich habe ihm Geld gegeben und vielleicht manches erzählt, was ich besser verschwiegen hätte. Nun ja, nichts Schlimmes und kein Geheimnis.« Bei den letzten Worten breitete sich allmählich eine Ruhe über Herrn Belfontaine aus, wie er sie vorher noch niemals gekannt oder besessen hatte – vorher, als er von Jahr zu Jahr wie über verschränkte Hände von Engeln gegangen war; über Winde, die trugen, und Feuerflammen, die ihn brannten und doch nicht verbrannten. Mag sein, daß dieses neue Gefühl mehr Enttäuschung als Ruhe war. Einerlei. Wenn nun der Blinde doch noch gekommen wäre, hätte Belfontaine ihm auf die Schulter geklopft und mit frischer Stimme gesagt: »Schnickschnack, mein Lieber, was denkst du dir denn? Ich habe jetzt keine Zeit. Ein Geschäftsmann –! Das Mehl muß durchgesiebt und das Öl auf Flaschen gezogen werden, dem Importeur ist nach Hamburg zu melden, daß der Tee zu staubig, der Kaffee verbrannt und der Zucker nicht gut verpackt war. Briefe zu schreiben, Bilanz zu machen, Bestellungen aufzugeben ... nein, nein, so leid es mir tut. Die Pflicht geht vor, das verstehst du zwar nicht, aber es bleibt dabei.«
Ohne es selber gewahr zu werden, fing Belfontaine mit dem Unsichtbaren in lauten Worten zu sprechen an, ihm zuzureden, ihm Antwort auf allerlei Fragen zu geben, die überhaupt nicht gestellt worden waren, und näherte sich mit heftig bewegtem Körper wieder dem Gartenzaun. Wie ein Schauspieler, der seine Rolle, ein Schüler, der seine Lektion wiederholt, sagte er immer dasselbe mit behaglicher Hartnäckigkeit; er untermalte es mit Gebärden, welche ausdrücken sollten: nein und nein! Strich drunter! Dixi! Ich habe gesprochen! Ein Mann, ein Wort –! Und endlos

so weiter in verfetteten, sinnlosen Redensarten, die niemand ihm abverlangte.
»Aber! Aber! Herr Belfontaine!« sagte der Lotterieeinnehmer: Adalbert Adam Gully, und hob die Hände in Augenhöhe. »Ich habe doch noch gar nichts gewollt – ?«
Um ein Haar wäre Belfontaine an dem Zaun mit ihm zusammengeprallt. Verdammter Schleicher! durchzuckte es ihn; und: nur nichts merken lassen! war sein übernächster Gedanke. »Haha, nichts gewollt! Nichts gewollt, ist gut. Um was geht es denn eigentlich wieder? Die Preußische? Oder um Wohltätigkeit? Erdbeben, Überschwemmung? Die Orangenhaine am Fuß des Vesuvs, die Reisfelder an dem Jangtsekiang – alles hin und verwüstet, Herr Gully weiß es, Herr Gully wird es bessern.« Er lachte wieder gekünstelt auf und sah in das verhaßte Gesicht des Lotterieeinnehmers, von welchem er zu Elisabeths Schrecken neulich im Laden behauptet hatte, er habe Regenwurmhaut.
»Nein, nichts von Wohltätigkeit«, versicherte Gully geschmeidig. »Eine Landwirtschaftslotterie mit verschiedenen Pferdeprämien: Schimmel, Schecken und Rappen; auch Wägelchen sind zu gewinnen, Chaischen und Dogcarts, warum denn nicht, man muß es nur einmal wagen.«
»Schade«, sagte Herr Belfontaine boshaft. »Wenn es nämlich ein Wohlfahrtslos oder sowas gewesen wäre – eine Kirchenbaulotterie, na, ich weiß nicht – – «
Herr Gully zog die Augen zusammen, die winzigen federförmigen Büschel auf der häßlich gekniffenen Rundung seiner verschmalzten Ohren fingen zu zittern an. »Ja, leider kann ich damit nicht dienen. Keine Hungersnot augenblicklich in China, keine Feuersbrunst in der Pariser Oper, nur ein paar lumpige Heringskähne sind an der Küste untergegangen – aber«, nun salbte Gully die Zunge,

»da hat schon der Kaiser persönlich die Hinterbliebenen für den Verlust ihres Ernährers getröstet. Es gibt im Verhältnis zum Wohlfahrtsdrang zu wenig Unglück auf dieser Welt. Die Leute sterben nicht mehr an Seuchen, sondern an Altersschwäche: die Kanalisation ist zu gut. Der Schnuller wird kreisärztlich abgeschafft werden, das Volk vermehrt sich, Schiffahrt ist not, die Wacht, die Wacht steht am Rhein. Ich frage also: was bleibt noch? Armut ist eine Schande, Almosen gibt man nicht schlank aus der Faust, sondern macht dafür einen Bazar.«
»Falsch!« widersprach Herr Belfontaine heftig. »Bazare sind nur ein Vorwand für Sekt und Küsserei. Wer geben will, soll ohne das geben. Alles andere«, sagte er, angeekelt von dem speichelnden Munde Gullys, »entspricht nicht meinem Begriff einer höheren Sittlichkeit.«
»Ja, wenn die Menschen alle Idealisten wären!« pflichtete ihm Herr Gully mit verdächtiger Eile bei. »Ich weiß noch genau, wie Sie damals als erster für den Zeppelin hundert Mark, oder waren es mehr? gezeichnet haben; die Liste lag doch bei mir im Laden, wo jetzt das neue Schneidemaschinchen für die Zigarrenspitzen -- ach, ich glaube, das kennen Sie auch noch nicht: man schiebt die Zigarre unter die Schneide wie bei den Brotmaschinen, knapp, ist es fertig, saubere Sache - ja, also da lag die Liste, und jedermann meinte: verrückt! Dieser Graf gehört unter Kuratel, einsperren sollte man ihn. Die Zeiten ändern sich, mutantur, wie der Lateiner sagt, nicht wahr? Heute denkt man darüber anders. Das Wasser, die Luft: da liegt es, da fliegt es, Deutschland will seinen Platz an der Sonne, das Heer ist gerüstet, es fehlt keine Litze; für die Flottenvorlage, na, haben wir alle gestimmt.«
Er war am Ende seiner Tirade und schob den Daumen der linken Hand in das ausgeleierte Knopfloch des schäbigen Jacketts. Belfontaine schwieg, und Gully schwang sich

noch einmal auf. »Die Masse bringt es«, sagte er dunkel. »Der einzelne gilt nichts mehr. Wer steht, der sehe, daß er nicht falle ... na, dafür gibt es den Nebenmann. Einer für alle, alle für einen – und auch die staatliche Lotterie beruht auf diesem Prinzip. Denn woher kommt sie? Wie ist sie entstanden?«

»Oh«, warf Herr Belfontaine nachlässig ein, »das dürfte sich sicher im Brockhaus finden –?«

»Hier! Hier!« schrie Gully ekstatisch und klopfte sich gegen die Schläfe. »Hier ist der beste Brockhaus, mein Lieber, wenn es sich um die Entwicklungsgeschichte großer Ideen handelt. Ich will also lieber anders fragen: wo kann sie nur herkommen – na? Antwort: aus Ländern mit blühendem Handel und wachsender Industrie. Der Kaufmann hat sie erfunden, wer sonst? Zuerst in Genua. Dann in London. Natürlich war das System verschieden. In Genua setzte man anfangs die Namen der Nobili ein ...«

»Ach«, unterbrach ihn Belfontaine spöttisch und tippte nun seinerseits an die Schläfe, »und das haben Sie alles von – hier?« »Nein«, sagte Gully verdutzt. »Es ist auch einerlei, nicht wahr, ich meine: das System. Aber dahinter ist immer das Gleiche. Die Masse. Die Bewegung der Masse. Ihr Zusammenschluß, ihre Verschiebung, ihr Aufstieg. Hunger und Hoffnung und Aberglaube: das alles gipfelt im Großen Los. Heute noch Knecht und morgen schon Herr, ich meine natürlich nur Achtel-Herr, denn es wird ja gewöhnlich nicht mehr gespielt. Dieser Eine – wem hat er sein Glück zu verdanken? Der Masse. Dem Staat, der die Gelder der Masse zu treuen Händen entgegennimmt und den Überschuß wieder für höhere Zwecke: Krankenhäuser, Kanonen, verwendet. Für die Flotte, die Wissenschaft, die Statistik; für alles, was sich entwickelt und wandert und selbsttätig weiterschiebt durch den Druck, der auf den Kot in dem Mastdarm der menschlichen Gesellschaft ganz mechanisch ausgeübt wird. Mechanischer Fortschritt! Die erste Stufe zu dem Reich der vollkommen reinen und blinden Gerechtigkeit.«

»Wie?« Belfontaine zuckte heftig zusammen, faßte sich gleich darauf wieder und fragte zerstreut: »Was sagten Sie eben? Blinde – Gerechtigkeit?«

»Ach«, flüsterte Gully verzückt, »Sie glauben nicht, welche Zusammenhänge ich bei geschlossenen Augen ahne; nachts: wenn es vollkommen dunkel ist und ich mich schlaflos wälze, die Decke über den Kopf gezogen, damit der Mangel an Sauerstoff mich rascher betäuben kann. Ich sehe nichts, mein Gefühl ist erloschen; Geruch, Geschmack: alles verloren –« (Regenwurm, dachte Belfontaine wieder, ohne es auszusprechen.) »Jede Willkür der Sinne ist ausgeschaltet, ich bin ein Seismograph sozusagen, ein blindes Werkzeug, und zeige aufs feinste jede Erschütterung an. Es rieselt, ein Zittern läuft durch die Erde: die Masse bewegt sich, auch sie ist blind und folgt den Kausalgesetzen. Alles gesetzmäßig, alles bedingt und alles, wenn man es so betrachtet, von erhabener Schlüssigkeit. Wer die Logik des Lebens erfaßt hat, den trübt keine Träne mehr.«

»Nun, ja«, sagte Belfontaine unbehaglich. »Kein Haar fällt vom Haupt und kein Sperling vom Dach –«

»Willkür! Willkür!« schrie Gully entsetzt. »Welches Mißverständnis! Ein Gott von außen! Ein großes Auge im Strahlendreieck, wie es die Schulkinderfibel vorweist; darunter der Spruch – na, wie heißt er doch gleich? – ‚Ein Auge ist, das alles sieht, auch was bei finstrer Nacht geschieht.' Haha! Und wir sind die Käfer. Das Auge blinzelt: wir werden verschüttet ... zertreten ... einige haben Glück und kommen für diesmal davon. Ein Glück, das vom Wimperschlag eines großen, offenen Auges abhängt? Nein. Ich behaupte, nein. Das Glück ist blind und hängt am Gesetz der Zahl. Genau wie die Masse. Genau wie der Fortschritt und die Gerechtigkeit.«

Herr Gully hob feierlich eine Hand und bog mit dem Zeigefinger der andern zuerst den Daumen ab. »Fortschritt!« sprach er pathetisch. Den zweiten Finger bezeichnend: »Gerechtigkeit!« Und den dritten: »Wohlfahrt – diese drei zusammen bilden die Pfeiler jeder künftigen Menschlichkeit. Mit dem Fortschritt«, wieder bog er den Daumen, soweit es anging, zurück, »entspringt und läutert sich ganz von selbst auch die Gerechtigkeit. Gerechtigkeit aber und Fortschritt« – er spreizte den Zeigefinger angestrengt von dem Daumen weg – »verbürgen uns als drittes die Wohlfahrt. Das Glück, die Humanität. Mein Bester«, sagte er fast beschwörend, klappte Daumen und Mittelfinger nach unten und spießte über den Gartenzaun weg Herrn Belfontaine mit dem langen, gebogenen Deutefinger wie einen Kohlweißling auf, »ich glaube, wir pflücken erst heute die Früchte der französischen Revolution.«

Der andere schrak in die Höhe. »Nicht bei mir!« entgegnete er verwirrt und starrte gebannt auf den Finger Gullys, der immer noch unheimlich nahe auf ihn gerichtet war. (Bin ich wahnsinnig? fuhr er inwendig fort. Eine Geste. Nichts weiter. Eine Gewohnheit. Ich darf mir nichts merken lassen.) »Ich meine...«, setzte er wieder an, aber langsam, um Zeit zu gewinnen – – »Sie haben kein Glück bei mir mit Ihren Pferdelosen.«

Der Kollekteur sah ihm mild, fast mitleidig, in die Augen. »Herr Belfontaine«, fragte er dann in gleichmäßig ruhigem Tonfall, »trauen Sie mir vielleicht – Beobachtungsgabe zu?«

Ein langer, entsetzlicher Schauder fuhr geisterhaft über Belfontaines Scheitel und strich ihm den Nacken herunter. »Oh ja – gewiß ... doch«, stotterte er. »Aber ... was soll diese Frage?«

»Sie haben vorhin gewartet«, sagte Gully bestimmt. »Ich weiß es. Aber, ich weiß nicht, auf wen. Einerlei. Und Sie wurden enttäuscht. Der Betreffende kam nicht und wird nicht kommen, ich habe das im Gefühl.«
»Natürlich«, entgegnete Belfontaine mit einem Versuch zu scherzen und merkte, daß sich sein Kragen schon langsam feuchtete, »natürlich: Seismograph!«
»Oh –« wehrte Gully bescheiden ab, »in diesem Fall nur Beobachtungsgabe. Weiter nichts als Beobachtungsgabe.«
»Und wie lange, mein lieber Gully«, fragte ihn Belfontaine mühsam beherrscht, »beobachten Sie mich schon?«
Anstelle einer Antwort schlug Herr Gully umständlich sein Jackett mit dem schlissigen Innenfutter zurück und holte auf zärtliche Art und Weise ein Bündel Lose hervor. »Bitte!« sagte er leise und fast ohne Eindringlichkeit. »Das Glück ist da. Das Glück ist gekommen und hat seinen Weg gefunden. Ich weiß: Sie werden gewinnen – pst, widersprechen Sie nicht.«
»Glück ...«, murmelte Belfontaine wie im Traum und hatte dabei die Empfindung, einen Stein auf der Zunge zu tragen. »Glück – das ist etwas für Dumme. Für Leute mit Liebeskummer, die sich einbilden: jetzt gewinnst du.«
»Aber meinen wir beide denn dieses Glück?« flüsterte Gully und schloß die Augen, als lausche er in sich hinein. »Nein, nein, wir meinen nicht dieses dumme, von Aberglauben getrübte Glück, dieses Kaffeesatzglück, dieses Dienstmädchenglück, von welchem die Jettchen und Bethchen glauben, daß es durch Liebeskummer beeinflußt werden kann. Wir meinen das blinde Glück. Das Gesetz. Das Glück, das in der Gesetzesschale wie ein Nußkern beschlossen ist.«
»Und«, fragte Belfontaine ihn betroffen, »Sie glauben im Ernst, daß es – so etwas gibt?«

Herr Gully blies durch die Nase. »Ich glaube es nicht, ich weiß es. Ich weiß darum, wie ich beispielsweise – na ... um das Fallgesetz weiß.«

»Kein Haar vom Haupt und kein Sperling vom Dach?« fragte Belfontaine wie ein Knabe, der ein Säckchen Bausteine haben soll, aber immer wieder aufs neue zu der glänzenden Murmel zurückkehrt, die er vorher gesehen hat.

Der andere blickte ihn nachdenklich an. »Später«, sagte er endlich. »Später werden Sie mich begreifen und den Unterschied zwischen Gesetz und – ‚Vorsehung' kennenlernen. Heute müssen Sie mir vertrauen. Sich ganz auf mich verlassen. Sie werden gewinnen – –«

»Ich will nicht«, erwiderte Belfontaine schwach.

»Gut, gut, Sie wollen nicht. Nehmen wir an, dieser Wille könnte das große Gesetz, welches hier waltet, durchbrechen. Sie gewinnen nichts. Schön. Und was weiter? Sie haben durch Ihren Einsatz einem andern zum Glück verholfen. Ein Almosen für den Unbekannten, den großen Unbekannten – haha! Ein ‚verdienstliches Werk': so würde wahrscheinlich Ihr Pfarrer dazu sagen.«

»Nein, nein«, erwiderte Belfontaine hastig und deckte unwillkürlich das Bündel, das ihm Gully entgegenhielt, zu. »Soviel ich weiß, ist der Pfarrer gegen Glücksspiel in jeder Form.«

Herr Gully verlor seine Fassung. »Ach«, rief er höhnisch, »und wogegen noch? Auch gegen die Familienmoral? Die Sittenreinheit? Die Einehe? Wie?«

»Ich verstehe nicht«, sagte Belfontaine hilflos und zog seine Hände langsam von dem Losebündel zurück.

»Nein, ich verstehe das auch nicht«, entgegnete Gully scharf. »Soeben bin ich ihm wieder begegnet, zehn Meter vor Ihrem Hause, ich dachte, er sei auf dem Weg zu Ihnen und wollte Ihnen den Dank abstatten für – ja, man erfährt eben alles ... für Ihren selbstlosen Einsatz – –«

Belfontaine sah ihn verständnislos an, Gully wurde ein wenig verlegen und brachte rasch seinen Klatsch zu Ende.

»Es wurde doch letzten Mittwoch im Kasino darüber abgestimmt, ob der katholische Pfarrer eingeführt werden sollte. Die Kugeln standen vollkommen gleich. Zwölf schwarze: die Logenbrüder; zwölf weiße: der übrige Vorstand. Da sagten Sie: entweder – oder! Entweder nimmt man den Pfarrer auf, oder ich trete aus. Na, wie die Sache entschieden wurde, brauche ich nicht zu erzählen. A la bonheur! Und was tut der Pfarrer? Ich frage Sie: was tut er? Bitte, sagen Sie nicht, er könne nichts wissen. Das Kasino ist keine Loge. Die Vorstandsmitglieder haben Frauen, der Pfarrer hat eine Haushälterin. Also? Bedankt sich der Pfarrer? Sucht er Sie auf oder lädt er Sie ein? Er geht vorbei. Er marschiert zu Gitzlers, ganz ruhig, am hellichten Tage. Dabei weiß es das ganze Städtchen, daß Frau Gitzler ein schlechtes Verhältnis mit einem Schauspieler hat und jeden Donnerstag 12.20 nach Mainz herüberfährt. Von ihrem Mann will ich schweigen. Er gehört zu dem Jagdklub, das spricht für sich selbst. Und bei diesen Leuten verkehrt der Pfarrer. Morgens, mittags und abends – zu jeder Tageszeit. Obwohl man ihn aufklärt, obwohl man ihn bittet, kein Ärgernis zu geben. Einmal soll er sogar nach der Messe ohne Frühstück dorthin gegangen sein und erst zu dem Mittagsbrot wieder nach Hause gekommen sein. Freitags verspeist er da seinen Fisch, ich nehme an, daß die Hausfrau ihn regelmäßig von Mainz mitbringt, er trinkt mit Herrn Gitzler Bowle: Maibowle, Walderdbeerbowle, je nach der Jahreszeit, nicht wahr – –«

»Genug, genug!« sagte Belfontaine matt und gequält. »Glauben Sie etwa, ich bin nicht im Bilde? Übrigens gibt er den beiden Kindern jetzt Religionsunterricht. Eine

Mischehe, Sie verstehen, die Kinder sind evangelisch getauft, nun soll die Frau es durchgesetzt haben –« Er stockte, errötete, fühlte dunkel, daß das Leben dieser Frau Gitzler in einem seltsamen Gegensatz zu dem eben erwähnten Erfolg in ihrer Familie stand, und zog mit flatternden Fingern ein Los, ohne es anzusehen; faltete rasch das Papier zusammen und fragte geschäftsmäßig: »Wieviel macht das?«

»Drei Mark und fünfzig«, gab Gully zur Antwort. »Kein großer Einsatz, baldige Ziehung, natürlich auch keine Million zu gewinnen - was schadet das aber? Sie nehmen es einfach als einen kleinen Versuch. Mißglückt er, so werden Sie nicht mehr spielen; gewinnen Sie – nun, ein hübsches Gespann ist im Handumdrehen verkauft. Vielleicht, ich weiß es natürlich nicht, haben Sie einen verborgenen Wunsch, den Sie sich dadurch erfüllen. Eine Abwechslung? Eine Reise? Ihre Frau hätte sicherlich nichts dagegen, besonders, wenn ganz nebenbei auch für sie eine Kleinigkeit abfallen sollte. Verplaudern Sie aber vorher nichts. Verstecken Sie auch das Los; die Überraschung ist nachher größer, und sollten Sie leer ausgehen, so hat sie nichts zu verzeihen.«

Herr Gully schichtete wieder die Lose zu einem Bündel zusammen und ließ das Geld, das ihm Belfontaine reichte, in seine Tasche gleiten: scheinbar gedankenlos, ohne zu zählen, mit bewußter Nachlässigkeit.

»Adieu!« sagte Belfontaine brüsk und fragte, schon halbwegs abgewendet: »Wann soll denn die Ziehung sein?«

»In vierzehn Tagen«, gab Gully zurück. »Zur Eröffnung des Pferdemarkts.« Er lüftete seinen Strohhut und war bereits mit der Geschwindigkeit eines Bodenreptils verschwunden.

Indem sich Belfontaine langsam in den Garten zurückbegab, entfaltete er das Los und sah seine Nummer an.

Er zählte die einzelnen Ziffern zusammen und teilte die Quersumme wieder durch drei; fand – ohne sich zu fragen, warum – daß die Nummer ansprechend auf ihn wirke und einige Aussicht habe, etwas Tüchtiges einzubringen; dabei wurde ihm, wie er so spielte, bewußt, daß ihn seit langem nichts auf der Welt so angenehm aufgeregt hatte wie dieses sinnlose Stückchen Papier; sinnlos natürlich nur, wenn es am Ende doch bloß eine Niete war.
»Aber es ist keine Niete«, sagte Herr Belfontaine halblaut und ahmte unwillkürlich den Tonfall des Lotterieeinnehmers auf das genaueste nach. »Ich werde gewinnen. In vierzehn Tagen –.«
Er hielt den Atem an und versuchte, ganz langsam auf vierzehn zu zählen, ohne die Luft zu erneuern; dann stieß er sie mit einem Seufzer der Befriedigung wieder aus, drehte das Losblättchen gegen die Sonne und betrachtete aufmerksam das verschnörkelte Wasserzeichen, die Fäserchen, dünnen Linien und Unregelmäßigkeiten in dem graublauen, kleinen Papier, bis er schließlich darin einen Sinn und ein Bild zu erkennen glaubte: eine Algenlandschaft, blasigen Tang, dazwischen den Zug der Fische, und über allem ein Netz aus unbestimmt flirrenden Wünschen, träger Erwartung und schläfrigem Reiz, der nicht übel zu diesem Vormittag stimmte, zu dem langweilig schönen Wetter und den harmlosen Wattewolken.

»Du meine Güte – fast hätte ich heute das Freitagsfrühstück vergessen!« sagte Herr Belfontaine plötzlich und ließ die Hand mit dem Los wieder heruntersinken. »Übrigens ist auch die Runde jetzt sicher zurückgekommen.«
Die ‚Runde' war, wie ihr Name besagt, eine Tafel von Artusrittern, die sich an jedem Freitag der Woche zu einem Gabelfrühstück mit Champagner zu treffen pflegten und den Eintritt in ihren seltsamen Orden weder von

Stand, noch Bekenntnis, sondern allein von der Freude an erlesenen Gaumengenüssen und dem Wissen um ihre Herstellungsweise bis in die Zutaten abhängig machte – also wenn man so will, ein Stammtisch von Liebhaberköchen, deren jeder eine Besonderheit hatte, eine Schrulle, welche sich beispielsweise auf die Fütterung der Kapaunen bezog, auf die Art des Holzfeuers – keiner von ihnen hätte etwas gegessen, was auf dem Gasherd gekocht war! – auf die Höhe, Breite und Reinigungsart der verschiedenen Kasserollen und vorzüglich auf die Gewürze, von den gewöhnlichsten angefangen: Salz, Pfefferkorn, Weinbeere, Knoblauch, Muskat, von denen die albernste Köchin schon weiß, daß man nicht sagen darf: »Da ist Muskat –«, sondern vielmehr: »Ist da Muskat dran?« bis zu den ausgefallensten Dingen, die nur dem wägenden feinen Gefühl zwischen Daumen und Zeigefinger zu überlassen sind – der Paprikaprise, dem Curry, dem Ingwer: Reizmittel, denen der, der sie liebte, eine unersetzliche Wirkung zuschrieb, wogegen ein anderer wieder eine Krebssauce an die jungen Erbsen, Wacholderbeeren ans Kalbfleisch, gehackte Champignons, Estragon und etwas Zitronenschale an die Puterhenne zu geben befahl – und ein dritter auch diese Henne verschmäht und als barbarisch, ja, als mißglückt bezeichnet haben würde, wenn man den Boden der Pfanne nicht vorher mit den verschiedensten Küchenkräutern: Sellerie, Pastinak, Petersilie sorgfältig ausgelegt hätte.

Trotzdem konnte man jene Leute nicht einfach als ‚Fresser' bezeichnen; ja, nicht einmal der Ausdruck ‚Genießer' oder ‚Gourmand' hätte die Haltung dieser Lebenskünstler getroffen, die sich mit Stolz ‚Sybariten' nannten, noch lieber ‚Sybariten des Geistes', eines Geistes, der seinen Sitz auf der Zunge und unter dem Gaumen hatte, im Eingeweide und nicht zuletzt in den verschwiegensten Körperteilen, wo man ihn freilich, wenn schon als Geist, so doch als tüchtig gefallenen Geist hätte bezeichnen müssen. Will sagen, daß die Herren der Runde einen höheren Ehrgeiz hatten als jenen, den die Menschen dieser gesegneten Landschaft im allgemeinen besitzen: zu essen, zu trinken und fröhlich zu sein; ja, daß sie mit Entsetzen und Abscheu einen Steinklopfer an der Straße betrachtet haben würden, der in der Linken sein Taschenmesser, in der Rechten den Wurstzipfel hat und die abgesäbelten Stücke behaglich unter den Schnurrbart schiebt. Denn ihre Art, mit den niedrigen Freuden des Daseins umzugehen, war vor allem und jederzeit ausgezeichnet durch ein moralisches Element, das sich auf alle Gebiete erstreckte, die der Mensch sonst nur in tierischer Dumpfheit oder kalten, entschlossenen Willens zur Weide nehmen kann. Deutlich gesagt: sie bemühten sich emsig, jedes Laster mit einer Tugend aufs innigste zu verbinden – und nicht die Freßlust, sondern die Nacktheit, mit der sich die Freßlust ganz unverhohlen am Straßengraben zeigt, hätte sie aufgeregt. So waren sie, außer dem Umstand, daß sie Ärzte, Kaufleute, Rechtsanwälte oder Privatiers waren, alles, wozu ein Schuß Geist gehört, ein Körnchen Weltschmerz und eine Art geläuterten Schönheitssinnes: sie waren zärtliche Ehebrecher und höfliche Halsabschneider, geschmackvolle Zotenreißer, elegische Sadisten – – und wenn ein Fremder, ein Zugereister oder unglückseligerweise dorthin versetzter Beamter etwa glaubte, es dürfe sich jedermann zu ihrer Gemeinschaft rechnen, der nicht rülpste, den Fisch nicht zerschnitt und den Spargel von einem Ende des Mundes zum andern zu ziehen wußte, so sollte er bald erfahren, daß die Kunst: den Genuß mit Hilfe der Tugend (wie den Geschmack des erlegten Wildes mit dem Verwesungsduft) aufzustacheln, bedeutend schwieriger war, als er sich vorgestellt hatte.

Andererseits verlangte die Runde keine Ausschließlichkeit und bezog ihre Mitglieder ohne Schaden aus dem Jagdklub, der Freimaurerloge und dem allgemeinen Kasino, wobei der Bestand dieser ersten drei um keinen einzigen Mann vermindert und ihre Besonderheit nicht gestört, ja eher gesteigert wurde – nicht zuletzt deshalb, weil, wie schon berichtet, die Sybariten sich Mühe gaben, jede Eigenschaft durch ihr Gegenteil sowohl zu würzen wie auszugleichen; immer bedacht, das Gewürz nur als Frage: »Ist da Muskat dran?« ahnen zu lassen. So setzten sie der Verschwiegenheit einer dachsbauähnlichen Freimaurerloge das Geschwätz über Schwein und Forelle entgegen, den halben Verrat ihrer besten Rezepte und den ganzen der Ehebrüche, die sie begangen hatten; den Charakter des Jagdklubs, welcher hinwieder ein allzu reichliches Maß an derber Offenheit hatte und, was ihm an Frauen über den Weg lief, ganz ungesalzen und ungeschmalzen mit Haut und Haaren verspeiste, dämpften sie durch die Befolgung gewisser Anstands- und Tischregeln ab; das bürgerliche Kasino zuletzt verdarben sie durch Gedanken, die aus den hochgezüchteten Bäuchen: den weißen, weichlichen, hellblond beflaumten, mit dem Gewicht von Verdauungsblasen unaufhörlich ans Tageslicht stiegen, und beherrschten das Feld, wohin sie auch kamen, indem sie ihre ganze Person, gewissermaßen fertig gebraten, zu jeder Geselligkeit brachten: Spanferkel, denen Messer und Gabel schon kreuzweise hinter dem Specknacken saßen wie im Schlaraffenland.

Daß Herr Belfontaine, welcher von jeher ein bedeutender Schlemmer war, nicht ausdrücklich zu der Runde gehörte, lag vor allem in dem Trefftag begründet, der keinen Fleischgenuß für ihn zuließ und ihn daher bis zu gewissem Grad von dem Treiben der Sybariten ausschloß; ja, ihn zum Anstoß und Ärgernis machte, zu einem Anlaß, den

Ton zu wechseln, sobald er zur Tür hereinkam, das abgenagte Geflügelblatt endgültig auf den Teller zu legen und nichts als behaglich zu sein – dies alles natürlich, nachdem man ihn anfangs reichlich gehänselt hatte, bis man einsehen mußte: Herrn Belfontaines Gründe verdorrten weder an solchem Gespött, noch ließen sie die Lebenslust dorren, die diesen gelassenen Mann erfüllte und ihm wie Salböl über den Scheitel und die kräftig durchbluteten Backen rann.

Heute nun war die Runde von einem Ausflug zurückgekommen, der sie für einige Tage auf ein Wasserschlößchen im Spessart entführt und mit Tafeln und Bechern, Schachspiel und prächtigen Mondaufgängen auf das angenehmste beschäftigt hatte. Ein früheres Mitglied der Runde, Heimatforscher und Archivar, dem von Staats wegen die Erlaubnis, dort in alten Papieren zu schnüffeln, vor kurzem erteilt worden war, hatte sie eingeladen: den Amtsrichter und den Apotheker, von denen der erste seinem Assessor, der zweite seinem Gehilfen die Arbeit überließ; Herrn Böhmer, welcher von seinen Zinsen, Herrn Rübsam, der von den Zinsen anderer Leute lebte, nicht zu vergessen Herrn Gitzler, der sich nur mit dem kleinen Finger auf seinen Kohlen- und Kalihandel, mit den andern vier auf die Börse stützte und als einziger außer Herrn Belfontaine etwas von Aktien verstand; lauter unabhängige Leute also, natürlich auch unabhängig im Denken, wie sie ausdrücklich zu betonen pflegten.

»Na, da wird ja wohl wieder was fällig sein«, sagte Belfontaine vor sich hin und verspürte plötzlich ein Hungergefühl von zwiespältig wirkender Art: etwas, das wie ein Pfefferkorn war, um seine Zunge zu reizen und ihr gleichzeitig den Geschmack für die feineren Grade von Süß und Sauer mutwillig zu zerstören; wie eine zarte, aus allerlei Kräutern zusammengeflochtene Peitsche, von welcher

Belfontaine noch nicht wußte, wohin sie ihn treiben sollte.

»Dieser Blinde!« entfuhr es ihm unwillkürlich. »Mich aufzuhalten! Mir meine Zeit und jetzt auch noch mein Vergnügen zu stehlen! Denn es ist klar: ich bin überhungert und werde daher keinen rechten Genuß an meinen Schnekken haben. Nun, dem ist abzuhelfen mit etwas geröstetem Weißbrot und einem Schlückchen Wein. Aber das Los! Ich muß es verstecken, bevor es Elisabeth sieht.« Er tastete seinen Rock ab. »In der Brieftasche? Nein, das wäre das Dümmste. Überhaupt nicht in meinem Anzug. Auch das Kontor ist nicht recht geeignet, ganz abgesehen davon, daß mich Fritz, dieser Esel, beobachten könnte und Anlaß zu grinsen hätte. Wahrhaftig, ich weiß nicht, wohin damit. Das kommt von meinem moralischen Leben und meiner Arglosigkeit. Jeder Bauernbursche wäre so pfiffig, ein ganzes Huhn zu verstecken, während ich ... ich bin weder ein Bauernbursche, noch ein gefährlicher Mann. Alles ist klar bei mir, alles liegt offen und unverhohlen zutage, ohne Klecks, mit dem Lineal gezogen wie die Linien in meinem Hauptbuch.«

Er dachte einen Augenblick nach. »Wenigstens seit dem Geheimnistag ist alles vollkommen klar«, sagte Herr Belfontaine dann.

Wiederum schwieg er, sein Herz schwieg mit und schien auf ein Lob zu warten. Doch es kam nichts, und seine Brust blieb leer, das Herz fing mit kleinen, hastigen Schlägen wieder zu gehen an, eifrig und trocken wie eine Uhr in einem nächtlichen Zimmer; richtiger: einem schon halb geräumten, ringsum verdunkelten Zimmer, das man eigentlich nicht mehr bewohnt.

»Das weiß niemand besser als er –«, setzte Belfontaine seine Erwägung fort. »Er, der mein zweites Geheimnis mit Gott zusammen hütet, auch wenn er zwischen sich und das

Gitter immer die Stola hält und so tut, als wisse er nicht, wer da vor ihm im Beichtstuhl kniet.«
Herr Belfontaine verzog seinen Mund.
»Nun schließlich: es ist ja auch nicht erschütternd, was ich ihm so bei Gelegenheit der Generalkommunion der Männer einzugestehen habe. Ein bißchen oberflächlicher Staub – niemand würde ihn wahrnehmen können, wenn ihn das Licht durch die Kirchenfenster nicht ab und zu flimmern machte ... Wenn, wenn! Ja, wenn ich die Sünden des braven Herrn Gitzler hätte! Oder noch besser: die seiner Frau oder die von beiden zusammen. Vielleicht – nein, ganz sicher käme der Pfarrer dann ebenso gerne zu mir. Dieser Gully ist natürlich ein Dummkopf. Walderdbeerbowle und Rheinlachs! Warum nicht gar noch die Anziehungskraft von Frau Gitzlers bildhübschem Busen? Lächerlich. Sünderliebe, nichts weiter, vielleicht sogar ein gewisses Vergnügen, sich seine Stellung als Nachfolger Fischers immer noch schwerer zu machen. Mein Gott, denn, wenn man es überlegt: wer spricht von unserem Pfarrer anders, als von dem ‚Nachfolger Fischers', dieses hochgebildeten Mannes, dem der Bischof die Führung des Domkapitels, der diplomatischen Korrespondenzen und der adligen Konvertiten anvertraute? ‚Wie bitte', fragt man, ‚schreibt sich Ihr Pfarrer? Mathias? Soso, Mathias. Das ist doch der Nachfolger Fischers, dieses hochgebildeten Mannes ...' Und so weiter. Ich fürchte, er kommt im Leben nicht über diesen Fischer hinaus. Gewiß, man schätzt ihn, das ist keine Frage. Man lobt seine Lauterkeit. Es gibt auch einige Leute, die seine Predigten mögen, obwohl sie für einen geschulten Hörer seine Unbildung deutlich verraten. Sein Bücherschrank ist ein wahrer Jammer. Die Heilige Schrift in dreierlei Sprachen und einige Wüstenväter mit abgegriffenem Rücken; die Predigten Sailers; Linsemann, Hirscher, ich glaube auch noch Schee-

ben und Möhler – das ist der ganze Bestand. Jeder Schullehrer würde sich schämen ... Und dies noch in einer Kreisstadt, in welcher die Loge so stark ist und jedes Kasinomitglied den Fimmel des vollendeten Weltmanns hat. Du lieber Himmel: Kasino! Ich muß unbedingt auf dem Rückweg vom Frühstück mit seiner Trulle sprechen und ihr sagen, daß sie Hochwürdens Röcke der Reihe nach ausbürsten soll. Auch Fleckenwasser dürfte nicht schaden, obwohl ich annehme, daß der Speck hauptsächlich vom Alter herkommt. Es hilft nichts. Da ich mich für den Pfarrer nun einmal ins Zeug gelegt habe – – ach pfui, ich drücke mich aus wie Gully und weiß doch, daß ich im Grunde nur seine Freundschaft suche ...«

Herr Belfontaine stieß einen seltsamen Laut aus und zuckte nach einer Fliege mit blaugrün schillerndem Körper, sah sie entweichen und hörte deutlich eine starke, entschiedene Stimme sagen: »Ohne seit sieben Jahren vorangekommen zu sein.«

Dies war die Antwort, die Belfontaine vor ungefähr fünf Minuten vergeblich erwartet hatte.

»... vorangekommen zu sein«, wiederholte er wie ein Mensch, der den Schlag einer Turmuhr mitgezählt hat und dabei weiterdachte. »Und niemand weiß es doch besser als er, daß ich seit jenem Geheimnistag keine Todsünde mehr begangen habe und im Stande der Taufgnade bin. Er weiß es – auch wenn er als blinder Richter hinter dem Gitter sitzt. Nur Gott und er. Nicht der Bettler und nicht Elisabeth. Das ist mein zweites Geheimnis ... und das dritte«, er spuckte gegen das Los, »das dritte ist dieses hier!«

Ohne nachzudenken, bog er es hastig zu einem Röllchen zusammen und ging zu der Gartenkugel.

»Hier sucht es niemand«, sagte er leise, schraubte den silbernen Ball ab und warf das Los in den hohlen Ständer,

setzte dem Ständer wieder den Kopf auf und nickte seinem verzerrten Gesicht in dem Vexierspiegel zu ...
Einige Zeit darauf sah man Belfontaine über den Roßmarkt in der Richtung des Schloßkellers schlendern. Er trug einen leichten, graublauen Filzhut, der zu dem Anzug paßte und mit dunklerer Litze eingefaßt war; eine Perle in der Krawatte und Schuhe mit Wildledereinsatz; seine Linke schlug ab und zu mit einem Paar Handschuhen gegen den Schenkel, die Rechte hatte er halb in seinem Jackett vergraben. So gab er den Anblick eines gepflegten, mit sich zufriedenen Mannes ab, nicht eigentlich eines Kaufmanns, aber auch keines Beamten; sicherlich keines Künstlers, doch eines kunstempfänglichen Menschen; vielleicht eines Architekten, wofür man Belfontaine schon auf Reisen öfter gehalten hatte. Von Zeit zu Zeit nahm er den Hut ab und grüßte in angemessenem Bogen; das leise, lustige Klatschen des Handschuhpaares begleitete ihn und wiederholte sich, wie er dahinging, in immer kürzeren Zwischenräumen; sein ganzer Körper bewegte sich rascher und wiegte sich in den Hüften.
Jetzt glich er mit diesem Gang einem Tänzer, jetzt wiederum einem Matrosen; es war der Gang eines Städters, dessen Geburtsort an einem Strom liegt und an dem großen Hafen des Stromes, der den Strom mit anderen Ländern und mit dem Weltmeer verbindet – der Nordsee und dem Atlantik, hoho! der Freiheitsstatue, den Wolkenkratzern und der Entwicklung des Menschengeschlechtes; mit lauter neuen, werdenden Dingen und also mit seiner Zukunft, während hier nur Vergangenheit war: ein Schloß, eine Straße Napoleons, die ursprünglich Römerstraße, und eine zerfallene Mauer, die schon keltisches Erbe gewesen; von dem Hunnenturm ganz zu schweigen, dem Etzelhof und den Gespenstergeschichten, die in den Ritzen saßen.

Nein, dieser lebhafte, offene Mann, der in Mainz die höhere Schule besucht, Italien und sämtliche Schweizer Kantone zu seinem Vergnügen bereist und als Banklehrling später ein Jahr in England zugebracht hatte, gehörte noch immer nicht ganz in das Städtchen, obwohl er von seiner Großmutter Seite darin beheimatet war und ein starkes, ja, eingefleischtes Gefühl für dessen Eigenart hatte. Entsann er sich doch, wie er, jungvermählt, mit dem heimlichen, heftigen Wunsch durch die Straßen gegangen war, sein Taschentuch wie eine Elfenkappe über die Steine zu werfen, die von den alten keltischen Kulten etwas wie einen schweißigen Glanz zurückbehalten hatten, etwas Tückisches, einen nächtlichen Zauber, der verwirren und narren konnte. »Dieses Mondnest«, nannte er es im stillen und meinte damit, daß es eigentlich immer wie unter dem Vollmond läge: so klar und gleichzeitig wie verhext und auf der Stelle zusammengeronnen; ohnmächtig, sich zu erweitern, es sei denn in die Tiefe; nicht unähnlich jenen Sagen, die stets damit beginnen: »Drei Schritte abwärts ...«, also dorthin, wo die Erinnerung hockte und heckte - doch, was sie heckte, das waren Leute, von denen Belfontaine glaubte, daß sie alle ein wenig verrückt sein müßten wie Menschen, die eben kein anderes Licht als bloß der Vollmond bescheint; reizbar und geil ohne richtigen Frohsinn, der nur an der Sonne gedeiht. Natürlich war er nicht dumm genug, diese Meinung zum besten zu geben oder auch nur vor sich selbst für rundherum richtig zu halten, obwohl sich ihm jener erste Eindruck in manchem bestätigt hatte – gewiß nicht so wie das Einmaleins, aber doch wie ein Traum, den geträumt zu haben man hinterher merkwürdig findet.

Oder war dieser Gitzler nicht geil wie ein Affe? Dieser Rübsam nicht ab und zu so gestört, daß man ihn einschließen mußte? Hatte Böhmer nicht Liebhabereien, von denen man besser nicht sprach? Und so war alles. Das ganze gesellige Leben in diesem vertrackten Städtchen glich den medusischen Bräuchen einer heidnischen Religion, der man, um sie zu retten, das Haupt der Göttin Vernunft auf die leeren Schultern gesetzt und am Halswirbel festgeschnallt hatte. Medusisch? Pah, eine Vogelscheuche. Eine Gartenkugel wie seine, aus Technik und Rührung zusammengesetzt – innen durch und durch hohl.

Herr Belfontaine grüßte wieder und wechselte mit dem Gerichtsvollzieher ein paar verbindliche Worte.

Medusisch? Doch: auch medusisch, wenn man damit die gespenstische Mischung von Laster und Fortschritt meinte; diese kindische Brunst, mit welcher die Väter von dem früheren Landesfürsten ein neues Bordell erbeten und kürzlich ein kleiner Knabe aus Belfontaines Nachbarschaft zu der österlichen Erzählung von Christi Auferstehung bedauernd geäußert hatte: »Warum hat man auch Nägel genommen? Sie hätten ihn festschrauben sollen.«

Oh, ja – man merkte die Nähe Frankreichs und sah in der trockenen, klaren Luft die Guillotine blitzen – –.

Da. Da, jetzt mußte man stehen bleiben. »Guten Tag, Herr Rektor. Die Schule schon aus? Soso, Sie fahren aufs Ministerium. Sehr richtig, ich würde mich gleichfalls beschweren. Jawohl: unhaltbar. Ein ganz unhaltbarer Zustand. Wie bitte? Ob ich dran denke? Woran denn, zum Teufel? Pardon! Natürlich! An Ihre Schülerbibliothek. Ich schicke Ihnen den ‚Kleinen Lord'. Elfriedchen bringt ihn herüber. Wie schade – den ‚Lederstrumpf' lehnen Sie ab? Aber es ist noch aus meiner Jugend ein alter ‚Robinson' da. Den haben Sie zweimal? Das macht nichts, das macht nichts. Ein so ungeheuer bildendes Buch. Nichts zu danken! Jawohl! Adieu!«

Als der Rektor an ihm vorbei war, drehte sich Belfontaine um. Hatte er nun allein gesprochen ... oder Rede und Antwort gestanden? Mein Gott – diese schreckliche Angewohnheit, mit sich selber Gespräche zu führen, nahm in letzter Zeit merkwürdig zu. Eine wölfische Welle, glühend und weich, leckte ihn flüchtig im Nacken und glitt etwas langsamer als die erste, welche Gully ausgeschickt hatte, von seinem Rücken herunter.

»Herr Rektor!« rief er unbeherrscht aus. Der andere zuckte zusammen, Belfontaine eilte rasch auf ihn zu und griff ihm an den Rock. »Robinson, nicht wahr?« fragte er leise, mit flatternder Oberlippe. »Mein alter Robinson!«

»Aber, Herr Belfontaine«, gab ihm der Rektor mit saurem Lächeln zur Antwort. »Sie scherzen, und ich versäume den Zug.«

»Richtig, Sie müssen aufs Ministerium!« sagte Belfontaine, tief erleichtert, und ließ den Verblüfften stehen.

Gleich darauf ging er sorgloser weiter, doch spannte sich sein Gesicht von neuem und schien nach innen zu starren: in eine Welt ohne Echo und Wände; so beschaffen, daß man darin allein war und Selbstgespräche führte.

»Unsinn«, sagte er plötzlich laut. »Jeder vertreibt sich die Zeit, so gut er eben kann. Der eine läuft, wenn er warten muß, wie ein Löwe im Käfig umher, und ein anderer schaut in den Spiegel. Ein dritter spricht mit sich selber oder tut alles zusammen: laufen, sprechen und in den Spiegel, beziehungsweise die Gartenkugel – –« dieses letzte Wort war bereits erloschen wie die Oberfläche des Silberballs, als die Wolke über ihn hinzog, und blitzte an einem anderen Licht ebenso schnell wieder auf.

»... Und ein dritter starrt in die Gartenkugel«, flüsterte Belfontaine. »Gartenkugel: Kopf auf, Kopf ab. Ich sagte es ja, man sieht heute weit – bis an die Guillotine. Die Luft ist so trocken, und dieses Licht, dieses kalte, klare, verdammte Licht – – nein, nein! Ich habe mich doch wohl getäuscht, als ich glaubte, das wäre so etwas wie ein heiliger Vorzeitmond. Aber nun weiß ich es besser.« Langsam und feierlich hob er die Hand und grüßte wieder einen Bekannten in malerischem Bogen. »Dieses Städtchen mit seiner Bevölkerung liegt unter dem Licht der Vernunft.«

II

In demselben Augenblick, als der Rektor, mit dem ärgerlichen Gefühl, von Belfontaines Anruf und Frage verspottet gewesen zu sein, sich wieder einen Ruck auf sein Ziel gab – schlug der Besitzer des Schloßkellers kräftig, jedoch mit sicherer Überlegung, wo er am wirksamsten landen würde, seinem Küchenjungen aufs Ohr.

»Ich will dir helfen, das Schneckenragout mit Käse zu überbacken«, sagte er vollkommen ruhig. »Und wenn du der Sohn aus dem ‚Astor' wärest, gäbe es keinen Pardon.« Er sah den Jungen durchdringend an und fuhr mit öliger Stimme fort: »Aber wer bist du? Der Sohn aus der ‚Traube' in dem dreckigen Offenbach. Ein Garnichts bist du. Ein halber Preuße. Die Hebamme brauchte dir nur einen Tritt in den Hintern zu geben, so warst du schon über der Grenze.«

Herr Gutermuth drehte sich zart in den Hüften und steckte die rosige Spitze des speckigen kleinen Fingers, an welchem er einen Damenring trug, in die Schüssel mit Mayonnaise. »Und so ein Nasenpopel wie du verdirbt mir noch meinen Ruf«, sagte er abgewendet, bückte sich auf die Hors d'oeuvres und verwandelte die Tomatenhütchen über den Eierstümpfen, indem er sie mit der Sauce betupfte, in leckere Satanspilze. »Aber diesmal wird es dir nicht geschenkt. Du darfst das Schneckenragout bezahlen und wirst es, so wahr ich Gutermuth heiße, in meiner Gegenwart fressen.«

Der Junge entfärbte sich, wurde grün und bekam dicke Augen. »Schnecken –« stieß er entsetzt hervor.

Herr Gutermuth betrachtete ihn mit sichtlichem Wohlgefallen. »Ach so, ich verstehe«, sagte er mild. »Unser Herr Eddie hat sicherlich heute den Wunsch, nach der Karte zu speisen.« Er lachte in hohen, gefährlichen Tönen und tändelte, außer sich vor Vergnügen, der Kochfrau, die vor dem Herdfeuer kniete, mit allen zehn Fingern zugleich auf dem Nackenpolster herum. »Nein, so was! Beiklern«, schluchzte er selig, »so was Schönes wie Eddies Gesicht, wenn er antreten muß, um die Schnecken zu essen, wird man sobald nicht mehr sehen!«

Die Kochfrau blickte gleichgültig auf. »Die Fischpastete müßte nach oben«, sagte sie unzufrieden. »Sonst wird ihre Kruste weich.«

Der Wirt nahm gehorsam die Platte entgegen, stülpte über das warme Gericht ein wappengeschmücktes Mundtuch in Form einer Bischofsmütze und schwebte die Wendeltreppe empor, deren Spindel vom Boden des Küchengewölbes bis zu der Decke des Gastzimmers durchlief und sich dort oben hinter der Theke mit einer Falltür auftat.

Von oben rann fades, grauweißes Licht die ausgetretenen Stufen wie eine Spittelsuppe herunter, von dünnem Klirren und Klappern und entferntem Gelächter begleitet – dann setzte sich wieder die Falltür auf, der Lichtschein erlosch ... An dem kleinen, vergitterten Fensterausschnitt der Küche gingen Herrn Belfontaines Schuhe vorbei: seitlich geknöpft, mit Wildledereinsatz und aufgebogenen Spitzen.

»Da kommt er –«, sagte die Beikler, horchte noch eine Weile nach oben und feuerte rasch eine Butterkugel in den qualmenden Herd hinein. »Das Holz will heute nicht richtig brennen«, erklärte sie dem schlotternden Eddi und wartete, bis die Flamme brauste, legte noch einige Hände Reisig und etwas Spaltholz darüber und stieß mit kräftigem Fußtritt die Ofentür wieder zu. »Gib das Ragout her!« sagte sie hastig und richtete sich auf. »Nein, warte. Du kannst mich füttern, indes ich die Ente rupfe.«

Die Kochfrau packte das Tier an den Flügeln, setzte sich breit auf den Küchenschemel und ließ den schlappen, blutigen Hals des frischgeschlachteten Vogels zwischen den Beinen herunterhängen; dann fing sie mit Wollust zu rupfen an; die Federn schnalzten, wirbelten, wölkten; der Junge, anstatt ihr die Schnecken zu bringen, starrte sie gierig an.

»Na, wird's bald?« fragte die Frau. Eddie faßte die Schüssel am Griff, verbrannte sich, schlug mit kläglicher Miene ein Handtuch unter den Schüsselboden und trug das Ragout herbei.

»Die Fischgabel!« sagte das »Frauenzimmer«, wie er heimlich die Beikler nannte. Sie machte den Mund auf, schlürfte und schluckte, ohne in ihrer Arbeit einen Augenblick innezuhalten, und leckte sich mit der fetten Zunge nach jedem Bissen langsam und gründlich über die breiten Lippen bis in die Winkel hinein.

»Schmeckt's?« fragte Eddie, zwischen Entsetzen und Wohlbehagen schwankend; brachte sein mageres Knie an ihren mächtigen Schenkel und blickte mit schlechtem Gewissen in die halbgeöffnete Bluse der Köchin, wobei er dachte, nun werde er sicher wieder einen von jenen Träumen bekommen, nach denen er sich sehnte; für die er nichts konnte und die er deshalb auch nicht zu beichten brauchte – er war fünfzehn Jahre alt, blaß wie Käse und litt immerfort an Furunkeln.

Kaum war die Schüssel zur Hälfte geleert, so ächzte die

Falltür wieder, und Gutermuth rief durch das Sprachrohr hinunter: »Für Herrn Belfontaine Rührei mit Trüffeln, aber ein bißchen rasch.«
»Sofort!« schrie die Beikler zurück und fügte leise hinzu: »Nun gerade nicht. Weil der Belfontaine Geld hat, denkt er vielleicht, ich springe da unten wie eine Groschenpuppe. Aber natürlich: so sind sie alle. Ich kenne diese Sorte.«
»Was für 'ne Sorte?« fragte der Junge.
Die Kochfrau schmiß das Tier in die Ecke und schlug sich den Federflaum ab. »Na, ja. Die nicht warten kann. Böh – –!« Sie griff Herrn Eddie frech an die Nase und schüttelte seinen Kopf ein paarmal hin und her. »Weißt du's jetzt? He? Du weißt gar nichts. Ein Mauerpisser wie du –.« Die Beikler versetzte ihm einen Stoß vor die miselsüchtige Brust und stellte die Pfanne auf. »Aber sei erst mal zwanzig Jahre da unten« – sie meinte: in der Küche – »so kannst du die Sorten wie Pfeffer und Salz im Dunkeln unterscheiden. Was einer frißt, und wie schnell er es frißt«, sagte sie in die zischende Butter, »ob er zufrieden ist oder dahinter noch gleich etwas anderes haben muß – – vor allem aber das Wartenkönnen oder die Ungeduld.« Sie schlug das erste Ei in die Pfanne, das zweite, das dritte, und rührte sie rasch mit einer Holzgabel um. »Ungeduld, Eier und Zwiebeln: daran erkennt eine Köchin den Juden; auch wenn er getauft worden ist. Alles andere, nein, das ist nicht so sicher. Die Haarfarbe nicht und erst recht nicht die Füße. Der Belfontaine, was, hat die schönsten Füße, die hier, solange ich denken kann, über's Pflaster gegangen sind. Das weiß er und trägt auch Pariser Schuhe – ‚Pariser Schuhe und Mombacher Füße?' – Nein! Diese Redensart paßt nicht auf den Lazarus Belfontaine.«
»Lazarus?« fragte der Junge erstaunt. »Aber dann meinen Sie wohl einen andern als unseren Belfontaine? Den nennen die Herren doch Lutz.«

»Schafskopf!« sagte die Köchin. »Möchtest du Lazarus heißen? Den ‚Lutz' hat der alte Schweickert erfunden«, fuhr sie fort und rührte die Trüffeln unter, zog die Pfanne vom offenen Feuer weg und stellte sie zur Seite. »Ich muß das doch wissen. Ich habe ja damals auf seiner Hochzeit gekocht. Wie lang mag das her sein? An sieben Jahre. Das Friedelchen ist ja schon fünf ... Na, also. Der alte Schweickert kam nachmittags in die Küche; seine Frackschleife war zu fest gezogen, und er hatte wohl auch über'n Durst getrunken, sein Gesicht war ganz blaurot, ich sehe noch heute die fingerdicken Adern. ‚Beiklern', sagte er damals, ‚Beiklern, mach mir die Schleife mal los. Ich kann sonst nicht weiteressen.' Dieses lange Aas, und noch dürr wie ein Geißbock – ich hätte, um an die Schleife zu kommen, auf den Küchenstuhl steigen müssen. Aber die Stühle, du lieber Himmel, standen alle voll von Geschirr und Gläsern, gerade wurde der zehnte Gang von dem Servierkellner angerichtet – jawohl, wir hatten zwölf Gänge, ohne Suppe und Nachtisch, mein Lieber! Da setzte der alte Schweickert sich mitten auf die Erde und streckte die Beine fort; es knackte von Krachmandeln, meine Güte, und als er aufstand, glänzte die Hose von dem zertretenen Fett. ‚Beiklern', sagte er damals am Boden und griff sich ein Weinglas vom Tisch herunter, ‚Beiklern, ich habe ihn umgetauft, prost! Weil's der Pfarrer vergessen hat. Unser L.. Lazarus heißt jetzt L.. Lutz.'«
»Na, da hat er ja wirklich Glück gehabt, dieser Herr Belfontaine!« sagte der furunkulöse Eddie mit wohlwollend männlicher Stimme. »Und ansehen tut man ihm eigentlich auch nicht, was er früher gewesen ist.«
Die Kochfrau lachte schallend heraus. »Der war auch schon früher hübscher als du ... du grätiger Pickelhering«, sagte sie unbarmherzig. »Geh hin und lecke die Schüssel aus. Wenn der Alte herunterkommt, kannst du

ihm sagen, du hättest aus lauter Genußsucht ein Loch in den Boden gekratzt.«

»... Hat er?« fragte der Wirt gespannt, als er wieder auf halber Treppe war, und bewegte die weichen Füße nahezu lautlos abwärts.

»Er hat, Herr Gutermuth!« sagte die Kochfrau. »Bis auf den Schüsselgrund. Ja.«

»Schade«, seufzte der Schloßkellerwirt. »Da bin ich zu spät gekommen.«

»Ach, es hat keine Mühe gekostet«, gab die Beikler boshaft zurück. »Als er hörte: Maischnecken klären das Blut ––«

»Einerlei«, sagte der Wirt gekränkt. »Einerlei. Nächstes Mal schlinge ich ihm eine gesottene Maus durch seine Kehle hinunter – die klärt ihm auch das Gehirn. Herrn Belfontaines Rühreier, los!« Er griff nach der Platte, verzog das Gesicht und sagte zu Eddie: »Ich weiß nicht, wofür wir dich eigentlich haben. Da, nimm die Serviette. Andersherum! Und von links die Platte geboten. Du wirst es nicht lernen. Trotzdem. Für heute bleibst du oben – natürlich im Hintergrund. Böhmer bekommt einen Aquavit, bevor er zu essen anfängt, Rübsam hinterher einen Kaffee mit Schwarzwälder Kirsch darin. Gitzler schließt jede Mahlzeit mit nacktem Roquefort und Butter, auf einem Weinblatt serviert, und Schmoller –– Du wirst es doch nicht behalten und Belfontaine sicher den Schwarzwälder Kirsch, Böhmer den Roquefort und Gitzler den Aquavit vor die Nase stellen; natürlich wirst du das tun. Wiederhole mal!«

»Rübsam ... den Aquavit«, begann Herr Eddie zu schnattern.

»Da haben wir's. Rübsam den Aquavit!« sagte Herr Guthermut höhnisch. »Und Belfontaine?«

»Belfontaine war nicht dabei«, platzte Eddie erleichtert heraus.

»So? Belfontaine war nicht dabei? Na, hoffentlich ruft er: hier bin ich, wenn du die Rühreier bringst. Allons –!« Er stieß ihn leicht mit dem Fuß in das ängstliche Zwetschgengesäß und folgte aufmerksam, erst mit den Augen und dann mit Augen und Ohren, Herrn Eddies Aufstieg zur Oberwelt: »Wahrhaftig, Beiklern, er klopft mit dem Kopf an die Falltür, weil er sich wohl nicht getraut, eine Hand von der Platte zu lassen ...«

»Na, endlich«, sagte Herr Belfontaine halblaut und trommelte mit den Fingern vor verhaltener Ungeduld. »Links herum – so. Das Fischbesteck nimmst du gleich fort. Was ich trinke? Wie immer. Weißen Burgunder, wenn du's nicht wissen solltest.« Er zerkrümelte rasch den Rest seines Brötchens und tupfte die Splitterchen auf.

»Prost, Belfontaine!« sagte sein Gegenüber, als der Burgunder ausgeschenkt war.

»Prost, Gitzler!« erwiderte jener und sog mit genießerisch prüfender Zunge den ersten Schluck in die Gaumenhöhle; gurgelte, trank und setzte das Glas ab, Herr Gitzler genau so – dann sahen sie beide einander in die Augen. In Gitzlers flimmerte es, als zöge ein Haifisch darunter her. »Auf Ihren Schützling!« sagte er leise und legte mit Daumen und Zeigefinger den großen, hellroten Mund zwischen dem Vollbart bloß.

»Und den Ihren!« versetzte Herr Belfontaine rasch, mit zuckenden Nasenflügeln.

Ein flüchtiges Beben ging hin und zurück, lautlos wie zwischen zwei Tieren, die um die Beute kämpfen.

Mit einem Ruck gab Herr Gitzler nach. »Meiner?« fragte er lässig, zog die Oberlippe hinauf und ließ seine Goldplomben blitzen. »Ich wüßte nicht, wieso.« Belfontaine starrte ihn fassungslos an. »Oder am Ende«, fuhr Gitzler mit aufreizend langsamer Stimme fort, »am Ende bin ich es gewesen, der das Kasino erpreßt hat? Nein, nein, lieber Belfontaine, glauben Sie mir: ich habe schwarz gekugelt. Das bin ich allein schon der Loge schuldig. Und dann: die Gesellschaft des guten Mathias habe ich ohnehin.«

Er lächelte still und drehte den Fuß seines Glases spielerisch hin und her; von der anderen Ecke des Tisches rief der dicke Böhmer mit Stentorstimme: »Ihr unterhaltet euch wohl über den Pfarrer Mathias? Der soll ja am Sonntag, hab ich gehört, zu unserem Gartenfest kommen, da nimmst du ihn doch an die Leine, Gitzler, damit er sich nicht verläuft?«

»Ich werde mich hüten, die heilige Kirche an die Leine nehmen zu wollen«, sagte Herr Gitzler kalt. »Erstens pflegt so etwas leicht in sein Gegenteil umzuschlagen, und zweitens sind andere näher dazu – ich meine: solche, die diesen Ritus genauer kennen als ich und wenigstens schon eine Kerze getragen oder das Kreuz von links nach rechts herübergezogen haben – –, die dürften es besser verstehen, ihn an der Leine zu führen.«

»Herr Gitzler!« fuhr ihn Belfontaine an.

Der andere brach in ein wieherndes, krankes, hohes Gelächter aus; Böhmer stemmte sich gegen den Tisch und kippte die Platte hoch, die Gläser klirrten und fielen um; Herr Eddie stürzte mit wedelndem Mundtuch wie ein geflügelter Kellner unter den Krach der Giganten und flog augenblicklich zur Wand zurück, wo er mit Standbein und Spielbein sich eben noch angelehnt hatte.

»Ja, seid ihr denn vollkommen übergeschnappt?« brüllte Böhmer, stellte die Tischplatte senkrecht und ließ alles zu Boden gleiten: die Speisen, Messer und Gabeln; Gedecke, Sektkübel, Flaschen und Gläser; Gewürzständer, Streichholzbehälter – – dazwischen lachte Herr Gitzler noch immer sein schmetterndes Pferdegelächter, und Belfontaine

hackte wild und mechanisch mit dem Schuhabsatz auf die Scherben und schmelzenden Eisstückchen ein.
An der Theke spülte das Mädchen mit ungestörten Bewegungen weiter und hob die Falltür empor. Der Wirt und die Beikler, Flußgöttern ähnlich – aber dem eigenen Fett entstiegen – trieben sanft und unwiderstehlich mit weichen Bewegungen aufwärts und hielten statt Dreizack und Muschelhorn die Schaufel, den Besen, den Scheuerlappen in sturmgewohnten Händen.
»Mach im Billardzimmer die Vorhänge auf!« zischte Guthermut seinem Pikkolo zu und riß ihm das Mundtuch fort.
»Ich war es nicht«, wimmerte leise der Bursch.
»Idiot. Zieh die Vorhänge weg, hab ich dir eben gesagt. Und laß das Geflenne, verstehst du?« Gleich danach setzte der Schloßkellerwirt eine künstliche Lache auf und näherte sich im Ballettschritt der Runde, Herr Böhmer faßte ihn um die Taille, die beiden Fetten tanzten Walzer, während die Beikler den Takt dazu klatschte und wie ein Mann durchdringend und grell eine Schlagermelodie pfiff.
Eine Weile starrten die Sybariten mit Augen, wie sie geschossenes Wildpret, kopfabwärts hängend, hat, auf das völlig entrückte Tanzpaar; dann schlug Herr Eddie die Tür zu dem Billardzimmer zurück, bückte sich, hob das Mundtuch auf und wedelte schlank und gefällig auf die schweigende Runde zu: »Bitte, die Herren!« wisperte er, und noch einmal, diesmal lauter: »Bitte, die Herren; wenn sich die Herren herüberbemühen wollten!«
Die Bitte-die-Herren wandten sich um und verließen die Stube im Gänsemarsch: der kleine Rübsam neben Herrn Schmoller, einem Amtsrichter, der die Gewohnheit hatte, in einem fort an den Zwicker zu greifen, ihn festzuklemmen und gleich darauf wieder den mageren Kopf zu schütteln; von neuem an den Zwicker zu greifen, ihn festzu-

klemmen, den Kopf zu schütteln – und dies alles mit furchtbar gequältem Gesicht, einem sozusagen schlaflosen Ausdruck in den wimperlosen Kaninchenaugen, die eine gläserne Härte hatten, als wische niemals das Lid darüber, geschweige, daß sie der Schlummer bedeckte ... Und wie sollte Herr Schmoller auch schlafen können, da er doch ständig den Zwicker richten und wieder losschütteln mußte –.

Ihm folgte der praktische Arzt, Herr Doktor Schiffenberger, ein höchst erfolgreicher Beutelschneider, der einen riesigen Damenzulauf – und nicht nur aus diesem Städtchen – hatte, weil er dafür bekannt war, die besten Entbindungen weit und breit und auch das chirurgische Drum und Dran mit einer Geschicklichkeit auszuführen, die alle Kliniken rings im Kreis längst hinter dem zurückließ, was Schiffenberger vermochte; ja, man erzählte sich, daß er sogar selbst dort etwas holen konnte, wo gar nichts gesät worden war: Früchte, die – wie noch andere aus Schiffenbergers olympischer Praxis – eine Reihe tüchtiger Knaben und Mädchen zu Stiefgeschwistern hatten.

Jener wiedererstandene Jupiter, ein üppiger, ewig schwitzender Mann mit griechisch geformten Händen, blickte angewidert und leicht entsetzt auf Schmollers Schüttelschädel. »Scheußlich«, sagte er eitel und kindlich zu dem Apotheker an seiner Seite, »dieses nervöse Geschüttel mit dem elenden Nasenklemmer. Warum trägt er denn keine Brille?«

Der Apotheker, noch größer als Böhmer, aber dabei so entsetzlich fleischlos, daß er wie eine Bambusstange beständig am Schwanken war, fuhr mit der Hand an das spitze Kinn, welches er, wie das ganze Gesicht, vollständig ausrasiert hatte, rollte die Augäpfel hin und her und sagte wegwerfend: »Brille! Na, Schiffenberger, ihr praktischen Ärzte seid doch vollkommen ahnungslos.«

»Wieso«, fragte Schiffenberger verdutzt, »bin ich vollkommen ahnungslos?«
Der Apotheker legte ihm fest seine knochige Hand auf die Schulter und sagte beschwörend: »Weil dieser Klemmer, vielmehr die Beschäftigung mit dem Klemmer, doch gerade Herrn Schmollers Zwangsvorstellung – –!«
Herr Schiffenberger trat wie ein Mensch, der ohne Arg ein Lokal besucht, in welchem die Gäste durch eine Wippe, deren Brett sie einige Stufen tiefer in das Vergnügen hinabwirft, auf die Falltür des Wortes »Zwangsvorstellung« und war sich der erotischen Störung, die sein Gleichgewicht dadurch erduldete, mit Unbehagen bewußt. »Freilich – eine Tragödie von Äschylos ist dagegen nichts«, sagte er widerwillig. »Aber ein Klemmerzwang! Ein geklemmter und losgeschüttelter Zwang! Na, ja. Ich verstehe. Träume! Libido! Es läutet sich auch allmählich in unseren Kreisen herum. Doch diese Urwald-Expeditionen sind mir im Grunde ein Greuel – man bindet sich eine naturechte Maske, made in Germany oder in U.S.A., aus Papiermaché und Ölfarbe vor und stochert mit Stöcken und Regenschirmen in dem Dickicht des Unterbewußten herum, wie man früher in die Summa des Thomas Löcher gestoßen hat, Lichtschächte, Sauerstoffschleusen und Schlitze, durch welche die Seele heulend entweicht wie das ‚Ite missa est' aus dem Mund eines unmusikalischen Priesters.«
Herr Kiebich blickte ihn mißtrauisch an. »Seele –«, sagte er dann erleichtert und spuckte dieses gefährliche Wort wie einen Kirschkern, den er noch eben vor dem Abrutschen in die Kehle bewahrt und verhindert hatte, sich nach der Gegend des Blinddarms zu begeben, in weitem Bogen aus. »Aber was wollen Sie?« fuhr er fort. »Meinen wir denn, wenn wir ‚Psyche' sagen, die – theologische Seele ... dieses unerlöste, katholische Ding, über das man nichts ausmachen kann?«

»Seele hin, Seele her«, sagte Schiffenberger in ungeduldigem Ton. »Wozu dann überhaupt dieses Wort, um einen Begriff zu decken, der etwas ganz anderes meint? Denn Sie brauchen im Grund doch den Ausdruck ,Seele', wie man ,Katze' für einen Laufkran sagt. Ich bitte Sie aber, wohin soll das führen? Die Wandervögel haben inzwischen schon wieder die Seele der Landschaft entdeckt. Ich würde mich gar nicht wundern, wenn man nächstens auch ,Blutseele' sagte. Nein, nein – da ist mir das alte ,katholische Ding', wie Sie's nannten, immer noch angenehmer.«

Er breitete seine Arme mit übertriebener Zärtlichkeit aus und sagte, als ob er die trauernde Psyche an seinen Busen zöge: »Seele, komm her – ich verteidige dich! Alle hierher hören! Ich, der Doktor Schiffenberger, verteidige die Seele!«

Sie waren inzwischen ein paarmal um die Billardtafel herumgeschlendert – gefolgt von Gitzler und Belfontaine, die eine halbe Betäubung in der Strömung der anderen mitschwimmen machte – und zogen sich nun vor dem Klacken der Kugeln, welche Rübsam und Schmoller zu stoßen begannen, in die Fensternische zurück, während Gitzler und Belfontaine, ihrem Gesetz der inneren Trägheit anheimgegeben, den Billardtisch weiterhin schweigsam und tierisch umrundeten. Die beiden gingen versunken vorüber, und Schiffenbergers Gesicht, noch gebadet von jenem Gefühl, mit welchem er ,Seele' gerufen hatte, wandte sich ihnen zu. Mit einem Ruck blieb Herr Belfontaine stehen und blickte ihn stumpfsinnig an.

»Komisch – klingt sowas in meinem Mund, nicht wahr, mein goldenes Lützchen?« fragte Schiffenberger verlegen.

Langsam kam Belfontaine wieder zu sich. »Ja ... aber wieso denn? Nun, allerdings. Entsetzlich komisch – –«

Sie lachten jetzt beide; dieses Lachen glich einem Wasserfall, der von Schiffenbergers Gesicht vergeblich das Öl der Verzweiflung herunterzuspülen suchte, mit dem es begossen war. Im Gegenteil: während er immer noch lachte, verschwand schon das Lachen wieder, und sein gesalbtes Dämonenantlitz mit dem Siegel unaussprechlicher Schwermut unter den braunen Haaren trat, fast wie verwundet, hervor.

In einem fort lachend, schlug Schiffenberger Herrn Belfontaine auf die Achsel. »Wir beide«, sagte er überwältigt, »wir beide verstehen uns, wie?« Ein Seufzer schwellte Herrn Belfontaines Brust, als er jetzt Schiffenbergers Gesicht fast mit den Wimpern berührte. »... Verstehen uns«, lallte der andere wieder. Es war so. Sie verstanden sich auch. Die Trauer der beiden verstand sich, wie regentragende Wirbelwinde in dem leeren, riesigen Raum der Nacht sich schon von weitem verstehen und nur darauf warten, einander zu finden, sich zu vermischen, herabzustürzen und den Boden, worüber sie lagerten, mit peitschenden Schlägen hinwegzuschwemmen, in Schlamm zu verwandeln, und nichts als den nackten, verödeten Felsgrund zurückzulassen, der jeglichen Samen, Beere und Korn, in Zukunft verweigern mußte ...

»Komm, Gitzler!« sagte der Apotheker und versuchte, Herrn Gitzler weiterzudrängen. »Lassen wir diese Phantasten mit ihren Göttern allein.«

»Lalala«, erwiderte Gitzler und blickte mit prüfendem Ausdruck von Schiffenberger zu Belfontaine und wieder zu Schiffenberger. »Götter und Göttinnen hat nur der eine«, – er deutete auf den Doktor – »der andere hat die Zehn Gebote, die Kirchengebote, die Fastenzeit ... na, kurzum: das Gesetz.«

»Meinetwegen, mein guter Gitzler«, sagte Kiebich verständnislos. »Lassen wir also die Götter und das Speisegesetz

allein. Übrigens habe ich Hunger und glaube, daß man endlich anfangen könnte.«
Er deutete mit dem Kopf auf die Tür, aber Gitzler hielt ihn am Ärmel fest. »Keine Überrumpelung!« sagte er kurz und bestimmt. »Böhmer kommt für den Sachschaden auf, wenn man Gutermuth nur die Zeit gönnt, ihm in die Knie zu treten.« Er schob den verwaschenen kleinen Vorhang der eingesetzten Glasscheibe fort und rückte Herrn Kiebichs Schädel in dem trüben Blickfeld zurecht. »Na?« fragte er leise. »Was sehen Sie?«
Herrn Kiebichs merkwürdig bleicher Hals zitterte wie ein Schmetterlingsrüssel über dem Blütenboden. Er trank in raschen, begierigen Schlücken das Bild, das Herr Gitzler ihm darbot: zwei unmäßig fette Männer hielten einander umschlungen, und jeder sprach, wie ersichtlich war, mit vertrauter Gehässigkeit auf seinen Partner ein.
Gutermuth schien im Vorteil zu sein; er hatte Böhmer – vielmehr einen Böhmer, der bis zur Hälfte zusammengerutscht war – in eine Ecke gedrückt und ihm die Hand mit dem fortgespreizten, beringten kleinen Finger wie einen rosaseidenen Fächer auf die mächtige Brust gelegt. »Otsch«, sagte er leise zu Ottokar Böhmer. »Ich bringe dich noch vor den Kreisarzt und in die Irrenanstalt. Oder glaubst du, ich wüßte nicht, was dich veranlaßt, jeden Tag an der Penne zu lauern, wenn die Arrester nach Hause schleichen? ‚Lichtbund!' hat sich was! Erst wird geraucht, dann gibt es Liköre, pappsiges Zeug, und das gepfefferte Ingwerkonfekt aus deinem Nachttischschränkchen; zuletzt die französische Andenkenmappe mit dem Titel: ‚Qui joue, jouera'. Was glaubst du? Die ganze Prima kennt deine Sammlungen schon.«
Der dumme Böhmer erzitterte. »So«, sagte er niedergeschlagen, »das hast du herausbekommen? Ja ... dann – – dann muß ich natürlich zahlen«, murmelte er verstört.

»Natürlich mußt du, das ist doch klar«, sagte Gutermuth ungerührt.
»Aber du rechnest das Wappen nicht mit?« flehte ihn Böhmer an.
»Das Wappen! Allmächtiger Gott – das Wappen!« schrie der Wirt in kläglichen Fisteltönen und schlug sich vor die Stirn. »Es war ja das Wappenservice, das du zertrümmert hast! Das Wappen, das zu den Servietten gepaßt hat –.« Er legte die niedrige Stirn in dicke, gefährliche Falten. »Ich kann den Betrieb nicht mehr Schloßkeller nennen«, sagte er hemmungslos. »Das ist mein Ruin, damit du es weißt.« Er redete rasch und geläufig noch verschiedenen anderen Blödsinn, bis er plötzlich zu kichern begann, ganz unvermittelt, als ob ihn einer kräftig gekitzelt hätte; Böhmer stimmte erleichtert mit ein; das lasterhaft hohe Organ des Wirts ging mit Ottokars dumpfen Hornochsentönen merkwürdig passend zusammen; eigentlich hörte es sich so an, als ob eine Frau und ein Mann im Einverständnis wären, oder wie wenn aus Kreta der Wind die Stimme der fetten Europa herübertriebe, als der Bulle sie auf dem Rücken entführte und sie schreiend Ja dazu sagte.
»Los, Eddie, setz dich mal ans Klavier«, rief, als er ausgequietscht hatte, Herr Gutermuth seinem Pikkolo zu, »und zeige, was du kannst!«
Der Junge schlug eilig den Deckel des Pianinos zurück und intonierte das Lieblingsstückchen seines Gesellenvereins, eine Polka mit strammen Takten und fröhlichen Akkorden; ab und zu brauchte er das Pedal, obwohl es nicht nötig war.
Sofort erschienen die Herren der Runde wieder im Gänsemarsch und belebten das Trümmerfeld ihrer Taten, die dank der männischen Beikler spurlos verschwunden waren, mit unbefangenen Mienen. Diesmal waren die Letzten

die Ersten: Gitzler und Belfontaine stürzten vor und schüttelten Böhmer die Hand.
»Sehr vernünftig, Ottokar, sehr vernünftig«, sagte Belfontaine leidenschaftlich, »daß du uns auseinandergebracht hast.« Er ächzte heftig und etwas stärker, als er eigentlich vorgehabt hatte. »Das war schon das vierte Service!«
»Und jedesmal eines mit anderem Wappen«, stellte Herr Gitzler fest.
»Was soll ich machen?« sagte der Wirt. »Ohne Wappen kann ich nicht leben, ein eigenes Wappen besitze ich nicht, und das Wappen der Katzenellenbogen kann Gutermuth nicht kriegen.«
»Nun, dann werden wir eben ein neues steigern – ein neues, ein neues, ein neues steigern ...« trällerte Gitzler hell. »Fahren Sie mit mir nach Mainz herüber, mein lieber Herr Belfontaine?«
»Eh, nein«, sagte Belfontaine unbehaglich, »zum Steigern bin ich noch niemals der richtige Mann gewesen. Es geht mir zu sehr auf die Nerven, mein Bester, wenn ich sehen muß, wie ein lebendiger Leib unter das Hackmesser kommt. Da liegen die Füße – dort liegt der Kopf – alles ist plötzlich gebeilt wie das Kalb in dem Laden des Metzgermeisters. Man kauft und verkauft die einzelnen Teile: das Hirn, die Klauen, Leber und Nieren. Pfui Teufel!« – Belfontaine schüttelte sich – »fahren Sie lieber allein, Herr Gitzler, und ersparen Sie mir die Gelegenheit, eine traurige Milz zu kriegen.«
Gitzler blickte ihn aufmerksam an. »Ich finde, die traurige Milz haben Sie heute schon. Sie sind verändert, Herr Belfontaine –?« Er schnippte mit den Fingern und sagte: »Na, schön. Vielleicht fährt der Pfarrer mit. Er muß ja manchmal aufs Domkapitel; dann schließe ich mich an. Ihm ... oder – – nun, warum eigentlich nicht? ihm oder meiner Frau. Möglicherweise, wie fänden Sie das, fahren

wir auch zu dritt.« Herr Gitzler lachte, es war das gleiche krankhafte Pferdelachen, das ihn geschüttelt hatte, als die Tafel umgestürzt war. Belfontaine schwieg, und Herr Gitzler, die langen Schneidezähne entblößend, fragte: »Wie Sie das fänden? Na, so reden Sie doch in Gottes Namen! Reden Sie frisch von der Leber weg, von Ihrer bis dato noch ungebeilten, lieben, lustigen Leber, oder auch von der traurigen Milz weg, wenn Ihnen das leichter fällt. Also: wie fänden Sie das, wenn wir beide mein Täubchen nach Mainz begleiten und wieder abholen würden?«

»Verbrecherisch«, sagte Herr Belfontaine streng. »Nein, schlimmer noch: einfach peinlich. Ja. Peinlich fände ich das.«

»So. Peinlich«, flüsterte Gitzler und ließ mit erschöpfter Bewegung den Kopf heruntersinken; die zahlreichen feinen Runzeln und Fältchen, die sein Gesicht bedeckten, liefen plötzlich alle um Kinn und Mund wie Spinnenwege zusammen; der dunkle Bart, schon im Ansatz geteilt, hatte Glanz und Fülle verloren und war von grauen Knoten durchsetzt, die ausgesogenen Fliegen glichen, Speiseresten, verfilzter Wolle: nutzlosem Zeug aus dem Abfall des Daseins, nicht einmal wertvoll genug, um von den Fingern des Todes herausgekämmt zu werden. »Natürlich«, fuhr er im Flüsterton fort, »natürlich, das wäre peinlich für einen Mann von Ehre.« Dieser Ausdruck: »ein Mann von Ehre« schien ihn unvermerkt aufzurichten. Er führte seine gewohnte Bewegung, das Ziegenmaul bloßzulegen, mit salbungsvoller Langsamkeit aus, musterte Belfontaine höhnisch und sagte in dem schreienden Tonfall verletzter Eigenliebe: »Sie fallen auch wirklich auf alles herein, bester Herr Belfontaine. Ein Mensch, der so klar sieht wie ich, begeht keine Peinlichkeit. Übrigens möchte ich nur bemerken, daß Sie soeben Moral und – Sünde verwechselt haben. Wenn ich sündige, muß das nicht peinlich sein; es wird erst peinlich, wenn die Gesellschaft etwas davon erfährt. Dann ist nämlich nicht nur die Tugend verletzt, sondern schlimmer noch: die Moral. Die Gesellschaftsmoral, Jehova auf Erden, das Staatsfundament ... und so weiter. Na, kurzum: der gute Geschmack, wie vielleicht unsereiner«, er meinte die Sybariten damit, »etwas weniger hochtrabend sagen würde.«

Herr Belfontaine rümpfte die Nase und atmete heftig aus. »Ich habe gar nichts verwechselt«, sagte er starr und beleidigt. »Ob Sie nun ‚Staatsfundament' oder ‚Jehova auf Erden' oder ‚Gesellschaftsmoral' für das christliche Sittengesetz unter uns Menschen sagen –«

»Wie?« kreischte Gitzler mit einer Stimme, die scheinbar die rasende Polka Eddies, in Wirklichkeit aber das höllische Lachen seiner verwundeten Brust zu übertönen suchte. »Christliches ... Sittengesetz?«

Mit einem Schlag brach die Bumsmusik ab, der Deckel des Pianinos klappte, ein fernes Summen ging durch den Raum, die Tropfen des Nickelhahns auf dem Spültisch fielen wie abgezählt nieder und schnalzten unten auf.

»Mäßigung!« sagte Kiebich kalt und legte Herrn Gitzler ein Mundtuch um, das er hinten verknotete, während jener, ärgerlich lachend, seinen Vollbart über das Lätzchen zerrte und mit Erleichterung wahrnahm, daß Kiebich bei sämtlichen Sybariten, in der Hoffnung, das Essen voranzutreiben, diesen Ritus vollzogen hatte. Gleichzeitig blickten einander die Herren in tiefem Schweigen an und bemerkten, ganz wie in Spiegelträumen, daß sie samt und sonders unter dem Kinn mit ihren Servietten bekleidet und also vervielfältigt waren; wie auf Verabredung nahmen sie Platz, stützten die Ellbogen auf und hielten, ohne ein Wort zu sprechen, Messer und Gabel hoch.

Herr Eddie drehte sich ängstlich auf seinem Klavierstuhl um. »Soll ich weiterspielen?« fragte er schüchtern. Keine

Antwort. »Bitte, die Herren«, fuhr der Junge schweißbedeckt fort, »wird noch ein Stückchen gewünscht?« Niemand erwiderte eine Silbe, Herr Eddie stemmte den Deckel wie Zentnergewichte hoch, setzte hilfesuchend den Fuß aufs Pedal und nahm ihn wieder herab. »Machen wir's den Schwalben nach«, krächzte er in die Stille, »heißt der Walzer, den ich jetzt spiele.«

Er kam nicht dazu. Schon der zweite Teil seines hilflos geratterten Sätzchens ging in dem allgemeinen Gelächter der Sybariten unter. Ihre Schlünde zerrissen, ihr mächtiger Atem zischte wie überflüssiger Dampf aus tutenden Schiffsschornsteinen, deren Schreie sich heben und senken und heben, um endlich auf dem erlösten Geheul einer Sirene stehenzubleiben – endlos, bis zur Erschöpfung und Klage, die sich selber als Letztes verschlingt.

Der am längsten lachte, war Gitzler. Mit schmerzlichen Schreien hielt er sich krampfhaft die noch immer geschwellten Rippen und blickte tränenden Auges den benachbarten Belfontaine an. »Christliches Sittengesetz«, stöhnte er unter erneutem Gelächter und fiel seinem Feind um den Hals. »Na, endlich«, wimmerte er entzückt, »endlich gehörst du an diesen Tisch wie nur irgend einer von uns.«

»Sind Sie verrückt?« fragte Belfontaine böse und machte sich heftig los.

»Aber wieso?« sagte Gitzler erstaunt und war plötzlich wie ausgewechselt. Sein Gesicht wurde menschlich. Es glättete sich; die hohe leidende Stirn dieses Mannes gewann die Herrschaft über den Bart und die hellroten Wüstlingslippen. Er dachte einen Augenblick nach und fuhr mit geläuterter Stimme fort: »Sehen Sie, früher: da glaubte ich manchmal, Sie gehörten auf die andere Seite« – er machte eine vage Bewegung – »drüben hin ... Gott, wie soll ich es sagen? Ganz einfach: zu Pfarrer Mathias hinüber, wobei

Mathias ein Sammelbegriff für alles, woran ich jetzt denke, ist; etwas« – er lächelte schief – »wie eine Himmelsglocke, die über dem Ganzen steht.«
»Und«, fragte Belfontaine wie ein Mensch, dem ein Schlag vor die Brust versetzt worden ist, »was ist das für eine Seite, auf die Mathias gehört?«
Gitzler drehte wieder den Fuß seines Weinglases hin und her und sagte dann: »Eigentlich weiß ich nicht recht, was diese Frage bedeutet. Denn theologisch besehen, könnte Ihnen doch jedes Kind die Antwort darauf geben.«
Herr Belfontaine wurde dunkelrot und senkte gleichfalls den Kopf auf sein Glas. »Denken Sie, was Sie wollen«, sagte er mit Überwindung. »Aber geben Sie mir eine Antwort auf diese – kindliche Frage.«
»Nun, Belfontaine«, murmelte Gitzler und zwang ihn durch seinen Tonfall, ihm in die Augen zu sehen, »es ist die Seite der Freiheit, wohin Mathias gehört.«
Belfontaine starrte ihn regungslos an.
»Ja, sehen Sie« – Gitzlers Organ veränderte sich wieder und fiel in das unangenehme Kreischen einsamer Menschen zurück – »ich wußte doch, daß Sie mit meiner Antwort nichts würden anfangen können!«
»Jawohl«, gab ihm Belfontaine finster zurück. »Sie haben vollkommen recht. Seite der Freiheit ... he!« Er griff um den Kelch seines Glases und preßte ihn, daß die weißen Knöchel aus seinen Händen traten. »Ich habe es doch geahnt.«
Gitzler wartete schweigend, ob Herr Belfontaine fortfahren würde; ein gespannter, ja fast besessener Ausdruck lag über seinem Gesicht, eine ungeheure geistige Neugier, welche die Formen verzehrte und dieses entleerte Antlitz, nicht anders wie bei Toten, ins Erhabene steigerte.
Belfontaine wollte weiter sprechen, doch entrangen sich dem Erregten zunächst nur sinnlose Laute: ein Lispeln

und Zischen, ein hartes Röcheln im Kehlkopf, das sich erst ganz allmählich zu Worten verdichtete. »Nun begreife ich«, sagte er dumpf, »was den Pfarrer mit Ihnen verbindet. Mit Ihnen und Ihrer Frau. Ja – warum sollten Sie nicht zu dritt nach Mainz herüber fahren?«
»Belfontaine«, flüsterte Gitzler.
Der andere schien ihn nicht zu bemerken; sein Körper wiegte sich hin und her, langsam, wie unter entsetzlichen Schmerzen, deren Ursache ihm verborgen war. »Nein, damit habe ich nichts zu tun. Garnichts. Nicht das Geringste. Ich gehöre nicht auf die Seite der Freiheit ... wohin, wie Sie eben sagten, der Pfarrer Mathias gehört. Ich bin auf der Seite der Ordnung zu finden. Gerade entgegengesetzt.«
Gitzler berührte rasch seine Schulter. »Aber – Sie lieben den Pfarrer doch?« fragte der Wüstling sanft.
»Nein«, sagte Belfontaine hart und bestimmt und hörte auf, sich zu wiegen. »Ich liebe Ihren Mathias nicht.« Er strich etwas Unsichtbares mit der flachen Hand von sich fort; es war, als ob er ausdrücken wollte: da, nimm ihn dir, deinen Mathias. Nein, bitte – es macht mir nicht das Geringste. Ich lege keinen Wert mehr darauf, mit ihm befreundet zu sein.
In dem gleichen Augenblick wurde er ruhig. Eine köstliche Kühle erfüllte ihn, und er wußte: es war der nämliche Zustand, der sich seiner bemächtigt hatte, als er im Selbstgespräch dieses Morgens den Blinden – angenommen, der Mann wäre doch noch an seinen Zaun gekommen – kurzerhand von sich wies ... »Lieben! Schnickschnack, Herr Gitzler«, sagte Belfontaine ungezügelt, »ich bin doch kein junges Mädchen. Was ist das überhaupt für ein Ausdruck! Natürlich ist mir der Pfarrer sympathisch – und zwar in hohem Maße«, setzte er in dem Bierdeutsch gewisser Vereine hinzu. »In hohem Maße! A la bonheur! Er ist meiner Achtung gewiß.«

Herr Belfontaine rückte gedankenlos sein Eßbesteck an den Teller und sah die verschiedenen Frühstücksplatten hinter dem Spültisch hervor und auf die Tafel schweben; sie kamen in seinem verhängten Bewußtsein wie große Vögel herbei: lautlos und ohne getragen zu werden, segelten sie durch den Raum und wurden im Niedersetzen farbigen Herbstblättern ähnlich, die ihr Dasein vollendet haben.
»Natürlich – mißverstehen Sie nichts – kenne ich auch seine Fehler so gut wie irgendeiner«, redete Belfontaine weiter. »Aber sehen Sie: dieses Wissen stärkt meine Verantwortung nur. Man muß ihm ein wenig behilflich sein, nicht wahr – mein Gott, so ein Bauernjunge kommt roh wie eine Rübe aufs Priesterseminar, man bringt ihm einige Tischsitten bei und gibt ihm ein Taschentuch. Was lernt er? Gehobenen Katechismus, einige Gottesbeweise und etwas Apologetik von der Art jenes Lesebuchliedchens: ‚Der Kuckuck und der Esel, die hatten einmal Streit, wer wohl am schönsten sänge, wer wohl am schönsten sänge, zur lieben Maienzeit.' Aber sonst? Ich frage Sie: sonst? Mit den Klassikern hört das auf. Doch das Schlimmste, für mein Gefühl, ist die mangelnde Menschenkenntnis. Oder glauben Sie nicht, Herr Gitzler?«
Gitzler mümmelte irgend etwas und bückte sich auf den Teller; er war schon mitten im Fressen und fraß voller Hingebung weiter, die Krebsscheren krachten, sein fleischiger Mund mit dem umgebenden Barthaar glänzte von Mayonnaise. »Meinetwegen«, sagte er endlich. »Int'ressiert mich nicht. Geht mich nichts an. So betrachte ich mir den Mathias nicht. Sie wissen doch: wie ich immer betone, bin ich vollkommen areligiös.« Er wandte sich wieder dem Krebsfutter zu und drückte mit jeder Bewegung aus, daß er nicht mehr zu sprechen sei.
Herr Belfontaine räusperte sich enttäuscht, zog nun gleichfalls die silberne Platte näher und nahm von dem Trüffel-

Ei. »Weißbrot!« sagte er kurz zu Herrn Eddie, der wieder, Standbein bei Spielbein, an der Ledertapete lehnte. Der Pikkolo huschte hin und zurück, Belfontaine blickte mit leeren Augen über die Tafelrunde und sah jeden mit seinem Frühstück beschäftigt: keineswegs tierisch, im Gegenteil – diese Leute schienen unter der Lust des Feinschmeckertums, das ihr Leben war, offensichtlich zu leiden. Sie quälten sich. Ihre Gesichter waren nach innen gerichtet, als dächten sie angestrengt nach; in eins damit aber spiegelten sie eine Hingerissenheit wider von der Art, wie sie Liebende kennen, die den Kuß sowohl geben wie nehmen. Ja, wer sie ansah, hätte wohl schwerlich den Gedanken zurückweisen können, daß sie selber in gleichem Maße von ihren Speisen verzehrt und von ihnen verschlungen wurden, wie sie ihrerseits diese Speisen verzehrten und ein lebendiges Beispiel der dunklen Forderung waren: daß die Toten, ungestört von dem Fortgang des eigentlichen Daseins, ihre Toten begraben sollten. Welch eine Anstrengung, zu genießen! Man merkte: sie kämpften mit dem Genuß wie Laokoon mit den Schlangen; umstrickt von ihm, suchten sie ab und zu diese Umstrickung zu lockern und den Genuß, den sie eben hatten, ein wenig fortzuschieben, um desto lüsterner in der Umarmung des nächsten zu versinken. Wahrhaftig – da war kein gewöhnlicher Fresser unter ihnen zu finden; ja, nicht einmal ein Mensch, der sich des Lebens freute; doch jene seltsame Art zu leiden, die über die Runde wie Luziferlicht breit ausgegossen war, gab ihnen eine magische Schönheit, die gleichsam das Spiegelbild aller Freuden und also keineswegs wirkliche Freude, doch von den Gebärden der Freude nicht unterschieden war.

Diese Menschen: waren sie nur erst gefallen oder auch schon verdammt? Ihre Lautlosigkeit – eine Art von Stille, welche darin bestand, daß sie einander weder zu fühlen, noch fühlend wahrzunehmen und also weder zu lieben, noch zu hassen imstande schienen – sprach vielleicht für die schreckliche Meinung, daß hier nicht Vorhölle war oder Orkus, sondern einfach der Tisch der Verdammten. Daran änderte auch die Tatsache nichts, daß unter den Ausbrüchen Böhmers die Tafel des öfteren krachend und klirrend in sich zusammenstürzte; vielmehr wollte Belfontaine heute dünken, daß diese Zufälle, mehr noch als alles, was sich sonst in der Runde begab, etwas vollkommen Lebloses hatten und keineswegs aus den Bindekräften der menschlichen Natur: aus Wut oder Liebe kamen; ja, nicht einmal aus der wachsenden Hefe besinnungsloser Mächte – oder daß sie dem tierischen Treiben mythologischer Urweltspiele verglichen werden konnten. Sie ereigneten sich. Das war alles. Aber auf welche Weise? Wenn Herr Belfontaine sich bemühte, darüber nachzudenken, so fühlte er einen blinden Fleck, eine taube Stelle in seinem Gehirn, einen winzigen, stecknadelgroßen Punkt, der ohne Erinnerung war. Natürlich mußte wohl immer ein Anlaß vorhanden gewesen sein – aber keiner bedeutete eigentlich mehr, als die Nacht, die dem Morgen voraufgeht, an welchem der Sammler die Schüsseln und Schalen, Krüge, Becher und Kerzenhalter von der Zinnkrankheit nicht nur befallen, sondern bereits zu Asche verwandelt, in sich selber eingestürzt, findet ...

Mit einem Ruck stand Herr Belfontaine auf und schob die Manschetten zurecht. »Ich habe noch eine Verabredung vor«, sagte er wie betäubt.

»Oh nein, Sie bleiben«, flüsterte Gitzler und zog ihn wieder herunter. »Sie verlassen ja auch die Kirche nicht während der Wandlungsworte.«

»Feiern Sie Ihre Messe allein«, stammelte Belfontaine mühsam und machte einen letzten Versuch, sich aus der Runde zu lösen; gleichzeitig hörte er, daß die Tür des Gastzimmers aufgerissen und zugeworfen wurde; wie ein Fächer schlug ihm das Licht an die Schläfe und losch im Nu wieder aus.

»Herr Amtsrichter, rasch, der Kreisarzt ist drüben!« sagte ein Mann und fuhr an die Mütze; es war der Gerichtsdiener Gombel, ein früherer Feldwebel, Diener des Staates vom Scheitel bis zur Sohle.

Schmoller zuckte empor wie von der Tarantel gestochen.

»Und was haben Sie diesem Kerl gesagt?«

»Daß der Herr Amtsrichter heute morgen einen Lokaltermin hätte«, schnauzte der brave Gombel mit unerschütterter Miene.

»Wo?« fragte Schmoller.

»In Wallerstädten, bei dem Gemarkungsprozeß –«

»Schon gut.« Der Amtsrichter winkte ab. »Wann komme ich wieder zurück?«

»Um 12.50. Der Zug ist soeben am Bahnhof eingelaufen.«

»Die Pflicht!« sagte Schmoller. »Die Pflicht, meine Herren, hat Preußen einst groß gemacht. Die Pflicht und der deutsche Idealismus, die mich leider von hinnen treiben.«

»Ich denke, der Kreisarzt treibt ihn von hinnen?« fragte Böhmer Herrn Schiffenberger.

»Allerdings«, erwiderte Schiffenberger und funkelte vor Vergnügen. »Oder wissen Sie wirklich nicht, lieber Böhmer, daß der Kreisarzt mehr Leute von hinnen treibt, als – na, ich möchte nichts weiter sagen. Aber schließlich ist es ja kein Geheimnis, daß die Bevölkerung meinen Kollegen nur ‚Doktor Eisenbart' nennt.«

‚Die Bevölkerung' war nicht ganz richtig, denn es gab keinen Bauern in dieser Gegend, der nicht auf Doktor Eisenbarts Pillen wie auf die Bibel geschworen hätte; man rief ihn sogar, wenn der Veterinär mit der kalbenden Kuh nicht zurechtkam, wenn der Traubenstecher die Blüten verspann oder der gärende Rotwein einen Trebernhut bildete.

»Was will denn der Kreisarzt von Ihnen, Schmoller?« rief Schiffenberger gleichwohl hinüber – halb neugierig, halb wie ein Mensch, der gezwungenermaßen den Dorn in die eigene Ferse tritt.
»Von mir will er gar nichts. Er kommt nur vorbei, um den toten Landstreicher anzusehen, der gestern zwischen den Wingertmauern, die Schweickerts Lage von Rockers trennen, gefunden worden ist. Der alte Rocker spritzte die Stöcke den ganzen Nachmittag über, ohne etwas zu hören. Als er fertig war und das Holztürchen aufschloß, merkte er, daß er da oben die Pfeife vergessen hatte. Er stellt also seinen Trageimer ab und läuft zurück zu der Steinbank, wo er eben gevespert hat. Die Pfeife ist weg. Nun, er bückt sich: unter der Bank liegt es auch nicht, das sappermentse Ding.« Der Amtsrichter fiel in den Tonfall Rockers und fuhr in der Ichform fort zu erzählen, während Gombel verstohlen und ängstlich an seinem Schnurrbart zerrte. »Da denk' ich: das Mäuschen sollte dich beißen, wenn du nicht statt deiner Pfeife das Brotpapier in die Tasche gestopft und die Pfeife – wie schon mal vor Jahren – über die Mauer geschmissen hättest, mein lieber Leonhard, was? Richtig, das Wurstpapier ist im Sack, und die Pfeife liegt jenseits der Mauer – aber nicht nur die alte Pfeife ...«
Schmoller faßte an seinen Kragen und sah die Hundeaugen des Dieners verzweiflungsvoll auf sein Gesicht gerichtet.
»Na, Gombel, so gehen Sie doch schon voran. Ich kann ja schließlich nicht hexen und in drei Minuten vom Bahnhof zum Amtsgericht laufen, wie?«
»Zu Befehl!« sagte Gombel und machte kehrt.
»Ein Verbrechen?« fragte Herr Gitzler leise, als der Diener verschwunden war.
»Keine Spur. Ein Herzschlag, nehme ich an. Der Mann war vollkommen ausgemergelt, mehr ein Skelett als ein

Mensch. Trotzdem, so sagte der alte Rocker, hat sein Anblick nichts Schreckliches, oder vielmehr, wie der Bauer es auszudrücken versuchte: ‚nichts Plötzliches' gehabt. Er lag auf der Seite, den linken Arm unter den Kopf geschoben; die Pfeife schien ihm gerade aus dem Mund gefallen zu sein. Wenn der Kreisarzt die Leiche freigibt, wird der Pfarrer ihn heute abend begraben; den Mann identifizieren zu wollen, ist vollkommen aussichtslos. Erstens hatte er keine Papiere, zweitens zeigte die Kleidung Spuren einer ununterbrochenen Wanderschaft, und drittens schwört Gombel darauf, ihm noch niemals begegnet zu sein. Das Dritte gibt wohl den Ausschlag; denn, wen der Philipp Gombel nicht kennt oder wenigstens einmal gekannt hat, den gibt es sozusagen nicht. Hä!«

Der Amtsrichter lachte und nahm seinen Hut, Gitzler hielt ihn noch einmal zurück und fragte: »Von welchem Pfarrer wird denn der Tote begraben?«

»Na – ich denke: von dem Mathias. Der Unbekannte trug nämlich ein katholisches Amulett um den Hals«, sagte der protestantische Schmoller mit quetschender Nasenstimme.

»Eine Medaille?«

»Kann sein. Ich weiß nicht. Drüben wartet der Kreisarzt, Herr Gitzler. Wo habe ich meine Mappe?«

Auch Eddie sprang jetzt eilfertig her. »Die Handschuhe. Bitte, mein Herr.«

»Den Stock!« schnarrte Schmoller. »Nicht doch. Den andern. Den mit der Elfenbeinkrücke.« Er setzte seine Melone auf, grüßte und ging wie ein Lineal zu der quietschenden Tür hinaus. »Ölen!« sagte er streng zu Herrn Eddie, der ihn begleitete.

Auch Belfontaine nahm seinen Hut von dem Ständer und schickte sich an, zu gehen. »Zahlen, Eddie!«

Der Pikkolo klemmte das Mundtuch, ohne das er sich nicht

bewegen konnte, aufs neue unter den Arm und wedelte leichtfüßig näher. Belfontaine schob ihm ein Häufchen Silber, das Rechnung und Trinkgeld weit überstieg, in die warzigen Kinderhände. »Da, mach dir einen vergnügten Tag.«
Gitzler, mit einem Brötchenrest spielend, lächelte fahl vor sich hin ...

III

Halb drei«, stellte Belfontaine mit der Miene eines vielbeschäftigten Mannes fest, zog seine Taschenuhr aus der Weste, verglich den Zeigerstand mit dem Nachhall der eben ausgeschwungenen Schläge und hatte, obwohl sie einander nur um die Breite des Wegs widersprachen, den die Töne vom Anschlag der Glocke bis zu Belfontaines Ohr zurücklegen mußten, jenes hörselberghafte Gefühl nicht verloren, das ihn zu immer neuen Versuchen, sich die Zeit zu bestätigen, antrieb; sie abzumessen von hier bis hier, um an Gestern, Heute und Morgen die Überzeugung zurückzugewinnen, er brauche nur heute wie gestern und morgen wie heute weiterzuleben, um immer er selber zu sein. Doch während er noch bemüht war, in keinem Punkt abzuweichen und gleichsam die Rolle dessen zu spielen, der er in Wirklichkeit war, widerfuhr es ihm, daß er den Weg verfehlte und an strotzenden Kleinbürgergärten entlang, an der Seitenwand einer Fabrik vorüber, durch deren hochgelegene Fenster lederne Treibriemen zuckten, in ein ausgewuchertes Viertel gelangte, das die Bewohner den ‚Graben' nannten, weil sich ein sumpfiger kleiner Bach, in einer Roßschwemme mündend, zwischen die Häuser drängte. Der scharfe Geruch einer Gerberei schlug ihm, vermischt mit dem Duft der weichlichen Wasserblüte, die den Bach mit grünem Schleim überzog, unvermittelt entgegen; Wasserdost spitzte mit rötlichen Knospen aus der undurchsichtigen Oberfläche und stieß schamlose kleine Wunden durch den träge treibenden Gnast. Wo im Abstand von jedesmal zwanzig Metern eine Holztreppe von der Höhe der Gärten, die sich regellos bis an den Graben erstreckten, in das Bachbett hinunterführte, war die Dekke der Wasserblüte gerissen und ließ eine unerwartete Klarheit, die den Blick fast beschämte, zutage treten. Hier hatten Algen den Sumpf gereinigt und kleine Perlenbäume getrieben ... Einen ganzen Urwald von blasigen Bäumchen mit zahllosen Seitenästen, welche die Stöcke der Gassenjungen immer wieder herauszufischen, zu verteilen und abzudrängen versuchten, während andere, Netze und Eimerchen tragend, sich eifrig um einen Fang bemühten, den sie mit Heulen und Schreien einander schon streitig machten, bevor er gelungen war.

»In welchen Monaten fängt man Krebse?« rief Belfontaine, vor einem Gatter, welches den Weg versperrte, ärgerlich stehenbleibend, und fügte, ohne die Antwort oder auch nur die Aufmerksamkeit jener Kinder, die er gefragt hatte, abzuwarten, in lehrhaftem Tonfall hinzu: »In den Monaten ohne ‚r'. Seit wann kommt man hier nicht mehr weiter? Hat der Gerber etwa sein Grundstück geschlossen und muß ich den ganzen dreckigen Weg am Ende wieder zurück?«

Ein ohrenbetäubender Lärm stieg aus dem Bachbett empor und machte jeden Versuch einer Verständigung unnütz. »Laß ihn los! Es ist meiner! Loslassen sag ich!« Ein langer rotblonder Flegel von ungefähr dreizehn Jahren packte ein speckiges Kerlchen am Arm, das ihm, jämmerlich brüllend, die Hand hinhielt.

»Ich will ja! Aber der Krebs will nicht. Au! Aua ...«

Das fürchterliche Getöse begleitete Belfontaine noch eine

Weile, als er den Graben zurückging, und verhinderte ihn, die Auskunft einer Frau am anderen Ufer zu deuten, die ihm mit Fuchteln und Rufen unaufgefordert erlaubte, den Weg durch ihr Gärtchen zu nehmen.

»Herr Belfontaine!« rief die Frau von neuem, schürzte den Rock auf und ging mit hohen, lächerlich großen Stiefeln stracks durch den sumpfigen Bach. Belfontaine sah ihr erschrocken entgegen und hatte die Vorstellung einer alten, verzweifelten Kabarettistin, die sich anschickt, Cancan zu tanzen.

»Ach, Sie sind's, Lorenzen«, sagte er dann, als ihr schweres, haariges Mannsgesicht in seine Blickweite kam; aber eigentlich war es nicht das Gesicht, an dem er die Schwester der schwatzhaften Beikler: die Waschfrau Lorenz, erkannte, sondern das Stiefelpaar, das sie wie stets, und nicht nur bei ihrer Arbeit, trug, um sich – so hatte die dürre Berta Frau Belfontaine neulich berichtet – bei ihrer feuchten Beschäftigung keinen Unterleibsschaden zu holen. (»Ihr Mann ist nämlich daran gestorben«, hatte Berta mit wichtiger Miene erzählt. »Das stimmt nicht«, entsann sich Herr Belfontaine der unaufgeklärten Berta voll Bosheit erwidert zu haben. »Er ist im ersten Kindbett gestorben. An einer Walfischforelle –.« Diese »Walfischforelle« war Gitzlers Wunschtraum, und die ständige Antwort der Tafelrunde, wenn irgendwo wieder in einer Zeitschrift die Frage erörtert wurde: was müßte nach Ihrer geschätzten Meinung noch erfunden oder hervorgebracht werden? oder: Was würden Sie, wenn Sie die Welt anstelle Gottes erschaffen hätten, noch hinzugefügt oder geändert haben? Gleich darauf hatte sich Belfontaine damals über sich selbst geärgert; teils, weil er den Witz seines Widersachers unbedacht plagiierte, teils, weil dieser Witz ihm die Feindschaft der unvorstellbar bigotten Berta bis zum heutigen Tage eintrug.)

Auch jetzt war Belfontaine die Begegnung mit dieser merkwürdig finsteren Lorenz eine Erinnerungspein; etwas, das wie ein Spuk auf ihn zukam und die unangenehme Eigenschaft hatte, dick und gefährlich zu werden. »Die Walfischforelle!« durchzuckte es ihn. »Da ist sie ja – Gitzlers Kreuzung aus Walfisch und Forelle!«
Mit einem Ruck ließ Frau Lorenz den Rock herunterfallen und stand nun in ihrer prallen Pracht, die wirklich etwas von jenem glatten, mächtigen Fischsäuger an sich hatte, vor dem zierlichen Belfontaine.
»Diese Rotznasen!« keuchte sie aufgeregt und schien einen armdicken Strahl von Empörung aus ihrem Munde zu lassen. »Schreien, daß man sein eigenes Wort schon beinahe nicht mehr versteht.« Sie reckte den Kopf aus dem fleischigen Busen, schüttelte ihre Faust hin und her, als hinge sie an der Harpune, und schickte einige ebenso laute wie unfeine Drohungen zu den Kindern, die plötzlich zu laufen begannen, dann stehen blieben und aus der Entfernung den Haken, an welchem die Feindin festsaß, anzuziehen begannen.
Die Waschfrau wandte sich gleichmütig ab, kreuzte die Arme unter der Brust und fragte: »Sie wollten wohl an dem Graben entlang, um abzuschneiden, Herr Belfontaine? Ja, ja, der Gerber hat kürzlich seinen Privatweg geschlossen, weil ihm allemal auf der Wasserseite die Häute gestohlen werden. Die Welt ist schlecht und wird immer schlechter. Aber Sie brauchen nicht mehr das Stück an dem Graben zurückzugehen, sondern dürfen durch meinen Garten.«
Sie kramte den Schlüssel aus ihrer Tasche, öffnete rasch das verrottete Türchen und ging ihm mit schweren Schritten voran; ihre Stiefel quietschten, der trockene Rocksaum, der beständig an ihnen anschlug, zog einen dunkleren Rand. Im Dahingehen zupfte sie Unkraut aus, stöhnte,

murmelte finsteres Zeug und gebrauchte die nämlichen Redensarten, mit denen sie eben die Kinder beschimpft und von dem Treppchen vertrieben hatte, für Kreuzkraut und Vogelmiere. Herr Belfontaine folgte ihr auf dem Fuße und konnte sich nicht des Gefühls erwehren, als sei er in ihren Worten irgendwie mitgetroffen, oder Herrn Gitzlers mächtiger Einfluß übertrüge auf sein Geschöpf mystischerweise den Haß, mit welchem er alles in Belfontaines Umkreis – wie ein Brandstifter harmloses Stroh und leichtes Papier – belebte, zum Züngeln brachte, zum Zischen und Brausen, dem er nirgendwohin mehr ausweichen konnte.

An der Bohnenlaube, die sich nach rückwärts mit einer Lattentür öffnete und wieder ins Freie führte, blieb die Waschfrau neugierig stehen und fragte: »Wissen Sie nun den Weg? Oder soll ich Ihnen ein Endchen weiter, um die Ecke herum, behilflich sein? Ich meine: wo geht's denn nun hin?« platzte sie endlich heraus und klopfte geschäftig die schwarze Erde von den verrunzelten Händen, strich sich noch einmal die Schenkel herunter und sah ihn ermutigend an.

»Oh ... ich«, Herr Belfontaine lachte verlegen und wirbelte ein gedachtes Stöckchen einigemal durch die Luft, »ich muß noch rasch bei dem Pfarrer vorbei ... Da bin ich wohl tüchtig vom Weg abgekommen?« fügte er hastig hinzu.

Die Waschfrau fuhr fort, den Sand und die Erde und hier und dort einen winzigen Kiesel von ihren Händen zu klopfen. »Zu dem Pfarrer? So? Zu dem Pfarrer?« fragte sie lauernd und leis. »Ach, dann könnten Sie mir –«, sie stockte betreten, Herr Belfontaine hakte bereitwillig ein und gewann dabei seine Sicherheit wieder.

»Was könnte ich, hm, Frau Lorenz? Etwas ausrichten – oder? Warum denn nicht? Nur immer heraus damit!«

»Na ja. Die Sache ist nämlich so: ich soll diesmal anstelle der Nonnen die Paramente waschen. Wenigstens hat das die Kindermann«, sagte sie überstürzt und verworren, »gestern abend mit mir besprochen. Aber natürlich müßte der Pfarrer noch seine Zustimmung geben. Das wundert Sie sicher? Ist ja auch närrisch, wo sich sonst die Nonnen doch rein zerreißen, wenn ein geistlicher Herr etwas will. Aber diesmal – – Fronleichnam steht vor der Tür, die Altardekken sind noch nicht auf der Bleiche, keine Albe, die nicht nach dem Waschfaß läuft, von der Stärkewäsche zu schweigen.«
»Jaja, Frau Lorenz, jaja«, sagte Belfontaine, düster gegelangweilt von diesem Waschweibertratsch.
Die dicke Frau, obwohl weit und breit keine Menschenseele zu sehen war, schob sich plötzlich mit ihrem ganzen Körper an den leicht erschrockenen Belfontaine und brachte ihr rotbraunes, breites Gesicht an sein abgewendetes Ohr. »Und wie kommt das?« murmelte sie mit tiefer, aus dem Busen quellender Stimme und schien auf jedes Wort, das emporstieg, ein Wasserbläschen zu setzen, welches leise knallend zersprang. »Warum waschen ihm denn die Nonnen nichts, hä? Weil er Streit mit der Oberin hat. Ich weiß auch den Grund.« Sie ließ eine Reihe sich überdrängender Bläschen platzen und fuhr genußsüchtig fort: »Die Nonnen haben doch eine Pflege, die mit Erbschaft ans Kloster verbunden ist – na? Und was die Oberin Maura betrifft, so will sie jetzt schon in Esselborns Haus eine Kapelle bauen. Wer kann's ihr verdenken? Das Grundstück liegt günstig und stößt geradewegs mit dem Garten und der Waschküche an das Kloster an. Daß der alte Esselborn noch nicht tot ist – du lieber Himmel, das kann über Nacht und kann auch erst in drei Jahren sein. Hauptsache, daß er ihr alles verschreibt und die Tochter aufs Pflichtteil setzt. Die Herz-Jesu-Statue haben sie schon. Nun bauen

sie eine Kapelle herum. Den Knopf zu dem Anzug, sag ich. Aber die Sache geht ja noch weiter. Das Ganze soll eine Privatklinik werden; für feinere Leute, versteht sich.« Sie gab mit Daumen und Zeigefinger dem Sachverhalt, den sie beschrieb, eine unmißverständliche Deutung.

»Verdammt!« brauste Belfontaine jähzornig auf.

Die Waschfrau grinste. »Das ist nur menschlich. Im übrigen tut sie's ja nicht für sich selbst – genau wie die Bettelbrüder.« Sie schaute Herrn Belfontaine mitleidig an. »Ich glaube«, sagte sie voll Verachtung und schien ihn mit diesem Blick wie ein Schaf unter den Stempel zu ziehen, »Sie kennen die Leute im Kloster so wenig wie die Leute hier in der Welt.«

»Aber Mathias? Kennt der sie vielleicht?« fragte Belfontaine eifersüchtig.

»Na – wenigstens kennt er den Teufel und weiß, wer die Welt regiert.«

»Schöne Bekanntschaft«, sagte er hilflos; indessen schoben sich mehrere Bilder in die Netzhaut seiner Erinnerung ein: Herr Gully machte dem dicken Böhmer und jener Herrn Gitzler Platz; dazwischen, wie in der Gesichterfolge einer Laterna magica, klaffte und blitzte ein weißes Feld. Diese leere, lichtige Fläche erschreckte und blendete ihn zugleich; als ob alle Gesichter nur abkünftig seien von jenem entsetzlichen, wilden Glanz, der sie auslöschte, sammelte, einsog – schien er aufs höchste personenhaft, doch gegenmenschlich zu werden; er war der stecknadelgroße Fleck der Vergeßlichkeit in Herrn Belfontaines Hirn, der ihn seit dem Erwachen quälte, und gleichzeitig eine Erfahrung, die sich rasch zu verbreitern begann: etwas, das hell wie der Mond heraufstieg und mit rasender Schnelligkeit zunahm; bald würde, so fühlte Belfontaine deutlich, sein ganzes Gehirn von dem kalten Licht jenes Himmelskörpers ausgefüllt sein und er selber als rechter und gültiger Bürger in dieses ‚Mondnest' gehören, das er verachtete. Eine wilde Sehnsucht – wohin? wonach? – erfüllte plötzlich Herrn Belfontaines Körper und war schlimmer als jede Geschlechtsbrunst, die sich jäh nach Vermischung sehnt. ‚Sie kennen die Leute im Kloster so wenig wie die Leute hier in der Welt.' Gully, Böhmer und Gitzler. Aber Gitzler – was hatte er doch gewimmert, als das Lachen ihn schüttelte? ‚Endlich gehörst du an diesen Tisch wie nur irgendeiner von uns.' Er wollte es. Ja, wahrhaftiger Gott, er wollte dazugehören. Die Menschen erkennen – ihr Gut und Böse – und selber unberührt bleiben.

»Bah – Nonnenfürze«, meinte er leichthin. »Aber ich will Sie gerne dem Pfarrer für die Kirchenwäsche empfehlen. Wieviel bekommen Sie denn pro Tag? Und für das Plätten?« Er hatte im Sprechen bereits an den Hutrand gegriffen und die Laubentür aufgestoßen. »Jaja – ich weiß schon. Erst rechts, dann links. Nicht nötig, daß Sie noch mit mir kommen. Adjö denn – –.«

Er war, wie ein Hölzchen im Bach, schon lange weitergestrudelt, als die Waschfrau es endlich aufgab, ihm den Weg mit rudernden Armen zu weisen und hinter ihm dreinzurufen.

»Dem habe ich eingeheizt«, sagte sie dumpf. »Wenn die Kindermann jetzt nur fest bleibt und sich nicht gleich wieder vor der Maura aus Angst auf die Knie wirft. Mag ja möglich sein, daß die Nonnen bessere Mittel haben als alle Doktoren zusammen; den Fingerhutsaft, den die Alte braut, macht ihr nicht mal der Schäfer nach.« Sie beschattete mit der Hand ihre Augen und verfolgte Herrn Belfontaines Weg – die Gestalt des Mannes ward zusehends kleiner; schon hätte man ihn in das Guckloch einer Vorplatztür fassen können ...

Als der Klöppel zweimal kurz nacheinander an die Eisenglocke geschlagen hatte, die in dem Steinflur mit heiserem

Läuten aufgeregt schepperte, bevor man zur Pfarrwohnung kam, schob Fräulein Kindermann langsam die Klappe, die den Durchblick bedeckte, zurück und preßte ihr Auge dagegen; dann hörte man eine Zugkette schleifen, einen Schlüssel sich jammernd und schwerfällig drehen und sah in dem Türspalt die graue Erscheinung der ängstlichen Kindermann beben.

Herr Belfontaine, um sie zu ärgern, stellte rasch seinen Fuß in die Öffnung; das alte Mädchen schrie gellend auf und versuchte, blind vor Entsetzen, die Tür wieder zuzuwerfen. »Aber Kindermann!« rief er halb lachend, halb ärgerlich über sich selbst. »Ich bin es doch! Belfontaine!« Das arme Gespenst schielte starr vor sich hin, ohne ihn anzusehen. »Mein Gott«, sagte Belfontaine unbehaglich. »Ich habe Sie wohl erschreckt mit meiner Ungeduld? Wie? Aber Sie sahen mich doch durch das Guckloch! Oder – haben Sie mich mit sonst wem verwechselt?« fragte er wider Willen.

»Verwechselt?« stöhnte die Kindermann zwischen hastigen Atemzügen. »Also sind Sie wirklich nicht der von gestern?« fügte sie zitternd hinzu.

»Der von gestern?« fragte er seltsam berührt, während sein Rücken vereiste. »Was soll das bedeuten? So reden Sie doch!« schrie er scharf und hemmungslos auf.

Sie bewegte die Lippen, kein Laut kam darüber, durch das Flurfenster flirrte die Mittagssonne und lag auf den Steinplatten wie eine Kröte, an welcher die Kehle pocht.

Endlich schüttelte sie den Kopf. »Nein, nein. Es ist ja natürlich Unsinn«, sagte sie traurig und sanft. »Ich bin nur erschrocken, weil Sie den Fuß wie ein Landstreicher in die Türspalte setzten: das tat der andere auch. Verzeihen Sie –« plötzlich wurde ihr klar, daß ihre Meinung für den Besucher etwas Kränkendes haben mußte. »Mein Gott, was müssen Sie von mir glauben?« begann sie mit flehender Stimme aufs neue und hob ihr kleines verschrumpftes Gesicht, um Verständnis bittend, empor. »Ich bin so ängstlich, seit man den Pfarrer in Heldenbergen ermordet hat. Sie wissen doch – –.« Weitschweifig führte sie aus, wie der Pfarrer getötet wurde.

»Beruhigen Sie sich, Fräulein Kindermann«, sagte Belfontaine trocken und spröd. »Er wird ihn sicherlich nicht ermorden. Der von gestern nämlich«, ergänzte er kühn und wurde von seiner eigenen Hellsicht wie von jählings gestrafften Segeln dem ruhigen Hafen entrissen. »Der Landstreicher, den Sie gefürchtet haben – was wollte er übrigens von dem Pfarrer? – wird morgen begraben werden. Man hat ihn schon gestern zwischen den Mauern, die Schweickerts Weinberg von Rockers trennen, mausetot aufgefunden.« Dieser flache, zynische Ausdruck war ihm unversehens entschlüpft; ein panisches Lachen erschütterte ihn, wie es manchmal, wenn er gezwungen war, einer Beerdigung beizuwohnen, seine Kehle kitzelnd erstickte.

Fräulein Kindermann sah ihn entgeistert an. »Aber wie können Sie eigentlich wissen – ?« fragte sie fassungslos.

»Gar nichts weiß ich, verehrtes Fräulein«, erwiderte Belfontaine barsch. »Eine Vermutung. Doch, bitte, wie lange soll ich eigentlich noch vor der Flurtür stehen?« sagte er ungeduldig.

Die Kindermann zuckte zusammen wie unter einem Hieb.

»Oder ist der Herr Pfarrer am Ende noch gar nicht nach Hause gekommen? Ich meine . . .« Herr Belfontaine wußte nicht weiter, nun kam ihm das Fräulein eifrig zu Hilfe und fragte, in dem Bestreben, ihre Unhöflichkeit wiedergutzumachen: »Ja, freilich – Sie haben ihn sicher gesehen, als er nach der Messe zu Gitzlers ging? Nein, nein. Er ist schon lange zurück. Ich glaube«, tuschelte sie geheimnistuerisch, »es handelte sich um die Frage, ob Herr Gitzler ihn kommenden Sonntag zum Kasino mitnehmen möchte.«

»Ach so«, sagte Belfontaine, leicht verzerrt. »Dann kann ich mir meinen Besuch ja schenken. Ich glaubte nämlich – na, kurz und gut – –« Er wandte sich schon zum Gehen; hierauf, in einem Anfall von Großmut, drehte er sich auf der Schwelle um: »Ist sein Abbérock denn ausgebürstet? Vergessen Sie bitte auch nicht, einen frischen Kragen bereitzulegen. Ja, richtig: Frau Lorenz hat mich gebeten, eine Lanze für sie zu brechen – was also geschehen ist.«

»Nein, bleiben Sie doch, Herr Belfontaine!« flehte die Kindermann, närrisch vor Angst, ihn aufs neue beleidigt zu haben, und hielt ihn am Ärmel fest. »Das mit Gitzler war nur eine Vermutung –.«

»Genau wie mein Landstreicher, wertes Fräulein«, ergänzte er und betrachtete sie mit höhnischem Behagen. »Wir übertreffen heute einander in Vermutungen, meine Beste.« Er kreuzte die Arme, lehnte sich leicht gegen den Türpfosten an und fragte teilnahmsvoll wie ein Arzt: »Haben Sie eigentlich öfter solche ... Visionen, Fräulein?«

»Visionen?« Sie blickte begierig auf.

»Oder soll ich Zustände sagen?«

Das Fräulein begann von neuem wie Schilf im Winde zu beben. »Ich habe keine Zustände. Nie!« sagte sie dann verzweifelt und bemühte sich, ihrer brüchigen Stimme einen Schein von Empörung zu geben. »Außerdem weiß ich gar nicht, was Ihre Frage bedeutet.«

»Dann können Sie nicht behaupten, Sie hätten ‚nie' etwas dergleichen«, sagte Belfontaine schonungslos. »Aber schließlich: was geht mich Ihr Zustand an? Nur würde ich Ihnen empfehlen, sich weniger auf das Gesudel der Oberin zu verlassen, als einen tüchtigen Seelenführer für Ihr Leiden zu Rate zu ziehen.« Er zuckte die Achseln und spielte mit dem stählernen Zugseil der Schelle, die leise zu klappern begann.

»Wer an der Quelle sitzt, schöpft zuletzt«, entgegnete sie

beziehungsvoll. »Und ein Maßliebchen neben dem Schuh pflegt man meistens zu übersehen.« Sie blickte Herrn Belfontaine nachdenklich an. »Ich glaube, ich hätte manches zu sagen«, vollendete sie geschraubt.

»Man läßt also Ihre Gaben verkümmern?« fragte der Mann gelangweilt.

Sie seufzte. »Das meinen die Nonnen auch. Nun, nun –. Wir wollen demütig bleiben. Demut ist alles. Anfang und Ende der persönlichen Heiligung, wie?« Fräulein Kindermann reckte den dürftigen Körper. »Aber mich tröstet ein treuer Freund«, sagte sie schlicht und stolz.

»Oh lala!« Belfontaine fuhr zurück und blickte verdutzt auf sie nieder.

»Mein Tagebuch«, trumpfte sie unschuldig auf, »von dem Heiligsten Herzen Jesu. Sie staunen?« fuhr sie geschmeichelt fort, während sich Belfontaine krampfhaft bemühte, ihr nicht ins Gesicht zu sehen. »Tagebuch ist auch kein richtiger Ausdruck. Die Nonnen meinen, man solle es besser ‚Schule der Mystik' nennen.«

»Verdammt noch mal! Oh pardon, welches Unglück ...« Er blickte entsetzt zu der Türglocke auf, die sein heftiger Ruck in Bewegung gesetzt und zu scheppern veranlaßt hatte; ihr törichtes Lärmen ruhte nicht eher, bis der mechanische Anreiz zum Stillstand gekommen war. »Also: Schule der Mystik?« fragte er höflich, um sein Mißgeschick auszugleichen. »Und was sagt Herr Pfarrer Mathias dazu?«

»Gar nichts. Das ist es ja eben. Ich lege das Tagebuch auf den Schreibtisch – bald rechts, bald links, bald unter die Akten, bald neben das Brevier. Er merkt nichts. Er hebt seine Bücher hoch, er hat es zwanzigmal in der Hand und legt es wieder beiseite. Ich sage: will der Pfarrer nicht endlich den Schreibtisch in Ordnung bringen? Erst gestern sagte Herr Pfarrer doch, er findet nicht einmal den Urkundenstempel in diesem Durcheinander.« Sie seufzte. »Vergebens. Er nimmt ein paar Bücher und packt sie den Zeitschriften auf; trägt den ganzen Krempel zum Sessel hinüber und bietet nach fünf Minuten den Sessel dem ersten besten Besucher an, der ihn erst abräumen muß, damit er sich setzen kann. Was ist da zu machen? Man müßte –« Fräulein Kindermann faßte ihn jäh am Jackett, ihre Schüchternheit war mit einemmal fort, ein wildes, hackendes Vogelgesicht mit unheimlich blitzenden Augen kam unter der rissigen Maske des alten Mädchens zum Vorschein. »Kommen Sie! Kommen Sie, bitte!« flehte sie mit dem Ausdruck der äußersten Verzweiflung.

Herr Belfontaine folgte ihr willenlos nach, sie zog ihn rasch in den dunklen Hausflur und machte die Tür zu dem Arbeitszimmer des Pfarrers mit ihrem Ellbogen auf, ohne ihn loszulassen. »Da!« keuchte sie. »Da, auf dem Schreibtisch! Da liegt es. Ich schiebe das Tagebuch jetzt an die Ecke, an die äußerste Kante, verstehen Sie? Wenn der Pfarrer hereinkommt, springen Sie hoch – – mein Gott, so setzen Sie sich doch nieder! Wohin? Auf den Sessel natürlich!« Sie fegte mit fliegenden Händen das bischöfliche Verordnungsblatt von dem schäbigen Plüsch herunter und versetzte Belfontaine einen Stoß, der ihn stracks in die Polster warf. »Ich wiederhole: Sie springen auf«, fuhr die Kindermann herrisch fort, »und werfen dabei das Buch herunter; es ist eine Kleinigkeit: so.« Das Buch fiel prompt auf die Erde, sie bückte sich, spielte die Überraschte und sagte: »Was sehe ich da? Eine außerordentlich feine Handschrift. Wohl ein Tagebuch? Na, und so weiter.«

»Aber wo ist der Herr Pfarrer denn?« fragte Belfontaine überwunden. »Sie sagten mir doch, er wäre schon längst von Gitzler zurückgekehrt?«

»Natürlich. Aber vor einer Stunde hat er Besuch bekommen«, erzählte sie aufgeregt. »Ein paar Bauern aus seiner vorigen Pfarre, die immer noch an ihm hängen. Rohes Pack mit Erdklumpen an den Schuhen; sehen Sie nur den Teppich an und die Flecken auf dem Parkett. Was sie wollten, konnte ich nicht verstehen, es ist ja auch einerlei. Nur merkwürdig, daß der Herr Pfarrer sichtlich erschrokken war, als er sie sah, und kaum fünf Minuten danach mit den Leuten das Zimmer verließ. Wahrscheinlich, um nicht belauscht zu werden«, fügte sie bitter hinzu. »Lächerlich. Wenn man das Fenster öffnet, und sie sitzen der Stadtmauer gegenüber auf der Gartenbank zwischen den Feuerbohnen, ist jedes Wort durch den Widerhall der Steine zu verstehen. Ich habe das ausprobiert. Da gehen sie ja! Aber schauen Sie doch – wie der Pfarrer mit seinen Armen fuchtelt, als ob er sie abwehren wollte. Nun hält er sich gar noch die Ohren zu. Das ist höchst sonderbar ...«

»Hinaus!« schrie Belfontaine zügellos. »Ihre Milch läuft über. Man riecht es ja schon. So gehen Sie doch endlich!«

Mit einem Schlag sank die Kindermann wie ein Aschenhäufchen zusammen und wurde zu dem grauen Gespenst, das sie vorher gewesen war. »Oh bitte, bitte«, sagte sie leise. »Ich bin ja schon verschwunden.«

Herr Belfontaine nahm seinen Hut ab und warf ihn, weil er nichts fand, woran er ihn aufhängen konnte, mit einem Fluch auf den Boden, stützte die Ellbogen krampfhaft auf seine Oberschenkel und ließ mit einem Ton der Erschöpfung das Gesicht in die Hände fallen ...

»Nein«, flüsterte er. »Ich habe es satt. Satt, satt.« Eine Uhr trat mit eiligem Ticken in seine Wahrnehmungskräfte und wiederholte das kleine Wort auf wispernden Atemzügen: »Satt, satt.« Und ringsumher Stille; die gähnende Stille über der Schwelle der dritten Nachmittagsstunde.

Belfontaine öffnete langsam die Augen und blinzelte durch die Finger hindurch auf das scheußliche Teppichmuster mit den blaugrünen Blattlianen; wo sie umbogen, jedesmal in dem Abstand von einer Fingerspanne, saßen staubige Wasserrosen. Vor dem Fenster, welches ein halbes Stockwerk über dem Garten lag, waren jetzt Stimmen zu hören; verworrene Laute näherten sich; durch das Sieb der Entfernung, welche sie dämpfte und ihnen Ähnlichkeit mit dem Geräusch schurrender Gerstenkörner verlieh, kollerten einzelne Worte.

»Nein!« hörte man deutlich den Pfarrer rufen. »Nein, nein! Ich sage euch ...«, dann das Gemurmel erstickender Argumente.

Belfontaine richtete sich empor und starrte gespannt hinaus. Auf dem ungeschickt angeschobenen Schreibtisch, welcher mit allzu geringem Abstand quer vor dem Fenster aufgestellt war und das Öffnen der hohen Flügel nur mit schmalem Winkel gestattete, erhob sich – peinlich genau in der Mitte zwischen beiden Gardinenbögen – ein jansenistisches Kreuz. Der gipserne Christus, fahl überleuchtet von dem Laubschatten vor den Scheiben, war wie mit unsichtbar wirkender Winde an den Handgelenken emporgezogen; die gewaltsam nach außen gedrehten Arme berührten sich über dem Haupt.

Wiederum kamen die Stimmen näher; die des Pfarrers, wie ein verfolgter Vogel, quälte sich höher hinauf. »Erbarmen!« hörte Belfontaine deutlich, als er sich, zitternd am ganzen Körper, gegen das Fenster bewegte. Er klemmte sich hinter dem Schreibtisch durch und tastete, um nicht gesehen zu werden, mit ausgestreckter Hand nach dem Griff, wobei er das Kreuz berührte; öffnete vorsichtig beide Flügel und zog sich tief in den Schatten der gerafften Gardinen zurück.

Sehr lange Zeit hindurch blieb es still – sei es, daß die Besucher den Garten verlassen hatten oder mit dumpfer Beharrlichkeit um ihre Beute standen, die ihnen, aus dem verzweifelten Anruf des armen Pfarrers zu schließen, nicht mehr entgehen konnte.

Ein lauer Dunst, wie von stehendem Wasser, auf welchem abgefallene Blüten und kraftlose Pollen treiben, kam durch die Fensteröffnung; doch bewegte kein Lufthauch die hellen Gardinen, welche regungslos, wie aus Weißblech geschnitten, die tödliche Langeweile der Ordnung und ihre starre Wut gegen alles, was sie erschüttern könnte, bis in den Rand hinein aufzuzeigen und zu verkörpern schienen. Sie waren häßlich, ja widersinnig wie fast sämtliche Dinge in diesem Raum, der außer den baren vier Wänden und dem ärmlich bestellten Bücherbord keinen einzigen Gegenstand aufwies, der nicht geschenkt worden war – geschenkt von Brautpaaren, Erstkommunikanten, alten Jungfern und Vorstandsdamen – und der dennoch in höchstem Maß etwas hatte, was ihn liebenswert, ja sogar ehrwürdig machte und diesem verunglückten Weihwasserbecken, dieser buckligen Vase, dem traurigen Teppich, kurzum, diesen Scheusälern allen die Bedeutung von fröhlichen Läusen in dem Pelz eines Eremiten verlieh, dessen Duldung sie dauern ließ.

Nur das Kreuz –. Dieses Kreuz war nicht häßlich, nein. Es war furcht- und schreckenerregend. Aus einer französischen Seitenlinie der Familie Mathias stammend, hatte Herr Henri Matthieu, wie ein entfernter Onkel sich nannte, der bei der Aufhebung eines Klosters im Herzen der Vendée eine traurige Rolle gespielt haben sollte, jenes Kreuz seinem geistlichen Neffen vermacht – sei es, um noch auf dem Sterbebett eine Stimme zurückzuschlagen, die ihm schlimm genug mitgespielt haben mochte; sei es, um dieser Stimme einen ewigen Anwalt zu geben, der an seiner Statt für ihn flehte. Aber wie dem immer gewesen war: auch ohne jene Geschichte, die an ihm haftete wie der Duft aus der Narde der Magdalena an den Füßen des Todgeweihten, wäre es schrecklich gewesen. Diese dicht aneinandergedrängten Arme, die nach der Lehre von Port Royal nur wenige Auserwählte umspannten und die göttliche Liebesfülle der Brust im Augenblick der Erlösung verengten; das schmerzlich nach hinten geworfene Haupt mit dem angespannten Bogen der Kehle, die dem Schrei nach dem Vater in höchster Not eine gräßliche Dauer gewährte – – Dies alles war ohne Trost und Erbarmen; es war ein Zeichen des Zornes und der Gerechtigkeit; ja, mehr noch: das unwiderrufliche Urteil einer Vorherbestimmung, die gleich der ehernen Schlange hoch aufgerichtet war. Daß der Pfarrer, der sich an alle Menschen mit fast schmerzhafter Milde wandte, dieses Kreuz des Schreckens verehrte, war – oberflächlich betrachtet – vollkommen unverständlich. Fragte ihn ein Konfrater darnach (selten genug, denn dem stumpfen Auge entgeht nichts leichter als das Außergewöhnliche), so wurde ihm kaum eine Antwort zuteil, geschweige eine Erklärung; höchstens, daß Pfarrer Mathias, den Blick zu Boden geschlagen, bemerkte: es sei ein Familienstück – womit für den Durchschnittsmenschen alles begründet war. Einzig Herr Belfontaine glaubte zu wissen, worin die Vorliebe des Befragten für das Kreuz des Matthieu ihre Wurzel hätte, und daß er sie – furchtbares Mißverständnis! – zu teilen imstande wäre. Er ist einsam, vollkommen einsam wie dieser sterbende Christus, dachte er oft mit geheimer Wollust. Er hat keinen Freund, keine Menschenseele, die ihn verstehen könnte. Nur ich –. Wir beide sind ausgesondert. Das ist es, was uns verbindet. Verbinden *sollte* – fuhr er gewöhnlich in seinen Betrachtungen fort und schürzte die Unterlippe, wobei er die stolze, geistige Trauer des Vereinsamten nachzufühlen sich in allem Ernst unterstand. Seine Scheu vor den Menschen ist nichts als Verachtung, und wie sollte er sie nicht verachten dürfen, die sich anmaßen, ihn zu begönnern, während er sie durchschaut? Im günstigsten Fall hat man Mitleid mit ihm; mit seiner Scheu, seinem Ungeschick, hinter welchem er, ohne daß sie es ahnen, nur mit Mühe das überscharfe Bewußtsein um die Dummheit der Masse verbirgt.

Armer Pfarrer! In dieser Stunde und dem flüchtigen Augenblick, der das Kreuz aufs neue in Belfontaines Blickwinkel schob, war nichts weniger als Verachtung oder Hochmut an ihm zu entdecken. Er stand mit gesenktem Kopf vor den Bauern, die Hände über der Brust gefaltet, in der Haltung eines umstellten Tieres, das den Tod auf sich zukommen sieht.

»Herr Pfarrer –« begann ein Mann aufs neue und legte ihm scheu seine grobe Hand auf das zuckende Schulterblatt.

In dieser Sekunde löste sich jäh ein markerschütternder Schrei um Gnade aus der Brust des maßlos Gequälten.

»Könnt ihr mich denn mit den alten Geschichten nicht endlich in Ruhe lassen?« rief der Pfarrer und warf die Arme empor, schwankte und fiel nach vorne über, von dem Bauern, welcher ihn angerührt hatte, gerade noch aufgefangen.

Der große Mensch in dem Fuhrmannskittel trug ihn, wie eine Mutter ihr Kind, mit unendlicher Zärtlichkeit zu der Bank und legte ihn dort nieder. »Er tut es«, sagte er zu den andern. »Er hat es noch immer getan.«

In dem nämlichen Augenblick, da der Pfarrer die Besinnung verloren hatte, war auf dem Schreibtisch das Kreuz umgefallen und über ein Aktenbündel gestürzt, dessen Staub es zum Wirbeln brachte. Gleich danach blähten sich die Gardinen im Luftzug der aufgerissenen Tür, und mit völlig verstörtem Ausdruck stolperte der Besucher ungeschickt über die Schwelle. Die Haare verwirrt, mit entsetzten Augen, ohne Hut und Haltung, bot Belfontaine den Anblick eines verfolgten Strolchs. Ein blasses Phantom, das in Lauscherstellung vor dem Schlüsselloch mußte gekauert haben, schoß jäh, wie aus klaffendem Erdspalt, empor – sie schrieen beide, die Kindermann und Herr Belfontaine. Herr Belfontaine brüllte und setzte in Abwehrbewegung den Fuß vor; das Gespenst, wie eine Mulde von Grillen, schien sich in eine schrillende Wolke von Tönen aufzulösen und körperlos zu werden. Der Mann, beide Daumen fest in die Ohren und den Rücken gegen die Mauer gedrückt, schob sich, die Schreie des armen Wesens mit seinem Gebrüll übertönend, den gekalkten Hausflur entlang, tastete rückwärts nach einer Klinke, drückte sie nieder, stürzte hinaus und riß wie ein Rasender an der Glocke, die nicht mehr endigen wollte ...

Auf der Straße blieb Belfontaine schweißbedeckt stehen und ordnete seinen Schlips. »Es hilft nichts, ich muß noch einmal hinauf, um meinen Hut zu holen«, sagte er für sich hin. »Oder schicke ich besser Fritz, diesen Tölpel? Dann wird man Erklärungen mitgeben müssen, eine Entschuldigung an den Pfarrer, weil man nicht warten wollte. Lächerlich übrigens, dieser Umstand um einen vergessenen Hut. Oder kommt es heute zum erstenmal vor, daß einer den Hut liegenläßt? Eine ganz gewöhnliche Sache, he! Erst neulich – na, also.« Er fuhr in die Tasche und suchte links nach den Zigaretten und rechts nach dem Feuerzeug; rätschte es an, zog mit gierigem Ausdruck den Rauch der englischen Zigarette in seine Nasenflügel und blies das Benzinflämmchen aus. »Ich gehe doch besser selber zurück.« Er tat mit zitternden Knien einige Schritte vorwärts, blieb unschlüssig stehen und blickte gegen ein Fuhrwerk in der Mitte des kleinen Platzes, auf welchen die Sonne brannte. Die Gäule hielten die Köpfe nach unten und schienen eingeschlafen zu sein; ihre Haltung drückte den ewigen Vorwurf der sprachlosen Kreatur vollkommen absichtslos aus. Ein paar Sperlinge suchten zwischen den Hu-

fen und unter dem Wagen nach den Körnern; sie waren von Staub überpudert, hatten den Wanst voller Erbsen und schienen, ab- und zufliegend, ihr Geschäft nur gewohnheitsmäßig und ohne Lust zu betreiben.
Herr Belfontaine starrte den Leiterwagen, die Säcke, die unter den Sitzbrettern lagen, und das flimmernde Kopfsteinpflaster mit einer Art von Entrückung an, als ob er sich dieses Bild für immer einprägen wollte. Solange die Bauernkarre hier steht, kann ich natürlich nicht stören, dachte er mit dem Gefühl eines Menschen, den ein äußerer Umstand entschuldigt. Andererseits entbehrt mich jedoch um diese Zeit das Comptoir. Was soll man machen? Ich könnte vielleicht einen Gassenjungen nach Hause schicken –.
Er blickte sich wie ein Schauspieler um, der nach gefallenem Stichwort den Auftritt seines Kollegen erwartet, um: »He! Da bist du ja, Bürschlein! Nimm diesen Brief mit dem Siegel und trolle dich!« sagen zu können.
Kein Gassenjunge war weit und breit, überhaupt kein menschliches Wesen nah oder fern zu erblicken. »Am besten warte ich in der Kirche.« Belfontaine überquerte die Bühne mit den dörflichen Requisiten und gewann erst auf den vergrasten Stufen, die zu dem Kirchentor führten, das Gefühl der Wirklichkeit wieder. »Hier hat er vor sieben Jahren gesessen«, sagte Herr Belfontaine laut. »An diesem Pfeiler.« Er bückte sich nieder und hob einen Kieselstein auf. »So war es. Ja, ja.« Er ballte die Faust um den Stein und warf ihn gedankenlos fort; auf der Handfläche zeichnete sich ein rotes, schon wieder vergehendes Mal ab und war verschwunden, als er die Kirche betrat.
An dem Weihwasserbecken blieb Belfontaine stehen und schlug ein verlorenes Kreuz. Die dunkle Kühle des Raumes ordnete seine Gedanken und deckte die Außenwelt ab; das ewige Licht, wie ein Blinksignal in der Nacht, schien

ihm aus der geheimen Mitte einer unbegriffenen Ordnung zuckende Zeichen zu geben. Ohne Lidschlag versuchte er auszuhalten: das Licht wurde größer, es mühte sich sichtlich, ihm etwas mitzuteilen, das keinen Aufschub erduldete: eine Erklärung, welche die Welt, wenn sie fähig wäre, sie aufzunehmen, bis ins letzte verändern würde. Dann schlug es in Schwärze um, beißendes Feuer drang Belfontaine unter die Augen und verzehrte ihm Wimper und Braue.

Ich verstehe den ganzen Zusammenhang nicht, dachte der Mann erbittert. Es ist wohl auch besser. Für ihn – fuhr er fort und fühlte deutlich, wie sich sein Herz verzweifelt zusammenkrampfte. Ich will nicht darüber nachdenken. Nein. Obwohl es eigentlich klar auf der Hand liegt, daß der Arme durch eine geheime Schuld seinen früheren Pfarrkindern ausgeliefert und zum Gegenstand ihrer Erpressung und Willkür geworden ist.

(»Erbarmen!« hörte er wieder deutlich, und: »Könnt ihr mich denn mit den alten Geschichten nicht endlich in Ruhe lassen!«)

Nun bedrohen sie ihn von Zeit zu Zeit, das ist ja die Art solcher Leute, und nehmen ihm sein Geld. Kein Wunder, daß die Soutane geflickt und die Wohnung so armselig ist. Auch die Vorliebe für das Kreuz des Matthieu kann ich jetzt erst richtig verstehen. Er ist ein Sünder. Von allen getrennt durch den Makel jener verborgenen Werke, für die er noch büßen muß. Daher seine Menschenscheu, seine Angst, sein Bedürfnis, sich wie ein gejagtes Tier in die Höhle zurückzuziehen. Nicht zuletzt seine Neigung für solche Schurken wie Gitzler, die sich anmaßen, andere Leute über Frömmigkeit zu belehren, und sich, je nach Bedarf, mit der mystischen Trauer eines gefallenen Engels oder der stolzen Kälte des Einsamen zu umkleiden wissen – ich begreife sie jetzt; ich begreife alles. Man braucht nur die einzelnen Züge in dem Wesen des guten Mathias aneinanderzuschieben wie Teile eines Zusammensetzspiels, dann sieht man, daß immer der eine den anderen ergänzt. Ganz einfach. Gar keine Hexerei. Wie sagte doch Gully? Beobachtungsgabe. Weiter nichts als Beobachtungsgabe. Gully –

Er fuhr mit der Zunge den Gaumenbogen entlang, als sei ihm ein schlechtes Bonbon dort oben hängengeblieben. »Nein, nein. So lächerlich einfach ist es am Ende doch nicht. Was mag der Pfarrer verbrochen haben? Was für ein Ärgernis hat er gegeben, das bis heute das Tageslicht scheut? Weibergeschichten –? Das wäre das Letzte, was ich ihm zutrauen würde. Obwohl er eigentlich mit der Gitzler – ach, Unsinn!« Ein frauenhaft feines Rot stieg Belfontaine in die Wangen. »Man braucht ihm ja nur in die Augen zu sehen, in diese großen, arglosen Augen, dunkel und klar in einem, die den Blick einer Hirschkuh haben. Eher möchte ich an ein Zerwürfnis in der Art wie das mit der Oberin Maura oder an sonst eine Sache glauben, in deren Verlauf er über die Grenzen seiner Befugnisse ging. Aber – das hätte er mit dem Bischof auszutragen gehabt und nicht mit drei Bauernlümmeln. Also doch ein Geheimnis? Und welches? Sicherlich keines von jener Sorte, wie es Schürzenjäger umgibt. Überhaupt nichts Gewöhnliches. Nein. Denn, wie man den Pfarrer Mathias auch immer beurteilen mag: er ist ein außergewöhnlicher Mensch, und es kann daher alles, was er getan hat, nur außergewöhnlich sein.«

Ob Herr Belfontaine ahnte, daß dieser Gedanke ihn so dicht vor die Wahrheit führte, daß er nur zugreifen mußte, um sie in Händen zu haben? Doch wie ein Mensch mit verbundenen Augen, den der Atem einer gesuchten Person, die seine Finger schon fast berühren, bereits gestreift hat – – verfehlte er schließlich ihre verhüllte Gestalt, und

nichts als das Höllengelächter seiner Mitspieler, welche im Kreis um ihn standen, erwiderte Belfontaine.
»Gut, gut. Ich werde es schon erfahren – und wenn es mein Leben gilt.« Das Kirchentor ächzte und knallte zu, der Windfang flügelte, gleich danach drängte sich eine Horde von Knaben unbekümmert herein, ohne Belfontaine wahrzunehmen. Er erkannte den jungen Partenheimer, einen rohen, stämmigen Jungen aus der Eisenhandlung in seiner Straße; den sommersprossigen Sohn des Friseurs; die Zwillingsbrüder Jean und Baptiste, welche dem Bäcker gehörten und von dem Vater stets »Schambattist« gerufen zu werden pflegten, da sie als unzertrennliches Paar nur dann in Erscheinung traten, wenn es beiden Teilen beliebte; das dicke Fränzchen der »heißen Else«, wie seine Mutter, die Plätterin Randolf – eine Witwe von staunenswert schlechtem Ruf – im Volksmund geheißen wurde; den tückischen Bengel des Organisten und Eugen, den Stift aus der Drogerie, welcher, wie immer, ein Stück Lakritze oder Kandiszucker im Munde herumschob – – kurzum, das zusammengewürfelte Korps der täglichen Ministranten, die der Pfarrer zu einer Übung hierher bestellt haben mochte.
Ohne Kniebeugung stürzten sie alle, einander puffend und tretend, in die erste Bank vor dem Josefsaltar und prügelten sich um die Plätze, indessen der Organistensohn Clemens mit dem Nachschlüssel leise die Sakristeitür, die nur ein Schnappschloß aufwies, betörte, um von dem Fenster des Räumchens aus, dessen Blick auf die Pfarrwohnung führte, das Nahen des guten Mathias durch einen Pfiff zu verkünden.
»Seht mal, das Käppchen des Pfarrers!« rief da plötzlich einer der Zwillingsbrüder und wies voller Spott auf den Gegenstand seiner Erheiterung: ein Birett, welches einsam unter der Tafel des heiligen Josef lag und ohne allen

Zweifel vergessen worden war. Etwas später sah dieser gute Mann mit dem sorgsam geölten Mittelscheitel und der schräg wie ein Griffel geneigten Lilie bekümmert auf das Treiben der Ministrantengarde, die das unschuldsvolle Birett als Zielscheibe ihrer Mützen benutzte und anzuschießen versuchte. Die grünen und roten Schülerkappen knallten lustig an der Altarplatte auf, bis es endlich dem dicken Fränzchen gelang, das Birett herunter zu pfeffern.
»Kommt er?« fragte der kleine Unhold und stülpte sich seine Beute auf den kurzgeschorenen Kopf.
»Ich sehe noch nichts«, erwiderte Clemens boshaft und fuhr fort, den Pfarrer unter der Haustür und die drei Käsbauern – wie er sie innerlich nannte – mit Hochgenuß zu betrachten. Sie schienen den hinteren Ausgang von dem Garten her betreten zu haben; nun drängte der Pfarrer die Leute, die sich, aus ihren Gesten zu schließen, gerade verabschieden wollten, in den dunklen Hausflur hinein. »Wahrscheinlich geht er noch mit an den Wagen«, dachte der falsche Clemens enttäuscht und verließ seinen Lauscherposten.
»Na, los! Mach ihn nach!« befahl er dem dicken Fränzchen. Sofort ließ der Kleine die rechte Schulter etwas heruntersinken und ging mit unregelmäßigen Schritten, die wie aus versteiften und ruckweise vorwärts bewegten Hüften ohne Eigenbewegung kamen, gegen die Kanzeltreppe.
In diesem Augenblick löste sich rasch ein Schatten aus dem Gebälk des Pfostens, welcher die Treppe trug, und Herr Belfontaine hob dem erschrockenen Franz das Birett wie ein Lufthauch vom Kopf. »Nichtsnutzer! Jagen sollte man dich, daß du die Lappen verlierst«, sagte er in gedämpftem Ton, der seltsam genug zu dem Inhalt seiner drohenden Worte stimmte. »Du bringst das Birett zu dem Pfarrer hinauf und holst mir dafür meinen Hut, der oben geblieben ist. Ich erwarte dich vor der Kirchentür. Marsch!

Oder soll ich dir Beine machen? Den Mund zu! Nimm dich gefälligst zusammen und stehe nicht da wie Lots Weib!«

»Wir gehen jetzt übrigens alle«, sagte der stämmige Partenheimer und schob sich kampfbereit aus dem Grüppchen der Kameraden hervor. »Wenn der Pfarrer selbst nicht die Zeit einhält, kann er von uns nicht verlangen, daß wir stundenlang auf ihn warten. Kommt, Buben!« Sie polterten hinter ihm drein, nur das dicke Fränzchen blieb schuldbewußt stehen und schielte Herrn Belfontaine ängstlich von unten herauf ins Gesicht.

»Nichts zu machen«, sagte sein Henker grimmig. »Und wenn du Prügel bekommst, hast du sie reichlich verdient.«

»Pah – Prügel!« erwiderte ihm der Kleine und schob seine dickliche Unterlippe mit verächtlichem Grunzen vor. »Das wären die ersten. Und mir schon gar nicht.« Er gewann seine Frechheit wieder zurück und sagte mit nachgemacht trauriger Stimme: »Deine arme Mutter! Schämst du dich nicht?«

Herr Belfontaine faßte ihn blitzschnell am Ohr und führte ihn, freundlich lächelnd, hinaus; das Läppchen schwoll an und rötete sich; bald war das ganze Gesicht des Kleinen wie mit Rinderblut übergossen und von Schweißtröpfchen dicht bedeckt. »Nun geh!« sagte Belfontaine vor der Tür und lockerte seinen Griff.

Er sah ihm nach, wie er langsam über den Platz hinschlich, das Birett wie ein Säckchen gestohlener Äpfel unter den Arm geklemmt. »Natürlich – die arme Mutter«, dachte er widerwillig. »Da haben wir's wieder: man braucht nur der Sohn einer stadtbekannten Hure zu sein, so rettet das schon vor Prügeln. Arm! Na!« Er verzog seinen Mund. »Ich wollte, ich hätte das Geld, das die heiße Else verdient.«

Die heiße Else – er sah sie vor sich: ihr rotbraunes Löwenhaar, immer zerzaust, als käme sie aus dem Bett; die flakkernden Augen mit dem gejagten, trostlosen Tierblick der Wollust und den ständig klaffenden Mund. Eigentlich, fand Herr Belfontaine heute, glich sie einer Gequälten; besonders, wenn sie lachte und die spitzen Eckzähne zeigte; einer Frau, die irgendein Unsichtbarer beständig am Lokkenhaar riß: na, los – die Kehle zurück und das hübsche Hälschen gezeigt! Sie war zu bedauern, gar keine Frage. Doch die Behandlung des Pfarrers war falsch. Grundfalsch. So eine wurde nicht besser, indem man mild mit ihr war. Durchpeitschen! Aus der Kirchenbank jagen! Den Jungen in die Fürsorge stecken und das Weibsbild ins Arbeitshaus! Statt dessen macht er den Ministranten mit seinem Quappengesicht, und es würde mich garnicht verwundern, wenn die heiße Else an Stelle der Nonnen die Wäsche zu plätten bekäme.

Herr Belfontaine schnippte ungeduldig mit Daumen und Mittelfinger und verfolgte im Geist seinen Auftrag: jetzt mußte der Junge das Glockenseil ziehen ... jetzt schob sich die Klappe vom Guckloch fort ... Fräulein Kindermann fragte nach seinen Wünschen und führte ihn in den Hausflur ... er klopfte ...

Bis dahin war alles richtig; doch Mathias rief nicht herein, wie sich Belfontaine vorgestellt hatte. »So warte doch!« zischte die Haushälterin und drückte leise die Klinke herunter, schob die Nase vorsichtig durch den Türspalt und äugte in das Zimmer. Der Pfarrer lag mit geschlossenen Augen über der Schreibtischplatte, das totenbleiche Gesicht auf der »Schule vom Heiligsten Herzen Jesu«, die Arme rechts und links ausgestreckt, als hätte der Blitz ihn gefällt. Daneben bemerkte die Kindermann den vergessenen Hut des Herrn Belfontaine, welcher auf seinem Kniff stand; ein leerer Topf, der etwas Groteskes in seinem Vergessensein hatte – aus dem Schweißband stachen die Initialen L. B. in der Nachmittagssonne.

Ein triumphierendes Leuchten eilte durch ihre Augen. »Du kannst jetzt nicht stören«, flüsterte sie und schob den Jungen zurück. »Er macht eine Meditation, verstehst du? Natürlich verstehst du garnichts, du Simpel«, fügte sie trokken hinzu.

»Aber der Hut!«

»Was liegt an dem Hut? Doch wenn du nicht wagst, ohne Hut zu gehen, so warte draußen im Garten. Ich habe jetzt keine Zeit.« Sie öffnete ihm die Hintertür und eilte in die Küche. Der Junge, ohne sich zu besinnen, rannte wie eine Katze davon, teilte die Büsche, erklomm die Mauer, welche Gymnasium und Pfarrgarten trennte, und ließ sich auf der anderen Seite – mit Händen und Füßen in dem Gefüge der bröckligen Steine hängend – unbekümmert herab. »Herr Belfontaine kann mich –« murmelte er und spuckte befriedigt aus.

»Nun hat er das Tagebuch also gelesen«, dachte inzwischen die Haushälterin und fühlte ein eigentümliches Ziehen in ihrer Nabelgrube. »Ich kann mir vorstellen, wie es kam. Herr Belfontaine setzte den Hut auf das Buch, bevor er das Zimmer verließ.« (Hier überfiel die Mystikerin eine Regung der Unsicherheit. ‚Hehe, mein Täubchen', sagte der böse Feind mit der siebenschwänzigen Rute, der sie nachts am Einschlafen hinderte, ‚was du gesehen hast, hast du gesehen, und der Hut lag noch still auf dem Boden, als Belfontaine, dieser Rohling, dich an dem Schlüsselloch störte.') Fräulein Kindermann riß das Geschirrtuch vom Haken und schlug nach einer Fliege. »Bevor er das Zimmer verließ –« repetierte sie, fest entschlossen, ihre Meinung beizubehalten. »Als der Pfarrer nachher zurückkam, fand er den Hut auf dem Schreibtisch liegen und wendete ihn nach innen, um zu sehen, wem er gehört. Er setzt ihn beiseite, er sieht mein Buch, das der Hut noch eben bedeckte; er stutzt, er blättert es auf ...«

Eine qualvolle Unruhe packte das Fräulein. Sie rang die Hände, lächelte, seufzte und wiederholte einige Stellen aus ihrem Tagebuch. »Sieh dieses Herz«, sagte Jesus und deutete auf die Seitenwunde, welche von Liebe glühte. Da bemerkte ich, daß aus dem Dornenkranz, mit welchem das Herz gekrönt war, feurige Rosen sprießten. »Jede Rose«, fuhr Jesus fort, »bedeutet ein Gebet in der Art, wie ich es dir beschrieben und von der Genossenschaft, die du gründen und als geistliche Mutter leiten sollst, schon so häufig gefordert habe. Wann endlich gehorchst du meinen Befehlen und rüttelst die lauen Seelen aus dem Schlaf ihrer Lüste empor?«
Fräulein Kindermann blieb vor dem kleinen Spiegel über der Küchenwaage, den das Zugehmädchen, ein eitles Ding, dort aufgehängt hatte, stehen und betrachtete sich verzückt; ihre Augen loderten, Wangen und Hals waren gefährlich gefleckt. »Eben hat Einer an mich gedacht«, sagte sie plötzlich in völlig normalem, beinahe neckischem Tonfall und schob eine Haarnadel, die sich wahrscheinlich bei ihrer Ekstase gelockert hatte, in das Rattenschwänzchen zurück ...
Dieser Eine, welchen sie unbewußt meinte, lag immer noch mit dem Oberkörper über der Schreibtischplatte; der gipserne Christus am Kreuz des Matthieu sah gleichgültig über ihn fort.
»Was wollt ihr, daß ich euch tun soll?« murmelte er erstickt. Die krampfhaft geballten Hände entspannend, öffnete er die Augen. »Wenn es möglich ist, so erhöre mich nicht«, fuhr es ihm durch die Seele. »Aber du hast mich bereits erhört und wirst mich weiter erhören.« Er seufzte, ein Zittern ging über ihn hin wie der Windengel über den Teich Bethesda, dann bog sich der jünglingshaft klare Mund zu einem Lächeln, das aus der Tiefe unendlichen Mitleids kam. »Mein armer, kleiner Andreas«, flüsterte er

mit zärtlichem Ausdruck. »Mein Freundchen –.« Sein glühendes, feines Gefühl, das sich auf jedes Geschöpf nicht schwerer als mit dem Gewicht einer Biene legte, ruhte auf dieser holden Bezeichnung für einen Augenblick aus. »Wie konnte ich deinen Vater in seinem Unglück zurückweisen wollen oder wünschen, daß der andere Vater mein Gebet für dich nicht erhört ? Und dennoch mußte ich seinem Verlangen bis zum Äußersten widerstehen ...«
Wiederum ließ er die Schultern unter der Last des Charismas, das seinen Nacken beschwerte, hilflos heruntersinken – eine Beute der furchtbaren Auserwählung, die mit ihm geboren war.
»Wenn dies Volk nicht Zeichen und Wunder sieht –«, flüsterte er erschöpft. »Aber ich Sünder: wer bin ich, ihm das geforderte Zeichen aus Ungeduld vorzuenthalten ?« Er stutzte. »Aus Ungeduld ? Nein, ach, nein. Wenn dies wirklich nur heilige Ungeduld wäre, die einen höheren Glauben, eine tiefere Hoffnung als die auf Wunder und Heilungen forderte – aber, so ist es ja nicht. Zwanzig Jahre lang war ich ihr Hirte, und immer noch lebt der Glaube dieser Armen nicht aus sich selbst. Ich bin es: ich ganz allein, der ihnen im Wege steht. Ein Wundertäter, doch kein Erwekker. Einer, der ihnen den Glauben abnimmt, anstatt sie hineinzustoßen.«
Da war sie wieder, die quälende Angst, nur ein Werkzeug des großen Versuchers zu sein, der sein sichtbares Reich auf der Erde hat: Friede, Wohlfahrt, Steh-auf-und-wandle, In meinem Namen, In diesem Zeichen – –
»Nein, nein! Verschone mich, laß es genug sein mit jenen zwitternden Zeichen, die einander so ähnlich sehen!«
Er zitterte stärker; geistiges Licht, dem siebenten Himmel entwendet, quoll aus der Tiefe des Abgrunds, über den er sich niederbeugte. Legionen von Engeln. Ihr gleißendes Lachen stand wie das Felsengebirge der Landschaft Gera-

sa um alles Fleisch, das in den Ketten des Wahnsinns, mondübergossen, verweste. Eine unübersehbare Menge von Leibern und doch nur ein einziger riesiger Leib, der sich mühte, im Widerschein sphärischer Ströme, gezelteter Strahlen, entfalteter Bahnen reine Bewegung zu werden, um in der Bewegung siderische Zahlen und Hieroglyphen zu zeichnen. Es gelang ihm. Er glich sich in Schlüsselbildern von ungeheuerlich klarer Ordnung dem Wesen der Formel, der nackten Bezüge um ihrer selbst willen an. In schwingenden Staffeln, als pure Gelenke, als Schnittpunkte, Richtungen, die sich beständig, wie eine zitternde Nadel, auszurichten versuchten, ahmte er jenen Gegengott nach, dessen Wonne es ist, seine Kinder mit Licht vom Lichte zu täuschen. Welcher Jubel, wenn ihnen Erkenntnis versprochen, wenn die Ähnlichkeit mit dem Haupt der Vernunft ihnen erreichbar wurde! Welche Güte, welche Herablassung Satans, dem es – außer im Fleisch der Schlange – nicht erlaubt wurde, Fleisch zu werden! Und, ach, welches Ebenbild bis in die Tiefe der teuflischen Trinität ...

»Wem überantwortest du deinen Knecht?« stöhnte der Pfarrer geblendet. »Wer wirkt, wenn ich wirke? Aus welcher Kraft habe ich Kranke geheilt? Deinen Namen rief auch der Gerasener und wurde von Satan besessen. Kein ‚Herr' und kein ‚Heilig', das nicht in der Hölle sein scheußliches Echo hätte ...«

Er versuchte den inneren Blick zu schließen, indem er das Fenster, von Laubwerk und Schatten eigentümlich umspielt, wieder ins Auge faßte. Aus Pfeifenstrauch, Schneebeere und Jasmin, welche, von Schlingpflanzen überwuchert, von der schlaffen Forsytia geschwächt und erstickt, die zwergisch blühenden Zweige ineinander verschlungen hatten, erbaute sich in dem Wechsel der Formen, den die Bewegung der Lüfte und das Weiterrücken der Sonne hervorgebracht haben mochte, ein schmerzlich wildes Gesicht.

Er schaute es an, und die arme Natur grüßte medusisch zurück.

Ihr Haupt, ein Spiegelbild jenes andern, das den Leib der Vernunft regierte, war von den Schleiern der Mitschuld wie von ziehenden Wolken bedeckt. Sie litt und stieß mit geöffnetem Munde den lautlosen Schrei ihres grünenden Gottes ununterbrochen aus; doch während sie noch um Erbarmen flehte, entzog sie sich schon der Tröstung und wurde selber zum Trost; von dem gefallenen Geiste getäuscht, war sie zur Täuschung geworden – doch Täuschung und Trost widersprachen einander und hoben das Urleid nicht auf ...

Mit einer entschiedenen, ruhigen Bewegung legte der Pfarrer, vollkommen klar über das Wesen jener Versuchung, die ihn in beiden Reichen zugleich von der Liebe Christi abscheiden wollte, die Hände um das Kreuz des Matthieu und richtete sich empor. »Tue mit mir, was du willst«, sagte er, während das Doppelgesicht sich auflöste und verschwand.

Entfernter Donner, welcher seit Stunden im Bogen um das Städtchen gegangen und von den Hügeln, die es umgaben, abgelenkt worden war, erschütterte wieder mit murrendem Drohen die sinnliche Atmosphäre; eine Flöte tropfte wie fließender Honig über die Schulhofmauer und schien aus der Mitte des Donners zu dringen, dessen Löwenrücken sich legte. »Speise ging von dem Fresser aus und Süßigkeit von dem Starken«, blitzte es ihm durch den Sinn.

Auf unerklärliche Weise erheitert, raffte der Pfarrer das Rituale, den Katechismus und nebenbei Fräulein Kindermanns »Schule der Mystik« zusammen und blickte zerstreut nach der Uhr. »Die Ministrantenstunde! Der Küster

hat hoffentlich angefangen«, dachte er gegen sein besseres Wissen und stürzte aus der Tür.
In der Küche knallte ein Stuhl zur Erde, die Kindermann war schon herausgeschossen und stellte sich ihm in den Weg. »Die Buben sind fortgegangen, Herr Pfarrer«, sagte sie triumphierend. »Als letzter kam Fränzchen Randolf herauf, um Herrn Belfontaines Hut zu holen.«
»Belfontaine?« fragte Mathias verwirrt. »Hat Herr Belfontaine hier gewartet? Das ist mir unangenehm.«
Die Kindermann blickte ihn gleisnerisch an. »Was hätte ich machen sollen, Herr Pfarrer?« fragte sie unaufrichtig. »Herr Belfontaine wollte Sie unbedingt sprechen und hat mich einfach beiseite geschleudert, als ich ihn aufhalten wollte. Ich konnte nicht einmal das Buch vor ihm in Sicherheit bringen.«
»Das Buch? Welches Buch? Fräulein Kindermann?« fragte der Pfarrer verdutzt.
Die Kindermann rückte bedrohlich näher. »Prüfen Sie mich nicht länger«, flüsterte sie in der Ausdrucksweise einer Ekstatikerin. »Seit Wochen ringe ich mit dem Entschluß, Ihnen die Zwiesprache meiner Seele mit dem göttlichen Herzen zu zeigen. Und wenn Herrn Belfontaines stürmischer Eintritt nicht dazwischengekommen wäre, hätte ich noch im letzten Moment mein Werk wieder an mich genommen.«
Der Pfarrer blickte verstört auf die Bücher, die er links in der Armbeuge hielt. »Ich kann Sie beruhigen«, begann er hilflos.
»Aber nein, Herr Pfarrer! Erröten Sie nicht. Beschämen Sie nicht die Vorsehung Gottes. Was geschehen ist, ist geschehen. Die Stunde mußte ja schließlich kommen, in der sich meine Sendung erfüllt. Ich werde jetzt mit der Gründung der Kongregation beginnen. Die Statuten sind bereits aufgestellt; das heißt, ich will mich natürlich durch-

aus nicht Ihrer besseren Einsicht verschließen, wenn Sie andere Vorschläge haben.«

Der Pfarrer sah seine Haushälterin mit jenem eigentümlichen Blick geistiger Leere an, von welchem sie ihrer Freundin Maura mit dem Ausdruck: ‚er sieht in das Gerstenfeld' schon des öftern berichtet hatte. (»Ich glaube wirklich, Frau Oberin«, pflegte sie ihre Betrachtung regelmäßig zu schließen, »daß Hochwürden manchmal nicht ganz bei Trost ist – vorausgesetzt, daß kein Sehfehler vorliegt, der seine Augen entstellt.«)

»Soso – das war also Belfontaines Hut«, sagte er, tief in Gedanken. »Hören Sie«, fügte er rasch hinzu und warf die verschiedenen Bücher auf die Platte eines wackligen Tischchens unter dem Kleiderhaken, »ich laufe schnell hinterher.« Er eilte in sein Zimmer zurück, faßte den Hut und stand im Begriff, das Pfarrhaus, so wie er war, zu verlassen.

»Bitte!« sagte die Kindermann spitz und reichte ihm das Birett.

Der Pfarrer fuhr mit dem Ärmel darüber und zog die Brauen zusammen. »Die Ministranten haben wohl wieder Fußball damit gespielt«, bemerkte er resigniert. »Adieu denn –!«

»Und mir hat Herr Pfarrer wirklich nichts anderes mehr zu sagen?« fragte die Kindermann außer sich und fiel, wie immer, wenn die Enttäuschung ihre Hühnerbrust zu zersprengen drohte, bei der Anrede in die dritte Person.

»Doch, doch. Natürlich. Ich möchte gerne ... ich möchte zum Abendbrot Spargel essen. Neue Kartoffeln mit Spargel. Vergessen Sie es nicht.« Er drehte sich auf der Türschwelle um und lächelte kindlich zurück. »In letzter Zeit war das Essen geradezu miserabel«, brachte er schüchtern hervor.

Keine zehn Minuten danach gab Mathias es auf, den Besitzer des Hutes über den Umkreis von Kirche und Pfarr-

haus und die gegabelten Seitenstraßen hinaus weiter zu verfolgen. »Ich kann es mir wohl zusammenreimen«, flüsterte er mit trockenen Lippen, während sich die Ereignisse langsam in seiner Betrachtung verschränkten, »warum sich Herr Belfontaine scheute, noch einmal zurückzukehren. Aber das hilft mir nichts.« Wieder versuchte er angestrengt, das geöffnete Fenster in seinem Zimmer, den Hut auf der Erde und die Verstörung, die über dem Schreibtisch lag, mit Fräulein Kindermanns Auskunft und dem umgestürzten Kreuz des Matthieu in eine Verbindung zu bringen; doch kam er mit dieser Bemühung nicht weiter, als hätte er einen nächtlichen Raum, dessen Läden ringsum geschlossen sind, aufzuräumen versucht. Gewiß: jeder Gegenstand war ihm vertraut, und jenen Stuhl in die richtige Ecke, diesen Spiegel in seinen Haken zu setzen, schien nichts als Gedächtnisgabe zu sein, als Ortsgefühl und das Vermögen, alles zusammenzurücken; doch es gelang ihm nicht. »Diese Dinge haben kein Licht in sich«, pflegte der Pfarrer zu sagen.
Den Hut in der kraftlos hängenden Hand, kehrte er um und nahm, wie schon oft, wenn seine Gedanken fast unvermittelt einen Grad von Hellsicht erlangten, die äußere Welt in Gestalt innerer Formen wahr. Er bemerkte die dumpfe Verlassenheit des Kirchplatzes in der Nachmittagssonne, vielmehr die Verlassenheit an und für sich als den Seelenzustand der Schöpfung, und hatte wieder den seufzenden Ton des Pferdekummets im Ohr, als der Wagen sich in Bewegung setzte und diesen Platz mit dem Eindruck der Räder in alter Trauer zurückließ. Wie waberndes Feuer wellte die Hitze in der stehenden Luft auf und nieder; doch während sie noch am Vormittag trocken und gewichtslos gewesen war, hatte nun die eingedrungene Feuchte ihren Strahlenkörper gleichsam verflüssigt und aus dem Zustand der Atmosphäre in die Welt der Erschei-

nung getrieben; es war die Stunde vor dem Gewitter, wo Spiegelungen, Naturgesichte, zentaurische Mischformen, phallische Zeichen sich zu versinnlichen suchen; wo der Glaube wankt, das Fleisch triumphiert und die Engel das Haupt verhüllen.

Beim Dahingehen, während er ohne Erstaunen die Zwischenwelt dieser Phantasmagorien mit geöffneten Augen durchschritt, sah der Pfarrer sich von allerlei Volk in Knöchelhöhe umgeben; von teuflischen Nichtsen aus Nun und Nie, die ihre Ohnmacht unter der Drohung gehäufter Merkmale zu verbergen und auszugleichen versuchten: sie waren doppelköpfig, geschuppt, aus Tier und Mann zusammengesetzt, von Gliedmaßen wimmelnd, bald reines Geschlecht, bald spinnenbeiniges Haupt. Der Kirche abgekehrt, schienen sie gleichsam den verborgenen Weg zu bezeichnen, den ein Mensch soeben genommen hatte – doch da sie endigten, wo der Bannkreis der Kirche zu Ende sein mochte, verlief sich dieser innere Weg in seinem eigenen Dunkel und fand sich selbst nicht mehr auf.

»Ich bringe den Hut in die Sakristei«, dachte der Pfarrer entschlossen. »Und sollte ihn noch vor dem Hochamt am Sonntag Herr Belfontaine abholen wollen, so weiß der Küster Bescheid.«

Er betrat die Stufen, zwei sphinxhafte Wesen mit Flügeln an den Schultern, die rechts und links von dem Eingang saßen, zerfielen vor ihm in Staub; als er sich umdrehte, war der Platz wieder so vollkommen einsam, wie er vorher gewesen war, und von kleinem, schwärzlichem Kot über und über bedeckt. »Das also ist dein Manna«, sagte der Pfarrer mit leisem Lächeln zu seinem Widersacher. »Süß wie Honig und schön geformt wie Koriandersamen.« Dann war auch dieses vorbei. Er ging in die Kirche und kniete nieder; seit der Frühmesse – und obgleich eine Nonne, als der Kerzenrauch noch in der Luft stand, auf dem

Heimweg von Esselborns Haus ihr Herz dort entlastet hatte – geschah es wieder zum ersten Mal, daß jemand hier betete ...

Diese Nonne, die Oberin Maura, eine ungeheuerlich dicke Frau, welche die Nachtwachen schlecht vertrug, obwohl sie seit vierzig Jahren, wie sie sagte, ihr tägliches Brot waren, hatte sich mit dem bestimmten Gefühl, heute auf keinen Fall mehr den versäumten Schlaf nachholen zu können, von der Kirche sofort auf ihr Zimmer begeben und einer Novizin befohlen, ihr die Wirtschaftsbücher zu bringen. Die kleine Eustachia, ein dummschlaues Ding, das vor kurzem noch »Elsbeth« hieß und diesen Namen auf hundert Meter durch die schwarz-weiße Nonnentracht schwitzte, führte den Auftrag der Oberin mit jenem gefrorenen Lächeln aus, hinter welchem sich ihre Verwunderung über die fremde Umgebung verbarg, über die Tatsache, daß man den Kochfisch nur mit der Gabel verspeiste und die Hände vor jedem neuen Verband in eine Lysollösung steckte.
»Ich habe den Preiskatalog der Kliniksachen gleich mitgebracht«, sagte sie pfiffig und wartete ab, ob sie die Oberin wieder als Rechenmaschine gebrauchen und hierzubleiben veranlassen würde; ihr rundes, rotes Radieschengesicht platzte schon vor Bereitschaft, in der hochgebuckelten Schulmädchenstirn stand eine senkrechte Falte.
»Geh hinaus und nimm das Zeug wieder mit!« sagte die dicke Maura grob. »Nein, laß es hier. Bring mir Kaffee, verstehst du? Zwei Mäßchen Bohnen auf eine Kanne. Und unterstehe dich nicht, noch einmal in deinem Leben eigenmächtig zu handeln.«
Als die Kleine mit dem Kaffeegeschirr nachher wieder herauskam, sprudelte sie heraus: »Sie werden es mir nicht glauben, Schwester Immaculata, wie ich Ehrwürden Mut-

ter antraf. Auf der Erde Papier, auf dem Bett Papier, zusammengeknüllt und mit Ziffern, so groß wie mein kleiner Finger, kreuz und quer überschrieben. Ehrwürden Mutter dazwischen, den Kopierstift wie einen Knochen im Mund, blaue Schmierflecken unter der Nase, kch, kch, wie ein Schnurrbärtchen, sage ich Ihnen; in der linken Hand ihren Rotstift und rechts einen Federhalter, kch, kch, oder war es ein Bleistift, ich weiß es nicht mehr genau. Der Kaffee, sage ich. Meine Güte: sieht sie mich doch mit den schwarzen Augen, als wollte sie mich auffressen, an; läßt die Stifte fallen, ballt ein Papierblatt und wirft es mir an den Kopf; dann noch eines gegen die Kaffeekanne und ein anderes auf das Tablett. Ich bleibe ruhig stehen und denke: sie will meine Demut prüfen, aber ich glaube, in Wirklichkeit hat sie mich überhaupt nicht bemerkt, sondern nach irgend etwas geworfen, das sie im Nachdenken störte. Mit einem Mal hört sie zu werfen auf und sagt: du bist meine gute Tochter. Lauter gute Töchter seid ihr, und ich bin eure Mutter. Alles für euch! Und schlägt mit der Faust auf die Bücher, zieht einen Schlüssel aus ihrer Tasche und schließt eine Schublade auf ... Schwester Immaculata, Sie werden es mir nicht glauben: mein Großvater hatte so einen Strumpf unter dem Kopfkissen liegen, aber halb so gespickt wie dieser. Daneben lauter gebündelte Päckchen, ich denke, ich werde blind. Nur nicht auf eine Sparkasse, sagt sie. Alles Schwindel, alles Betrug. Da muß der Bock mich gestoßen haben, Schwester Immaculata. Aber die Zinsen, Frau Oberin? getraue ich mich, zu fragen. Ehrwürden Mutter, mit einem Ruck, erhebt sich, schiebt ihren Stuhl zurück und kommt wie ein feuerspeiender Berg geradenwegs auf mich zu. Zinsen? schreit sie. Du unterstehst dich, dieses Wort in den Mund zu nehmen? Zinsen! Und du willst Armut geloben? Den Pfiffen der Welt und den Schlingen des Teufels unter feierlichem Gelübde entsagen?

Zinsen! Warum nicht gar spekulieren und Wuchergeschäfte betreiben? Meinen Rosenkranz möchte ich dir um deine Mausohren schlagen! Sie hält einen Augenblick inne und sagt: Du liebst wohl das Geld, Eustachia? Nein? Aber du denkst, deine geistliche Mutter liebt es über die Maßen? Sieh mal her, meine Tochter. Sie bindet den Sparstrumpf im Handumdrehen auf und schüttet ihn auf die Erde. Da! schreit sie. Da! So liebe ich es! Und tritt es unter den Betstuhl, unter den Schrank, das Bett, die Kommode – ich zittere jetzt noch wie Espenlaub, wenn ich davon erzähle. Für jedes Geldstück bückst du dich einzeln, sagt sie plötzlich mit ruhigerer Stimme. Das soll deine Buße sein. Wenn dir der Rücken dann ordentlich wehtut, wirst du die richtige Liebe zu diesem Teufelsdreck haben ...«
Bis hierhin erzählte Schwester Eustachia und fügte abschließend noch hinzu: »Wissen Sie, Schwester Immaculata, voriges Jahr, ein paar Wochen früher, habe ich Bohnen gelegt. Unsereinem macht das nichts aus.«
Was sie hingegen sorgsam verschwieg, war der Umstand, daß ihr die Oberin kaum fünf Minuten danach bereits befohlen hatte, das Geld mit dem Besen zusammenzukehren. »Ich merke schon, daß dein ganzes Geschwätz auf purer Dummheit beruht«, hatte sie liebenswürdig gesagt. »Aber Dummheit ist keine Sünde. Übrigens kommst du nicht mit den Armen unter den Schrank, Eustachia. Wenn du fertig bist, zähle sorgfältig nach. Es müssen auf Heller und Pfennig 580 Mark sein.«
Etwas später, nachdem dies getan war, versuchte die Oberin, in dem Lehnstuhl ein wenig einzunicken; sie war nun so gründlich erschöpft, daß sie glaubte, die Anfechtung dieser Nacht in Esselborns Krankenzimmer endlich vergessen zu können. Es gelang ihr auch und so gründlich, daß sie die Stunde versäumte, zu der sie aufwachen wollte. Sie schlief noch, als sich Herr Belfontaine in der Graben-

gegend verirrte und die merkwürdig wilde Begegnung mit der Walfischforelle hatte, wo über das Schicksal der Kirchenwäsche und die Entzweiung der Nonnen mit dem Pfarrer verhandelt wurde; sie schlief, als der rappelnde Leiterwagen mit den geängstigten Bauern über das Pflaster rollte; sie schlief und schlief, als die Kindermann den Besucher, da er den Fuß vorsetzte, mit einem Toten verwechselte, der morgen beigesetzt werden sollte – und erst, als die Schlafesdecke begann, da und dort aufzureißen, als der geile, spitzige Wasserdost ihrer untergegangenen Wünsche aus der träge ziehenden Traumesflut ragte und die Algenwälder unter dem Spiegel immer klarer zutage traten, trieb dic Erinnerung alles, was sie verdrängen wollte, in Gleichnisgestalten empor:
Sie sah den keuchenden alten Mann in Kissenbergen sitzen, die sich, je mehr sie sie rüttelte, klopfte und niederzulegen versuchte, um so höher und höher türmten, indessen der Kranke, von Herzangst gepeinigt, sich, was er nur immer zu fassen bekam, hinter den Rücken stopfte: Daunenbälle, mit dicker Wolle in kreischenden Farben umhäkelt, Erbauungsbücher, fettige Bände der gesammelten Jahrgänge einer Zeitschrift, die den Titel trug ‚Über Land und Meer', Patentmedizinen, Kamelhaarpantoffeln und – abwechselnd – wenn gerade die Nonne die gefüllte Bettpfanne eilig heraustrug, die Urinflasche, doch wenn die Urinflasche voll war, die gesäuberte Stuhlgangpfanne ...
»Komm, Vaterchen!« sagte die Maura im Traum und versuchte, ihm das Uringlas mit sanfter Gewalt zu entwinden. – – Da bemerkte sie plötzlich, daß alle vier Wände des Krankenzimmers gleichfalls aus Glas und draußen von sämtlichen Töchtern ihrer Kongregation, Gesicht an Gesicht, umgeben waren. Ganz vorne stand die kleine Eustachia und drückte das unverschämt spitze Näschen gegen die Spiegelscheiben; ihre Augen und die der anderen Non-

nen waren weit aufgerissen und schienen den Ringkampf zwischen dem Alten und ihrer geistlichen Mutter mit gespannter, ja leidenschaftlicher Angst unter Zurufen zu verfolgen. Diese Rufe selbst waren nicht zu verstehen, weil das dicke Glas sie nicht durchließ, doch feuerte jenes lautlose Schreien sie zu immer größerer Kraftentfaltung um den Besitz der Urinflasche an, die der Alte verteidigte. Einer riesigen grünen Heuschrecke ähnlich, saß er mit angezogenen Knien auf seinem zerwühlten Lager und wehrte die Oberin bald mit den Kissen, den Schlummerrollen, den Büchern ab; bald stülpte er, während er kämpfte, eine fleckige rote Mütze, der Fingerhutblüte vergleichbar, auf seinen nackten Schädel, die ihm zehnfache Kraft verlieh. Die Oberin warf sich mit ihrem ganzen Gewicht über den zappelnden Kranken, der immer noch seine Flasche ... nein, nicht mehr die Flasche, sondern ein Schriftstück mit der Aufschrift »Amtsgericht A.« krampfhaft festzuhalten versuchte.

»Das Testament! Gib es her ... gib es her ... !« keuchte sie aufgeregt. In diesem Augenblick wendete plötzlich eine unsichtbare, luftige Hand das oberste Blatt herum, und mit klaren, zollgroßen Lettern stand die heilige Regel der Kongregation vor ihren entsetzten Augen.

Gleichzeitig sank die gerichtete Nonne in einen Bettenabgrund. Sämtliche Kissen, die sie geschüttelt, Zudecken, die sie zurechtgeschoben, Plumeaus, die sie jemals aufgeklopft hatte, wälzten sich über sie hin. Sie versuchte, mit Händen und Füßen die Kissen abzuwehren, und fühlte sich immer tiefer, wie ein Mensch in Moorgrund, in diese dicke, erstickende Daunenhölle geraten, die sie hinunterwürgte. Sie wollte schreien, doch ihren Lippen entrang sich nicht ein einziger Laut, bis sie endlich mit einem dumpfen, langgezogenen Heulen schweißübergossen erwachte ... Ihr Herz ging rasend, in ihren Augen, die,

trostlos und schwarz wie die Nacht, aus dem wachsbleichen Antlitz starrten, stand das Entsetzen des Traums. Es war unerträglich schwül in dem Zimmer, dessen Fenster hermetisch verschlossen waren. Eine Brummfliege raste immer von neuem blindlings gegen die Scheiben; der kurze knallende Ton, den der sinnlos getriebene Körper im Anprall verursachte, mochte das Bild jener Nonnen, die sich hart an die Glaswände drängten, unwillkürlich hervorgebracht haben.
Die Oberin krampfte die Hände um beide Sesselstützen und beugte den schweren Körper wie ein Mensch, der in sich hineinlauscht, vor. Ihrem starken Gesicht, dessen flatternde Lippen mit Stoßgebeten beschäftigt waren, prägte sich mehr und mehr jener Ausdruck unerträglichen Starrsinns, vulkanischer Wut und verzehrender Herrschsucht auf, der ihm zu eigen war; gleichzeitig aber schien diese Kraft, deren Wesen es ist, in die Welt zu drängen und den Widerstand ihrer Umgebung ohne Hemmung zu unterwerfen, im Kampf mit sich selber zu liegen; ja, mehr noch: der eignen Natur gerade entgegen zu sein. Denn während sich noch jene furchtbaren Züge eines lebensmächtigen Menschen mit rasender Schnelligkeit steigerten, so daß man den prächtigen Ausbruch entfesselter Triebgewalten erwarten zu können glaubte, trat unbegreiflicher Weise das Ganze schon unter ein neues Gesetz.
»Mein Jesus, Barmherzigkeit!« stöhnte die Nonne und trommelte mit geballten Fäusten unausgesetzt und ihr selbst nicht bewußt auf die zitternden Sesselstützen. »Süßes Herz Jesu, sei meine Rettung! Sei mir nicht Richter, sondern Erlöser!« Sie sagte her, was ihr einfiel; mit jedem Satz, den das dumpfe Trommeln, von dem tauben Plüsch des Sessels erstickt, als ein peitschender Wirbel begleitete, zog sich, wie eine marschierende Truppe, der Andrang ihrer verwilderten Wünsche in voller Ordnung zurück. Sie

gehorchten; Befehl stand unter Befehl, und keiner meuterte. Mit einer letzten jähen Bewegung riß die Oberin ihre geballten Fäuste an den mächtigen Körper zurück und hämmerte wie zum Abschluß auf die heftig wogende Brust. Ein barbarisches, stilles Gelächter verklärte ihre Züge; schon ließ der Genuß des errungenen Sieges den Triumphator vergessen, welchen Preis er dafür bezahlte.
»Fort!« sagte die Nonne mit dem Gefühl, diese Walstatt verlassen zu sollen, bevor die Geister der Überwundnen ihren Kampf in den Lüften fortsetzen würden; denn daß sie es täten, war sicher und machte ihr Wesen aus. Sie kannte sich – oh! ... Im nächsten Moment war die Oberin auf den Füßen; sie hatte die staunenswerte Gewandtheit unheimlich dicker Personen, die sich rollend vorwärts bewegen.
Indem sie die Zimmertür öffnete, donnerten ihre Befehle schon in den Hausflur hinein. Die Küchenschwester flog ihnen entgegen und machte zur Unterstützung ihres mangelhaften Gehörs den Mund, so weit es nur anging, auf.
»Zum Essen, hä? Oder nach dem Essen?« wiederholte sie, was sie soeben verstanden zu haben glaubte.
»Ich habe nichts von Essen gesagt«, brüllte die dicke Maura. »Aber natürlich will ich erst essen, bevor ich zu Belfontaines gehe.«
Die Küchenschwester nickte erleichtert. »Ja, freilich war der Hering gewässert«, sagte sie guten Willens. »Genau wie Frau Oberin es bestellte. Und grüne Bohnen dazu.«
Die Oberin Maura, mit schallendem Lachen, ließ sich auf eine wackelnde Bank, die in dem Hausflur stand, nieder.
»Na, so gebt mir mal von dem Heringsschwanz«, sagte sie gut gelaunt.
»Von der Gans? Frau Oberin hat wohl vergessen –«, stotterte, unglücklich über sich selbst, die arme Küchenschwester.

»Schon gut.« Die Oberin winkte ab und rollte in die Küche. Die taube Nonne schöpfte ihr aus und warf eine Decke über den Tisch, an welchem ihre geistliche Mutter, wenn die Umstände ihr verwehrten, am gemeinsamen Mittagsmahl teilzunehmen, ihr mehr als bescheidenes Essen, »im Sprung«, wie sie selber sagte, herunterzuschlingen gewöhnt war.

Heute aber wollte sie nicht mit irgend einem Menschen, und sei es auch nur die taube Dolores, beim Essen zusammensitzen. Sie nahm ihren Teller, trug ihn hinaus und setzte sich, sehr zum Ärger der Nonne, auf die ächzende Bettlerbank; obwohl kein Tag verging, wo die Schwestern dieses Möbelstück nicht mit heftigen Laugen und scharfen Lösungen aller Art gebürstet und übergossen hätten, haftete ihm der durchdringende Duft der unfreiwilligen Armut hoffnungslos hartnäckig an. Aber die Oberin, peinlich zu sagen, liebte ihn, diesen Geruch aus kräftig verschwitzten Lumpen, die in Regen gekommen, durchnäßt und wieder trocken geworden waren; diesen unverbesserlich bösen Duft »ihrer Leute«, wie sie zu sagen pflegte, und womit sie unterschiedslos die Kinder der traurigen Wagenfamilien, denen die Mutter den Scheitel mit ranzigem Nußöl zu glätten bemüht ist, die Landstreicher, welche aus allen Poren nach billigem Fusel stinken, und die elenden, alten Weiber meinte, die hinter der vorgehaltenen Hand Kaffeebohnen zerkauen ...

Nun gut, da saß sie, erschöpft und zufrieden, die großen staubigen Schuhe wie ein Wandersmann von sich gestreckt, und hatte nicht acht, was sie aß; man hätte ihr Küchenschaben in Brühe als Krebssuppe vorsetzen können, ohne daß sie es merkte. Auch von der Maigans, deren Erwähnung die taube Dolores gehört haben wollte, von diesem kostbaren jungen Mastvieh, das Frau Belfontaine gestern, gefüllt und gebraten, der Oberin zugeschickt hatte, war dieser wenig mehr als ein schlechtes, verhutzeltes Stückchen vom Bürzel und ein Löffelchen Apfelbrei zugefallen, obwohl ihr die Spenderin eigentlich alles, zumindest aber das Beste, davon wollte zukommen lassen. Doch die Oberin, weit entfernt, diese Absicht zu würdigen, hatte verdrießlich mit ihrer Gabel im Teller herumgestochert. »Eßt mal«, hatte sie mürrisch gesagt. »Ihr wißt doch, ich mache mir gar nichts daraus. Aber wenn noch ein bißchen Sauerkohl da ist –.« Daß sie sich »gar nichts draus machte«, war nicht einmal gelogen; von Natur aus wenig geneigt zu gutem Essen und Trinken, hatte die dicke Mutter asketisch die letzte Gaumenlust, die sich noch regte, durch vierzig Jahre hindurch bekämpft, ohne sie freilich ganz überwunden und ausgerottet zu haben. Noch immer hatte sie eine stille, unausgesprochene Liebe für die Kruste am Schweinebraten, die weiße speckige Haut an der Oberseite der Dampfnudel, ach, und – lächerlich, es zu gestehen – für die kleinen Zuckereier an Ostern, diese hellroten, goldgelben, graugrünen Dinger, mit süßem, klebrigem Saft gefüllt, die sonst nur Kindern behagen. Aber trotzdem mußte sie sich für die Maigans und einiges andere noch bedanken, überlegte die Oberin. Gut, gut. Bei dieser Gelegenheit –. Umgekehrt wäre es richtig gewesen, denn die Gelegenheit war das erste, woran die Oberin dachte, als sie sagte: ich muß noch zu Belfontaines; an die Gans, meine Güte, wer denkt an die Gans, wenn er nichts als den Bürzel hatte? Schnöde herausgesagt: was sie wollte, war gar nichts andres als betteln; feiner umschrieben: »Das Jesuskindchen kommt heute auf Kundschaft – was verdirbt denn wieder im Laden?« wie die stehende Redensart hieß.

Die Oberin grunzte befriedigt und kratzte den Teller aus. »Wir danken dir, o Herr, für diese deine Gaben ...« Sie lief in die Küche und stürzte ein Glas eiskalten Wassers hinunter. »Die Eustachia soll auf der Stelle zum alten Esselborn gehen. Bis zum Abend bin ich wieder zurück. Verstanden?« dröhnte sie wie eine Tuba der armen Dolores ins Ohr.

Wenn sie freilich geahnt hätte, daß sie heute Herrn Belfontaine, »diesem Ekel«, würde begegnen müssen, hätte die Oberin höchst wahrscheinlich ihren Besuch verschoben; durch den Schlaf und das späte Mittagessen in ihrem Zeitgefühl gründlich verwirrt, glaubte sie ihn jedoch noch immer bei seinen »Saufkumpanen«, wie Frau Maura die Herren der Runde ein für allemal zu benennen liebte. Daß die dicke Mutter Herrn Belfontaine, wie an dem Ausdruck »Ekel« ersichtlich, nicht sonderlich leiden mochte, hatte außer dem einfachen Grund: »Ich kann diesen Kerl nicht riechen«, – sehr verständlich, wenn man die Duftvorliebe der guten Maura für Fusel und Nußöl im Gegensatz zu Herrn Belfontaines feiner, nach einer besonderen Mischung von Juchten und Lavendel riechenden Atmosphäre, gehörig berücksichtigte – eine weitere und recht muntere Quelle, aus welcher ihr Vorurteil Nahrung zog: nämlich Herrn Belfontaines striktes Verbot, daß Elfriede die Kinderschule der Nonnen noch länger mit ihrem Besuch beehrte, nachdem es einwandfrei feststand, daß sie dort Läuse geerbt und weitergegeben hatte. Läuse! Die Oberin lachte verächtlich, indem sie den uralten, schmalen Reuel zum Roßmarkt herunterrollte. Läuse! Was wollten schon Läuse bedeuten? Ein Petroleumwickel, und fertig. Jede läßliche Sünde war schlimmer. Und wer würde Herrn Belfontaine übrigens glauben, daß seine Vorväter diese Tierchen noch niemals beherbergt hätten? Auf dem Kopf, in den Kleidern und zwischen den Zehen, dachte die dicke Mutter erbost, wird man die Spezies gefunden haben, so wahr ich Maura heiße. Aber natürlich: gebranntes Kind – sie wollte sagen: »gebissenes Kind« und kam mit ihrem Vergleich nicht weiter, so sehr sie sich auch bemühte. Am meisten dauerte sie natürlich, dachte die Nonne in redlicher Täuschung, die arme, kleine Elfriede. Sie hatte so hübsch mit den andern gespielt und den Milchbecher ausgetrunken ... Aber nein! eine dreckige, schwarze Laus, unterm Daumennagel wie nichts zu zerdrücken, hatte das alles zerstört.

»In Ewigkeit, Amen!« sagte Frau Maura und brachte, während der Roßmarkt sie aufnahm, ihre große weiße Altweiberhand gedankenlos aus dem Rock. Verschiedene Kinder, welche, Sandflöhen ähnlich, um eine Kuhle hockten und die Nonne schon aus der Entfernung mit: »Gelobt sei Jesus Christus!« begrüßt und, ob katholisch, ob evangelisch, mit diesem Gruß ein verbrieftes Anrecht auf den Inhalt von Mauras Taschen erworben zu haben glaubten, liefen herbei und holten die Finger aus ihren schmutzigen Nasen, um sie der Oberin darzubieten und ein Heiligenbildchen dafür zu ernten: das »Herz-Mariae« zum Beispiel in einem Oval aus Spitzen; ein Häuschen von Nazareth, aufzuklappen, innen geschleckt und geleckt; einen Josef, einen Antonius, die man hinterher austauschen konnte. Das schönste freilich sollte Elfriede, dieses Kind eines Rabenvaters, erhalten und das zweithübscheste seine Mutter, die gleichfalls – und gleichwohl als besseres Mädchen – die Spielschule ihres Klosters besucht und Läuse bekommen hatte, ohne daran zu sterben.

Als die Nonne jedoch um weniges später den Belfontaineschen Laden betrat – übrigens war es nicht richtig, ihn den Belfontaineschen zu nennen, denn erstens sagten die Leute noch immer: »Lauf mal zu Schweickerts hinüber und hole dies oder das!« und zweitens wäre es keinem Menschen von ferne eingefallen, den eleganten Herrn Belfontaine mit Heringsfässern, gestoßenem Zucker und Salatöl zusammenzubringen; höchstens, daß man ihn hinter den Büchern und auf dem Kontorschemel wußte – als die Nonne daher, wie gesagt, den »Schweickertschen« Laden betrat, war jedoch weder Frau Belfontaine, noch Elfriede dort zu entdecken. Schnurstracks ging sie durch den Verkaufsraum und anschließend durch das große, in Art der römischen Weinbergsmauern aus flachen, gemörtelten Ziegeln erbaute Warengewölbe und bemerkte zu ihrer Erleichterung, daß das Comptoir, dessen Fensterglas einen Blick in sein Inneres zuließ, vollkommen einsam und leer war. Dann stand sie vor dem Wohnungsabschluß: einer schweren Barocktür mit Messingklopfern, die aus Belfontaines Vaterhaus stammte und nach dem Tode des alten Herrn Schweickert hier eingesetzt worden war.

Die dürre Berta öffnete ihr mit den landesüblichen Redensarten und wies sie nach dem Garten, aus dem die Stimmen Frau Belfontaines und der kleinen Elfriede drangen. Sie waren einander lächerlich ähnlich und hatten den gleichen arglosen Klang aus vogelhaft klarer Kehle; nur daß dem Tonfall des Kindes manchmal ein Hauch von Trauer und Dunkelheit beigemischt war, der Frau Belfontaine vollkommen fehlte.

»Schwester Maura«, rief Elfriede entzückt, als die Oberin, rund wie ein Regenfaß, auf der Gartentreppe erschien. »Meine Läuse sind alle schon fort!«

»So? Na, das wollen wir doch einmal sehen«, dröhnte die Nonne erheitert. »Hast du Stricknadeln bei dir, Elisabeth?«

Frau Belfontaine fuhr in die Taschen der Schürze, deren hellblaue Schulterflügel ein zartes, merkwürdig strenges Gesicht umrahmten, das nur durch die Löckchen über der Stirn ein wenig gemildert wurde, und sagte entschuldigend: »Hinten, am Gnom, ist mein Strickzeug liegen geblieben.«

Dieser Gnom, ein Gärtner aus Muschelkalk, der das eine Bein auf sein Grabscheit setzte, während das andere bis zum Knöchel in dem üppigen Rasen steckte, betrieb seinen Dienst zwischen Grottensteinen, welche am Rand des Goldfischbassins einen malerischen Prospekt abgaben und so üppig wie Moosplüsch bezogen waren, daß man sie an idyllischen Tagen als Hocker benutzen konnte. Herr Belfontaine pflegte daher diese Stelle seiner unbekümmerten Art gemäß den »Freiluftsalon« zu nennen und hätte mit jenem Gefühlspanorama aus Frau Elisabeths Kinderzeit schon lange kurzen Prozeß gemacht, wenn nicht Elfriede ihr Eigentumsrecht und das feurige, reine Gefühl eines Herzens, das den Ursprung der Götter auch in Gestalt einer Gartenfigur aus Muschelkalk nachzuerleben vermag, entschlossen verteidigt hätte. An diesem traurigen Vormittag nun, wo sie den Fingern der hageren Berta, die sich heftig über Elfriedens mangelnden »Trieb« für Handfertigkeiten bei der Mutter entrüstet hatte, eben entronnen war, hatte sie sich – wie gewöhnlich, wenn die Wirklichkeit sie enttäuschte – hinter dem Rücken des Vaters zu ihrem Freund geschlichen; von Herrn Belfontaine nicht beachtet, war sie, während sie scheinbar bemüht war, mit einem Stöckchen den Vogelschmutz von dem Zwergenhut abzukratzen, unfreiwilliger Zeuge seiner Selbstgespräche geworden und hatte, obwohl sie nicht das geringste von ihrem Inhalt verstand, das Korn eines Zwiespalts empfangen, nicht größer als Wegerichsamen, aber ebenso wetterhart. Sie hatte den Vater das Pferdelos in der Gartenkugel verbergen sehen und sein Geheimnis geteilt; ja, mehr noch: sie selbst war ein Teil dieses Mysteriums geworden und fühlte, daß sie um keinen Preis ihr Wissen hergeben würde.

»Na, nun komm mal, Elfriede, und lege den Kopf schön brav in meinen Schoß«, sagte die Oberin in dem Tonfall, den sie anwandte, wenn sie ängstlichen Kindern eine bittere Medizin einflößte, und nahm auf dem größten der Grottensteine mit behaglichem Seufzen Platz; ergriff zwei Stricknadeln, rückte den Kopf des niedergekauerten Mädchens auf ihren breiten Knien zurecht und begann genußvoll, Strähne um Strähne des kupferbraunen Haares zu teilen, das durchdringend nach Erdöl roch. »Ei, ei, da hängt ja noch – nein, das sind Schuppen ... aber sollte das nicht eine tote Laus – – wahrhaftiger Gott, diese Nisse hier hat die Packung gesund überstanden«, murmelte sie vor sich hin. »Nicht zu glauben, wie zäh diese Rasse ist ... ja, ja, meine Tochter, ja, ja.«

»Ich gehe rasch einmal in den Laden und mache Ihnen dort ein Paket für die Küche zurecht, Frau Oberin«, sagte Elisabeth freundlich. »Wir haben auch eine neue Sorte von Suppenwürfeln bekommen. Und wie steht es mit Kaffee und Tee?« Sie entfernte sich eilig, die leichten Schritte knirschten über den Kies und verloren sich in dem Gras.

»Warte doch«, brummelte wieder die Nonne und drückte Elfriedens Kopf herunter. »Wir sind noch lange nicht fertig. Wenn du geduldig bist, kriegst du ein Bildchen – du kannst dir nicht denken, wie schön.« Sie stocherte unentwegt weiter; jedesmal, wenn sie die Nadeln abnahm, um sie an einer anderen Stelle des Kopfes niederzusetzen, summte sie in der Kehle; dieses Summen glich dem Geräusch der Biene, die von Blüte zu Blüte fliegt. »Ein Sammetbildchen«, begann sie wieder. »Mit Goldspitze rings herum. Doch nur, wenn du stillhalten kannst.«

»Ich schwitze aber, Frau Oberin«, sagte Elfriede kläglich. »Und mein Kopf fängt wieder zu jucken an, als ob ich Läuse hätte. Darf ich ihn wenigstens einmal auf die andere Seite legen?«

»Meinetwegen«, knurrte die Nonne und begann, die angefeuchteten Locken etwas flüchtiger abzusuchen; dabei verstärkten sich ihre Gespräche und galten jetzt nicht nur den Läusen allein, sondern dem Herrn aller Plagen selber:

Beelzebub, Fliegengott, Dämon der Herden, welche blökend über das Land hinirren, während die Stare ihnen den Pelz mit geduldigen Schnäbeln belesen; dem Herrn der Insekten, der Bremsen und Brummer, der Blutsauger und der Heuschreckenschwärme, die über die Felder fallen.

»Das alles kommt von der Erbsünde her«, sagte sie in beschwörendem Ton und knickte eine Nisse. »Darum ist es so dauerhaft.« Mit dem Anschein äußerster Seelenqual und innerer Bedrängnis stieß die Oberin plötzlich die Nadeln in den Wolleknäuel zurück und kratzte sich heftig die Hand. »Ich werde heute noch Geld bekommen«, sagte sie vor sich hin. »Sicher werde ich Geld bekommen, sonst juckte der Daumenballen mich nicht.«

Wie besessen fuhr sie zu kratzen fort und blickte dabei die kleine Elfriede vollkommen ausdruckslos an; das Kind gab ihr schweigend den Blick zurück und betrachtete sie mit versunkenen Augen, in denen sich gleichzeitig eine Neugier, wie Wasser in einem sich füllenden Teich, anzusammeln begann.

»Warum starrst du denn so – dummes Ding?« fragte die Oberin unbehaglich; ihre Glieder, betäubt von der Wiederkehr des ruhelos schleichenden Wetters, welches nun, ohne doch mehr als den Blattstiel im Espenlaub aufzuspulen, sich mit riesiger Schnelligkeit näherte, waren schwer und fühllos wie Blei.

Das kleine Mädchen blinzelte boshaft, ohne den Mund zu öffnen.

»Ach so, du wartest wohl auf dein Bildchen?«

Keine Antwort ...

»Na ja, sieh mal her!« Sie kramte das Heiligenbild aus der Tasche: ein Krippenkindchen auf samtenem Kissen, das eine Schütte aus Weizenähren mit Goldgrannen vorstellen sollte.

»Danke«, sagte Elfriede artig und fuhr mit dem kleinen Finger über den Sammetbuckel.
»So ein Krippchen, siehst du; ja, so ein Krippchen müßte das Jesuskind haben«, stöhnte die Maura voll schmerzlicher Wollust und wiegte das kleine Mädchen wie verrückt auf den breiten Knien. »Und ein seidenes Hemdchen, mit Sternen besetzt, würden ihm die Novizinnen nähen – –.« Sie verdüsterte sich, eine Träne lief ihr die Wange herunter. »Zuerst das Kapellchen«, sagte sie zornig. »Und für das Kapellchen das Geld. Ohne Geld gibt es gar nichts: keinen Altar, keine Krippe, kein Kreuz und kein heiliges Grab. Nichts, garnichts ohne Geld!«
»Aber du hast doch eben gesagt, daß du heute noch Geld bekommen wirst, Maura?« zirpte Elfriede mit dünner Stimme und sah sie aufmerksam an; ihr Gesichtchen, bar jedes kindlichen Ausdrucks, war wie von älterer Haut überzogen und zuckte, unruhig unter der hüpfenden Spindel eines Weberschiffchens, das Faden um Faden in ihrem Gedächtnis schlug.
»Ja, ja – ich müßte mich nur darum kümmern«, gab die Oberin ihrem Versucher in Kindergestalt zur Antwort und faßte den Muschelkalkzwerg ins Auge, der seit ewigen Zeiten mit schläfrigem Lächeln den Fuß auf das Grabscheit setzte, ohne es niederzutreten. »Ein wenig Vorsehung spielen«, fuhr sie im Flüsterton fort. »Nur ein ganz kleines bißchen, verstehst du?«
»Was ist Vorsehung?« fragte Elfriede laut.
»Nun – wenn dein Vater ein Testament macht, worin geschrieben steht: so und so viel soll dem und jenem gehören. Ein Blättchen Papier und den Namen darunter – dann kann nach dem Tod deines Vaters nicht das geringste passieren.«
»Aber vorher muß er das Blättchen verstecken?« fragte das Kind mit geweiteten Augen und krallte die Finger wie eine Furie um den Gürtel der Oberin.

»Nun, manche Leute verstecken es auch«, sagte die Nonne verwundert. »Aber willst du mich denn nicht loslassen, he?« fuhr sie ärgerlich fort und versuchte, die Krällchen von ihrem Gürtel zu lösen; das Kind, wie rasend, duckte sich nieder und biß die Oberin plötzlich in ihre fleischige Hand ...

»Du Böse! Böse!« fauchte es wütend, während sein Körper von hilflosem Zorn und Abscheu geschüttelt wurde; in seinem Kopf gingen das Testament, von welchem die Nonne gesprochen hatte, das Lotterielos, das seltsame Spiel, das die Oberin »Vorsehung« nannte, und die Tatsache, daß sowohl Schwester Maura wie Herr Belfontaine heute morgen, in magischen Formeln gewissermaßen, von Geld und Gewinn geredet und etwas Kommendes vorgeahnt, ja, unter seltsamen Zeichen wie Handjucken, Abzählen, Flüstern, Verstecken, herbeigezogen hatten, wie ein Wirbelsturm durcheinander. Von dumpfen Ängsten gequält und durchzittert, glaubte das Kind mit dem Testament, vielmehr mit dem Los in der Gartenkugel, seinen Vater dem Tode verfallen – und ohnmächtig, seiner Befürchtung anderen Ausdruck zu geben, richtete sich der Schrei seines Herzens gegen die Oberin.

Als ob sich ein böses kleines Reptil aus dem Gras vor ihr aufgebäumt hätte, starrte die dicke Mutter entgeistert auf den kindlichen Racheengel. Ihre Lippen öffneten, schlossen und öffneten sich wieder, ohne ein Wort zu verlieren. Sie fühlte, daß sie zum zweiten Male an diesem Tage des Schreckens gerichtet worden war und schlug mit einem Laut des Entsetzens die Hände vor das Gesicht ...

Gleich danach sprühte die Gartenkugel in dem schwefligen Licht eines Blitzes, den der Himmel bis dahin verborgen hatte, wie ein tanzender Feuerball auf; der Donner warf sich so rasch hinterher, daß man glauben konnte, er habe das Licht wie Prometheus vom Himmel gerissen.

»Es hat eingeschlagen, so wahr ich lebe!« schrie die Oberin in das Getöse des losgebrochenen Wetters, das den Garten durchraste, das Strauchwerk zum Brechen und die Türen und Fenster des Hauses zum Schlagen und Klirren brachte.

»Noch nicht, Schwester Maura! Noch nicht!« erwiderte ihr im Rücken eine scharfe, spöttische Stimme, die sich dem Pfeifen des Sturmes mit durchdringender Härte vermählte: Herr Belfontaine hatte den Garten durch den hinteren Ausgang betreten und war nun über den hohen Rasen, in welchem das unablässige Schrillen der Zikaden plötzlich verstummt und von dem sinnlich vibrierenden Rohr der Windflöte eingesaugt worden war, gleichsam herangepeitscht worden. Die Oberin stieß einen gellenden Ton aus, raffte die Röcke zusammen und rannte gegen das Haus; Elfriede, als ob sie mit ihrem Schürzchen eine Henne vom Gras verscheuchte, lief mit »bschbsch« und »huschhusch« hinterher, während Herr Belfontaine achselzuckend bei den Grottensteinen verweilte und mit betonter Nachlässigkeit einen Fuß auf die Steinhocker stellte, den Ellbogen aufstützte und das Gesicht in die offene Handfläche legte.

Es flammte nun traumhaft schnell nacheinander, dann gleichzeitig hinter den Floren der blauschwarzen Himmelswände; als ob sich jeder Schlange, die zuckend und den Wetterweg zeichnend vorübereilte, eine Spiegelfläche entgegenstellte, löste Blitz den Gegenblitz aus. Der Donner überstürzte, vermischte, verstärkte sich in dem nächsten, und der dröhnende, feuerflüssige Hohlraum einer unaufhörlich sich bildenden Kugel umschloß mit den Innenwänden aus Glanz und löwenhaftem Gebrüll diesen Garten, der seine Wirklichkeit gegen den Trug einer Lichtmagie eingetauscht hatte, die ihn schöner und lebloser machte.

Wie aus dünnen, flachgewalzten Metallen: aus Rauschgold, Silberpapier und Stanniol; aus Glasfäden, kleinen, funkelnden Scherben von falschem Grün und vergiftetem Blau; aus Glimmerblättchen; aus allem geschaffen, was die bengalischen Feuerkünste eines Wetters auf der Netzhaut des stummen Beschauers hervorzubringen imstande waren – bog sich, wie Hauchpapier auf der Hand, diese Welt aus Blättern, Blumen und Gras von dem Wesensgrund der Natur hinweg und verstärkte den Schein durch den Schein. Sie erstarrte, sie wandte sich gegen sich selbst, widersprach sich und kehrte im Laubwerk die Unterseite der Blätter nach oben – bis an den Stamm hin erblaßt. Ein banger Schauder, die Hand des Todes, strich über die niedrig gehaltenen Hecken, den Buchs, die Ziersträucher und den Fuchsschwanz am Rande des Goldfischbassins und entfärbte selbst noch den Sand. Das dunkle Goldgelb und Violett der Stiefmütterchen, welche die Wege säumten, floß in dem Schmelztiegel eines Demiurgen wie Gold und Eisen zusammen; Sternblumen traten in das Gestein, das sie entlassen hatte, zurück und glänzten wie Bergkristalle; die Knospen kommender Frühsommerpflanzen mußten, als ob der Finger des Lebens, da er plötzlich von ihnen abließ, einen Gegendruck ausgeübt hätte, die unendlich langsame, milde Bewegung des Erblühens vergessen haben – doch schienen diese Blätter und Blumen alle, die über das trostlos gefesselte Reich der Elemente nicht vordringen konnten, den außerweltlichen Blick eines Dämons mit Ungeduld zu erwarten, der sie, Blitz um Blitz, aufspringen ließe wie dürre Storchschnabelfrüchte: unvermittelt und koboldhaft ...

»Aber das ist ja die Hölle!« sagte Herr Belfontaine halblaut und starrte aufmerksam, ohne Furcht und fast ohne Anteilnahme, in den wilden Wechsel von Hell und Dunkel, den der brüllende Donner zermalmte. Eine lüsterne

Neugier, die er zuweilen bei pyrotechnischen Schauspielen hatte, ließ ihn das Auf- und Niederwärtsflammen der sphärischen Feuer mit Ruhe betrachten, ja, ihre grottenbildende Wirkung, die, gleich der Gartenkugel am Morgen, diesem Ort eine saugende Tiefe verlieh, bewundern.
»Die Hölle ...« sagte er wieder mit einer gewissen Andacht – – dann stürzte, als ob die Schleusen des Himmels durch einen unvermittelten Stoß geöffnet worden wären, die betäubende Fülle des Regens herunter, eines Wolkenbruchs, welcher die Rasenfläche im Nu überschwemmte und aufriß, die Wege in sprudelnde Wasserbäche und das kleine Rondell vor der Gartentreppe in einen wilden knietiefen See, auf welchem abgetriebene Hölzchen und Blätter schwammen, verwandelte. Herr Belfontaine, bis auf die Haut durchnäßt, schlug den Kragen seines Jacketts in die Höhe und ging, da die Treppe schon überschwemmt war, den gleichen Weg wieder zurück, auf dem er gekommen war.
Er gewann das Haus von der Straße her, deren Pfützen unter dem fetzigen Himmel, den die Sonne bereits wieder aufriß, in kräftigem Silber glänzten, während Rinnstein und Dachkandel ununterbrochen von der drängenden Wasserflut brausten und rauschten, die sich mit unverminderter Kraft durch die Rohre und in die Behälter stürzte. Indem Herr Belfontaine, als er den Laden und das Warengewölbe durchschritten hatte, vor der Barocktür verweilte, deren Messingklopfer er angehoben und fallengelassen hatte, bemerkte er, daß sich zu seinen Füßen, in der Zeit, bis das Mädchen ihm öffnete, eine Wasserlache gebildet hatte; eilte daher die Treppe hinauf und in das Badezimmer, wo er sich trockenrieb, klopfte, massierte, die Wäsche wechselte und seine Kleider mit einem Mantel aus weinrotem Samt und brauner Seidenkordel vertauschte, den er, obwohl ein Geschenk seiner Frau, haßte, weil er

ihm immer als »zu wenig seriös« erschien; nahm die scharfe, silberbeschlagene Bürste und ging mit ungeduldigen Strichen über das dunkle und nun von der Nässe noch stärker als sonst gekrauste Kopfhaar, das sich trotz der Zuhilfenahme von Öl und teuerster Pomade nicht glätten lassen wollte. Hierauf, eine Zigarette entzündend, welche er, um den Eindruck des Lebemannes vollzumachen, gegen seine Gewohnheit auf eine außerordentlich lange, verräucherte Bernsteinspitze verpflanzte, begab er sich wieder der Treppe zu und trat, sich innerlich selbst verspottend, »wie die Sonne aus ihrem Zelt«.

»Jetzt aber, verehrte Frau Oberin Maura – –«, sagte er wollüstig vor sich hin, als er plötzlich die Ladenglocke wie irrsinnig schellen hörte, das Werfen von Türen, das Schlagen des Klopfers und Bertas Pferdegalopp vernahm, der sich der Vorplatztür näherte.

»Um Gottes willen, ist unsre Frau Mutter ... ist die Frau Oberin noch im Haus?« hörte er eine gellende Stimme und stieß an der untersten Treppenstufe mit der kleinen Eustachia zusammen. Sie hielt einen triefenden Regenschirm vor sich, den ihr Berta, um das Parkett besorgt, sogleich aus den Händen riß, und glotzte, außer sich vor Erstaunen, den schicken Herrn Belfontaine an.

»Bitte, folgen Sie mir nur immer«, sagte derselbe beflissen, öffnete ihr die Wohnzimmertür und ließ ihr mit einer Verbeugung den Vortritt.

»Nach Ihnen!« hauchte Eustachia verlegen und schlüpfte dann doch, von der Botschaft getrieben, welche sie ausrichten mußte, wie ein Kätzchen an ihm vorbei.

Im Hintergrunde des Zimmers saß die Oberin auf dem Sofa; Elisabeth, freundlich wie immer, daneben, und das artige kleine Elfriedchen kniete, den Rücken zu beiden gekehrt, auf einem Stuhl an dem Fenster und starrte, die Ellbogen aufgestützt, unbeweglich ins Freie hinaus. »Frau

Oberin – er ist tot!« brachte Eustachia hervor. »Der alte Esselborn ist gestorben«, fügte sie trocken hinzu. Die Oberin tat einen seltsamen Satz und schnappte mit weit geöffnetem Mund wie eine dicke, schnellende Schleie nach den kurzen, schnurrenden Sätzchen, welche Eustachia entließ; dann fiel sie, ohne ein Wort zu sagen, in die Sammetpolster zurück und griff nach dem Rosenkranzkreuz. »Gerade als ich ihn umbetten wollte«, plapperte die Novizin wie ein eifriges Schulkind weiter, das sich entschuldigen möchte, »ist er mir unter den Händen geblieben und war so schnell aus wie ein Licht. Die Sakramente hatte er ja ...« Sie war zu Ende mit ihrer Erzählung und blickte gespannt auf die Oberin, die das weitere wissen mußte.
Aber nichts von dem, was die kleine Eustachia, was Herr Belfontaine, der sich auf tückischen Sohlen den Frauen genähert hatte, ja, selbst was Elisabeth, peinlich berührt, im stillen erwartete, trat nun in Wirklichkeit ein. Die dicke Mutter, von Macht und Würde gleichermaßen umflossen, richtete sich in der ganzen Höhe ihrer schweren Leiblichkeit auf und sagte: »Gott sei Dank. Gott gebe ihm die ewige Ruhe –!«
»Amen«, ergänzte Herr Belfontaine scharf und fügte aufreizend freundlich hinzu: »Nun, da kann man Ihnen ja gratulieren!«
»Das kann man auch«, sagte die Oberin ruhig. »Aber zu etwas anderm, als Sie glauben, Herr Belfontaine.« Sie blickte aufmerksam in die Runde und sagte: »Ich weiß, was ihr denkt. Auch du, Eustachia –. Ihr alle. Ihr denkt: jetzt hat sie geerbt. Aber so wahr ich hier stehe – –« Sie mäßigte sich gewaltsam und schnitt mit der Hand durch die Luft, als wollte sie sagen: Aus. »Keinen Pfennig«, fuhr sie gelassen fort, »und keinen Stein in dem Haus. Wenn ich gewollt hätte – freilich, dann ... Aber ich darf mich nicht loben. Ich habe auch manchmal gewollt. Erst heute wie-

der –. Das geht euch nichts an. Gott hat meine Prüfung abgekürzt, ja. Gott sei Dank. Gott sei Lob und Dank.« Sie atmete tief und wie schluchzend auf und sagte dann mit kindlicher Stimme: »Ich hätte so gern das Kapellchen gebaut. Das war mein einziger Wunsch.«

Elisabeth faßte nach ihrer Hand. »Liebe, gute Frau Oberin«, flüsterte sie bestürzt.

»Liebe! Gute! Du bist wohl verrückt«, knurrte die Nonne sie an. »Ich muß fort. Wer soll den Alten denn waschen? Hast du ihm wenigstens gegen die Fliegen ein Tuch aufs Gesicht gelegt?« fragte sie ihre Novizin mit bitterbösen Augen. »Natürlich nicht. Aber herlaufen kannst du, als stünde das Kloster in Flammen. So seid ihr. Es ist kein Verlaß auf euch. Ich gehe jetzt –.«

»Ach, einen Augenblick, bitte!« sagte Herr Belfontaine hastig. »Ich nehme doch an, es besteht nun kein Grund mehr, die Kirchenwäsche zurückzuweisen. Selbstverständlich werde ich mich bemühen, den Pfarrer über das böse Geschwätz der Lorenz aufzuklären und bitte Sie auch selbst um Verzeihung ...«

»Dummes Zeug«, unterbrach ihn die Oberin grob. »Ich habe keinen Streit mit dem Pfarrer. Das könnte der Lorenzen freilich so passen, uns auseinanderzutreiben. Sie steckt sich wohl hinter die Kindermann, wie? Leichte Sache bei diesem Schaf!«

»Wen meinen Sie?« gab er entsetzt zurück.

»Nun – die Kindermann! Oder wen dachten Sie sonst?« Plötzlich lachte sie schallend und rauh auf ihre männliche Art. »Ach so ... ich verstehe. Nein, nein. Nein, nein. Obwohl er wahrhaftig ein Starrkopf ist – aber klüger als ich und Sie.« Noch immer lachend, ging sie hinaus, die Novizin an ihrer Seite, Elisabeth hinter ihr drein.

»Ein Starrkopf? Soso?« sagte Belfontaine leise und suchte das scheue Wesen des Pfarrers mit diesem Wort zu ver-

gleichen. »Ein Starrkopf?« Sein vergebliches Ringen um die Freundschaft jenes seltenen Menschen fiel ihm unvermittelt und schmerzhaft ein. »Wenn es nur dies ist – –«, ein leichtes Geräusch ließ ihn heftig zusammenfahren.
»Elfriede!« rief er gleich darauf aus. »Was tust du denn hier an dem Fenster?« Die Kleine, als ob sie bis dahin eine Schutzfarbe verborgen hätte, drehte sich ängstlich um; ihr Gesichtchen, zeitlos und kindlich zugleich, trug einen Ausdruck, welcher die Mutter: ‚Bist du krank?' zu fragen veranlaßt hätte; ein leidendes Angespanntsein der Züge, das über ihr Alter ging. »Elfriede?« sagte Herr Belfontaine wieder mit einem Anflug von Unsicherheit und umfaßte ihr Kinn mit der Hand.
»Was ist Vorsehung?« fragte die Kleine aufs neue und blickte den Vater an.
Belfontaine zuckte erschrocken zurück und starrte auf sie nieder. »Vorsehung? Aber wie kommst du darauf?« hörte er eine heisere Stimme, die seine eigene war.
»Nur so. Ich will wissen, was Vorsehung ist«, wiederholte sie eigensinnig.
»Das kannst du heute noch nicht verstehen. Später –«
(‚...werden Sie mich begreifen und den Unterschied zwischen Gesetz und ...Vorsehung kennenlernen', ergänzte Gully in ihm.) »Später«, setzte er wieder an und blickte auf eine kleine, glasüberstürzte Kaminuhr, die eben zum Schlag ausholte: unter dem Rokokoaufbau des porzellanenen Fußes, der einen koketten Seeräuber trug, welcher gerade seine Pistole auf das zierliche Pulverfaß stellte, ging der Pendel unsichtbar hin und her und warf, von der Seite gesehen, seinen pulsierenden Schatten bei der Wiederkehr auf das Glas. »Vorsehung«, sagte Herr Belfontaine mühsam, »ist alles, was geschieht. Daß du lebst, und daß Herr Esselborn tot ist, daß die Sonne auf- und untergeht, weißt du ...« er hielt inne und wartete ab, welchen Ein-

druck seine Erklärung machte, die ihm selber merkwürdig leblos vorkam, als ob er den Pendel verschwiege, welcher den Schattenpuls wirkte, an dem man ihn ablesen kann. »Vorsehung«, wiederholte er zaghaft, »ist einfach alles, verstehst du?«
»Und wer macht sie?« fragte das Kind.
In der Stille, die sich verbreitete, schien ein Engel Antwort gegeben zu haben; doch war es nur der silberne Uhrschlag, welcher als letzter verschwang.
»Ich weiß es. Natürlich der liebe Gott«, sagte Elfriede beruhigt. Sie drehte sich wieder dem Fenster zu und sah in den Garten hinaus. Der Wolkenbruch war jetzt schon lange vorbei und in das sanfte, schläfrige Rauschen eines Landregens übergegangen. Wie am frühen Vormittag unter der Wohltat der aufgefächerten Wasserstrahlen, die den Rasen mit Feuchtigkeit tränkten, bogen sich Blumen, Halme und Gräser bis auf die Erde hinunter und gewannen sich aus der Verzauberung der Gewitterspiele zurück ...
In der Nacht – es hatte stark abgekühlt und der Regenfall nachgelassen – wachte Herr Belfontaine plötzlich auf und glaubte, noch halb im Schlaf befangen, das Ticken einer Uhr zu vernehmen, die irgendwie mit ihm selber und dem verflossenen Tage in tiefem Zusammenhang stand. Doch bald erkannte er, daß das Geräusch von einer tropfenden Dachkandel herkam, von welcher, in immer demselben Abstand, das Wasser sich löste und absprang. Die Hände unter dem Nacken verschränkt, starrte Belfontaine gegen die Decke und hatte den unabweisbaren Eindruck, als schlüge Tropfen um Tropfen an seiner Herzmitte auf. Er drehte sich ungeduldig zur Seite, doch war es wieder die nämliche Stelle, welche getroffen wurde.
»Was hast du nur? Warum schläfst du nicht?« fragte Elisabeths Stimme.
»Das Klopfen –«, gab er zur Antwort.

Elisabeth horchte und sagte dann leise, schon wieder in Schlaf versinkend: »Heute hat übrigens, kaum, daß du weg warst, einer nach dir gefragt.«

»Wer?« kam es atemlos aus dem Dunkel.

»Ach, ein Vertreter.« Sie raffte sich auf und ergänzte: »Ein Vertreter der französischen Firma, die uns den Beaujolais schickt. Ein Herr – nun weiß ich den Namen nicht mehr. Warte. Ein Herr ... Tricheur. Am Montag kommt er wieder vorbei und wird seine Aufwartung machen.«

»So, so«, sagte Belfontaine tief enttäuscht. »Übrigens ein gelungener Name für einen Weinpanscher, wie?«

IV

An dem Abend des gleichen Tages, die Sonne war schon im Untergang und das dunstig beschlagene Silber der Seine in jener Verwandlung begriffen, die – *wenn sich das Flüssige weithin verfärbt, als ob ihm ein anderes Element zugesetzt worden wäre* – in dem Strom den Strom der Geschichte spiegelt und ihren Murmelmund öffnet, saßen zwei sehr alte Männer vor einer Schenke der Isle St. Louis inmitten Paris. Der eine von ihnen, ein hagerer Mensch mit ungebeugtem Rücken, knotigen Gliedern und schlohweißen Haaren, deren Kranz mit dem Rand seiner Baskenmütze wie nach der Linie geschoren abschloß, sah unter starken, kohlschwarzen Brauen unbewegt vor sich hin. In genau bemessenen Zwischenräumen führte er langsam sein Glas zum Munde, trank, hielt es einen Augenblick lang in der Schwebe zwischen Genuß und Erfüllung und setzte es vorsichtig ab. Der andere, wohl kaum jünger als jener, doch von der nervösen Beweglichkeit, wie sie unmäßig fette und dabei kluge, sich selbst verspottende Männer haben, schnitt mit eiligen, kleinen Händen Stücke von seinem Käse herunter, die er abwechselnd in den Mund schob und der graugelben Katze hinwarf, die träge um das wacklige Tischchen und die rohen, eisernen Stühle strich, während schon langsam das Fieber der Nacht ihre mageren Lenden erfüllte.

Einige Schritte von beiden entfernt, schminkte ein sehr junges Straßenmädchen, gegen die blättrige Hauswand gelehnt, mit kurzen, heftigen Strichen den Mund und schielte über die Spiegelscherbe, die es ungeschickt vor sich hinhielt, zu den zwei Alten herüber; seine Tätigkeit, welche es eingelernt und mit einer Art zornigen Unschuld vollbrachte, geschah in der gleichen gedankenlosen und fast mechanischen Weise, mit der ein Bauernmädchen das Kalb oder die Enten antreibt und den hölzernen Stecken bewegt.

»Da ist sie wieder, die kleine Zumpel«, sagte der dicke Herr Marinier und beobachtete das arme Geschöpf mit scharfen, ein wenig zwinkernden Augen, wie er die Zinnmarke einer Schüssel oder den irisierenden Schmelz eines Glases betrachtet hätte. »Sehen Sie nur, Casculade!«

Der Angesprochene drehte sich um und legte die festen rotbraunen Hände bedächtig auf seine Knie. »Ich möchte schwören«, sagte er langsam, »daß das Mädel aus meiner Heimat ist – aus Tarbes oder Pau oder gar – – gleichviel! Sie ist ein Pyrenäenkind, mein ich, man sieht es am ganzen Gehabe. He?« rief er und klopfte ein paarmal mit dem Fingerknöchel hart und entschieden an der eisernen Tischplatte auf. »Komm herüber, Therese, ich rate es dir!«

Das Mädchen schnitt eine Fratze und verschwand um die Häuserecke.

Der dicke Herr Marinier kicherte boshaft und wischte sich die Altmännertränen aus den wässrigen Augenwinkeln. »Eher zähmen Sie eine Katze«, sagte er wohlgefällig.

Casculade, ein ausgedienter Notar, schob energisch seine zerfransten Manschetten unter die Ärmel zurück und schlug die zerbrechlichen Kranichbeine behutsam übereinander. »So sind sie, so sind sie alle da unten«, flüsterte er gedankenverloren und blitzte dann seinen fetten Gefährten mit glühenden Augen an. »So wild und scheu wie die Murmeltierchen, heiß wie die Preißelbeere im Moos und kalt wie das Wasser des Gave, das aus den Bergen herabkommt. Die eine im Guten, die andre im Bösen; aber beide haben die gleiche Natur, und diese Natur, Sie mögen es glauben oder mögen es bleiben lassen, hört nicht auf – jungfräulich zu sein.« Er warf einen kurzen, drohenden Blick nach dem dicken Herrn Marinier, der sein gewohnheitsmäßiges Grinsen noch beibehalten hatte, während schon eine stille Erwartung seine fleischigen Wangen spannte. »Und so war auch sie –«, sagte Casculade still und nickte vor sich hin.

Der andere fragte vorsichtig: »Sie?«

»Die unvergeßliche Bernadette«, erwiderte Casculade. »Sehen Sie«, sagte er kurz darauf lebhaft, »ich habe sie ja nur einmal nahe und später höchstens drei bis vier Male aus der Entfernung gesehen. Mein Onkel, der Friedensrichter Duprat, gehörte zu jener verfluchten Meute, welche die arme Kleine und ihr Werk zu Fall bringen sollten. Damals, als ich nach Lourdes kam, um die Ferien bei ihm zu verbringen (es war im Frühsommer 58, und das Städtchen quirlte und tobte noch immer wie ein riesiger Ameisenhaufen), waren die großen Ereignisse eigentlich alle vorbei. Die Visionen der Grotte von Massabielle näherten sich ihihrem Ende, die Quelle hatte das harte Gestein mit der Gewalt einer Frühlingsblume unauffällig durchbrochen und war nun wie von altersher da, und mit mir kamen aus Cauterets, aus Barèges, aus Luz, aus Bagnère de Bigorres und den anderen Badeorten die Presseleute, die Sommergäste, die Wespenschwärme der Kongregationen und die Kohorte der Wissenschaftler, den Finger an der Nase; kurzum, das Wunder begann profan, und das Profane beeilte sich, unter der Schürze des Wunders geheimnisvoll zu werden. Alte Jungfern hatten gleichfalls Gesichte, die Gassenbuben, wie überall, überkletterten die Barriere, die der famose Herr Jacomet, die Kreatur des Barons Massy, vor der Grotte errichtet hatte, um Rosenkränze oder Medaillen gegen fünf Sous in das Wasser zu tauchen, und kleine Kinder, von ihren Ammen und großen Geschwistern verängstigt, glaubten unter den Haselnußstauden den Teufel gesehen zu haben.«

Herr Casculade hustete kurz und zornig, trank, setzte das Weinglas heftiger nieder und fuhr in beherrschtem Tonfall fort: »Sie können sich denken, daß da ein Bursche von eben sechzehn Jahren, der unter der Schulbank seinen Voltaire liest und für das Glaubensbekenntnis des savoyardischen Pfarrers schwärmt, nicht gewillt war, auf die Seite der Einfalt und des Mirakels zu treten, obwohl dieses Alter hinwieder auch schwerlich für die juristische oder – wie sich mein Onkel auszudrücken beliebte – administrative Gewalt begeistert und dem reißenden Strom einer jungen, lawinenhaften Empfindung entgegengestellt werden kann. Denn das wollte er, dieser filzige Schurke, der überall seine Aufpasser hatte, die ihm melden mußten, wann wieder ein Mensch das Gemeindegrundstück, der Verordnung entgegen, betreten hatte, um sein Heil bei der Quelle zu suchen. *Diese Quelle* – sehen Sie, Marinier ...« der alte Notar blickte still vor sich hin, griff nach der Karaffe, schenkte das Weinglas langsam und sorgfältig ein und schien einer fernen, mystischen Liebe feierlich zuzutrinken.

»Sie wollten von Bernadette erzählen«, ermahnte ihn Marinier.

»Man kann von Bernadette nicht erzählen, ohne die Quelle zu nennen, und nicht von der Quelle, ohne den Namen, den die Erscheinung dem kleinen Mädchen auf sein Bitten hin mitgeteilt hatte«, erwiderte Casculade. »Ich muß zurückgreifen. Was ich berichte, wurde mir selber von meinem Onkel kurz nach der Ankunft in Lourdes geschildert und trägt umsomehr den Stempel der Wahrheit, als es mich damals wirklich bewog, für die Sache der sogenannten Vernunft jene Handlangerdienste zu leisten, die mich Bernadette gegenüberstellten, als sie die letzte Erscheinung hatte und hinterher wieder nach Hause ging: klein, armselig, ein verlassenes Kind mit traurigen, schwarzen Augen. ‚Stell dir vor, mein Junge', sagte Duprat, ‚dies und jenes ist hier bei uns vorgefallen, und das Tollste: die ‚Dame', wie Bernadette ihre Erscheinung nannte, hat ihr endlich auf das Drängen der Pfaffen und sämtlicher Betschwestern hin ihren Namen zur Kenntnis gebracht. Ein schwieriger Ausdruck, sage ich dir; die Kleine, als sie zum Pfarrer zurücklief, hat ihn unaufhörlich, um nichts zu vergessen, vor sich hingemurmelt, ja, ja! Immer wieder, wie irgendein dummes Tierchen, das man mit einem lateinischen Namen zum Pharmazeuten schickt.'«

»Nun«, fuhr Herr Marinier rasch dazwischen, »ich denke, diese Geheimnisvolle nannte sich, wie zu erwarten war, die allerseligste Jungfrau?«

»Nein, das ist es ja eben. Sie sagte von sich: ‚Ich bin'« – Herr Casculade drehte sich um und vergewisserte sich, daß kein unberufenes Ohr diesen Ausdruck vernehmen könnte – »‚Ich bin die Unbefleckte Empfängnis.' Verstehen Sie, Marinier?«

Der Fette zog mit bedauerndem Zischen die Unterlippe ein. »Ein Dogma«, sagte er dann enttäuscht, »das Bernadette aufgeschnappt hatte. Übrigens müßte es richtiger heißen: ‚die unbefleckt Empfangene', wie? Mein Gott, welch ein Durcheinander!«

Der alte Notar sah ihn schwermütig an und senkte den Kopf auf die Brust. Das aussichtslose Beginnen, jene Zusammenhänge begrifflich erläutern zu wollen, die er bisher nur ahnend gefühlt und, wie ein Geizhals den schönsten Karfunkel, in dem Kellergewölbe des einsamen Alters und der trüben Verlassenheit still für sich hatte leuchten und aufzucken lassen ... Diese blitzhafte Einsicht, verbunden mit der Gewißheit, sich nicht erklären zu können, machte ihn unfähig, weiterzusprechen, und lähmte sein Gefühl.

»Bernadette – und ein Dogma!« sagte er dann und ballte die dunkle Faust. »Dieses Mädchen, dem es unmöglich war, die erste Frage und Antwort des französischen Katechismus auch nur annähernd herzusagen! Sie war nicht dumm – oh, gewiß nicht, aber so gänzlich unzähmbar, so unfähig, wenn sie auch hätte wollen, sich abrichten zu lassen, daß man Mühe hatte, das arme Kind für die erste heilige Kommunion notdürftig vorzubereiten. Diese Hirtin, unschuldig und verspielt wie ihr Lieblingslämmchen Pigou – sie war in jeder Beziehung arm ... unvorstellbar und unaussprechlich arm an Worten und Begriffen.«

»Um so eher«, erwiderte Marinier, ohne den Alten zu schonen, »könnte ein Ausdruck gleich diesem, dessen Laute der Wind wie gefiederten Samen durch Zufall an sie herantrug, Wurzel geschlagen haben. Gerade das Unverstandene haftet mit dem Reiz unlösbarer Widerhäkchen, die es geheimnisvoll machen, ohne daß es notwendigerweise auch wirklich geheimnisvoll ist. Aber erzählen Sie weiter von Ihrer Bernadette.«

»Nein«, sagte Casculade eigensinnig und verschränkte die Arme über der Brust, als hütete er tief innen einen unendlichen Schatz. »Der gesunde Menschenverstand würde auch hier alles zu deuten wissen. Man hat sie eine Halluzinierte, eine Rutengängerin oder ganz einfach ein hysterisches Mädchen genannt. Daß die Quelle mineralhaltig sei, hat sich allerdings nicht beweisen lassen – doch wozu braucht die Masse Beweise, wenn sich die dümmste Behauptung nur immer mit dem Mantel der Wissenschaften behängt ... und welcher Glaubenssatz wäre dem Klüngel des gebildeten Christenpöbels vertrauenswürdiger als einer, welchen die Wissenschaft ihm zu bestätigen scheint! Nein, Marinier, nein! Der Glaube kann nichts beweisen, sondern hat seine eigene Hellsichtigkeit, wie sonst nur die – Liebe sie hat.«

Er stieß mit der Hand sein Weinglas zurück und wollte sich erheben; der andere, ehrlich erschrocken, hielt ihn am Ärmel fest, drängte ihn sanft auf seinen Stuhl hinunter und sagte leise: »Mein lieber Freund – verzeihen Sie einem allzu Berührten, der sich nur durch seinen Sarkasmus vor dem Glauben zu retten weiß.«

Der alte Casculade starrte ihn an. »Vor dem Glauben – zu retten?« fragte er dann, vollkommen verständnislos.

Herr Marinier hob die gepolsterten Schultern. »Sie können das nicht begreifen, nun ja, Sie sind aus anderem Holz. Ich aber«, fuhr er aufrichtig fort, »ich bin von Natur aus feige und fett wie eine gemästete Ente und salbe mich gegen jede Gefahr mit dem Bürzelfett einer Ironie, die mir das Leben erträglich, wenn auch nicht liebenswert macht. In dieser Haut, mein verehrter Freund, lebe ich nun über siebzig Jahre – und nicht einmal allzu schlecht. Wenn ich glauben wollte, das weiß ich genau, wäre es aus damit.«

»Womit?« fragte Casculade atemlos.

»Mit diesem Leben, begreifen Sie doch, das ich nun einmal führe. Ich müßte sterben. Meine Natur, deren innerstes Wesen die Konzilianz und die Verneinung des Wunders ist, würde vernichtet werden. ‚Vernichtet und wiedergeboren', werden Sie sagen wollen, ich weiß. Aber ich will nicht vernichtet werden und auch nicht wiedergeboren. Ich bin dafür zu alt. Nach der Quelle muß man sich bücken können –

mir steigt schon bei diesem Gedanken das Blut in meinen Kopf.«

»Sie haben sich auch nach der ersten Quelle nicht gebückt, lieber Marinier«, erwiderte Casculade. »Und übrigens brauchte sich nur Ihr Herz, nicht aber Ihr Kopf zu bücken.«

»Sie irren«, sagte Marinier kurz. »Aber gleichviel – ich kann weder glauben noch lieben und strebe auch nicht danach. Wohl möglich, daß Glaube und Liebe ihre eigene Hellsicht haben. Dann bleibe ich eben blind.«

Herr Casculade sah ihn aufmerksam an. »Gut, aber wenn Sie es wünschen, werde ich weitererzählen.«

»Ich bitte darum«, sagte Marinier höflich, doch jetzt ohne Anteilnahme.

»Diese Erscheinung also«, fuhr Casculade nachdenklich fort, »nannte sich Bernadette gegenüber ‚die Unbefleckte Empfängnis' und nicht ‚Empfangene', wie Sie meinten; ähnlich wie Gott ‚die Liebe' schlechthin, ‚die Gerechtigkeit' oder ‚die Wahrheit' oder wie immer heißt. Ich habe diesem Ausdruck ‚Unbefleckte Empfängnis' sehr lange und eigentlich mehr um des Mädchens willen, das ich liebte« – er errötete tief und mit ungewöhnlicher Anmut – »als um seiner selbst willen nachgegrübelt und bin, wie ich glaube, zu dem Mysterium des frühesten Ursprungs gekommen. Dieser Ursprung, sein Name besagt es schon, war unbefleckt wie die Quelle, die am Anfang der Wege hervorbrach; aber noch mehr: der Ursprung als solcher war in der Tiefe der Gottheit vor allem Geschaffenen da. Lesen Sie in dem Buch der Weisheit: Immer heißt es: bevor. Bevor er etwas geschaffen hatte; von Urbeginn, ehe die Erde ward; vor den Flüssen, den Meeren, den Wassertiefen – noch ehe er das alles gemacht und die Angeln der Erde befestigt hatte, war der unentsprungene Ursprung, war die Unbefleckte Empfängnis der Schöpferkraft eingeboren und spielte, als sie nach außen trat, zu den Füßen des Allerhöchsten wie eine Wasserquelle, welche, auch wenn sie getrübt werden sollte, aus ihrer eignen Natur die Kraft der Reinigung hat. Vor der Geburt aller Dinge war schon die Wiedergeburt, und die Natur der Natur war von Anfang an – Übernatur.«

»Was machen Sie aus der Wirklichkeit, mein lieber Casculade?« rief Marinier entsetzt.

»Nichts weiter«, erwiderte Casculade ruhig, »als daß ich es wage, sie auf die Einheit ihres Ursprungs zurückzuführen. Doch die Einheit dessen, was Sie mit Recht als ‚Wirklichkeit' bezeichnen, kann, wie der Logos, durch den sie wurde, nur eine ganz personale sein und ist es auch in der Tat. Es ist –«, er hob gelassen die Hand und sprach mit der trokkenen Festigkeit des denkenden Menschen das Ungeheure fast unbefangen aus: »Maria!« sagte er, wandte sich ab und stützte den Ellbogen auf. »Maria, die Quelle der Wiedergeburt«, wiederholte Herr Casculade. »Sie *ist* die ‚Unbefleckte Empfängnis', wie das Wasser der Taufe die Heilung schlechthin, und wie jede Heilquelle unter den Kräften des gewöhnlichsten Rohrwassers steht, wenn dieses Wasser – Taufwasser wird. Ist das klar und einfach genug?«

»Und wo ist Bernadettes Stelle in dieser Kosmologie?« erwiderte sein Gefährte, ohne – es war nicht ersichtlich, ob aus Zustimmung oder Mitleid – seine Frage verneint zu haben.

Herr Casculade kehrte aus schwindelnder Ferne zu seinem Ausgang zurück. »Nun müßte ich eigentlich«, sagte er schalkhaft mit einer fast ländlichen Freundlichkeit auf den durchgebildeten Zügen, »in meinem pyrenäischen Platt von Bernadette weitererzählen. Denn sehen Sie, lieber Herr Marinier, dieses Mädchen, dessen Bild man hernach für zehn Centimes, man stelle sich vor, schon bei Lebzeiten an der Grotte verkaufte (‚Das ist ungefähr das, was ich wert bin!' pflegte sie selbst zu sagen), die Tochter des Francois Soubirous, der sein Mehl nicht auszumahlen verstand, und seiner Ehefrau, welche wie er alle Leute auf Borg bediente, dieses treuherzig wilde und ab und zu auch der Putzsucht nicht abgeneigte Kind ist niemals für mich zu einer ‚Idee', wie man annehmen möchte, geworden, sondern bis heute das gleiche geblieben, das es von Anfang an war. Ich sagte schon, daß ich Bernadette zum erstenmal gegenüberstand, als sie Abschied von ihrer Erscheinung nahm – damals, als man die Grotte mit hohen Brettern verschalt und den Zugang zu dem Gemeindegrundstück sorgfältig abgesperrt hatte. Es war Mitte Juni, ein heißer Tag, doch gegen Abend fiel von den Bergen schon die Ahnung einer Kühle herunter, welche die Nächte bei uns so frisch und den Himmel sternenklar macht.

‚Sieh dich vor, mein Junge', sagte Duprat, ‚daß sie dich nicht behext, diese Kleine mit den aufgerissenen Augen, und beobachte gut, was die Menge wieder für Hokuspokus treibt. Vor allem aber nimm dich in acht, einen Höhergestellten aufzuschreiben, wie etwa den verflixten Veuillot oder die Prinzenerzieherin, die mir neulich, wie ich glaube mit Absicht, ins Garn gelaufen sind. Am besten stehst du der Grotte ganz genau gegenüber, auf der Wiese de la Ribièré, fügte er noch hinzu.«

Der alte Casculade schloß die Augen. »Ich sehe alles noch vor mir wie damals«, erzählte er langsam und klar. »Den Gave, der an dieser Stelle sehr breit ist, die bewaldeten Hügel und weiter dahinter den Gipfel des Ger; die Abhänge von Vinzens, die von Hirten, Bauern mit ihren Karren, von Fußgängern, Reitern und Wagen in buntem Durcheinander bedeckt und in steter Bewegung waren. Jede Einzelheit hat sich mir eingeprägt: das feine Profil eines jungen Béarners mit kornblumenblauer Mütze wie ein Münzenbild Heinrich des Vierten, und Frauen in ihren scharlachroten und weißen Capulets, die Säuglinge auf dem Arm. Durch diese Gasse von Menschen kam sie mit ihrer Kerze – ein kleines, liebebedürftiges Kind, das der Mutter entgegeneilt. Merkwürdig: damals und heute noch immer ist mir, als wäre sie barfuß gegangen – mit jener stillen, tierhaften Anmut, wie sie die Füße von jungen Hirten und Hüterinnen haben. Sie streifte mich fast, ich trat zurück und atmete gleichsam ihr ganzes Wesen für einen Augenblick ein.«

Herr Casculade faltete seine Hände und murmelte mit erstickter Stimme: »Es war meine Heimat in ihrer Verklärung, in ihren reinen, starken Gerüchen, ihrer wilden Jungfräulichkeit. Als dann Bernadette auf den Knien lag, das Gesicht in eigentümlicher Starre zu der fernen Grotte gekehrt, gehörte sie nicht mehr der Erde an, sondern war eine Bürgerin jenes Landes, das den Namen ‚Dorine' für den Steinbrech nicht kennt und die Heilkraft der Wasserminze und Tormentilla nicht braucht. Sie *weilte* dort – das war keine Frage und drückte gleichsam den Himmel als Zustand, als jenes schwebende Gleichgewicht aus, das uns das Ballspiel eines Jongleurs so unendlich anziehend macht, und von welchem wir annehmen möchten, es wäre kinderleicht. Kein Zweifel: sie war noch dieselbe; sie, Bernadette Soubirous, aus dem kleinen unbedeutenden Lourdes, und auch die Gewichte der Wirklichkeit hier und der Wirklichkeit an und für sich waren die gleichen geblieben. Entzükken, Staunen, Kummer und Freude, die ihr Gesichtchen veränderten, zogen noch immer darüber, wie Wolkenschatten über den First eines Gebirges wandeln und den Sonnenstand ahnen lassen, der ihr Kommen und Gehen erlaubt. Kein Grashalm und kein Insektenflügel, der diesem Dasein plötzlich entfallen, kein Härchen von Bernadettes Scheitel, das verlorengegangen wäre – und doch war alles von Grund auf verändert und hatte gewissermaßen die Kraft, die ihm vor unausdenklichen Zeiten zu eigen war, wiedergewonnen. Die Welt war heil ...«

Herr Casculade atmete tief und hob sein Glas gegen Marinier, der ihm Bescheid tat und leise fragte: »Sie haben das alles schon damals gewußt?«

»Nein«, sagte der alte Notar mit Freimut und lächelte vor sich hin. »In diesem Alter empfindet man nur – allerdings viel genauer, als man später zu wissen vermag. Aber ich fühlte von da ab sehr deutlich, daß das Wunder nur eine Vorwegnahme ist; ja mehr noch: der natürliche Zustand, in welchen der gläubige Mensch jeden Augenblick treten kann. Um ein Bild zu gebrauchen: mir war zumute, als hätte ich bis zu diesem Zeitpunkt das Dasein nur aus der Betrachtung einer Wasserfläche gekannt, in der sich Berge und Bäume umgekehrt spiegelten, und nun – fast betäubt – hob ich plötzlich den Blick und sah zum erstenmal ihre volle, lautere Wirklichkeit. Als dann später die zahlreichen Heilungen, die an der Quelle erfolgten, auf ihren Wundercharakter geprüft und wie mystische Spirituspräparate, denen der Mittelpunkt fehlt, dem ‚Forum der Wissenschaft' vorgelegt und von ihm begutachtet wurden, ist mir immer klarer geworden, mein Freund, daß wir das Wunder nicht als eine Art monströser Warzengebilde, als Abweichung von der natürlichen Regel, oder mindestens doch als Ausfallserscheinung, wie wir gewohnt sind, betrachten dürften, sondern es hinnehmen sollten wie Licht an regnerischen Tagen ... jenes diffuse, verhangene Licht, das uns die Ansicht der Welt sowohl wie das Dasein der Sonne verbürgt.«

Herr Marinier zwinkerte heftig und fragte mit schleppender Stimme: »Und was für Heilungen sind das gewesen, die vor dem ‚Forum der Wissenschaft' als Wunder gegolten haben?«

»Keine«, erwiderte Casculade rasch, »denn die Wissenschaft kennt keine Wunder. Sie stellte nur fest, daß mit ihren Mitteln und bei dem gegenwärtigen Stand ihrer Erfahrungen diese Vorgänge – Lahme hängten die Krücken an den Wänden der Grotte auf, innere Wunden schlossen sich plötzlich, und Blinde erlangten das Augenlicht wieder – nicht natürlich erklärt werden konnten.«

»Noch nicht, Herr Casculade, heute noch nicht«, gab Marinier zurück. »Aber –«

»Ich weiß, was Sie einwenden müssen«, ergänzte der alte Notar. »Aber sagte ich nicht, daß es lächerlich wäre, das Wunder mit andren Organen als jenen, welche es selber bildet, irgendwie deuten zu wollen ?«

»Ein Kreis, der in sich zurückläuft«, erwiderte Marinier.

»Sie haben recht«, gab ihm Casculade unerschüttert zurück. »Ein Kreis wie der Glaube.« Er trank seinen Wein aus und klopfte mit einem Fünf-Franc-Stück heftig gegen das Glas. Ein schwächeres Klopfen, wie Echo, schien dem seinen Antwort zu geben; der Stock eines Blinden, welcher sich bettelnd an den Tischen vorüberschob, schlug mit der eisernen Zwinge am Gewirr der Stuhlbeine auf. Als er vorbeikam, warf der Notar das Geldstück in seinen Hut. »Sie müssen mir aushelfen, Marinier«, sagte er dann verlegen. »Ich habe nichts anderes da.«

»Eine Ehre für mich, Herr Casculade«, erwiderte Marinier. »Aber wir trinken noch eine Flasche, Sie sind von mir eingeladen.« Mit jener eigentümlichen Anmut und spirituellen Güte, die in seltsamem Gegensatz zu dem trägen, unüberwindlichen Fett stand, das seine Erscheinung entstellte, legte er seine zierliche Hand auf Casculades Knie und sagte freundlich: »Wir bleiben jetzt, bis es dunkel ist. Dann hat Ihre innere Hellsichtigkeit meiner Blindheit nichts mehr voraus, mein lieber Diogenes.«

Herr Casculade lächelte. »Gehe ich denn mit meiner Laterne spazieren ?« fragte er heiter zurück. »Ich glaube doch,

um bei dem Ausdruck ‚innere Hellsicht' zu bleiben, daß ich bemüht bin, sie unter dem Mantel zu tragen.«
»Aber heute haben Sie mich geblendet«, sagte Herr Marinier. »Um so schlimmer, da so das Dunkel nur schwärzer geworden ist.«
Herr Casculade sah gedankenverloren hinter dem Bettler her. »Sie sind der zweite Mensch, Marinier, den mir das Leben gezeigt hat, welcher, obwohl man ihm anbot zu sehen, seiner Blindheit den Vorzug gab«, sagte er merkwürdig sanft.
»Dann sind Sie noch wenig Sündern begegnet«, erwiderte der Fette und blickte das schöne Gesicht des Greises, auf welchem die Unschuld des hohen Alters sich mit dem niemals gelöschten Feuer der frühesten Liebe paarte, mit spöttischer Zärtlichkeit an. Herr Casculade schüttelte seinen Kopf. »Ich meine es wörtlich«, sagte er ruhig. »Ich denke an das Wunder der Wunder in dem gesegneten Lourdes. Eine Geschichte, so mysteriös wie der Ursprung der Gnadenquelle.«
»Sie machen mich neugierig, lassen Sie hören«, sagte Marinier, winkte den Wirt heran, mit welchem er sich flüsternd besprach, und rückte dann seinen Stuhl näher an Casculade.
Schon begann der Himmel über Paris sich mit dem Widerschein billiger Freuden hastig zu schminken, wie eine Hure, welche die karg bemessenen Stunden einer letzten Gelegenheit zu verlieren und mit dem Rest aus dem Schminktopf vorhergegangener Nächte nicht auszukommen befürchtet; die Dämmerung ging fast unvermittelt in den künstlichen Tag der gefälligen Göttin und die Stille der Arbeitsruhe in Lärm und schrillen Spektakel über, als habe ein unsichtbares Orchester das Zeichen zum Einsatz erhalten. Der Pont St. Louis belebte sich wieder, und in dem Schein der Gaskandelaber blitzte das Fensterglas einer

Kutsche, welche langsam vorüberrollte, wie der Eingang zu einer Zauberhöhle versprechlich und ungewiß auf. Ein Herr im Zylinder klopfte mit seinem Stock an die Scheiben; der Wagen hielt an, und ein Pärchen stieg aus, um seinen Weg, dicht aneinander gedrängt, zu Fuß fortzusetzen. Der Mann hielt seine Begleiterin wie ein Räuber die Beute an sich gepreßt und redete auf sie ein; nicht ihr Mund, vielmehr ihre fest geschnürten, mit Pailletten benähten Hüften schienen ihm Antwort zu geben. Der Wirt brachte kugelförmige Lämpchen aus buntem Glas auf die Tische, entzündete sie und wischte mit seiner Serviette die Krümel von der Platte; dann setzte er den bestellten Wein in einem liegenden Körbchen, dessen Griff sich um den Flaschenhals schloß, mit der Sorgfalt des Kenners nieder und schenkte die ersten zwei Gläser langsam und vorsichtig ein.

»Ihr Wohl, Herr Casculade!« Beide tranken; der eine fast achtlos und dem geheimnisvollen Bericht schon innerlich hingegeben, der andere noch in den Sinnen hängend wie die Walnuß in ihrer Haut.

»Jener Vorfall, von dem ich erzählen möchte«, begann der alte Herr Casculade, »hat sich wenige Jahre später, als Bernadettes Sendung schon lange erfüllt und sie selbst nach ihren eigenen Worten wie der Besen, mit dem man die Stube gefegt hat, in ihre Ecke zurückgekehrt war, als eine der Heilungen zugetragen, die nirgends verzeichnet sind.

In dem kleinen Badeort Cauterets, zwei Wegstunden etwa von Lourdes entfernt, lebte ein junger Blinder, dem eine Krankheit in frühester Jugend das Augenlicht geraubt und ihn unfähig, nur den geringsten Schein irgendwie wahrzunehmen, zurückgelassen hatte. Ich kannte ihn gut, er flocht Körbchen aus Bast, die er den Sommergästen verkaufte, und besserte Stühle aus. Aber er war nicht besonders tüchtig und besaß nicht jene Ersatzorgane, die man sonst häufig bei Blinden als ein zweites Augenlicht findet. Er ließ sich betrügen, nahm falsche Münzen und merkte nicht, wenn ihm ein Körbchen vom Stapel gestohlen wurde. Auch verstand er es nicht, das Mitleid der Leute zu erwekken und seine traurige Lage gehörig ins Licht zu setzen. Im Sommer fehlte es ihm an Kundschaft und im Winter an Weidenruten. Er war einfältig ... wenigstens glaubten das alle, angefangen von seiner Mutter, die ihn schlecht und recht miternährte, bis zu dem Pfarrer des Städtchens, in dessen Küche er ab und zu einen Teller Suppe erhielt. Schließlich wurde er immer mehr zu einem jener Bettler, wie jeder Flecken sie kennt – ein Mensch, dessen Hosen die Hunde zerreißen, und dem die Kinder, ängstlich bemüht, ihr Ziel nicht zu verfehlen, einen Sou in den Hutkopf werfen. Die Leute bei uns sind gut, aber hart, wie ihr Leben das mit sich bringt; schlagfertig, witzig und einem Rausch am Samstag nicht abgeneigt. In dieser Laune kam es auch ab und zu vor, daß sie den Blinden in eine Café-Bar führten und ihn mit Schnaps und gezuckertem Wein trunken zu machen suchten – weniger wohl, um den Armen noch tiefer hinunterzustoßen, als aus dem Wunsch, ihm die Zunge zu lösen und bei dem Anblick seiner fast kindlichen Freude und tiefen Zufriedenheit ihre eigene Mühsal erträglich und ihr Los, an dem seinen gemessen, beneidenswert zu finden. Übrigens hatte der Blinde wie alle, die außerhalb der sozialen Ordnung und nur in ihrem Menschentum stehen, einen Spitznamen, den zu erläutern, mit jeder Antwort neu zu bewähren und unter Beweis zu stellen, seine Zechgenossen ihn drängten. Er hieß –«, Herr Casculade zögerte und fuhr mit bewegter Stimme fort: »Er hieß so, seit ihn die dicke Jeannette einmal gefragt haben sollte: ‚Was hat dir der liebe Gott heute gegeben, Jean ?‘ und er erwiderte: ‚Zwanzig Centimes, eine Handvoll

Zwiebeln und meinen Glauben.‘ Von da ab fügte er immer wieder: ‚und meinen Glauben ...‘ hinzu und hieß in dem Städtchen ‚der blinde Glaube‘ – mit jener Eile und Ausschließlichkeit, die immer ein Kennzeichen dafür ist, daß der Nagel genau auf den Kopf getroffen wurde. Er selbst widersprach diesem Ausdruck niemals und gewöhnte sich, wenn er irgendwo klopfte und die Bäuerin fragte: ‚Wer da?‘ ‚Der blinde Glaube!‘ zur Antwort zu geben – sei es aus Torheit oder Berechnung, wie manche meinen wollten, oder ganz einfach aus dem Gefühl, daß dieser Name – nomen est omen – und er zusammengehörten.

So konnte er wörtlich sagen, daß ihn sein Glaube ernährte, wie ja tatsächlich der Glaube den Glauben und die Sonne den Tag ernährt.

Das ging so, bis die Kunde von Lourdes, vielmehr von den Heilungen unten in Lourdes, auch Cauterets berührten; bis die Pilgerzüge des ganzen Landes den Strom der Wunder, in dessen Flußbett die Abertausende traten, zum Überschwellen brachten und das Wasser sich überallhin ergoß, als habe ein Engel den Teich Bethesda wieder in Wallung gebracht. In den kleineren Orten spaltete sich mit einer Heftigkeit ohnegleichen der Haufe in solche, die glaubten, und solche (wie zum Beispiel der Beigeordnete Herr Dubois mit seiner gestickten Schärpe), die sich verpflichtet hielten, den Anwalt der Göttin Vernunft zu machen. Für beide Teile wurde der Blinde zu etwas, das ihre Meinung ad oculos begründen, und zum Werkzeug, das in der gleichen Funktion, um das Gegenteil zu beweisen, verwendet werden konnte.

‚Geh hin, Jean‘, sagten die einen, ‚und gib der Muttergottes von Lourdes Gelegenheit, dem verfluchten Dubois und allen Atheisten ihr Dasein zu beweisen.‘

‚Er soll gehen, der Tagedieb‘, sagten die andern, ‚damit die Menge endlich begreift, daß alles nur Humbug ist.‘

Und nun ereignete sich, was wohl menschlich niemals erklärt werden kann. Der Blinde weigerte sich. Er fuhr fort, seine Körbchen aus Bast zu flechten und blieb vollkommen unberührt.
‚Wenn du hingehst, bekommst du dein Augenlicht wieder', sagte die Pfarrersköchin. ‚Schon vielen hat sie geholfen, die Muttergottes von Lourdes. Oder meinst du, du kriegst deine Zwiebelsuppe für nichts und wieder nichts?'
‚Die Muttergottes von Lourdes braucht mich nicht, Frau Katherine', soll der Blinde geantwortet haben; ‚überdies gibt es noch andere Leute, die schlechter gestellt sind als ich.'
‚Wenn du hingehst und kommst nach Hause zurück, ohne geheilt zu sein', sagte Herr Dubois freundlich, ‚verschaffe ich dir ein Pöstchen als Hausknecht an der Mairie.'
‚Wenn ich nach Lourdes fahre, weiß ich schon heute, daß ich geheilt werde, Herr Dubois', sagte der blinde Glaube.
Diese beiden Antworten kamen dem Pfarrer, einem redlichen, aber groben Menschen zu Ohren, welcher besser die Sorten des Schnupftabaks als der Frömmigkeit unterscheiden konnte, und bewogen ihn, diese Sache mit Strenge zu untersuchen.
‚Ich habe gehört, du Lümmel', sagte er zu dem Blinden, ‚daß du die Muttergottes verhinderst, ihre Macht an dir zu beweisen.' ‚Die beweist sie ja täglich', gab ihm der Blinde unerschrocken zur Antwort, ‚und könnte sie ebenso gut, Herr Abbé, an Eustache mit dem Klumpfuß zeigen oder auch an der alten Denise mit ihrem Gallenleiden.'
‚Aha, ich merke schon, daß es dich kränkt, dein Faulenzerleben aufzugeben', rief der Pfarrer erleichtert aus. ‚Da, nimm eine Prise. Du tust mir leid, stockfinster, wie du es hast.'
‚Ich habe es nicht stockfinster', erwiderte der Blinde. ‚Ich habe meinen Glauben.'

‚Was sagt der Dummkopf? Er hat seinen Glauben? Mit dem Glauben fällst du die Treppe hinunter und brichst dir Arm und Bein. Schon gut, daß du glaubst. Der Glaube ist, wie man so sagt, ein Hauptstück im Katechismus.‘

‚Er ist mein Tag und macht mir so hell, wie die besten Augen nicht machen können‘, soll Jean geantwortet haben. ‚Etwas anderes brauche ich nicht.‘

‚Hat man schon solch einen Narren gesehen?‘ sagte der Pfarrer erbittert. ‚Genau so gut könntest du argumentieren, du habest die heilige Kommunion und brauchtest kein anderes Brot. Aber Schluß damit! Morgen fährst du nach Lourdes, mein Küster begleitet dich. Ich lasse mir's gern eine Kutsche kosten, um Gott die Ehre zu geben.‘

Dieses Gespräch, das Frau Katherine Wort für Wort abgelauscht hatte, lief dem Blinden bereits mit dem Wagen voraus, der täglich die Milchkannen und den Käse nach Lourdes hinunterbrachte. Der Kutscher trank seinen Wacholderschnaps in der Auberge neben Duprats Haus, und so erfuhr ich davon – zeitig genug, um am folgenden Tage das Schauspiel nicht zu versäumen, dessen Ablauf nur wenige Zeugen gesehen, geschweige denn wirklich begriffen haben, und das weder in die Journale der Ärzte, noch in die erbaulichen Spalten der ‚Lourdesrosen‘ Eingang fand ...

Ein kleiner Kutschwagen, wacklig und alt, zockelte langsam das Ufer des Gave bis zum Felsen von Massabielle entlang und blieb dort wie ein Kinderspielzeug, dessen Feder plötzlich abgeschnurrt ist, am Rand der Landstraße stehen; zwei Männer entstiegen ihm, Jean und der Küster, welcher den Blinden führte, und mischten sich unter den Strom der Pilger, der hinter wehenden Fahnen wie ein Tausendfüßler voran kroch und auf dem Platz vor der Grotte dicht gedrängt Aufstellung nahm. Schwerkranke, die man herangerollt hatte, Sterbende fast, die sich nicht mehr erheben und nur noch mit ihren Augen den Himmel suchen konnten; Gichtbrüchige, Blinde, Lahme und Krüppel, die gleicherweise in ihren Krücken wie in den stählernen Fäden der Hoffnung und festen Zuversicht hingen; kurzum, es fehlte wohl kein Gebrechen, das nicht seine Heilung erwartet hätte; kein Seufzer entrang sich menschlichen Lippen, der sich nicht wie ein Regentropfen mit anderen Tropfen vereinigte, um ein Rinnsal zu bilden, einen Bach, einen Fluß, einen Strom, der mit anderen Strömen aus den Klagetälern der Erde in das Meer der Barmherzigkeit einmünden wollte, auf welchem, wie eine erleuchtete Arche, die lichterstrahlende Grotte schwebte – unendlich fern und dem menschlichen Herzen auch wieder unendlich vertraut und nahe wie die Statue der Jungfrau von Lourdes.«

Herr Casculade, wie noch immer betäubt von der blendenden Dunkelheit dieser Grotte, von jenem sanften, starken Geräusch, das ihrem Innern wie Brausen der Muschel unvermindert und ohne Ende entquoll, deckte die Hand über beide Augen; Marinier sagte trocken und spöttisch: »Es hat auch im Altertum Tempel des Äskulap gegeben. Nur hatten sie bessere Statuen als diese, mein lieber Casculade.«

Eine Weile blieb es still zwischen beiden, dann griff der alte Notar nach dem Glas und leerte es bis auf den Grund. »Heiligtümer des Äskulap ...« sagte er dunkel und grollend. »Wahrhaftig, hier ist kein Äskulaptempel, und diese Grotte aus grauem Gestein mit dem dürren, trockenen Boden, in welchem nichts wurzelte außer dem Steinbrech und den struppigen Dornenranken einer armselig wilden Rose, hat keine Ähnlichkeit mit der holden Sirenengrotte von Capri, mit den unterirdischen Grotten der Isis oder der magischen Muttergrotte, die Leonardo malte; ihr Wasser keine mit jenen Fluten, die Venus geboren haben, und ihre blauweiße Devotionalie hat nichts mit den Bildsäulen jener Göttin der gefallenen Schöpfung gemein, die in dem Schoß der Natur noch immer um Hilfe und Heilung fleht. Denn sehen Sie, lieber Freund, was hier seufzt und hier seine Schwären und seine Wunden, den scheußlichen Aussatz des Lasters und den Grind seiner Kopfhaut entblößt – es ist nicht die Krankheit ... sie könnte viel eher an den Quellen von Vichy, Bagnères oder anderen Orten auf Heilung hoffen – es ist vielmehr die Mutter der Krankheit: es ist die Sünde, Herr Marinier«, sagte Casculade stark und ruhig. »Man geht nicht nach Lourdes, wie man irgendwo hingeht, um eine Kur zu gebrauchen, und was diese Pilger im tiefsten hoffen, ist die Vergebung der Schuld.« Er saß in völliger Abwesenheit und bemerkte nicht, wie ihm Herr Marinier das Glas von neuem füllte; die Hand des Zuhörers zitterte und goß den Rotwein über den Rand, von wo er den Stengel des Glases hinablief und das Tischtuch mit Dunkelheit fleckte. »So kommt es, obwohl von Tausenden Einer geheilt wird, Herr Marinier, daß doch keiner den Gnadenort jemals verläßt, ohne getröstet zu sein«, fügte er noch hinzu.

»Auch diesmal, als der Blinde nach Lourdes fuhr, fiel nichts Besonderes vor. Zwar streckten sich die verkrümmten Finger einer alten Pfründnerin wieder aus, als sie die ganz entartete Hand in das wunderkräftige Wasser tauchte, und ein Mann, der an Magengeschwüren litt, ging frisch und kräftig von dannen – doch weil sich beide Leute den Ärzten nicht vorher dargestellt hatten, wurde auch ihre Heilung nicht als ein Wunder betrachtet; ganz abgesehen davon, daß solche Fälle wie diese unter der Masse verschwanden. Als Letzter näherte sich, geführt von einer barmherzigen Schwester, der ‚blinde Glaube'; sein Kamerad reichte ihm eine schmale, mit Wasser getränkte Leinenbinde, die der Bettler über die Augen deckte und etwa ein Ave Maria lang unbewegt liegen ließ.«

Herrn Mariniers bemächtigte sich eine nie gefühlte Erregung. »Und ?« fragte er heiser und krampfte die Hände um den Henkel des Flaschenkörbchens.
»Geben Sie acht. Ich stand nur fünf Schritte von dieser Szene entfernt. Nichts ist mir entgangen. Ich sah, wie die Lippen des Bettlers sich bewegten; wie seine Hände, fast ungeschickt, als hätten sie an der Blindheit der Augen mit Wunsch und Willen Anteil, der Leinenbinde sich näherten und sie zögernd herunternahmen; dann kehrte jener seltsame Mensch, welcher wie keiner vor ihm, noch nachher, auf seine Heilung geantwortet hat, mit riesig aufgeschlagenen Augen den Blick nach mir und dem Küster hin und sagte, während das volle Licht einer vorgehaltenen Kerze sich in den Pupillen spiegelte, ohne sie zu verkleinern: ‚Ich sehe. Muttergottes, ich sehe. Du hast einen Rosenkranz in den Händen und ein Röschen auf jedem Schuh.'
Was nun folgte, war einem Wirbelsturm ähnlich, der über die Landstraße fegt, und wahllos alles ergreift und ansaugt, um es empor zu schleudern. Die Menschen, die in der Nähe standen oder durch das Gebaren des Bettlers auf ihn hingelenkt worden waren, stürzten fast wie von Sinnen, schluchzend und schreiend, hinzu. Sie hielten ihm Münzen und Heiligenbildchen, Stöcke und Schirme vor das Gesicht, Geldbörsen, Schlüssel, Briefe, Medaillen und ließen ihn einzeln nennen, was dies und jenes war. ‚Gute Leute, ihr seht ja, daß er geheilt ist', sagte der Küster endlich. ‚Laßt uns zu unserem Wagen gehen, wir sind seit heute früh unterwegs und haben noch nichts gegessen. Der Pfarrer von Cauterets, müßt ihr wissen, bei dem ich die Glocken läute, erwartet uns bald zurück.'
‚Seht ihn an, diesen Kerl mit der blauen Nase', rief eine dicke Person empört. ‚Läßt dem Armen die Zeit zur Danksagung nicht und zieht schon in seinem Sinn, wie ich wette, den Schnaps unterm Stroh hervor.'

‚So sind sie, die Wiedehopfe der Pfaffen', sagte der junge Roger gehässig, ein verluderter Medizinstudent, der sich etwas darauf zugute tat, ein Feind des Klerus zu sein. ‚Stellen sich vor die Sonne und werfen einen Schatten mit ihrem Bauch. Nur keine Aufklärung, nur kein Licht!'
Er hätte wohl noch weitergesprochen, wäre ich nicht hinzugetreten und hätte mich, mir selber zum Rätsel, in den Gang der Dinge gemischt. ‚Platz da, man kennt mich und meinen Onkel, den Friedensrichter Duprat', sagte ich nicht ohne Spott. ‚Überlaßt uns die beiden, damit wir das Ganze zu Protokoll nehmen können.'
‚Ganz richtig, man nehme ein Protokoll auf', stimmte der junge Roger wie ein Esel mit heftigem Kopfnicken bei. ‚Führen Sie diese Leute, mein Herr, auf die Schreibstube Ihres Onkels und stellen Sie alles vollkommen klar, bevor die Pfaffen wieder einmal ihr Schäfchen in's Trockene bringen.'
Der Küster wurde rot im Gesicht und schwoll an wie ein Hahnenkamm. ‚Seit wann nimmt man Pilger zu Protokoll, als wären sie Flurdiebe, hä?' fragte er würdevoll. ‚Komm, Jean, wir gehen zu unserem Wagen und wollen doch einmal sehen, wer uns hindern will, sacre bleu!'
‚Sie haben vollkommen recht, mein Herr', sagte ich leise zu ihm. ‚Wer spricht von der Schreibstube meines Onkels? Lassen Sie uns einen Apéritif in dem nächsten Café zu uns nehmen. Denn sieht es nicht aus, als hätten Sie Grund, das Tageslicht zu scheuen, wenn Sie die Feststellung dieses Wunders der Öffentlichkeit entziehen?'
Der biedere Mann sah mich unsicher an. ‚Ich habe das Tageslicht nicht zu scheuen', sagte er dann überwunden. ‚Gut, setzen wir uns noch ein Viertelstündchen. Aber auf keinen Fall länger. Ich habe dem Pfarrer versprochen, noch heute zurück zu sein.' Er strich sich den Schnurrbart, die Leute nickten und fingen schon an, den Ort zu

verlassen, um ihre Neuigkeit ungeprüft so schnell wie möglich weiterzutragen, wobei sie nach Art der Menschen bereits den Anlaß des Wunders vergessen hatten, das ihnen gezeigt worden war. ‚Kamerad, wir gehen mit diesem Herrn da. Du hast ja wohl auch nichts, nehme ich an, gegen einen Pernod?' fragte der Küster seinen Gefährten und drehte sich nach ihm um.

‚Meinen Stock!' sagte laut und deutlich der Bettler und streckte die Arme aus.

‚Du brauchst doch jetzt keinen Stock mehr, Jean', rief der Küster ihm ärgerlich zu.

Der andere rührte sich nicht von der Stelle und wiederholte: ‚Den Stock! Meinen Stock! Er muß noch am Boden liegen.'

Mit einer Schnelligkeit, wie sie die Einsicht des Intellekts nicht vermitteln kann, hatte ich alles begriffen. Ich riß mit zitternden Händen ein Schwefelhölzchen an und hielt es dem Bettler dicht vor die Augen; er zuckte nicht, rührte sich nicht, sondern sagte: ‚Muttergottes, du hast mein Gebet erhört. Jetzt bin ich wieder blind.'«

Herr Casculade legte den Kopf zurück und durchmaß die gewaltige Purpurhöhle des nächtlichen Himmels über Paris, bevor er fortfuhr: »Es war so. Ich will Sie nicht langweilen, Marinier, mit dem äußeren Fortgang dieser Geschichte, den sich jeder ergänzen kann. Dies aber ist es, was mir der Blinde, als ich neben ihm auf dem Kutschwagen saß und wir beide den Küster erwarteten, der seine Enttäuschung im Gasthaus ersäufte, mit einfachen Worten anvertraute: Er wollte nicht sehen und hatte gewünscht, das bleiben zu dürfen, wozu ihn sein Name gesiegelt zu haben schien: ‚der blinde Glaube' – doch um zu gehorchen, folgte er seinem Pfarrer und wußte schon vorher, daß ihm das Licht der Dunkelheit abgenommen und das gewöhnliche Tageslicht (er sagte: ‚das Hinkende gegen den Hirschen', weil ihm Vergleiche aus unserer Welt nicht naheliegen mochten) dafür gegeben würde. Er war ein Mystiker. Seine Blindheit war für ihn, was für den Wüstenvater und frühesten Eremiten die unermeßliche Einsamkeit und die Nacht der Zelle gewesen sein mußte, in die er sich einmauern ließ. Es war eine furchtbare Prüfung für ihn, ja, etwas wie ein geistiger Tod, als er die Dunkelheit seiner Zelle, die einem unmittelbaren Schauen der Gottheit nahekam, gegen etwas, was keinen Wirklichkeitswert für ihn hatte, um der Schwäche der Menschen willen, ihrer Hartherzigkeit, ihres Kleinmuts, ihres Unglaubens wegen eintauschen mußte. Seine Organe, nicht mehr geschaffen für die fette, fleischliche Nahrung der Erde, fühlten sich schon von dem Maß vergiftet, das uns zur Notdurft des Lebens dient, und wiesen es schaudernd ab. Aber er unterwarf sich, und Jene, welche an gleicher Stelle wievielen den Schleier gelüftet hatte, machte ihn wieder blind.«

»Und Sie glauben nicht«, fragte Herr Marinier, »daß die kurze Spanne, in welcher er sah oder zu sehen glaubte, durch die ungeheure Erregung bedingt war, in der er sich befand?«

»Schon möglich«, gab ihm Herr Casculade achselzuckend zurück. »Aber dies war nicht das Wunder, diese flüchtige, zuckende Spanne des Lebens unter dem Tageslicht. Das Wunder war seine Bitte um Blindheit, um jene Blindheit des Glaubens, mein Freund, aus welchem jedes andere Wunder immer nur abkünftig ist. Der Glaube war das Wunder schlechthin wie die Taufe die Quelle der Wasserquellen und das Becken, das jenes Wasser umschloß, die erste Grotte ist, welcher der heile, der geistesmächtige Mensch entspringt, in welchem die Schöpfung wunderbar wird – und das Wunder zur zweiten Natur.«

Er kehrte seine Hände nach außen und legte sie flach auf

den Tisch; in dem Schein des Lämpchens traten die Linien geheimnisvoll deutlich zutage und waren wie ein Geschenk. »Das Wunder als zweite Natur – das ist es, was Bernadette mich zu sehen gelehrt hat«, fügte er noch hinzu. »Sie sei gesegnet ...« Er hob sein Glas, Herr Marinier tat desgleichen und goß mit impulsiver Bewegung die Opferspende aus. Der andere lächelte vor sich hin, ohne die Geste bemerkt zu haben, mit welcher ein spöttischer Fragegeist seine Erzählung ehrte; es war, als stünde in diesem Lächeln das Totenreich freundlich und heiter offen und duldete den Hinübergang von einem zum andern Bezirk.

»Soviel ich weiß, ist sie jung gestorben?« fragte Herr Marinier sanft.

»An Tagen, doch auch an Erscheinung jung«, sagte der alte Notar. »Sie ist seit ihrem vierzehnten Jahr eigentlich nicht mehr gewachsen und blieb auch im Klosterhabit ein Kind: zart, kleinen Scherzen und Spielen geneigt, immer fröhlich, aber leicht zu erschrecken durch jede Art von Verehrung, die man an sie herantrug. Es ist mir daher wie ein Sinnbild erschienen, daß das dunkle Moos und der starre Lorbeer ihres Totenkranzes von Gänseblümchen und Stiefmütterchen«, seine Stimme bebte, »von den Blüten also der harmlosen Hirtin durchflochten gewesen ist. Sie blieb, was sie war ... und wird auch dort drüben meinem Herzen nichts anderes sein.« Der alte Mann mit den schönen Zügen der Pyrenäensöhne hatte sich wieder gefaßt. »Daß ich mich heute so deutlich wie selten an sie erinnert habe, daran ist nicht nur die Kleine schuld«, – er deutete mit dem Kopf nach der Hauswand, wo das Straßenmädchen gestanden hatte –, »sondern ein Traumbild der letzten Nacht, welches mich mit dem ‚blinden Glauben' wieder zusammenführte. Es war sehr deutlich, und seit dem Erwachen will mich das vage Gefühl nicht verlassen, mit ihm verbunden zu sein. Sie müssen wissen, Herr Marinier, daß der

Bettler nach jenem Vorfall in Lourdes nicht mehr lange in Cauterets lebte, sondern auf Wanderschaft ging. Er tauchte bald hier, bald dort auf, um schließlich ganz zu verschwinden – er hat sich wohl später nach Norden gewandt, seine Spur verlor sich dann rasch. Ich kann nicht sagen, daß er mir ganz aus dem Gedächtnis entfallen ist; immer wieder in Abständen tauchte er auf, und jedesmal war sein Bild nur frischer; gereinigt von jeder Zufälligkeit und gleichzeitig wie ein Teil von mir selbst, den ich langsam begreifen lernte – – Dieser unsichtbare Freund und Begleiter, der mein Dasein an jedem Wendepunkt tiefer in seine Bestimmung führte ...

In diesem Traum nun: ich war auf der Place des Vosges und saß dort auf einer der Bänke, während rings umher kleine Kinder spielten, sich an den Händen faßten und sangen, und die Sonne durch helles Blätterlaub fiel, das noch vollkommen frühlingsfrisch war. Die alten hugenottischen Häuser mit ihren Backsteinfassaden sahen fast kleinstädtisch aus, wie sie da abgezirkelt und reinlich mit den schmiedeeisernen Puppenbalkonen diesen seltsamen Platz begrenzten, der ja immer etwas Verschollenes hat; etwas von einer verwunschenen Bühne, deren Kulissen man wegzutragen und abzubauen vergessen hatte, vielleicht auch gar nicht wegräumen wollte, weil das Spiel der Geister das Spiel der Geschichte nach dem letzten Akt weiterträumte. Plötzlich bemerkte ich einen Menschen im Schatten der Arkaden; gleichzeitig fühlte ich, daß die Sonne stärker als vorher brannte; ich sah, daß der Platz nun verlassen dalag, in einer flimmernden trostlosen Hitze, die jeden Stein durchtränkte. Er zog sich gleichsam in sich zusammen, wurde klein und bucklig, mit Gras überwachsen, trockenen Halmen und Dünenhafer, die dürr durch die Ritzen sprossen. Nichts war zu hören außer den Schritten des einsamen Menschen in den Arkaden, deren Gewölbe das Echo der Sohlen und das Pinkpink der eisernen Zwinge seines Stockes deutlich zurückwarf. An diesem Geräusch erkannte ich ihn und eilte auf ihn zu. ‚He, Jean, mein Lieber – so warte doch!' rief ich zu ihm hinüber. Er ging weiter, ohne auf mich zu hören, sondern beschleunigte seine Schritte, die ihn, wie es in Träumen so geht, immer rascher von mir entfernten. Unbedacht lief ich hinter ihm her, der den Platz nun verlassen hatte und, an dem Carnevalet vorüber, in das jüdische Viertel einbog, in die rue de Birague, dann kreuz und quer, zuletzt in die rue de Venise, wie mir schien, wo ihm schattenhafte Gestalten im Kaftan entgegenkamen: sehr alte Männer, welche ihr Käppchen vor ihm herunterzogen und sich zur Erde neigten. Gleichzeitig war die ganze Gasse von einem klagenden Singsang erfüllt; von einer Trauer, die sowohl Wasser wie Töne und tiefe Dunkelheit war. Mit einemmal war der Blinde verschwunden, ein Trödlerladen, dann war es ein Zelt, mit dem Geruch von gestampftem Lehm, Fellen und fremden Gewürzen erfüllt, hatte ihn aufgenommen. Ein Schrecken durchfuhr mich. Mein Gott – er will seinen Stock verkaufen, dachte ich unwillkürlich. Schon war ich in den Laden getreten; der Händler, ein großer, schlohweißer Mann, auf dessen Stirn wie in leuchtender Schrift die Worte: ‚HIER BIN ICH' standen, nahm gerade den Stock entgegen. ‚Halt!' rief ich. ‚Jean, was willst du denn tun, ohne den Stock zu haben?' Bei diesen Worten kehrte sich endlich der Bettler nach mir um. Er lächelte, seine Augen hatten sich weit geöffnet und sahen mich aus unendlicher Ferne freundlich und liebevoll an. Er war sehend geworden wie einst in Lourdes. Der blinde Glaube – er war in Schauen übergegangen, und mir wurde, indem ich weinend erwachte, ganz klar, daß der Bettler gestorben sein mußte, und jenes finstere Ghetto, an welches sein Stab nun zurückfiel, der Alte Bund war, die Herkunft des Glaubens unter den Kindern Gottes, der bräutliche Schoß in dem Fleisch der Menschheit, den Gott sich auserwählt hatte: rein, unbefleckt, ohne Makel und Fehl – ach, Marinier, jener zweite Versuch einer unersättlichen, göttlichen Liebe, nachdem die unbefleckte Empfängnis der Schöpfung getrübt worden war.«

»Sie sind ein Gnostiker, Casculade«, murmelte Marinier.

»Ein Gnostiker oder ein Atheist – beides hätte ich werden können ohne Liebe aus Fleisch und Blut. Doch Bernadette war ganz wirklich, mein Freund, und wurde für mich, was für jeden Mann das Erlebnis der Frau bedeutet: Wirklichkeit – solche, wie Sie und ich, wie die Erde, die Schlehe, der Fels und die Rose, das ganze Dasein in seiner Süße, seiner Härte und Bitterkeit.« Im Sprechen hatte er sich erhoben und umfaßte mit einem einzigen Blick die Uferbäume, magisch durchhellt, das wandernde Wesen des blauschwarzen Flusses, unaufhörlich beunruhigt von fließenden Bahnen, zuckenden Kreisen und Pinselstrichen eines dienstbar gewordenen Lichtes, und die Rotunde des Sternengewölbes, in der sich das brodelnde Dröhnen der Tiefe als Echo gesammelt hatte und von wo es wie farbiger Regen herunterrieselte.

»Mein Gott – wann wirst du dein Ziel erreichen?« fragte er mit erschütternder Stimme. »Und erreichst du es auch in uns?«

Marinier sah entsetzt zu ihm auf, der andere legte ihm sanft seine große, geäderte Hand auf die Schulter und sagte: »Lassen Sie mich jetzt gehen und haben Sie keine Angst. Gott wird das Spiel der Geschichte beenden, wann und wie er will.«

Er ging davon, an den kleinen Tischen drehte sich hier und dort ein Gesicht nach dem einsamen Menschen um und zögerte, in den begrenzten Lichtkreis des Lämpchens zurückzukehren. Herr Marinier blickte ihm sehnsüchtig nach

und sank in sich zusammen. Die Nacht schritt voran, und die Gäste zahlten; andere wieder: Zuhälter, Huren und die Schlepper dunkler Lokale nahmen die Plätze der ehrbaren Leute für kurze Weile ein. Er bemerkte es nicht, und auch als sich später das Straßenmädchen aus der Provinz ihm gegenübersetzte, erkannte er es nicht.
Die Kleine brach ein Brötchen entzwei und stopfte es in den Mund.
»Ist's erlaubt, mein Herr?« fragte sie trotzig und goß den Rest aus der Flasche hastig in Casculades Glas.
Herr Marinier blickte sie endlich an. »Du hast wohl wieder nichts eingenommen?« fragte er ohne Spott.
»Zu Hause, beim Brombeerpflücken, habe ich mehr verdient«, sagte sie ungebärdig.
»Zu Hause?«
»Nun ja – wo der andere her ist, der mich Therese genannt hat«, gab sie nun sanfter zurück. Dann saßen beide stillschweigend da, die Kleine hatte beim Trinken die Arme bäuerlich aufgestützt; Herr Marinier, müde geworden, blinzelte in das Licht. Plötzlich wurde er von dem Schluchzen des Straßenmädchens geweckt. Sie hatte den Wuschelkopf auf die Platte des wackligen Tischchens geworfen und weinte vor sich hin.
»Nun, nun«, sagte Marinier ärgerlich. »Was soll das bedeuten, Therese?«
»Gar nichts, mein Herr, ich schwöre Ihnen«, sagte die Kleine ängstlich. »Es ist nur – – er sieht meinem Großvater ähnlich, der sich zu Tode fiel, als er ein Schaf, das sich auf einem Grashang verstieg, im Dunkeln herabholen wollte ...«

V

Einen schönen Gruß von Herrn Mösinger, und ob Ihr Mann heute nachmittag zum Feuerwerk-Richten käme«, sagte Eugen, der Stift aus der Drogerie, zu Elisabeth Belfontaine.

»Du hast wohl immer noch nicht gelernt, dich anständig auszudrücken ?« Herr Belfontaine, seine Hände trocknend, kam aus dem Hintergrunde des Ladens, wo er gerade beschäftigt war, den Weinessig von den süßsauren Gurken des vorigen Spätsommers abzugießen, die nach geheimem Schlemmerrezept eingelegt worden waren, und betrachtete Mösingers Lehrling mit unzufriedenen Augen. »Ob Ihr Mann ... ! Ich bin nicht ,Ihr Mann' für dich. Ob Herr Belfontaine ... muß das heißen. Verstanden ? Und nimm das Zeug aus dem Mund, wenn du eine Bestellung hast.«

Eugen fuhr mit dem Finger unter die linke Backe und holte gehorsam ein speichelndes Stückchen Kandiszucker hervor. »Wo soll ich es denn hinlegen ? Hä ?« fragte er, dummschlau grinsend.

Herr Belfontaine öffnete ruhig die Tür. »In den Straßendreck«, sagte er schneidend. Der Junge ließ mit bedauerndem Ausdruck seinen Klumpen neben den Rinnstein fallen und merkte sich die Stelle. »Nun komm herein –.«

»Einen schönen Gruß«, begann jetzt der Bursche aufs neue. »Und ob Herr Belfontaine heute zum Feuerwerk-Richten käme«, half ihm Elisabeth freundlich ein und blickte den Gatten an. »Was meinst du ? Ob wohl der Boden bis morgen getrocknet ist ? Aber das Wetter ? Man sagt: Wie der Freitag, so ist auch gewöhnlich der Sonntag – und Friedelchens Laubfrosch sitzt immer noch unten, man kann klopfen, so viel man will.«

»Nun, das ist allerdings ausschlaggebend«, sagte Herr Belfontaine mühsam beherrscht. »Aber sollten sich bis heute nachmittag Barometer und Laubfrosch geeinigt haben, so will ich gerne kommen.«

»Ach«, fragte Elisabeth harmlos, »das Barometer ist also gestiegen?«

»Es scheint so«, erwiderte Belfontaine trocken und verschwand in dem Hintergrund. Er fuhr noch eine geraume Weile in seiner Beschäftigung fort, legte dann seufzend die Schöpfkelle hin und ging zurück zum Comptoir. Auf dem Hauptbuch saß eine junge Fliege mit versonnener Träumermiene und ließ sich von Herrn Belfontaine greifen, ohne den Flügel zu rühren. »Noch unschuldig oder schon raffiniert?« dachte er, böse belustigt, und trug sie zu dem Laubfroschglas hin, das auf dem Fensterbrett stand. Der Insasse, ein verfetteter Bursche, verharrte ohne Bewegung, obwohl ihm Belfontaine seine Beute genau auf das Schnappmaul setzte. »Ein wissenschaftliches Experiment. Gestatte?« sagte er leise und hob ihn, während die Fliege fortflog, auf die oberste Leitersprosse. »Na, also –«, er nickte dem Laubfrosch zu und deckelte wieder das Glas.

Indem er Rechnungen ausschrieb und Briefumschläge frankierte, blickte er immer wieder im Abstand zu dem Wettermacher hinüber und dachte dabei an Herrn Mösingers Ausspruch, der ebenfalls, doch in tieferem Sinne als Adam Adalbert Gully, ein Fortschrittbesessener war. »Laubfrösche, Mondwechsel und so weiter«, hatte er neulich geäußert, als Herr Belfontaine für das Kasinofest die Feuerwerksätze bestellte, »Hunde, die Gras fressen, Bittprozessionen ... verzeihen Sie, lieber Herr Belfontaine, ich will Sie natürlich nicht kränken«, (er hatte, ganz nebenbei gesagt, jene gläserne Intoleranz des Geistes, der sich selber so vollkommen durchsichtig ist, daß ihm andere Meinungen als die seinen überhaupt nicht vorstellbar sind) – – »all diese Vorgänge bar der Vernunft, von denen man glaubt, daß sie fähig wären, das Wetter vorauszusagen, zu beeinflussen oder zu ändern, sind das, was uns heute im Sprachgebrauch ein Ausdruck wie der von der Art: ‚ach, du lieber Himmel', bedeutet. Man würde sich schämen, daran zu glauben wie etwa an einen euklidischen Lehrsatz, aber man kann nicht von ihnen lassen und hält sich, wenn man die Wahl hat, immer noch lieber an seinen Laubfrosch als an das Barometer. Wie erklären Sie das? Die Macht der Gewohnheit! Dagegen kommt kein Quecksilber auf, kein Hygrometer und keine Skala, überhaupt kein Meßinstrument. Jedes Risiko wird in Kauf genommen, jede Unbequemlichkeit gern ertragen um dieser – Gewohnheit willen. Gewohnheit? Neigen Sie bitte Ihr Ohr! Bst! Hören Sie: was ich zu sagen habe, darf man allerdings heute erst flüstern ...«

In aller Schärfe sah Belfontaine hier den verkrachten Chemiestudenten, wie er sich vorgebeugt, wichtig getan und die Hände gerieben hatte!

»Was nämlich zur Zeit noch Gewohnheiten sind, waren früher Naturreligionen. Das war Mystik, Zauberei und Tabu – daher ihre Haltbarkeit. Aber Mystik wird nur ersetzt durch Mystik. Diese neue Mystik haben wir nun in Form der Naturwissenschaft. Hei, höre ich Sie entrüstet sagen, Mystik und Wissenschaft, dächte ich doch, schließen einander aus? Alles Humbug. Glauben Sie nicht daran. Das Ziel des menschlichen Geistes in jedem seiner Systeme ist Mystik – da beißt die Schlange sich in den Schwanz. Denn der Geist will Macht, und zu Macht gehört Fleisch. Er muß sich also verfleischlichen und ebenbildlich werden. Er muß Furcht und Schrecken erregen – das macht ihn erst populär. Dazu braucht er Priester und Opfertiere, eine Geheimsprache, einen Kult – kurz, eine Relegion. Bemerken Sie, bitte, daß alles schon da ist: Katheder-Auguren, die ihre Kollegen am Augenzwinkern erkennen und höchstens noch an sich selber glauben, vielmehr an ihre Methode; Zauberlehrlinge, die den Meister bis aufs Spucken nachzuahmen versuchen, aber am Ende vergessen haben, ‚in die Ecke, Besen, Besen!' zu rufen; die Vivisektion, deren furchtbare Riten den ungebildeten Laien an Abrahams Schlachtopfer denken lassen; die Kabbalistik der chemischen Formeln, der Lehrbücher, welche den Anschein erwecken, als ob gerade die Welt im Begriffe sei, sich in Kurven, Gleichungen, Koordinaten und Querschnitte aufzulösen – diese ganze Mischung aus Grausamkeit, Kälte und sterilisierten Göttern, die hinter Weihrauchdunst wohnen, um sämtliche Plagen der armen Menschheit als eine neue Spielart des Todes zu diagnostizieren – – verstehen Sie jetzt? Ist das Mystik genug? Aber es ist noch nicht alles.«

Nun hatte Herr Mösinger wie gewöhnlich, wenn er sich anschickte zu dozieren, die Hand an seine Krawatte gelegt und die verwucherten Augenbrauen zum Strich zusammengezogen; ein kurzes, trockenes Räuspern war durch die Raucherkehle gegangen wie das Putzbürstchen durch den Zylinder; dann in dem heulenden Tonfall des geistigen Autodidakten, welcher sein Steckenpferd reitet: »Geben Sie jetzt einmal ganz genau acht«, war er fortgefahren, »und merken Sie auf, zu welchem Ergebnis ich komme. Naturwissenschaft – was glauben Sie wohl, was dieser Ausdruck bedeutet? Sie denken, zehn gegen eins gewettet, daß er sich etwa mit der Parole des alten Rousseau: ‚Zurück zur Natur' in seinem Ausgangspunkt deckt. Daß diese Tätigkeit eine gewisse Naturschwärmerei voraussetzt: ‚Hin an die Brüste der großen Mutter! Hinauf, hinauf strebt's, es schweben die Wolken, abwärts die Wolken, neigen sich' ... na, und so fort. Nicht weiter, mein Bester, nicht weiter! das Gegenteil ist der Fall. Der Naturwissenschaftler ist jener Mensch, der aus der Entfernung Unendlich die Linse auf einen Gegenstand richtet, von welchem er allerdings ganz unleugbar und fatalerweise ein Teil ist. Mit anderen Worten: er wählt einen Standort, wo er einerseits vor dem Irrtum bewahrt bleibt, den der Gegenstand in sich selber trägt (seine wechselnden Eigenschaften zum Beispiel, die Licht- und Staubschleier seiner Erscheinung, seine Wärme, seine Veränderungen), und schaltet andererseits die größte und gefährlichste aller Fehlerquellen: seine Person, seine Sinnesorgane, mit Hilfe von Präzisionsinstrumenten auf das entschiedenste aus. Wie steht es also? Das, was er sucht, ist keineswegs ein ‚Zurück zur Natur'; ja, nicht einmal die Natur, wie sie ist, sondern die Abstraktion der Natur; *die Natur der Natur* – und hier, lieber Freund, schließt sich bereits unser Kreis. Was stellt nämlich dieses Fixsternsystem der Naturgesetze anderes dar als einen Versuch, jene Wandelbarkeit der Schöpfung zu überwinden, die man früher mit dem, was wir ‚Erbsünde' nennen, erklären zu können glaubte? ‚Denn die Schöpfung', heißt es im Römerbrief, ‚ist der Vergänglichkeit unterworfen, doch nicht nach eigenem Willen ...' Dieses: ‚doch nicht nach eigenem Willen' scheint mir der Schlüssel zu allem zu sein. Man ahnte ein Gesetz, einen Zwang, eine Urschuld, die wiederum selber der Anlaß zu jener Vergänglichkeit war, und deutete sie religiös. Heute hingegen nimmt man den Wandel, sagen wir besser: den Tod, in den Vollsinn des Biologischen auf, das man von hier erst begreift. Man verleibt ihn gewissermaßen dem Geist wie eine Kopfwehtablette ein, die sofort absorbiert werden wird. Tod, wo ist jetzt dein Stachel? Das Naturgesetz ist der Sieg. Gesetz am Anfang, Gesetz am Ende – zurück zur Natur oder los von ihr, gilt im Ergebnis ganz gleich. Jeder menschliche Geist, ich sagte es Ihnen, kehrt an den Ausgang zurück. Jeder Wissenschaftler ein Magier; sein System eine Kosmologie. Hic Rhodus, hic salta – das Sprungbrett ist scheinbar immer die Logik, die reine vorurteilsfreie Vernunft, das Experiment, welches jeder Idiot sich nachzuprüfen getraut. Scheinbar, Herr Belfontaine, scheinbar! Denn der Mensch will betrogen sein. Alles Feuerwerk –. A propos: Feuerwerk. Gibt es ein besseres Gleichnis? Knallfrösche, Leuchtgarben, bunte Raketen – ein chemisches Märchen für große Kinder, welche den Zauber durchschauen und ‚ah' dazu sagen dürfen; ein aufgeklärtes Vergnügen, wie man nur wenige weiß. Glauben Sie mir, auch diesmal schießt es wieder den Vogel ab; nicht die Tombola, nicht die lebenden Bilder, erst recht nicht die Polonaise. Und am Schluß die Fahne! Die Fahne! Die Fahne!« (Hier war Herr Mösinger, Schaum vor dem Mund, in wahre Delirien verfallen.) »Die größte Erfindung der Pyrotechnik, eine Novität sondergleichen. Ich lasse die Mischung sofort patentieren und biete das Ganze für Heereszwecke den Pioniertruppen an. Kein Manöver, kein patriotisches Fest, keine Feier ohne die Fahne! Nicht zuletzt für den Ernstfall – bedenken Sie doch die moralische Wirkung solcher geglückten Symbole bei einem nächtlichen Sturmangriff! Wer fühlte sich da nicht gestärkt? Welch ein Schauspiel, wenn sie sich langsam entfaltet – Sie wissen doch, daß sie wie eine Rakete herausschießt und sich erst nach Sekunden aufrollt! Worauf das beruht? Mein Geheimnis, mein Trick! Und was darf ich für Sie reservieren?«

»Ich nehme den ‚Pot à feu' wie gewöhnlich«, hatte Herr Belfontaine ihm erwidert, »das Pfauenauge, den Blumenkorb und einige Leuchtraketen.«

»Gut, gut. Aber kommen Sie nicht zu spät. Wir müssen die Reihenfolge besprechen und die Effekte einiger Bilder durch neue Mischungen steigern. Es gibt da einen Zusatz von Phosphor ... nun ja, Sie werden schon sehen – –.«

Hier tat Herrn Belfontaines wolkenhaft leichtes und unverbindliches Denken einen Ruck, wie es manchmal in Träumen geschieht, wenn wir zu fallen vermeinen – eine lächerliche Veränderung war plötzlich vor sich gegangen und hatte den Kosmos erschüttert: der Laubfrosch saß wieder unten. Bitte, bitte. Ganz nach Belieben. Er würde trotzdem zu Mösinger gehen, um das Feuerwerk vorzubereiten: das Geheimnis der Fahne reizte ihn mehr, als er sich zugeben wollte. Geheimnis? Nun ja – man konnte schließlich so sagen. Die Welträtsel waren alle gelöst, dafür hatte jeder sein eigenes.

Er selber – das lag sieben Jahre zurück und endigte wie der bewußte Weg mit dem Los in der Gartenkugel; wenn das Los zu gewinnen bestimmt sein würde, so änderte sich, er fühlte es dunkel, zugleich mit dem Glückslos der Weg. Welches Los? Welcher Weg? Was verwirrte ihn da? Ein verborgener Dämon, er fühlte es deutlich, lag an dem Uferrand seines Lebens und saugte ihn zu sich heran. Nicht: saugte. Er gähnte ihn zu sich heran in entsetzlichem Überdruß. Sein Wesen war Feuer: die schwelende Flamme eines langsam wandernden Heidebrandes, der scheinbar sich selber genügt. Seine Stunde: der Mittag – doch auch in dem Blinzeln der harmlos tuenden Gartenkugel, in der flimmernden Hitze über dem Kirchplatz und in dem aufgerissenen Rachen des löwengelben Gewitters hatte er ihn erblickt. Einen Stein in die Kugel! Gras auf den Kirchplatz! Und eine Träne dem menschlichen Auge, die jeden Zauber hinwegschwemmen konnte, weil er, noch ehe er Form geworden, auf dem feuchten Spiegel verschwamm. Tränen ... Aber sein Auge war leblos und trokken wie Wüstensand. Eine Empfindung, schon jenseits der Tränen, beherrschte ihn wie den gefangenen Habicht, den der Bauer mit ausgebreiteten Flügeln gegen das Scheunentor nagelt. Er duldete kaum noch den wirklichen Schmerz, er stellte ihn nur auf die schreckliche Dauer un-

endlicher Wochen und Monate dar und war zugleich Bild und Gericht.
Wie häufig noch würde er sie ertragen, dachte Herr Belfontaine trostlos entrückt, diese tödliche Langeweile des Sommers, wenn das Gras an den Feldwegen knisterte und die Erde der abgeworfenen Haut einer Schlange zu gleichen begann; wenn in den Schlüften und auf den Trümmern zusammengebrochener Weinbergsmauern die rauhe Wollblume ihre gelben, gewöhnlichen Blüten entfachte und die Senkungen dieses baumlosen Landes einem verlassenen Steinbruch glichen, in welchem Kreuzottern spielen. Das Gesetz der Natur – es ekelte ihn. Er war seiner überdrüssig. Und manchmal schien es, als ob die Natur, auch sie, dieses Wechsels, der keiner war, müde geworden sei. Als ob sie seufzte, mitten im Sommer und mitten im Mittag, wenn durch die Lüfte jene leise göttliche Klage ging, von welcher das Volk der Antike glaubte, es sei die Flöte des Pan. ‚Denn wir wissen', sprach der vermeintliche Partner seiner Selbstgespräche und setzte den Kanon der unabdingbaren Trauer fort, ‚daß die Schöpfung bis auf den heutigen Tag seufzt und in Wehen darniederliegt.' Die Schöpfung ... die »Natur der Natur«, wie Herr Mösinger kürzlich sagte.
Eine drängende Neugierde zu erfahren, was dieser Ausdruck in einem Gehirn wie dem des Drogisten bedeuten sollte, erfaßte Herrn Belfontaine. Er setzte den Hut auf, ging durch den Laden und bemerkte spröde zu seiner Frau, er habe sich in der Tat überzeugt, daß das Wetter nichts Gutes verheiße, und müsse daher mit Herrn Mösinger sprechen, ob man sich nicht am Ende doch lieber auf ein Saalfeuerwerk beschränken oder mit dem bengalischen Licht hinter den lebenden Bildern für diesmal vorliebnehmen wolle.
»Ja, geh nur«, sagte Elisabeth und blickte ihn sonderbar

an. Es war die stille Stunde im Laden, kurz hinter dem Mittagessen. Wer jetzt auf die Straße trat, hörte nichts weiter als das leise Geklapper, das aus den Küchen, das Rauschen, das aus den Spülbecken kam, und hier und dort die verlorenen Läufe eines schluchzenden Dienstmädchenlieds. »Geh nur –«, begann sie wieder in eindringlich sanftem Ton. »Ich brauche dich wirklich nicht.«
»Übrigens komme ich bald zurück«, sagte er überzeugend, als habe sie widersprochen.
»Es ist aber besser, du nimmst dir Zeit«, murmelte seine Frau.
»Meinst du?« fragte er, merkwürdig hilflos, und stützte sich, seine Augen schließend, auf die Kante des Ladentischs. In dem Bruchteil einer Sekunde war er sich selber entrissen und trank bis ins Mark seines Daseins den Traumkelch einer Vision ...
Irgendwo stieg aus verwildertem Garten eine zierlich geschwungene Treppe empor und führte ihn in das gespenstischsüße, mit bläulicher Farbe beworfene Landhaus einer traumhaft fernen Provinz. Er trat durch die Glastür ... In einem Boudoir stand mit dem Rücken zu ihm eine Frau und stützte die Ellbogen auf den Kamin, worüber ein Spiegel hing. Sie war nackt – –.
»Und frage Herrn Mösinger doch, wie ihm der letzte Beaujolais schmeckte. Ich glaube, er hatte moussiert«, hörte er wieder Elisabeths Stimme und öffnete die Augen.
»Beaujolais?« flüsterte er erstaunt. »Dort also? Nun ja, schon möglich ... Es wäre immerhin denkbar«, sagte er halbwegs vernünftig und fing sich mühselig auf.
»Am besten sprichst du natürlich mit diesem Tricheur darüber«, meinte Elisabeth.
»Natürlich, ich spreche mit diesem Tricheur«, sagte Herr Belfontaine.
»Er kommt am Montag, vielleicht schon am Sonntag wie-

der nach hier zurück«, fuhr sie fort und wickelte einen Faden um ihren Zeigefinger. »Wie er mir sagte, besucht er noch einige Kunden – Gastwirte, glaube ich, auf dem Land ... ich habe nicht weiter gefragt.«

»Dann wird er kein Glück haben«, sagte der Mann. »Welcher Gastwirt in Gaulsheim oder Flomborn legt sich zu seinem eigenen Wachstum noch einen Beaujolais hin?«

»Und wo sind die Gäste, die ihn verlangen?« fragte Elisabeth. »Nun, Gäste gibt es für jeden Wein und Gelegenheiten genug«, erwiderte Belfontaine. »Hier wird eine neue Straße gebaut, und dort kommt der Schulinspektor; ein Lokaltermin, eine Besichtigung wird irgendwo abgehalten. Überall führt ein Weg in die Welt und läuft auch wieder hinaus.«

»Dann ist es also«, sagte die Frau, »am Ende gar nicht so dumm, daß er die Leute besucht?«

»Kann sein, kann auch nicht sein. Ich muß jetzt fort –.«

»Einen Augenblick, deine Krawatte!« sagte Elisabeth. Sie ordnete sorgfältig seinen Schlips und blickte ihn aufmerksam an, blies ein Stäubchen von seinem Rockärmel fort und las eine Wollspinne ab. »Ich glaube –«, begann sie mit merklichem Zögern.

»Was ist?« fragte Belfontaine schroffer, als er beabsichtigt hatte.

»Ich glaube, es wäre gescheiter, du machtest einen kleinen Spaziergang, anstatt bei Herrn Mösinger Schwefel und Phosphor im Topf durcheinanderzurühren«, sagte Elisabeth mutig.

»Eh ja«, erwiderte er verdrossen. »Dann aber lieber schon einen großen.« Er raffte sich auf zu scherzen und fuhr mit gespielter Leichtigkeit fort: »Ich könnte übrigens ebensogut wie dieser Tricheur einen Rundgang bei meiner Landkundschaft machen. In Wallerstädten stehen noch zehn Säcke Zucker, in Olmen zwei Fässer Olivenöl aus; die

Bäckerei in Marienborn hat zu Weihnachten Orangeade, Korinthen und Zitronat bezogen, und der Gastwirt in Kirchheimbolanden schuldet mir eine Kiste Champagner, zwei Dutzend Flaschen Malaga, Wermut und einige Ingwerschnäpse.«

»Nun«, sagte Elisabeth, sichtlich erfreut, daß er anfing, lebendig zu werden, »diese Dörfer suchst du wohl kaum an einem Nachmittag auf.«

»Gewiß nicht«, fuhr er spielerisch fort. »Man müßte den Abend und noch am Ende den folgenden Tag dazunehmen.«

»Und zum Feuerwerk bist du dann wieder zurück«, sagte sie lachend und schnell.

»Nicht übel. Aber will es der Zufall, so bringe ich diesen Tricheur gleich mit. Wie sieht er denn eigentlich aus?«

»Ach, nicht besonders. Ein dicker Kerl mit schmutzigen Fingernägeln.«

»So dick wie Herr Böhmer?«

»Bei weitem nicht! Überhaupt – es war vielleicht falsch, ihn geradezu dick zu nennen. Stattlich hätte ich sagen sollen –.«

»Aber schmutzig, meintest du, wie? Er putzt sich die Hoftrauer unter den Nägeln mit seinem Taschenmesser und schneidet auch den Gervais damit an?«

»Schmutzig? Mein Gott, wie kommst du darauf?« fragte sie, unruhig werdend. »Gewiß – er hat etwas – Sinnliches, weißt du. Ich drücke mich ungeschickt aus.« Sie schloß die Augen, ein Zug von Verzweiflung ging über ihr Gesicht. »Etwas Feuchtes, als wäre die Kopfhaut beständig mit Schweiß beschlagen, wie bei Herrn Schiffenberger.«

»Soso. Er gleicht also Schiffenberger?«

»Ach – wiederum auch nicht. Eher Herrn Gitzler. So um den Mund. Vielleicht auch Böhmer, wie ich schon sagte. Aber höchstens im Wuchs. Oder Gutermuth ... warum quälst du mich so? Du weißt doch, ich kann keinen Menschen beschreiben«, sagte sie hoffnungslos.

»Wer quält dich? Ich vielleicht? Wenn du dich ärgerst, weil jede Ausdrucksgabe dir mangelt?«

»Mangelt! Schön gesagt: mangelt«, gab Elisabeth zornig zurück.

»Nun ja.« Er lenkte vorsichtig ein. »Du sagst, er gleicht Gitzler, nein: Schiffenberger – nein, Böhmer – nein, Gutermuth – und am Ende ... am Ende gleicht er noch mir!«

»Da du es selber aussprichst«, sagte die Frau erbittert, »kann ich es ja gestehen. In gewisser Beziehung gleicht er dir auch – –.«

»Dieser dicke Kerl, wie du sagtest, mit den schmutzigen Fingernägeln.«

Sie sahen einander außer sich an; eine wilde, sinnlose Wut stieg Belfontaine in die Schläfen; dann stieß Elisabeth plötzlich ein schluchzendes Lachen aus, das in der Kehle zersprang – gleichzeitig füllten sich ihre Augen mit schmerzlichen Reuetränen.

»Wir sind doch beide ein bißchen verrückt«, sagte sie wie ein Kind.

»Schon möglich«, stimmte er fühllos bei und stellte fest, als der Zorn von ihm abglitt, daß auf dem Felsengrund seiner Seele nichts weiter zurückblieb als Ungeduld, Ekel und die Empfindung, im ganzen Umkreis seines Daseins, soweit es noch menschlich war, ausgesondert zu sein.

»Ach, nein, ich liebe dich doch so sehr«, flehte Elisabeth leise; ihre sanfte, hilflose Klage hätte nicht anders lauten und ihn berühren können, wenn sie das Gegenteil ausgedrückt hätte; ja, das Gegenteil wäre weit argloser noch und in gewissem Sinne verständlicher gewesen.

Er schwieg; sie setzte von neuem an und sagte mit hellerer Stimme: »Du solltest dich einmal gründlich erholen;

das war ja schon lange geplant. Eine Reise machen, vielleicht in die Schweiz, der Juni ist immer am schönsten.«
»Es muß ja nicht gerade die Schweiz sein«, erwiderte Belfontaine. »Ich kenne da einen Ort an der Loire: vier, fünf Häuser um ein verschuldetes Schloß, dessen Besitzer im Wirtschaftsflügel eine Art von Auberge betreibt. Merkwürdig, daß mir das heute einfällt – ich habe seit ewigen Zeiten nicht mehr daran gedacht.«
»Ach, das war wohl damals, als dich dein Vater als Austauschschüler nach Orléans schickte?« fragte Elisabeth eifrig.
»Ja, ja, er hatte den Ehrgeiz, mich seit dem Stimmwechsel jedes Jahr in ein anderes Internat zu stecken«, erwiderte Belfontaine munter. »Wahrscheinlich dachte er im geheimen einen Politiker, Disraëli, oder Gott weiß was, aus seinem Söhnchen zu machen. Na, ja doch – er hatte den Konsultitel eines Räuberstaates da unten in Kaffeeamerika. Ich habe ihn allerdings gründlich enttäuscht und andere Dinge aus meiner Erziehung, als er hoffte, davongetragen. In Orléans also ... vor zwanzig Jahren: wer nicht nach Hause fuhr, durfte die großen Ferien mit Herrn Grandpierre, dem jüngsten Lehrer, auf jenem Schloßgut verbringen, während die Schule, um Geld zu sparen, je nach Verlangen für Buchführungskurse und Exerzitien vermietet wurde. Herr Grandpierre ...« Er verzog seinen Mund. »Da hatte man allerdings, wie man so sagt, den Bock zum Gärtner gemacht.«
»Wieso denn?« fragte Elisabeth arglos. »Ihr habt wohl nichts Rechtes bei ihm gelernt?«
»Nichts Rechtes? Darüber könnte man streiten. Aber mehr als bei diesem Lehrer habe ich wohl mein Lebtag in so kurzer Zeit nicht gelernt.«
»Ein gutes Französisch?«
»O, ja! O, ja!« Herr Belfontaine lachte stürmisch heraus.

»Allerdings würdest du sein Patois in keinem Wörterbuch finden. Volkslieder, weißt du und ... Bräuche«, sagte er dann im Biedermannston und fuhr ihr über die Wange. »Um drei Uhr morgens standen wir auf und liefen, nackt wie wir waren –«

»Nackt, wie ihr wart?«

»Die Nächte waren heiß«, erläuterte er verlegen, »und liefen zu einer Strombucht herunter, wo wir, in hohlen Weiden verborgen, die Angelruten hatten. Dann wurde gefischt, die prächtigsten Kerle, Karpfen zum Beispiel von einer Größe, wie sie nur noch in Zisterzienser-Abteien mit gemauerten Teichen sind. Wenn wir genug hatten, machten wir Feuer und brieten sie in der Asche; eine Flasche mit weißem Bordeaux und einen Topf mit Oliven holten wir gleichfalls aus unserm Versteck und frühstückten wie ein Valois auf der Jagd, das Gesicht nach der Sonne gekehrt.«

»Aber wie kamt ihr später nach Hause?« fragte Elisabeth.

»Ja, so – du meinst ohne Kleider? Ganz einfach«, log er. »Wer morgens verschlief, brachte den andern die Hosen ...« Er lächelte; eine milchweiße Frau mit mahagonifarbenen Haaren ging über die Sommerwiese und warf ihm ein Bündel zu. Sie war eine Bauernmagd, weiter nichts, aber Diana im Erlengehölz konnte nicht adliger sein. Eine Göttin ... doch welches weibliche Wesen wäre dazumal seinen hungrigen Sinnen nicht als eine Göttin erschienen? Mythologische Zeiten. Vorbei, vorbei! Er war ein Krämer geworden. »Ich möchte wohl wissen, wo er jetzt steckt, dieser Grandpierre«, sagte Herr Belfontaine. »Vielleicht in Paris als Mitglied der Kammer. Vielleicht als Kantor in einem Dorf. Er hatte eine sehr schöne Stimme und war der musikalischste Mensch, der mir jemals begegnet ist. Wenn Grandpierre auf seiner Blockflöte spielte, war es, als ob der leibhaftige Pan in ihm verkörpert wäre. Er hatte übrigens Haare in Menge, ein schwarzer Ziegenbock, selbst auf den Fingern wuchsen ihm dicke Raupen ... Ich werde den Weinhändler nach ihm fragen«, schloß er und fügte erheitert hinzu: »Natürlich ist das im Grunde nicht anders, als wenn ich in Deutschland nach einem Herrn Meier oder Herrn Müller fragte. ‚Grandpierre' ist ungefähr ebenso selten – es wäre der reine Zufall, vorausgesetzt, daß es den gibt.«

»Es gibt ihn nicht«, sagte Elisabeth ruhig. »Nur Vorsehung.«

Belfontaine starrte sie an. »Auch eine Vorsehung, die uns verdirbt?« murmelte er mit gepreßter Stimme und wandte sich zum Gehen.

»Verdirbt? Wieso denn: verdirbt?« fragte sie fassungslos.

»Nichts weiter. Ich dachte an Hiob, den Satan erproben durfte –.« Er zog die Ladentür hinter sich zu; ihre Glocke schlug an und aus.

Auf der Straße und schon im Begriff, dem Städtchen und damit Herrn Mösinger zuzustreben, wurde er angerufen und drehte sich wieder um. Sein Nachbar, der Remisenbesitzer, stand in der offenen Einfahrt und rückte, als Belfontaine näherkam, die Schildmütze aus der Stirn.

»Na, Kleinkopf, was gibt es? Sie haben gerufen?« fragte Herr Belfontaine.

Der untersetzte, knochige Kerl mit den groben, gewöhnlichen Zügen blickte ihn unschlüssig an; seine Augen, welche die Farbe verregneten Schiefersteins hatten, ließen auf einen phlegmatischen Menschen ohne jede Bedeutung schließen.

»So? Habe ich gerufen? Kann sein. Ich wollte Sie nämlich schon lange fragen ... Sie wissen doch ... oder wissen Sie nicht –?« Seine Hängebacken, von Schweiß übergossen, färbten sich dunkelrot; unter dem Schnurrbart mahlte der Mund mit den braunen, abgebrochenen Zähnen hin und her.

»Ach so – das Alte. Sie möchten erfahren, ob Sie die Kutschwagen abschaffen sollen und Automobile kaufen? Da müssen Sie andere fragen, mein Lieber. Ich selber kann mir nicht vorstellen, Kleinkopf, daß man beispielsweise im Automobil zu der kirchlichen Trauung fährt. Aber immerhin ist ja unsere Stadt nicht gerade sehr konservativ.«

Der frühere Fuhrmann, ein Händelsucher und als Quartalssäufer geltender Mensch, rückte Belfontaine auf den Leib; er roch abscheulich nach schlechtem Fusel und war vollkommen unrasiert. »Da – sehen Sie nur, Herr Belfontaine«, keuchte er aufgeregt. »Diese Äser dahinten«, er deutete mit dem Daumen nach rückwärts, wo in dem strohbeworfenen Hof, den die Stallungen rings umschlossen, ein Dienstknecht damit beschäftigt war, das Schimmelpaar zu striegeln – »bald muß man sie putzen, bald füttern und ihnen zu saufen geben. Ist das Fressen nicht richtig, so kriegen sie Kolik, daß ihnen die Bäuche platzen; doch wehe, wenn man so einem Luder mal eines über den Kopf gibt: dann kommt gleich der Tierschutzverein gelaufen und macht ein Geschrei daraus. Aber das wäre noch nicht das Schlimmste, lieber Herr Belfontaine.« Der Mann, als ob er sich Luft schaffen müßte, riß an dem Kragen und schob seine Mütze bis in das faltige Genick; die mächtige Glatze, seltsam gehöckert, als triebe die Anstrengung nachzudenken jedesmal einen Buckel heraus, glänzte vor Hilflosigkeit. »Ich fürchte nämlich – ich fürchte eben – – er geht am Ende über mich fort und hat mich nicht mitgenommen.«

»Ich verstehe nicht. Wer geht über Sie fort?« fragte Herr Belfontaine.

»Der Fortschritt!« stöhnte der arme Mann mit jammervoller Stimme. »Jede Nacht, sehen Sie, liege ich schlaflos

und denke, was sollst du machen? Sollst du dich umstellen? Ganz oder halb? Und wie ist es in anderen Ländern?« Er seufzte und stieß den gebuckelten Kopf wie ein Käfigvogel nach hinten, der zwischen den engen, verwetzten Stäben ein Stückchen Horizont sieht. »Dieses Nest hier – dieses verfluchte Nest, wo niemand herein- und herauskommt!« Aufs neue faßte er Belfontaine mit fast tierischer Inbrunst ins Auge und fragte, als ob er mit diesen Worten ein unvorstellbar großes Geheimnis seines Daseins zum besten gäbe: »Kennen Sie eigentlich schon den ‚Kosmos'! Das ist eine Zeitschrift, die sehr viel Sternkunde treibt. Wenn ich den ‚Kosmos' nicht hätte –«, er stockte; seine Unfähigkeit, sich auszudrücken und einen gehobenen Ausdruck für seine Gefühle zu finden, knebelte ihm den Mund. »Das weitet den Blick –«, bemerkte er endlich. »Die Milchstraße, die galaktischen Nebel und die Spiralnebel, meine Güte, die selbst wieder Milchstraßen sind ... sehen Sie: sowas erhebt den Menschen – ich möchte sagen: es hebt ihn hinaus. Über sich selber. Verstehen Sie mich?« stotterte er entzückt. »Da ist zum Beispiel der Nebel im Schwan und der Pferdekopf in dem Orion –«
»Nun also, der Pferdekopf, lieber Mann!«, sagte Herr Belfontaine trocken. »Selbst in den Sternen begegnen Sie ihm. Wenn das keine Antwort ist!«
Der Fuhrunternehmer glotzte ihn an und fiel in sich zusammen. »Dieses Nest hier! Dieses verfluchte Nest –«, murmelte er aufs neue und schabte den Kopf an dem Kragen. »Ich meine nur, wenn ich den ‚Kosmos' nicht hätte, wäre ich längst schon wie diese Leute und wüßte nichts von der Welt. Halunken! Biester! Verstockte Beißer!« rief er plötzlich wie rasend dem Schimmelpaar zu und schüttelte die Faust; es machte den Eindruck, als grollte er ihnen, weil sie nicht Flügel hatten wie weiland Pegasus. »Also?« fragte er endlich ruhiger. »Also wie ist es in anderen Län-

dern? Über dem Weltmeer zum Beispiel? Ich denke: dort ackert und pflügt man schon mit Benzinmotoren?«

»Gut möglich«, erwiderte Belfontaine trocken. »Doch, warum in die Ferne schweifen? Die Tage der Pferdebahn und so weiter sind auch in Deutschland gezählt. Und wollen Sie hören, wie die Franzosen, die den Fortschrittsgedanken erfunden haben, in Wirklichkeit dazu stehen, so kommen Sie doch am Montag herüber und fragen Sie meinen Geschäftsfreund, einen gewissen Tricheur aus Paris, der die Vertretung für sämtliche Weine von Paquet und Söhnen hat. Adieu, Herr Kleinkopf!« Er hob seinen Hut und marschierte den Weinbergen zu.

»Wo hinaus, Herr Belfontaine?« rief ihm Kleinkopf in erwachtem Geschäftseifer nach. »Soll ich das Wägelchen anspannen lassen? Wollen Sie Kundschaft besuchen?«

»Nein, nein – ich gehe in meinen Wingert«, wehrte Herr Belfontaine ab.

Der andere zog sich enttäuscht zurück und warf die Torflügel bei; man hörte, wie sich von innen der hölzerne Riegel vorschob und die Schritte, die sich zum Stall hinwandten, von dem Strohbewurf eingeschluckt wurden ... Herr Belfontaine wartete noch ein Weilchen und schlug dann entschlossen den Feldweg ein, welcher von Schlehenbüschen umsäumt, bereits nach der ersten Biegung vollkommen unsichtbar war, um nach der zweiten und dritten aufs neue herauszutreten – nicht etwa deshalb, weil ihn das Buschwerk wieder entlassen hätte, sondern gemäß dem Gesetz dieses Landes: sich auf- und niederzuatmen. »Was, Wingert!« – dachte er wie ein Knabe, der seinem Lehrer entronnen ist, und verschwand in der Bodenwelle. Der Pfad war eng und von Unkraut verwuchert; eine staubhelle Raupe mit haarigem Rücken ... zu schmal, um von Wagen gespurt zu werden, und nur von Fußstapfen, Handkarren, Stöcken und Fahrrädern flüchtig genarbt; hier und dort war eine Brennesselstaude seitwärts niedergeschlagen und fegte den Rain mit gebrochenen Händen wie ein feuriger Hexenbesen. Wo der Schuh in den lockeren Boden einsank, war er sofort überpudert; doch war es kein dürrer, störrischer Sand, obwohl ihm die Quellen, die Wiesen und jegliche Moosdecke fehlten, vielmehr ein Gemisch aus gemahlenem Sandstein und rebendurchzogenem Kalk; das Gewürz der Erde, pulvrig und stark, als ob ihm die römischen Weihgefäße auf Schritt und Tritt beigefügt wären; – und was man zu finden erwarten konnte, waren weniger Blumen und Vogelfedern, als Tonscherben, Knochen und Mauersteine: die Inschrift seiner Geschichte gleichsam, die jenes Volk hinterlassen hatte, dessen Statthalter quer über alle Blätter »was ich geschrieben habe, das hab' ich geschrieben« setzte. Diese Erde hier: sie beschönigte nichts, sondern sprach in der Nacktheit der rötlichen Hügel, in ihrem Dahinfluß, der nur durch die Lanzen der Rebstöcke aufgeteilt wurde, selbst noch das uralte mondene Meer der frühesten Zeitalter aus. Diese Natur – sie nahm nichts zurück, sondern trieb, was von jeher und jederorts in ihrem Bilderschoß ruhte, ohne innezuhalten hervor ... jeder Stein eine Herme an Handelsstraßen, an Wandelwegen, an Todespfaden, die in die Unterwelt führten. Selbst der Acker schien hier von Mythen genährt und üppiger zu sein. Auf den Halmen strotzten die Weizenähren in grüner, metallischer Fülle; grannenlos, unverborgen und prall wie Demeters Fingerspitzen; es folgten endlose Felder mit Mais – wenn sie blühten, würde, Helmbusch an Helmbusch, sich die seidene Mähne der niederwärts hängenden Griffel aus den sparrenden Lieschen drängen. Obwohl kein Wind ging, entrollten die Schäfte ab und an ihre länglichen Blätter wie wellige Reiterfähnchen; ein unaufhörliches Zischeln und Raunen fuhr durch die lose gewickelten Bänder nach

Art der Dämonensprache. Keine Bäume – weder Gebüsch noch Gehölz – verbargen die sich begattenden Kräfte: die große Mutter, welche verschlafen die Spindel des Weizenkorns drehte, und den Mann, der mit plumpen, verhornten Füßen die Rebenkelter trat. Sie alle – auf kurzen, etruskischen Beinen an ihre Verrichtung gefesselt wie Bauern, welche immer nur eines tun oder lassen – hatten nicht teil an dem Menschen außer mit Hode und Scham. Sie wucherten unterhalb seines Gürtels wie Unkraut am Fuß des Getreides und hatten über den menschlichen Geist keine Verfügungsmacht; doch schürten sie jenes sinnliche Feuer der schwelenden Langeweile, der Trägheit und der ausweglosen Verzweiflung, bis es endlich mit scharfer gespitzter Flamme aus den Lenden nach oben schoß. So war es Belfontaine gestern ergangen, als ihn die Klage des kleinen Mädchens: »Ich habe keine Lust mehr« wie ein brennender Pfeil durchbohrte; als er die Wunde empfing, deren Ränder zugleich verkohlt und ausgezackt waren wie ein zerfallender Stern. Denn sie war nicht scharf abgesetzt, daß man das heile Fleisch von dem kranken noch hätte trennen können – sie hatte einen lockeren Umkreis von giftigem Brand und blätterndem Hautschorf, der weiter und weiter fraß ...

Die linke Hand auf die Hüfte gestützt, setzte Belfontaine Fuß vor Fuß. Seine Schritte schleppten; als ob mit jedem, den er unbekümmerter vorwärts tat, ein Blutstrahl aus seiner Wunde käme, verfolgte er mühselig seinen Weg und verwünschte die Mittagshitze, den Staub und den erzgehämmerten Himmel, an dem keine Wolke schwamm ... Vor ihm, auf etwas erhöhtem Gelände, stand ein mächtiger Apfelbaum. Herr Belfontaine ließ sich erschöpft in seinen Schatten fallen und lehnte den Kopf an den Stamm; hierauf, sich nach allen Seiten versichernd, daß kein Mensch in der Nähe wäre, öffnete er den Kragen, legte den Rock

ab und schnürte die Schuhe mit kindischem Wohlgefühl auf; dabei hatte er, wie vorhin, als er den Wagenbesitzer in seinen Erwartungen täuschte, die angenehme Empfindung, irgendwem ein Schnippchen zu schlagen.
Er schloß die Augen, aus dem Geäst floß das Dunkel wie ein geschmeidiger Leib und legte sich ihm an die Haut; es trug einen Weiberkopf, listig und zart, und ließ zwischen kühlen, grausamen Lippen die gespaltene Zunge spielen. Herr Belfontaine horchte – die uralte Schlange unterredete sich mit ihm. (»... Ein gutes Französich? O, ja. O, ja. Allerdings würdest du sein Patois in keinem Wörterbuch finden ... du meinst: ohne Kleider? ... Ganz einfach.«)
Er lächelte. Eine milchweiße Frau mit mahagonifarbenen Haaren ging über die Sommerwiese und warf ihm ein Bündel zu.
Nun legte er sich völlig zurück, verschränkte die Arme unter dem Nacken und sah in das Schattenspiel. Eine kaum wahrnehmbare Bewegung lief durch das leise zitternde Laub, welches hier ein kobaltblaues Stück Himmel, nicht größer als eine Handfläche, freigab; dort einen Funken glühenden Lichtes spielerisch einfallen ließ. Eine Landschaft, gänzlich unähnlich dieser, welche Herrn Belfontaine hier umhüllte, erbaute sich wie aus Traumelementen und verging, indem sie entstand:
O, die dryadischen Haine der Loire! Ihre Blutbuchen, Faulbäume, Trauerweiden, von lasterhaften Nymphen bewohnt, deren Brustwarzen bohnenförmige Perlen und deren künstlich gedrehte Locken bronzierte Metallfäden waren. Das schwarze Vlies auf den Hüften des Hirten, seine wolligen Finger über den Ringen der sinnlich klagenden Flöte! Herrn Grandpierres Finger ... sie spielten deutlich vor seinem inneren Auge und hoben sich auf und nieder. An dem Zeigefinger der rechten Hand saß ein breiter unechter Ring mit lüstern blitzendem Stein. Diese Hand war

schmutzig – aber vielleicht war es auch nur der Schatten der Haare, der gegen das sonderbar leichte Gelenk hin noch dunkler und dichter wurde. Oder täuschte er sich, und der Zeigefinger gehörte dem Herrn Tricheur? Wie hatte Elisabeth ihn beschrieben? ‚Nichts Besonderes, ach; so ein dicker Kerl mit schmutzigen Fingernägeln.' Es war ja auch einerlei. Belfontaine seufzte und entsann sich eines Gesellschaftsspieles, wobei im Wechsel von drei, vier Paaren sich Hand über Handrücken legte; die unterste Hand herausgeschnellt wurde und über die oberste kam, bis endlich, in immer kürzerer Folge, die Hände einander ablösten, deckten und sich miteinander vertauschten. Auch seine eigene war im Spiel und die des Täuferjohannes, deren Deutefinger, hager und haarig, sich von den anderen abzuzweigen und mit einwärts gebogenem Rücken auf einen Menschen zu weisen schien, der jetzt noch verborgen war. Auf Herrn Tricheur? Auf wen sonst? Ganz sicher auf Herrn Tricheur. Gut, gut. Er würde ihn beiläufig suchen und, wenn der Zufall es wollte, ihn beim Kassieren des Wermuts an einem Wirtshaustisch finden, wo Herr Grandpierre, vielmehr Herr Tricheur, seinen Pfefferminzschnaps tränke ...

»Ah, guten Tag, mein lieber Herr Grandpierre!«

»Pardon, Tricheur ist mein Name.«

»Pardon, Herr Tricheur. Guten Tag, Herr Tricheur. Wir haben uns lange nicht mehr gesehen –.«

»Gesehen? Aber, mein Herr, wir kennen uns überhaupt nicht!«

»Scherz beiseite, Herr Grandpierre. Das Schloß an der Loire! Und jenes brandrote Mädchen, das Sie ‚gentil coquelicot' nannten?! Na, na – Sie werden sich doch erinnern? Natürlich erinnern Sie sich!«

»Ho gai! Vive la Rose! Ho gai! Franc cavalier! Sie sind Herr –«

»– Belfontaine, wenn Sie erlauben. Lazarus Belfontaine. In Orléans nannte man mich Lazare. Le pauvre Lazare. Sie wissen ...«

»Richtig, richtig. Le pauvre Lazare. Und wie lange, wenn es erlaubt ist, zu fragen, liegen Sie schon im Grabe?«

»Sieben Jahre. Herr Grandpierre. Genau sieben Jahre bin ich in diesem Städtchen begraben.«

»Dann ist es allerdings höchste Zeit, daß Sie den Aufenthalt wechseln. Etwas anderes ... eine Reise, hm? Vielleicht begleiten Sie mich nach Paris? Die Jahreszeit ist jetzt günstig. Wie bitte? Sie finden es jetzt schon zu heiß? Aber, mein Lieber, ich sage Ihnen: der Mai ist die beste Zeit! Und wenn es Ihnen zu warm werden sollte, so fahren Sie nach Deauville.«

»Na, dann schon lieber nach Mont Saint Michel!«

»Warum nicht auch nach Mont Saint Michel? Ich lasse gern mit mir handeln. Kommen Sie! Kommen Sie! Zögern Sie nicht! Eine solche Gelegenheit kehrt nie wieder. Ich habe das im Gefühl.«

»Abgemacht! Fahren wir nach Paris!« Herr Belfontaine gähnte, sprang auf die Füße und rieb sich erschrocken die Augen. »Großer Gott, nun bin ich gar eingeschlafen. Ein Glück, daß mein Kopf in dem Schatten lag, ich hätte mir sonst am Ende einen Sonnenstich holen können ...«

Als Herr Belfontaine ziemlich spät in der Nacht mit der Lokalbahn zurückkam, sah er, daß durch die Rolladenritzen von Herrn Mösingers Laboratorium noch ein unruhiger Lichtschein drang. Er klopfte an; die erleuchtete Werkstatt gab ein dumpfes Pochen zurück. »Sind Sie es, Belfontaine? Eine Sekunde! Ich schlage nur noch den Fahnensatz fest«, rief Herr Mösinger ohne Erstaunen. Das Hämmern verstummte nach kurzer Zeit und wurde von Pantoffelgeklapper, dann dieses von dem Knirschen und

Schnappen der Türschlösser abgelöst; es war ein ganzes System durchdachter Sicherungen, das an Herrn Mösingers Haustür dem Spieltrieb seiner Erfindernatur und seiner beständigen Bürgerangst vor Einbrechern, Mördern und ähnlichen Leuten in gleicher Weise diente.

»Guten Abend, Herr Mösinger! Nichts für ungut, daß ich jetzt erst bei Ihnen erscheine. Ich war über Land und habe dort alte Schulden von meiner Wirtskundschaft einkassiert. Man kann sich natürlich dann hinterher nicht gleich wieder losmachen, wie? Ein Gläschen Schnaps muß das mindeste sein. Noch besser eine Bouteille«, sagte Herr Belfontaine, töricht lachend, und torkelte über die Schwelle. »Aber, wenn Sie vielleicht einen Kaffee hätten – ?«

»Welche Frage! Sie wissen doch, daß ich immer einen Kaffee bereitstehen habe«, erwiderte Mösinger spitz.

»Aber gewiß, mein Lieber, gewiß!« beeilte sich Belfontaine zu versichern. »Sie leben ja nur davon.«

»Nicht ich, Herr Belfontaine. Doch mein Gehirn, meine Entdeckungen leben davon wie das Kind von der Muttermilch.«

Belfontaine nickte und sah ihn an. Von dem grünblauen Gaslicht der Flurlaterne, die an Messinghaken aufgehängt war und beständig zu schaukeln schien, überflackert, machte ihm Mösingers nächtlicher Anblick zum ersten Mal, seit er ihn kannte, einen komisch-gespenstischen Eindruck. Der studierte Drogist mit der starren Frisur aus aufwärts gesträubten Haaren, welche die eigensinnige Stirn wie eine Wichsbürste überragten, den steif gestärkten Manschettenröllchen, der harten Hemdbrust, dem weißen Kittel, dem die scharfen Stehkragenecken jede Spur von Verbindlichkeit raubten, glich heute, völlig verwandelt, einer Ballettfigurine aus einer romantischen Oper: theatralisch und märchenhaft. Er trug einen auffallend weiten Schlafrock von kaffeebrauner Farbe mit palmenähnlichen Arabesken, auf denen sich knallbunte Papageien mit heftig gebogenen Schnäbeln und Federhelmen wiegten; darunter ein Nachthemd aus schwerer Seide, das ein Spitzenjabot verzierte, und an den nackten gelblichen Füßen feuerrote Pantoffeln auf hohen Hacken und bis an den Rist emporgezogenen Laschen, die über der Schnalle, welche sie hielt, leicht umgebogen waren. Das Sonderbarste an ihnen waren jedoch ein Paar Sporen, die jeden Schritt, den Herr Mösinger machte, mit ihrem Klirren begleiteten.

»Sie hatten sich wohl schon zu Bett gelegt?« fragte Belfontaine unbehaglich.

Herr Mösinger stellte rasch einen Fuß vor und fragte: »Mit diesen Dingern? Aber nein! Ich hätte dann wohl schon lange kein ganzes Federbett mehr.«

Belfontaine lächelte krampfhaft zurück. »Ich verstehe. Sie haben Besuch.«

»Eine Hofdame aus dem Dixhuitième«, flüsterte Mösinger wichtig und hielt ihn am Ärmel fest.

Er ist verrückt, dachte Belfontaine mit unverhohlenem Schrecken. Ein Irrer! Dazu in der Nacht. »Dann will ich nicht stören«, sagte er laut.

»Pst, pst, etwas leiser – sie schläft bereits.« Herr Mösinger tänzelte vor ihm her, die Sporen klirrten; auf seinem Gesicht lag, als er sich umdrehte, eine geheime, schreckliche Schadenfreude. »Geben Sie sich keine Mühe, mein Lieber«, sagte er dann in vernünftigem Ton. »Der Türschlüssel funktioniert erst, wenn man das Sicherheitsschloß auf die richtigen Buchstaben einstellt. Es ist alles genau überlegt.« Er betrachtete ihn mit offenem Hohn, der seine schwarzen funkelnden Augen gefährlich aufglühen machte. »Glauben Sie, daß ich ein Lustmörder bin, Ritter Blaubart oder dergleichen? Leider nein. Aber kommen Sie jetzt und ste-

hen Sie nicht wie ein Straßenmädchen unter der Gaslaterne.«
Belfontaine folgte ihm widerstrebend in sein ‚Laboratorium', wie Mösinger stolz einen Holzverschlag hinter dem Laden nannte, welcher gleichzeitig Lagerraum war und bis an die Decke hinauf mit Chemikalien, Tiegeln und Mörsern, mit Werkzeugen, Waagen, Büchern, Gewichten und Reagenzgläsern vollgestopft war. Aus unerfindlichen Gründen hingen überall Drähte lose herunter, indessen das kalte, kalkige Licht einer Karbidlaterne diesen Raum mit schneidendem Licht erfüllte.
Herr Mösinger trat an den Arbeitstisch und hantierte dort zwischen Behältern mit Kalium, mit Schwefel, Phosphor und Schießbaumwolle an einer Kaffeemaschine; schob mit dem Fuß einen Hocker heran und schenkte seinem Besucher ein.
»Darf ich bitten? Hier ist Zucker und Milch. Sie trinken ihn schwarz? Ausgezeichnet. Ich habe Kirschwasser hier.« Er öffnete einen Wandschrank, holte die Flasche heraus, gab einen Schuß in den Kaffee und servierte ihn mit der Grandezza eines ältlichen Edelmanns.
Unvermittelt lachte er auf. »Sie waren wohl noch niemals Sie selbst?« fragte er Belfontaine plötzlich.
Der andere setzte die Tasse ab und blickte ihn argwöhnisch an. »Wie meinen Sie das? Ich verstehe nicht recht.«
»Aber natürlich verstehen Sie mich, Sie würden doch sonst nicht ausweichen wollen«, versetzte Herr Mösinger mild.
»Ich weiche nicht aus«, sagte Belfontaine kurz.
»Doch, doch. Denn Sie haben ja Angst.« Der Mann mit den Sporen lächelte leicht, wobei er die Oberlippe emporzog und längliche Vorderzähne entblößte, die ihm die huschende Physiognomie einer traurigen Ratte gaben. »Und zwar haben Sie Angst vor sich selbst. Bitte, bitte – ich kenne das ganz genau. Ich beobachte das schon lange. Es fängt da-

mit an, daß einer sich nachahmt, als ob er sein eigenes Spiegelbild wäre und voller Furcht darauf achtgibt, jede Bewegung genau so zu machen, wie er annimmt, daß er sie machen würde, wenn sie von dem, der er eigentlich ist, seinem Spiegelbild vorgemacht wäre.«

»Hören Sie auf!« schrie ihn Belfontaine an. »Ich werde noch verrückt. Erst empfangen Sie mich in solch einem Aufzug und dann –«

»Dieser Zustand drückt sich dann ferner in Selbstgesprächen aus«, dozierte Herr Mösinger ungerührt weiter und legte die Hand ans Jabot. »Der betreffende Mensch wiederholt sich. Er wird zu seinem eigenen Echo und erschrickt, wenn sein Mund etwas ausspricht, von dem er glaubt, daß es nun und nimmer von ihm selber gedacht sein konnte. So wird er, wie ich behauptet habe, allmählich zu seinem eigenen Nachhall und zum Spiegelbild seiner Person.«

Er faßte zeremoniell nach seiner Kaffeetasse, trank, hob sie wieder umständlich ab und spreizte den kleinen Finger fort, indem er sie niedersetzte.

»Kurz und gut: der eben geschilderte Mensch entfernt sich von dem, der er ist, indem er den er zu sein vermutet, nachzuahmen sich müht. Und das Ergebnis? Je mehr er sich nachahmt, desto weiter entfernt er sich auch. Das Spiegelbild tritt zuletzt aus dem Rahmen, macht sich selbständig, winkt seinem Urheber zu und geht als Geistererscheinung seines bisherigen Daseins unter allerlei Faxen davon.«

»Und was wird aus dem Urheber, wie Sie ihn nannten?« fragte Belfontaine, Schweiß auf der Stirn.

»Was soll aus ihm werden? Er bleibt zurück. Er fällt in ein Loch, man bedeckt ihn mit Erde, man wälzt einen Stein über ihn.«

»So, so, man wälzt einen Stein über ihn«, murmelte Belfontaine matt. »Und es besteht keine Möglichkeit, wie, daß diese getrennten Teile wieder zusammenkommen?«

»Aber nein«, sagte Mösinger ungeduldig. »So wenig wie Sie Tote zum Leben erwecken können.«
»Ich nicht.«
»Nun ja, und wer sonst? Das Komische ist nur, daß dieses Phantom von der Mehrzahl der Leute, die ihm begegnen, für wirklich gehalten wird. Ganz klar, denn die meisten sind selber Phantome, eine vergnügte Gesellschaft entsprungener Phantome, die miteinander essen, und trinken, und sogar Kinder zeugen, ohne darauf zu kommen, daß dem anderen etwas fehlt.«
»Und das wäre?« forschte Herr Belfontaine spöttisch; er glaubte, jetzt klar darüber zu sein, daß ihn Mösinger ängstigen wollte, und war fest entschlossen, sich keinesfalls von diesen Phantastereien, wie er sie innerlich nannte, ins Bockshorn jagen zu lassen.
»Sehr einfach. Was unsren Phantomen fehlt, ist eben das, was sie erst dazu macht, und woran man mit Sicherheit merken kann, daß sie nichts als Phantome sind.«
»Nun, nun. Sie spannen mich auf die Folter«, sagte Herr Belfontaine kalt.
»Die Tiefe, mein Lieber. Die Tiefe fehlt. Man könnte genau so gut sagen: die dritte Dimension. Dieser Mangel macht aber ihr Wesen aus; das Wesen der Mangelwesen, wie ich es nennen möchte. Gespenstische Sache, wie? Ins Geistige übertragen: sie haben keine Erinnerung. Theologisch: keine ... hm, Reue. Die Träne fehlt. Genau wie beim Tier. Aber das führt uns ab.«
»Sehr interessant«, sagte Herr Belfontaine höflich. »Und Sie können natürlich jedes Phantom sofort als ein solches erkennen?«
»Ich?« sagte Herr Mösinger, sichtlich erstaunt. »Oh, nein. Wofür halten Sie mich? Wenn überhaupt, so gibt es im Grunde eigentlich nur zwei Menschen, die das einwandfrei feststellen könnten.« Herr Mösinger setzte sich auf den

Tisch, zog – das Knie mit beiden Händen umschließend – ein Bein empor, legte das Kinn darüber und wippte mit der Schuhspitze langsam und spielerisch auf und ab; seine Augen über dem dunklen Nest der verschlungenen Hände waren jetzt glühend und mit der Wachsamkeit eines Raubtiers auf seine Beute gerichtet. »Der eine – verzeihen Sie bitte, daß ich wieder zu Ausdrücken greife, die eigentlich theologische sind; aber sie sprechen den Sachverhalt unmißverständlich aus – der eine ist der ganz große Sünder; der andere – scheußliches Ammenwort – der ganz große Heilige. Ihnen beiden ist nämlich die Furchtlosigkeit vor der Erinnerung eigen; das macht sie so verwandt. Dies und die Gabe der Unterscheidung, die dem Bürger vollkommen fehlt. Und da ich weder der eine noch der andere bin, lieber Belfontaine, sondern mich einzig darum bemühe, ab und zu ich selber zu sein, traue ich mir diese Fähigkeit, Phantome zu sehen, nicht zu.«

»Und warum erzählen Sie mir das alles?« fragte ihn Belfontaine.

»Weil ich unvorstellbar allein bin«, erwiderte der Drogist verdrossen. »Und daher ab und zu einen brauche, der mich anhört, Herr Belfontaine.«

»Aber die Hofdame aus dem Dixhuitième?«

»Genügt nicht. Sehen Sie her.« Er öffnete wieder den Wandschrank, schob einige Tassen und Gläser beiseite und holte das Überbleibsel einer vermorschten Puppe mit wackelndem Köpfchen heraus, blies über die Spitzenbesätze der seidenen Rokokorobe und trug sie an den Tisch. »Marquise de Lamotte. Entschuldigen Sie, daß die Dame sich nicht verbeugt. Ihr Kopf sitzt seit der Hinrichtung lose; Sie wissen ja: die Revolution! Die Place de la Concorde, und so weiter ...! Man spricht nicht gerne davon. Am besten tun wir schon beide, als ob unser Kopf gar nicht anders säße –.« Er griff sich mit einem Ruck an den Hals und schien ihn zurechtzurücken; dabei, nicht ohne Sadismus, brachte er ein Geräusch hervor, welches das Knirschen der Wirbel auf unvorstellbar gespenstische Weise nachzuahmen versuchte. »Ein eigentümlicher Zustand, wie?« fragte er Belfontaine leise. »Aber nicht einmal unangenehm. Natürlich: manches gelingt nicht ganz. Wenn ich zum Beispiel, wie eben, über die Lunge zu rauchen versuche, kommt das Zeug an der Kehle heraus. Auch beim Trinken muß man vorsichtig sein – überhaupt bei jeder Art Tätigkeit, die den Anfang am Kopf macht und unterwegs eine sprunghafte Störung erfährt. Am besten läßt man beides getrennt und braucht den Kopf nur zum Denken und den Körper für die Verdauung. Das heißt: man denkt ohne Körper und lebt von den Schultern abwärts wie ein aufrecht gehender Bock. Übrigens glaube ich, daß die Menschheit bereits auf dem Weg dazu ist.«

»Eine fürchterliche Entwicklung«, sagte Belfontaine angeekelt.

»Fürchterlich? Aber wieso denn? Glauben Sie mir: Sie merken es gar nicht. Plötzlich sind Sie entzwei.« Er kicherte, ließ die Hände der Puppe leicht gegeneinander klappen und hob ihren Reifrock empor. »Süße Wäsche. Nur leider schon sehr zerfallen. Ja, ja – die galanten Damen ... ‚Wissen Sie, lieber Herr Mösinger', hat sie neulich zu mir gesagt, ‚diese Trennung' (bemerken Sie bitte, wie delikat sie den Vorgang ihrer Hinrichtung ausgedrückt hatte!) – ‚diese Trennung war eigentlich gar nicht so schlimm. Als ich es merkte, war es vorbei. Und als es vorbei war, wußte ich nicht mehr, wie es früher gewesen ist.' Was sagte ich Ihnen? Es fehlt dieser Art die – Erinnerung. Und warum? Weil zu der Erinnerung Zeit gehört. Wenn aber die Zeit vorbei ist, ist die Möglichkeit, sich zu erinnern, fort; damit die Möglichkeit, etwas zu ändern, denn um mich zu ändern, müßte ich wissen, daß ich früher anders gewesen bin.

Das Schlimmste aber: es kann die Zeit so plötzlich zu Ende gegangen sein, daß das Geschlecht, dem das widerfährt, seine eigene Zeit überlebt. Das ist die Hölle, mein Lieber. Oder besser: jene Enklave der Hölle, die in unser Leben hineinragt – in die einzelne Seele, das einzelne Dasein, die ganze Generation.« Herr Mösinger stellte gedankenverloren die Puppe auf den beladenen Tisch und ließ ihre hilflosen Füße zwischen den Tassen tanzen. »Ich denke manchmal«, flüsterte er, »man müßte für diese unwiederbringlich und für immer zu Ende gegangene Zeit einen anderen Namen finden.«

Herr Belfontaine blickte ihn fragend an.

»Gnade!« sagte der andere dumpf und nahm die Puppe zurück. »Die Zeit ist die Gnade schlechthin, mein Lieber. Alle Sünde ist daher Zeitvertreib und das Ende die Langeweile. Die Hölle, glauben Sie mir, muß entsetzlich langweilig sein.« Herr Mösinger lachte gezwungen auf. »Ich dilettiere in Theologie; zur Abwechslung auch in Chemie und Physik – wie es sich eben ergibt. Der geborene Universaldilettant ... aber lassen wir mich beiseite.« Er schlug einen anderen Ton an und fragte leichthin: »Wo waren Sie heute? Hat sich Ihr Ausflug gelohnt?«

»Ja und nein«, erwiderte Belfontaine. »Ich habe zwar einiges ausgerichtet, doch das, was ich eigentlich wollte, verfehlt. So pflegt es ja meistens zu gehen. Am Ende hatte ich das Gefühl, im Kreis gelaufen zu sein ... Übrigens läßt meine Frau Sie fragen, wie Ihnen der letzte Beaujolais schmeckte. Sie glaubt, er habe moussiert.«

»So, so – ich verstehe nicht viel davon und trinke einen Wein wie den andern; aber es ist schon denkbar, daß meine Kopfschmerzen kürzlich von diesem Beaujolais kamen. Es geht eben nichts über Kaffee. Ich brühe gleich neuen auf.«

»Bitte, so stark wie möglich«, sagte Herr Belfontaine.

»Mokka double – ganz wie Sie wollen. Mokka triple, wenn das nicht hilft. Sie sehen merkwürdig müde aus. Hat die Hitze Sie angegriffen?«
»Es will mir scheinen, als hätte ich Fieber«, murmelte Belfontaine. »Ein Zustand zwischen Wachen und Träumen, das heißt – ich glaube, noch niemals im Leben so klar bei Bewußtsein gewesen zu sein und gleichzeitig so ... so ... gestört. Stellen Sie sich bitte vor, daß ich in diesen elenden Dörfern, die gar keine Ausdehnung haben, irre gegangen bin.«
Herr Mösinger blickte ihn aufmerksam an.
»Nun ja – es war rein wie verhext. Ich vermute«, fuhr er geheimnisvoll fort, »man hat mir absichtlich falsche Auskunft an jeder Ecke gegeben.«
»Ganz klar«, stimmte Mösinger mitleidig bei. »Aber Sie sollten für Ihre Nerven wirklich mal etwas Richtiges tun. Meinen Sie das nicht auch?«
Belfontaine winkte ärgerlich ab. »Weibergeschwätz. Das gleiche hat meine Frau erst gesagt.« Er stutzte und fragte ihn argwöhnisch aus: »Ach so – Sie sind im Bunde mit ihr? Gestehen Sie es nur!«
»Ich bin im Bunde mit der Vernunft«, entgegnete Mösinger würdevoll und fügte besorgt hinzu: »Hat Sie denn mein Gerede am Ende so angegriffen? Aber Sie können durchaus beruhigt sein, verehrter Herr Belfontaine. Es ist eine schlechte Gewohnheit von mir, ab und zu wie die Gänsehirtin im Märchen in einen Eisenofen zu kriechen und Entlastungsgespräche zu führen.«
»Sehr interessant. Und dann war ich der Ofen?« fragte Belfontaine, halbwegs beruhigt, die seltsame Gänsehirtin.
»Nun – allzu wörtlich, mein Lieber, ist das natürlich auch nicht zu nehmen.« Herr Mösinger, wieder in Eifer geratend, fiel aus der Rolle des höflichen Lügners in seine wahre Natur zurück und gab sich der stoischen Wahrheitssuche mit

fanatischer Wollust hin. »Nicht jeder Ofen hat einen Zugang; beziehungsweise: nicht jeder Mensch bietet ihn mühelos an. Es gehört dazu eine gewisse Zerstörung«, fuhr er schonungslos offen fort. »Ein Riß, eine Wunde, eine Verletzung; nicht größer, als daß eine Maus hinein- und herausschlüpfen könnte.«

»Hoffentlich«, sagte Herr Belfontaine böse, »habe ich Ihrer Mäuseseele ein gutes Echo gegeben!«

»Echo! Was – Echo! Du lieber Gott«, erwiderte Mösinger voll Verachtung, ohne beleidigt zu sein. »Merken Sie denn überhaupt nicht«, fragte er ungerührt weiter, »daß ich umgekehrt selber Ihr Echo war, hm? Und daß die falsche Auskunft der Leute in diesen ‚elenden Dörfern' nur deshalb falsch war, weil Sie sie falsch verstanden oder sich eine andere Antwort im stillen erwartet hatten? Doch – wonach suchten Sie eigentlich?« forschte er ungeniert.

»Wonach? Sie wollen wissen nach wem?« erwiderte ihm Herr Belfontaine mit seltsamer Leidenschaft. »Genau gesagt: nach dem Vertreter der französischen Weinfirma ‚Paquet und Söhne', die mir den Beaujolais aufgehängt hat – in Wirklichkeit aber nach einem Lehrer, den ich in Orléans kennenlernte und mit welchem ich meine Sommerferien vor zwanzig Jahren in Vieux-Noyers, einem Nest an der Loire, verbrachte ...«

»Ich verstehe nicht«, sagte Herr Mösinger mild, »was jener Lehrer mit dem Vertreter von ‚Paquet und Söhne' zu tun haben soll. Oder glauben Sie, daß er ihn zufällig kennt, diesen Herrn ... nun, wie heißt er denn gleich?«

»Tatütata.« Belfontaine winkte ab. »Ein französischer Meier.«

»Was sagen Sie?«

»Oder Müller. Na ja doch – ein Sammelname, wie jeder Franzose ihn kennt. Jeder kennt ihn. Jeder ist ihm begegnet, mit ihm verschwägert, befreundet, verfeindet und hat mit ihm angestoßen ... Prost, Mösinger! Dieser Kirsch ist vortrefflich. Geben Sie mir noch ein Gläschen gesondert und zeigen Sie mir die Fahne. Ich bin jetzt in der Stimmung dazu, Ihre Erfindung zu würdigen. Ich bin überhaupt in der Stimmung, alles mit Wohlwollen zu betrachten und in mein Herz zu schließen. Seid umschlungen, Millionen –.« Mit einem schluchzenden Laut brach er ab und starrte den anderen an. »Einen Freund ...« Er wiegte den Kopf hin und her, legte die sorgsam gepflegten Hände auf beide Oberschenkel und stieß aufs neue, während sein Antlitz vollkommen unbewegt blieb, einen tiefen Klageton aus. »Einen Freund«, wiederholte er mehrere Male. »Einen ganz gewöhnlichen Freund, wie jedermann ihn hat oder mindestens haben könnte. Aber ich finde ihn nicht.«

»Merkwürdig«, sagte Herr Mösinger trocken.

»Was ist merkwürdig?«

»Daß Sie darunter leiden. Ich zum Beispiel würde für nichts in der Welt meine Einsamkeit aufgeben wollen, die eine Teilhabe an dem Genie ist; ja, an dem göttlichen Geist.«

»Wenn man einsam ist, braucht man noch kein Genie, erst recht nicht ein Gott zu sein«, erwiderte Belfontaine rauh.

»Nach der christlichen Auffassung sicherlich nicht«, stimmte der andere bei. »Der Teufel ist einsam. Gott ist dreifaltig. Doch selbst der Teufel sucht sich Gesellschaft – nur Herr Mösinger sucht sich keine.« Er lachte sein staubiges, fühlloses Lachen und trank Herrn Belfontaine zu. »Sie kommen auch noch auf den Geschmack«, sagte er munter, »und dann –«

»Dann?« fragte Belfontaine ihn gespannt.

»Dann werden Sie finden, daß nichts auf der Welt ein so angenehmes Leben verbürgt wie gerade die Einsamkeit. Oder, halt – es mag bei Ihnen auch so sein, daß Sie die Einsamkeit, die Sie umgibt, überhaupt nicht mehr fühlen, weil nämlich inzwischen Ihr Dasein so vollkommen wunschlos wurde, daß kein Platz mehr für die Erinnerung bleibt, für die Sehnsucht, den Seufzer, die Melancholie oder wie Sie es nennen wollen ... Asphodeloswiese –.« Er trank und schwieg. »Aber Sie schlafen ja wohl?« Er betrachtete seinen traurigen Gast mit unverhohlenem Ärger, erhob sich, räumte die Teller und Tassen, indem er sie einfach beiseite schob, fort und fing, als wäre kein Mensch in der Werkstatt, aufs neue zu arbeiten an.

Asphodeloswiese ... Herr Belfontaine atmete tief. Dies also war der Fleck seiner Träume – tausend Klafter hinunter. Er sank ... und sank ...

Eine Wiese, ein Strom, eine schattige Bucht. Ein Mensch mit dem Angelgerät auf der Schulter, den vollen Eimer in seiner Rechten, kommt früh am Morgen nach Hause. Der Eimer scheppert; von weitem klappern zwei andere mit. Die Magd, den Tragbalken über den Schultern, ist aus dem Stall gekommen und setzt die Milcheimer auf den weißen, ausgetretenen Stufen nieder, die in das Bauernhaus führen.

»Was gefangen, Herr Belfontaine?«

»Große und kleine. Da – nimm ihn, ein Dicker. Der ist für dich. Drei Schuppen davon in den linken Schuh, dann geht das Geld nicht mehr aus.«

»Ein Schälchen Milch?«

»Warum nicht, Marguerite? Schön warm ist die Milch!«

»Und fett, Herr Belfontaine, fett wie Öl.«

Er trinkt. Ein paar Tropfen verlorene Zeit fallen träg auf die Erde herab. Laue Luft. Laues Wasser. Die Sonne steigt. Wird es heiß werden? Nein. Auch die Sonne ist lau und schwimmt in einem gestaltlosen Himmel von schläfrigen Sommerwolken. Ein fernes Dengeln über dem Strom – wie friedevoll, ach! ... So dengelt der Tod zwischen Heuschnitt und Grummet die Sense. Schneide nur. Schneide. Ich bin auf dem anderen Ufer, und das Gericht ist vorbei ...

»Sind Sie zufrieden, Herr Belfontaine?«
»Wer fragt mich da? Ach, Sie sind's, Tricheur! Warum denn nicht, Herr Tricheur? Ich bin vollkommen glücklich. Was will ich mehr: mein Sparkonto wächst, mein Birnenspalier trägt haufenweise die schönsten Früchte, die neue Rose ist preisgekrönt worden und führt den Namen ‚Reine de la Loire' in sämtlichen Katalogen; man hat mich zum Ehrenmitglied des Blumenzüchtervereins ernannt, und die staatliche Gartenbauschule ist mit der Bitte um Ableger an mich herangetreten. Jedermann schätzt mich und achtet mich hoch, die Zahl meiner Freunde ist schon Legion ... Warum lachen Sie, Herr Tricheur?«
»Ich lache nur über das Wort ‚Legion', mein ehrenwerter Herr Belfontaine. Legion. Natürlich. Auch wir sind Legion.«
»Wer: wir?«
»Ihre Freunde. Was meinten Sie sonst? Oder darf ich mich nicht dazu zählen?« Herr Belfontaine stöhnte leise im Traum. »Mein Freund... mein allergeliebtester Freund...«, flüsterte eine zärtliche Stimme und schmolz in Schwermut dahin. Laue Luft, laues Wasser, ein Dengeln über dem Strom, das immer härter wurde...
»Ich glaube, ich habe mich meiner Zukunft – ich habe mich meiner Zukunft erinnert«, stammelte Belfontaine mühsam und versuchte den widersinnigen Satz, wie ein Trunkener seine Späße, hartnäckig zu erläutern. »Das heißt, ich habe...«
»Kommen Sie zu sich«, sagte Mösinger überdeutlich und hörte zu klopfen auf. »Wir gehen jetzt auf den Hof hinunter und probieren die Fahne aus. Die frische Luft wird Sie munter machen – –.« Seine feste, knochige Hand packte den anderen kräftig an und zog ihn zu sich empor. »Können Sie stehen?«
»Ich bitte Sie!« entgegnete Belfontaine ärgerlich. »Überanstrengung, weiter nichts. Ich bin zuviel in der Sonne

marschiert – nun zeigen sich die Folgen.« Er fuhr ein paarmal, sich männlich räuspernd, mit Daumen und Zeigefinger hinter dem Stehkragen her. »Andiamo!« sagte er dann mit lässiger Großartigkeit.
Sie verließen das Haus durch die Hintertür; auch hier schnappten Sicherheitsschlösser zurück, klirrten Ketten, drehten sich singend und sirrend ausgetüftelte Schlüssel, bevor sie ins Freie kamen. Die kurze Mainacht, welche erst eben die zitternde Stadt überwältigt und ihre leichte, süße Betäubung wie einen purpurblau fließenden Trunk in die Gehirne ergossen hatte, hellte sich schon wieder auf; sie verteilte sich, äußerster Wollust ähnlich, die gleichmäßig alle Glieder durchdringt, und hob das Haupt ihres Opfers, wie Luna den schlafenden Hirten, zu neuer Entzückung empor: der Täuschung des menschlichen Geistes, sich in geschlechtlicher Liebe, und der geschlechtlichen Liebe, sich im Geiste wiederfinden zu können, entsprach nun der Anblick des sinkenden Mondes, der zögernd unter den Horizont ging und sich bereits mit der Dämmerung mischte, um gleichsam die Dämmerung selber mit seinem Schein zu verführen, der von drüben geborgt worden war. Alles war ungewiß, nichts war verbürgt, und das eine im andern enthalten; ja, selbst die künstliche Helle der stockigen Gaslaterne, die über die bröckelnde Mauer des unregelmäßigen Hofes ragte und die Laubkrone einer vereinzelten Linde zu theatralischer Würde erhob, indem sie die Blätter mit Vitriolgrün schicksalhaft übergoß, war bemüht, die Verwirrung des Lichtes nach Kräften mitzuspielen. Wie kleine, gehämmerte Zwergenschilde traten, mit Krötenhaut überzogen, die Buckel der Pflastersteine hervor; ein leerer, offenstehender Schuppen wölkte von Schwärze und brodelte leise, während der Wind seinen nichtigen Inhalt aus Kohlenstaub, Holzmehl und alten Papieren vergeblich nach Formen durchwühlte ...

»Aufgepaßt!« rief Herr Mösinger wichtig und klatschte in die Hände; es war, als wisse er rings um sich eine große Zuschauermenge: Kopf hinter Kopf mit Eidechsenaugen und spitzen, unsichtbar machenden Hüten; gebäumte Ottern mit Spinnwebkronen; kleine Knochenklappern, die, Bein an Bein, sich zu Inkuben zusammenfügten, und anderes Mainachtgesindel, das in Erwartung der kommenden Dinge in dichten Haufen erschienen war, die Hälse reckte, sich zankte und stieß und mit vogelhaft frechen Sprüngen einander begattete. Eine Fledermaus wischte das häßliche Flugbild ihrer flatternden Häute über den Himmel und kehrte, kaum daß sie verschwunden war, mit verdoppelter Eile zurück; dabei verstärkte der Eindruck sich, den Belfontaine von ihr hatte: als sauge sich ihr dämonischer Schatten, welcher noch eben ein Spuk, ein Hauch, ein Umriß, ein Garnichts gewesen war, mit wachsender Wirklichkeit voll ...
Inzwischen hatte Herr Mösinger den Fahnensatz unter Erläuterungen in der Mitte des Pflasters niedergelegt und rätschte jetzt, auf der Erde kniend, mit dem Rücken gegen den Nachtwind, ein Hölzchen und noch ein zweites an; ein drittes, viertes und fünftes, um die Zündschnur in Brand zu setzen; dann lief das Feuer die Schwarzpulverseele der umwickelten Hanfschnur entlang und schlug seinen scharfen, glühenden Biß in Herrn Mösingers Fahnensatz ein.
Der Erfinder, aufs höchste erregt, packte die Hand des Besuchers. »Jetzt!« keuchte er. »Jetzt!« Was er ausdrücken wollte, ging in dem Knallen und Knattern der explodierenden Mischung unter, die sich trichterförmig erhob; dann, unter weiterdauerndem Dröhnen, entfaltete sich eine riesige Fahne von unheilverkündendem Rot und blieb, während Feuer, Schwefel und Phosphor ihren geisterhaften, lebendigen Leib unter heftigen Schüssen speisten, wie über Schlachtfeldern stehen ...

Die beiden Männer starrten empor, solange das Schauspiel währte. Ein grauenhaftes Entzücken verzerrte ihre Züge, die von der höllischen Lichtflut erhellt, ja sogar schmerzlich veredelt, entrückt und über den dumpfen Zufall hinausgehoben waren. Allmählich löste die Fahne sich auf. Sie verlor an Dichte und Körperlichkeit, um an Ausbreitung zu gewinnen und wie ein langsam verlöschender Seufzer über den Himmel zu wehen, den sie mit falschem Morgenrot schminkte, bevor sie endlich verging.
»Nun ?« fragte Herr Mösinger, langsam in sich zusammensinkend.
Herrn Belfontaines Blick, der – obwohl alles vorbei war – noch immer ein leeres Erstaunen festhielt, kehrte flatternd zur Erde zurück.
Die beiden maßen sich mit den Augen. »Nun ?« drängte Mösinger wieder. In seiner Stimme, unüberhörbar, war ein drohender Unterton.
»Außerordentlich! A la bonheur!« spendete Belfontaine Beifall.
Herr Mösinger, stürmisch erheitert, schnickte eines der roten Pantöffelchen fort und fing es mit der Hand. »So etwas schüttele ich aus dem Ärmel«, sagte er unbescheiden, hustete staubig, wie seine Art war, und zog auch den andern Pantoffel ab; hierauf, seine nackten, hornigen Zehen wie ein Baumaffe über dem Pflaster spreizend, begann er mit beiden Schuhen zu spielen, indem er sie abwechselnd hochwarf, in der Luft aneinander vorüber und wieder zurückwirbeln ließ. Darüber löste die Schnur sich auf, die seinen Morgenrock hielt, und Herr Mösinger stand – oben Rokoko, unten baumwollbiberne Unterhosen – von den knallgelben Papageien umflügelt, wie ein Zauberkünstler auf Urlaub da: verlassen und lächerlich.
»Genug der Illusionen, mein Lieber!« sagte Herr Belfontaine grausam und genoß es, für Herrn Mösingers Späße,

die sein Innerstes bloßgelegt hatten, Rache nehmen zu können. »Gehen Sie jetzt zu Bett und vergessen Sie nicht, ein Hustenbonbon in Ihren Mund zu stecken. Mit den Mainächten ist nicht zu spaßen –. Übrigens: komme ich hier heraus?« Er deutete auf eine kleine verrostete Eisenpforte, die der Hofmauer eingefügt war.
»Wenn Sie den Riegel zurückstoßen wollen«, sagte Herr Mösinger mürrisch und zog mit betonter Korrektheit seinen Morgenrock eng um den dürren Körper – schon glich er wieder jenem Drogisten mit hohen Stehkragenecken und steifen Manschettenröllchen, welcher statt chemischer Analysen einen Farben- und Brustpulverhandel betrieb, im Winter Rattengift und im Sommer Fliegenpapier verkaufte. Er ließ den Besucher rücksichtslos stehen und wandte sich unhöflich ab. »Gute Nacht – und kommen Sie gut nach Hause!« sagte er merkwürdig spitz.
Herr Belfontaine ging nach der Pforte und versuchte den Riegel zurückzuschieben, plagte sich eine Weile vergeblich und stolperte schließlich, das Tor verwünschend, über einen behauenen Stein; schlug mit ihm endlich den Riegel heraus und wollte den Stein schon zur Erde werfen, als sein Blick auf ein Ornament fiel, welches den Rand verzierte. »Das ist doch –«, murmelte er betroffen. »Natürlich, hier sind noch die Mauerreste der alten Synagoge, und dieser Brocken gehörte dazu; das kann ja ein Blinder sehen.« Er schlüpfte eilends zum Tor hinaus und warf es hinter sich zu. »Dieser Narr, dieser Mösinger«, dachte er noch, »versichert sein Haus mit den kunstvollsten Schlössern und läßt es gleichzeitig offen. Nun ja, mir kann es einerlei sein –.« Er lief die kurze Gasse entlang, die man Altschul-Reuel zu nennen pflegte, ein schmales, darmähnliches Straßengebilde, das sich sackartig aufblies und blind in einem Grasplätzchen endigte, das von vier, fünf Häusern umstanden wurde, die ihrerseits wieder mit offenen Höfen

und übermauerten Gängen in dahinterliegende Gassen führten: in die ‚Schächte', den Rabbihof und die ‚Rosen', wo das kümmerliche Bordell des Städtchens sich eingenistet hatte und aus verhangenen Fenstern den Lichtschein der roten Pufflämpchen schickte. Zwei Ratten liefen mit grellen Pfiffen Herrn Belfontaine vor die Füße und verschwanden im Hof eines Kohlenhändlers, wo, an den schwarzen Halden vorüber, die nur durch einen Bretterverschlag vor dem Zugriff der Diebe gesichert waren, der Weg den Brandmauern des Bordells und der früheren Schächte entlangging, dann umbog und wieder auf andere Gassen und unregelmäßige Plätze führte, deren jeder ein Traumdelta ältester Namen und schlangenförmiger Niederungen aus vorgeschichtlichen Zeiten zu sein schien – tot, abgelagert vom Gang der Moräne und trotzdem durch seine Art und Weise, wie er kreisend in sich zurücklief, noch etwas von Flut bewahrend ...

Hier also war das frühere Ghetto, dachte Herr Belfontaine wieder, und daß diese Häuser von etwas anderm als von Gespenstern bewohnt sein sollten, war einfach nicht vorzustellen. Dieses wolkengraue Gebäude zum Beispiel: schief, abgeblättert, mit großen Flecken und einer Glasscheibe, die so verschmutzt war, daß der Schuh- und Kleiderhaufen dahinter in der ungewissen Art, sich zu häufen und übereinanderzuschieben, fast etwas Menschenähnliches hatte und je nach der Blickrichtung bald einem Körper, an dem das Leichenhemd mitverwest, glich; bald einem Säufer im Rinnstein oder einem Ertrunkenen – –. Was beherbergte diese Höhle wohl andres als einen Haufen von Haderlumpen, die um Mitternacht Arme und Beine hoben, sich aufblähten und die Bewegungen machten, die ihre verschollenen Herren ihnen früher beigebracht hatten?

Herr Belfontaine trat neugierig näher und klopfte an die Scheibe. »Guten Tag, Herr Villon! Guten Tag, Herr Rimbaud! Guten Tag, Herr Till Eulenspiegel! Immer lustig? Immer noch unterwegs? Was ich fragen wollte: sind Sie vielleicht einem gewissen Herrn Jean Baptiste aus Ihren Kreisen begegnet? Mittelgroß, mager, mit grauen Haaren und einer eigentümlichen Art, den Zeigefinger hinauszustrecken, als ob er auf das Lamm Gottes ... persönlich hinweisen müßte –? Ich laufe schon einen geschlagenen Tag beständig hinter ihm her. Sie finden das lächerlich? Na, ich auch. Aber sehen Sie: ich bin eben treu. Ein treuer Freund, wie es keinen mehr gibt. Anhänglich. Liebebedürftig ...«

Noch immer starrte Herr Belfontaine wie gebannt in die Schaufensterscheibe. Plötzlich zuckte er heftig zusammen und trat in den Häuserschatten. Eine Hand bewegte den Kleiderhaufen und schlug ihn wie einen Vorhang zurück – dann erschien mit gepeinigter Miene der schlaflose alte Manasse und blickte sich suchend um. Sein Mund bewegte und öffnete sich zu unhörbaren Rufen: »Hat jemand geklopft?« schien er lautlos zu fragen und krümmte die Hand um das Ohr. Alles blieb still. Er zuckte verloren mit den ausgemergelten Schultern und rührte mit einer Gebärde jahrhundertealter Verlassenheit seine traurige Ware an. Getröstet, begann er die Hosen und Jacken umzuhängen, warf hier einen gefälligen Schlips über ein verbrauchtes Jackett und setzte dort einem Kleiderbügel eine stolze Melone auf. Sein Werk mit Wohlgefallen betrachtend, entschloß er sich, auffallend ungern, wieder zurückzukriechen und stieß dabei einen Stock um, der polternd zu Boden fiel. Er hob ihn auf, betrachtete ihn und schob ihn in einen Korb, der Regenschirme enthielt. Der Stock ragte hoch aus ihnen heraus; sein Griff, dessen Biegung geglättet war, als hätte ihn eine Hand geführt, die ihn, außer im Schlafe, nicht losließ, schien aus edlerem Stoff als das übrige Stück, ja, demselben gleichsam nur aufgesetzt oder geliehen zu sein. Der alte Manasse nahm ihn heraus und betrachtete ihn entzückt; fuhr ein paarmal seine Biegung entlang und hatte dabei einen Ausdruck von greisenhaftem Behagen in seinem toten Gesicht. Er schloß die Augen, stützte sich auf die Krücke und tastete prüfend weiter – bei dieser Bewegung, die mit der Kraft eines Blitzes an Herrn Belfontaines Augen vorbeiging, enthüllte sich die Herkunft des Stockes und das Schicksal des Blinden, der ihn geführt und im Tode verloren hatte, so unbeschreiblich deutlich, daß für den Mann vor dem Fenster nichts mehr zu hoffen war.

Er hastete weiter, stumm und verstört; was er suchen wollte, wußte er nicht; noch weniger, was er verloren hatte, und am wenigsten, was ihn trieb. Indessen zerfiel mit dem wandernden Mond und dem huschenden Wechsel von Nacht und Morgen die Welt um ihn immer mehr. Die schemenhafte Tücke der Dinge, eine Art von Verabredung, die er schon früher an ihnen beobachtet hatte, ließ ihn aufs neue den Weg verfehlen und jagte ihn im Kreis. »Ein Labyrinth!« sagte Belfontaine zornig und stampfte mit dem Fuß. »Welch ein Schmutz! Wie häßlich selbst in der Nacht! Dieses Stadtviertel taugt zu nichts weiter, als abgerissen zu werden.« Als ob sich dieser vernünftigen Einsicht die Häuser nicht länger mehr widersetzten und nachzugeben schienen, flammte plötzlich ein tiefschwarzes Fenster auf und brannte der furchtbar verschimmelten Mauer ein grelles Feuermal ein. Fast gleichzeitig kamen Schritte heran, und ein Mensch in ungewöhnlicher Eile näherte sich dem Zeichen. Das Fenster wurde zurückgeschlagen; irgend jemand – ob Mann oder Frau, war nicht zu unterscheiden – beugte sich weit hinaus.

Herr Belfontaine wandte sich, auskunftsuchend, dem

Schall der Schritte entgegen. »Bitte –«, begann er. Sein Herz blieb stehen.
Mit dem merkwürdig schleifenden Gang und der Haltung einer angeschossenen Krähe lief, eine Hand auf die Brust gelegt, der Pfarrer über den winzigen Platz und blieb vor Belfontaine stehen. »Warum haben Sie nicht auf mich gewartet?« fragte er hastig und fügte hinzu: »Wo ist sie? Gehen Sie mir voraus! Aber langsam, damit ich nicht falle – ich habe das Allerheiligste bei mir ...«
Herr Belfontaine trat aus dem Schatten und beugte zitternd das Knie. »Herr Pfarrer ... wie können Sie ohne Begleitung ... oder wissen Sie nicht, wo Sie sind?« flüsterte er entsetzt. Jetzt erst erkannte der andere ihn. »Sie sind es, Belfontaine? Gut!« sagte er geistesabwesend. »Dieses Fenster dort muß es wohl sein. Ich hatte keine Zeit mehr zu fragen, der Mann war gleich wieder weg. Eine Frau liegt im Sterben. Kommen Sie mit!« Im Sprechen lief er schon weiter, Herr Belfontaine neben ihm her.
Nun verschwand die Gestalt in der Fensteröffnung, die Haustür wurde geöffnet, und ein Mann mit fleckigem Halstuch und offenstehendem Hemd, der gerade den linken Hosenträger über die Schulter zog, trat in roher Verstörung heraus. »Sie hat schon zum zweitenmal Blut gekotzt«, erläuterte er brutal. »Diese Frauenzimmer sind alle krank«, fügte er wie zur Entschuldigung in milderem Tonfall hinzu. »Eine Treppe hoch, links ... die Tür steht nachts immer offen. Sie können den Weg nicht verfehlen.«
Der Geistliche war schon davongeeilt, Herr Belfontaine hörte ihn vorwärts tasten und nahm in dem finsteren Hausflur einen flüchtigen Lichtschein wahr. Der Mann mit dem fleckigen Halstuch wandte sich Belfontaine zu. »Na und Sie? Sie wollen wohl warten?« fragte er unverschämt. »Nichts zu machen. Die kommt nicht mehr hoch. Zwei Häuser weiter gibt es noch mehr von dieser elenden Sorte.«

Belfontaine schwieg, der andere wurde verlegen und blickte ihn aufmerksam an. »Oder sind Sie der Doktor? Ich kann nichts dafür«, verhaspelte er sich. »Sie hat schon vorher Prügel bezogen, ich kam gerade dazu. Man weiß ja: so eine verträgt nichts. Meine Alte zum Beispiel nimmt anderes hin und ißt ein Stück Brot dabei. Adjö! Empfehle mich. Viel Vernügen.« Er schlenderte in dem Bewußtsein, seinen schlechten Eindruck verwischt zu haben, mit betonter Langsamkeit weiter und schoß dann, kaum um die nächste Ecke, wie ein Pfeil auf der Sehne davon.

Herr Belfontaine lehnte fahl an der Hauswand. »Gott im Himmel«, flüsterte er mechanisch, während sich seine Gedanken verwirrten, »der Kerl hatte recht. Man müßte sofort einen Arzt ... vielmehr, man hätte zuerst einen Arzt und dann einen Geistlichen holen müssen. So ist die Reihenfolge im Kopf jedes vernünftigen Menschen. Aber ich kann ja nicht fort, ich muß für den Pfarrer Schmiere stehen und hier in der Haustür bleiben, damit ihn keiner entdeckt. ‚Allons, marsch, mein Lieber', werde ich sagen, wenn irgendein Kunde daherkommt, ‚ich habe für diese Nacht schon gezahlt. Jawohl, jawohl, für die ganze Nacht. Zwei Häuser weiter gibt es noch mehr von dieser elenden Sorte ...' Inzwischen stirbt das Mädchen natürlich, bevor man den Arzt geholt hat. Verfluchte Sache! Was ist nun schlimmer?« Er zuckte zusammen, die Hand des Pfarrers berührte seine Schulter.

»Gehen wir!« drängte Mathias.

»Ist sie tot?« fragte Belfontaine ihn erschrocken.

»Ich habe ihr noch gerade die letzte Ölung gespendet. Gott liebt die Sünder wie seinen Sohn«, sagte der Pfarrer einfach.

Herr Belfontaine atmete merklich auf. Arzt, Leichenschau, Polizei und so weiter blieb ihnen nun glücklich erspart. Ihre Kolleginnen würden die Tote am nächsten Morgen finden – diese Damen hielten ja immer wie Pech und Schwefel zusammen. Alles andere ergab sich von selbst – und daß der Mann mit dem Halstuch sich Zeugen herbeizitierte, schien vollkommen ausgeschlossen. Übrigens, wenn man es richtig bedachte, war das Mädchen einen Berufstod gestorben – nicht anders, wie wenn ein Bettler im Straßengraben verdirbt.

»Ich bringe Sie noch nach Hause, Herr Pfarrer«, sagte Belfontaine aufgemuntert und fügte in unerklärlicher Spannung, stehenbleibend, hinzu: »Was dachten Sie eigentlich, als Sie mich trafen? Ich meine: gerade hier? In diesem verrufenen Viertel ... Sie wissen ...«

»Ach, ist das ein verrufenes Viertel?« fragte Mathias zerstreut.

Herr Belfontaine starrte ihn zornig an. »Nun, Ihre Unkenntnis – bitte, Herr Pfarrer, nehmen Sie es nicht übel – in allen Dingen des täglichen Lebens ist wirklich bemitleidenswert. Haben Sie denn überhaupt nicht bedacht, welche Folgen es für Sie haben konnte, ganz ohne jede Begleitung hierhergekommen zu sein? Wenn jemand Sie in das Haus gehen sah – welch entsetzliches Mißverständnis! Ihr guter Ruf wäre hin gewesen, wäre vollkommen hin gewesen durch dieses Ärgernis!«

Der Geistliche blickte ihn offen an. »Ich glaube, es ist nun einmal mein Schicksal, Ärgernis geben zu müssen«, sagte er mit entwaffnendem Lächeln. »Oder sollte das Ihrem Scharfsinn bisher entgangen sein, wie?«

»Ich – nein, gewiß nicht – ich wollte Sie auch nicht kränken ...«, stotterte Belfontaine blutübergossen, »... so wenig ich meinerseits glaube, daß unser Zusammentreffen Sie nötigt, von mir etwas Schlechtes zu denken.«

Nun lachte der Pfarrer offen heraus. »Das wäre ja auch ein schöner Dank für Ihre Schutzengelrolle. Aber, wenn Sie noch ein übriges tun und mich wirklich nach Hause begleiten möchten – ich bin nämlich wie die Katze, die den Weg zurück nicht mehr findet, wenn sie sich nicht umgedreht hat. Und zum Umdrehen fehlte mir vorhin die Zeit.«

»Mit Freuden«, sagte Herr Belfontaine rasch. »Nur habe ich mich selber verlaufen, als ich Mösinger durch die Hoftür verließ – wir hatten nämlich gerade einen Feuerwerksatz zum Kasinofest im Freien ausprobiert.«

»Wenn ich nicht irre, war hier das Ghetto ?« fragte der Geistliche höflich.

»Es war nicht nur. Es ist es auch noch«, erwiderte Belfontaine. »Von der Altschul ist freilich nichts übriggeblieben als eine Gasse, die ‚Altschulreuel', und ein Gemäuer, das ‚Rabbihof' heißt – soviel ich weiß, hat ein Judenpogrom vor etlichen hundert Jahren den Rabbi samt seiner Altschul von der Erde hinweggenommen. Aber trotzdem leben noch immer einige Althändler hier, ein Pferdemetzger, ein Pfandleiher, ja ... und was dieser Gewerbe mehr sind. Die neue Synagoge natürlich hat damit nicht das geringste zu tun, und wenn wir vor ihren drei Kuppeln stünden, so wäre es mir ein leichtes, mich von dort aus zurechtzufinden. Allerdings müßte zuvor einer kommen, der wieder Feuer in ihr Gestühl wirft, damit wir die Richtung haben ...«

»Merkwürdig«, sagte der Pfarrer betroffen, »mir war doch vor einer Stunde, als ob ich den Widerschein eines Brandes am Himmel gesehen hätte.«

»Das haben Sie auch, Herr Pfarrer«, sagte Belfontaine ausdrucksvoll. »Ich erzählte Ihnen doch eben, daß wir zur Probe den letzten Satz des Feuerwerks ausprobiert haben.«

»Nein«, widersprach ihm der Geistliche heftig, »unmöglich, daß das ein Feuerwerk war. Ich sage Ihnen, es war ein Brand –«, er zitterte plötzlich am ganzen Leibe und packte mit geschlossenen Augen Herrn Belfontaine an der Hand.

»Beruhigen Sie sich! Es ist, wie ich sagte«, tröstete Belfontaine überlegen und fühlte erschrocken, daß ihm der Pfarrer bewußtlos entgegensank. Im nämlichen Augenblick faßte er zu, stemmte den Rücken gegen die Hauswand und hielt den Körper seines Begleiters, der vollkommen hölzern und merkwürdig steif war, wie einen gefällten Baum mit beiden Armen umfaßt. »Wie furchtbar! Er scheint also wirklich an Epilepsie zu leiden«, schoß es ihm durch den Sinn. »Genau die gleiche Erscheinung wie gestern, als die Bauern ihn aufgesucht haben. Nun, hoffentlich kommt er bald wieder zu sich, denn wenn er auch nur ein Häufchen Knochen und etwas Haut drüber ist, fällt es doch schwer, einen leblosen Körper so lange aufrecht zu halten. Aber hinlegen möchte ich ihn natürlich auf gar keinen Fall, denn er hat ja noch immer das Allerheiligste bei sich.«

Ein langer, eigentümlicher Schauder, dem, wie das Fieber dem Schüttelfrost, eine glühende Hitze folgte, durchfuhr ihn bei diesem Gedanken.

»Nur ruhig, ruhig«, sagte er sich. »Was ist schon weiter dabei! Mein Gott – wie sein Herz an die Rippen schlägt ... oder täuscht mich nur meine Einbildungskraft, und ich fühle das eigene schlagen und höre wie unter Wasser diesen dumpfen, donnernden Ton?«

Herr Belfontaine stützte sich fester an und zog den Leblosen höher hinauf; der Kopf des Pfarrers, sein farbloses Haar, die tödlich erblaßte Wange lag nun auf seiner Schulter und schien um Erbarmen zu bitten. Belfontaine blickte darüber hinweg und hatte, wie in der Kirche, die sonderbare Empfindung, als solle ihm wieder ein Zeichen gegeben, eine Botschaft mitgeteilt werden, deren Dringlichkeit keinen Aufschub zuließ, keine Entschuldigung, nichts, was sie schwächen oder wesenlos machen könnte. Er starrte und starrte – – Leuchtfeuer flammten, das dumpfe Donnern brandete mächtig, in immer stärkeren Stößen, an sein Bewußtsein heran ... schon hatte er das Gefühl, als ob Worte, eine Anzahl von scharf unterschiedenen Worten, wie Speere über die Brandung geschleudert und in sein Herz gebohrt würden, wo sie sich zitternd im Aufsprung wiegten und noch die winzige Spanne nach rechts oder links besaßen, bevor sie zur Ruhe kamen ... Dann fühlte er, wie sich der Pfarrer bewegte, und bot seine ganze Willenskraft auf, sich von keiner wie immer gefärbten Empfindung niederzwingen zu lassen.

»Nun, nun – es geht schon. Es geht schon besser«, behauptete Belfontaine trocken und drängte den wieder Entspannten an einen Mauervorsprung, wo er ihn niedersetzte.

Der Geistliche seufzte und murmelte leise: »Sie sagten, daß es ein Feuerwerk war?«

»Natürlich war es ein Feuerwerk!« erwiderte Belfontaine. »Und zwar war es die Figur einer Fahne, die sich erst in der Höhe aufrollt und dann wie ein großes, entfaltetes Feuer über den Himmel zieht. Sie müssen sich eine Bewegung denken«, belehrte er den Pfarrer voll Eifer, »die kreisend in sich zurückläuft; gewissermaßen ein Rad, dessen Drehung den explodierenden Pulverkörper eine ganz bestimmte Form anzunehmen und ihn ihr zu entsprechen zwingt. Die Kant-Laplacesche Welttheorie, um einen Vergleich zu gebrauchen«, fuhr Herr Belfontaine schwärmerisch fort und berauschte sich an den eigenen Worten, »ad oculos demonstriert.«

»Nicht übel«, sagte der Pfarrer schwach. »Keine Feuersbrunst, eher ein Weltenbrand – genau so habe ich es empfunden ...« Er taumelte, als er sich endlich erhob, und mußte den anderen unterfassen, um auf den Füßen zu bleiben.

»Vielmehr eine Spielerei und nichts weiter«, sagte Belfon-

taine in beruhigendem Ton. »Eine kleine, kosmische Spielerei, die nichts zu bedeuten hat.«
»Ich glaube«, sagte der Pfarrer ruhig, »sie hat heute schon mehr zu bedeuten, als Sie denken, Herr Belfontaine. Aber gehen wir. Gehen wir jetzt. Die Laternen verlöschen bereits.«
Sehr viel rascher, als beide vermutet hatten, fanden sie aus dem Gewirr der Gäßchen, die hinter ihnen wie spielende Schlangen, deren Bewegung vorübergehend von einer höheren Macht gestört war, wieder zusammenkrochen; sich paarten, bekämpften, fressend verzehrten und dem uralten Chaos der Nacht zu huldigen versuchten ...
»Also, vergessen Sie nicht das Fest!« sagte Belfontaine vor dem Pfarrhaus und lüftete den Hut.
»Nein, nein, Herr Gitzler holt mich ja ab«, versetzte Mathias freundlich. »Und wer A sagt, muß auch B sagen, nicht?«
»Dann bin ich ja wirklich gespannt, wie Sie es anstellen werden, mit den Wölfen zu heulen, Herr Pfarrer«, erwiderte Belfontaine. »Denken Sie übrigens immer daran, daß die Hälfte der Mitglieder schwarz gekugelt und die andere Hälfte vielleicht nur deshalb für Sie entschieden hat, weil es sie reizt, einen Geistlichen zwischen den Zähnen zu haben.«
Der Pfarrer verzog den Mund zu einem schmerzlichen Lachen. »In diesem Fall sind sie übel beraten. Ich bin in jeder Beziehung ein magerer Bissen, Herr Belfontaine. Das weiß jedermann, der mich kennt.«
»Wahrscheinlich noch immer nicht mager genug, um Sympathie zu erwecken. Oder – Haß ...«, fügte Belfontaine überstürzt, fast gegen den eigenen Willen hinzu. »Habe ich recht oder nicht?«
Der Pfarrer verschränkte die mageren Finger und preßte sie so heftig zusammen, daß das Blut aus den Knöcheln

wich. »Ja – manchmal ist mir selber zumute, als ob ich ein Stein des Anstoßes wäre, über den man zu stolpern verdammt ist«, sagte er unbewegt. In seine Augen, die weit geöffnet und fast ohne Lidschlag waren, trat jenes übermenschliche Wissen, das ihn von Trost und Enttäuschung abschied und den Engeln zum Bruder machte.

VI

»Wenn ich es Ihnen gestehen soll«, sagte ungefähr zwölf Jahre später der Kanonikus Jacques Le Roy zu einem alten Konfrater an der Notre Dame in Paris, »so hat mich die ungewöhnliche Bildung dieses Herrn Belfontaine am meisten angezogen. Sie wissen doch, ich war damals Pfarrer in diesem gottverlassenen Städtchen und hatte keinen Verkehr, keine Anregung, keinen Menschen, der meine Bibliothek mit den kostbaren Erstausgaben der Enzyklopädisten und der Sammlung tropischer Schmetterlinge zu schätzen vermocht haben würde. Überdies« – er betrachtete wohlgefällig seine gepflegten Finger mit den mandelförmig geschnittenen Nägeln – »trug er mir seine Freundschaft so unwiderstehlich an, daß ich nicht ‚nein' sagen konnte, ohne unhöflich oder grausam zu sein; ganz abgesehen davon, daß er mir wirklich gefiel. Wahrscheinlich bin ich kein Menschenkenner«, fuhr er mit kindlicher Koketterie und gespielter Bescheidenheit fort. »Auf jeden Fall hätte ich niemals ein solches Doppelleben bei diesem Manne vermutet. Mysteriös.« Er blickte den anderen an, dessen uralte adlige Elfenbeinschläfen, als ob ein Schnittmesser sie geglättet und hauchdünn ausgeschabt hätte, in seltsamem Gegensatz zu den großen häßlichen Ohren standen, aus denen ein ölgetränktes Stück Watte wie zum

Zeichen, daß er nicht hinhörte, ragte, und kehrte wieder zu der Betrachtung seiner Fingernägel zurück.
Der Alte drehte den Kopf nach ihm hin, wölbte die Hand um das rechte Ohr und fragte mit bellender Stimme: »Mysteriös? Was ist nicht mysteriös? Gehen Sie mir!« Er sah ihn verächtlich und mit schlecht verhohlener Langeweile aus den tiefen, funkelnden Augen an und schlug ein paarmal in plötzlichem Zorn auf die Platte des rötlichen Marmorkamins, an welchen er sich lehnte. »Oder kennen Sie irgendein Leben, das ohne Mysterium wäre?«
Monsieur Le Roy wich erschrocken zurück. »Natürlich nicht«, sagte er eifrig. »Die Gnade –«
»Hören Sie auf!« schrie der Greis erbittert und stampfte mit dem Fuß. »Lauter Formeln, lauter Gemeinplätze, he! Oder wollen Sie leugnen ... ach, aber wozu?« Er winkte abwehrend mit der Hand und ließ sich in einen Kaminsessel fallen, stützte den Kopf auf die welke Faust und schloß erschöpft die Augen.
»Aber, ich bitte Sie, Monsignore!« flehte Le Roy ihn an. »Ich will doch nichts leugnen! Im Gegenteil. Deswegen bin ich ja hergekommen. Erklären Sie mir als der Seelenführer, den ich in Ihnen verehre ...«
Ein Ausdruck von ehrlicher Hilflosigkeit in der Stimme des jüngeren Mannes hieß den Alten die Augen öffnen. »Was wollen Sie wissen?« fragte er kurz.
»Ob ich Schuld, vielmehr ob ich Mitschuld an diesen Ereignissen trage«, sagte Le Roy gequält.
»Welche Frage! Natürlich tragen Sie Schuld«, erwiderte der Greis. »Jeder trägt um den Nächsten Schuld. Sie um Belfontaine, andere wieder um Sie – ich denke zum Beispiel an Ihre Lehrer, die Ihnen das ‚theologische Rüstzeug', wie man so unübertrefflich sagt, dieses rostige Eisen angeschient haben ... und daran wieder haben die Schulen und an den Schulen die großen, gebenedeiten Heiligen

Schuld: ein Dominikus, ein Ignatius – –« Er nahm das seidene Käppchen ab und klemmte die Lippe ein. »Dieser riesige Kreislauf von Torheit und Schuld, der uns miteinander verkettet ...«

Der andere sah ihn befremdet an und wollte etwas erwidern, dann faltete er die Hände und hob sie vor die Brust. »Gewiß – doch abgesehen davon: Ich denke an meine persönliche Schuld, besser gesagt: Unterlassungssünde, Fahrlässigkeit oder Naivität, wie Sie es nennen wollen. Herr Belfontaine war doch mein Beichtkind«, fügte er tonlos hinzu. »Nein, wirklich, ich habe nicht das geringste von einem ‚Pfarrer von Ars'.«

Der Alte stieß ein gereiztes Lachen aus der eingesunkenen Brust. »Einem ‚Pfarrer von Ars' wäre Belfontaine wohl schwerlich nachgelaufen.«

»Das weiß ich nicht«, sagte Le Roy beunruhigt und ging hastig mit kurzen, weibischen Schritten im Zimmer auf und nieder. »Was für ein herrliches Stück!« rief er plötzlich und hob ungeniert einen Teller von dem Paneelbrett herunter, blies darüber, drehte ihn um und kratzte eifrig, wo er die Marke unter der Schmutzschicht vermutete.

Der Alte maß ihn mit wütenden Blicken. »Ich denke, wir sprechen von Ihrem Beichtkind«, sagte er außer sich.

Wie ein zur Ordnung gerufener Schüler stellte Le Roy den Teller mit leichtem Schmollen zurück und zuckte mit den Schultern. »Etwas Schönem kann ich nur schlecht widerstehen«, seufzte er melancholisch. »Und überhaupt bin ich leider kein Mensch, der von Grund auf ‚Nein' sagen kann. Ich will auch nicht«, fügte er trotzig hinzu. »Ich verabscheue jede Art von Härte, von Strenge, von Unbiegsamkeit. Nein, nein, ich bin aus anderem Holz. Gewiß nicht aus jenem, das dazu dient, einen Asketen zu schnitzen. Ich bin verträglich, das ist es. Und deswegen habe ich eingewilligt, als mir Belfontaine seine Freundschaft antrug, obwohl ich fühlte, daß ich für ihn« – er stockte und suchte verlegen nach Worten – »gewissermaßen nur ein Ersatz für den ... ‚Pfarrer von Ars' war; vielmehr für einen, für irgendeinen ‚Pfarrer von Ars', dem er früher begegnet sein muß. Es gab da eine Enttäuschung in seinem übersichtlichen Leben, von der er mir andeutungsweise erzählt hat. Ich wurde nicht klug daraus.«

»Und statt des ‚Pfarrers von Ars', mein Lieber«, sagte der Alte erbittert, »haben Sie ihm Ihre Sammlung tropischer Schmetterlinge und den Diderot angeboten.«

»Nein, nein, so war es auch wieder nicht«, erwiderte Le Roy, ohne beleidigt zu sein. »Er suchte wirklich nichts weiter in mir als einen Gesellschafter; einen Menschen, mit welchem man plaudern und vierhändig auf dem Klavier spielen kann ... einen – Freund, wie es Dutzende gibt.«

»Und worüber haben Sie meistens geplaudert?« fragte der Greis gespannt.

»Nun, über Kunst und Literatur«, gab Le Roy ihm harmlos zurück. »Herr Belfontaine«, fuhr er schwärmerisch fort, »hatte ein bewundernswert feines und sicheres Stilempfinden, ein ästhetisches Urteil, dessen Instinkt einfach untrüglich war. Ich besaß da zum Beispiel in meiner Sammlung religiöser Porträts einen Venezianer, für dessen Echtheit ich meinen Kopf schlankweg verwettet hätte. Und was glauben Sie? Belfontaine sieht ihn sich an, stutzt, bittet um eine Lupe und prüft die Signatur des Gemäldes, nimmt ein Federmesser und schabt die Farbschicht in der linken Ecke herunter – – aber, mein Gott, wenn Sie schlafen wollen, kann ich ja gehen ...«

Le Roy blickte unschlüssig nach der Tür, hierauf nach dem Greis, der mit tiefen, röchelnden Atemzügen in dem Sessel eingenickt war. »Wie er aussieht! Schrecklich, so lange zu leben«, dachte der Kanonikus schaudernd und betrachtete mit einem Gefühl, das aus Ehrfurcht und Trauer gemischt war, die hektisch eingesunkenen Schläfen, den zahnlosen Kiefer, das scharfe Kinn und die lange, schnabelförmige Nase, die über den Lippenrand hing. »Kein bißchen Fleisch mehr. Nichts zum Verwesen. Das ist wenigstens auch ein Trost.« Er wandte sich seufzend dem Fenster zu, dessen Blick auf die Seine ging. Es dunkelte schon, und die Kathedrale, deren Glocken mit furchtbarer Sanftmut den Abend erzittern machten, spiegelte sich in dem Strom. »Schönheit!« dachte Le Roy wie so oft, wenn die Türme ihr Filigranwerk zu einem Gebirge der Inbrunst und Andacht zusammenschoben. »Schönheit – sie ist es, die mich zum Diener der Kirche, zu einem ihrer Mysten gemacht hat. Nicht ihre moralische Schönheit; nicht jene, die erst auf den Totenmasken der Heiligen sichtbar wird – nein. Vielmehr, die Schönheit als Harmonie aller Maße, der Friede der Töne, die strömende Einheit der Farben, die klassische Vollkommenheit. Ah, welche Ruhe; mit welch vollendeter Anmut die Bäume sich über die Ufermauer in das gekräuselte Wasser neigen, als ob ihre Zweige noch einmal die Stützbogen dort an der Außenwand sich nachzuahmen bemühten. Nein, nicht bemühten: hier gibt es keine Bemühung, so wenig sich eine Pflanze bemüht, ihre Früchte reifen zu lassen. Gewiß, das Himmelreich leidet Gewalt – aber das liegt, wie jedermann weiß, auf einer ganz anderen Ebene und hat mit meiner Bewunderung für den Gleichklang von Kunst und Natur nicht das geringste zu tun. Dieser alte Aufrührer allerdings« – er drehte sich vorsichtig um und betrachtete wieder den schlafenden Greis – »mit seiner Bettelsacktheologie, die selbst vor den Kirchenlehrern nicht Halt macht, würde das nicht verstehen. Aber freilich: auch ich habe Belfontaine nicht und er hat mich nicht begriffen, obwohl wir einander doch, wie man so sagt, vortrefflich verstanden haben; mich wieder versteht dieser Alte nicht, der möglicherweise Herrn Belfontaine besser verstanden hätte als der geheimnisvolle Mathieu, von welchem er mir einmal erzählt hat, und wahrscheinlich wären erst dieser Mathieu und mein alter Konfrater im Einverständnis über Gott und die Welt gewesen.«

Mit einem Gefühl der Erleichterung, als hätte ihn diese Erkenntnis allen weiteren Grübelns enthoben und endgültig losgesprochen, gab sich Le Roy in durstigen Zügen aufs neue dem, was er eben als ‚Gleichklang zwischen Kunst und Natur' bezeichnet hatte, hin. Sein flacher ebenmäßiger Geist, seine Gemütsverfassung, der alles Titanische widerstrebte, war selbst von der furchtbaren Kriegskatastrophe nicht wesentlich angerührt oder verändert, geschweige denn umgepflügt worden, obwohl er in jenen finsteren Jahren als Nachfolger des verstorbenen Pfarrers in dem »gottverlassenen Städtchen« zu pastorieren gezwungen war, dessen Einwohner ihren Bürgermeister als Franctireur hatten erschossen und eingescharrt werden gesehen – – Und wahrhaftig: sein kindlicher Glaube, der sich damals zu gleichen Teilen auf den Marschall Foch und Jeanne d'Arc gerichtet und von beiden dasselbe erwartet hatte, war nicht betrogen worden. Noch immer stellten sich ihm die Mängel des irdischen Daseins als etwas dar, das mit Hilfe der gesunden Vernunft und einer tätigen Menschenliebe vermeidbar gewesen wäre; ja, sein fröhlicher Pelagianismus scheute sich nicht davor zu behaupten, daß in der Schöpfung bereits ein fertiger Plan von der höchsten Wohlfahrt des Lebens, dem besten Staatswesen angelegt sei, den der Mensch mit seinen natürlichen Gaben zu erkennen imstande wäre. So wußte er auch mit dem Satan nichts Rechtes anzufangen und nahm ihn wie bei dem Brettspiel einen überzähligen Stein, den er respektvoll zur Seite schob, ohne ihn einzusetzen. Er pflegte ihn

‚das Böse' zu nennen und hätte ihn weder als Geistererscheinung, noch in der Person des Fleisches, das er beherrschte, erkannt, sondern jene als physikalisches, vielleicht auch chemisches Lichtphänomen und diese als eine Ausfallserscheinung der anbetungswürdigen Reihe des Fortschritts zu höheren Zielen betrachtet. Mit Widerwillen, ja mit Entsetzen hatte er sich überwunden, das berühmte Werk jenes alten Mannes, der da vor ihm im Sessel lag, über ‚die Teufelserscheinung im Leben der Heiligen' durchzulesen, worin sich der Autor bemühte, den Nachweis zu erbringen, daß jeder dieser Kämpfe nichts andres als die erneute Begegnung des mystischen Leibes Christi mit dem großen Verführer sei, den zuerst einzelne Glieder, dann aber mit reifender Zeitenfülle die gesamte christliche Menschheit würde bestehen müssen. So wäre es irrtümlich, anzunehmen, daß von den Tagen der Urkirche an den Kämpfen der Wüstenväter sich die dämonische Wirklichkeit verflüchtigt oder verringert habe; es könne vielmehr kein Heiligenleben ohne Satan vorgestellt werden, und zwar einen Satan, der nicht moralisch verstanden und nur als Metapher gedacht werden dürfe, sondern mehr und mehr als bestimmte Person, als dieser eine, in dieser Zeit und im Schnittpunkt koordinierter Wege, bis er endlich in der nackten Erscheinung des Antichrist seine Erfüllung fände – eine Erfüllung, die sich der Leser wie den Zusammenschluß zahlloser Bilder auf einem Filmband vorstellen müsse, deren jedes sich nur um ein weniges von dem vorigen unterscheidet. Dies sei denn auch der tiefere Grund, weshalb der vollendete Antichrist nur schwer erkannt werden könne; denn überall gegenwärtig wie Gott, sei er der Mehrzahl der Menschen bereits auf schreckliche Weise vertraut, ja zur lieben Gewohnheit geworden.

»Aber ich dächte doch«, hatte Le Roy, welcher das Buch bis zu dieser Stelle und nicht weiter gelesen hatte, zu seinem Verfasser geäußert, »daß der Satan als brüllender Löwe umhergeht und also mindestens unüberhörbar für jedes Menschenohr ist.«

Nun, niemals würde er, Jacques Le Roy, die fürchterliche Grimasse des Hohnes und der Verachtung vergessen, die dem Alten als schneidende Falte von der Nase zum Mundwinkel abwärts gelaufen und dort in Gestalt einer Kreuzspinne, schwarz und vielbeinig, sitzen geblieben war. »Richtig. Als brüllender Löwe«, hatte er schließlich erwidert. »Nur, daß die meisten ihn dann für einen Volksredner halten werden, einen Politiker höchstwahrscheinlich -- Sie inbegriffen, mein lieber Le Roy.«

Er inbegriffen. Das war keine Frage; denn behaupten zu wollen, es sei sein Charisma, etwas als das, was es war, zu erkennen, wäre selbst dem Geschmeichelten komisch, wenn nicht als Verhöhnung erschienen. »Vestigia leonis« – er hatte sie niemals erkannt; weder vor dem Kriege, als seine Spuren von dem Wüstensand jenes unaufhaltsam aus allen Ritzen rieselnden Hauses, das man Europa hieß, zugedeckt wurden; noch nachher, als man die Fugen wieder mit schlechtem Kleister verstopfte, mit Pulver, Haß und verfluchten Phrasen, die wie der Kaugummi der Matrosen unter der glänzend polierten Platte der Parlamentstische klebten. Und doch war er, war der gleißende Engel mit dem Verwesungsduft unter den Flügeln, der Welt noch niemals so nahe gewesen wie in den Augusttagen jenes Jahres, wo er mit löwenhaftem Triumph in sein eigenes Sternbild eintrat und den Glanz von Mächten und Fürstentümern auf seinem Antlitz versammelte; einen Glanz, der schon vorher wie Wetterleuchten an den Saalfenstern der Kasinos, der Spielhöllen und der Börsen vorübergewandert war und den Beteiligten zugewinkt hatte: vertraulich, mit geräuschlosem Blitzen, das dem erstickten Gelächter gleichkam, welches den fürchterlich starren Gesichtern einer zu Tode gekitzelten Menschheit aufgeprägt worden war ...

Eine einzige große, zerplatzende Kugel, die einen Regen von falschen Sternen über den Himmel streute, war, wenn sich der gleißende Engel nun wieder zwölf Jahre zurück und an eines seiner geringsten, ihm gefeierten Feste erinnern wollte, das Zeichen zum Beginn jener Sache, welche die gute Gesellschaft von A. ein ‚Ereignis' nannte, gewesen – –. Und wahrhaftig hatte dieses Ereignis, indem es mit untrüglichem Wissen in das größere eingerollt war, seine Bezeichnung verdient. Zurück – zurück –! Als Mathias und Gitzler das alte, schmiedeeiserne Tor des Kasinogartens durchschritten hatten, das von zwei hohen Pappeln flankiert und, wie der Eingang zu einem Schlößchen, eine Allee zu eröffnen bestimmt war, an deren Ende der Obelisk seine Nadel scharf in den Himmel spießte, bemerkten sie, daß sich die Polonaise gerade aufgelöst haben mußte, und – während die Jugend immer noch schwärmte und in zerrissenen, von Gekicher und unterdrücktem Gelächter klirrenden Ketten umherzog – bereits in den Zustand der Zirkelbildung übergegangen war. Servierkellner, Platten mit scharfen Likören und Appetitbissen: Kaviar, Sardellen und überpfefferten Schinkenstückchen auf den gewinkelten Armen tragend, eilten zwischen den schaukelnden Lampions wie aufgescheuchte nächtliche Vögel mit flatternden Schößen dahin und schienen, verführt von dem hellen Licht der unabgeblendeten Stocklaternen, in ihr Verderben zu laufen. Wo sie anboten, drehten sich Schnurrbartgesichter und hochgetürmte Frisuren, scharf abgesetzt, in den kalkigen Schein und glichen – von Puppenspielern geführt und an hüpfenden Fäden gezogen – sehr munteren Marionetten: »Bitte nach Ihnen!« »Darf ich Sie bitte bedienen?« »Aquavit? Aber nehmen Sie doch! Ihr

Diener!« – – Ein unaufhörliches Wogen und Wirbeln, gebildet aus Ruckruck und Zickzack, aus dem Vor und Zurück, der Verbeugung, dem Kratzfuß und dem Aufspritzen schaumiger Phrasenkrönchen, ging unter den Laubdächern hin.

»Oh –!« machte der Pfarrer bestürzt und geblendet; zwei Kellner waren von rechts und links an ihn herangetreten, und während der eine das Windlicht hochhielt, bot der andere ihm die Platte an. Herr Gitzler griff rasch und hochmütig zu, nahm zwei Pappteller von dem Tablett herunter und belud sie mit allerlei Leckerbissen, welche Mathias noch nicht einmal dem bloßen Namen nach kannte.

»Sherry brandy? Kirschwasser? Aquavit?« schnarrte der Kellner mokant.

»Ich möchte . . .«, begann Mathias hilflos.

»Einen Wodka!« forderte Gitzler scharf und sah den Kellner herausfordernd an, der leicht mit den Achseln zuckte. »Natürlich nicht. Aber der Küchenchef will bei Horcher gearbeitet haben. Kommen Sie, lieber Mathias«, er faßte den anderen unter. »Gehen wir nach der Pagode. Dort gibt es einen sehr hübschen Sitzplatz, wo wir in aller Ruhe dieses ... Maurerfrühstück verzehren können. Keinen Wodka! Ha! Keinen Wodka! Ein schöner Eindruck für unsere Gäste.«

Der Kellner war wie ein geprügelter Hund auf Seitenpfaden davongeschlichen, und Mathias blieb unwillig stehen. »Was soll das bedeuten, Herr Gitzler?« fragte er drohend und kalt.

Herr Gitzler wendete sich dem Priester mit ruhiger Zärtlichkeit zu; jeder Hochmut war von ihm abgefallen, seine Faunslippen, weich geöffnet, trugen den unbewußt reinen Ausdruck eines gescholtenen Knaben. »Soll ich Sie heute abend beschützen – oder soll ich lieber nicht?« fragte der Lebemann sanft.

Der Pfarrer schüttelte langsam den Kopf. »Nicht so, Herr Gitzler, nicht so«, sagte er mit der Würde des vollkommen Unberührbaren. »Nicht wie der Wolfshund das Schaf. Glauben Sie mir: mein Pelz ist nur außen, und rascher, als Ihnen lieb ist, könnte ein anderes Wesen die Krallen aus seiner Wolle strecken – dann nämlich, wenn mir die Weide bekannt ist, besser gesagt: der Jagdgrund, auf dem wir uns bewegen.«

»Nun – der Jagdgrund«, entgegnete Gitzler lebhaft, »ist seit fünfzig Jahren der gleiche. Die Kakteen des Fortschritts, das Zuckerrohr der landesüblichen Redensarten, das Dschungelgras unvorstellbarer Geilheit, und in den Lianen die alten, närrischen Papageien, denen der Schnabel bereits auf die Brust hängt, ohne daß sie es merken. Was könnte Sie da reizen, zu jagen? Allerdings in der Not frißt der Teufel Fliegen – und worauf Gott Appetit hat, müssen Sie besser wissen. Ich wäre aber nun wirklich dankbar, wenn ich die Pappteller da irgendwo niedersetzen und meinem ermüdeten Gaumen mit einem gepfefferten Bissen die Peitsche geben könnte. Doch, ich weiß es schon im voraus, daß mir alles wie Stroh schmecken wird.« Herr Gitzler wandte sich eilig einer kleinen Pagode zu, die von Weymutsfichten beschattet wurde und eine hölzerne Tigerbrücke, die über ein künstliches Wässerchen führte, als romantischen Zugang hatte. »Noch ist es zu früh für die Liebespaare und den Bäumchenwechsel der Ehegatten in diesem Venustempel«, sagte er, während sich sein Gesicht in schrecklicher Heiterkeit zu der Grimasse eines Wasserspeiers verzerrte, als wolle es sich erbrechen. »Überdies kommt der D-Zug aus Mainz erst später, wahrscheinlich sogar zu spät für unsere lebenden Bilder, obwohl meine Frau es durchgesetzt hat, daß ihr ‚Gretchen am Spinnrad' die letzte Nummer in diesem – Varieté bildet. Sie hofft nämlich immer noch, daß ihr Geliebter ihre Ähnlichkeit mit der Sorma entdeckt; wenigstens um den Busen herum – oh pardon – ich vergaß ...«

»Ihre Frau ist sehr unglücklich, lieber Freund«, sagte der Pfarrer gedämpft.

»Um so besser«, erwiderte Gitzler kalt. »Leid soll ja bekanntlich veredeln.« Sie gingen jetzt über den Brückenbogen, die Bohlen zitterten unter den Stiefeln, die leise klapperten. In der Pagode ließ Gitzler sich nieder, die Beine weit von sich gestreckt, zündete eine Zigarre an und schien in das Dunkel zu horchen; sein verfinstertes, leeres Gesicht, das mit allen Lüsten gesättigt und zugleich von ihnen verlassen war, lag wie unter Wasser: schon aufgelöst, aber mit funkelnden Zähnen zwischen dem Bartgestrüpp. Der Geistliche, leicht nach vorne geneigt, war unschlüssig stehen geblieben; von leisen, flachen Seufzern bewegt, die durch das Geäst seiner Glieder liefen wie der Wind durch die schleiernde Weide an dem perlgrauen Uferrand.

Geruch von Jasmin und Syringen drang in stoßweisen Wellen wie Weihrauch aus der schwingenden Schale der Frühlingsnacht in den offenen Pavillon; unter Akazien und Götterbäumen bemerkte man einzelne Gruppen festlich gekleideter Menschen, welche von einem Strom des Entzückens wie Gondeln dahingetragen und ohne Ruder nur durch den Antrieb ihrer geselligen Süchte gelenkt zu werden schienen ... und ein von Mondlicht getränkter Himmel warf gleichsam ihr Spiegelbild in geballten, langsam treibenden Wolken zurück, deren Ränder von Silberstaub flimmerten und eine trügerische Verwandlung der Materie in Licht versprachen. Junge Mädchen, Leda und Schwan in einem, wenn die Luft ihr Gefieder aus Dummheit und Spitzenröckchen blähte, kreischten wohlerzogen mit gierigem Lachen zwischen jedem Satz, den sie sprachen, auf; dazwischen dröhnte, sorgsam geölt, der Baß jener alten Silene, die sich Väter und Großväter nannten; flüsterte, wie die verbuhlte Luft über blühenden Blumenbeeten, das Bettgeheimnis der jungen Frauen, und schepperte, ausgeleierten Schellen an ehrbaren Haustüren ähnlich, das Räuspern und Hüsteln der alten Damen, die unter beständigem Fingerspiel den Spitzenschal um die Agraffe zogen, welche den Ausschnitt der beinernen Brüste mit Brillanten oder Granaten verdeckte, und die ungemein heiter schienen. Jetzt näherte sich ein Schwall von Stimmen der kleinen Holzpagode, und das scharfe Corpsstudentenorgan eines Gerichtsassessors setzte sich schneidend ab.

»Sehen Sie diese bezwickerte Fratze aus zusammengedrücktem Quark?« flüsterte Gitzler, von Wut geschüttelt, und sah zu Mathias auf. »Das ist der Gerichtsassessor Hunnäus und neben ihm die Kröte im Vollbart mit den aufgeblasenen Backen der Gymnasialdirektor Gelinde, der sich seit dreißig Jahren nachzuweisen bemüht, daß Homer überhaupt nicht gelebt hat. Man nennt ihn daher auch den ‚Astabschneider', weil er nämlich den Ast, auf welchem er sitzt, abzusägen versucht. Und der jetzt gerade sein Taschentuch zieht, ist Herr von Heyl, unser Kreisrat, dessen Frau, die ‚singende Laura', uns nachher mit einigen Liedern und Arien beglücken wird. Über die beiden Damen da vorne will ich nichts weiter sagen, als daß sie zu jung verheiratet sind: die Blonde, na, das sehen Sie ja, und die Alte mit einem Gatten, der zwölf Jahre jünger als sie und ein gescheiterter Architekt mit Künstlerkrawatte ist. Arme Teufel ... sehr arme Teufel, sie alle ...« Er beschrieb mit dem rechten Arm einen Kreis, und der Kopf der Zigarre, die er zwischen den Fingern hielt, schien die Menschen, welche sein Wort soeben getroffen hatte, in ein magisches Feuerrad einzuschließen, das ihr Schicksal besiegelte. »Und doch ist jeder von ihnen einmal ein frommes Kind gewesen«, setzte Gitzler, fast wider Willen, hinzu und blickte das unbewegte Gesicht des Geistlichen traurig an. »Es ist ein Jammer . . .« Sein Arm sank herunter, die Zigarre entfiel der Fingergabel und löschte unter der Schuhsohle aus, die Gitzler darüberschob. »Ach, schweigen wir – –! Übrigens habe ich eben den Tafelgong läuten gehört.«

Sie strebten nicht lange danach dem lichterhellen Kasino zu; vor ihnen her ein Rudel von Menschen, deren Rücken, gewetzt von Erwartung, etwas merkwürdig Tierhaftes hatten, das sie gleichzeitig unterdrückten; kleine Stockungen bildend, Wirbel und Strudel, in welche schließlich auch Gitzler und sein Begleiter gerieten. Eine Dame, es war Frau Belfontaine, streifte den Pfarrer am Ärmel und drehte den Kopf nach ihm hin. »Welches Glück!« rief sie unbekümmert und arglos, »meinen Tischherrn nicht selber suchen zu müssen. So geht es mir nämlich gewöhnlich seit meiner Tanzstundenzeit. Oder – haben Sie mich am Ende nur gefunden und gar nicht gesucht?«

Der Pfarrer lächelte ihr zufrieden, mit sanfter Heiterkeit zu. »Nein, denken Sie: ehrlich gesagt, kann man Sie wohl nur finden, ohne gesucht zu haben.« Sein Blick ruhte freundlich und merkwürdig innig auf ihrem leicht enttäuschten Gesicht; dann fuhr er fort, seine Hand ausstrekkend, als locke er eine Taube: »Ich meine, so ähnlich wie jenes Schriftwort, das von der ewigen Weisheit sagt: ‚Wer mich findet, findet das Leben und schöpfet Heil von dem Herrn.‘«

»Und das läßt Du Dir ohne Erröten sagen?« fragte Herr Belfontaine, welcher Mathias inzwischen mit leichter Verbeugung begrüßt und vergeblich versucht hatte, bei dem Pfarrer einen Händedruck anzubringen.

Sie begann jetzt gleichfalls zu lächeln, doch ohne die leiseste Spur einer Verwunderung; vielmehr mit einer Natürlichkeit, wie frisch betaute Blumen sie haben, wenn sie das Sonnenlicht trifft. Ihre Stirnlöckchen schimmerten wie bronziert und schienen sich den vom Lufthauch bewegten, leise zitternden Lämpchen einzeln entgegenzuheben; ihre Augen standen erwartungsvoll offen, das zarte Wangenoval mit der jungen, ungebrochenen Linie umschloß und behütete ein Gesicht, aus welchem die etwas zu große Nase über den streng gezeichneten Mund von kindlichem Rosarot vorsprang, und zwischen den leicht geöffneten Lippen milderten kleine, milchweiße Zähne jenen Eindruck von unangebrachtem Hochmut, den man Elisabeth fälschlich vorwarf, indem man das Mißverhältnis von Form und natürlicherweise mangelnder Reife damit verwechselte.

Herr Belfontaine blickte von einem zum andern. Sie verstehen sich. Oh, wie sich beide verstehen! dachte er eifersüchtig. Obwohl doch Elisabeth keine Spur von dieser üppigen Gitzler hat, dieser Ehebrecherin, sondern ein Kind ist – ein unbegreifliches Kind. »Komplimente bereits vor der Suppe?« fragte er, sich zu geselliger Laune und verbindlichem Lächeln zwingend. »Ich bin erstaunt, mein lieber Herr Pfarrer, über den Frauenblick, den Sie besitzen; denn, was Sie behaupten, ist wirklich wahr: meine Frau hat die Anlage, weise zu werden, wie ich zum Beispiel die Anlage hätte – –« Er hörte Herrn Gitzler mißtönend lachen und sein eignes Organ sich entfremden; ja, wie ein Gefäß beim Topfschlagen scherben und in wertlose Stücke springen. »Die Anlage«, fuhr seine Stimme fort, sich gleichsam zu Ende trällernd, »zu einem Eremiten. Aber trotzdem muß ich nun leider gehen und meine Tischdame suchen.«

»Wer ist es denn?« fragte Elisabeth harmlos.

»Die Zweitschönste«, gab ihr Herr Belfontaine mit einem Blick auf den Pfarrer zurück. »Frau Gitzler nämlich.« Er winkte Elisabeth zu und tauchte in der verlorenen Herde der Menschtiere unter, die sich mit schlecht verhohlener Eile zur Futterstelle drängten ...

In der Küche gruppierte sich schon der Zug der gravitätischen Kellner, welche mit dampfenden Schüsseln und angespannten Gesichtern das Zeichen zum Einmarsch erwarteten, und vor den hohen, bis auf die Erde reichenden Fensterflügeln hauchten asiatische Ziergartenbüsche ihr Vanille-Aroma, den Zimtgeruch und den Duft ihres rötlichen Holzes, dessen Ruten der Regen durchsüßt und zu schnellerem Wachstum aufgepeitscht hatte, mit den lauwarmen Windstößen aus. Dazwischen schaukelten, gleichfalls erregt, von buhlerischen Händen und geisterhaft hauchenden Lippen, die kleinen Papierlaternen; ein Schein, zu schwach, um bleiben zu können, doch stark genug, um den nächsten Umkreis mit seinem Licht zu erfüllen, durchflackerte ihre Hüllen und erhob sie für diesen Augenblick weit über Sterne und Mond. Während sie sich am Kasino häuften und die Hauptallee durch den flimmernden Strom ihrer erleuchteten Leiber einer Milchstraße gleich machten, verloren sich ihre siderischen Bälle in der blauschwarzen Gartentiefe gleich einzelnen Planeten, die aus dem Dunkel tauchten und das Dunkel noch unergründlicher machten, als es vorher gewesen war.

»Schwöre mir –«, flüsterte eine Stimme im Schatten der Sykomoren, welche den ältesten Baumbestand des Gartens darstellen mochten, und ein Frauengesicht, so blaß wie die Blätter der überhängenden Blütentrauben, wandte sich tränenfeucht in die Höhe und suchte angstvoll ein anderes, das unwillig abgedreht war.

»Schwören!« sagte ein Mann brutal mit lang hinrollendem ‚r'. »Schwören, und immer nur schwören. Ich habe es endlich satt. Diese Schwüre und deine verrückten Ängste, deine Gier, deine unersättliche Liebe, jawohl, zum Teufel – auch die. Laß mich los, die Hände weg, sag ich dir, oder es war das letzte Mal, daß ich gekommen bin, hörst du? Wozu überhaupt dieses Telegramm, das mich hierher gehetzt hat? Ich melde mich krank, man verschiebt die Premiere, der Theaterarzt kommt, ich markiere Blinddarm, und alles, bitte, wozu? Weil meine Freundin nicht abwarten kann, bis ich ihr wieder am Busen hänge; weil sie schlecht geträumt hat; weil ihre Migräne mein Kommen notwendig macht. Nein, widersprich nicht – so ist es. Ich kenne dich ganz genau. Für ein paar lumpige hundert Mark glaubst du das Recht zu haben, einen Künstler zu tyrannisieren. Dieser Schauspielunterricht ist eine Qual, unbegabt wie du bist. Keine Tränen mehr, wenn ich dich bitten darf! Ich bin daran gewöhnt. Wie du aussiehst – schrecklich! Richte dich her und geh in den Speisesaal. Man wird dir deine Kopfschmerzen glauben, ich garantiere dafür. Rasch, rasch. Hier liegt ja dein Bracelet.« Mit einer rohen Bewegung zog er es über ihr Handgelenk und streichelte ihr gewohnheitsmäßig, schon völlig abwesend, über den runden, heftig zitternden Arm. »Am besten fahre ich wieder nach Hause, denn wo, zum Teufel, soll ich mich lassen, bis der letzte D-Zug aus Mainz hier angekommen ist? Wären wir so verblieben, wie es verabredet war – aber du wolltest ja nicht.«

»Nein, warte noch, Oskar, um Gottes willen –!« Ein jäher, wilder Schrei der Verzweiflung zerriß den schluchzenden Mund der Ärmsten; dann warf sich Frau Gitzler aufs neue dem Schauspieler an die Brust. »Es geschieht ein Unglück, wenn du jetzt gehst. Du weißt ja noch nicht – –«

»Ich weiß, ich weiß«, sagte der Schauspieler kalt. »Du bringst dich um, willst du sagen. Und wenn auch das mich nicht rühren sollte, so trägst du als letztes Mittel ein Kind von mir unter dem Herzen.«

Seine Freundin sah ihn entgeistert an. »Du ahnst es also?« stammelte sie und nahm ihre Hände fort.

»Was soll ich ahnen?« fragte er drohend.
»Daß ich wirklich ein Kind erwarte«, sagte Frau Gitzler stumpf.
»So? Meinen herzlichen Glückwunsch«, versetzte er, außer sich. »Aber was geht das eigentlich mich an, wenn Gitzlers ein Kind bekommen? Dergleichen soll ja mitunter passieren, wenn man verheiratet ist.«
Die Frau griff sich krampfhaft an beide Schläfen und krallte die Finger tief in das dichte, blauschwarz glänzende Haar; es war offensichtlich, daß diese Gebärde ihrer Vorstellung einer Tragödin entsprach, obwohl sie hinwieder vollkommen echt und aus dem Innersten eines Geschöpfes, dessen Leiden jedes Maß überstieg, soeben entsprungen war.
Ohne sie aus den Augen zu lassen, fuhr der Mann mit höhnischer Stimme fort: »Oder willst du mir etwa vormachen, he – –« Er mäßigte seine wilde Begierde, die Frau ins Gesicht zu schlagen, sie zu würgen, mit einem Hagel von Tritten unter die Erde zu stampfen, und sagte in leichterem Tonfall: »Mach dich nicht lächerlich, bitte. Im Grunde ist das die beste Lösung, die wir beide uns wünschen können. Du kehrst jetzt ganz natürlicherweise in dein früheres Leben zurück und behältst, ob das Kind tatsächlich von mir oder deinem Mann ist, eine schöne Erinnerung. Der Herr Gemahl wird entzückt von ihm sein; ein Paar neue Ohrringe sind dir gewiß und später – nun, später ... (kommt Zeit, kommt Rat, hätte er fast gesagt). Später wird man ja sehen, was aus unserer – Liebe geworden ist. Helene?« fragte er schmeichlerisch und griff ihr unter das Kinn. »Nimm Vernunft an!« sagte er unbehaglich. »Wozu diese Totenmaske? Du bist doch verheiratet. Also. Was kann dir schon geschehen?«
Ein furchtbares Zittern, das seine Berührung in der Unglückseligen ausgelöst hatte, lief über ihr Gesicht. »Er wird mich töten«, flüsterte sie. »Ich weiß es ganz genau.«

»Töten? Wer wird dich töten?« fragte der Mann gereizt.
»Gitzler«, sagte sie, toll vor Angst, und umklammerte, langsam niedersinkend, wie eine Ertrinkende seine Knie, während er sich vergeblich von ihr zu lösen versuchte.
»Daß du es dir nicht einfallen läßt, mir noch einmal zu schreiben oder nach Mainz zu kommen«, knurrte der Schauspieler wütend.
Helene lachte irrsinnig auf. »Du weißt noch nicht alles«, sagte sie girrend und legte die Hände über den Schoß, der plötzlich gewölbt zu sein schien.
Eine panische, sinnlose Furcht erfaßte den Verführer. »Was weiß ich nicht?« fragte er feige.
»Daß mein Mann schon seit Jahren nicht mit mir verkehrt«, sagte sie unheimlich nackt.
»Wie ... was ... nicht mit dir verkehrt?« wiederholte er blöde und fühlte mit Schrecken, wie seine Zunge erlahmte.
Sie nickte, das gespenstische Lachen durchgeisterte aufs neue ihr tränennasses Gesicht. »Dann hat also Gitzler auch ein Verhältnis«, meinte der Mann erleichtert, »und wird dir nichts vorwerfen können.«
»Nein – Gitzler hat kein Verhältnis«, sagte sie ausdruckslos. »Er lebt wie ein Mönch und liest in der Nacht. Buddha, die Heilige Schrift, Astronomisches, was weiß ich. Er schreibt auch«, fügte sie noch in leicht verachtendem Tonfall hinzu, »und übt sich im Sanskrit.«
Der Schauspieler biß auf die Unterlippe und blickte sie ratlos an. »Nun«, sagte er dann verzweifelt und zynisch, »so wird wohl nichts anderes übrigbleiben, als daß du diesen perversen Mönch zu seinen Pflichten bekehrst. Seit wann bist du schwanger?« forschte er roh. »Ich hoffe, es reicht noch hin, bis – na, ja«, endete er verlegen. »Schließlich ist er dein Mann und darf dich nicht sitzenlassen.«
Wieder lachte Helene leise und zog mit scheinbar verliebter Bewegung seinen Lockenkopf zu sich hin.

»Oder – fällt es dir denn so schwer«, fragte der Schauspieler eitel, »ihn für mich einzutauschen?«
Er fuhr zurück, ein heftiger Schlag traf ihn mitten in das Gesicht; dann sah er Helene davonstürzen, stolpern und, ohne auf die Wege zu achten, über den Rasen laufen. Sie riß, erblindet von Scham und Tränen, die Büsche wie eine Mänade blindwütig auseinander und fühlte mit scharfer, tödlicher Lust ihren Nacken von ihnen gepeitscht; ihre Hände bluteten, ihre Wangen waren von Dornen zerkratzt, ihre Haare, mit Blättern und Ästchen durchflochten, glichen in ihrer verwahrlosten Fülle einem zausigen Rabennest.
»Oskar«, wimmerte sie entsetzt und blieb wie ein verlaufenes Kind mitten auf einem Rasenfleck stehen, der von abgeblühten Magnolien umgeben und fast vollkommen dunkel war. Keine Antwort. Sie hob die Hände zum Mund und leckte die Wunden aus; ihre Tränen vermischten die salzige Feuchte einer betrogenen Liebe mit dem süßlichen Blutgeschmack, der aus der Tiefe ihres ratlosen Herzens zu strömen schien, das nun bar der geringsten Hoffnung und ganz ohne Ausweg war. Keine Hoffnung? Kein Ausweg zum Entschlüpfen? Sie wand sich wie ein Tier in der Falle, das bereit ist, das eigene Glied durchzubeißen, wenn nichts anderes übrigbleibt. »Doch!« sagte sie dann sonderbar wild und preßte in einem jähen Entschluß die Hände gegen die Brust. »Das ist die Rettung. Ja. Ja.« Sie schloß die Augen, hinter den Lidern sah sie das Bild, das sie suchte: den D-Zug aus Mainz, der sich näherte ... langsam – mit riesiger Lokomotive, die ihre blendenden Lichter dem Lauf des Schicksals voranschob, während das gleichmäßig dumpfe Geräusch der rollenden Räder den schrecklichen Schmerz in ihren Adern beruhigte, ihn einlullte, ebnete und zermalmte und ihr das Gefühl der Kindheit zurückgab, wo sie als kleines, behütetes Mädchen an

dem grasüberwucherten Bahndamm wohnte und die Lichter der fahrenden Züge über ihr Bett huschen sah. Eine brennende Sehnsucht nach diesem Lager und seiner kristallenen Reinheit überfiel die Verlorene; gleichzeitig überkam sie eine ausgelassene Freude, das Fieber des Falken, der in der nächsten Sekunde von dem Handschuh in den azurenen Grund des Himmels abstoßen wird.

Sie raffte die Röcke und rannte weiter. »Rasch, rasch – – noch ein Glas Champagner«, sagte sie vor sich hin. Der festlich erleuchtete Speisesaal, dessen Flügeltüren weit offenstanden, warf den milden, fürstlichen Schein seiner Kerzen in breiter Lichtbahn auf die Terrasse und weiter hinaus auf den Irrgang der Wege, die mit fein gesprenkeltem Kies beworfen und von Gräberbuchs eingefaßt waren. Als Helene näher kam, hob sie die Arme mit enthusiastischer Geste empor und ließ dann, einen Schatten bemerkend, ihre Hände flatternd heruntersinken, wobei sie sich unwillkürlich bemühte, den Eindruck zu erwecken, als nestele sie an den Kämmen, welche sich losgelöst hatten.

»Frau Gitzler? Sind Sie es?« fragte die Stimme, die zu dem Träger des Schattens gehörte, und Herr Belfontaine, ihre Verwüstung bemerkend, trat höflich auf sie zu. »Ich bin im Bilde«, sagte er rasch und sah, wie Helene zusammenfuhr und das zerrissene Spitzenplastron ihrer Bluse zu ordnen versuchte. »Ihr Gatte teilte mir vorhin mit, daß Sie Migräne hätten und frische Luft schöpfen wollten, bevor Sie zum Essen kämen. Sehr schade, aber ich kenne das. Genieren Sie sich nicht.«

»Nein – jetzt geniere ich mich nicht mehr«, flüsterte sie zurück und zog eine aufgegangene Welle ihres mächtigen blauschwarzen Haares bis auf die Schulter herunter; die Nadeln klirrten, die ganze Flut stürzte nach und umgab das gepuderte zarte Gesicht wie ein düsterer Heiligenschein. »Gut muß ich aussehen – wirklich«, sagte sie fast

kokett. »Aber glauben Sie: jedes Haar tut mir weh, wenn ich es aufgesteckt habe.«
Herr Belfontaine blickte sie unschlüssig an. »Schön. Doch was machen wir nun?« fragte er merkwürdig ungeschickt und trat willenlos auf sie zu; der süße, befremdende Duft ihres Leibes, der sich in Wohlgerüchen gebadet und dann auf der schrecklichen Flucht in den Tod mit Schweiß übergossen hatte, drang lockend auf ihn ein. »Helene«, flüsterte er, über sich selbst entsetzt.
Sie bebte zurück, ein unendlicher Blitz, der aus Lust und Grauen gemischt war, durcheilte ihre Augen. »Wie weit ist das Essen?« fragte sie rasch.
»Eis. Früchte. Nachtisch«, sagte der Mann mechanisch.
»Gut, bringen Sie eine Flasche Champagner und zwei Gläser für uns heraus. Die freie Luft ist mir angenehmer als dieser stickige Speisesaal mit seinen Theaterkerzen.« Sie lachte ihm nahe in das Gesicht. Ihre kurze, gewölbte Oberlippe zog sich so weit in den Winkel zurück, daß das Zahnfleisch unverschämt bloßlag; ihre Augenlider schlossen sich halb über den glitzernden Äpfeln, die schon gebrochen waren, zertretenen schwarzen Jettperlen ähnlich, die keinen lebendigen Glanz mehr geben, und die gespenstige Frechheit des Todes, wie sie das Antlitz von frisch Gehenkten kurz nach der Hinrichtung zeigt, überzog ihre ganze Erscheinung. »Los, los! Beeilen Sie sich, sonst ist das Essen vorbei. Ich warte neben dem Schwanenhäuschen zwischen den Trauerweiden. Wissen Sie, wo das ist?«
Plötzlich, ein hauchdünnes Zögern in der Haltung des Mannes bemerkend, kam Helene aus der unendlichen Ferne noch einmal zu sich zurück. »Nein«, sagte sie hochmütig. »Lassen Sie nur. Ich gehe lieber sofort nach Hause. Schikken Sie nur die Bedienung mit meiner Garderobe. Es ist ein weinroter, seidener Mantel – die Frau weiß schon Bescheid.«

Im Sprechen nahm sie ihr Haar zusammen und stieß mit mit der Fußspitze nach den Kämmen, die auf dem Kiesweg lagen. »Bitte –.« Herr Belfontaine bückte sich und reichte ihr Kämme und Nadeln hin, während Helene Gitzler, nun wieder vollkommen Dame, von dem erleuchteten Gartenpfad fort und in das Dunkel zurücktrat, um ihre Frisur zu ordnen. »Gehen Sie! Aber so gehen Sie doch!« sagte sie ungeduldig. »Ich fange schon an zu frieren.«

»Ich gehe«, erwiderte Belfontaine heiser. »Aber Sie warten auf mich neben dem Schwanenhäuschen ... Helene?« Sie gab keine Antwort, er faßte brutal ihre Handgelenke und riß sie zu sich heran. »Ich muß dich sprechen«, flüsterte er. »Hörst du? Noch heute.«

»Ach, eilt es denn so?« fragte sie unbeteiligt.

»Du verstehst mich nicht.«

»Nein?«

»Helene – ich muß dich etwas fragen«, sagte Belfontaine überstürzt.

Ihr bleiches, abgewandtes Gesicht kehrte sich Belfontaine langsam zu und glich nun dem einer keuschen Göttin, die sich dem Flehenden hinzugeben nur um den Preis seines Lebens gewillt ist; doch lag ein Übermaß von Gewährung bereits in ihrem Blick. »Frage mich«, sagte Helene sanft.

»Nein. Nicht so. Nicht mit zwei Worten. Es ist zu schwierig. Nur ganz allmählich kann ich dahinterkommen ... Nur, wenn du mir hilfst, verstehst du?« Er zitterte jetzt so heftig, daß die Zunge ihm nicht mehr gehorchte und die Zähne mit leichtem Beben gegeneinanderschlugen.

»Dir helfen?« Ein schmerzliches Lächeln überflog ihre schönen Züge; sie redeten nun einander wie Liebende oder Geschwister an: das ‚Du' gebrauchend, völlig entblößt von jeder Gesellschaftsform. »Gut, also. Ich warte. Aber vergiß nicht den Sekt.« Sie nickte ihm wie eine Erscheinung aus Geisterreichen zu und tauchte in die Büsche; ihr bläuliches Kleid wurde hier und dort noch von dem tastenden Lichtschein der Papierlaternen, wie blasser Krokus von schwärmenden Bienen, getroffen und verschmolz, obwohl sie nun zögerte und sich der saugenden Stunde hinhielt, immer rascher mit allem umher; zuletzt war es körperlos, fiel auseinander und glich einer kraftlosen Ätherblüte ohne Fruchtboden, Griffel und Staub ...

Herr Belfontaine riß sich gewaltsam los und ging in das Haus zurück; was er nun tat, geschah unter Zwang und trug die Merkmale eines Menschen, der im Banne der Mondsucht handelt. Ein Kellner, Schweiß auf den plumpen Zügen, eilte an ihm vorbei in die Küche; er hielt ihn an, warf ein Geldstück auf sein abserviertes Tablett und befahl mit lebemännischem Lächeln Flasche und Gläser zu sich heraus; das starre, angehaltene Lächeln lag noch auf seinem Gesicht, als er schon unterwegs war, um das Schwanenhäuschen zu suchen.
Dieses Gebäude, im Grunde nichts anderes als Nistplatz und Futterstelle der Vögel, deren Mythologie die galante Zeit in kitzelndem Schauer als Gleichnis tier-göttlicher Wollust verstand, war ein kreisrunder, offener Rokokotempel, den der Erbauer mit Wandbildern hatte verzieren lassen, welche die Sage von Leda und Zeus nach alten Gemälden kopierten; doch weil hier der künstliche kleine Bach, über den die verschiedenen Brücken der Parkanlage führten, einem ausgemauerten Becken entsprang, das fast die gesamte Grundfläche einnahm und nur einen schmalen Umgang freiließ, der mit geschweiften Bänken besetzt war, hatten sich überall feine Sprünge in den feuchten Wänden gebildet, Flecke und Aderwerk, welche dem Fleisch der Leda und dem weit entfalteten Vogelgefieder etwas bestürzend Lebendiges gaben; ja, dieser Verfall schien gerade die Wirklichkeit dessen zu steigern, was nur stümper-

haft dargestellt war, und ihm den Atem der großen Mutter, welche, indem sie zerstört, wieder formt und neue Reize erfindet, geheimnisvoll einzuhauchen. Das Brunnenbecken, von Kalmus und fetter Wasserpest überzogen, machte mit seinen beklemmenden Dünsten und der gärenden Pflanzendecke den Eindruck von tiefer Vergessenheit; von etwas Stehendem, Ausgelebtem, das traumhaft in sich zurücksinkt und an sich selber erstickt. Doch murmelte unter der Decke noch immer der lebendige Mund des Rohres, welcher das Becken speiste; und zerriß ein Schwanenfuß, wenn der Vogel, von draußen einbrausend, sein Gefieder wieder zusammenlegte, um langsam niederzugehen, die schleimige Oberfläche, so überraschte der kleine Teich mit dem Aufblitzen seines Wasserspiegels und erwies den Zeugungsgrund dieses Schoßes als vollkommen ungetrübt ...

Indem sich Belfontaine näherte – bald mit der Sicherheit eines Tieres, das nur den ererbten Instinkten seiner Gattung zu folgen braucht, bald wieder in sich selber gehemmt und verwirrt durch die Möglichkeit einer Wahl, nach rechts oder links zu gehen – tauchte vor seinem inneren Auge das Wingerthäuschen auf, wie er es, von dem Blinden begleitet, an seinem Tauftag gesehen hatte: ein kalkweißer Würfel, doch, ähnlich dem, das er suchte, mit Schildereien verziert – antikischen Putten, die Fruchtgirlanden in ihren Händen hielten und Blumenkränze trugen; er roch von neuem den zarten, fast schon berauschenden Duft der künftigen Rebenblüte und fühlte den heiligen Hochzeitsjubel des Hohen Liedes aus seinen Lenden bis in die Ohrmuscheln steigen: ein helles Brausen, das anschwoll und abnahm und aus der Ohnmacht, die es zurückließ, einen süßen Schwindel gebar, eine Verflochtenheit aller Sinne, von Tönen und Gestalten durcheilt, welche das Merkmal der Phantasmagorien: rätselhaft überwirklich zu

sein, allesamt an sich trugen, doch gleichzeitig miteinander vertauschbar und daher täuschende waren ...
Belfontaine stieg dem Lauf des Gewässers, dem Uferrand folgend, entgegen. Schon troff die Luft von den ersten Liedern der zahlreichen Nachtigallen, die, im Gebüsch des Bachbettes nistend, auf den untersten Zweigen des wilden Ginsters und der verwucherten Schößlinge saßen, welche Blutbuche, Schneeball und Ahorn hier ausgetrieben hatten, und ihr silbernes Schluchzen schien sich dem Gurren der Turteltauben zu mischen, welche vom Libanon kamen, von Balsambergen, aus Zimtgehölzen und aus Granathainen. Der Flieder duftete. Nicht der Flieder, sondern Arabiens Essenzen: »Ja, Narde, Safran, Kalmus und Zimt und allerlei Weihrauchsträucher.« Eine Frau (war es Sulamith oder Helene?) winkte ihm aus den Büschen zu und schwebte vor ihm her. Die Turteltaube, von ihr gelockt, saß flatternd auf ihrer Schulter und vergrub den weichen, zärtlichen Schnabel in der Wendung des bräunlichen Halses, der nach ihm umgedreht war. Helene, Sulamith, Salomos Braut, und Sulamiths kleine Schwester, ein Elfenbeintäubchen am hellblauen Samtband auf ihrem Herzen tragend: »Ruh dich aus bei mir, Heiliger Geist.« Sie war es: Elisabeth, die ihn liebte. Helene, die ihn versuchte, und Sulamith, Salomos Braut, die mit dem Gesetzeslehrer vermählt war und seine Vorfahrin wurde. Sie waren es alle. Alle in einer und eine in allen zugleich. Das Wingerthäuschen in seinem Weinberg, und in dem dunklen, duftenden Garten der Schwanenpavillon. Er tauchte auf, er verschwand, um aufs neue vor seinem Blick zu erscheinen; seine Hände, die auf dem Türgriff dieses Phantomes lagen, waren feucht von Myrrhe und Schweiß ...
Nun machte das Bachbett die letzte Windung, bevor es wieder zum Ursprung kam, und zog sich wie eine glänzende Schlange durch den Rasenfleck vor dem Schwanen-

rondell, das von Trauerweiden eingefaßt war und im Herbst, mit Zeitlosen übersät, einer Unterweltslichtung glich – der Asphodeloswiese des Reiches, aus dem keine Wiederkehr ist. Unter dem Bogen der Weiden schimmerte etwas Helles. »Helene?« rief Belfontaine leise. Und noch einmal: »Helene?« Vor seinen langsam verschleiernden Augen zitterte, wie von innen bewegt, das Antlitz der Wirklichkeit: das Wasser unter den Flören der Zweige, welche ihr Bild in ihm suchten, bebte und brachte winzige Zauberkreise, an den Rändern immer wieder gebrochen, und die seltsame Fata Morgana eines Frauenbusens hervor, der sich atmend bewegte, senkte und hob und in der Bewegung verging. Beim Näherkommen entdeckte der Mann, daß drei Schwäne, dicht zusammengedrängt, über dem Wasser schwammen, dessen Spiegel von ihren rudernden Füßen unermüdlich erregt und gebrochen wurde, während er gleichzeitig aus der Weiße ihrer Brustfedern Licht empfing. Sie schienen ein einziges Wesen zu sein und in der Verbindung von Glanz und Flaum eine riesige Blüte zu bilden, eine glatte, seidig gespannte Wölbung von Art der Seerosenblätter, wenn sie vollkommen offen sind. Eine Sinnlichkeit, so schlechthin, daß sie sich selber schon wieder aufhob, um gleichnishaft zu werden, ging von dem Anblick der Vögel aus und hüllte sie in das Geheimnis der Liebesgöttin ein – in ein Geheimnis, das zu ergründen jetzt Belfontaine lockender dünkte als jenes, das er ursprünglich zu enträtseln versuchte, und dessen Geistigkeit, allzu spröde für diese gewagte Begegnung, bereits an der Vorstellung einer Berührung mit dem Schleier der Göttin zerriß.

Wie ein Trunkener eilte er über den Rasen; die Vögel, aufgescheucht von dem Klirren der Gläser in seinen Händen, hoben gereizt ihre Hälse und stießen, während sich ihre Flügel zu halber Höhe entfalteten, ein leises Zischen aus –

diese Töne, aus Zorn und Erregung gemischt, ließen Belfontaine bis in das Mark erbeben und machten ihn der Natur jener Tiere, welche jetzt ihre Geschlechtszeit hatten, mit voller Stärke teilhaftig. Er eilte auf den Pavillon zu, dessen Inneres nur durch die Öffnung erhellt war, die sich zugleich dem Ausgang des Wassers wie dem Einflug der Nistschwäne preisgab, und tastete an der Rückwand des Schwanenpavillons nach der unsichtbar eingelassenen Tür, die, ohne Klinke, mit jedem Windstoß nach innen flügelte. Sie wich zurück. Der stechende Dunst, den der überall auf den Bänken haftende Vogelkot durchdringend verbreitete, nahm Belfontaine die Luft, und die Bindehaut seiner Augen, die sich bemühten, das Dunkel gleichsam zurückzusaugen, fing, unerträglich gereizt, sofort zu tränen an. Er setzte Flaschen und Gläser zur Erde, taumelte gegen eine der Bänke und versuchte dann, fast ohne Hoffnung, sich hinter dem Schutzgitter seiner Hände im Finstern zurechtzufinden. Endlich gelang es ihm. Jene Helle, die unter dem Schleier der Weiden geleuchtet und ihm den Weg zu dem Pavillon in Gestalt der drei Schwäne gewiesen hatte, filterte sich allmählich durch seine sparrenden Finger, und Belfontaine sah – sich genau gegenüber, doch scheinbar so unendlich entfernt wie auf umgedrehten Vergrößerungslinsen – die Gruppe der Bäume, das grünliche Wasser und die tierische Seerosenblüte; allmählich aber verlor dieses Bild, das draußen wie unter Mondregen lag, an Deutlichkeit und schien seinen Glanz dem Innern des Pavillons abzugeben, der langsam dämmerte und vage Umrisse ohne Inhalt hervorzubringen bemüht war. Gleichzeitig mischten sich Atemzüge und ein unbestimmbares Rauschen in die Herankunft der Formen. Dieses Rauschen konnte von einem Mantel, von der verborgenen Wasserquelle oder von jählings gesträubtem Vogelgefieder rühren; es nahte sich Belfontaine mit der Eile und auf den wütenden Füßen einer schrecklichen Traumkreatur, schlug peitschende Flügel um sein Bewußtsein und hackte in sein Fleisch. Die brütenden Schwäne. Er stieß einen panischen Schrei aus, der nichts Menschliches mehr hatte, und warf sich gegen die Wand.

Im nächsten Augenblick lag eine Hand mit scheuem, sich gleich wieder lockerndem Druck auf seinem Schulterblatt. »Ich bin es. Still doch. Fürchten Sie nichts – der Pavillon ist leer«, sagte die schüchterne Stimme des Pfarrers, entfärbt, aber vollkommen klar. »Frau Gitzler hat mich gebeten, an ihrer Statt herzukommen und Ihren Wunsch entgegenzunehmen; Ihre Frage, Ihr Anliegen ... was es auch sei. Sie deuteten es nur an. Ich fürchtete fast, Sie verfehlt zu haben, und warte schon lange auf Sie. Sie haben wohl einen Umweg gemacht«, sagte der Priester und wiederholte: »Ich warte schon lange auf Sie.«

Für die Dauer einiger Atemzüge weigerte sich Herrn Belfontaines Hirn, an dem Eindruck, den Augen und Ohren ihm vermittelten, teilzunehmen. Dann war es, als ob ein saugender Wirbel von unerhörter Gewalt seine Sinne bis auf den letzten schnalzenden Tropfen mit sich hinunterzöge und ihn zurückließe als ein Wesen, dessen Eindrücke nicht über Nerven und Blut, sondern unabhängig von ihnen in sein Bewußtsein drangen, wo sie wieder neue Erkenntnisorgane, Taster und Fühler schufen, welche sich einwärts bogen und die Bilder der Welt auf die Innenfläche einer hohlen Metallkugel warfen. Noch hielten seine entsetzten Ohren das vermeintliche Rauschen des Vogelgefieders, hielt seine schaudernde Haut die Berührung mit dem eingebildeten Federflaum fest, und während schon seine Erfahrung die Dinge ihres Traumleibs entkleidete, blieb ihm das Schwanenhemd Melusinens wie an klebrigen Händen haften. Es war leer. Doch gleich jenen Wassernixen, welche, wenn einer sie ihrer Hülle und damit ihrer

Freiheit beraubt hat, immer wieder zurückkehren müssen, tauchte Helenens Gestalt aufs neue in seinem Inneren auf; durchdrang es, weil sich kein Widerstand der Wirklichkeit ihm entgegensetzte, und kam auf die Außenseite der Kugel, die sich wie eine schillernde Blase allmählich von ihm entfernte und gleichsam seine ganze Person aus allen Häuten schälte. In ihrer feuchten, mondenen Weiße stand sie da und hob die Arme empor, um ihre Haare zu ordnen. Sie war die Schwanenblüte, war Leda und zugleich die nackte Frau in dem Landhaus, das er gesehen hatte; sie verschmolz mit den lasterhaften Dryaden, deren Brustwarzen bohnenförmige Perlen und deren künstlich gedrehte Lokken bronzierte Metallfäden waren; zuletzt aber war sie nichts anderes mehr als der farbig zerfließende Schimmer auf seiner Gartenkugel, der über dem deutlich gezeichneten Weg in die Vergangenheit lag; war das schwimmende und verschwebende Abbild von Gräsern, Blüten und Bäumen; Spiegelbild eines grünenden Hauptes und die Klage, die jenem entströmte: »Ich habe keine Lust mehr«; das Geheimnis, welchem er nachgeforscht hatte, als er ausging, um »die Natur der Natur« in der Trauer des Fleisches zu suchen, in seiner Urschuld, in seinem Zwang und seiner Gesetzlichkeit. Dies Geheimnis – es war schon bereit gewesen, sich mit Händen greifen zu lassen und ihm den Schoß zu öffnen; ja mehr noch, ihn auf dem Grund dieses Schoßes mit dem Zwillingsgeheimnis der Urschuld: dem der Sünde, vertraut zu machen, der Sünderfreundschaft, der Sünderliebe, die den Priester mit Ehebrechern und Huren wie mit seinesgleichen verband. Er hätte teilgehabt. Welch ein Gedanke: teilgehabt an dem Geheimnis des Pfarrers um den Preis, ein eigenes zu verlieren, das vollkommen wertlos war; das ihn absonderte von dem Tisch der Fresser, ohne ihn der Gesellschaft des Priesters dadurch teilhaftig zu machen; ja, das nicht einmal erwähnt

werden durfte, da es unter dem Beichtsiegel lag – – dieses mystische, lächerliche Bewußtsein, seit seinem Tauftag nicht mehr gesündigt, nicht Ehebruch, Unzucht, nicht Wucher, Erpressung oder sonst ein Laster getrieben zu haben, das den Bindestoff abgibt für Mann und Weib ...
Eine Enttäuschung, so scharf und brennend wie der Vogelkot, welcher den alten Tobias hatte erblinden lassen, und der nun von neuem auf Boden und Bänke, auf die Futterstelle, den Nistplatz und den Beckenrand wie ein ätzender Regen herunterzufallen schien, ergriff diesen hübschen Menschen im Frack und raubte ihm den Verstand.
»Sie haben mir also nachspioniert«, sagte er außer sich. »Zuerst Frau Gitzler, dann mir.«
Die furchtbare Stille, welche Herrn Belfontaines Worten ohne jeglichen Nachhall folgte, öffnete sich wie ein Abgrund; aber der Strahl des Entsetzens, der ihn unverzüglich erhellte, zeigte dem Lästerer eine Stätte, die ihm schon lange vertraut war, ohne daß er es wußte. Es war ausgesprochen; es gab kein Zurück mehr aus diesem dämonischen Krater der Worte, dessen Felsenwände ihn rings umstanden und dem Höllengelächter in seiner Brust weder Echo, noch Antwort boten. Gut also. Sehr gut. Vortrefflich. Nichts Besseres konnte geschehen. »Ich will ehrlich sein«, sagte Herr Belfontaine und zügelte seine Wut. »Auch ich habe – Ihnen nachspioniert, und nicht erst seit drei Tagen.« Er starrte erwartungsvoll in das geneigte, jeden Ausdrucks bare Gesicht des Priesters, dessen Fläche, wie sie da aus dem Dunkel ohne Markierung hervorkam, einer wehrlosen Hostie glich. »Aber seit ich mich ganz ausdrücklich mit dem Geheimnis befasse, vielleicht auch mit der – Verfehlung, Herr Pfarrer, die Sie solchen Erpressern wie jenen Bauern aus Ihrer alten Gemeinde in die Hände geliefert hat, fühle ich gleichfalls eine Bedrohung; etwas, das mich umlauert, verfolgt und mit falschen Auskünften

narrt ... Hören Sie?« fragte er heftig nach der unbewegten Gestalt hin, die sich auch jetzt noch nicht rührte. »Wie Sie wollen. Auch ohne Ihr Ja oder Nein werde ich fortfahren müssen. Ich sagte eben, daß man mir nachstellt. Jawohl: man belauscht meine Selbstgespräche, umschleicht mich, entschlüpft mir, beobachtet mich und beginnt dann in neuer Gestalt das unverschämte Spiel. Herr Gitzler, Herr Mösinger, Gully selbst, diese elende Kreatur. Alle das gleiche. Fast kaum unterschieden. Nur soviel wie die Figuren in einer Schnellsehtrommel, wenn sie um eine halbe Bewegung beim Umdrehen weiterlaufen. Ein Blitz, und hui – der Erste ist weg, doch der Zweite setzt schon die Geste fort, die der Erste begonnen hatte. Andere tauchen wie Wasserleichen mit blauen Gesichtern auf und sind nur bedeutungsvoll durch den Zufall, der sie nach oben geschwemmt hat: die Walfischforelle, die ich nicht eher erkenne, bis sie zwei Schritte vor mir steht, und die Kindermann, deren getrübter Geist mich mit dem toten Gauner verwechselt, den Sie gestern begraben haben. Sie alle scheinen im Bunde zu stehen und in den rasenden Kreis zu gehören, der Einen aus ihnen allen macht. Und das Schlimmste: während ich sie vergeblich zu unterscheiden versuche und mich bemühe, Ihre Funktion in diesem Spiel zu erkennen, werde auch ich von Ihnen erkannt und von mir fortgezogen. Ich verliere mich oder werde verloren – so lächerlich das auch klingt. Entsetzlich: ich habe kein Zeitgefühl mehr und glaube mich meiner Zukunft in Träumen zu ... erinnern; ich sehe mir selbst auf den Rücken, während ich mir enteile. Gestatten Sie: Lazarus Belfontaine – –« Er schwankte, drehte sich theatralisch um seine eigene Achse und schlug mit dem Kopf an die Wand. Dann brach wie ein Hurrikan jenes stumme, fürchterliche Gelächter, das ihn schon lange erfüllte, aus seiner gepeinigten Brust.

»Nun dachten Sie wohl, ich redete irre ?« fragte Herr Belfontaine endlich erschöpft und trocknete sich die Stirn.
»Nein«, sagte der Priester. »Nein, oh nein.« Er ließ sich auf eine der Bänke nieder und verbarg das Gesicht in den Händen.
Herr Belfontaine nahm sich wieder zusammen und schob sich in den Schultern zurecht, legte die Arme hinter den Rücken und sah auf den andern herab. »Gut«, fuhr er fort. »Also nehmen wir an, ich sei nicht verrückt geworden. Dann ist entweder alles nur Zufall oder ...«
»Es gibt keinen Zufall«, sagte der Pfarrer leise. »Sonst wäre ich nicht hier.«
»Sie sind hier, weil Frau Gitzler Sie wohl oder übel hierhergeschickt hat, Herr Pfarrer; weil Sie fragten, warum und wohin mein Kind ?, weil Sie beauftragt sind, jedem Sünder von Berufs wegen nachzugehen«, sagte Belfontaine triumphierend. Eine schamlose Freude, sein Herz zu entblößen und den Priester zu zwingen, bis auf den Grund seiner Zerstörung zu sehen, bemächtigte sich seines Geistes und ließ ihn eine Begegnung ahnen, die an Lusterfahrung bei weitem jene, die ihm entgangen war, übertraf, und seine zerfleischten, wie mit dem Schwert jäh abgehauenen Sinne gleich Gorgonenhäuptern ergänzte. »Oder irre ich mich, und der Heilige Geist hat Sie plötzlich hierher geblasen ?«
»Belfontaine«, sagte der Pfarrer beschwörend, »sprechen Sie bitte nicht weiter !«
»Doch, doch – da Sie nun einmal hier sind, werde ich weitersprechen. Stört Sie das etwa ? Nun trösten Sie sich. Auch Sie haben mich gestört. Sie haben mein Tête à Tête mit Helene – pardon: mit Frau Gitzler, gestört.« Er wartete wieder vergeblich auf eine Geste des Pfarrers, aber weniger noch: schon ein Zucken und Zittern hätte ihm vollauf genügt. »Und Sie begreifen natürlich nicht, was

das für mich bedeutet«, setzte er fast widerstrebend seine Enthüllungen fort. »Ganz abgesehen von ihren Reizen, die ich zunächst überhaupt nicht suchte – – nein, nein, ich habe ihr Fleisch nicht gesucht, ihre weiße, widerlich süße Haut, ihre moosigen Haare und ihre schweren, ewig vibrierenden Schenkel, über denen die Röcke sich spannen ... ganz abgesehen von all diesen Dingen, die freilich selbst einen Eunuchen würden verrückt machen können, habe ich anderes von ihr wissen – oder erfahren wollen.« Sein Atem stockte, als ob ihm die Kehle von der Würgefaust eines Riesen plötzlich zusammengepreßt und abgedrosselt würde; sein Puls ging in harten, stoßweisen Schlägen wie über körnigen, trockenen Sand ... dann ließ der furchtbare Druck wieder nach, und mit dem neugewonnenen Atem stieß Belfontaine die Worte hervor: »Ich wollte von ihr in Erfahrung bringen, was Sie und diese Frau Gitzler miteinander verbinden könnte. Welch ein Geheimnis teilt sie mit Ihnen? Und worin gründet ihr Vorzug, mit Ihnen befreundet zu sein?« Er horchte eine Weile ins Dunkel und fuhr dann mit hastiger Stimme fort: »Wenn ich das wüßte, wären mir wohl auch andere Dinge klar, nach denen ich jetzt noch vergeblich taste, um sie zusammenzuschieben. Denn sie bedeuten alle das Gleiche – ich fühle das ganz genau: der Besuch jener Bauern, das Kreuz des Mathieu, Ihre Armut ... und Ihre Einsamkeit«, fügte er leise hinzu.

»Ich bin nicht einsam, Herr Belfontaine«, sagte der Pfarrer endlich. Im gleichen Augenblick trieb eine Wolke von hundekopfähnlicher Bildung, deren Ränder bis dahin den Mond bedeckt und sein gegengöttliches Licht durch die Schleier der stofflichen Lüge gefiltert hatte, fort ... und der Pavillon sättigte sich mit dem Schein, der von dem Leib einer kalten Diana, ihrer eisigen List und der Mordgier der silbernen Todespfeile seinen Ausgang zu nehmen schien.

»Nicht einsam«, echote Belfontaine und preßte, während sein Hirn sich entleerte, um einer schwindelerregenden Klarheit und Ruhe Platz zu machen, eine Hand auf das getroffene Herz, dessen Wunde nicht ausströmen sollte. Sofort, als zöge ein furchtbares Gift die zerrissenen Adern zusammen, kehrte gleichsam das Blut auf dem Wege um und ergoß die stürzende Lebenswelle in Becken und Geschlecht. Er fühlte die Erde. Sie war ihm nah und trug ihn, wie eine Geliebte das Gewicht des Mannes erträgt. Er stand. Oh, wie fest und gut er nun stand, wie einfach und sicher gegründet war dieses neue Gefühl. Nichts würde ihn jetzt mehr erschüttern und aus der Bahn werfen können, dachte Herr Belfontaine dankbar, oder das Gleichgewicht stören, welches ihn, wie einen Schwimmer der Auftrieb, aus den finsteren Wirbeln hinausgetragen und ihn in den vollen Besitz all seiner Kräfte gesetzt, ja, ihm andere Kräfte hinzugewonnen und die alten gereinigt hatte. Jeder Muskel gehorchte ihm, jeder Gedanke war ohne Bodensatz, leicht und frei; gefügig und zugleich fest genug, um jede beliebige Bindung nach den Gesetzen, besser: den Launen eines noch nicht begonnenen Spiels ohne Schwierigkeit einzugehen ... Herr Belfontaine verschränkte die Arme und lehnte sich an die Wand; sein Rücken fühlte durch Tuch und Leinen ihre weiche, unregelmäßige Bildung, den roh beworfenen Muschelkalk, jeden Kratzer und jede winzige Schale, und gab diese Eindrücke dem Gehirn wie die Anfänge einer Welterfahrung mit kindischer Freude weiter.

Ich bin neu geboren. Wiedergeboren, fühlte Belfontaine ohne Erstaunen und tat seit langem zum ersten Mal einen tieferen Atemzug. Seine Lungen, noch eben zusammengepreßt wie durch salzige Meeresfluten, entfalteten sich und füllten sich auf; der insgeheim erwartete Schmerz blieb jedoch vollkommen aus. »Es ist so. Ich habe meine Vernunft,

Gott sei Dank, wiedergefunden und darf das Äußerste wagen«, sagte er sich befriedigt und wiederholte mit ruhiger Stimme: »Nicht einsam. Wirklich nicht einsam? Das hieße doch, daß Sie Freunde haben, die nicht nur Ihre Gedanken bevölkern, Ihr Mitleid erwecken und Ihre Sorge: Beichtkinder, Glieder Ihrer Pfarrei oder Mitwisser Ihrer Fehler, sondern solche, welche Sie lieben können, wie man sonst nur das eigene Fleisch und Blut, einen Bruder zum Beispiel, liebt.«

Sein Blick, der den Priester von neuem suchte, traf mit dem Wandgemälde zusammen, das die Umarmung des göttlichen Schwanes mit der badenden Leda zeigte. Halb zurückgesunken, mit klaffenden Knien und ausgebreiteten Armen, empfing die Erwählte das schreckliche Tier, welches schon über ihr war; doch drückte ihr Antlitz weniger Furcht, als einen sonderbar leichten Spott über den plumpen Vogel aus, dessen entfaltete Schwingen dazu geschaffen schienen, den einwärts gesetzten Füßen das Gleichgewicht zu verbürgen; es spiegelte, dieses glatte Gesicht, zugleich die Erwartung der Lust und deren Verachtung wider; zuletzt aber auch jenen schmerzlichen Hohn, mit welchem das überwältigte Fleisch den eigenen Abgott empfängt.

Beunruhigt, ohne zu wissen warum, glitt Herrn Belfontaines Aufmerksamkeit von dem Gemälde wie von allzu gefährlichen Felswänden ab und rann in der stillen Oase der priesterlichen Erscheinung zusammen, in Augen, die einer kühlen Zisterne, und Lippen, die einem Brunnenmund glichen, der sich unaufhörlich bewegte. Betete er? Herr Belfontaine neigte sich zu ihm herunter und forschte mühsam, als ob er selber den Mund voller Wasser hätte: »Was sagen Sie? Sprechen Sie bitte lauter. Sie haben also solch einen Freund? Oder gar mehrere? Wie?« Während er fragte, wurde ihm klar, daß ein ununterbrochener Strom von Namen dem geheimnisvoll flüsternden Antlitz entquoll, welches ihm Antwort gab. Er kannte sie. Aber sie waren ihm fremd, unaussprechlich fremd, diese Freunde des Priesters mit den eigentümlichen Namen: Linus und Kletus, Klemens und Xystus, Kornelius, Cyprian und Laurentius, Chrysogonus, Kosmas, Damian. Tote Namen in toten Sprachen, dachte Herr Belfontaine fast verächtlich, welche in jeder Minute über den Erdball gingen und also allen gehörten, die sich bemühten, sie nachzuplappern und ihnen einen tieferen Sinn, eine Bedeutung abzugewinnen wie dieser Arme da. Nun wurde er wirklich von Mitleid ergriffen, von dem lauwarmen, flachen Mitleid des Spießers, den keine Erkenntnis beschwert.

»Das sind also Ihre Freunde, Herr Pfarrer?« fragte er gönnerhaft.

»Das sind meine Freunde, Herr Belfontaine«, erwiderte der Priester und blickte ihn aus unendlicher Ferne mit kühler Traurigkeit an.

»Und sonst? Ich meine: wie unsereiner? Solche aus Fleisch und Blut?« fragte Herr Belfontaine. »Aber nennen Sie jetzt nicht nur Arme und Sünder. Arme Sünder«, witzelte er. »Denn sehen Sie: Heilige, Sünder und Arme sind doch schließlich nur Abstraktionen. Aber Herr Gitzler, zum Beispiel, ist eine Wirklichkeit, he!«

»Eine Wirklichkeit?« fragte der Priester langsam. »Ich soll Ihnen meine Wirklichkeit nennen, mit der ich zusammenlebe?« Eine glühende, plötzliche Hitze streifte Herrn Belfontaines Stirn. Es war genau die gleiche Empfindung, welche ihn vorgestern angerührt hatte, als der Priester sagte: »Geben Sie acht, ich habe das Allerheiligste bei mir«; als Herr Belfontaine den Wankenden stützte und sich anstemmte gegen die doppelte Last, welche ihm auferlegt war. Nun stemmte er sich wieder von neuem und fühlte, daß mit ihm der Boden sich stemmte und aufbäumte gegen das furchtbare Wort, das bis in die Hölle dringt; vor welchem, wie mit der Springwurz berührt, die Riegel der Unterwelt fallen und das Siegel der Sprache schmilzt. Wirklichkeit. Donnerwort, das er gesucht und wieder geflohen hatte, und das ihm nun mitleidslos aufgedrängt wurde wie Simon von Cyrene das Kreuz, an welchem später mit vollem Gewicht die Frucht der Erkenntnis hing. Herr Belfontaine bebte feige zurück. Erkenntnis der Wirklichkeit: wollte er sie? Und jetzt? Und aus diesen Händen?

»Nun gut, Herr Belfontaine«, sagte der Priester, ohne die Stimme zu heben. »Aber beantworten Sie mir zuvor nur eine einzige Frage.«

Er bückte sich, hob einen Kieselstein auf, der ihm zu Füßen gelegen, hatte und warf ihn gedankenlos, ohne zu zielen, auf die verwucherte Wasserfläche. Das kleine Geräusch des getroffenen Spiegels und der winzige Aufblitz, welcher dem Wurf, bevor noch der Ton verklungen war, folgte, schien Frage und Antwort im Reich der Natur bereits vorwegzunehmen, zumindest aber, sie vorzubilden und um den Ausgang zu wissen, bevor er entschieden war.

»Nun?« forschte Belfontaine atemlos und umklammerte die Lehne der Bank, auf welcher Mathias saß.

»*Glauben Sie an die Gottheit Christi?*« fragte der Pfarrer einfach.

Eine tiefe, mystische Stille folgte den Worten des Priesters. Nur ein Brausen von unendlich entfernten, stürzenden Wasserfällen war in Herrn Belfontaines Ohr; gleichzeitig schien dieses mächtige Rauschen jeden anderen Laut aus der Luft zu nehmen und die Materie des Raumes, sein Echo und seine Begrenzung, in sich hineinzusaugen, bis endlich ein neues Gebilde entstanden und ein Wasserkörper mit sphärischen Wänden, die sich unaufhörlich von neuem erbauten, an die Stelle des alten getreten war.

»Antworten Sie, Herr Belfontaine!« Die Stimme des Priesters, gedämpft, aber deutlich, war dem Rauschen wie Chrysam beigemischt worden, wie ein Hauch, wie Katechumenenöl, das die Kraft der Reinigung hat. »*Glauben Sie an die Gottheit Christi?*« fragte er noch einmal.
Herr Belfontaine zuckte betroffen zurück. »Sie überfallen mich«, stammelte er, »wie mit der Blendlaterne. Natürlich –« Er hatte fortfahren wollen: »glaube ich an die Gottheit Christi.« Aber er konnte es nicht. Mit voller Gewalt sprang die Wahrheit ihn an und war, wie ein reißendes Tier, Körper an Körper mit ihm. Schon fühlte er ihren versengenden Atem, ihre wilde Entschlossenheit, jeder Lüge in seiner Kehle zuvorzukommen, und endete deshalb: »Natürlich – nicht. Wahrhaftig, daran glaube ich nicht. Kein vernünftiger Mensch –« Er stockte von neuem und schloß: »Kein vernünftiger Mensch kann heute noch behaupten, er glaube an einen Gott im Fleisch wie Jupiter oder Apoll. Welche Lästerung, jenen erhabenen Geist mit dem unaussprechlichen Namen in einem Menschensohn anzubeten, der seinen Speichel mit Erde vermengt, um Blinde sehend zu machen! Welches Ärgernis, Gott Gestalt zuzuschreiben, einen Rumpf und unreines Eingeweide, in dem die Verwesung gärt. Nein, niemals! Scheußlicher Kinderglaube, der mit Händen und Füßen am Boden kriecht, um jeden Gegenstand abzutasten und in den Mund zu stopfen. Erbärmliche Vorstellung eines Gottes, der dem Zweifler befiehlt, seine Fingerspitzen in die Wundmale seines ‚verklärten Leibes', wie die Kirche das nennt, zu legen, um an der Berührung mit Schorf und Bein seines Daseins gewiß zu werden! Das Dogma der Auferstehung, Herr Pfarrer, worauf Ihre Frage gründet, ist die abgeschmackteste Ausgeburt einer enttäuschten Hoffnung, die nicht nur jede Vernunft beleidigt, sondern jegliches religiöse Gefühl, das Gott im Geiste verehrt. Wäre das Chri-

stentum das geblieben, was seinem Stifter vorgeschwebt hat –«

»Sie wissen also, Herr Belfontaine, was seinem Stifter vorgeschwebt hat?« fragte der Pfarrer ruhig.

Diese Gelassenheit und der Umstand, daß der Priester den Strom seiner Lästerungen mit einer so nebensächlichen Frage wie dieser unterbrach, brachte Belfontaine außer sich. »Mindestens glaube ich wohl zu wissen, was ihm nicht vorgeschwebt hat«, schrie er wie ein Verrückter und ballte krampfhaft die Fäuste. »Dieser unermeßliche Zug des Jammers, der seiner Vergötzung nachgefolgt ist und eine blutige Mythologie aus seinen Worten gemacht hat, die allerdings heute unter den Hieben der Wissenschaft wieder zerschellt ... Dieser Zug des Jammers, sagte ich eben: Einsiedler, die ihr Geschlecht verstümmeln und sich wie rasende Mithrasjünger das Fleisch aus den Lenden geißeln; Töchter, die ihre Väter verleugnen und Märtyrerinnen von solcher Art wie Felicitas oder Perpetua, welche ihr neugeborenes Kind zu verlassen imstande gewesen ist und ihr Leben auf den gesenkten Hörnern wilder Kühe geendet hat – welche Wut der Entrückung, welch düstere Härte, welche peinliche Barbarei! Selbst ein Franziskus, ein Franz von Sales und eine Elisabeth beherbergen diesen Keim der Empörung gegen Ordnung und Menschlichkeit. Menschlichkeit – –«, wiederholte er stöhnend und streckte die Hände aus. »Ist es denn wirklich zu viel, was ich von Ihnen verlange? Helfen Sie mir!«

»Das kann ich nicht«, sagte Mathias müde. »Es gibt keine Hilfe ohne den Glauben. Selbst Christus bindet daran seine Allmacht – und ich, der schwächste von allen Priestern ... bitte, verschonen Sie mich«, sagte er rührend einfach und senkte seine Stirn.

»Sie wissen noch nicht, worum ich Sie bitte«, erwiderte Belfontaine rauh. »Kein Wunder und keine Totenerwek-

kung: steh auf und wandle, sei sehend, sei rein, Lazarus, komm heraus –« Er erschrak bei der Nennung des eigenen Namens und blickte den Geistlichen an. »Scherz beiseite«, sagte er gleich darauf mit unnatürlichem Lachen. »Ich will keinen Hokuspokus von Ihnen wie irgendein dummer Bauer. Ich will Ihre Freundschaft. Sonst nichts.«
Der Geistliche schauderte fröstelnd zusammen; seine Haltung drückte unendliche Trauer und gleichzeitig eine Müdigkeit aus, die sich so absichtslos darbot, daß jeder andere ihn geschont und sich erbarmt haben würde. Der Verzweifelte aber, der sich jetzt heftig an seine Schulter geklammert hatte, verfolgte ihn, ohne innezuhalten, mit wilder Eintönigkeit.
»Oder – bin ich Ihnen noch immer nicht sündig genug, Herr Pfarrer, damit Sie bei mir essen und trinken und ein Stündchen mit mir verplaudern könnten? Mein Gott, ich habe ja selbst bis heute von alledem nichts gewußt. Ich habe sieben Jahre hindurch tatsächlich zu glauben – geglaubt. Aber es war ein Irrtum, und ich ...« Seine Mundwinkel bogen sich abwärts, dann sagte Belfontaine kalt: »Ich bin ein Israelit geblieben. C'était plus fort que moi.« Er ließ die Schulter des Geistlichen los und fuhr in zynischem Tonfall fort: »Doch schließlich – darüber ließe sich reden. Nehmen Sie mir den Glauben ab, anstatt mich, wie ein zu ersäufendes Tier, in ihn hinunter zu stoßen.«
»Nehmen Sie mir den Glauben ab –«, dröhnte es in den Ohren des Priesters, der nun sein Gesicht in den Händen verbarg, um dem Antlitz Luzifers auszuweichen; der seine Ohren angsterfüllt zuhielt, um seine Stimme nicht hören zu müssen, seinen tödlichen Hohn, sein entsetzliches Lachen, mit welchem er jede Bemühung wie ein Echo begleitete. Aber selbst in dem schützenden Dunkel seiner gesalbten Hände begegnete er ihm. Er sah ihn. Tausendfäl-

tig vervielfacht in einer blökenden Menge, sah er den Hirt dieser schrecklichen Herde, welche ihr Haupt zu dem Heiligen aufhob und ihm die Füße leckte. Ihr starrer Nacken, die finsteren Augen, das geile Maul und das Horn der Hybris, das ihre Stirnen bekrönte ... dieses Antlitz der Hölle, bereits gerichtet, bevor es verurteilt war: »Tu ein Zeichen!« rief es in allen Sprachen. »Verwandle diese Steine in Brot! Verbiete, dem Cäsar Steuern zu geben! Errichte das Reich dieser Welt.«

»Sie wollen nicht?« fragte Belfontaine düster. »Sie – Sünderheiland lehnen die Bitte nach einfacher Menschlichkeit ab?«

»Was heißt das – einfache Menschlichkeit?« fragte der Priester zitternd; im gleichen Augenblick war sein Gesicht von Tränen überströmt. »Jerusalem! Oh, Jerusalem!« sagte er liebevoll. »Als ob es ohne den Menschensohn etwas wie Menschlichkeit gäbe!«

»Gut – zeigen Sie mir diesen Menschensohn, damit ich an ihn glaube!« rief Belfontaine hochmütig aus. »Doch nicht auf den Wolken des Himmels oder in sonst einer Pose abscheulicher Vielgötterei. *Den natürlichen Menschen* –!«

Er prallte zurück. Das Antlitz des Priesters, vor schweißiger Blässe wie das eines Toten leuchtend, schien gleichsam in Stücke zu springen. »Hier! Hier!« Er nestelte seinen Rock auf und riß ein Sterbekreuz in die Höhe, dessen Korpus aus abgescheuertem Silber von dem spöttischen Mondlicht betastet und neugierig bloßgelegt wurde. »Da ist er – der natürliche Mensch. Ein Wurm und kein Mensch – dieser Mann der Schmerzen, betrachten Sie ihn genau. Keine Schönheit ist an ihm und keine Gestalt, außer der Sünde, mein Kind.«

»Fort!« keuchte Belfontaine wie besessen. »Fort, fort mit Ihrem gekreuzigten Gott, der Vernunft und Sinne verhöhnt. Aus den Augen mit diesem Zerrbild des Menschen, das jeder Grieche beschämen könnte. Ich sage Ihnen: fort!«

Der Geistliche barg das Kreuz an der Brust. »Und doch, Herr Belfontaine«, sagte er ruhig, »wurden Sie einmal aus freiem Willen auf den Tod dieses Menschen getauft. Sie tragen sein unauslöschliches Siegel, das Feuer und Wasser nicht tilgen; das den Himmel himmlischer und die Hölle–«, er schauderte wieder zusammen, »die Hölle ... höllischer macht. Sie sind kein ‚natürlicher Mensch' mehr, lieber Herr Belfontaine. Sie sind wiedergeboren – so oder so. Ihr Schicksal vollzieht sich mit Gottes Schicksal; an dem Leib seines Sohnes oder am Leib des ewigen Widersachers, in dessen Fleisch er mit tausend Gliedern, die das unauslöschliche Siegel tragen, hinabgewuchert ist. Auch das Geheimnis der Hölle ist Gottes Geheimnis, mein Freund. – Auch sie ...«, die Stimme des Priesters brach, »ist ein Mysterium der Liebe und darum ewig wie jene – – ewig, mein armer Freund ...«

»Freund!« wiederholte Herr Belfontaine eisig. »Ersparen Sie sich dieses Wort. Ich will es nicht mehr. Oder besser: ich will es nicht mehr von – Ihnen.« Er atmete aus und fuhr klanglos fort: »Sie sagten: wiedergeboren. Ich bin es. Aber Sie ahnen nicht, woher ich es eigentlich bin.«

»Ich ahne es«, sagte der Priester trostlos und tastete nach der Tür. »Doch bedenken Sie, daß auch jetzt noch der Vater in Ihrem Gesicht die Züge des Sohnes sucht. Sein Eifer umfängt selbst die unterste Hölle, und ihre Flammen sind Liebesflammen, die der Verdammte als neuer Prometheus vom Himmel herunterreißt. Das macht sie so fürchterlich. Gottes Liebe und Gottes Hölle heben einander nicht auf. Aber erst beide zusammen ergeben Gottes Gericht.«

Herr Belfontaine öffnete ihm den Ausgang, indem er den leichten Tapetenflügel des Pavillons mit den Schultern gegen das Strauchwerk drückte. »Es komme über mich!«

sagte er ruhig. »Ich werde mich nicht entziehen.« Die Tür schlug mit schleifendem Ton zurück, und Belfontaine war allein.

Noch schienen Worte wie »Gottes Gericht« als Schwerter aus feurigblauem Ozon in der gesättigten Luft zu stehen, die sich allmählich verflüchtigte, während der Umriß dieser Begriffe sich aufzulösen begann. Wie Waffen in alten Votivkapellen verloren sie ihre Schärfe; ihre Schneide beschlug sich, Rost überzog sie, die Feuchtigkeit in den rissigen Wänden machte sie untauglich. Schon sank der ganze Raum in den Zustand einer gärenden Metamorphose zurück und verlor, sich erweichend und pflanzenhaft werdend, die Beziehung zu jeder Sprache: er gab kein Echo mehr, keinen Schall, sondern erstickte, außer dem Schmatzen, mit dem die Fäulnis tiefer und tiefer in sich zusammenrückte, jeden anders gearteten Laut. Selbst Leda lächelte nicht mehr spöttisch, sondern erwartete ihre Gottheit mit blind geöffnetem Schoß. Ihr Leib, von kleinen Sprüngen durchzogen, schien sich in zitternden Atemzügen zu heben und zu senken; er wurde lebendig, indem die Zerstörung ihr Werk an ihm vollbrachte, und wölbte sich nachgiebig, ehe noch die tragischen Dioskuren und die schöne, verlorene Helena ihr Dasein in ihm begannen. Der Zurückgebliebene, der sie nun ansah und sich in dieser stummen Betrachtung gleichsam mit ihr vermählte, sie in Besitz nahm, schauend umarmte und förmlich mit ihr verschmolz, erzitterte vor Glück. »Wie ein Siegel drücke mich auf dein Herz«, flüsterte er blasphemisch, »auf deinen Arm wie ein Siegel. Stark wie der Tod ist die Liebe doch. Wie die Hölle so stark ist die Liebe.« Ein heftiges Brausen näherte sich und schien Belfontaine Antwort zu geben; es glich bald dem Schwirren eherner Pfeile, bald war es von klatschenden, schweren Schlägen wie der Hinzug äonischer Flügelrosse, von der Geißel Apolls untermischt. Dann verdunkelte sich der Eingang des Tempels, und zwei einander begattende Schwäne drangen wie eine riesige Wolke, vor Liebeswut rasend, mit vorgestreckten, stimmlos erstarrenden Hälsen ein und zerbrachen den Wasserspiegel. Das Männchen, während sich sein Gefieder wie eine Spindel zusammenlegte, drückte die Schwänin nieder und war schon im nächsten Augenblick über sie weggeglitten, die immer noch eifernd hackte und bebte; nicht lange danach umspielten sie beide einander und zogen ruhig ihre sanften Kreise, liebkosten mit ihren Schnäbeln den Rücken des Gefährten und drängten, nebeneinander schwimmend, in einer zweiten, stilleren Einheit liebevoll Leib an Leib.

Herr Belfontaine sah entrückt auf sie nieder und horchte mit geronnenem Lächeln nach draußen in die Nacht.

»Helene! Wo bist du? Helene? Helene?« rief eine Männerstimme von fern, die unaufhörlich den Ort ihrer Herkunft, wie beim Blindekuhspielen, wechselte und den Weg zu dem Pavillon nahm. Die Schwänin, als ob ihr Name genannt sei, richtete sich empor. In dem Luftzug, der durch die geöffnete Tür drang, sträubten sich ihre Nackenfedern und stellten sich einzeln auf. Die Arme tastend von sich gestreckt, betrat Herr Gitzler den kleinen Tempel und blieb vor Belfontaine stehen. »Wo ist sie?« fragte er hastig. »Wo ist Ihre Tischdame? Reden Sie doch! Sind Sie ihr nicht begegnet?« Im Sprechen stieß sein Fuß an die Gläser, die auf dem Boden standen. »Was ist das?« murmelte er verloren und hob Flasche und Gläser empor.

»Nein«, sagte Herr Belfontaine laut und deutlich. »Ich habe sie vergebens gesucht und nach ihr Umschau gehalten. Sie wird nach Hause gegangen sein. Fragen Sie doch den Pfarrer einmal, eben war er noch hier.« Er nahm Herrn

Gitzler die Flasche ab, schlug ihren Hals an dem Beckenrand auf und füllte die Kelche: »Prost! Ich hatte eine Besprechung mit ihm. Wir sind nicht zum Trinken gekommen.«

Herr Gitzler stürzte den Inhalt des Glases, ohne abzusetzen, herunter und warf es gegen die Wand. »Wissen Sie, wieviel Uhr es jetzt sein mag?« fragte er unruhig und fügte hinzu: »Soviel ich weiß, kommt der D-Zug aus Mainz um 22.45. Helene erwartet noch eine Bekannte und ist unmöglich vor ihrer Ankunft und den lebenden Bildern nach Hause gegangen ...« Er unterbrach sich und blickte verstört Herrn Belfontaine in die Augen. »Aber sie ist auch nicht da«, sagte er wie ein Kind.

Herr Belfontaine drehte den Fuß seines Glases gleichmütig hin und her. »Haben Sie denn schon überall, ich meine: im ganzen Garten gesucht?« fragte er unbeteiligt. »Und in den Sälen? Was tut man jetzt? Wie weit ist unser Programm?«

»Française, Quadrille ...«, erwiderte Gitzler. »Hernach wird die singende Laura eine Arie zum besten geben und der Gerichtsassessor Hunnäus einen Mundart-Vortrag vom Stapel lassen. Dann kommen Rheinländer, Walzer und wieder eine Arie, hierauf die vierzehn lebenden Bilder und am Ende das Feuerwerk.«

»Mein Gott«, sagte Belfontaine achselzuckend, »dann kann Ihre Frau doch inzwischen einmal nach Hause gegangen und wiedergekommen sein. Wahrscheinlich hat sie ein Kopfwehpulver für ihre Migräne genommen und ist auf dem Weg zurück.«

»Nein, nein«, widersprach der andere heftig. »Sie hätte sonst ihren Mantel verlangt. Aber er hängt noch da.«

»Oder – schon wieder, Herr Gitzler«, sagte Belfontaine, endlich berührt von der Aufregung dieses Menschen. »Kommen Sie! Fragen wir einfach die Garderobenfrau, ob

Ihre Gattin zwischendurch fort war und wiedergekommen ist.«

»Sie haben recht«, sagte Gitzler rasch, »wir fragen am besten die Frau.«

Sie verließen eilends den Schwanentempel und strebten, fast überstürzt, dem Hauptgebäude zu. Weil die Nacht nun wirklich gekommen war und der letzte verdämmernde Tagesrest, noch abgewandt, zögerte, sich in die Arme der Hoffnung zu stürzen, um im Verlöschen bereits hinüber in neue Helle zu fließen, traten die funkelnden Lichterreihen der Windleuchten und Papierlaternen mit trockener, klarer Härte in ihrer Bestimmung hervor; sie trugen den schnurgeraden Charakter rational verlaufender Wege und führten, obwohl dem Spiel der Erfindung in einigen, gleichsam verlorenen und hingestreuten, Lampionen Rechnung getragen war, wie Marschkolonnen zum Ziel.

»Glauben Sie«, fragte Herr Gitzler plötzlich und blieb vor dem Hauptportal stehen, »daß es nur ein Entweder-Oder gibt? Ich meine«, erläuterte er mit befremdender Eindringlichkeit, »daß ein Mensch nur dies oder das tun kann, rechts oder links gehen, immer gehalten von den Schranken der Überlegung?« Er wartete keine Antwort ab, sondern fuhr fort: »Der Mensch kann alles. Er hat die unendliche Wahl. Aber wir wundern uns immer wieder, wenn unsere Rechnung nicht stimmt. Ja, eigentlich finden wir dann erst sein Handeln unmoralisch. Und doch wurde weiter gar nichts gekränkt als die Eitelkeit unsrer Vernunft.«

»Schön, schön«, sagte Belfontaine ungeduldig und ging Herrn Gitzler voran ...

Die Garderobe, das Reich der alten Rosine, die früher Souffleuse an kleinen Theatern und später die Frau eines kasperlhaften Perückenmachers gewesen war, erschien auf den ersten Anblick vollkommen menschenleer. Eine abgedämpfte, schiefhängende Lampe, deren schadhaftes Glühstrümpfchen flackernd verzuckte, baumelte an der Decke und warf ihren unzulänglichen Schein auf die beladenen Kleiderständer, welche fast überquollen und herausgeputzt waren mit Umhängen, Mänteln, Spitzenschals, Straußenfederboas, dazwischengestellten seidenen Schirmen und vereinzelten riesigen Damenhüten, auf denen die Bälge exotischer Vögel sich wie unter Semiramis' hängenden Gärten mit versteinerten Augen wiegten. In dem unbestimmten, diffusen Licht hatten sie, parfümiert und gebügelt, auch eine schauerlich tiefe Verwandschaft mit den ausgetragenen Haderlumpen in Manasses Althändlerladen und boten wie sie den grotesken Anblick einer fühllosen Schar von Gespenstern, die still für sich weiterleben, während schon ihre früheren Träger in Asche zerfallen sind. Ja, mehr noch: ihr geduldiges Warten hatte etwas von abgelegten, der Auferstehung harrenden Hüllen, die jederzeit bereit sind, sich wieder mit Fleisch und Blut anzufüllen, sich von gepreßten Brüsten zersprengen und ihre Nähte von üppigen Schultern und Armen dehnen zu lassen. Inzwischen vertrieben sie sich die Zeit, indem sie einander berührten, ihre Wohlgerüche: Moschus und Ambra, Jasmin, Heliotrop, Centifolie, vermischten und dem Auge das laue Unterweltspiel einer lesbischen Liebe gaben; sie verrieten die Reize und Mängel ihrer Besitzerinnen und taten in kleinen, belanglosen Zeichen deren Erlebnisse kund. So spielten sie die Gesellschaftskomödie der Sinnlichen, wie der Kalten, der Geizigen, wie der Verschwenderin, der Ehebrecherin, wie der Keuschen, der Geschwätzigen und der Stummen auf spukhafter Ebene weiter; entschleierten gleichsam den Spuk dieses Lebens und träumten es von sich fort ...

Aus dem Hintergrund kam ein verlorenes Murmeln, dessen Ursprung nicht zu bestimmen war. Es glich dem Raunen, Rieseln und Rauschen einer unversieglichen Quelle, welche zugleich beruhigt und ermüdet, während sie immerfort wach bleibt – gespeist von etwas, das nicht sie selber, doch ihrem Wesen verwandt ist und es beständig erneut. Endlich entdeckten die beiden Männer, woher dieses Murmeln kam. Hinter der hölzernen Schranke, auf welcher die Kleidermarken und ein paar abgerissene Blöcke mit Eintrittsbilletten lagen, saß, halb überdeckt und verborgen von elegantem Plunder, unter welchem sich ihre gekrümmten Finger an einem Rosenkranz unermüdlich von Perle zu Perle schoben, die Garderobenfrau. Sie betete, während ihr Mund sich bewegte und ihr vogelhaft kleiner, eisgrauer Kopf von einer flaumigen Federboa verächtlich gestreichelt wurde. Sofort, als sie die Herren bemerkte, wechselte ihr Gesicht von dem Ausdruck einer unvorstellbaren Abwesenheit zu reiner Bereitschaft herüber. Es wurde demütig, ohne gemein, und gegenwärtig, ohne bewußt und aufdringlich zu werden; vielmehr lag die gleiche innere Spannung, die es beim Beten durchdrungen hatte, auch jetzt noch auf ihren Zügen. Sie ließ den Rosenkranz ohne Bedauern in ihre Tasche gleiten – mit der erhabenen Gleichgültigkeit eines Menschen, dessen inneres Leben von außen so oft unterbrochen wurde, daß es zuletzt jede Störung in sich hineinnehmen kann, ohne irgendwie Schaden zu leiden.

»Rosine«, sagte Herr Gitzler und beugte sich über die Schranke, »haben Sie meine Frau im Lauf dieses Abends gesehen? Hat sie etwas für mich hinterlassen? Oder ist sie noch einmal hier gewesen, um ihren Mantel zu holen, und bereits wiedergekommen?«

»Gewiß war sie hier, Herr Gitzler«, sagte die Alte freundlich. »Aber nicht um den seidenen Mantel zu holen, sondern das Gretchenkostüm für das letzte lebende Bild.«

Herrn Gitzlers plötzliche Blässe bemerkend, fügte sie noch hinzu: »Ja, ja – ich habe mich auch gewundert, denn es war ja noch viel zu früh. Nun, unsereiner«, sagte sie schlicht, »macht sich da weiter keine Gedanken, wenn die Damen etwas Besonderes wollen, das ist man ja gewohnt. Solche Wünsche kommen und gehen wie Kopfweh – es kann ja auch sein, daß Frau Gitzler noch etwas ändern wollte, der linke Puffärmel hat bei der Probe den Oberarm geschnürt. Richtig«, ergänzte sie ganz erleichtert nach Art der alten Leute, die sich freuen, wenn ihr Gedächtnis, das sie noch eben im Stich ließ, wieder zurückgekehrt ist, »Frau Gitzler sagte, ehe sie ging: Rosine, sagte sie, wenn mein Mann oder Herr Belfontaine nach mir fragen, so richten Sie ihnen bitte aus, ich wäre zu den lebenden Bildern ganz bestimmt wieder da.«

»Und inzwischen – ?« fragte Herr Gitzler in einem Tonfall, dessen Bedeutung der Sache durchaus nicht entsprach.

»... ist sie nach Hause gegangen und näht sich dort ihr Kostüm«, ergänzte Herr Belfontaine.

»Aber nein. Ich habe telephoniert«, gab Herr Gitzler mit leichter Verlegenheit zu. »Zwar ist das Mädchen ganz unzuverlässig und scheint bereits geschlafen zu haben, bevor es zum Apparat kam, denn es fragte nur, wie und was.«

»Nun, dann bleibt also wirklich nichts Besseres übrig, als daß Sie auf sie warten«, sagte Herr Belfontaine. »Kommen Sie mit mir zum Billardzimmer, ich habe Lust auf eine Partie. Außerdem hört man den Singsang dort nicht, was gleichfalls ein Vorzug ist.«

»Nein – gehen Sie nur«, sagte Gitzler nervös. »Vielleicht, daß ich nachkommen werde, wenn mir der Sinn darnach steht.« Herr Belfontaine wandte sich brüsk von ihm ab und ging achselzuckend hinaus; der andere setzte sich quer auf die Schranke und zog das eine Bein in die Höhe, verschränkte die Hände über dem Knie und blickte nach der

Uhr an der Wand, einem heftig geschnitzten, hölzernen Häuschen, dessen Kuckuck mit lautlos geöffnetem Schnabel und ausgebreiteten Fittichen den hastigen Pendel voranzutreiben und den Augenblick zu erwarten schien, wo er wieder sein eifriges Rufen herunterschnarren konnte.
»Noch dreißig Minuten«, sagte Herr Gitzler, »dann kommt der D-Zug aus Mainz.«
»Erwartet der Herr noch jemand?« fragte die Alte höflich. »Die Uhr geht übrigens vor.«
»Ja, ich – das heißt, meine Frau erwartet noch eine Bekannte«, sagte Herr Gitzler gereizt. »Ich selber warte auf meine Frau. Meine Frau auf ihre Bekannte. Wir beide auf den D-Zug aus Mainz. Jeder wartet auf jeden ...«
»Und der da oben auf uns«, sagte die alte Rosine mit verblüffender Einfachheit.
Herr Gitzler drehte den Kopf zu ihr hin und musterte sie erstaunt. Der Gedanke, sie könnte außer dem Arm, den man mit Garderobe belud, und der Hand, die die Messingmarke dafür in mechanischem Gleichmaß ausgab, noch etwas anderes sein, war ihm bisher nicht gekommen.
»Er hat mich auch das Warten gelehrt«, fügte sie leise hinzu.
Herr Gitzler betrachtete sie noch immer mit großer Aufmerksamkeit. »Nun ja, das Warten ist Ihr Beruf«, erwiderte er und hielt ihr Gesicht, dieses gewöhnliche, alte Gesicht, an welchem durchaus nichts Besonderes war, mit saugenden Blicken fest. »Schreckliche Vorstellung«, sagte er dann mit einem gewissen Sadismus, »stundenlang sitzen und warten zu müssen, bis andere Leute sich ausamüsiert und übergegessen haben. Wird man denn da nicht einfach verrückt vor lauter Langeweile?«
»Langeweile? Wo denken Sie hin, Herr Gitzler!« sagte die Alte ruhig. »Es gibt immer genug zu tun. Eine Dame bittet um ihren Schal, eine andere will einen Knopf angenäht,

eine dritte das Mieder aufgeschnürt haben, eine vierte kommt, um sich heimlich ein bißchen auszuweinen ... wie das im Leben so ist.«

»So, so«, sagte Gitzler. »Dann allerdings –. Und wenn einmal gar nichts Besonderes los ist, fangen Sie an zu beten?« fragte er würdelos.

Die Alte schüttelte ihren Kopf. »Ach nein – das ist anders. Geben Sie acht, ob ich es richtig erkläre. Beten tue ich eigentlich immer; das fängt man nicht da und dort an, und hört es da und dort auf. Wenn ich warte, bete ich; wenn ich bete, warte ich auch zugleich. Glauben Sie mir: das ist ein und dasselbe; alles andere, wissen Sie, kommt und geht, als wär es nicht dagewesen ...«

»Also sind Sie mit Ihren Gedanken eigentlich immer fort?« fragte Herr Gitzler ironisch.

»Nun ja – und erst recht, seit mein Enkelkind tot ist«, fügte sie ruhig hinzu, nicht anders, als habe sie ihm erzählt, ihr Gehör sei schlechter geworden, oder sie hätte vom Winter her das Reißen in den Gliedern.

»Oh«, machte Herr Gitzler hilflos und suchte nach einer Phrase, doch fiel ihm nichts Passendes ein. Blitzschnell durchwühlte er sein Gedächtnis und erinnerte sich, daß das tote Kind von ihrer ledigen Tochter stammte, die in die Großstadt gegangen und seitdem abwesend war. Jetzt meinte er auch die Erklärung für Rosinens Ruhe zu haben und sagte mit der gefühllosen Kälte des Reichen gegen den Armen, den er ebenso abgestumpft glaubt wie sich selbst: »Sehr traurig. Doch sehen Sie, liebe Frau, eigentlich ist es für alle das Beste, wie es gekommen ist, was? In Ihrem Alter zieht man kein Kind auf –«, erläuterte er verlegen, weil die Blicke der Frau wie die einer Sybille durch ihn hindurchzugehen und ihn zu richten schienen. Sie bewegte lautlos die dürren Lippen; dann, ohne das Gesicht zu verziehen, sagte sie einfach: »Es ist auch das Beste.

Denn, sehen Sie, früher hab ich allein für meine Tochter gebetet. Nun betet der Kleine mit. Und wenn wir genug gewartet haben, kommt meine Tochter nach Haus.« Es wurde nach ihren Worten eine Zeitlang vollkommen still. Nur aus der Ferne drang Ballmusik, unterstrichen durch den schmetternden Anschlag der fröhlichen Walzertakte, in welchen sich eine bacchantische Menge unaufhörlich drehte und wiegte. Gelächter wie von anderen Sternen perlte und fiel durch unendliche Räume, und in den dumpfen, stampfenden Rhythmen schienen Myriaden von Welten zu bersten und eine neue, noch unsichtbare, sich grenzenlos aufzuerbauen. »Nur eine Weile«, sagte die Alte und schloß damit ihre Betrachtungen ab, »nur eine ganz kleine Weile – dann ist auch *Er* wieder da.«

»*Er* ?« fragte Gitzler verständnislos, »wen meinen Sie nun damit ?«

Sie wurde der Antwort enthoben, denn nach kurzem heftigen Klopfen öffnete sich die Tür, und ein Kellner stand auf der Schwelle. »Herr Gitzler – ich suche Sie überall«, sagte er außer Atem. »Ist der D-Zug aus Mainz schon da ?«

Der andere schrie ihm erregt entgegen: »Was meinen Sie.. hat meine Frau gesagt ... Wo ist sie, um Gottes willen ?«

»Keine Ahnung, Herr Gitzler«, gab ihm der Kellner in erschrockenem Ton zurück. Den Ausdruck rasenden Zornes in Gitzlers mühsam beherrschtem Gesicht und gleichzeitig dessen Verzweiflung bemerkend, setzte er ratlos hinzu: »Ich führe nur meinen Auftrag aus. Vielmehr, ich greife ihm vor.« Eine seltsame Mischung aus Furcht und Neugier überflog seine groben Züge. »Frau Gitzler sagte mir: diesen Brief geben Sie meinem Mann nicht eher, bevor der D-Zug aus Mainz hier durchgekommen ist.«

»Brief ? Was für einen Brief ? So reden Sie doch, Mann!« fauchte ihn Gitzler an.

»Da ist er«, sagte der Arme zitternd und kramte mit der Umständlichkeit des ehrbaren kleinen Mannes einen Kasinoumschlag heraus, welcher Herrn Gitzlers Namen in Bleistiftlettern, schräg über das ganze Blatt hinfahrend und es gleichsam zerreißend, trug.
Der Empfänger nahm ihn wortlos entgegen und brachte ihn an sich wie einen Raub, indem er die Faust darum schloß und ihn zerknitterte. »Hier«, sagte er hastig, entlohnte den Mann und bedeutete ihm zu gehen; dann legte er den mißhandelten Umschlag behutsam auf die Schranke, glättete ihn ausführlich und öffnete ihn mit dem Taschenmesser, wobei die Korrektheit, mit welcher er nun jede Bewegung vollführte, in schrecklichem Gegensatz stand zu dem Inhalt, der ihn erwartete. Bevor Herr Gitzler das Briefblatt ganz überflogen hatte, brach ein Stöhnen aus seiner Brust. »Rosine ... ein Unglück – kommen Sie mit mir – – vielleicht erreichen wir noch den Zug an dem offenen Übergang.« Er meinte die Stelle, wo, ehe der D-Zug das Weichbild des Städtchens berührte, der letzte Feldweg geschnitten wurde; eine Kreuzung ohne Glocke und Schranke – und Rosine begriff sofort. Ihr magerer Körper schnellte empor und gewann seine Spannkraft wieder; holzig und dürr wie ein Wurzelstock, aber wie dieser mit riesigen Kräften bis in die letzte Faser gefüllt, hatte sie plötzlich etwas von Kobold und Alraune: eine Hilfsbereitschaft, die ihrer Natur von jeher eingeboren und ihrem innersten Wesen so zugehörig war wie das Süße dem Pastinak. Sie raffte, was ihr gerade einfiel, mit zwei, drei Griffen zusammen und stopfte Verbandmull, ein Fläschchen mit Jod, Schere, Nadel und Zwirn in ihre Henkeltasche.
»Laufen Sie immer nur hinter mir her – ich weiß den kürzesten Weg«, sagte sie zu Herrn Gitzler, indem sie den Abstand von Herrn und Magd auch jetzt nicht verleugnete.

Kurz darauf wischte ihr zwergischer Schatten an der Kasinomauer vorüber, welche nicht enden wollte. Sie schlug den Weg nach dem Kirchplatz ein, auf welchem das Gras, das den dunklen Basalt von Jahr zu Jahr mehr überdrängte, zusammen mit einigen Federnelken, in voller Blüte stand. Diese winzige Welt, die Herr Gitzler mit schmerzhaft geöffneten Sinnen bemerkte, lag wie gestochen im Mondlicht da und hatte, obwohl ihre Gegenwart nur wenige Tage betragen mochte, etwas von ewiger Dauer und Unvergänglichkeit. Die Turmuhr der Kirche, dem Mond abgekehrt, war vollkommen dunkel; auf ihrem Zifferblatt maß der Zeiger, von keinem menschlichen Auge berührt, eine verlorene Zeit – wäre er auch aus gespenstigem Unsinn mit jedem Herzschlag von Ziffer zu Ziffer und also von Stunde zu Stunde gesprungen, so hätte er niemanden täuschen oder verwirren können. Selbst die Glocke, die eben halb elf schlug, sank für das Ohr, das sie irgendwo mit schreckhafter Spannung befragen mochte, in uferloses Meer; ihren nächsten Anschlag, so schien es fast, würde sie auf dem Grunde tun, in einem Vineta, dessen Bewohner noch unter dem älteren Eismond wohnten und zwischen den offenen Scheitelnähten das magische Auge trugen ...
Von dem Kirchplatz lief eine schmale Gasse zu dem tiefer gelegenen Roßmarkt hinunter, der von Platanen umsäumt war. Ihre mangelhaft beschnittenen Kronen traten im Schein der fünf Gaskandelaber wie mit Gift übergossen hervor; das Grün war so scharf und die Dunkelheit der fleckigen Borke so bitter, daß gegen ihr gesteigertes Dasein die dahinterliegenden Häuser gleichsam in Asche zerfielen. Trotzdem waren sie ganz entleiblicht und standen offen wie Träume, die keine Grenze haben: man konnte sich einbilden, ihre Wurzeln und die weißen, tastenden Fasern zu sehen, die unter dem taghellen Buckelpflaster mit

den Zehen im Wasser spielten. Jeder zweite Platanenstamm trug einen Reif, an welchem zur Zeit der Pferdemärkte die Gäule festgemacht wurden – einige Tage später würden auch Belfontaines Eisenschimmel, welche das Los ihm zuführen sollte, hier angebunden werden; sie würden froh mit den Hufen stampfen, die Köpfe aus dem Hafer sack heben und sein Schicksal mit reißenden Flügelschlägen hinaustragen über Raum und Zeit. Im übrigen war dies für lange Jahre der letzte Pferdemarkt, den das Städtchen in seinen Mauern sah: bald würde Roß um Roß requiriert und den Schlachtfeldern zugeführt werden ... zuletzt fast mechanisch und unbesehen, ohne daß irgendein Täuscher ihnen Pfeffer unter den Schwanz gerieben oder ihr Fell durch allerlei Spritzen und Bürsten geglättet hätte. Vielleicht lag die Ahnung des Kommenden bereits wie Pferdegewieher und spukhaftes, helles Trompetengeschmetter in der eingefangenen Luft, welche die schärfsten und stechendsten Dünste des Städtchens hartnäckig aufbewahrte: Geruch der Lohe, der Lederriemen, des verbrennenden Hornhufs, der aus der Schmiede, und des alten, träge rinnenden Blutes, der aus den düsteren, roten Mauern der verwinkelten Abdeckerei drang, an den sich der jüdische Schlächterladen mit dem Zionsstern auf dem Fensterglas anschloß, eine Barbierstube und der Eingang zu dem früheren, großen Ghetto, das sich mit einem barocken Portal von eigentümlicher Schönheit fast fürstlich eröffnete. Es hieß das Marstor, doch war seine Füllung freilich nur schlechtes Holz, ein Scheunentor, dessen Flügel zurückgeschlagen waren und den Einblick auf einen Hof gewährten, vielmehr auf einen offenen Durchgang, der nur zur Zeit der Märkte geschlossen und, während man ihn mit Fässern und Tischen, Stühlen und Tritten bestellte, in eine Schenke verwandelt wurde, wo nach dem Abschluß ihrer Geschäfte die Bauern, Metzger und Makler lärmend zusammenkamen. Diesem Eingangstor gegenüber erhob sich ein zweites Portal, das dem ersten genau entsprach und zur Zeit der Viehmärkte gleichfalls verbolzt und verrammelt wurde. In dieser Nacht aber waren die Flügel wie üblich zurückgeschlagen, und als Gitzler, während ihm schon Rosine durch das Marstor vorausgeeilt war, unwillkürlich den Kopf hob, sah er zum erstenmal mit Bewußtsein den starrenden Helmbusch über dem Panzer, das Schwert und den mächtig gebuckelten Schild, welche, aus rötlichem Sandstein gehauen, den Türbogen – spielerisch fast und nicht ohne Anmut – bekrönten; diese leeren Requisiten des Krieges, der selber unsichtbar war, indessen die Rüstung mehr und mehr anschwoll, die er bald ausfüllen würde; den vagen Umriß, der sich verstärken und körperhaft werden sollte, saftig und prall wie die Frucht an dem Baum, wenn ihr Wachstum vollendet ist – –.

»Laufen Sie! Laufen Sie!« drängte Rosine. »Wir schneiden ein Stück von dem Ghetto ab und rennen durch den ‚Bazar'; dann kommen wir an der Stelle heraus, wo ein Weg zu dem Graben herunterläuft; wir überqueren das Bachbett am Steg und werden kaum fünf Minuten danach an der offenen Wegkreuzung sein – da, wo die Bornheimer Landstraße umbiegt und das Ecklersche Anwesen liegt.«

Herr Gitzler, als reiße ihn etwas zurück, blieb wie angewurzelt stehen. »Zum Teufel!« brüllte er plötzlich und schüttelte die Fäuste, »ich komme nicht weiter mit. Ich will nicht ... will nicht ... will nicht, Rosine«, knirschte er wie besessen. »Mag sie allein in die Hölle fahren. Sie war ja immer allein.«

Ohne etwas zu erwidern, packte Rosine sein Handgelenk und zerrte ihn hinter sich her. »Geben Sie acht, dieser Flohmarkt hier –«, sie meinte den ‚Bazar', »– zieht sich mit seinem verdreckten Gerümpel, das nachts über draußen bleibt, bis zu dem Tor; man kann sich Arme und Beine brechen, wenn man aufgelegt dazu ist. Da – schauen Sie nur: ein verrostetes Bett, der Potschamber steht gleich daneben.« Ärgerlich schimpfend bewog sie ihn, über mehrere Stühle zu steigen, die mitten im Wege lagen; sie manövrierte ihn an Kommoden, über zusammengerollte Lumpen, die Löbchen Bär mit bescheidenem Stolz als ‚Smyrna-Imitationen' ausgab, und alten Messingleuchtern vorüber, trat mit dem Fuß einen Spirituskocher samt mehreren Töpfen zur Seite und gewann den Pfad zu der Schwemme hinunter, als habe sie ihn soeben gebahnt oder unter dem ältesten Bauschutt dieser Siedelung ausgehoben.

Von dem Graben herauf schlug ihnen der Dunst des stehenden Wassers entgegen; die schwere, süßliche Luft der Fäulnis, die das Wasser bebrütete und seine Fruchtbarkeit von dem Maß der Verwesung abhängig machte. Im Hochsommer würden die armen Gärten, zwischen denen der Weg sich jetzt hinzog, und welche sich, wie schon erwähnt, bis zum Ufer des Grabens erstreckten, diesen Duft mit dem reinen, starken Geruch der frisch begossenen Kräuter besiegen: der Pimpinelle, des Borretsch, des Dill und der würzigen Petersilie; mit dem Atem der Goldraute und des Phlox, die kaum der Pflege bedürfen, der Calendula, welche dem Menschen treu bleibt und sich von selbst in die Erde sät, und der wuchernden Fülle der Flatterrosen, in deren unveredeltem Grundriß sich das Geheimnis der mystischen Rose am deutlichsten widerspiegelt. Sie alle würden die Wasserlilien, den Tang, das Mädesüß und die fetten, schlaffen Sumpfdotterblumen wie alte Sünden vergessen machen und das unbeständige menschliche Herz den Frieden der Fleißfrüchte lehren. Aber noch herrschte der Graben vor und vermischte sich in der vibrierenden Sphäre, womit es ihm immer gefiel; er saugte den Dunst des Roßmarktes an, den Blutgeruch aus der Abdeckerei und den muffigen, zähflüssig rinnenden Hauch aus jenen ewigen Lumpenbazaren, deren Habe vom Fußtritt des Kriegsgotts beiseitegeschleudert wird. Ja, mehr noch: mit zufriedenem Schmatzen verlegte er seinen Grund immer tiefer und floß durch Vineta hin; seine Wasser schienen das Zifferblatt der Kirchturmuhr überschwemmt zu haben und ihren Glockenmund auszufüllen, damit er nicht tönen konnte ...

Auf dem Grabensteg angelangt, blieben Herr Gitzler und Rosine noch einmal stehen. »Diese Luft hier –«, sagte er keuchend und preßte die Hand auf das klopfende Herz. »Ich ersticke, es ist keine Redensart – merken Sie es nicht auch?«

Sie sah in sein qualvoll verzerrtes Gesicht mit dem geöffneten Mund. »Gleich wird es besser«, tröstete sie und wies mit der Hand voran. »Dort hinten hören die Gärten auf, und wir kommen zur Bornheimer Straße. Sehen Sie doch –.« Indem sie vorauslief, deutete sie auf ein helles Band, das hinter Bohnenstangen und Reisern von ferne sichtbar wurde; bald überdeckt und bald völlig verschwunden, trat es plötzlich – fast unvermittelt hervor und begrenzte mit klarem, nüchternen Bogen den Ostrand der schlafenden Stadt. Weil der Gartenpfad hier in die Krümmung der großen Chaussee hineinlief, wurde er von der Biegung der Straße wie ein Bach von der Flußmündung aufgenommen, welche ihm eine Niederung ausspart und ihn zur Regenzeit teilnehmen läßt an Fülle und Fruchtbarkeit; an dem Wesen des Stromes, der ihn empfängt und ihn gleichsam mit einer fließenden Flora und lose nistenden Vogelwelt einlädt, seinem Vorbild sich anzugleichen. Die letzten Krautgärten mündeten hier mit größerem Blumenreichtum; kleine Rasenrondelle und Geißblattlauben waren unbekümmerter angelegt worden,

und der rührende Prunk jener Muschelkalkzwerge, Rehe, Gipsbüsten, Vasen und Putten, welche damals die Gärten der kleinen Leute mit falschem Anspruch verzierte, grüßte zu einem Landhaus herüber, dessen Rebenpergola ringsherum von lebensgroßen Marmorfiguren: Silenen und Nymphen, bevölkert war, welche wie aus der Erde gestiegen und diesem alten, römischen Boden samt Weizen, Welschkorn und Weinstock entsprungen zu sein schienen. Dieses Anwesen, das dem Besitzer einer großen Sektkellerei und mehrerer auserlesener Lagen in dem oberen Rheingau gehörte, wurde im Volksmund »Ecklers Schlößchen« oder kurzweg »das Schlößchen« genannt; es stand das halbe Jahr über leer und hatte, obwohl ein Gärtner den Park und die Blumenanlagen pflegte, Gelegenheit, einem tiefern Gesetz als dem menschlichen Willen zu folgen und eine Mythologie zu bilden, welche ihm angestammt war. So wurde es Eigentum der Natur, der Phantasie und der dunklen Süchte, deren Sehnsucht es immer umspielte: seine Rosen pflegten alljährlich geplündert, seine Mauern überklettert zu werden; seine Trauben wurden von Drosseln und Staren, seine Nüsse von Zigeunern geerntet, deren flüchtige kleine Lagerfeuer ihren Schein in den hohen, schmalen, bis auf den Fußboden gehenden Fenstern im Spätherbst spiegelten.
Hier schien das Ende der Bürgerwelt, die sich aus Eigentümern erbaut, und der Anfang des Grenzenlosen zu sein; ja, daß an der Flanke des Ecklerschen Schlößchens, wo ein Feldweg den Bogen der Landstraße schnitt, die D-Züge donnernd und rauschend das Geleise erzittern machten, verstärkte nur die unendliche Lockung, die seine Mauern umgab, sie dehnte, verrückte und ihnen unmerklich, während das Tosen der Züge sie geisterhaft durcheilte, den Charakter erschütterter Luftgebilde und Echostellen gab. Denn nicht einmal die Natur, o nein, besser gesagt: die

Verwandlung, die Verwesung und die Veränderlichkeit war in Wirklichkeit dieses Hauses Herrin – sondern *das reine Nichts;* Medusa, deren geronnenes Lächeln die Fenster mit schillerndem Schleim überzog und die Säle mit Stille kalkte; die leere Lüge, der farbige Schein und die Täuschung der unermeßlichen Tiefe in Belfontaines Gartenkugel: Medusa, die mit Helene verschmolz; die Schönheit mit der Lüge und beide mit dem Tod.

Dies war der luziferische Ort, dicht über dem Höllenkrater, wo sich im Absturz die Fittiche Satans fast zärtlich entfaltet hatten; wo sich immer wieder die Schwanenflügel einer verführerisch finsteren Gottheit um das fallende Opfer schlugen, und wo auch Herr Gitzler, er fühlte es deutlich, die Verlorene finden mußte ... Aber gleichzeitig wußte er, eisig erstarrend, daß sie bereits nicht mehr war. Entsetzlichster aller Gedanken: weder in seinen Sinnen, noch in der hämmernden Tiefe seines fleischlich erregten Herzens hatte sie Wirklichkeit. Sein Vorstellungsvermögen ließ von ihr ab, die Tastorgane griffen ins Leere und wurden erinnerungslos. Sie war nicht, oder sie war nicht mehr; vielleicht war sie niemals gewesen. Jene plötzliche Heiterkeit, fern aller Reue, mit welcher Helene den Tod gesucht und ihn schon vor der Vernichtung des Leibes als ein Merkmal empfangen hatte, teilte sich Gitzler nun gleichfalls mit und machte ihn schwerelos. Von jeder Verantwortung freigesprochen, wurde er auf flüchtige Weise von neuem ihr Gefährte und umarmte die silberne Fata morgana eines entleiblichten Geistes, während Helene noch litt.

Das Schattengitter des Gartentores zeichnete seine heiteren Stäbe auf dem Ätherblau ihres Kleides ab, ihre Hände hielten sich krampfhaft an dem rostigen Eisen fest. Das Gesicht lag im Dunkel, die volle Kehle spannte sich, rückwärts gebogen, wie die Brücke vom Leben zum Tod; doch

war schon, wie bei Gespenstern, die das Haupt vor sich hintragen müssen, keine Verbindung mehr.
»Jesus, Maria«, sagte sie laut und vollkommen willenlos; diese Worte, nur untereinander verbunden, standen so isoliert in dem Raum, daß man glauben konnte, ihre Konturen im Dunkel verharren zu sehen.
Sehr weit entfernt, aber hart und deutlich, schlug das Läutewerk nun den nahenden Zug, kurz hintereinander, an; sein Geräusch, das Herrn Gitzlers Ohren erfüllte, war der Wirklichkeit noch vorweg genommen, eingebildet und aus dem Gedächtnis an frühere Laute geformt; aber schon trafen die äußersten Ränder mit den Schwingungen jener Wellen zusammen, die ihm die Luft jetzt entgegentrug: unaufhörlich, in immer dichteren Stößen, in denen sich dem Vibrieren der Erde das klagende Singen der Schienen vermählte, während die Sprache der Kolben und Räder zwischen ihm und seiner entfremdeten Gattin noch die einzig gemeinsame war. Er bemühte sich, ihren Namen zu rufen; doch selbst dem einfachen, wortlosen Schrei versagte sich seine Zunge. Seine Arme, als ob sie mit Blei gefüllt und ohne Gelenke wären, hingen ausgependelt nach unten. Was nun geschah, vollzog sich so rasch, daß er nachträglich glaubte, den Ablauf der Dinge von seinem Ende her rückwärts geträumt und ihre Stelle von jenem Punkt aus, der sich knirschend, kreischend und brüllend in seine Sinne eingebohrt hatte, mathematisch bestimmt zu haben. Ein pygmäisches Wesen, nicht Mensch und nicht Flamme, wohl aber beides in einem, raste mit weit entfaltetem Tuch von der Wegkreuzung auf die Schienen und flackerte, als ob ein Windstoß es auszulöschen kämpfte, vor dem unwiderstehlich nahenden Schicksal besessen hin und her; in das Funkenstieben, den Rauch und das Schleifen des gewaltsam bremsenden Zuges wurde die Todgeweihte geschleudert, die gleichsam nur wie ein Nachtmahr

über das Auge des Zuschauers wischte und schon wieder verschwunden war. Mit keuchender Lunge und zitternden Flanken blieb die Lokomotive stehen, als habe ein Riese – es war Rosine – sich ihr entgegengeworfen und ihr Brust an Brust Einhalt geboten.

Überall schlugen die Fenster herunter, die Reisenden beugten sich schreiend und rufend in das jählings zerrissene Dunkel, und eine Laterne schwankte wie trunken den Schienenweg entlang. »Ein Mensch –! Ein Mensch!« hörte man rufen, und gleich darauf: »Weiterfahren!« Zwei gellende Pfiffe – wie lange danach, hätte Herr Gitzler später nicht annähernd sagen können –: dann setzte der Zug sich mit heftigem Seufzen von neuem in Bewegung, und über der leeren, finsteren Fläche der zurückgelassenen Äcker erbaute sich eine mystische Höhle mit fließenden Wolkenrändern, die von innen erleuchtet war. Man sah einen Mann mit gebücktem Rücken, welcher sich, eine Laterne tragend, sehr ruhig über etwas neigte, das eine Frau, deren mildes Gesicht von einem Kopftuch beschattet wurde, in ihrem Schoße hielt. Der Mann, ein Alter mit grauem Haar, war in Betrachtung versunken; seine Hand, die das Licht empor hielt, blieb über dem tiefen Geheimnis stehen, das die Frau ihm entgegenhob ...

Aus weiter Ferne betrachtet, war hier unendlicher Friede. Kein Ton. Kaum eine Bewegung – oder nur so geringe, daß man glauben konnte, einem Gemälde gegenübergestellt zu sein; doch schien diese Szene als reine Erscheinung jede Art von Bewertung von sich zu weisen und – wie in Belfontaines Gartenkugel der rötliche Kiesweg mit seinen Rändern – ihren Ursprung unfaßbar weit rückwärts verlegt, ihre Maße verkleinert und ihren Umriß so blendend verschärft zu haben, daß sie der Netzhaut nicht mehr bedurfte, um sich den tieferen Schichten der Wahrnehmung einzutragen, vielmehr zu den ältesten Bildern der Seele von selbst in Beziehung trat. Ja, wenn man diese Erscheinung auf ihren Standort hin prüfte, so schien sie in dem gleichen Verhältnis von Nähe und Ferne zu stehen wie, von dem Innern des Pavillons aus, die grünliche Schwanenblüte – nur, daß jetzt Licht und Dunkel vertauscht und der Pavillon gleichsam hinausgestülpt war, so daß von seinem begrenzten Fenster jene unbestimmte Vision den Charakter einer Geburtenhöhle empfing; einer Grotte und eines mystischen Schoßes, aus dem von jeher das tiefe Geheimnis der Wiedergeburt entsprang und zu dem es zurückkehren mußte.

Aus unendlicher Tiefe stieg dieses Mysterium der Todesweihe empor und ging auf eisigen Götterfüßen Stufe um Stufe hinauf: zuerst die Füße des Seelenführers, dessen Herme der sonnendurchglühte Feldstein im Weizenacker war – –: »Hübsch, dieser Weg durch das niedrige Korn, in dem die Fasanenhenne brütete, und angenehm auf den heißen Steinen, die Hände am Boden, zu sitzen ...«, dachte damals Herr Belfontaine. Die Füße sodann des etruskischen Pan, verhornt und an ihre Verrichtung gefesselt, die Rebenkelter zu treten; daneben die plumpen Füße der Mutter, welche die Roggenspindel auf ihre Knie setzte: sie beide Hüter des trockenen Landes, dessen Lendenfeuer sie langsam schürten, bis die Natur ihrer selber überdrüssig geworden und bereit war zu der entsetzlichen Klage: »Ich habe keine Lust mehr ... !« Die Füße der Mondgöttin, jener Diana, welche gleicherweise das Schwanenhäuschen wie das Gehirn des von der Vernunft bis zur Verzweiflung Genarrten mit ihrem Licht erfüllte und ihn aussprechen ließ: »Ich bin wiedergeboren. Wiedergeboren – das ist es ...« Zuletzt die Füße der schönen Leda, die als Helena in die Kugel zurücktrat, in die leere Lüge, den farbigen Schein und in die »Natur der Natur«. Sie alle, die Träger der Wiedergeburt zu dem trostlosen Leben des Hades, gingen ein in diese zaubrische Höhle, auf welche nun Gitzler von ferne starrte: unfähig, sich zu nähern und unfähig, sich zu entfernen, während der Zug schon den Bahnhof erreichte und das traurige Zeremoniell begann, das einen Menschen, der selbstmörderisch in das Gestränge der staatlichen Ordnung wie in Hochspannungsdrähte gefallen war, weit eher, als ihn zu bergen, sich anschickte, ihn zu bestrafen, obwohl jetzt die Glocke des Fernsprechers dringend nach Arzt und Bahre verlangte.

»Halten Sie ruhig das Licht etwas tiefer«, sagte die alte Rosine zu dem Mann mit der Streckenlaterne. »Übrigens kommt sie jetzt zu sich und wird nur geblendet werden, wenn sie die Augen aufmacht. Sehen Sie –!«

Ihren einfachen Worten gab ein schmerzliches Ächzen Antwort, und das Haupt der Ärmsten, schrecklich zerstört wie das eines immer noch schönen, doch von der Pflugschar des Bauern zugerichteten Torsos, drehte sich hin und her.

»Ja, ja, meine Tochter – ich helfe dir schon. Gleich wird es besser werden«, beruhigte die alte Frau.

Helene sah sie entgeistert an und versuchte, sich aufzurichten. »Heim ...«, sagte sie dann mit stöhnender Stimme. Und noch einmal: »Ich will heim.«

»Das sollst du auch, meine liebe Tochter«, erwiderte Rosine. »Aber du darfst dich nicht rühren, bis der Arzt mit dem Wagen kommt.«

»Was für ein Wagen?« fragte Helene. Ihr Atem, wie der eines sterbenden Vogels, fegte in immer kürzeren Zügen aus dem weit geöffneten Mund. Rosine gab keine Antwort, sondern trocknete still von Zeit zu Zeit das unaufhörlich quellende Blut von ihren Lippen ab und schob ihr das schwere Haar aus der Stirn, welche von Todesschweiß übertaut war, verlassen und eigensinnig zugleich, wie in sprödem Gefels ein Stein. »Muß ich ... sterben?« fragte

Helene plötzlich. In ihren seltsam verhärteten Augen schien sich der letzte Rest ihrer Kraft als Furcht versammelt zu haben; als eine wilde rasende Angst, wie das verwundete Tier sie hat, wenn es die helfende Hand des Menschen unter Hacken, Beißen und Schlagen von sich zu weisen sucht.

Die Alte drängte sie sanft zurück und wischte von neuem den Schweiß und das Blut von dem entstellten Gesicht. »Aber das wolltest du doch, meine Tochter?« fragte sie vollkommen ernst.

Helene sah sie erschrocken an. »Nein –«, keuchte sie. »Nicht mehr. Nur leben – Rosine. Ganz einerlei. Leben! Leben... ach, hörst du?« Sie faßte krampfhaft Rosinens Hände und hielt sich an ihnen fest.

Die Alte beugte sich tief herunter und brachte ihren tröstenden Mund an das erkaltete Ohr. »Hör zu, meine Tochter«, flüsterte sie. »Ich verspreche dir, daß du lebst.«

»Daß ich – lebe?« fragte Helene zurück. Ihre Züge entspannten sich; grenzenloses und hingegebenes Staunen verbreitete sich allmählich über dem armen Gesicht. »Ist das wahr?«

»Das wird wahr, wenn du glaubst«, erwiderte die Frau.

»Glauben –«, sagte die Sünderin unruhig; ihre Augen, als ob sich das Grundwasser langsam und schwer aus der Tiefe höbe, füllten sich wieder mit panischer Furcht; mit einer Unrast, die überspielt von dem höhnenden Zucken und Zittern des zweiflerischen Verstandes und aufgepeitscht von dem letzten Ansturm der verebbenden Sinnlichkeit war. »Du meinst ... an Gott. Nein, das kann ich nicht. Das ist zu schwer, Rosine.«

»Aber du bist doch getauft, mein Kind. Im Namen des Vaters, des Sohnes und des Heiligen Geistes –.« Während sie sprach, hob sie langsam die Hand der Sterbenden hoch und zeichnete ein Kreuz.

Helene bewegte den Kopf hin und her. Nein, schien sie deuten zu wollen. Nein. Nein. »Gott ...«, murmelte dann die Selbstmörderin. »Zu weit, Rosine. Zu weit ...« Ihre Züge begannen zu grimassieren; ein Ausdruck fürchterlichen Triumphes siegelte schon ihre Stirn. »Liebe ... ach, schöne Liebe ...«, lallte sie todestrunken. Ein Zwinkern, vulgär und Mitleid erregend, huschte um ihre Augen; dann bogen sich ihre Mundwinkel abwärts, und sie sagte wie ein schmollendes Kind, das nicht bekommen hat, was es sich wünschte: »Mutter – ?« Nun sank sie ein wenig zusammen und schien, bevor der zerbrochene Leib sich anschickte, seiner Länge das Todesmaß zuzugeben, der Geborgenheit eines früheren Lagers noch einmal teilhaftig zu werden.

Die Alte faßte sie unter den Schultern und richtete sie empor. Diese Bewegung geschah ohne Mühe, mit einer magischen Leichtigkeit gleichsam, wie nur die äußerste Sammlung aller Seelenkräfte sie möglich macht, und vollzog sich mit der Gesetzmäßigkeit, welche den Retter bewegen mag, wenn er ohne zu zaudern, kühl bis ins Mark, in ein brennendes Haus eindringt. »Wache auf, meine Tochter! Halte dich fest!« sagte sie laut und deutlich. »Da ist sie, die Mutter der schönen Liebe, nach der du gerufen hast. Wir sprechen mit ihr. Ich sage dir vor, du brauchst nur den Mund zu bewegen.«

Helene versuchte, sie zu verstehen; ihre Augen, in denen ein glotzendes Starren jedes Feuer ausgelöscht hatte, fingen an sich zu trüben.

Rosine betete. Eine Bewegung, die dem Zittern der Sehne glich, welche soeben den nie verfehlenden Pfeil in die Mitte der Gnade entlassen hatte, überlief ihre ganze Erscheinung. Dann begann ihr Mund wie von selbst zu sprechen: Worte, welche nur Nachhall waren und gleichsam als Echo mächtiger Rufe und Warnungsschreie erschienen, die ein

gepanzerter Engel von draußen in sie hineingetönt hatte, um ihr durch qualmenden Rauch den Weg von Pforte zu Pforte zu weisen. Sie folgte ihnen. Sie tastete blind an den mächtigen Säulen der Sätze entlang, die glatt und schon abgegriffen von zahllosen Händen waren; alt und verläßlich, in ewiger Ordnung den Flehenden aufgerichtet: »Sei gegrüßt, o Königin, Mutter der Barmherzigkeit! Unser Leben, unsre Wonne, unsre Hoffnung, sei gegrüßt.«
»Leben ... Wonne ... Hoffnung ...«, glaubte Helene zu stammeln, während auf ihren klaffenden Lippen die letzten Bewegungen zuckten.
»Zu dir rufen wir, elende Kinder Evas. Zu dir seufzen wir trauernd und weinend in diesem Tale der Tränen. Wohlan denn, unsere Fürsprecherin – –!«
Wohlan denn –! Hier war die Pforte der Freiheit. Der Schoß der Wiedergeburt. Ein Säulenrücken. Zerreißende Helle ...

»... Wohlan, denn, Herr Belfontaine. Fangen wir an!« sagte Mösinger feierlich. »Bedenken Sie, wieviel Augen sich jetzt gegen den Himmel richten. Die Augen der Teilnehmer nicht allein – die Augen der Zaungäste und der Kellner, der Gassenkinder, der Bettler, der Mädchen, die an das Gitter laufen. Merveilleux –!« Ein Füllhorn zerplatzte und warf den krachenden Regen der Sterne in riesigen Bogen empor.
»... Wohlan denn, unsere Fürsprecherin«, wiederholte die Garderobenfrau und ließ den Körper der Toten behutsam niedergleiten, »wende deine barmherzigen Augen zu uns, und nach dieser Verbannung zeige uns Jesum ...«
Zeige uns ...! Farbige Feuerfontainen. Zeige uns! Kronen aus brennendem Gischt. Geschmeide aus Feengold. Silberne Speere aus Oberons Waffenkammer. Die hängenden Gärten aus dem Zweistromtal. Das Pfauenauge. Die

tiefste Blüte in Laurins Rosengärten. Zeige uns ... zeige uns! Sichelmonde über dem Scheitel Dianas. Ihr spitzes Geflimmer. Die rieselnden Perlen der Königin der Nacht. Zeige uns ... zeige uns ...!

»Kannst du auch sehen?« fragte Berta die kleine Elfriede, welche im Nachthemdchen neben ihr am Bodenfenster stand. »Da– eine Rakete! Jetzt kommen noch mehr. Rote, grüne und blaue. Warte, ich hebe dich hoch.« Sie versuchte, das Kind auf den Arm zu nehmen, und ließ es gleich darauf ärgerlich wieder zur Erde hinab. »Es geht nicht. Du bist mir zu schwer. Gib acht, ich hole dir deinen Schemel. Dann stellst du dich darauf.«

»Nein, Berta, bleibe. Es knallt so sehr«, sagte die Kleine ängstlich.

»Du bist ein Hasenfuß. Schäme dich«, brummte die dürre Berta. »Dein Vater steht doch daneben und zündet die Lunten an.«

»Mein Vater –«, sagte das Kind entzückt und atmete heftig aus. »Ich weiß es. Er hat auch die Blumen gemischt, die aus dem Körbchen fallen.«

»Schon möglich«, erwiderte mürrisch das Mädchen. »Das hat er mir nicht gesagt.« Sie betrachtete wieder den festlichen Himmel, über den jetzt ein Garbenbündel im Auseinanderstürzen die Körner regnen ließ. »Sie verstehen es«, sagte sie wohlgefällig. »Aber dein Vater versteht es noch besser und muß deshalb Vorsehung spielen.«

Elfriede zuckte zusammen und starrte das Mädchen an. »Vorsehung spielen – –«, da war er wieder, dieser unverständliche Ausdruck, den die Oberin Maura angewandt hatte, als sie vorgestern neben dem Muschelkalkzwerg vor dem Gewittersturm saßen und die Gartenkugel wie immer glänzte, obwohl sie jenen Zettel verbarg, den der Vater ihr anvertraut hatte. »Ist die Vorsehung in der Kugel

drinnen?« fragte Elfriede gespannt. Ihre Worte gingen in dem Getöse der Pulverkräfte unter, die soeben eine neue Figur herausgeschleudert hatten: einen mächtigen Ball, in der Höhe zerplatzend und zahllose andere Bälle entlassend, welche heiter über den Himmel schwärmten und langsam zur Erde kamen. »Und in den anderen Kugeln auch?« fügte sie noch hinzu.
»In der Kugel? Was soll in der Kugel sein?« fragte das Mädchen zurück.
»Die Vorsehung –!«
»Was für ein närrisches Zeug! Du redest, wie du's verstehst. Gar nichts ist drinnen. Die Kugeln sind leer. Hokuspokus. Alles nur Schwindel und hinausgeworfenes Geld.«
»Aber mein Vater macht keinen Schwindel«, versetzte Elfriede zornig.
»Nun, nun – du brauchst mich nicht aufzufressen mit deinen kohlschwarzen Augen. Es ist, wie ich sage. Die Kugeln sind leer. Das wissen alle Leute. Was denkst du? Ein bißchen Rauch und ein Knall; ein Feuerchen, na, und schon ist es vorbei, ehe du wieder blinzelst.«
»Also wirklich – ganz und gar leer und nichts drinnen?« fragte Elfriede enttäuscht.
»Nichts ... außer der Mühe und dem Verstand, den die Menschen hineingesteckt haben.«
»Und wo bleibt der Verstand?«
Das Mädchen lachte; es war ein kurzes, unwirsches Schnarren, das anscheinend noch viel mehr verhöhnte als diese kindliche Frage. »Der ist vertan wie das Geld und das Pulver und alle die Oh und Ah. Der ist überhaupt zu nichts anderem wert, als Trug und Blendwerk zu machen ... Laß nur, davon verstehst du doch nichts«, sagte sie gleich darauf barsch.
Elfriede dachte angestrengt nach. »Aber die Vorsehung«,

sagte sie dann mit seltsamer Hartnäckigkeit, »ist die Vorsehung auch ein Betrug?«
»Gott behüte, wie kannst du nur so etwas sagen!« versetzte das Mädchen erschrocken. »Die Vorsehung und unser bißchen Verstand ist wie die Sonne, Elfriede, gegen das Feuerwerk da.«
»Und wer macht sie?« fragte das Kind, wie schon früher, und war von der Antwort, die es sich damals selber gegeben hatte, auf trostlose Weise entfernt.
Die dürre Berta blickte Elfriede mit unverhohlenem Mißtrauen an. »Was du heute alles zusammenfragst«, sagte sie dann gepeinigt. »Wer soll sie schon machen? Der Vater im Himmel, das ist doch vollkommen klar. Aber nun laß mich in Frieden und sieh zum Fenster hinaus.«
Ihrer Ermahnung schien eine Fülle feenhafter Figuren zu Hilfe kommen zu wollen: Seesterne, Glockenblumen, Kristalle von unwahrscheinlicher Helle sprühten aus blauschwarzer Tiefe empor und verzischten hoch im Zenit.
»Spielt mein Vater jetzt wieder Vorsehung, Berta?« fragte Elfriede laut. In diesem Augenblick warf sich die Fahne über das Firmament. Unter fernher kommendem Knallen und Knattern entfaltete sich ihr purpurner Körper, dessen Röte immer tiefer und stärker von stets erneuertem Zustrom gespeist und zu wellenförmigen Schwüngen, als ob ein Sturmriese ihren Griff in Händen hielte, getrieben wurde. Ihre Konturen, von laufenden Bändern flackernd und unscharf gezeichnet, warfen Flocken von Phosphorlicht aus; zerschlissen von äonischen Winden, die aus unermeßlicher Höhe zu fallen und ihre Ränder mit reißenden Zähnen zu zerfetzen und zu liebkosen schienen, verlor sie dennoch nicht ihren Umriß und ihre gewollte Form ...
»Beiseite! Beiseite, Herr Belfontaine!« brüllte Mösinger wie besessen. »Das Wurfrad geht wieder an!«

Ein verloren gegebener Feuerwerkssatz, welcher nicht brennen wollte, hatte plötzlich zu leben begonnen, und das letzte Endchen der Zündschnur glimmte gefährlich auf. Die Brandhülsen brachen mit der Gewalt von Springbrunnen auseinander, und unfehlbar wäre Herr Belfontaine von der Brisanz ihrer Mischung betroffen und ernstlich gefährdet worden, wenn nicht eine Hand seine Schulter gepackt und ihn zugleich aus der Bahn geschleudert und festgehalten hätte.

»Pardon, meine Herren, daß ich als Fremder mich einzumischen wagte«, sagte eine beruhigende Stimme von angenehmer Färbung. »Ich beobachte schon eine ganze Weile Ihre Bemühungen.« Er verbeugte sich flüchtig: »Tricheur ...« und trat, wie um keinen Dank zu ernten, aus dem Lichtkreis zurück in das Dunkel, das ihn verborgen hatte.

Herr Belfontaine trocknete sich die Stirn. »Mein Gott – Herr Tricheur, wie kommen Sie hierher in den Garten?« fragte er überrascht.

»Das war die geringste Schwierigkeit«, sagte der andere freundlich. Seine Worte, die, während er Antwort gab und auch späterhin, aus der Finsternis drangen, schienen in ihrem Tonfall ein Lächeln zu enthalten, das ihn unvergleichlich viel deutlicher machte als der geistesgegenwärtige Zugriff, mit dem er sich eingeführt hatte. »Ich bin noch in jeden Garten gekommen, wenn es mich darnach verlangte.«

Herr Mösinger lachte entzückt auf seine meckernde Art. »Sieh da – ein Apfeldieb, der sich erinnert!!« rief er verständnisvoll aus. »Die ersten Sünden sind immer die besten. Habe ich recht oder nicht?«

»Aber ich bitte Sie – ein Geschäftsfreund«, sagte Belfontaine, sichtlich betreten. »Herr Tricheur aus Paris: der Vertreter von ‚Paquet und Söhne.' Erinnern Sie sich nun?«

In Herrn Mösingers Augen blitzte es auf. »Aus Paris? Sie sprechen ein gutes Deutsch«, sagte er hochachtungsvoll.
»Pas du tout – ich habe ein Dutzend Jahre eine Niederlassung der Firma in Köln und später in Aachen geleitet«, erwiderte Tricheur. »Doch, was Herrn Belfontaines Frage betrifft, so war es wirklich nicht ganz so einfach, ihn zu Gesicht zu bekommen. Glauben Sie, lieber Herr Belfontaine«, sagte er nach der Richtung hin, wo der andere seine Worte mit geschmeichelten Ohren aufnahm. »Sie sind schon lange im Mittelpunkt meiner Bemühung gewesen. Ein guter Kunde – nun ja, das besagt nichts. Ein eleganter Stil, eine Handschrift von eigentümlicher Prägung schon mehr. Darüber hinaus, verstehen Sie richtig, gibt es so etwas wie eine geheime Telepathie der Geister. Kurz und gut, ich wollte Sie kennenlernen und wartete lange auf Sie.«
Eine Welle leisen Gelächters, das diesen merkwürdig plumpen Sätzen ihr Gewicht und ihre Bedeutung wieder zu nehmen schien, drang auf Herrn Belfontaine ein.
»Seit einer Reihe von Jahren habe ich nun den Vorsatz, Sie im Frühling, wenn die Gelegenheit es irgendwie fügen sollte, persönlich aufzusuchen. Aber der Mai ist noch immer meinen Plänen nicht günstig gewesen; er ist mein Unglücksmonat – pardon, daß ich es hier erwähne – und tritt meinen Plänen aufs Haupt.«
Jene Welle, doch diesmal, als ob ein Wesen von lautlosen Krämpfen geschüttelt und gezwungen würde, seine Natur unverhüllt preiszugeben, kam wieder auf Herrn Belfontaine zu und rührte ihn sonderbar an.
»Aber es gibt keine Konstellation«, fuhr er dann leise und vorsichtig fort und schien jeden Satz, bevor er ihn aussprach, erst auf der Zunge zu prüfen, »die nicht zu durchbrechen wäre. Wenn ihre ... Reinheit erst einmal getrübt ist – – doch das verstehen Sie nicht.«

Herr Mösinger hustete indigniert. »Sehr geistreich. Nur kann ich mich wirklich nicht rühmen, daß ich das ganz verstehe«, sagte er unzufrieden und fühlte sich rücksichtslos übergangen, ja vollkommen ausgeschaltet. »Aber das tut nichts. Ich muß jetzt nach Hause. Wie Sie sehen«, er wandte sich zu Tricheur, »trage ich keinen Frack und bin nur der Feuerwerker. Ein Drogist. Ein Chemiker ohne Examen«, wütete Mösinger gegen sich selbst und stürzte davon, um an anderer Stelle seinem Selbstgefühl Nahrung zu geben.
»Dieser Narr«, sagte Belfontaine ärgerlich und gleichsam um Entschuldigung für Herrn Mösingers Ausbruch bittend.
»Lassen Sie ihn nur laufen«, erwiderte Herr Tricheur, während von neuem ein deutliches Lächeln den Klang seiner Stimme färbte, und glitt auf Belfontaine zu. Die Windlaterne, in deren Schein das Feuerwerk angezündet und abgebrannt worden war, warf ihr Licht auf die leeren, verkohlten Hülsen, die ringsum am Boden lagen; auf die Holzgestelle, an denen die Sätze, geheimnisvolle Figuren enthaltend, noch eben befestigt gewesen waren; auf Asche und Zündschnur und auf die schwarzen, verklebten Reste der Feuerwerkskörper, die sich wie Hundekot von dem fahlen, zertretenen Gras abhoben oder wie abgefädelte Raupen von den verlassenen Griffeln der Raketen herunterhingen. In diesem Bannkreis standen Tricheur und Belfontaine nun einander zum erstenmal gegenüber – als Tricheur nach französischer Sitte seine Hände leicht und fast ohne Druck auf Belfontaines Schultern legte, sich vorbeugte und ihn brüderlich auf beide Wangen küßte.
»Da bin ich ...«, flüsterte er, »mein vielgeliebter Freund. Erkennen Sie ihren alten Lehrer aus Orléans immer noch nicht?«
Einen Augenblick lang war es Belfontaine, als ergösse sich

ein glühender Strom zum Schmelzen gebrachter Metalle in sein Inneres, wo er gerinnend erstarrte und ohne Sprünge und Blasen vollkommen fest in sich ruhte; dann schlugen wie eilige, kleine Hämmer die folgenden Worte Tricheurs die Gußform seines bisherigen Lebens ab und entließen ihn als ein neues Geschöpf von härterer Substanz.

»Oh gai – vive la rose!« sagte der andere heiter.

»Oh gai – Franc cavalier!« fuhr Herr Belfontaine wie verabredet fort und lachte stürmisch hinaus. »Wahrhaftig –«, sagte er überwältigt, während, wie bei einem Brettspiel, dessen Steine er überblickte, sich Grandpierre Zug um Zug neu erbaute, jeden Zweifel einengte, schachmatt setzte und schließlich identisch war mit der fraglos gewonnenen Partie. »Grandpierre – ist es denn möglich?« murmelte er entzückt. Gleichzeitig wußte er ganz genau, daß er es tatsächlich war. Es war sein Gesicht: jenes stumpfe Oval, dem die hohen, bogenförmigen Brauen etwas Gelangweiltes gaben, sobald sich die flachen Lider über die Augen senkten; es war die große, nicht unschöne Nase mit dem kühn verlaufenden Bug: die lange Oberlippe des Mundes, in dessen feuchten, klaffenden Winkeln sich alle Laster der Hölle versammelt zu haben schienen und von dem aus sie über das weibische Kinn wie Spülicht herunterliefen. Auch sein Haar, diese fette, dunkle Substanz, welche sich über die ganze Erscheinung wie ein flaumiges Fell hinzog und selbst in den Ohren, zwischen den Fingern und auf dem Handrücken wucherte, war noch das gleiche geblieben. Ohne Grau und ohne Verlust seiner Fülle, schien es mehr ein Merkmal des ganzen Menschen als ein gesonderter Teil seiner Körperlichkeit zu sein, und ebenso zeitlos wie dieses waren Gesicht und Gestalt des Herrn Grandpierre – oder mußte man sagen: Tricheur? –, mit welchen sich auch die schärfste Beschreibung ebensowenig deckte, wie sich das wirkliche Antlitz des Menschen

mit seinem strömend gespiegelten Bildnis in einem Flußbett vergleicht. Am besten hätte Herr Grandpierre eine Schilderung sichtbar gemacht, die nur aus Verneinungen bestand; die ihn aussparte und aus dem Untergrund eines höchst empfindlichen Stoffes sein Gegenbildnis hervorbrachte, wie der Lichtstrahl das Negativ. Nicht alt und nicht jung, nicht fett und nicht mager, wäre er wohl den meisten Menschen nicht im mindesten aufgefallen – es sei denn, daß das träge Gefühl eines gesteigerten Wohlbehagens wie eine Bestätigung ihrer selbst sich ihnen mitgeteilt hätte, während feiner gebildete Kreaturen die Schmeichelei einer unauffällig zur Schau getragenen Schwermut von ihm empfangen hätten; einer Trauer, die weniger Geist und Herz als das Eingeweide erwärmt und gleichfalls eine Bruderschaft stiftet, aus welcher die Eitelkeit Nahrung zieht, ohne dabei den eigenen Wert in die Waagschale werfen zu müssen. Die Gewißheit, nicht auf sich selbst reduziert und der Wahrheit seines innersten Wesens in einem noch so kleinen Bezirk ernstlich verpflichtet zu werden, hätte jeden Menschen berauscht; dazu kam für Belfontaine noch die Süße einer Jugenderinnerung, die er nun in dem blitzenden Blinzeln des Freundes verführerisch aufleben sah und mit dem gleichen Zukken und Zwinkern der Augenlider erwiderte, das keine Erläuterung braucht.
Sofort war der niemals zuvor empfundene Zustand einer grellen Heiterkeit da. Sie durchbohrte ihn, blendete ihn wie ein Spiegel, der starkes Licht reflektiert hat und es spielerisch auf die Netzhaut eines von seinem Vorhandensein noch Ahnungslosen lenkt, ohne daß der Betroffene weiß, aus welcher Richtung es kommt. Es war keine Freude, es war kein Friede, kein Lächeln – nichts, was ihm freistand, zu geben oder zu nehmen. Es war die Raserei eines Hundes, der blind vor Entzücken an seinem Herrn mit

hängender Zunge emporspringt und ihm nach den Händen schnappt. »Ich bin glücklich«, stammelte Belfontaine, »Sie wiedergefunden zu haben. Ich bin sehr glücklich. Doch sagen Sie mir: wie soll ich Sie eigentlich nennen? War ‚Tricheur' nur ein Scherz, und Sie heißen Grandpierre – oder ist Grandpierre noch niemals Ihr richtiger Name gewesen?«

Der andere blickte ihn zaudernd an. »Ist das wirklich so wichtig?« fragte er leichthin. »Und wenn ich noch einen – dritten Namen als eigentlichen hätte? Einen Siegelnamen gewissermaßen ...« Er verfärbte sich, trat in das Dunkel zurück und wälzte sich in Staub.

»Herr Grandpierre! Um Gottes willen – was ist?« rief Belfontaine erschrocken. »Wo sind Sie? Was ist Ihnen zugestoßen? So antworten Sie mir doch!« Ein lautes Knirschen, mit Stöhnen vermischt, ein gurgelndes Zischen, als ob sich ein Wesen vergeblich bemühte, Worte zu bilden oder um Hilfe zu rufen, drang aus der Finsternis auf ihn ein und ließ ihn vor Schreck erstarren. Unschlüssig, ob er sich fortbegeben oder unverzüglich zugreifen sollte, verharrte Belfontaine wie gelähmt, als nicht lange danach Herr Grandpierre wieder zum Vorschein kam, sichtlich erschöpft, doch ohne den Anschein einer Veränderung.

»Verzeihen Sie diese dumme Geschichte«, sagte er, während ihm seine Stimme noch immer nicht ganz gehorchte und seine Zunge das lispelnde Zischen nicht überwunden hatte. »Solche Anfälle pflegen bei mir in Abständen wiederzukehren. Nichts Gefährliches. Aber sie sind der Grund, daß ich das Lehramt aufgeben mußte und, nicht einmal allzu ungern, Weinreisender geworden, man könnte auch sagen: Verführer mit Provisionen bin.« Er klopfte sorgfältig alle Spuren einer seltsam symmetrischen Schmutzzeichnung von der hellgrauen Weste ab und fuhr fort: »Ich liebe diesen Beruf, obwohl meine früheren Freunde einen Absturz in ihm erblicken. Bah, man gewöhnt sich. Nur nirgends verweilen! Immer ein anderer Kerl! Was aber Ihre Frage betrifft, mein lieber Herr Belfontaine: bleiben wir ruhig bei ‚Tricheur'. So habe ich mich bei Ihnen zu Hause vorgestern angemeldet, um keinen Verdacht zu erregen, denn ich mußte ja fürchten, daß Ihrer Gattin der Name ‚Grandpierre' vertraut war und was sich damit an galanten Streichen und Abenteuern verband.«

»Meine Frau«, sagte Belfontaine hemmungslos, »ist noch vollkommen unerweckt.«

»Um so besser«, erwiderte Herr Tricheur mit faunischem Behagen, umfaßte Belfontaine, preßte ihn an sich und flüsterte ihm ein paar Worte ins Ohr, welche von den Latrinenwänden einer südlichen Hafenstadt abgelesen und ohne jede Veränderung wiedergegeben waren. »... sagt man bei uns in Marseille«, fügte Tricheur hinzu. Herr Belfontaine blickte ihn zweifelnd an. »Sie verstehen mein Patois nicht mehr!« rief Tricheur mit gespieltem Bedauern. »Höchste Zeit, daß Sie wieder vertraut damit werden. Wie geht es Ihrem Französisch?«

»Ich spreche nicht schlecht. Doch es fehlt mir an Übung.« Herr Belfontaine blickte sich vorsichtig um. »Bst, hören Sie! Wenn das Los gewinnt, das ich neulich einem gewissen Gully unbedacht abgekauft habe, gedenke ich eine Reise zu machen – zuerst nach Paris – dann in die Provinz – an die Loire ... aber reden Sie nicht darüber! Meine Frau nämlich hat von dem Los keine Ahnung und wird, wenn mein Gefühl mich nicht trügt, bei der Ziehung davon überrascht ...«

Es sollte ihn wirklich nicht trügen und bestätigte sich, als er und Tricheur bereits eine Woche abgereist waren, obwohl Herr Belfontaine in der Eile versäumt hatte, das Versteck seines Loses Elisabeth mitzuteilen ... Elfriede nämlich, die mehr und mehr zu Ausbrüchen unbegreiflichen Jähzorns, die von Schwermut abgelöst wurden, neigte, hatte nach einem Streit mit der dürren, geistesbeschränkten Berta die Gartenkugel in Stücke geworfen und das Los zum Vorschein gebracht. Die Summe, die es gewinnen würde, deckte sich wirklich im ungefähren nachher mit jenem Betrag, den Elisabeth ihrer Erbschaft entnommen und ihrem Gatten gegeben hatte, damit er sich erhole. Von dieser Reise und ihren auch später niemals geklärten Zusammenhängen sprach man noch lange in A. – –, und selbst die Ereignisse, welche sich später mit Naturgewalt überstürzten, vermochten sie aus dem Gedächtnis der Menschen nicht vollkommen zu verdrängen. Hinzu trat, daß eine Verbindung persönlicher Schicksalsfügung mit dem Ablauf der Weltgeschichte die Erinnerung an Herrn Belfontaines Reise ins Allgemeine erhob: er wurde von dem Ausbruch des Krieges in Frankreich überrascht und am 1. August interniert. Als er später verschollen blieb, mutmaßte man, daß er bei einem Fluchtversuch erschossen worden sei: ein Gerücht, dessen Mosaik sich aus vielen versprengten Steinchen zusammensetzte, die sich, sobald man sie schob und rückte, ohne Fuge und Naht ergänzten und deren Farben, je größer der Abstand wurde, von dem aus man sie betrachtete, ineinanderzufließen schienen ...

Nur der Heilige und Elisabeth – –. In der Stunde, die über Herrn Belfontaines Schicksal für weitere sieben Jahre entschied, standen sie beide: Mathias und Elisabeth Belfontaine, in der samtverhangenen Fensternische jenes Kasinozimmers, das »Kinderspielsälchen« hieß, während von ferne der Abschiedslärm, das schrille Entzücken, mit dem die Gesellschaft ihre Befriedigung kundgab, und Brausen – dem eines Bienenstocks ähnlich – zu ihnen herüberdrang.

»Warten wir noch eine Weile, bis der Ansturm abgeebbt ist«, sagte Elisabeth leise. »Rosine ist noch nicht zurückgekommen, und die Wirtin plagt sich vergeblich, die richtigen Mäntel zu finden.« Sie seufzte und blickte Mathias an, der gedankenlos eines der kleinen Tambourine ergriffen hatte, welche aufgestapelt am Boden waren, und das Bällchen hochspringen ließ. »Ich habe alles getan, wozu Sie geraten haben«, sagte sie schmerzlich sanft. »Beten, Fasten und Almosengeben, die Betrachtung der Dornenkrönung – aber ...«, sie hob die Schultern, und mit dem Anschein vollendeter Hilflosigkeit faltete sie die Hände und hielt sie vor die Brust.

Der Geistliche gab keine Antwort, sondern war von dem Tanzen des Bällchens völlig in Anspruch genommen und an das Auf und Nieder der Murmel wie ein spielender Knabe entrückt. Elisabeth schwieg mit klopfendem Herzen; der harte, eilige Aufschlag der Celluloidkugel schien das Echo seines krampfhaften Pochens zu sein. »Sie haben nicht mehr getan als befohlen?« fragte er endlich, den Blick noch immer auf das hüpfende Bällchen gerichtet.

»Doch –«, sagte Frau Belfontaine, dunkel errötend, und wandte den Kopf zur Seite.

Der Geistliche setzte das Tambourin hart auf das Fensterbrett nieder. »Ich verbiete Ihnen –!« sagte er scharf, mäßigte dann seine Ungeduld und fragte milder: »Was war es? Nachtwachen – oder?«

»Auch Nachtwachen – ja.«

»Und ...? Lassen Sie«, brach er kurz darauf ab. »Ich brauche es nicht zu wissen. Ihr Ungehorsam genügt schon allein, um alles zu entwerten.«

Elisabeth blickte erschrocken auf. »Aber ich fühlte mich angetrieben«, flüsterte sie entsetzt.

»Angetrieben – so ist es. Wir alle fühlen uns angetrieben und treiben blindlings dahin. Sie sollten gehorchen und sich beschränken – der Bußgürtel ist nur ein Zeichen des Hochmuts, wenn er das Herz nicht zerfleischt. So werden Sie Ihrem Gatten nicht helfen. Begreifen Sie das nicht?« Er sah einen Augenblick stumm vor sich und sagte dann fast unhörbar: »Diese Art wird nur ausgetrieben durch

Fasten und Gebet.« Ein Zittern durchrann seinen Körper, und Mathias wiederholte noch einmal: »Durch Fasten und Gebet.«
»Welche – Art?« Elisabeth schauderte gleichfalls. Eine furchtbare Müdigkeit überfiel sie und lähmte ihr Gefühl.
»Nichts. Aber was wollten Sie außerdem wissen?« fragte ihr Seelenführer. Seine Hand, die soeben noch fest geballt war und die Fingerknöchel hervortreten ließ, entspannte sich wieder, griff nach dem Bällchen und warf es in die Luft.
Die junge Frau sah ihn flehentlich an. »Was soll ich anfangen?« fragte sie rauh; eine Leidenschaft, die ihrem Wesen sonst fremd und in den Sinnen beheimatet war, durchbebte ihre Stimme.
»Durchaus nichts anderes als bisher«, erwiderte Mathias. »Nein«, sagte er plötzlich barsch und entschieden. »Weniger noch und mehr. Sie lassen alle Übungen fort, haben Sie mich verstanden? Keine Betrachtung mehr – hören Sie?« fragte er trocken und kalt.
»Ja«, sagte Elisabeth, starr vor Enttäuschung. »Keine Betrachtung mehr.«
Der Geistliche blickte sie prüfend an. »Sie versprechen mir, daß Sie gehorchen werden?«
»Ich verspreche es«, murmelte sie. »Auch wenn ich es nicht begreife«, fügte sie stockend bei.
»Begreifen. Hier geht es nicht um Begreifen«, sagte Mathias ruhig. Seine Stimme war wieder sanfter geworden, er legte das Kinderbällchen zurück und trat auf Elisabeth zu. »Hier geht es einzig darum, daß Sie glauben. Blindlings. Von keiner Hoffnung und keinem Versprechen gestärkt – außer dem, das der Glaube selbst in sich trägt wie das Senfkorn den ganzen Baum. Alles andere« – langsam hob er die Hand – »ist ohne ihn nichts nütz. Wenn Sie beten, beten Sie um den Glauben. Wenn Sie glauben, betet der Glaube

in Ihnen und wird Hügel und Berge versetzen. *Der blinde Glaube ...*«

Die Isle St. Louis war nun vollkommen dunkel geworden. Das Wasser gluckste mit immer dem gleichen, niemals ermüdenden kleinen Ton gegen das Bollwerk der Kaimauer an und schien etwas sagen zu wollen, das stets von neuem verlorenging; eine Botschaft, die mit zinnernem Löffel ein Kind aus dem Strom schöpfte, fast bis zum Mund hob und dann aus der schräg gehaltenen Schale wieder verschüttete. Der alte Seineschiffer Guillaume, der seinen leise schaukelnden Kahn an einem Uferpflock angekettet und an dem eisernen Dorn des Balkens eine Laterne aufgehängt hatte, bemühte sich, einen Brief zu entziffern, dessen Zeilen er mit dem Finger entlangfuhr, während sich seine verrunzelten Lippen wie zum Pater noster bewegten; aber kaum an dem Satzende angekommen, kehrte er wieder zum Anfang zurück – den Mund voller Nägel gleich einem Bastler, der etwas zusammenschlägt; doch weil er die Teile nicht finden konnte, welche Kante an Kante gehörten, nahmen die Stifte in seinem Mund um keinen einzigen ab. Etwas weiter zurück von dem Uferrand versuchte ein Haus, an dessen Fassade die Aufschrift »Hôtel« von oben nach unten in verwaschenen Buchstaben lief, vergeblich einzuschlafen; schon waren seine Augen geschlossen, als wieder ein Fenster erleuchtet wurde und kurz darauf erlosch. Ein anderes aber löste es ab ... verdunkelte sich ... doch im nächsten Stock flammten zwei neue auf. Eine wandernde Bildersprache, die bald wie in abendländischen Schriften von links nach rechts ging; bald, wie es schien, von rechts nach links, wie der Urtext der Bibel gelesen werden mußte; von unten nach oben, von oben nach unten, vollendetes Babylon. Die schöne, damals der halben Welt bekannte Spionin

Yvette Carnelles saß, beide Ellbogen aufgestützt, vor einem Tisch, den chiffrierte Blätter haufenweise bedeckten, und versuchte sie zu entziffern. Sie bebte vor Ungeduld, während ihr Haar (dieses berühmte rostbraune Haar französischer Königinnen, dessen Fülle später nach ihrer Erschießung die Soldaten Locke um Locke als Andenken plünderten) glanzlos verwirrt in die Stirn fiel, und stieß ab und zu ein gereiztes, ängstliches Fauchen aus. In einer Stunde schon ging ihr Zug; bis dahin mußte das Konvolut dechiffriert und wieder mit feinen Stichen in die Brusttasche dieses Menschen dort, der seinen Rausch auf dem Eisenbett ausschlief, ordentlich eingenäht sein. Der arme Narr, dieses hübsche Frätzchen mit den eitlen, kleinen Koteletten; es kostete ihn wohl den Hals. »Verwünscht –!« Sie stieß ein Absinthglas um, das auf der Kante gestanden hatte, und trat mit dem Fuß danach. Der Schlafende stöhnte, sein Mund stand offen, der nackte Körper, wie hingeschleudert von der Wut des Dämons, der ihn mißbraucht und wieder verworfen hatte, lag entsetzlich armselig da. Sie erhob sich und deckte ihn sorgfältig zu, damit er nicht erwache; einen Augenblick lang durchzuckte sie der widersinnige Wunsch, ihm das Bettlaken in den Mund zu stopfen oder ihn an den Schultern zu rütteln und den Schlüssel von ihm zu erpressen, der sich gutwillig nicht ergab ...

Über ihr, in dem Dachgeschoß, lag mit zerrissenem Herzen ein Mensch im Priesterrock auf den Knien und las bei dem Schein einer blakenden Kerze, die er nach alter Gewohnheit auf den Hals einer leeren Flasche gesetzt und auf den Stuhl gestellt hatte, in seiner Ordensregel. Er war soeben dem Leibe nach aus China zurückgekommen und sollte auf Befehl seiner Obern eine Missionsschule übernehmen und zur Ausbildung junger Patres herangezogen werden. Er verstand nicht ... Ein Mann, den der Mißerfolg wie sein Schatten begleitete; unfähig, mehr als die Leitung einer kleinen Station zu haben und Findelkinder um sich zu sammeln, denen er mühsam genug das Stehlen abgewöhnte. Nein, er verstand nichts – außer dem Umgang mit Söldnern und christlichen Banditen, die er abwechselnd voreinander beschützte und die ihm seine hölzerne Kirche und das lächerlich kleine Missionsgebäude vor dem Zugriff der Heiden behütet hatten, als ringsumher alles verwüstet wurde, und das Mutterhaus – traurig, darum zu wissen – in Flammen aufging wie schlechtes Papier. Wieder versuchte er zu begreifen und fühlte mit Schrecken, daß Asien sein Denken verwandelt hatte; ja, daß diese brennende, tiefe Glut, welche ihn, wie der Wind das Feuer von Halm zu Halm, so von Mensch zu Mensch trug, jede andere Art, sich verständlich zu machen, vollkommen ausgemerzt hatte. Er konnte nicht sprechen, will sagen: er konnte es nicht mehr. Er, welcher jahrelang nur dem Brausen verborgener Wasser gefolgt war, ohne sie zu verstehen – immer gefaßt, ihren jähen Hervortritt mit der Schöpfkelle stummer Bereitschaft demütig aufzufangen, dieser Kelle, welche den Jangtsekiang mühelos fassen würde – er zitterte vor dem Gedanken, seinen Schülern das plumpe Schema einer Bekehrung entwickeln zu müssen, das mit den Gesetzen der Logik spielte und doch nichts verdeutlichen konnte ... Beunruhigt schlug er das Buch zu, in dem er gelesen hatte, erhob sich schwerfällig von den Knien und bemerkte, indem er den Rock ablegte, wieder das eigentümliche Schwimmen, das jedem Malaria-Anfall vorausging und ihn veranlaßte, nach Chinin in der Reisetasche zu suchen. Er nahm eine größere Dosis als sonst und fühlte schon bald seine Ohren ertauben und ein Meeresrauschen ihr Muschelgewinde vertraut und schrecklich beleben. Im Entschlummern wurde dem Missionar eine mystische Blüte gezeigt, auf deren Grund sich das

Wort »Espérance« aus Staubfäden bildete, und deren Blätter von reinstem Weiß mit einer Inschrift gezeichnet waren, die rings um die erste lief. Diese zweite Inschrift entzifferte er nur unter großen Mühen. Er folgte ihr immer wieder geduldig um das würzig duftende Blütenrund und ging ihren leisen, melodischen Tönen wie einem Vogelruf nach. Es dämmerte schon, und das Chaos der Dinge, welche Taubstummen glichen, die sich mit Gesten einander verständlich zu machen suchten, deren Anblick dem unbeteiligten Auge als Drohung erscheinen mußte, als scheußliche Faxen, gespenstische Schläge und wütend geknebelte Schreie –, war auf dem Höhepunkt angelangt, als sich endlich die einzelnen Laute zum Wort zusammenfanden.

Dieses Wort, dem Schoß der Hoffnung entstiegen und mächtig wie sie, hieß:

LISIEUX.

ZWEITES BUCH

I

In den tragischen ersten Septembertagen des Jahres 1914, als der Armeestab des Generals von Kluck in dem französischen Städtchen Senlis lag, und der Speer des Kriegsgottes, der nach Paris mit tödlicher Sicherheit zu zielen schien, plötzlich verhalten wurde; in dieser kurzen, glühenden Spanne, wo unsichtbare Gewichte des Schicksals unter nahem und fernerem Donner ihrer eingelassenen Zahlen ledig gesprochen wurden, so daß, was sie wirklich bedeutet hatten, später nicht mehr geprüft werden konnte; in einer Nachmittagsstunde, noch heiß wie der sonnenbeschienene Rainfarn, in dem sich die Eidechsen tummelten -- nahmen zwei Offiziere vom Stab den Weg zu der Kathedrale.

»Kein Wort mehr vom Dienst, wenn ich bitten darf«, sagte der blonde Freiherr von E., dessen tödlich erschöpftes, junges Gesicht seine Konturen der Lockerung hingab und langsam dem furchtbaren Druck der Stirn sich zu verteilen gestattete, zu seinem Kameraden. »Übrigens ist es mir gestern gelungen, den Pfarrer zu überzeugen, daß eine Gefahr für den Turmhelm durch die paar Einschläge rechts und links überhaupt nicht in Frage kommt. Schließlich erwärmte er sich an meinem Interesse und der Sachkenntnis, welche die Salamander Franz des Ersten ebensowenig wie Mariae Aufnahme in den Himmel zu erwähnen vergessen hatte. Mein Gott, von welch einer listigen Zartheit ist die eine und welcher geistigen Inbrunst die andere dieser Skulpturen«, fügte er noch hinzu. »Das Musée de Cluny selbst -- sehen Sie nur!« sagte er leise und blieb entzückt in dem kleinen, umgitterten Domgarten stehen, dessen Moos die Spalten der Pflastersteine mit dem Mantel der Zeitlosigkeit bedeckt und die Torsen einiger alter Figuren, die man hier aufgestellt, besser: zerstreut und der Natur vererbt haben mochte, ihres Felscharakters entkleidet, sie erweicht und mit sinnlichem Leben förmlich durchfeuchtet hatte. Eine kopflose Jungfrau mit breitem Schoß und Schenkeln, die noch den Eindruck des Kindes auf rührende Weise bewahrten, saß wie eine Bettlerin an dem Pfad, welcher wohl von dem Wüten der großen französischen Revolution der Sitz der Vernunft und das Kleinod der Liebe, aber nicht ihre menschliche Würde genommen werden konnte. Von ihrem nur noch gedachten Haupt rieselten übergrünte Haare auf Schultern und Arme herunter, eine Taube setzte sich ihr auf den Fuß und pickte zwischen den Grottensteinen nach dem Samen des Wegerichs.

»Warum ist das Schöne doppelt schön im Zustand der Zerstörung?« fragte der Freiherr von E. erschüttert und fuhr dann mit hastiger Stimme fort: »Können Sie mir das erklären? Ist der Sieg, den es stündlich davonträgt, über die rohe Gewalt, über die dumme Gesundheit und ihre platte Vernunft, an seine Schwäche gebunden? An sein Ausgesetztsein, seine Hilflosigkeit – oder ...?« Er blickte den anderen an, in dessen nüchternem, gutem Gesicht die Hochachtung vor dem musischen Feuer des blonden Kameraden mit einem Unbehagen – zu vage, um es in Worte zu fassen – kämpfte, und zuckte mit den Schultern. »Nein, sagen Sie nichts. Ich bin überreizt und kann nur noch, wie mir scheint, in Antinomien denken.«

»Wollen wir wirklich den Turm besteigen?« fragte der Hauptmann Falkenberg trocken. »Es muß ja nicht heute sein. Wie ich von früher her weiß, leiden Sie öfter an Schwindel«, fügte er ungeschickt hinzu.

Der andere schnellte empört nach ihm um. »Wenn das wahr ist«, sagte er knabenhaft böse, »wäre es morgen nicht anders; aber es ist nicht der Fall. Wenigstens nicht in Gesellschaft«, stellte er aufrichtig fest. »Und schon gar nicht, wenn – – Sie vorangehen möchten«, beendete er sein Eingeständnis und lachte den Hauptmann durchtrieben an, der dieses Lachen polternd zurückgab, ohne daß seine Augen den Ausdruck uneingestandener Sorge verloren, die ihn bewog, seinem jungen Freund nicht von der Seite zu gehen. »Wir dürfen auch nicht den Küster enttäuschen, der sich von uns eine Sensation, zum Beispiel: daß wir auf den Chimären wie Gassenbuben reiten, ein Sakrileg, einen saftigen Diebstahl oder sonst einen Vandalismus erwartet, dessen Abwehr ihm das Martyrium einbringt, das er sich heimlich erhofft.«

»Scherzen Sie nicht«, sagte Falkenberg ernst. »Seit der Erschießung des Bürgermeisters ist die Bevölkerung fanatisiert und zu allen Dummheiten fähig.«

»Dummheiten – na, unter uns gesagt«, gab ihm der Freiherr von E. zurück, »war diese überstürzte Erschießung –«

»Pardon, mein Lieber. So weit kann nun allerdings meine Bereitschaft, den Dienst zu vergessen, nicht gehen«, sagte der Hauptmann knapp. »Aber wenn Sie mir eine Freude machen und das Versprechen einlösen wollten«, er faßte die Tasche fester, die er unter dem Arm hielt, »auf das hin ich diesen Pack Zettel wie eine Katze ihr Junges Tag und Nacht bei mir trage, will ich gerne mit Ihnen die Jakobsleiter bis zur obersten Sprosse steigen.«

»Ja, so – das gerettete Manuskript aus der Stadtbücherei, diesem Stolz der Provinz, mit Werken aus der Zeit vor der Revolution und den fünfundzwanzig Bänden, man denke, des Kanonikus Afforty!« sagte der Jüngere spöttisch. »Was hat Sie eigentlich angetrieben, unter der Auslage dieser verkohlten und angebratenen Schweinslederschinken –

übrigens ist nur der kleinste Teil dem Städtchen verlorengegangen – gerade dieses Stück zu ergattern, aus dessen grob gehefteten Blättern die Straßenkehrer bereits begannen, sich Fidibusse zu drehen?«

Der Hauptmann lächelte vor sich hin. »Wenn ich nur dieser Büchernarr wäre, der ich ja außerdem bin«, sagte er, über sich selbst erstaunt, »hätte ich mich vielleicht anderer Dinge auf dem qualmenden Marktplatz versichert, wohin man in seiner Kopflosigkeit die Bücher ganz einfach hinunterwarf, um sie hernach zu zertreten. Zum Teufel, was für köstliche Drucke – dieses Bändchen Fabeln von Lafontaine in rotem und blauem Saffian, die Maximen des alten La Rochefoucauld in dem Nachdruck von Bozérian, Rousseaus ‚Emile' ad usum delphini in verschossenem graugrünen Samt mit den eingepreßten französischen Lilien und der schleißenden Spitzenborte, die Ausgabe altprovenzalischer Lieder in Silberschrift auf türkisblauem Grund und Pascals ‚Pensées' in der Erstausgabe mit dem herrlichen Vorsatzpapier ... Nun gut – wir Deutsche sind zwar Barbaren, aber Plünderer sind wir nicht. Und daß dieses Bündel stockiger Blätter sich meiner Obhut empfehlen konnte, war nicht zum mindesten jeglichem Mangel an Kostbarkeit zuzuschreiben.«

»Nun, übertreiben Sie nicht, mein Lieber!« sagte der Freiherr von E. belustigt und ging ihm rascher voran. »Die ‚Gazette de l'Oise', um ein Beispiel zu nennen, hätten Sie doch schwerlich aus der Asche gezogen.«

»Das ist richtig«, sagte der andere leise und kehrte dem Blonden sein sauberes, festes, durchaus nicht schwärmerisches Gesicht mit der unbedeutenden Brauenpartie, den nervlosen Schläfen, dem runden Schädel und den zusammengeschobenen Augen in ruhiger Freundlichkeit zu. »Was mich anzog, war sein geahnter Inhalt. Ich sage: geahnt, denn das Heft ist ja spanisch und nicht französisch geschrieben, noch dazu in der Schnörkelschrift des vorigen Jahrhunderts. Übrigens ein Grund mehr, es in Ehrfurcht meinem Lieblingsbuch anzureihen.«

»Ihrem Lieblingsbuch?« fragte der Freiherr von E.

»Dem Don Quichotte – allerdings. Aber mein bißchen mühsam genug zusammengestoppeltes Spanisch reicht nur zum Verständnis der Überschriften und einiger Kernsätze aus. Ich rechne also mit Ihrer Hilfe bei der Entzifferung.«

»Um was handelt es sich? Belletristik?« fragte der andere rasch.

»Durchaus nicht. Wenn ich richtig verstehe, sind es Essays, die als Ganzes eine – nun, sagen wir kurz und bündig: katholische Philosophie der Geschichte im Auge haben.«

»Also wirklich ein Zwilling des Don Quichotte!« ergänzte der Freiherr von E. »Und Ihre protestantische Seele kehrt sich nicht schaudernd ab?«

»Meine Seele ...«, der Hauptmann wurde verlegen und wollte weiterreden, als der Küster, der die zwei Offiziere auf dem Bänkchen unter den Salamandern Franz des Ersten erwartet hatte, unter Verbeugungen auf sie zukam und mit dem Schlüsselbund rasselte wie zum Zeichen der Unterwerfung.

»Wünschen die Herren, daß ich sie führe?« fragte er, furchtsam devot.

»Nicht nötig. Aber kommen Sie mit und gehen Sie uns voran. Vielleicht, daß eine Stufe gelockert oder die Turmbalustrade dort, wo wir uns anlehnen, morsch ist«, sagte der Hauptmann ruhig.

Der Küster schoß einen funkelnden Blick gegen die Offiziere; in dem Spätlicht glänzte sein schütteres Haar wie ein abgetragener Fuchsbalg, in dem die Motten waren. Das Kirchenschiff war von Gemurmel erfüllt; eine Schar zusammengedrängter Nonnen mit großen schwarzweißen

Flügelhauben betete das Offizium in wellenförmigem Ton. Ihre Gesichter waren so tief in der Umhüllung verborgen, daß, von der Seite gesehen, nicht mehr als ein Schimmer vergilbter Haut, der Bug einer Wange, die zarte Kontur eines bewegten Mundes, ununterschieden wie Schmetterlingsflügel, die sich gleichen, zutage trat.
Als die Herren rasch an ihnen vorüber und nach dem Glockenturm gingen, dessen Tür sich neben der Sakristei am Ende des Kirchenschiffes befand, kehrte der Freiherr von E. sich um und blickte sie aufmerksam an. Vielleicht erwartete er irgendeine Bewegung; die kleinste Drehung hätte genügt, daß er sich angesprochen, beachtet oder getadelt fühlte – doch nichts dergleichen geschah. In der Welt dieser Frauen, unendlich fremd seinen knabenhaften Begierden, ja selbst seiner Ehrfurcht und dem Bemühen, sich ritterlich zu erzeigen, wurde seltsamerweise der Offizier überhaupt nicht wahrgenommen. Er geriet, gewiß ohne Absicht, erst gar nicht in jenes Blickfeld, um welches er sich bemühte, und fühlte sich auf unfaßliche Weise um sein Selbstbewußtsein genarrt. Wie ein Mensch, der mit bescheidenem Stolz vor einen Spiegel zu treten glaubte, sah er sich einer blendenden Fläche von hoher Leuchtkraft, wie er erwartet und fast gefürchtet zu haben schien, mit einem Mal gegenüber ... Aber ihn spiegelte dieser Spiegel, ihn warf diese Fläche so wenig zurück, wie wenn er körperlos wäre. Gewiß: sie spiegelte. Aber wen? Nach welchen Gesetzen wählte sie aus? Und was oder wer, zum Teufel, dachte der Freiherr flüchtig, wurde imaginär an ihr?
»Finden Sie nicht den Schlüssel?« fragte der Hauptmann geduldig, als der Küster, sichtlich bemüht, den Aufstieg zu verzögern, in seinem Eisenbund kramte. »Übrigens steht die Tür bereits offen, wie ich gerade sehe.«
»Der Herr Abbé hat den zweiten Schlüssel und liebt es,

das Angelusläuten dort oben zu erwarten«, sagte der Küster glatt. »Ich darf mich also den Herren empfehlen. Sie werden schon an der ersten Luke seine Gesellschaft finden, denn der Abbé steigt nicht rasch.«

»Nein, nein, François – ich gehe heute nicht mehr hinauf«, sagte eine gebrechliche Stimme, und die zarte, kleine Gestalt des Pfarrers stand wie ein Windhaferstengel unter der offenen Tür. »Selbstverständlich führst du die Herren Offiziere – und gib gut acht auf die lose Platte unter der linken Chimäre; du weißt, sie wackelt bei dem Betreten und kippt den Fuß eines Ahnungslosen wieder zur Treppe hinab. Ein schöner Nachmittag, meine Herren«, fuhr er fort, zu dem Hauptmann gewandt. »Sie werden einen herrlichen Blick über die Ebene haben, über Chaalis und Ermenonville, über die Wälder der Isle de France, wo eine romantische Künstlergilde in der Mitte des letzten Jahrhunderts den Gastwirt von Mortefontaine und Chaalis mit einem Bild oder einem Sonett oder nur einem einzigen Seufzer bezahlt und die Verse des Dichters Gérard de Nerval in die Nachtluft geflüstert hat. Aber das ist kein Thema für einen jungen Krieger«, verbesserte er sich selbst. »Viel eher wird es Sie schon interessieren, daß hier in der Ebene von Compiègne die Jungfrau von Orléans eine Schlacht gegen die Engländer schlug.«

»Nein, nichts von Schlachten, mein Herr Abbé«, erwiderte der Blonde. »Sie müssen verstehen: uns ist zumute, als ob wir für eine Weile die Sanduhr im Rücken hätten. Natürlich wissen wir, daß sie läuft, aber wir schauen nicht hin. Vielleicht läuft sie auch nur«, fuhr er sprunghaft fort, »solange wir sie betrachten, und wenn wir sie nicht im Auge behalten, vergißt sie, uns die Zeit zuzumessen, und läßt diese Stunde aus.« Er atmete tief; wie ein Schwert aus Licht spaltete blitzschnell und unerwartet die Erinnerung an den Anblick der Nonnen, die ihn gesehen und doch nicht gesehen, gespiegelt und doch nicht zurückgeworfen und also für eine jähe Sekunde sein Dasein vernichtet hatten, den zitternden Grund seiner männlichen Seele und bedrohte ihre Vernunft. »Verzeihen Sie – ich philosophiere«, sagte er obenhin. »Kurz und gut: wir wollen nichts weiter als ... schwärmen«, setzte er heftig hinzu. »Und möchten Sie nicht die Freundlichkeit haben, unser Führer dahin zu sein?«

Der Pfarrer trat einen Schritt zur Seite, mitten in eine Lache von Licht, welche die schräge Nachmittagssonne durch das farblose Glasfenster mit der Bordüre des überall und so auch hier wiederholten Ornamentes aus Salamandern warf, und blickte die zwei Offiziere mit schmerzlichem Ausdruck an. »Unmöglich«, sagte er dann betroffen. »Ich bin zu dem Ortskommandanten bestellt, um über die gewährte Bestattung der Füsilierten zu sprechen.« Die Erstarrung der Offiziere bemerkend, ließ er die Hand mit seinem Birett, das er eben hatte aufsetzen wollen, noch einmal heruntersinken und flüsterte: »Schwärmen... gewiß. Diese Haine sind wie zum Schwärmen geschaffen. Zum Schwärmen und zum Sterben. Hören Sie«, – langsam hob er die Rechte und legte den Kopf in den Nacken – »was der sterbende Schwärmer von Ermenonville im Scheiden gesprochen hat: ‚Liebe Freundin', sagte er, ‚öffne das Fenster. Die Luft ist so klar und rein. Ach, daß ich noch einmal die Sonne sehe! Mir scheinen die Himmel offen. Liebste Freundin, fühlst du das Nahen Gottes, der mich in den Armen seiner Erbarmung bereit ist, zu empfangen?' Armer Rousseau! Nur sechs Monate lang atmete er diese Luft.«

»Und sein Grab ist im Park von Ermenonville?« fragte der Freiherr von E.

»Sein Grab. O ja. Aber nicht er selbst. Das heitere Monument auf der Insel mit den hundertjährigen Pappeln ist

leer. Der Park ist leer. Seine Schlösser sind leer. Die Einsiedelei. Die Abtei von Chaalis. Der Glaube Rousseaus. Die Verse Nervals ... Alles leer, meine Herren, und Ihre Kanonen schießen über das Grab und die Wälder noch einmal den letzten Salut. Leben Sie wohl –!« Er verbeugte sich und winkte den beiden gespenstig zu; dann ging er, durchsichtig wie der Flügel einer großen Libelle, davon.
Die Offiziere blickten sich an. »Merkwürdig«, sagte der Hauptmann gepreßt. »Verstehen Sie, was er ausdrücken wollte, und können Sie mir diesen mystischen Unsinn in mein märkisches Deutsch übersetzen?«
»Was soll ich Ihnen noch alles, mein Lieber, bis es dunkel wird, übersetzen?« fragte der Freiherr zurück. »Aber beginnen wir einmal zunächst mit dem spanischen Manuskript. Vielleicht enthält es den Zauberschlüssel für alle anderen Rätsel, um welche wir uns bemühen?« Im Sprechen war er die ersten Stufen der Turmtreppe schon hinaufgestiegen; der Küster wand sich an ihm vorüber und schlüpfte mit der Geschwindigkeit einer Ringelnatter voran. Während die Offiziere ihm folgten, zischte er rasch und geläufig einige Daten herunter, die sich wie Weinjahre, rankenfingrig, um die Biegung der Treppe spannten: Baujahr und Höhe, Jahrhundert der Weihe, Zirkelmaß einer mystischen Hütte unsterblicher Steinmetzgesellen, Zelt Gottes unter den Menschen ...
Sie stiegen bis zu der Chorgalerie im Inneren der Kirche und gingen unter den Glasfenstern her, die ihre wolkenhaft spielenden Bänder aus Lilien und Salamandern um die zarten Rippen der Spitzbögen warfen, indem sie gewissermaßen ihr Bild aus dem lichtigen Hintergrund lösten und es dem Säulenwald zugesellten, den sie mit Tupfen aus geläutertem, himmlischen Licht belebten, mit Wappenlilien und Tiersignaturen, in welchen die Wirklichkeit sich übertroffen und gleichzeitig ausgelöscht hatte.

In der Tiefe des Kirchenschiffs, kaum noch erkennbar und abgenutzt von unzähligen Füßen, gaben die Gräber der Erzbischöfe ihre Namen, den Umriß ihrer Figuren und die lobende Inschrift der schweren Platten immer mehr der Zerstörung preis; umgekehrt wie bei dem Grab Rousseaus waren sie voll von Gebeinen, welche kein Mensch mehr kannte, und verzichteten, ihre Stunde erwartend, gelassen auf den Ruhm. Ein Duft von Weihrauch, zu unbestimmt, um nicht verwechselt zu werden mit dem des Inhalts der Paramentenschränke aus der geöffneten Sakristei, mit dem Hauch der Jahrhunderte, dem Atem der stillen, eingeschlossenen Lüfte und verborgenen Sakramente, begleitete die Besucher, als sie ins Freie traten. Der erste Umgang öffnete sich mit breiter Balustrade, nach weiterem Aufstieg der nächste, dann verengerte sich die Wendeltreppe und gewann die äußerste Höhe unter dem Glockenstuhl.

»Ich bleibe hier auf der zweiten Terrasse und beschäftige mich mit dem Manuskript«, sagte der Freiherr von E. »Es ist Ihnen also unbenommen, bis in die Wolken zu steigen. Lassen Sie ruhig Ihre Tasche zurück und mich selbst in der frohen Gesellschaft dieser kenntnisreichen Chimären. Ich glaube, wir werden uns blendend verstehen, und wo mir ein Wort nicht einfallen sollte, hilft dieser Bursche mir aus.« Er trat zu einer der Sandsteinharpyien, die ihr boshaftes Vogelgesicht über die Schultern zurückgedreht hatte und mit den Zähnen fletschte; die Beine fest an den Körper gezogen, schien sie bereits im Begriff zu sein, sich von dem Turm abzustoßen und ihren Vorsatz nur zu verzögern, um noch ein freches Wort hinzuwerfen, dessen Folgen sie sich, keinen Herzschlag danach, durch den Absprung entziehen würde.

»Nun, gut denn«, sagte der Hauptmann schwankend. »Ich merke, Sie kennen bereits meine Schwäche, mir keinen

Gipfel entgehen zu lassen und eine Gegend so lange von oben zu betrachten, bis sie mir ihre strategischen Punkte genau zu erkennen gibt. Aber versprechen Sie mir, die Nase auch wirklich auf diese Blätter zu halten und nicht in die Tiefe zu blicken, sonst bin ich nicht beruhigt.«
»Mein Gott, welch eine rührende Sorge«, sagte der Jüngere spöttisch. »Aber wissen Sie denn, ob ich nicht am Ende in einen tieferen Abgrund sehe, wenn ich das Heft hier studiere?«
Der Hauptmann schnitt mit der Hand durch die Luft. »Ich glaubte, Ihr Schwindel sei körperlich«, sagte er kurz und streng.
Der Freiherr von E. errötete leicht. »Sie haben recht. Aber fürchten Sie nichts. Die Balustrade ist breit genug, damit dieses Übel erst gar nicht zur Geltung kommen kann. Überstürzen Sie nichts. Auch ich brauche Zeit«, – er hatte sich inzwischen auf eine Stufe niedergelassen, das Manuskript auf die Knie gelegt und angefangen, darin zu blättern – »mich durch die Tunnelschrift dieser Zeilen, durch ihre Haken und Aquaedukte hindurchzuarbeiten.«
»Ich bewundere Ihr Sprachgenie«, sagte der Hauptmann freundlich.
»Keine Ursache. Meine slawische Mutter hat mir mit diesem Sprachgenie, wie Sie es nennen, ihr Unbehaustsein in jeder geistigen Heimat vererbt ... es sei denn in der des Schönen«, fügte er fast unhörbar hinzu und beugte sich auf das Heft ...
»Chaalis ... nein, hier doch, wenn Sie belieben«, schnurrte oben unter dem Turmhelm der Küster und drehte behutsam das Fernglas des Hauptmanns nach dem bezeichneten Punkt. »Sehr alte Zisterzienser-Abtei aus dem zwölften Jahrhundert nach Christus. Im dreizehnten eingeweiht von Guérin, dem Kanzler und Erzbischof. De Guérin ... Kanzler und Erzbischof König Ludwig des Heiligen, ja.

Hier früheste Ausbildung und Verwendung des gotischen Spitzbogenstils. Später weltliche Ordenspfründe. Der erste nichtmönchische Abt war der Kardinal d'Este, Sohn von Alphons d'Este und Lucrezia Borgia. Sein Neffe und Nachfolger, Louis d'Este, bringt Torquato Tasso hierher, der in Chaalis, wie man weiß, sein ‚Zerstörtes Jerusalem' schrieb.«

»Auszüge aus den Reden und Briefen meines Freundes Donoso Cortés –. Entwürfe einer Geschichtsbetrachtung aus divinatorischer Schau«, murmelte, über die Blätter gebückt, der junge Offizier. »Ah, hier ein Motto ... wahrscheinlich aus einem Brief an den Empfänger der Blätter. Wie heißt er? Da, auf dem Deckblatt: Graf Raczinski. (Eine andere Hand hatte hinzugefügt: ‚Gesandter des preußischen Königs am Hofe von Madrid'). ‚*Die Schrift mit Blut ist auf dem Marsch.*' Unterstrichen. Datiert: 10. Juni 1851. Dahinter: siehe, siebenter Brief. Er blätterte. Eins, zwei ... fünf ... sechs ... sieben. Am Rand ein großes Ausrufezeichen. ‚Allerdings', heißt es hier in dem siebenten Brief, ‚das muß ich Ihnen gestehen, ist mein Buch zur unrechten Zeit erschienen. Es ist vor der Sintflut erschienen und hätte nach ihr erscheinen müssen. In dieser Sintflut werden alle ertrinken, außer mir. Das heißt: alle Lehrsysteme, außer dem meinigen. Meine große Zeit ist noch nicht gekommen – aber sie wird es, ich schwöre Ihnen.' Dann einige Zeilen darunter: ‚Die Schrift mit Blut – –'. Ein angehefteter Zettel fügt diesem Brief ein paar Worte bei: ‚Mein Freund, wo sind jene Tage hin, wo wir, den Häuptern zum Kissen ein wildes Lavendelbüschel, im Ohr den Klang der Dudelsackpfeifen und auf der Haut die glühenden Küsse der Sonne Estremaduras, uns bemühten, erhabene Verse zu bilden, und Toren wurden wie Don Quichotte der Vollkommenheit zuliebe?' Unterzeichnet: Manuel José Quintana. Diesen Namen kenne ich nicht.« Den Zeigefinger zwischen den Brief und den angehefteten Zettel geschoben, blätterte er bis zum Daumen zurück und las noch einmal die Worte: ‚aus divinatorischer Schau'. »Ich weiß nicht«, sagte der Offizier, »warum dieser Satz mich erregt.« Er blickte fort von dem Manuskript und an dem Kopf der Chimäre vorbei ... über die Dächer, die Wiesengräben, die weiten Wälder, in deren Wipfeln die Überfülle des Sommers schon langsam wie schmelzendes Blei sich zu kräuseln anfing und ihren Farben den fahlen Metallton des Herbstes untermischte. Entschlossen holte der junge Mann den saugenden Blick aus der Ferne zurück und heftete ihn von neuem auf die Blätter in seinem Schoß. »Meine Art, mir die Dinge klarzumachen«, las er im folgenden Brief, »ist sehr einfach: ich hebe die Augen zu Gott. In ihm schaue ich, was ich vergeblich suche, wenn ich den Ablauf der menschlichen Taten, Handlungen und Gewalten für mich allein betrachte.«

»Allmählich verrotteten die Gebäude und begannen Risse zu zeigen«, fuhr François, der Küster fort. »Gleich Jerusalem?« warf der Hauptmann dazwischen. Der andere blickte ihn mißtrauisch an. »Daher der Plan einer Neugestaltung durch den Baumeister Jean Aubert, der leider nur teilweise ausgeführt wurde und bloß geahnt werden kann. Aubert, das Ganze erweiternd, vereinfachend, auswählend, führt alle Linien auf ihren Ursprung zurück. Dem antiken französischen Geist der Synthese, der zusammenfaßt, eingliedert, was zerstreut ist, und die Lösung jedes Problems mit angeborener Leichtigkeit findet, glückt eine Form, die gleichzeitig klar, edel und vollkommen ist.«

»An seinen Freund, den Schriftleiter und Verleger des ‚Univers' in Paris, Louis Veuillot, am sechsten April 1850: ‚Ich danke Ihnen, daß Sie mich gegen die Plattheit von Leuten verteidigt haben, die immer noch an das Heil Europas glauben, als handele es sich um eine Sache, die von selber geht und an der man nicht zweifeln darf. Blicken Sie um sich – –'. Wieder ein Pfeil, am Rande: Matth. 23, 37-38. Zum Teufel, Einschübe und Zitate!« sagte der Freiherr verzweifelt. »Ein Zettelkasten – Pagina 100 bezieht sich wieder vor und zurück auf Pagina soundsoviel. Folgt eine Entschuldigung, daß der Schreiber, dieser Donoso Cortés, einer Aufforderung seines Freundes, ihm einen Essay zu liefern, nicht nachgekommen ist. ‚Es fehlt mir an Zeit. Wenn man schreiben will, muß man Abschied nehmen von dieser Welt. Ich kann es leider noch nicht trotz meines guten Willens.' Wieder hat dieser verflixte Raczinski einen Zettel dazugeklebt. ‚Tagesplan eines Diplomaten: Empfänge, Vorträge, Gala-Essen.' – Armer Donoso Cortés! Wer deinen Lebenslauf schreiben wollte, müßte den Blick von Orden und Titeln, von dem Großoffizier der Ehrenlegion, dem Großkreuz des spanischen Ordens der Katholischen Isabella und dem Titel eines Marquis von Valdegamas, Viceconde von Valle, von dem Staatsrat und Kammerherrn wenden und ihn auf das Bild des Gekreuzigten richten, dem du demütig nachgefolgt bist. Du, der du nach deinen eigenen Worten in den Eingeweiden unsrer Gesellschaft nach dem Lebenskeim suchen wolltest, der fähig ist, sie zu erhalten, und nach dem Krebs, der sich anschickt, sie wuchernd zu verzehren – du Liebhaber zarter und schöner Dinge, du Freund der Dichtkunst und Freund des Dichters Don Manuel José Quintana: dröhnte dir lebenslang in den Ohren das Rasen der Julirevolution im Jahre 34 und schwächte für immer das feine Gefüge deines allzu verwundbaren Leibes das Wüten der Juntas in deiner Heimat, jener Mörder, die keine Rednergabe, nicht Humanität, noch Vernunft bekämpfen, sondern denen nur Macht gegen Macht das Handgelenk brechen konnte? Zurück zu dem Brief: ‚Doch es tut nichts. Mein Werk wird zustande kommen – ob früher oder später, denn Sie haben es so gewollt. Nur, ach, ich bin völlig durchdrungen von seiner Unwirksamkeit. Denn die menschliche Ratio ist außerstande, auch nur einen einzigen Menschen in Fragen des Heils zu belehren. Die Beredsamkeit eines Demosthenes und der Zungenschlag eines Cicero haben noch keine Seele gerettet.'«

Der Küster wiegte sich auf dem Schwung der vorgetragenen Worte: »Antiker, französischer Geist der Synthese ... Leichtigkeit ... edel ... vollkommen ... klar ...« und fuhr mit leisem Bedauern fort: »Dann kommt die Große Revolution. Die Abtei wird dem Bürger Romtain überliefert, welcher, um seine Schulden zu decken, alles von Wert verschleudert: Bleifassungen, Marmor, Chorgitter, Schmuck und heilige Gefäße. Zuletzt zerstückelte er die Kirche und verkaufte sie als Baumaterial für ganze zwölf Sous den Karren. So zogen auf den Wagen der Bauern sechs Jahrhunderte Religionsgeschichte unwiederbringlich dahin.«

»,Nur der Heilige Geist'«, las der Freiherr weiter, »,könnte das Wunder wirken. Doch er wohnt nicht in solch einem elenden Menschen, wie ich es bin, lieber Freund. Er bittet um Ihr Gebet –', und darunter wieder die fremde Handschrift, die schon den Namen Raczinskis auf dem Deckblatt erläutert hatte:, Donoso Cortés, Bekämpfer der Juntas, Staatsrat und Kammerherr und Gesandter der Königinmutter Maria Christiana aus dem spanischen Haus der Bourbonen; nach Paris emigriert und zurückgekehrt nach der glorreichen Restauration der spanischen Monarchie, Erzieher der jungen Thronfolgerin und Gewissen des Königshauses', das er mit folgendem Brief ermahnt. Seltsam: er ist zusammengeklebt mit einem schmalen Streifen, der randumlaufende Worte in roten Buchstaben zeigt. Diese Worte heißen: ,Nicht Cicero, nicht Demosthenes, nicht der

Geist der Antike. Was wird uns retten? Ein Wunder!‘ Und über das erste Blatt dieser Denkschrift ist kreuz und quer das Wort ‚*Rettung*‘ geschrieben. *Rettung. Rettung. Rettung.* Gut, öffnen wir diesen seltsamen Sesam mit dem Siegelwort ‚Rettung‘ auf unseren Lippen – nein, nicht auf den unseren, wahrlich nicht, sondern auf denen der andern, welche mit einem ‚sauve qui peut‘ ihren Posten verlassen haben.« Er lächelte hochmütig und verwegen und überflog mit gelangweilter Miene das erste und zweite der Blätter, worauf der Schreiber die Krone Spaniens um ein riesiges Beispiel bat. Wie ersichtlich war, ging es Donoso darum, das Füllhorn der Almosen, das gerade wieder einmal geleert werden sollte – geleert mit der heidnischen Grausamkeit einer ebenso dummen wie schamlosen Göttin, die sich darin gefällt, zu verschwenden, weil die erhobenen Arme den Reiz ihrer üppigen Brüste vermehren – daß dieses Füllhorn also gelenkt und geleitet und seine Gabe dem inneren Sinn der Barmherzigkeit zugeführt würde. »‚Die spanische Nation ist verloren‘«, las der Freiherr einige Seiten weiter, »‚wenn nicht eine gewaltige Anstrengung den unheilvollen Strom aufhält, der die wohlhabenden Klassen der Gesellschaft in den Abgrund reißt. Majestät, das sind keine Redensarten. Nur durch das Beispiel des großen Verzichtes ist es denkbar, daß wenigstens dieser Thron dem Toben des Sturmes widersteht. Denn die Armen sind Gottes Freunde, und Gott wird den Thron nicht stürzen lassen, auf dem eine Mutter und Freundin der Allerärmsten sitzt ... Heute beginnt eine neue Epoche für alle Monarchien. Doch wehe dem Fürsten, welcher noch immer die Zeichen der Zeit nicht versteht. Denn es handelt sich eben einzig darum, den schlecht verteilten Reichtum der Erde richtig zu verteilen. Wenn die Könige dieses Problem nicht lösen, wird der Diktator es tun, indem er die Völker ausplündert, zwingt und andere verarmt. Darum gibt es nur eine friedliche Lösung: den durch gigantischen Egoismus zustande gekommenen Reichtum durch das Almosen zu verteilen.‘ Hier fügt, wie ich sehe, der Graf Raczinski dem Ausdruck ‚Almosen‘, stark unterstrichen, ein Fragezeichen bei. ‚Almosen‘, schreibt er am Rande, ‚setzen ein christliches Weltbild voraus, das es heute schon nicht mehr gibt. Vernunft und Gerechtigkeit lösen die christliche Gnade ab.‘ – ‚Doch ich gebe mich nicht‘, schreibt Donoso weiter, ‚gefährlichen Täuschungen hin. Das Amt eines Königs wird mühevoller und schwerer von Tag zu Tag; ja, heute, das kann man wohl sagen, ist das Regieren ein einziger Akt heroischer Selbstverleugnung. Es genügt nicht mehr, daß der König stark, ja nicht einmal mehr, daß er stark und gerecht sei – er muß auch die Liebe haben. Denn die Liebe, erhabene Majestät, ist die Tugend der Heiligen.‘ Dann in riesigen, fordernden Buchstaben: ‚*Heute*‘ – dieses Heute hebt sich wie eine Arche aus dem Strudel der folgenden Sätze – ‚können nur noch Heilige die Nationen vor ihrem Untergang retten ...‘«

»Und weiter? Und dann?« fragte Falkenberg. »Im neunzehnten Jahrhundert?«

»Dann wurde der Park wieder neu bepflanzt. Die verschnittenen Bäume wuchsen nach ihrer natürlichen Form, wie Jean Jacques Rousseau es gewollt und der Absolutismus verhindert hatte: das Abtgebäude wurde zum Schloß und das Chorgebet zu den Liebesliedern des Gérard de Nerval. Literaten, Maler, Musiker, Dichter gaben sich in dem benachbarten Gasthaus von Mortefontaine ein Stelldichein und bezahlten mit einer Komposition, einem Liedchen, einem Sonett.« Der Hauptmann wandte erstaunt den Kopf und blickte den Küster an, dessen scharf gezeichnetes, dürres Profil einer frommen Harpyie glich: die Mundwinkel schneidend heruntergezogen, schien er die kluge Salbaderei, die er herzusagen gezwungen wurde, innerlich zu verspotten und anderer Meinung zu sein. »Wer sind Sie ?« fragte der Hauptmann plötzlich und fügte entschuldigend bei: »Sie gleichen mehr einem Historiker als einem Ministranten.« Der Alte preßte die Lippen zusammen und zwinkerte gegen das Licht. »Ich mache mir manchmal meine Gedanken«, sagte er unfreundlich. »Früher –«, setzte er zögernd hinzu, »war ich Kastellan in verschiedenen Schlössern, zuletzt in dem des Grafen Vallière auf dem Schloßgut von Mortefontaine.« »Mortefontaine – ein seltsamer Name ?« fragte ihn Falkenberg. »Diese Gegend ist reich an Seen, Quellen und Wasserlöchern«, erwiderte der Küster, »die von den Abwässern zahlreicher Flüßchen und Flüsse gebildet werden. Die Thève, die Annette, die Nonette und die Oise bewässern die Wälder von Chantilly, von Comelles und den Forst von Halatte. Dabei geschieht es oft, daß ein Teich zu gewissen Jahreszeiten hervortritt und nachher wieder verschwindet. Von anderen bleibt nur noch Quellbett und Name: Mortefontaine zum Beispiel, von welchem einige Leute behaupten, daß er früher ‚Bellefontaine' hieß. Der Herr sollte Mortefontaine kennenlernen«, fügte er, plötzlich geschwätzig und zutraulich werdend, hinzu. »Seinen Park, seine Hügelchen, seine Ruinen, und wenige Kilometer südlich die Weiler Loisy und Montaby, die den Rahmen abgaben für das Idyll von Sylvia und Nerval. Dies alles hier«, er zog mit der Hand einen weiten Bogen rings durch die Luft, »ist ein einziger großer Garten, in welchem Grafen und Könige ihre Spiele getrieben haben.«

»Die Freiheit ist tot!« Wie ein Manifest an zerschossenen Mauerwänden stand dieser schreckliche, einsame Satz, aus dessen Wörtern die Tinte nach unten geflossen war, über dem nächsten Blatt; dann folgte erst, während der nächste Bogen, den man gänzlich unbeschrieben gelassen und nur mit dem Datum versehen hatte, diese Aufschrift von ihrem Inhalt trennte, ein Auszug aus der berühmten Rede über »Die Diktatur«.

»Ein Garten, sage ich – dieses Land der Herzöge von Valois«, fuhr der Küster fast schwärmend fort. Seine Nasenflügel bebten jetzt leise; vor seinen weitsichtig alten Augen, welche die Ferne von Ort und Zeit in den winzigen Raum der Pupille zu saugen und, fächerförmig entfaltet, hinauszuwerfen schienen, erbaute sich wieder das alte Waldschloß, welches Heinrich IV. bis auf den Turm niedergerissen hatte, erbauten die Schlösser von Pontpoint sich und Pontarmé in der Runde, die kaum eine Stunde Fußweg entfernt und von dem Wachturm des ersteren aus, wenn der Wald sich im Herbst gelichtet hatte, leicht wahrzunehmen waren; das Schloß von Raray und im Forst von Comelles das Schlößchen der Königin Blanche. »Schlösser, Schlösser – – und alte Kirchen, Kapellen und Prioreien«, sagte der Küster versunken und legte die Hand, die bisher den Namen, die er aussprach, ihren Standort verliehen und sie wie Fixsterne auf dem Bogen des Himmelsgewölbes befestigt hatte, auf die eingesunkene Brust. »Aber manchmal, müssen Sie wissen, mein Herr, ist ein Dorf auch weitergewandert, und die Kirche steht ganz allein und verlassen inmitten der Ackerfluren. So ist das zum Beispiel in Montaguy oder in Eve, wo der Glockenturm wie ein Zeigefinger, der nichts mehr zu deuten oder zu drohen hat, aus der grünen Ebene ragt. Aus der weiten, grünen Ebene, Herr, wo der Bauer gedankenlos seine Pflugschar an dem Rand der Lupinenfelder entlangführt und die Grillen im Raygras zirpen ... Hier die Kirche, so alt wie der Acker selbst – dort drüben die Menschen, welche nach Laune die Flursteine vor- und zurückversetzen und sich immer weiter von ihr entfernen, bis sie es endlich vergessen haben, daß ihr Dorf auf die Gründung der Kirche zurückgeht und nicht etwa umgekehrt; darauf, daß hier oder in Courteuil« – er deutete wieder näher – »in Fleurines, in Rhuis oder Champlieu ein frommer Abt die Gebeine eines Verstorbenen in den Altarstein versenkt hat und über ihnen ein Kloster erbaute, St. Christoph zum Beispiel, zu dem der päpstliche Kämmerer Frankreichs, Waleran, den Grund gelegt hat.« »Sie sprechen, als hätten Sie ihn gekannt«, sagte der Hauptmann lächelnd. »Ich kenne jeden Stein in der Runde«, erwiderte François ruhig. »Auch den Taufstein aus dem 12. Jahrhundert, der die Form« – hier sank die Stimme des Alten zu einem Flüstern herunter – »eines Ziboriums hat.« »Eines Ziboriums – wieso ?« fragte der Hauptmann zerstreut. »Weil das Ziborium in Brotsgestalt Christus – und der Taufstein den anderen Christus enthält, den die gleiche Verwandlung gebiert«, sagte der alte Mann. »Ich verstehe Sie nicht.« Der Hauptmann zuckte bedauernd mit den Schultern und blickte den Küster an. »Wo ist dieser Stein ?« »In Raray – eine gute Stunde von hier. Raray liegt im Wald, in Raray steht die Kirche, in der Kirche der Taufstein, und aus dem Taufstein ist vor uralten Zeiten die Isle de France ... nein, nicht nur die Isle de France entsprungen, sondern ganz Frankreich, das mit dem Siegel, mit dem unauslöschlichen Siegel, mein Herr, aus Gnade bezeichnet wurde.« Der Küster deckte die Hand über die funkelnden Augen und blinzelte gegen das Licht; unter ihm schienen sich die Chimären wie Schatten über das Land zu dehnen, es zu verfinstern und weiterzukriechen – über Wälder und Fluren, Dörfer und Städte – – und weiter, als man annehmen sollte, mit ihrer Zunge hinauszufahren wie Cholera und Pest ...

»Die Freiheit ist tot –.« In den Händen des Lesers bewegte sich wie der sterbende Flügel eines Schmetterlings, welcher zur Erde taumelt, das weiße Blatt, das die Rede über die Diktatur von dieser Fanfare trennte, und legte sich endlich um. ‚Auszug aus einer Rede, gehalten am 4. Januar 1849 – ein Jahr nach der Februarrevolution, der Flucht Papst Pius' IX. und der lächerlichen Begründung der mazzinischen Republik.' »Warum war sie lächerlich? Meinetwegen. Ich kenne weder Mazzini noch seine Republik«, sagte der junge Mann. »Nur Pius IX. ist mir ein vager, fast bilderbuchhafter Begriff von meiner ‚Großmutter Fürstin' her, wie Mademoiselle sie zu nennen pflegte, wenn wir Kinder nach ihrer Meinung vulgär oder allzu herablassend waren. Meine Großmutter schwärmte für ihn – und gleichzeitig, wenn ich mich richtig besinne, für den ertrunkenen Bayernkönig mit den kornblumenblauen Augen und dem weichen, lockigen Haar. ‚Um beide war solch ein Glanz, mein Kind', sagte sie oft mit entrücktem Gesicht, ‚und sie waren beide sehr schön. Noch im hohen Alter war Pius schön, von einem unverlierbaren Charme, der alle bezaubert hat. Sein Geist, seine Haltung, die freie Anmut seiner Bewegungen – –.' Schön. Ja, sie war in die Schönheit verliebt, meine Großmutter, so wie auch ich es bin«, dachte der Offizier. »Daß Pius daneben noch der Verkünder des Unfehlbarkeitsdogmas gewesen ist und im Kampf mit dem König von Preußen lag, kam weniger in Frage.« Er lachte leise und blätterte weiter, noch immer den Zeigefinger der Linken an der Rede über die Diktatur, stutzte, heftete seinen Blick in leichter Benommenheit auf ein Briefblatt vom 12. Juni des gleichen Jahres, aus welchem, scharf unterstrichen, das Wort ‚Preußen' hervorsprang, und las: »Friedlich herrscht Preußen im weiten Raum des protestantischen Nordens. Ohne Wahnsinn kann es nicht mehr verlangen, doch auch nicht weniger. Weniger nicht bis zu jenem Tag, wo der Protestantismus in Trümmer geht und für immer am Boden liegt. Wenn das eintritt, eilt Preußen sehr rasch seinem Verfall entgegen. Denn Preußen lebt nur im Protestantismus, für ihn und durch ihn allein. Darin beruht das Geheimnis seines Ruhmes – doch ist der Protestantismus auch das Mysterium von Preußens Tod.« Der Freiherr schleuderte heftig das Bündel Blätter zu Boden und nahm dann, verwundert und fast belustigt über den jähen Impuls, den diese sibyllinischen Briefe ihm einzuflößen vermochten, von neuem seine Lektüre auf, wo er stehen geblieben war. Eine Fußnote führte ihn weiter zu einem der letzten Briefe des Jahres 52, kurze Zeit vor Donosos Tod. Wieder war das Wort ‚Preußen' umrandet und unterstrichen. »Denn Sie wissen, ich bin kein Freund dieses Landes und seiner Politik; weder seiner Vergrößerung, noch seiner Existenz. Von seiner Geburt an, das ist mein Glaube, ist es dem Satan geweiht gewesen und wird ihm durch dieses Geheimnis für immer verbunden bleiben.« Dieser Briefstelle hatte Raczinski ein paar Worte hinzugefügt, die zum Teil verkohlt und am Rande gerissen, dazu von Anfang an erst konzipiert, doch nicht genauer ausgeführt waren, als habe sich der Empfänger gescheut, seine Gedanken in jenes Licht der Bewußtseinshelle voranzutreiben, das sie unwiderruflich macht. »Das Geheimnis Preußens – nichts anderes als ein Geheimnis des Satans?« las der Freiherr mit fliegenden Pulsen. »Preußens Größe – der Preis für den Abfall von Gott – das Profil des schrecklichen Fridericus von der Fratze Voltaires überschattet ... Chimäre der Vernunft. Die Freiheitskriege: Freiheit wofür? Ist Freiheit an sich, ist Größe an sich ein wünschenswertes Gut? Gedankenfreiheit des Protestantismus: Freiheit des Pöbels, das Falsche zu denken ... Die Diktatur der Massengehirne ... Zuletzt die Erhebung der rohen Masse über Staat und Autorität. Dann frißt die Freiheit wie eine Schlange am Ende sich selber auf ...« Ein Kreuz. Dahinter die Worte: ‚Die Freiheit ist tot.' Datiert: ‚Heute. Nur wissen die Hinterbliebenen den Beisetzungstag noch nicht.'

»Zurück zu dem Januar 49 und der Rede Donoso Cortés' über die Diktatur ... Noch einmal: ‚Die Freiheit ist tot. Sie wird so bald nicht mehr auferstehen, weder am dritten Tage, noch drei Jahrhunderte später. Die Welt eilt mit Siebenmeilenstiefeln der Despotie entgegen, einem Regime, wie gewaltiger und zerstörender es die Menschen noch niemals gesehen haben ... Sie eilt in die Katastrophe. Was vermag die Katastrophe zu wenden? Ein einziges Mittel. (Doch wird man sie sicherlich nicht vermeiden, wenn man mehr Freiheiten, Rechte und neue Verfassungen gibt.) Welches Mittel also? Ich spreche es aus, obwohl ich nicht mehr an Rettung glaube – es sei denn durch einen besonderen Eingriff der göttlichen Majestät. Dieses Mittel heißt: die Bekehrung der Völker. Doch ich halte sie nicht für wahrscheinlich. Wohl kann ein einzelner Mensch sich bekehren, doch niemals in der Geschichte der Menschheit hat ein Volk als Ganzes den Weg zu Gott wieder zurückgefunden, den es einmal verloren hatte.' Ein Fragezeichen am Rande, daneben die Worte: ‚Und Israel? Bestand nicht seine Geschichte darin, stets aufs neue zurückzukehren? Die Rückkehr als heilsgeschichtlicher Vorgang. Hat jedes Volk seine Heilsgeschichte, insbesondere aber das deutsche?'« »Sehr seltsam«, sagte der Offizier. »Mir scheinen die Glocken des alten Heiligen Römischen Reiches aus der Tiefe heraufzuläuten ...«

»Sie nannten Raray, Fleurines und Rhuis, Chaalis oder Champlieu«, sagte der Hauptmann, welcher sich jetzt auf der Balustrade niedergelassen, ein Bein emporgezogen, den Arm mit dem Ellbogen aufgestützt und das Kinn mit der Faust umklammert hatte. »Sie nannten die Isle de France insgesamt, ganz Frankreich – – und müßten doch wohl, wie mir scheint, das ganze Abendland nennen, Köln und Aachen, Trier, Speyer, Worms, Frankfurt und Mainz ...« Er errötete plötzlich bei dem Gedanken, eine

Einheit beschworen und ihre Bezeichnung aufgerufen zu haben, die jetzt besser ungenannt blieb. »Fahren Sie fort«, sagte Falkenberg rasch und sprang jäh von der Balustrade herunter, spreizte die Beine und brachte das Fernglas mit einem Ruck vor die Augen. »Wo fließt die Thève? Und wo mündet sie?« fragte er trocken und barsch.

»Übrigens«, las der Freiherr von E. einige Seiten weiter, »geht es nicht um die Frage der Wahl zwischen Freiheit und Diktatur. Sollte es sich nur darum handeln, so würde ich sicherlich ganz wie Sie selbst auf die Seite der Freiheit gehören. Doch es handelt sich um die schwierige Wahl zwischen der Diktatur der Empörung und der Diktatur der Autorität – um nichts weniger und nichts mehr. Es handelt sich weiterhin um die Wahl zwischen der Diktatur aus der Höhe und jener aus der Tiefe, um Säbel oder Dolch. Nur deshalb, glauben Sie mir, habe ich zwischen Säbel und Dolch den ersteren gewählt, denn er scheint mir charaktervoller.« »Eine Blendlaterne für dieses Dikkicht divinatorischer Schau«, seufzte der Offizier, als er neuen Fußnoten nachzugehen und gleichzeitig wegeweisenden Pfeilen nach dem Ausgang zu folgen bemüht war. »Briefe ... Briefe ... aus aller Welt als Echo auf diese Rede. Selbst Metternich und Montalembert, Ranke und Schelling – nein, dies war nachher und bezieht sich auf eine spätere Rede, die, wie ich sehe, das Thema der ersten weiterzuführen scheint. ‚Aber ich halte es für erwiesen', schreibt er an Montalembert, ‚daß in der Zeitlichkeit stets das Böse über das Gute den Sieg davonträgt und der Endsieg über das Böse Gott sozusagen persönlich durch einen Eingriff von oben muß vorbehalten bleiben. Daher gibt es keinen geschichtlichen Zeitraum, der nicht mit der Katastrophe, und zwar zwangsläufig, enden wird.' Dieser Satz: ‚Der nicht mit der Katastrophe, und zwar zwangsläufig, enden wird', ist doppelt unterstrichen. ‚Was bedeutet für uns diese Katastrophe? Ein Doppeltes, sagte ich Ihnen: den natürlichen Triumph des Bösen über das Gute und den übernatürlichen Triumph Gottes über das Böse durch einen in nichts begründeten Eingriff und freien Liebesakt Gottes gegenüber der Kreatur. Das ist meine ganze Philosophie; besser gesagt: meine ganze Geschichtsphilosophie.' ‚Hier höre ich ‚Manichäismus' rufen', schreibt Graf Raczinski daneben. ‚Siehe den Brief an die Redakteure von El Pais und Heraldo – im Anhang Pagina neun.' ‚Ich begründe nicht, ich verteidige nichts, ich nehme nichts zurück', entgegnet Donoso Cortés. ‚Die europäische Ordnung stirbt und mit ihr die Gesellschaft, die auf ihr gegründet ist. Ihr Fundament ist der Irrtum gewesen, und weil der Irrtum die Kraft zu töten wie die Wahrheit die Kraft zu beleben hat, wird sie rettungslos untergehen. Wenn die Menschen diese Wahrheit besäßen, was sage ich: nur eine einzige Wahrheit, könnten alle gerettet werden. Doch ihr Sturz ist so schwer, ihre Blindheit so tief, daß sie die Wahrheit nicht einmal ahnen, geschweige besitzen können. Daher wird die nächste der Katastrophen, die kommen muß und bald kommen wird, die Katastrophe schlechthin sein. Zwar können einzelne Menschen sich retten, nicht aber die Gesellschaft als Ganzes – denn', hier ist der Tintenkiel ausgelaufen und hat mit zornigen Sprenkeln und Kratzern das ganze Blatt gefleckt, ‚sie will nicht gerettet werden.' Dahinter: ‚Kyrie eleison.' Auf der Rückseite dieses Briefblatts wieder Raczinskis altmodisch große und vor Leidenschaft bebenden Züge: ‚In die Tiefe der Mystik bist du, mein Freund, nach dem Tode Don Pedros hinabgestiegen, um ihn zu finden, den Du von da ab nur noch ‚Gott meines Bruders' nanntest. Bei den heiligen Siegelbewahrern Spaniens: der großen Theresia, Johannes vom Kreuz und Ludwig von Granada suchtest Du Trost in der grenzenlosen Nacht deiner Seele, die Dich, den fühlendsten aller Menschen, mit finsterer Kälte umgab. Du weintest um ihn, den geliebten Schatten, der für immer in dem Geheimnis des Abschieds das Geheimnis des Lebens mit sich hinwegnahm und Dir, nach Deinen eigenen Worten, nichts hinterließ als die Wahrheit, den Glauben und seinen Seelenführer. Mit unzähligen Tränen beweintest Du ihn, wie der Freund seinen Freund, der Gatte die Gattin, die Mutter das Kind beweint. Aber mehr noch: in ihm beweintest Du alles, was Dich vom Ursprung der Liebe trennte, von jenem Abgrund, der keinen Namen und keine Gestalt außer dieser hatte, die Du umschriebst mit den stammelnden Worten: ‚Gott meines Bruders'; den Du Dir schwurst, von nun an zu lieben und anzubeten, um liebend in ihm den Sinn Deines Lebens und den Sinn der ganzen Menschheitsgeschichte wie unter dem Blitz, der vom Aufgang zum Niedergang zuckt, zu erfahren. Dieser Sinn war sehr einfach und schrecklich zugleich: wie die Liebe immer die Liebe ruft und von ihr Antwort empfängt, so ruft die Hölle stets neue Höllen und die Antwort der Hölle hervor. Für uns alle, Donoso Cortés, blicktest Du reiner, zärtlicher Freund der Hölle in das Gesicht. Wann, das ist Dein und ist ihr Geheimnis; denn auch die Hölle teilt sich dem Menschen, wie die Gnade, aus Freiheit mit. Sie sprach mit Dir. Eindringlich, glühend und sanft sprach sie mit Dir, wie eine Geliebte, die ihr Haupt auf das Kissen des Mannes gelegt hat, ihm schmeichelt und ihn ihren Wünschen und Bitten gefügig zu machen sucht. ‚Laß', flüsterte sie, ‚mich verborgen bleiben und sprich meinen Namen nicht aus. Geh, wenn du willst – ich halte dich nicht. Aber hüte dich, mein Mysterium der Menschheit zu verraten. Sie wird es nicht wissen wollen. Überdies wird nur Spott und Verfolgung dein Lohn sein; selbst die Vernunft steht gegen dich auf im Namen der Religion. Ich kenne da einen gewissen Gaduél bei dem Bischof von

Orléans ...‘« Der Freiherr blätterte hastig weiter. »,Kontroverse Donoso Cortés’ mit dem Bischof von Orléans, Dupanloup, dem Hirten, der unter dem Pelz seines Namens den Namen des Wolfes verbirgt, und Herrn Gaduél, Generalvikar des Bistums Orléans.‘«

»... Nein, sagte ich nicht schon«, fuhr François fort, »daß die Fischteiche von Comelles durch das Wasser der abgeleiteten Thève gebildet und von ihr aufgefüllt werden? Man kommt von Senlis auf dem Waldkreuzweg, welcher La Table heißt. An dem Forsthaus, dem letzten Teich gegenüber, ist die ‚Laterne der Toten‘, ein gotischer Kamin.« Auf den fragenden Blick des Hauptmanns hin: »Was dieser Name bedeutet, kann ich Ihnen nicht sagen«, fügte er zögernd hinzu. »Vielleicht, nach uraltem keltischen Glauben, war es ein Treffpunkt der Seelen, die nicht zur Ruhe kamen. Denn hier« – ein Lächeln geisterte jäh um seinen verschwiegenen Mund – »gibt es vieles, was tot ist und doch am Leben, und am Leben, aber schon tot.« Das mißtrauisch angespannte Gesicht seines Begleiters bemerkend, fuhr er in leichterem Tonfall fort: »Zu meiner Zeit hat sich manches Pärchen an der Laterne der Toten ein Stelldichein gegeben, besonders nach den feudalen Rennen in Chantilly, mein Herr. Die Equipagen hielten am Waldrand, dann stiegen in eleganten Kostümen die schönen Frauen aus; das Straußfederhütchen hoch auf getürmten, mit Schildpattkämmen besteckten Locken, die Schleier überm Gesicht. Die Röcke mit der Linken gerafft, in der Rechten den Sonnenschirm, eilten sie heimlich auf zierlichen Stiefelchen, während das Rauschen ihrer Dessous sie begleitete, der Laterne der Toten zu. Die Nachmittagssonne fiel schräg durch die Bäume, unter welchen ihr Freund sie erwartete, und malte zitternde Kringel und Tupfen auf ihr hübsches, erhitztes Gesicht. Die Teiche waren mit Kalmus und Wasserrosen bedeckt, in dem hohen Schilf bewegte sich leise ein angekettetes Boot. Aber auch manchen Zweikampf hat die Laterne der Toten gesehen, und aus den Fischteichen zog man alljährlich eine ertrunkene Frau. Wenn ich erzählen wollte, Monsieur, gliche das ganze Städtchen da unten der Rückseite eines Puppentheaters, wo an zahllosen Fäden die Marionetten bewegt und geleitet werden, ohne daß sie es wissen.« »Und wer hält die Fäden, welche Sie sehen, in seinen Händen zusammen?« fragte der Hauptmann, geistesabwesend an seinem Feldstecher drehend. »Ist es Gott oder Satan, ein Künstler, ein Pfuscher, der Zufall, die Moira oder der Zwang, in dem sie begonnen wurden? Ist das Welttheater schon vorgezeichnet – oder ändern wir seinen Ablauf durch Liebe oder Haß?« Der Alte wiegte den Kopf hin und her. »Das Welttheater ändern wir nicht – und es geht uns auch gar nichts an«, sagte er überraschend. »Es spielt allein zwischen Gott und dem Satan, wir selber wählen nur unseren Standort, von dem aus wir mitspielen wollen. Insofern natürlich« – er lächelte schlau – »brauchen beide uns für das Drama, mit dem sie zum Ziel gelangen: der Herrgott unsere Liebe, der Satan unseren Haß.« Der Hauptmann ließ den Feldstecher sinken und blickte den Küster an. Eine ungeheure dumpfe Erregung schien diesen nüchternen Mann zu schütteln, als er François nun fragte: »Und wie« – seine Stimme verfärbte sich und schlug über – »stellen Sie sich den Ausgang des Dramas zwischen Gott und Luzifer vor? Wie ... so aus der Höhe gesehen ... steht augenblich die Schlacht?« Ohne einen Moment zu zögern, gab der eben noch furchtsame alte Mensch mit stolzer Ruhe zurück: »Wie sie stehen wird bis zum Jüngsten Tag. Schlecht für Gott und gut für den Satan. Ja, wenn nichts weiter als die Erfahrung und die Vernunft voraussagen wollten ...«, er zuckte mit den mageren Schultern und blickte in die Tiefe. »Nun?« fragte der Hauptmann in brüchigem Ton. »Dann wäre

Gottes Anspruch verloren, denn der Satan ist Herr dieser Welt.« »Gott hält es also mit den Besiegten?« fragte der Hauptmann schroff. Der andere blickte still vor sich hin. »Was wir Sieger oder Besiegte nennen, hat damit nichts zu tun«, sagte er unbewegt. »Aber die Glücklichen dieser Erde stehen weiter vom Brennpunkt weg. Die Reichen, die Üppigen und die Sieger, den Lorbeerkranz auf dem Haar.« »Von welchem Brennpunkt?« Der Alte schwieg und schien einem Trommelwirbel zu lauschen, der hart und drohend von unten heraufklang und die Lüfte erbeben ließ. »Von dem Brennpunkt ... der Liebe«, sagte er endlich und verschränkte die pergamentenen Hände gelassen über der Brust.

»Kontroverse Donoso Cortés' mit dem Wolf im Schafspelz ...« Der Freiherr eilte darüber hinweg, ohne sich aufzuhalten. Ein Anhang folgte, der den Entwurf zu Donosos Geschichtsphilosophie in kurzen Stichworten und Sentenzen, Erläuterungen und Aperçus in wahlloser Folge enthielt. »Jede große politische Frage umschließt eine große Theologie.« Dieser Satz sprang mit der Zielsicherheit und der ungebrochenen Kraft eines Tigers den Leser schonungslos an. »Die Theologie ist der Zauberschlüssel zu der Geschichte der Völker. Religion als die Grundlage jeder Gesellschaft.« (Zitate aus Xenophon und Rousseau, aus Platon und Plutarch ...) Er blätterte weiter. »Wer die Geschichte der Völker schreibt, schreibt die Geschichte der Götter und ihre Theogonie. Die Geschichte Indiens ... Geschichte der Griechen ... zuletzt die Geschichte Roms. Mit Rom« – so erläutert ein neuer Kernsatz – »erscheint die Fülle der Zeit. Seine Aufgabe: alle Mythologien in seinem Schoß zu vereinen, alle Völker zu unterwerfen, alle Spannungen auszugleichen.« Am Rande: »Bereitet den Weg des Herrn! Jedes Tal soll ausgefüllt, jeder Hügel soll abgetragen werden. Was krumm ist, werde gerade,

was uneben ist, werde ebener Weg.« Oben weiter: »Und Stille lag über der Erde.« Dazu Raczinski: »In dieser Schau wiederholt sich die Genesis. Gottes Geist, der über den Wassern schwebt, bringt die neue Schöpfung hervor. Rom stürzt. In seinem unendlichen Fall wird das Antlitz der Erde erneuert. Zwölf Männer verändern die Erdoberfläche durch ihre Theologie.« »Nun folgt, wie ich sehe, im nächsten Kapitel eine diskursive Erklärung dieser Theologie. ‚Ein grandioses System', fährt Donoso fort, ‚das alles enthält und umfaßt: Gott und den Engel, das Universum und das Ebenbild Gottes – den Menschen; die Endursache des Seienden, den Beginn der Geschichte und ihren Verlauf; die Natur der Körper, das Wesen der Geister, die Menschenwege und ihr verhülltes, aber magnetisches Ziel, Geheimnis der Pilgerschaft, Rätsel der Tränen und endlich das Mysterium des Lebens und des Todes.'«
Der Freiherr legte das Buch auf die Knie und beide Schläfen in seine Hände, die leise zitterten. »Diese Sätze sind furchtbar«, sagte er laut, während er weiterlas. »Sie sind mystisch und einfach, verwickelt und klar, und gleichen Bruchstücken einer Hymne, die vor Zeiten verlorenging.«
»‚Gott – Einheit in Indien. Zweiheit in Persien. In Griechenland Mannigfaltigkeit und Vielheit im alten Rom. Einfach in Deinem Wesen und mehrfach in den Personen; mannigfaltig in mancherlei Attributen und vielfach durch die Scharen der Geister, die Deine Befehlsträger sind. Allursache. Unbegrenzte, unkörperliche Substanz. Urheber jeder Bewegung, aber unendliche Ruhe. Alles enthältst Du, Dich enthält nichts – Du, der da waltet über die Engel, die Menschen und Dämonen. In dem höchsten und stillsten Himmel der Himmel steht ein Gezelt, das den Chören der Engel nicht erforschbar, noch zugänglich ist. In diesem unzugänglichen Zelte vollzieht sich von Ewig-

keit her die Bewegung der göttlichen Trinität. Gott Vater, Gott Sohn und Gott Heiliger Geist – dreifach in den Personen und eins in der Wesenheit. Der Heilige Geist ist Gott wie der Vater. Aber Er ist nicht der Vater, sondern der Heilige Geist. Der Heilige Geist ist Gott wie der Sohn. Aber Er ist nicht der Sohn, sondern der Heilige Geist. Der Sohn ist Gott wie der Heilige Geist, aber Er selber ist Sohn und nicht der Heilige Geist. Er ist Gott wie der Vater, doch ist er nicht Vater. Der Vater ist Gott wie der Sohn, aber Er ist nicht der Sohn. Er ist ebenso Gott wie der Heilige Geist. Doch ist Er nicht Heiliger Geist. Es weitet sich also die Einheit und zeugt die Verschiedenheit; es schließt die Verschiedenheit sich zusammen und wird zur Einigkeit. Weil Gott Eines ist, ist Er Gott. Weil Er Gott ist, ist Er vollkommen. Weil vollkommen, fruchtbar. Weil fruchtbar, verschieden. Und weil Er verschieden ist, ist Er Familie vor dem Beginn aller Zeit. In seinem Wesen ruhen daher die Urbilder aller Dinge. Nach seinem Bildnis ist alles geschaffen, daher ist die Schöpfung Eines und doch Verschiedenheit: Eva aus Adam. Abel aus Adam und Eva. Adam, Eva und Abel zusammen bilden den ganzen Menschen, die menschliche Natur. Diese Namen sind alle göttlich.‘ Und mit Großbuchstaben hervorgehoben: ‚Die Vaterschaft kommt von Gott. Zwischen der Liebe Gottes und der Willensfreiheit des Menschen gehen die Fäden der Zeit hin und her und wirken den leuchtenden Umkreis der Schöpfung, den wir Geschichte nennen.‘«
Dazu ein Satz von Raczinski: »Die Lichtlilie ist entfaltet.«
Beim Umdrehen fiel aus dem Manuskript ein Skizzenblatt mit der Bildhieroglyphe einer beseelten Lilie in ätherischen Wasserfarben – »Aus dem Gedächtnis gezeichnet nach Philipp Otto Runge«, stand an dem unteren Rand. Drei Kinderpaare umarmen einander auf dem Blütenbo-

den der Krone und schließen sich zum Kreis. In der Höhe ihr Urbild: drei andere Kinder, deren schwebender Reigen über der Blume von dem Morgenstern Licht empfängt. »Oder quillt das Licht aus dem Schoß der Lilie«, sagte der Freiherr betroffen, »die schon vor dem Morgenstern war?« Der junge Mensch ließ die Blätter fallen und richtete sich empor. Ein seltsames Flimmern durchdrang seinen Körper, als ob er über und über bedeckt mit empfindlicher Netzhaut wäre; dann setzte sich dieses Flimmern in Brausen, und das Brausen in einen Strom von Tönen, ein Meer von Gesängen, Hymnen, Chorälen und ununterschiedenen Melodien ohne Hebung und Senkung fort ... bis endlich der Anschlag der Aveglocke wie der Donner des jüngsten Gerichts ihn erweckte und über ihn fiel. Der Glockenturm schwankte und schien sich zu biegen, während in schwindelnder Tiefe die Körper der kleinen Ministranten von den Seilen über die Erde gehoben und wieder aufgesetzt wurden, und ein Ächzen und Knarren hinauf und hinunter durch die Scharten und Luken lief. Es läutete. Dreimal abgebrochen, begann die Glocke den ‚Engel des Herrn' und dann nach dem dritten Anruf in einem fort hinzuläuten. Die ganze Kathedrale schien jetzt gleichzeitig zu vibrieren; jede Gesteinspore war ein Mund, der den Schall der Töne entließ. Die Materie erlöste sich. Ihre Atome enthüllten das Geheimnis der Drehung, das in ihnen wirksam war. Sie kreiste und schien immer rascher zu kreisen und den Freiherrn in einen Wirbel zu saugen, der ihn über die Balustrade schleudern und ins Grenzenlose hinaustragen würde, wo keine Rettung mehr war. Ein dumpfes Gepolter von oben ... bröckelnder Grieß, ein paar Steine – – »Festhalten!« schrie ihm der Hauptmann zu, indem er mit zwei, drei Sätzen die letzten Turmstufen nahm.

»Haben Sie sich verletzt?« fragte er kurz danach trocken

und faßte seine Hand. Sie blutete. In dem Bestreben, das Bewußtsein nicht zu verlieren, hatte der Freiherr mit aller Gewalt seine Faust an den abgebrochenen Flügel jener Chimäre geschlagen, die immerfort auf der Grenze zwischen Dauer und Absprung war. Inzwischen verebbten langsam die Wellen der letzten Glockenschläge, und aus der Meeresflut trat wieder festes, gleichsam gereinigtes Land. Die Sonnenstrahlen fielen jetzt schräg über die Ebene hin; in den tiefen, purpurblau strömenden Schatten, die sich fächerförmig entfalteten, atmete Friede und Schlaf. »Nun?« fragte der Hauptmann und bückte sich; hob, etwas schwerfällig und behindert durch den ausgestandenen Schrecken, das Manuskript von der Erde und legte es auf den Rand. »Hat sich der Einblick gelohnt?«
»Ja – eine wahre Kosmologie«, sagte der Freiherr matt. »Allerdings bin ich noch nicht am Ende, aber den Aufbau der Pyramide deutet ihr Grundriß schon an.«
»Der Pyramide?«
»Ach, nur ein Gleichnis«, gab der Jüngere ihm zurück. »Besser begreift sich das Ganze von einer gefüllten Rose her – der ‚rosa mystica'«, fuhr er fort, »wie die lauretanische Litanei, wenn mich mein Kindergedächtnis nicht trügt, die geistliche Schöpfung nennt.«
»Also brauchte es eine Einweihung, wie, um alles zu verstehen?« fragte ihn Falkenberg.
»Genau wie bei den antiken Mysterien«, sagte der Offizier. »Und da die Politiker keine Mysten, sondern ihrer Natur nach nur Scharlatane sind, wird Donoso Cortés' Geheimnis wohl für immer unbekannt bleiben.«
»Aber Sie übersetzen es mir?« bat der Hauptmann ihn in herzlichem Ton, indem sie den Turm verließen. »Ich habe noch einen herrlichen Weißwein, den mein Bursche kalt gestellt hat, und glaube, die Karten bleiben für heute zusammengefaltet ... Hier, François –!« sagte er übermütig

und versuchte, einen Zehn-Francs-Schein bei dem Schweigsamen anzubringen.

»Dort drüben, Monsieur, ist der Opferstock«, gab der Küster stoisch zurück. »Sie entschuldigen – aber ich muß noch die Tumba für das morgige Requiem richten.« Er zog sein fadenscheiniges Käppchen und ging in die Sakristei.

Der Freiherr blickte ihm starr auf den Rücken und sah dann den Hauptmann an. »Wissen Sie übrigens«, fragte er leise, »daß sein Stiefsohn unter den Füsilierten von neulich gewesen ist? Es fällt mir ein, daß Monsieur l'Abbé gestern davon erzählte ...«

II

Suzette!« Herr Bonmarché hob den Kopf von den Zahlenkolonnen auf, beschwerte die vollgeschriebenen Blätter mit dem Tintenfaß aus Rubinglas, damit sie der Wind, der das Vorgärtchen peitschte, in dem er gesessen hatte, nicht auseinandertriebe, und spähte durch das Eisenstaket auf das Stückchen krumm gepflasterte Straße, das sich ihm sparsam darbot und einige Meter weiter an der Schloßmauer endete. Diese Schloßmauer, welche die Sackgasse abschloß, war von blauer Klematis und wildem Hopfen verschwenderisch überrankt; hinter ihrer romantischen Fülle erstreckte sich der Gemüsegarten, durch welchen eben Frau Léontine, die Schwester Herrn Bonmarchés, wandelte, ein Küchenmesser in ihrer Rechten, mit dem umgebogenen Daumen der Linken ihren fleischigen Rükken kratzend, der sich zur Erde neigte und der Richtung der mächtigen Nase folgte, die nach Dill und Bohnenkraut suchte. »Suzette!« Léontine kehrte sich seufzend von ihrem Kräuterstück ab und schlich durch das hölzerne

Pförtchen zurück, das den hinteren Teil des Gartens der Bonmarchés mit den Gemüsebeeten der Staatsbesitzung verband: der Schloßpächter war ein alter Verehrer der dicken Sergeantenwitwe und hatte ihr ein besonders fettes und gut bewässertes Stückchen Erde für ihr Küchenkraut reserviert. Sie ging, durch den eigenen Garten kommend, die leicht geschwungene Treppe hinauf und betrat das Haus durch das Palmensälchen, dessen Flügeltüren weit offen standen und in dem nahenden Wetter mit den Rollläden klapperten. In den gegenüberliegenden Fenstern, welche gleichfalls geöffnet waren, stand – umrahmt von geblähten Sonnengardinen – der Kopf ihres Bruders, welcher sich heftig über dem Halskragen drehte und nach etwas zu suchen schien; die grünblaue Sodaflasche auf dem eisernen Gartentischchen, an dem er gearbeitet hatte, warf ab und zu einen Funkenblitz in Léontines Augen, die sich furchtsam zusammenzogen.

»Aber, Charles, mein Lieber – was hast du nur?« ächzte sie näherkommend und legte beide Arme über die Fensterbrüstung.

Der Angeredete drehte sich um und blickte sie wütend an. »Was ich habe? He, was ich habe, fragt meine verehrte Frau Schwester?« kläffte der kleine Mann sie mit höhnischer Stimme an. »Wo ist Suzette? Wo steckt dieses Stückchen kostbarer Nonnenerziehung?«

Die dicke Frau an der Fensterbrüstung richtete sich in die Höhe, indem sie die Ellbogen kurzerhand auf das Kakteenbrett stützte und das Küchenmesser nach oben spießte, als erwartete sie eine Mahlzeit, in welche sie einschlagen wollte. »Habe ich sie erzogen oder die Nonnen?« fragte sie würdevoll. »Warum schreist du also mit mir?«

»Und wer wollte, daß sie die Nonnen in ihre Pfoten bekamen?« bellte Charles erbittert zurück. »Du!«

»Ich? Du bist wohl verrückt, mein Lieber. Oder hast du

vergessen, daß deine Frau dir auf dem Totenbett das Versprechen –«, sie schöpfte Luft und fuhr ärgerlich fort: »Aber nächstens wirst du wohl noch behaupten, ich habe dieses Versprechen erfunden, damit meine Nichte Lochstickerei und Blumenmalen lernt.«
»Und vergiß nicht die Klosterrezepte, mein Herzchen, auf welche du schleckriges altes Weib gierig gewesen bist«, gab er, zitternd vor Bosheit, zurück. Die Geschwister blickten einander an, als wollten sie sich ermorden. Dann fragte Charles, wie ein Kater sein gewichstes Schnurrbärtchen streichend, mit plötzlicher Freundlichkeit: »Also, wo ist sie? Wo steckt sie bloß, dieses mißratene Kind? Schon dreimal habe ich Marcels Listen, dreimal mit anderem Resultat, aufzuaddieren versucht, obwohl ich kein Dummkopf bin. Vier Augen sehen besser als zwei – ist es nicht so, Léontine?«
Ein neuer Windstoß fuhr durch die Büsche, dann verdunkelte sich der Himmel, und plötzlich fielen die ersten Tropfen auf Herrn Bonmarchés Zahlenblätter. Er raffte sie überstürzt zusammen und eilte in das Haus; auch Léontine zog sich zurück und schloß die Fenster mit scharfem Knall, während schon durch die Terrassentür der Regen auf das gewachste Parkett und den vorderen Teppichrand fegte.
»Es geht vorbei. Gleich ist es vorbei. Gleich ist es vorbei«, sagte Herr Bonmarché, seine Akten unter den Arm gepreßt, indem er das Sälchen betrat.
Frau Léontine bückte sich keuchend bis auf die Erde nieder und zerrte ein eingeklemmtes Stück Teppich unter der Glastür hervor. Herr Bonmarché sah ihr ungerührt zu, wie sie sich damit plagte, und hörte mit Befriedigung ihre Korsettstangen knacken: sie war wie immer zu fest geschnürt – ein Zustand, der ihrem Temperament, das dem des Bruders nicht unähnlich war, Beherrschung auferlegte und sie zu gewissem Phlegma zwang, zu Würde und Ängst-

lichkeit. Endlich war es gelungen, und Léontine fiel tödlich erschöpft in einen Sessel nieder. »Nimm Platz – oder willst du stehen?« fragte sie ihren Bruder. Mit dieser Redewendung: »Nimm Platz« pflegte sie anzudeuten, daß das Palmensälchen ihr eigenstes Reich war, das man nur aus Gnade betrat. Er meckerte kurz und zog ein maurisches Tischchen unter den spitzen Hintern. Auf der Metallplatte war eine Tigerjagd eingraviert, die von indischen Elefantentreibern, mit Pfeil und Bogen bewaffnet, in Szene gesetzt worden war. Ein besonders dickes und großes Tier war in die Knie gebrochen, während ihm schon der Tiger den hilflosen Rücken zerfleischte. Auf diesem Motiv rutschte Charles hin und her und blickte in den Garten hinaus, der hinter einer Sturzflut von Regen fast wegzuschwimmen schien. »Nun kommt sie natürlich erst recht nicht nach Hause«, sagte er zu sich selbst. Er drehte den Kopf nach Frau Léontine: »Wo ist sie eigentlich hingegangen?« sagte er drohend und kurz.

Sie verschränkte die Arme unter dem mächtigen Busen und sagte mißbilligend: »Lieber Charles, man sollte nicht glauben, daß du im Krieg und noch dazu hier in Senlis, einem wahrhaften Märtyrerstädtchen, lebst, dessen Bürgermeister erschossen wurde, das die Deutschen kommen und gehen sah und voll von Verwundeten liegt. Wo ist Suzette also hingegangen? Sie zupft Charpie für das Lazarett, hilft den Küchenschwestern Kartoffeln schälen und näht Hemden für unsere Braven. Auch Louise Duclerc und Dauphine Amère, Germaine Cailleux und Charlotte Louat«, sagte sie triumphierend, »ihre früheren Mitschülerinnen, sind dort und machen Vaterlandsdienst.«

Herr Bonmarché verzog seinen Mund. »Wenn Suzette mir helfen wollte, die Listen für den eingezogenen Herrn Marcel und seine Postagentur zu führen, wäre das gleichfalls Vaterlandsdienst«, entgegnete er scharf.

»Marcel – Marcel – ich weiß, was du denkst«, keuchte Frau Léontine. »Du denkst, seit der alte Buvardier tot ist und das Postamt durch den jungen Marcel nur provisorisch verwaltet wird, du könntest dich selbst, mein Lieber, auf einfache Weise in die Anwartschaft dieser Sache setzen. Habe ich recht oder nicht? Entweder fällt Herr Marcel wie so viele, dann bist du der nächste dazu – oder er kommt nach Hause zurück und wird dein Schwiegersohn, dieser Esel mit den ungewaschenen Wackelohren und dem grindigen Stottermund.«

»Man sollte nicht glauben, daß du im Krieg, noch dazu in Senlis lebst, einem wahrhaften Märtyrerstädtchen«, sagte Bonmarché, höchst pathetisch. »Sonst würdest du wohl nicht so unehrerbietig von einem Frontkämpfer reden. Aber ich weiß genau, was du denkst«, fuhr er, sie imitierend, in schreiendem Tonfall fort. »Du siehst dich bereits als Schwiegermutter von François Duclerc oder Gaston Amère, mit denen du dann zusammen auf deinen Bruder herabblicken kannst, diesen Pfandleiher, den sie alle verachten, weil er tüchtiger war als sie.« Er sah die Schwester durchdringend an und fuhr mit leiserer Stimme fort: »Aber während wir uns hier streiten, Beste, bekommt sie weder Marcel noch Gaston oder irgendein anderer, den wir uns wünschen, sondern« – sein merkwürdig hohes Organ sank nun zum Flüstern herunter – »unsere Drossel wird still und heimlich mit allerlei Beeren gefüttert, die den Käufer erstaunen werden, der sie später einmal tranchiert.«

»Ich verstehe dich nicht –«, sagte Léontine mit angestrengtem Gesicht. »Drücke dich einfacher aus!«

»Nun gut, Léontine. Ich dulde es nicht, daß meine Tochter verführt wird, ohne daß sie es weiß. Und zwar verführt und verdorben durch den Umgang mit dieser verrückten Hortense, auf den du so stolz bist, du Schaf. Oder willst du mir weismachen, daß Suzette sich keinen Augenblick bei ihr aufhält, wenn sie Verbandzeug, Charpie und Hemden auf dem Wege zum Lazarett bei ihr abholt und in ihr Körbchen sortiert? ,Tritt näher, mein Kind. Wie schön, daß du kommst – ich habe gerade daran gedacht, noch ein paar Pfirsiche abzupflücken, um sie dir mitzugeben. Begleitest du mich in den Garten, mein Herz? Dort steht die Leiter, ich halte sie fest, du weißt es ja, daß der Cul mich behindert, bis in die Zweige zu klettern. Auf dem Rückweg kommst du doch hier vorbei? Ich will dir das Häkelmuster erklären, das du neulich bewundert hast.' Begreifst du denn nicht«, rief Herr Bonmarché und schlug mit der flachen Hand vor die Stirn, »was hier gespielt wird, mein Kind?«

Léontine sah ihn erwartungsvoll an; ihr Gesicht war, wie das einer Schülerin, erstaunt und ängstlich zugleich, als solle sie eine Aufgabe lösen, deren Wortlaut sie nicht verstand. »Nun ja, mein Lieber«, stotterte sie. »Es ist sehr eigenartig, gewiß, daß Herr de Chamant mit dem Ausbruch des Krieges seine Tochter wie eine Gefangene hält und sie zwingt, die älteste Garderobe seiner durchgegangenen Frau zu tragen, damit sie nicht ausfliegen kann. Mein Gott, Hortense ist nun dreißig Jahre alt und, wie man sagt, ohne Fehltritt geblieben. Die Geschichte mit dem jungen Benoît ... Das Gerede von ihrem maßlosen Hochmut hörte dann danach auf –, aber ich glaube noch immer, daß sie später den Schleier nimmt. Was soll sie denn auch an Suzette verderben? Ich begreife dich wirklich nicht.«

Herr Bonmarché blickte sie mitleidig an. »Ihre Einbildung, teuerste Léontine. Ihre Gefühle und ersten Wünsche, ihren Geschmack an den Männern und ihre Phantasie.«

»Suzette hat durchaus keine Phantasie«, sagte die dicke

Frau, »so wenig wie du und ich. Das liegt nicht in unsrer Familie.«

»Aber in der ihrer Mutter«, erwiderte Bonmarché. »Denke doch an Elize!«

»Elize war eine Schwärmerin, Charles, weil sie an Auszehrung starb. Diese Krankheit bringt das oft mit sich, aber Suzette ist gesund. Sie hat Blick für die Wirklichkeit, ganz wie du, und ist von einer erstaunlichen Selbstsucht, die ihr jederzeit hilft, an das Ziel zu gelangen, das sie sich vorgesetzt hat.«

»Dann wird es also schon schwierig sein, ihr den Umgang mit dieser Hortense zu verbieten«, murmelte Bonmarché. »Man könnte ihn ihr höchstens verleiden, aber ich weiß noch nicht, wie.«

»Und ich sehe noch immer nicht ein, weshalb«, sagte die Schwester eigensinnig und blickte ihn kampflustig an. »Hortense gehört zu den besten Familien, und Herr de Chamant wird, wie man erzählt, bei der nächsten Wahl Deputierter werden –.«

»Für seine klerikale Partei«, ergänzte ihr Bruder ironisch. »Doch einerlei. Ob du begreifst oder nicht, die Sache muß ein Ende haben. Sie paßt mir ganz einfach nicht.« Er erhob sich und ging mit gereizten Schritten in dem Gartensaal auf und nieder. Der Regen, der jetzt an Heftigkeit nachließ, schien an Beständigkeit zuzunehmen und durchtränkte Himmel und Erde mit grauem, diffusem Licht. Es war unerträglich stickig und schwül in dem verhangenen Sälchen, welches, sobald man die Fenster schloß, seinen Eigengeruch verströmte – eine Mischung aus dem Inhalt der Schübe von Léontines Schränkchen, einem gedrechselten goldenen Ding mit Spiegelglasscheibenaufsatz: den außerordentlich haftbaren Duft von alten Keksen und Mottenkugeln, Glacéhandschuhen und Spitzenschals, die nicht mehr getragen wurden. Vor diesem Schränkchen blieb Bonmarché stehen und trommelte mit nervösen Fingern gegen den Scheibenaufsatz. Ein verrückter Gedanke, noch viel zu vage, um konkrete Gestalt anzunehmen, bemächtigte sich seiner und machte ihn leise schwanken, als ob er getrunken hätte. »Du sagtest, sie ist nun fast dreißig Jahre, Fräulein Hortense de Chamant?« fragte er in den Spiegel hinein, ohne sich umzudrehen.

»Es fehlt nicht viel.«

»Und hübsch ist sie nicht?«

»Wie man will. Der Geschmack ist verschieden«, erwiderte Léontine. »Für meine Begriffe –«

Herr Bonmarché krächzte und drehte sich nach ihr um. »Sie ist wohl zu mager und kann einen Kragen um ihre Taille legen? Ihre Hüften sind schmal wie die eines Jünglings, und die Augen sind viel zu groß?« Das erstaunte Gesicht seiner Schwester bemerkend, lachte er spöttisch auf. »Nein, nein, ich kenne das Fräulein nicht, aber da sie nicht dein Geschmack ist, wird sie wohl das Gegenteil von dir sein, teuerste Léontine.«

»Sie ist auch das Gegenteil von Suzette«, sagte Léontine beleidigt. »Und wenn dir deine Tochter gefällt, mußt du begreiflicherweise Hortense außerordentlich häßlich finden.«

»Ich habe als Vater kein Urteil darüber, ob Suzette einmal hübsch werden wird«, erwiderte Bonmarché steif. »Auf jeden Fall ist sie es heute noch nicht – dieses dicke, unreife Kind mit den grünen Stachelbeeraugen.«

»Dick! Dick!« ereiferte sich seine Schwester. »Sie hat die weichste, weißeste Haut, die mir jemals begegnet ist.«

»Die haben alle mit rotem Haar«, sagte Bonmarché ungerührt.

»Suzette ist nicht rothaarig, lieber Charles, sondern hat herrliches, volles Haar von der Farbe des Mahagoniholzes«, schwärmte Frau Léontine.

»Man könnte denken, sie sei dein Geschöpf«, erwiderte

Bonmarché. »Aber an ihrem Augenaufschlag und dem gezierten, frömmelnden Wesen«, fuhr der frühere Pfandleiher fort, »haben ebenso gut die Nonnen und besonders die Oberin ihren Anteil, wie du ihn an ihrer weißen Gesichtshaut durch deine Mixtürchen hast. Und wenn sich nun noch dieses Fräulein Hortense mit seinen Künsten einmischt ...«, er brach ab und versetzte dem goldenen Schränkchen einen verächtlichen Stoß, der es zittern und klirren machte. »Öffne das Fenster«, sagte er herrisch. »Der Regen hat aufgehört. Nein, laß' es noch eine Weile geschlossen, damit uns niemand belauscht. Schließlich bist du doch eine Frau und müßtest mich verstehen«, flüsterte Bonmarché, »obwohl du trotz deiner Ehe, oder wahrscheinlich gerade deswegen, ein Kind geblieben bist.«
Léontine sah ihn mit offenem Mund gehorsam und demütig an. »Und was verlangst du von mir, lieber Charles?« fragte sie unterwürfig.
»Ich möchte wissen«, begann er zögernd, »wie sie eigentlich lebt, dieses Fräulein Hortense. Ihre Gewohnheiten: wann sie die Messe oder das Kloster besucht, ob sie ab und zu Luft schöpft, einen Spaziergang und Einkäufe in der Nähe des Hauses und zu welcher Stunde sie solche macht -- Ein jedes Mädchen braucht einmal Nähgarn, ein paar Stricknadeln oder ein Stückchen Spitze«, wehrte er rasch und gereizt den Einwand Frau Léontines ab, den er schon kommen fühlte. »Übrigens wüßte ich nicht, wie ihr Vater, der den ganzen Tag über Land ist, um Schweine zu kurieren, das Fräulein einsperren sollte. Einen Cul zieht man aus; drei, vier Taftunterröcke läßt man einfach zur Erde fallen; Besätze, Samtbänder, Schleifen, Pailletten und Straußenfedern am Blusenausschnitt trennt jede Stickschere ab.«
»Aber Hortense ist, wie man erzählt, ein viel zu gehorsames Kind«, erwiderte Léontine. »Außer zur Frühmesse

morgens um sechs setzt sie keinen Fuß aus dem Haus. Was sie zur Wirtschaft braucht, bringt ihr der Vater in seinem Kutschwagen mit, und Kleinigkeiten besorgt ihr Suzette, wenn sie vorüberkommt. Eigene Kleider besitzt Hortense nicht, um unter die Leute zu gehen.«

»Sehr interessant«, sagte Bonmarché mit geweiteten Nasenflügeln. »Und wenn der Alte nach Hause kommt, empfängt ihn seine gehorsame Tochter als Frau de Chamant, Léontine ?«

Seine Schwester sah ihn argwöhnisch an. »Du hast eine Art zu fragen, Charles ...«, sagte sie vorwurfsvoll. »Es ist noch niemand dabeigewesen, wenn ihn Fräulein Hortense empfängt.«

Herr Bonmarché lachte schallend auf. »Das hast du hübscher ausgedrückt, Beste, als du selber beurteilen kannst«, sagte er maliziös. »Um so besser. Bedauerlich für einen Mann, wenn seine Frau oder Schwester alles versteht, Léontine.« Er hob ihr, klirrend vor Übermut, das verfettete Kinn in die Höhe. »Ich mache noch einen kleinen Spaziergang, die Luft muß jetzt wundervoll sein«, sagte er, gut gelaunt.

»Du wirst doch nicht etwa bei Fräulein Hortense einen Besuch machen wollen ?« fragte Léontine besorgt.

»Aber nein – wie kommst du darauf, meine Liebe ?« gab er, ehrlich erstaunt, zurück.

Seine Schwester sah ihn von unten her halb stolz, halb mißtrauisch an. »Dir ist alles mögliche zuzutrauen«, sagte sie dann gequetscht. »Du bist noch immer der kleine Schelm, der du als Junge schon warst«, fügte das lächerliche Geschöpf mit sklavischer Liebe hinzu. Sie erhob sich, holte das Küchenmesser aus ihrer Schürzentasche, wo sie es während ihres Gesprächs mit dem Bruder aufbewahrt hatte, und richtete ihre Gedanken von neuem auf das fehlende Bohnenkraut. »Ich gehe noch einmal zu meinem

Beet«, sagte sie aufgeräumt. »Wenn Suzette inzwischen zurückkommen sollte –«

»Bin ich gleichfalls nicht mehr im Hause«, ergänzte Herr Bonmarché. »Aber das tut nichts. Suzette wird, wie immer, durch irgendein Fenster steigen. Ich kenne dieses Kind.«

Sie verließen beide das Sälchen über die Gartentreppe, die dicke Frau schloß von außen zweimal die Glastür ab und schob vorsichtshalber den Schlüssel unter die Vorlegematte. Herr Bonmarché ging um das Haus herum und betrat den Flur durch die Vorderseite, nahm den Hut von dem Garderobenständer und holte seinen Stock aus dem Rachen eines ausgestopften Gorillas mit tückischen Glimmeraugen ...

Keine fünf Minuten danach bewegten sich die Chinoiserien eines von Frau Elize in junger Ehe bemalten Kaminschirmes, der das Gartensälchen verzierte, und Suzette schob den Ständer zur Seite, der sie verborgen hatte. Ein fünfzehnjähriges junges Mädchen mit aufgegangenem Zopf kam zum Vorschein und blickte sich vorsichtig um. Das zerraufte Haar aus der Stirn zurückschiebend, verschränkte es beide Hände spielerisch hinter dem Nacken und ging, indessen die jungen Brüste mit furchtloser Keuschheit den dünnen Stoff seiner weißen Mullbluse spannten, auf den Scheibenaufsatz des Schränkchens zu, wo Suzette mit hochgeröteten Wangen vor ihrem Spiegelbild stehen blieb und es neugierig wie eine Fremde prüfte, die sie zum erstenmal sah.

Ihre grünen Augen, noch voller Unschuld wie die Lichter blutjunger Katzen, sprühten gefährliche Funken; die glatte, milchweiße Kehle stieg aus dem Kragenbündchen, als wolle sie es sprengen, und ihre vollen, stämmigen Beine drückten sich an den kleinen Goldschrank, der leise zu schaukeln anfing. Dann schnitt Suzette ihrem Spiegelbild eine ungeduldige Fratze und zog aus dem obersten Schubfach Bürste und Kamm hervor, eine Schachtel mit Reispuder, halb schon verbraucht und nachlässig eingerissen, und eine Hasenpfote. Sie begann, sich schweigend und heftig zu bürsten und griff dann nach dem Kamm. Ihr dichtes ungebärdiges Haar, das beim Bürsten geknistert hatte, hielt die Kammzähne immer wieder mit eigensinnig verfilzten Knoten, die sie zornig herausriß, auf; sie gab dabei jedesmal einen kleinen, schmerzlichen Laut von sich und stampfte mit dem Fuß. »Wenn Papa und die Tante wüßten –!« sagte sie, während sie rasch ihren Zopf wieder zusammenflocht. Sie stopfte das Ende geschickt in den Mund und faßte es mit den Zähnen, entnahm dem Kamm einen Büschel Haare, mit welchem sie es umwikkelte, und steckte ihre Frisur. Hierauf, mit der gleichen Unachtsamkeit, begann sie sich zu pudern und war bald vollkommen weiß im Gesicht wie ein mehlüberstäubter Clown.

»Hortense muß mir einmal zeigen, wie man es macht, elegant zu sein«, sagte sie vor sich hin. Sie zog eine zweite Schublade auf, die Glacéhandschuhe enthielt, und legte ein fliederfarbenes Paar prüfend an ihren Arm. »Sie werden zu eng sein, denke ich mir«, fuhr sie in ihrem Selbstgespräch fort, »denn meine Mutter war dünn wie Schilf, sagt Tante Léontine.« Sie seufzte. »Ich sollte Essig trinken und mein Korsett fester schnüren, damit ich Hortense gefalle, meiner geliebten Hortense. Mir den Umgang mit ihr verbieten zu wollen!« – Sie stieß ein verächtliches Lachen durch ihre geblähte Nase und runzelte die Stirn. »Ein guter Einfall, mich hinter dem Schirm zu verstecken, als ich nach Hause kam, he! Obwohl ich im Grunde nichts anderes wollte, als die Handschuhe meiner Mutter stehlen, um welche ich Tante Léontine vergeblich gebeten hatte. Welches Glück, daß ich weiß, was Papa mit mir vorhat – dieser trockene, hämische Schuft. Ich hasse ihn. Oh, wie sehr ich ihn hasse und ewig hassen werde, obwohl ich weiß, daß der Haß eine Sünde und die Liebe für ein junges Mädchen wie mich etwas Verbotenes ist, wenn der Vater sie nicht bestimmt. Marcel! Was sagte die Tante von seinen Eselsohren und dem grindigen Stottermund? Mein Gott, so häßlich ist er zwar nicht, besonders in Uniform, und er hatte, als er neulich vorbeikam, um uns Adieu zu sagen, eine Art, mir die Hand zu küssen ...« Sie hob ihren heißen Arm an die Lippen, drehte das Handgelenk langsam nach außen und ahmte Marcels Liebkosung nach: gespannt, mit innerer Aufmerksamkeit und der gleichen Nüchternheit, sich zu betrachten, wie sie sie eben erst vor dem Spiegel überraschend bekundet hatte. »Aber nein – ich will ihn nicht. Nicht Marcel, noch François Duclerc oder Gaston Amère ... überhaupt keinen einzigen Mann; besonders dann nicht, wenn ihn Papa mir heimlich ausgesucht hat. Auch Hortense, davon bin ich fest überzeugt, haßt ihren Vater und wünscht ihm den Tod, damit sie ausgehen kann. Selbst Pierre Rousselot und René Le Grand, der junge Louat und sein älterer Bruder – sie alle verabscheuen ihre Väter, diese kalten, geizigen Männer, welche von ihnen verlangen, daß sie nicht nur die Phrasen nachplappern sollen, die ihnen vorgesagt werden, sondern auch noch mit dem eigenen Blut ihre kläglichen Wünsche ernähren, die um nichts als um Sicherheit kreisen ... Aber ich schlage Papa ein Schnippchen, so wahr ich Suzette Bonmarché heiße und Hortense meine Freundin bleibt.«

»Hier ist es. Da wohnt sie also, das Fräulein Hortense de Chamant.« Herr Bonmarché stand vor der Gartenmauer und betrachtete, scheinbar als Altertumskenner, das in den steinernen Bogen eingelassene Tor. »Ein Schlitz für die Zettel und Briefe der Bauern, die den Doktor zu seinen Patienten bestellen – – wenn das Gefängnis vollkommen ist, wird innen ein Kasten sie auffangen müssen, zu dem er den Schlüssel hat.« Er bückte sich, brach einen kleinen Stein aus der zerklüfteten Mauer und warf ihn in den Schlitz; es gab einen dumpfen, polternden Ton, wie er erwartet hatte. »Welch hübscher Türklopfer«, sagte er und hob eine hölzerne kleine Hand mit gekalkter Manschette hoch, die als Griff einen eisernen Ring bewegte, der schon völlig verrostet war. Er ließ ihn vorsichtig wieder zurück auf die gerippte Türfüllung fallen und schlenderte harmlos weiter. »Wie Suzette wohl hier hineinkommen mag? Wahrscheinlich von dem Klosterhof her«, dachte er angestrengt. »Soviel ich weiß, nimmt der Dogcart Chamants alltäglich diesen Weg.«

Er hatte recht. Das Besitztum Chamants war ein Quergebäude des Schwesternhauses und bildete einen Teil der früheren Klausur, welche mit ihren Fenstern dem Wirtschaftshof abgekehrt war und in den Garten ging; das heißt, weniger in einen Garten als in einen Laubengang, dessen Wände von hochgezogenen Trauben und Spalierobst gebildet wurden. Einige Stockrosen, Goldlacknester Resedenkissen und Königskerzen, die von selber im Sommer wiederkamen, vervollständigten ihn. Von der Wohnung Chamants zu dem jetzigen Klostergebäude der Benediktinerinnen führte kein Durchgang mehr, denn der Flur, der die Zellen der Nonnen mit der Kapelle verbunden hatte, war heute zugemauert; doch drang durch die eingezogenen Wände noch manchmal Orgelspiel und Gesang – geisterhaft unwirklich wie die Sage von einer versunkenen Stadt. »Weiß der Teufel, ein prachtvoller kleiner Harem«, setzte Bonmarché mit belebter Miene seine Betrachtungen fort. »Ob man nicht wenigstens einen Blick in den Garten riskieren könnte?« Er umkreiste das Anwesen Herrn de Chamants wie ein liebebedürftiger Kater und suchte sich alle Möglichkeiten ganz genau vorzustellen. »Die Gartenmauer ist viel zu hoch; doch von dem zwischen das Nonnenkloster und Chamants Besitzung gezwängten Haus da müßte es wohl oder übel einen sparsamen Ausblick geben.« Es war eine grauschwarze, schmale Wand, die er jetzt musterte; nicht viel mehr als ein Schlauch, der in jedem Stockwerk ein einziges Fenster und auch dies nur mit Anstrengung aufwies; die Kaminschlote schienen wie dürre Beine einander auf die Füße zu treten und sich den Platz auf dem Giebel streitig machen zu wollen. »Sieh da –!« Er faßte mit flatternden Händen nach seinem Zwickerschnürchen und setzte den Klemmer auf, beugte sich gegen ein kleines Porzellanschild, auf welchem in schräger Zierschrift einige Worte standen, rümpfte hierauf befriedigt die Nase und ließ den Klemmer mit leisem Schnurren wieder heruntertanzen. »Jean Auvertin, Hemdenmacher ...«, sagte er vor sich hin.

Nicht lange danach betrat er mit raschem Entschluß Auvertins kleine Bude, wo der Hemdenmacher mit seinem Gesellen vor einem Berg Wäsche saß. Der Mann nahm den Fuß von der Nähmaschine und kam Bonmarché höflich entgegen.

»Ich höre, Sie fertigen Hemden aus eigenem Stofflager an?« fragte derselbe und fügte eilig, als fürchtete er, eine Absage zu erhalten, hinzu: »Der Preis ist mir einerlei. Nehmen Sie Maß. Nächste Woche fahre ich nach Paris und brauche dringend ein halbes Dutzend gestreifter Oberhemden.«

»So rasch wird das kaum gehen, mein Herr«, sagte der Schneider zögernd. »Sie sehen, ich habe nur einen Gesellen, den anderen hat man mir eingezogen; doch will ich mein möglichstes tun. Der Krieg –«, er zuckte bedauernd mit seinen Hängeschultern und legte bereits Herrn Bonmarché das Maßband um den Hals.

»Können Sie sehen, Meister?« fragte der neue Kunde und sah zum Fenster hin.
»Sehr freundlich«, sagte Herr Auvertin und folgte unwillkürlich dem Blick seines eigenwilligen Auftraggebers, wobei er, Zahlen und Maße vor sich hinmurmelnd, nach dem Notizbuch griff, das auf der Tischkante lag.
»Sie haben wenig Licht bei der Arbeit«, bemerkte Herr Bonmarché.
Der Schneider sah ihn argwöhnisch an. »Sie können versichert sein, daß jeder Stich an der richtigen Stelle sitzt«, erwiderte er gekränkt.
»Natürlich, natürlich!« beeilte sich Bonmarché zu beteuern. »So war es nicht gemeint.« Er drehte krampfhaft den Kopf nach dem Fenster und fragte beiläufig: »Dieser Garten gehört wohl Herrn de Chamant?«
»Das kümmert mich nicht«, sagte Auvertin. »Aber wollen Sie jetzt, bitte, den Stoff, den Sie verarbeitet wünschen, aus den Regalen nehmen? Ich habe die allerfeinsten Muster und bin vorbildlich eingedeckt.« Er holte einige Ballen, die Bonmarché ihm bezeichnet hatte, und trug sie an das Licht.
Der Kunde begann seine Ware über den grünen Klee zu loben und schien unschlüssig, welchen aus dieser Fülle einwandfrei schöner Stoffe er eigentlich wählen sollte. Indem er noch bald die eine, bald die andere Ware prüfte und angestrengt in den Garten schielte, bemerkte er plötzlich ein Huschen und Blitzen, das wie Licht und Schatten an den Spalieren vorüberstreifte – fast körperlos und kaum unterschieden von Blättern oder Gras.
»Fräulein Hortense de Chamant –!« wisperte eine Stimme neben Herrn Bonmarchés Ohr, und die Hand des Schneidergesellen deutete in die Tiefe. »Sie fragten doch nach ihr?«
»Sehr interessant«, sagte Bonmarché mit dem Anschein völliger Kälte. »Was ist mit dieser Dame?«

Der Geselle war schon wieder zurück an seinen Platz gegangen und bewegte die Nähmaschine; ihr einförmig trockenes Rattern überdeckte seine gemurmelte Antwort und machte sie ebenso wesenlos wie die Erscheinung des Mädchens, welches soeben Herrn Bonmarchés Augen wie eine Scherbe geblendet hatte, in der sich ein Lichtstrahl fing...

War sie verschwunden? Witterte sie, daß sie jemand beobachtete? Hatte sie Schutzfarbe angenommen wie ein von dem Jäger verfolgtes Tier, oder verwandelte sie sich wie Daphne in einen verästelten Baum? In ihrem resedenfarbenen Kleid stand Hortense mit klopfendem Herzen an dem früchtebeladenen Pfirsichspalier und legte die Hand auf die Brust, die sich angestrengt senkte und hob. Sie mußte rascher gelaufen sein, als es ihr Mieder erlaubte und das Gewicht ihrer Röcke zuließ, denn feiner Schweiß stand wie Tau auf ihrem blassen Gesicht. Es war nach dem kurzen heftigen Regen schon wieder schwül geworden; die Erde, das Gras und die Blumenrabatten dampften von Fruchtbarkeit. Eine blaugelbe Raupe mit haarigem Rücken wanderte mit geduldiger Eile den Stamm eines Pfirsichbäumchens empor und schien dem Mädchen, weil alles den Atem und die Bewegung anhielt, wie ein Verräter zu sein; wie eine Magnetnadel, welche beständig auf etwas Verborgenes zielte, oder ein Finger, der Räuber und Diebe auf ihre Gedanken hinwies. Sie streckte die Hand aus und rührte sie an; sogleich ließ das Tierchen sich, tödlich erschrocken, ins Gras herunterfallen. Der Funke, den der große Topas an dem Ring der Dame ausgesprüht hatte, war bereits wieder erloschen; doch hatte er ausgereicht, um den Verfolger die Spur aufs neue finden zu lassen, die er verloren hatte. Er sah eine nymphenhaft zarte Gestalt, einen Nacken, über welchem die Haare von mattem Braunblond hinaufgekämmt waren und dem freien Hals etwas merkwürdig Nacktes und Dargebotenes gaben, ein sehr bestimmt gekurvtes Profil von fast bestürzendem Hochmut und wiederum eine Rückenlinie, in deren leidendem Schmachten eine Welt von Sehnsucht verkörpert war, eine Dienstbarkeit, die sich schamlos nach Liebe und Grausamkeit verzehrte, ohne jedoch das Geringste von ihrem Stolz zu verlieren.

Der Fall jener kleinen blaugelben Raupe, deren Lebensbahn ihr Finger durchkreuzt und zu jäher Wendung angerührt hatte, schien Hortense befreit zu haben. Sie wandte sich rasch von der Pfirsichwand ab und eilte in das Haus. In dem puppenhaften Boudoir ihrer Mutter, das sie nun schweißübergossen betrat, schien seit Jahren nicht das geringste verändert oder verrückt zu sein. Die zyklamenfarbene Schäfertapete, vor deren unzähligen Tempelchen sich das ewige Spiel zwischen Mann und Frau eintönig wiederholte, bedeckte Plafond und Wände, ohne einer auch noch so schmalen Leiste zu gestatten, sie zu durchbrechen; das Zimmer erhielt dadurch den Charakter einer Hutschachtel, welcher durch Atlasschleifen am Garderobentisch, Spitzengardinen und Tüllwolken noch verstärkt und unterstrichen wurde. Zwischen zwei alten Vasen von zweifelhaftem Kunstwert, die die Kaminplatte zierten, standen, die bronzene Stutzuhr flankierend, einige Photographien in farbigen Glasrähmchen, deren Ecken mit Muscheln ausgelegt waren. Sie zeigten in verschiedenen Posen das Bild einer reizenden jungen Frau, der Hortense zum Verwechseln ähnlich war; nur, daß die Dargestellte des Adels, doch auch jenes Hochmuts ermangelte, der die Tochter von ihr unterschied, sondern den Schmelz ihrer jungen Büste, wie eine eitle, arglose Taube ihr schwellendes Gefieder, gedankenlos vor sich hintrug. Vor diesen Bildern blieb Hortense stehen und betrachtete sie versunken, indessen ihre Finger mechanisch mit den

Knöpfen der Bluse spielten und sie zu lösen begannen. Eine unberührte, fast stumpfe Haut mit dem ermatteten Glanz von edlen, in der Knospe schon welkenden Treibhausrosen leuchtete aus dem Ausschnitt und verströmte den eigentümlichen Duft einer gepeinigten, großen Natur: süßlich und stechend zugleich.

Hortense ließ die Hände heruntersinken, kehrte sich von der Kaminplatte ab und ging mit geöffneter Bluse in dem Zimmerchen hin und her. Eine grenzenlose Verlassenheit lag über ihrer Erscheinung; mehr noch: ein tiefes Vergessensein von allen wirkenden Kräften des Lebens und seinen Möglichkeiten. Sie hob eine Stecknadel von der Erde und klemmte sie zwischen die Zähne, spießte sie in ein seidenes Kißchen auf dem Toilettentisch, blies ein Stäubchen von der pudergefüllten Dose und hauchte, sich niedersetzend, gegen das Glas des Aufstellspiegels, der schon von jeher, Gott wußte warum, einen rostigen Flecken zeigte. Sie langweilte sich. Wie lähmendes Gift lief die Langeweile durch ihre Adern und drohte sie zu ersticken. Sehr fern schlug die Turmuhr der Kathedrale und nahm sich zwischen den einzelnen Schlägen eine unendliche Zeit; ihre Töne waren wie Katarakte, die aus dem drohend geöffneten Wehr einer unbarmherzigen Ewigkeit in das winzige Zimmer drangen. Dieser steigenden Flut war nicht zu entgehen, das Mädchen fühlte es deutlich, und auch der krächzende Anschlag des Ührchens unter dem Glassturz, das sich nun mit geschäftiger Eile jenem Dröhnen entgegenstellte, änderte nichts daran, sondern glich dem insektenhaften Bemühen eines Menschen, welcher mit schartigem Messer an den Wänden seines Gefängnisses kratzt, um noch in letzter Minute einen rettenden Ausgang zu suchen.

Sie sprang wie eine Ertrinkende auf und duckte sich gleich danach wieder zur Erde, schob den geblümten Kreton zurück, der ihr Toilettentischchen umpannte und wie ein Sesam, während die Ringe des Vorhangs vertraulich rasselten, seinen Faltenwurf öffnete... und holte ein Kästchen darunter hervor, das sie verzweifelt und fast entsetzt an ihre Brüste hob. Es war, auf den ersten Blick schon ersichtlich, eine japanische Lackarbeit, eine Vexierschachtel, die ihren Inhalt nur erfahrenen Händen preisgab und erst aufsprang, wenn man gewisse Teile übereinanderschob. Eine Fülle von Briefen schüttete sich, als die Schachtel sich öffnete, ihr in den Schoß. »LUCIEN BENOÎT!« Der klagende Ton, mit dem dieser Name die Stille durchschnitt, glich einer Geisterbeschwörung, die aus den Tiefen der Erde eine Seele ans Tageslicht ruft. Hortense sah sein einfaches, dunkles Gesicht mit der ruhigen Stirn und den scharfen Augen, seine starken Hände, die still und geduldig auf den eckigen Knien lagen, als sie ihn anflehte, bei ihr zu bleiben, und den eigensinnigen, klaren Mund, den sie vergeblich mit ihren Küssen hatte zu siegeln versucht. Er war gegangen und hatte sie, wie sie sich sagte, mit der Fußspitze einfach zur Seite geschoben; er hatte ihre Tränen vergessen, ihre Drohungen überhört und ihre Schönheit für nichts geachtet, um einem anderen Ruf als dem ihren, einer neuen, alles verzehrenden Liebe mit der gleichen Bereitschaft zu folgen, die ihn zuerst vor ihr auf die Knie und hernach an das Herz jener süßen Gewalt, jenes schrecklichen Lichtes geworfen hatte, das Hortense unter Beben schon kommen fühlte, bevor es Lucien noch ahnte. Hortense war klug. Ihre weiblichen Sinne, durch viele Generationen verfeinert, hatten gelernt zu erraten, was die Tatsachen noch verschwiegen. Es war ihr ein leichtes, die unverstellten und fast unbeholfenen Briefe Luciens mit einem sechsten Sinn zu erfassen, der die innere Logik und das Gesetz der Aufeinanderfolge ihrer scheinbar gestörten Gefühle so bloßzulegen vermochte, daß ihre Mitte sich enthüllte; ihre harte kristallinische Form, zu welcher sich ihre erotischen Künste wie ein aus dem Wasser gefischter Seestern zu einem Rubin verhielten...

Nun begann sie in den Briefen zu blättern – ängstlich, als ob ihre Hände in warmer Asche wühlten, aus der noch immer ein Funke fahren und sie versengen könnte. Dies war der erste Brief, sie entsann sich, der sie damals erschreckt und in ihr ein Gefühl unausdeutbaren Schwindels, zugleich aber auch das Bewußtsein geweckt und seltsam bestätigt hatte, herausgefordert zu sein.

»Meine geliebte Freundin«, begann er, »mein Herz ist mir müde und schwer. Ein Kummer bedrückt mich, den ich nicht kenne; eine Angst erfüllt mich, die fürchterlich ist, weil sie keinen Gegenstand hat. Ich bin närrisch, Hortense, meine Hände glühen, mein Kopf ist zum Bersten gefüllt mit Gedanken, die ohne Zusammenhang sind. Wahrscheinlich bin ich ganz einfach krank vor Sehnsucht nach Deiner Schönheit –.« Und dann der entsetzlich nüchterne Satz: »Aber ich glaube es nicht. Verzeih mir, Geliebte. Ich bin ein Tölpel. Ich bin Deiner nicht wert, Hortense. Aber wenn Du jetzt in mein Zimmer kämest, wo ich Dir, über das Bett geworfen, unter Tränen zu schreiben versuche, ich sage, wenn Du jetzt vor mir stündest, vollkommen nackt, von dem Licht übergossen, mit welchem der Mond die vier Wände kalkt; nicht als Traumbild, sondern aus Fleisch und Blut – Du würdest entsetzt sein, weil meine Wünsche mehr als Dich selber suchen, Hortense; mehr als Deine Hingabe, die ich schone, Deinen Körper, den ich Dir selber bewahre ... nicht aus Enthaltsamkeit, meine Freundin, sondern – verzeihe mir dieses Wort – aus Begierde; aus einer Begierde, Hortense, welche sich fürchtet und davor zittert, von Dir gestillt zu werden, denn sie *will* nicht befriedigt sein; einem Durst,

der schon heute den Becher verschmäht, auf dessen Boden er sieht...«
Sie hatte darauf geantwortet, oh! Sie hatte den Handschuh aufgenommen, den der entsetzliche Unbekannte ihr in den armen, hilflosen Worten ihres gequälten Freundes entgegengeschleudert hatte.
Der nächste Brief: »Du bist stolz, Geliebte. Du schreibst mir, daß keiner Dich wert sei, den Dein Körper sättigen könnte. Du verbietest meiner Hand, nur den Saum Deines Kleidchens, mein Kind, zu berühren, bevor sie nicht schon bei dem bloßen Gedanken in Asche zerfallen wäre. Ich bitte Dich: Höre mich an, Hortense. Du weißt, ich habe in meinem Leben noch keine Frau umarmt – weder aus Neugier, geschweige denn aus Liebe. Es mag also sein, daß Du recht hast, mich mit Verachtung zu schlagen, weil ich – ich schwöre Dir, daß Du Dich irrst – nur zu verschmähen, zu unterschätzen und wegzuwerfen scheine, was ich nicht kenne, Hortense. [Mein Gott, was schreibe ich? Wegzuwerfen! Mein Verstand gehorcht mir nicht mehr.] Aber ich habe Dich einmal geküßt. Nur ein einziges Mal, und Du selbst, Geliebte, hast mir die Lippen geboten, diese sanften, grausam geöffneten Lippen, die, während sie mich streiften, alles verweigerten. Ich glaubte damals, es müsse der Tod oder die Ewigkeit sein, was sich anschickte, mich zu berühren; aber, ach, es war beides nicht. Vielleicht, wenn dieser Kuß sich erneuert, wenn ich Dir mehr noch entrissen und mein Herz nicht geschont haben würde, das Dich von nun an zu lieben beschloß – –. Ja, meine Freundin, so seltsam es klingt: Ich begann Dich von diesem Augenblick an mit einer Liebe zu lieben, die immer zärtlicher wurde, je mehr ich Dir entsagte...«
Sie stöhnte vor Wut in Erinnerung, diese Zärtlichkeit angenommen und sie mißdeutet zu haben. Seine verzweifelte Liebe zu ihr, die sie suchte und doch nicht suchte, seine

tapfere Flucht, die ihn mitten hinein in die Hölle ihrer rasenden Wünsche und katzenhaften Süchte geführt und dort den Rest ihres Stolzes in den Armen geborgen hatte wie ein hilfloses kleines Kind, hatten in ihr ein Gefühl der Rachsucht, das niemals gestillt worden war, hinterlassen und das Bedürfnis, die offene Rechnung mit jener Macht zu begleichen, an die sie ihn hatte verlieren und für immer hingeben müssen.
»Ich weiß alles«, begann ein folgender Brief, »was Du mir sagen könntest, Hortense, ich weiß sogar noch mehr. Es ist schrecklich, auf einen anderen Menschen eifersüchtig zu sein, auf ein Wesen von Fleisch und Blut – aber wo ist diese Frau? Es gibt sie nicht und wird sie nicht geben, denn ich weiß, daß nichts Schöneres auf der Welt ist, nichts Vollkommeneres als Du. Grausam und unmenschlich, Dir zu sagen: sei versichert, wenn irgendwo ein Geschöpf lebte, das schöner wäre, so würde ich es lieben; ich würde nicht aufhören, es zu begehren gegen alle Vernunft. Aber, vielleicht, ich weiß es noch nicht, suche ich überhaupt nicht die Frau. Ich, der ich noch nicht ihren Körper erkannt und mich nicht vermischt habe mit der Schönheit, nach welcher ich verschmachte, habe bereits übersprungen und hinter mir gelassen, was noch niemals mein Eigentum war. Denn ich liebe Dich nur, meine teuerste Freundin, um die Liebe selber zu lieben... Das ist die Wahrheit, die ganze Wahrheit, die ich noch nicht verstehe; die mich brennen macht, ohne mich zu verbrennen, die mich blendet, ohne mich zu verblenden – –.«
Und einige Zeilen darunter: »Aber, ach, ich tue Dir weh. Dein verwundbares Herz leidet doppelt, weil es grundlos zu leiden scheint; es quält sich nicht nur für sich allein, sondern auch für den anderen mit, der es peinigt, weil er selber gepeinigt, der es kränkt, weil er selber erkrankt ist und keine Hoffnung auf Rettung oder Genesung hat. Es

ist furchtbar, Hortense: Ich hoffe nichts mehr, ich habe mich aufgegeben. Und doch, so seltsam es klingen mag, bin ich auch wiederum nicht verzweifelt; ich bin ohne Hoffnung der Rettung gewiß, und ohne Gewißheit fühle ich schon einen unermeßlichen Trost. Ich liebe Dich...« Und dann jenes Wort, das ihre Wünsche wie mit dem Schwert erbarmungslos von dem lebendigen Leib ihrer Sehnsucht abgetrennt hatte: »Ich möchte Dich Schwester nennen.«

Seine nächsten Briefe, die wieder ruhiger, ja heiter und zärtlich waren, hätten ein weniger wachsames Herz als das ihrige einschläfern können, wenn nicht dieser Ausdruck »Schwester« und die Bitte, sie so nennen zu dürfen, sich in allen Wendungen wiederholt und Hortense mit Deutlichkeit auf die Gefahr und deren Gestalt hätten hingewiesen – eine Gefahr, die bald nicht mehr form- und wesenlos bleiben würde.

»Ich habe ein Buch gelesen, Hortense«, hieß es in einem der folgenden Briefe, »vielmehr, ich nenne es vorläufig ‚Buch', weil ich kein anderes Wort für diese Memoiren weiß – nein, auch ein Tagebuch ist es nicht und keine Biographie, überhaupt nichts, wovon man den Eindruck hat, daß es aus Worten zusammengesetzt, mit Sätzen aneinandergefügt und nach bestimmten Prinzipien aufgebaut worden sei. Natürlich besteht es aus Worten und Sätzen, wie ein Mensch aus Armen und Beinen besteht, aus Haut und Haaren, Flüssigem, Festem, Mund, Nase, Ohren und Augen. Doch diese Bestandteile sind nicht er selbst und machen ihn nicht aus, ebensowenig wie Worte den Satz und Sätze eine Erzählung machen, geschweige denn dieses Buch, das ich meine – aber meine ich denn ein Buch? Verstehe mich recht: Ich bin keinem Sinn, den man auslegen könnte, darin begegnet; keiner Lehre, keiner Gebrauchsanweisung, doch auch nicht dem entzückenden Unsinn, der die Welt zu einer farbigen Fabel, einer melodischen Lüge macht, die keine Wirklichkeit hat. Ich bin der Gestalt einer Flamme begegnet in ihrer Unbedingtheit, in ihrem verzehrenden Eifer, der neben sich nichts duldet, was kälter ist als sie. Eine solche Flamme, ebenso rein wie schrecklich in ihrem Dasein, verlangt ständig nach neuer Nahrung, mit der sie sich erbaut; sie gleicht darin der Gestalt einer Welle, die stets mit frischem Zustrom gespeist wird und doch immer sie selber bleibt. Aber während die Welle sich damit begnügt, sich beständig neu zu gebären, verwandelt die Flamme, was sie ergreift, in ihr eigenstes Wesen, Hortense. Und sie hat mich ergriffen. Höre mir zu und bleibe stark, meine Schwester: Ich gehöre mir schon nicht mehr. Aber wenn ich mir selber nicht mehr gehöre, wie könnte mich dann ein anderer Mensch als Eigentum besitzen?«

Diesem Brief, dem grausamsten unter allen, weil er aussprach und doch verhüllte und den Gegenstand jener Liebe, welche Lucien von nun an erfüllte, noch nicht mit Namen nannte, hatte Hortense mit scheinbarer Großmut ein volles Echo gegeben. Sie schenkte Lucien sofort die Freiheit von jeglicher Bindung an sie zurück und entließ ihn, ihrem Wesen entsprechend, so vollkommen und in dem gleichen Grade der Abstoßung, wie die neue Begegnung ihn angezogen hatte, so daß der Arglose glauben mußte, von Hortense verstanden zu sein.

»Ich habe mich nicht getäuscht, Hortense«, schrieb er damals, »daß Du die einzige bist, der mein Herz sich eröffnen kann, denn wir haben die gleiche Natur. Diese Natur, so sind wir geschaffen, befiehlt uns nicht nur, schlechthin zu lieben, sondern sie drängt uns, je mehr wir ihr folgen, zur Unersättlichkeit. Alles zu schenken und zu empfangen, bedeutet das Gleiche für uns. Wenn wir wählen, wählen wir wiederum alles; wenn wir uns einmal entschieden haben, ist es für immer, Hortense. Daß die Liebe ewig ist, wußten wir längst – aber daß auch ihr Gegenstand ewig sein muß, um uns Unvernünftigen zu genügen, hat jene andere Frau mich gelehrt, die Deine Rivalin ist.«

Beim Lesen erinnerte sich Hortense der entsetzlichen Eile, mit der ihre Augen das Briefblatt überflogen und ihr Herz diese Frau zu hassen oder so zu lieben beschlossen hatte, daß Luciens überschwenglicher Anspruch an sie vernichtet worden wäre – doch schon die folgenden Zeilen enthüllten der tödlich Beleidigten damals, wie gleichermaßen vergeblich sowohl Haß wie Verführung war.

»Du kennst meinen Schulkameraden Pierre Loux«, war der Briefschreiber fortgefahren, »welcher seit einigen Monaten das Seminar der Missionen besucht und im Auftrag der Weißen Väter in Afrika wirken wird. Vor etwa drei Wochen kam er hierher, um seine schwerkranke Mutter auf dem Sterbebett zu besuchen und von ihr Abschied zu nehmen; bei diesem traurigen Anlaß begegneten wir uns wieder. Er war noch immer der scheue, fast mädchenhafte Junge mit den eisernen Handgelenken, die ihn zum Staunen sämtlicher Lehrer auf der Schule befähigt hatten, der beste Turner zu sein. Wir kamen ins Reden: Dieses und Jenes; erinnerst-du-dich? und wie es so heißt, wenn man mit einem anderen Menschen nicht mehr als nur die Vergangenheit hat – bis er mich plötzlich in einer spröden und gleichzeitig listigen Art von Überrumpelung fragte, ob ich eigentlich glücklich sei. Ausweichend, aber im tiefsten getroffen, entgegnete ich, woher – Gott im Himmel – ein Mensch wie er die Berechtigung zu jener Frage nehme, der dem Glück in jeglicher Form doch abgeschworen habe. ‚Ich? Abgeschworen dem Glück?' fragte er heftig zurück und packte mich an den Händen wie damals, als er wettete, jeden Gegner innerhalb einer Minute zu Boden zwingen zu können. ‚Wenn ich wüßte, wo es ein Leben gäbe, das mich noch glücklicher machte als meines, so ließe ich alles bisherige fahren – doch das verstehst du wohl nicht. Ich dagegen: ‚Wenn dich einer versteht…‘ Er ließ meine Hände los, trat zurück und maß mich mit einem Blick, Hortense, der mich traf wie der Hammerschlag, der ein Metall auf seine Beschaffenheit prüft. ‚Bist du fertig mit deinem Studium?‘ fragte er sachlich und kühl. ‚Ein ausgelernter Giftmischer. Ja‘, erwiderte ich erstaunt. ‚Gut, komme mit mir in die Missionen. Die kleine Bihira erwartet dich dort im Namen ihrer Brüder‘, sagte er merkwürdig trocken und ohne jedes Pathos, als schlüge er mir beiläufig vor, einen Apéritif zu trinken. ‚Die kleine Bihira?‘ Mit einer Bewegung, welche mir deutlich zeigte, daß sie oft von ihm ausgeführt wurde, holte er ein vergriffenes Photo aus seinem Jackett hervor. Ich möchte es Dir auf den Knien beschreiben oder mit einem einzigen Wort, das die Grenzen der Sprache sprengt. Und doch war das, was ich damals erblickte, um es niemals mehr zu vergessen, so einfach wie eine Blume mit ungefülltem Stern; es war das Gesicht einer jungen, bereits verstorbenen Nonne, das von dem wandernden Licht eines Lächelns [wie andere Gesichter von Fleisch, von Augen, Lippen und Haaren] erbaut war und sich mit diesem seltsamen Lächeln gleichzeitig gab und entzog. Schilt mich nicht einen Phantasten, Hortense, wenn ich Dir sage, daß jenes Lächeln an keiner Stelle zu haften und keinem der Organe, die wir als Sitz der Gefühle betrachten, anzugehören schien. Wer die Augen lächeln zu sehen glaubte, kehrte erschrocken den eigenen Blick von ihrer furchtlosen Tiefe ab, auf deren Spiegel er als ein Nichts zurückgeworfen wurde; wer die Süße der Lippen betrachtend liebkoste und bei ihr zu weilen wünschte, verbrannte an einer Trauer, die wie tropfendes Opferblut war. Aber es lächelte, dieses Gesicht, das ich zuerst für das eines Ritters mit dicht umschließender Stahlhaube hielt; für den Kopf eines Kreuzfahrers; eines braven, aber verwegenen Schlingels von erhabener Heiterkeit. Diese Züge: geschlechtslos, unendlich einfach, mit der schnurstracks gezogenen Linie der Brauen und der reinen, gleichsam gesiegelten Stirn – – sie waren auch zeitlos wie die einer Schwester, die dem Bruder so innig vertraut sind, daß sie immer Gegenwart bleiben. Ich kannte sie. Besser: erkannte sie wieder als Fleisch von meinem Fleisch. Dieser Blick auf sie vermählte mich ihr in jener mystischen Zeitentiefe, wo in priesterlichen Königsgeschlechtern sich Bruder und Schwester lieben. Bedenke, Hortense, eine tote Nonne! Rede ich wahr oder wirr? Aber ich will versuchen, mich wieder zurückzufinden. ‚Bihira?‘ fragte ich noch einmal, während mein Herz einen Wirbel von erschreckender Eile schlug. ‚So nennen die Negerchristen und Katechumenen sie, die ihr Bild an die Bambuswand ihrer Hütten und an die Mauer der Räume heften, wo gelehrt und gepredigt wird. Du solltest ihre Memoiren lesen – den ‚Kleinen Weg der geistlichen Kindheit‘, der darin aufgezeigt wird.‘ Mein guter Pierre, dieser trockene Junge, auf dessen Lippen ein schmückendes Beiwort schon Lüge gewesen wäre, blickte mich mit verschmitztem Lächeln spöttisch und liebevoll an. ‚Ich selbst bin ein hölzerner Bursche, weißt du, und kann nicht viel anfangen mit ihrer Mystik, die immer nur ‚Liebe‘ sagt. Sie war ein ganz junges Mädchen von eben fünfzehn Jahren‘, fuhr er, fast wie entschuldigend, fort, ‚als sie Karmeliterin wurde, und vierundzwanzig Jahre, als sie bereits wieder starb. Man sagt, an galoppierender Schwindsucht – bah, wenn es einen Liebestod gibt! ... Aber zu solchen Dingen habe ich keinen Zugang‘, stellte er aufrichtig fest. ‚Für eine Französin hatte sie erstaunlich wenig Maß, weil sie das Maß ihres Herzens lebte, das ebenso furchtlos wie zärtlich, ebenso klug wie phantastisch, so erfahren wie kindlich war. Am liebsten hätte sie alle Formen der Liebe zugleich gelebt. Das Martyrium war ihr Jugendtraum; doch auch das Gestirn eines Kriegers, eines Priesters, Apostels und Kirchenlehrers zogen sie mächtig an. Sie umkreiste auf ihren Planetenbahnen die Mitte, aus der, wie man sagt, jeder Mystiker eigentlich lebt, und stürzte sich ahnungslos wie ein Kind in die Arme der Liebe hinein. Dort erfuhr sie dann auch', fuhr er leise, fast widerwillig fort, ,daß es schrecklich ist, in die Hand des lebendigen Gottes zu fallen, und gab sich als Schlachtopfer hin. Sie nahm nichts zurück – verstehst du –, nicht den kleinsten Bruchteil, nicht einen Seufzer und keinen Atemzug. Sie verweigerte ihrem Geliebten nichts und drängte ihm nichts auf; ja, wenn er verlangt hätte [widersinnig, doch ich wage es auszusprechen], daß sie aus Liebe zu ihm der Liebe entsagen sollte, hätte sie es getan.'«

Hortense warf das Bündel Briefe zu Boden und richtete sich auf den Knien empor; ihr Körper, von trockenem Stöhnen geschüttelt, wiegte sich über den armen Blättern wie der eines indischen Schlangenbeschwörers, welcher dem tödlichen Biß des Reptils mit seiner Flöte begegnet. Dann schob sie die Blätter übereinander, um sie wieder zusammenzubündeln. Noch einmal, wie abschiednehmend, blieb ihr Blick auf diesem und jenem Briefblatt, auf dieser und jener Stelle haften, die wie glühende Wachstropfen waren, welche von niedergebrannten Kerzen auf ihre Hände fielen: »Im Grunde«, las sie mit tiefem Erbeben, »lebte sie ganz ohne Trost in finsterster Einsamkeit. Keine Verzückungen trösteten sie, kein Wunder zerriß mit magischem Blitz den mühsam geglaubten Himmel ihrer künftigen Seligkeit. Nur selten wurde ihr Hilfe zuteil, und dann nur wie unter Schleiern. Ein kurzer Traum auf dem harten Strohsack ihres kärglichen Lagers tröstete sie und erfüllte ihr Herz mit jener Geduld, die schon hinreichte, um sie der armen Kleinen als Gewährung erscheinen zu lassen; als eine Liebkosung, die sie zum Nest trug wie der Vogel die Flaumfeder – ebenso leicht an Gewicht wie schwer an geheimer und seelenhafter Bedeutung...«

Hortense hob sich mühselig von den Knien und stopfte die Blätter wieder in das japanische Kästchen; als sie es zuschieben wollte, klemmte der dünne Deckel, und indem sie versuchte, seine Mechanik gewaltsam anzuwenden, sprang der Lack mit feinem Ächzen entzwei wie ein gebrochenes Herz. Sie lachte leise, wie irrsinnig, auf und blickte mit grausamer Freude auf das zerstörte Geschenk; ihre Züge nahmen dabei den Ausdruck jener jungen Hortense an, die kurz nach dem Bruch mit ihrem harten Geliebten nach der Sonntagsmesse vor aller Augen das Haus von Madame Lemure betreten und die weise Frau um Bestätigung des Zustands gebeten hatte, in den sie angeblich von Lucien gewaltsam versetzt worden war. Lucien, welchen damals das Seminar der missionierenden Patres schon in die Reihen seiner Alumnen aufgenommen und freudig willkommen geheißen hatte, wurde daraufhin ausgestoßen; doch datierte, obwohl Madame Lemure dem empörten Vater den Irrtum seines Kindes bestätigt hatte, auch von da ab ihre Gefangenschaft. Nach dem ersten Skandal, den das Städtchen gehörig ausgekostet und für immer dem Archiv seiner Lüste wie ein Stimulans einverleibt hatte, das imstande war, seine altersschwachen und erschlafften Gefühle aufzupeitschen, wenn das Gespräch darauf kam, genoß Hortense jene seltsame Achtung, die manchmal verlassenen Mädchen zuteil wird – ja, mehr noch: aus ihrem verblassenden Schicksal, das allmählich immer unwirklicher wurde, sog sowohl die Romantik der Frommen, wie der Haß der Gottlosen Nahrung. Daß sie es einem künftigen Pfaffen, der sie, wie diese sagten, »an der Nase herumführen wollte«, so gründlich heimgezahlt hatte, fand den Beifall der liberalen Partei; aber ebenso glaubten die Anhänger Richmonds, eines Lyrikers, der den schöngeistigen Zirkel der Damen des Kirchenchors leitete, sich in der Hoffnung gestärkt, eine Büßerin in Hortense zu finden, die sich endlich, geläutert durch süße Schmerzen [die man ihr mitfühlend gern gönnte], ihrem Geliebten in dem Beruf einer Nonne verbinden würde – ebenso heiligmäßig wie schön, so ernst wie kokett, so gefühlvoll wie zynisch, so stolz wie hingebungsvoll. Während die Liberalen jedoch in dem gleichen Maß, wie ihr Ziel erreicht schien, ihre Anteilnahme an Fräulein Hortense, wie ein Satter an seiner Mahlzeit, verloren, warteten mit geduldiger Gier die Frommen auf ihre Speise; sie begnügten sich, ihre Bestätigung immer weiter hinauszuschieben und das reizende Wunschbild Hortensens mit allem Tand zu behängen, den ihr eigenes Leben, farblos genug, von sich selbst fortgeräumt hatte. So war auch jenes Wort zu verstehen, das Frau Léontine ihrem Bruder, Herrn Bonmarché, gegenüber heute morgen geäußert hatte: »Aber ich glaube noch immer, daß sie später den Schleier nimmt.«

Nun, wie wir wissen, teilte Herr Charles durchaus nicht ihre Meinung. Begabt mit der scheußlichen Nüchternheit eines Mannes, der es gewohnt ist, sich seine Gelüste so oder so, aber auf jeden Fall ohne Hemmung und Skrupel zu erfüllen, war Herr Bonmarché felsenfest überzeugt, daß auch Hortense über kurz oder lang zu dem Ihrigen kommen würde; nur, daß ihre Schliche die seinigen kreuzen und sich an Plänen vergreifen könnten, die bereits fix und fertig in seinem Gehirnkasten lagen, bereitete ihm Sorge. Er mußte sie ablenken, das war klar, und sie mit Suzette zu entzweien suchen; um so dringlicher, wenn die Freundschaft der Mädchen schon jenen Grad erreicht haben sollte, der ihm immer gewisser erschien, je mehr seine grobe Vorstellungskraft sich der Sache bemächtigte...

In solche Gedanken versunken, verließ er die Werkstatt des Hemdenmachers und nahm mechanisch und doch geleitet von einem bestimmten Ziel den Weg nach der Postagentur. Sie war über Mittag geschlossen und die Jalousie heruntergelassen; ein Pappschild, von Fliegendreck reichlich beschmutzt, baumelte vor der Tür. Herr Bonmarché schloß sie umständlich auf und nahm das Schild mit zwei Fingern ab, besann sich jedoch eines Besseren und hängte es wieder an seinen Platz – – Nachdem seine Stellung als Postagent gefestigt und Bonmarché selbst dem Städtchen, wie er wohl wußte, unentbehrlich geworden war, ging er mit der Zeit recht großzügig um und befriedigte seinen Sadismus auf mannigfache Art, wobei er Wert darauf legte, durchaus korrekt zu erscheinen und dem Kunden, der eine Einzahlung machte oder Briefmarken zu erstehen wünschte, an seinen Handgriffen und dem Schweiß, den sie kosteten, zu beteiligen, indem er vor aller Augen seine Listen von rechts nach links schob, einen Tarif gewissenhaft auszog, von unten nach oben und wiederum von oben nach unten addierte und immer langsamer wurde, je eiliger es der Besteller hatte oder je länger die Reihe war, die auf ihn wartete.

Auch jetzt, allein in dem Schalterraum, dessen staubige Kühle ihn mit der sterilen und beruhigenden Atmosphäre eines wahrhaften Amtsgebäudes empfing [seiner Pfandleihe zwar von weitem verwandt durch seine Unmenschlichkeit, aber darüber hinaus jede Handlung als gesetzlich legitimierend], überkam Herrn Bonmarché, wie schon so oft, das Gefühl eines Gottes, der die Geschicke sämtlicher Briefmarkenkäufer in seinen Händen hält. Er fühlte seine von niemand bestrittene Bedeutung, die widerspruchslos ins Unendliche wuchs; seine Macht, die

die Schere des Vorgesetzten aus Zeitmangel noch nicht beschnitten hatte, und die lockende Vielfalt der Möglichkeiten, dieselbe anzuwenden. Herr Bonmarché nickte dem Präsidenten der Republik, dessen Bildnis zwischen Verordnungen, alten Tarifen und frischgebackenen Formularen wie eine Hieroglyphe des Staates, der in ihm verkörpert war, hing, wohlwollend zu und setzte sich, seinen kleinen Schnurrbart mit einem Bürstchen wichsend, genußvoll an sein Pult. Die braune Uhr an der Wand gegenüber maß mit schläfrigem Ticken die Zeit; jedesmal, wenn der große Zeiger ein Viertel des Zifferblatts überschritt, besann sich das längst verkommene Schlagwerk und gab ein heiseres Krächzen von sich, das als einziges Zeichen des Lebens von ihm zurückgeblieben und wie das trostlose Räuspern eines alten, vergeßlichen Mannes war, der über den ersten Ansatz, etwas Wichtiges zu erzählen, nicht mehr hinauskommen kann. Plötzlich befiel Herrn Bonmarché ein langgezogenes Gähnen; sein Gehirn, eine scheußliche Leere fühlend, bemühte sich, die behagliche Spannung, die es eben noch angefüllt hatte, wieder zurückzuholen, doch nur eine panische Angst vor dem Schrecken des künftigen Greisenalters durchspülte, als ob seine Blutgefäße unversehens gerissen wären, die farblosen Kavernen...

Er griff mit zitternden Händen nach der großen Wasserkaraffe und goß die abgestandene, laue Flüssigkeit in das Glas; dann riß er, ohne getrunken zu haben, ein Briefblatt zu sich herüber und beschrieb es, ohne innezuhalten, mit pedantischen, kleinen Zügen, die trotzdem der Intelligenz nicht entbehrten und eine sinnliche Bogenführung mit verdickten Endungen zeigte. Als er den Federhalter zurück auf das eingebuchtete Tintenfaß legte, klopfte es an die Tür.

»He, Chef, ich denke, es wäre bald Zeit, den Laden auf-

zumachen«, rief die grobe Stimme des Briefträgers draußen, und Gaston Néans, das ‚Beefsteak' geheißen, weil er immer nach rohen Zwiebeln roch, auf welchen er ungeniert kaute, schob sich rücksichtslos durch die Tür.
»Ich habe die neue Verordnung studiert«, sagte Herr Bon marché. Er zog mit wieselhaft flinken Händen die Jalousien hoch. »Gewissenhaftigkeit ist das Erste für einen guten Beamten.«
Das ‚Beefsteak' spuckte verächtlich aus und warf seinen Postsack zur Erde. »Wenn jeder so dächte wie Sie«, sagte Néans ungerührt, »gäbe es keine Skandalgeschichten für unsere Deputierten, und sie müßten nach Hause gehen. Wer also unsre Verfassung liebt, kann das nicht wünschen, Chef.« Er hob seinen Postsack wieder empor und verschwand mit ihm in dem Sortierraum. »Nichts Gescheites«, rief er, indem er den Sack über dem Tisch entleerte. »Drucksachen und ein paar Feldpostbriefe, denen man es von dem Umschlag abliest, daß der Kompanieführer an die Familie: ‚Ich bedaure herzlich ... beim Sturmangriff ... Ihr tapferer Gatte...', na, und so weiter, immer dasselbe, schreibt. Ich trage heut nicht mehr aus.«
»Schön«, sagte Herr Bonmarché etwas nervös. »Aber tun Sie mir bitte noch einen Gefallen und besorgen Sie dieses Briefchen, wenn Sie die Post für den Abendzug nach Chantillé an den Bahnhof bringen, zu dem Gesellen des Hemdenmachers Jean Auvertin, gleich neben dem Haus des Tierarztes de Chamant. Es soll Ihr Schade nicht sein.«
»Wird gemacht, Chef«, sagte das ‚Beefsteak' schneidig und ohne sich zu verwundern; Néans war der diskreteste Mann, den man sich denken konnte; nicht, weil er ohne natürliche Neugier, sondern weil er als Mensch der reinen Erfahrung zu dem Ergebnis gekommen war, daß Ver-

schwiegenheit immer das beste von allen Geschäften blieb.

»Geben Sie aber den Brief persönlich und nicht im Beisein des Meisters ab, wenn es möglich ist, lieber Néans«, fügte Bonmarché lässig hinzu. »Auvertin ist ein empfindlicher Bursche und ärgert sich über jeden Kunden, der eine Änderung wünscht.«

»Weiß der Geselle, von wem der Brief kommt?« fragte der grinsende Bote hinter dem Bretterverschlag, der den Sortierraum der Agentur von dem Tätigkeitsfeld des Herrn Bonmarché trennte, und hob den fleischigen Kopf.

»Natürlich. Er ist im Bilde«, gab der andere ungeduldig zurück und besann sich der kurzen Besprechung in dem Treppenhaus Jean Auvertins (dem er vorsichtshalber nach alter Gewohnheit einen falschen Namen und gutes Geld als Anzahlung hatte zurückgelassen), wo der Geselle ihm fest versprach, seine Botschaften, um einen Stein gewickelt, bei ihren Gängen im Garten Hortense vor die Füße zu werfen. Natürlich kostete diese Art der Briefbestellung Herrn Bonmarché eine ganz gehörige Stange Geld und hatte, so überlegte der Geizhals, schon sehr viel mehr gekostet, als er ursprünglich ausgeben wollte: zuerst die Hemden, dann der Geselle, hierauf Néans, und es war nicht unmöglich, daß er Hortense in dem Briefchen ein Cadeau würde mitschicken müssen – einen Edelstein oder ein Medaillon, mit Brillantensplittern besetzt. Bei diesem Gedanken belebte sich das Gesicht des Pfandleihers wieder; er fühlte sich in seinem Gewerbe, das er nur seiner Tochter Suzette zuliebe, deren Heiratschancen die Tante durch seinen zweifelhaften Beruf gefährdet sah, aufgegeben und das er bis zu der Übernahme der Postagentur schmerzlich vermißt und bloß deshalb verwunden hatte, weil er es heimlich durch einen Bekannten in der rue Cardinal Mercier zu Paris noch immer weiter betrieb.

Es war auch deshalb durchaus nicht gelogen, wenn er dem Hemdenmacher erzählte, daß er an einem der folgenden Tage nach der Hauptstadt zu reisen gedächte – ein Ausflug, der sich in jedem Monat mit Pünktlichkeit wiederholte und Léontine voll Unbehagen und in dem Gefühl ihrer Ohnmacht zurückließ, das sie immer befiel, wenn die Arme sich männlichen Mysterien ahnend zu nähern glaubte: sie war felsenfest davon überzeugt, daß Charles in der Hauptstadt eine Geliebte, vielleicht sogar deren mehrere habe, die er ängstlich vor ihr verbarg.
Diese ‚Geliebte', ein Monsieur Quiche, von seiner Mutter her Halb-Engländer, ein dunkelhaariger, fetter, eunuchenhafter Bursche, war der einzige Mensch, dem Herr Bonmarché bedingungslos vertraute. Selber an jeder Art von Erotik von Natur aus uninteressiert, besaß Herr Quiche die unschätzbare Gabe, jeden Menschen in Sachen der Liebe vorurteilslos zu beraten und ihm den Weg zu den eigenen Wünschen wie ein Rutengänger zu zeigen: vollkommen bar jeder Moralität, aber unfehlbar in seinem Ausschlag über Erzen und Wasserquellen.
»Nein, geben Sie den Brief wieder her, mein trefflicher Postillon«, sagte Herr Bonmarché plötzlich. »Ich habe noch etwas hinzuzufügen, das erst besorgt werden muß.«
Jenem Quiche also saß ein paar Tage später Herr Bonmarché gegenüber, leicht gestört durch den entfernten Gedanken an seine Postagentur, die er für einige Stunden dem ‚Beefsteak' übertragen, und wesentlich stärker beunruhigt durch die Vorstellung einer Suzette, welche er wohl oder übel Hortense überlassen hatte. Nachdem der geschäftliche Teil beendigt und von beiden, wie üblich, festgestellt war, daß der Krieg das Leihgeschäft nur begünstigt, ja, seinen Gewinn vervielfacht hatte, zog Herr Bonmarché eine Abschrift des Briefes an Fräulein Hor-

tense hervor, den er damals auf dem Postamt verfaßt und durch das diskrete ‚Beefsteak' befördert haben wollte. »Lesen Sie!« sagte er eilig, ohne jede Erläuterung. Während Herr Quiche das Einglas zwischen die Fettwülste seines kleinen, fast farblosen Auges klemmte, betrachtete Bonmarché hingegeben die bezettelten Schubfächer, welche die Pfänder: Uhren, Ketten und Ringe enthielten; den Stahltresor und den Perserteppich ... (unter aufgeregt wippenden Stiefeln, die er plötzlich, wie auf einer Torheit ertappt, als die seinigen rekognoszierte.)

»Ein feuriger Stil«, sagte Monsieur Quiche. »Ist sie noch jung, diese Dame?«

Der kleine Herr Bonmarché schlug seine Beine hölzern übereinander und zupfte die Bügelfalten langsam und sorgsam zurecht. »Sie mißverstehen mich, bester Herr Quiche«, erwiderte er gemessen. »Es handelt sich um den verschwiegenen Auftrag eines früheren Kunden von mir.« Er überlegte und sprach dann weiter: »Nehmen Sie an, ein würdiger Herr bemerkt mit Mißfallen den Verkehr seiner heiratsfähigen Tochter mit einer reizenden jungen Dame von klösterlichem Ruf.«

Herr Quiche hob abwehrend seine Hand und fuhr mit der dicken Zunge über die Unterlippe. »Ich ergänze«, setzte er angeregt fort, »mit einer sinnlichen Betschwester also, welche die Kleine zu ihrem Vergnügen in allen Künsten abrichten wird, die ihr den künftigen Ehegatten, einen honetten, nüchternen Menschen, in der Seele verleiden müssen.«

»Ein Versuch, diesem trotzigen Mädchen den Umgang mit seiner Freundin schlechterdings zu verbieten«, sagte Bonmarché überwältigt, sich von Quiche verstanden zu wissen, »bewirkte das Gegenteil.«

»Der Vater hat also beschlossen, sich selbst jener jungen

Dame zu nähern – ich nehme an, daß sie Ende der Zwanzig und durchaus nicht ganz ohne Fehltritt ist – und sie zur Enttäuschung des Töchterchens zu seiner Geliebten zu machen«, ergänzte Monsieur Quiche.
In Herrn Bonmarchés Augen, die trockenen kleinen, tiefschwarzen Korinthen glichen, blitzte es wölfisch auf. »Durchaus nicht«, sagte er hemmungslos. »Denn der Vater will, ohne die Liebe seines Töchterchens zu verlieren, eine ganz besondere Art von Wollust bei dieser Sache genießen. Er will die betreffende junge Dame – nennen wir sie Hortense – nur aus der Ferne, als Unbekannter, in gleichsam geistiger Weise« (hier lachte Quiche hoch und mißtönend auf) »verführen, um sie nachher desto gewisser einem x-beliebigen jungen Mann in die offenen Arme zu treiben.«
»Ein ausgezeichneter Plan, mein Lieber«, stimmte Quiche ihm achtungsvoll bei. »Aber der Vater braucht Phantasie. Vergessen Sie das nicht. Auch Phantasie, um die ... Folgen dieses Spieles zu überschauen, die es in jeder Beziehung für alle nachziehen kann. Logik allein genügt noch durchaus nicht, wenn ein Unbekannter mitspielen soll, wie hier in unserem Fall.«
»Aber der Unbekannte, Herr Quiche, bin doch ich selber!« rief Bonmarché heftig und unbedacht aus.
»Das weiß ich und habe es längst gewußt«, sagte Quiche ungerührt. »Aber ob Sie nun selbst Herr Unbekannt sind, oder der Unbekannte ihr Traumbild, das Sie rückwärts wieder verwandelt, ist – auf jeden Fall wird Verwandlung das Los für alle Beteiligten sein. Sie fehlt, mein bester Herr Bonmarché, auch nicht in der Satansmesse.« Er blickte den anderen ohne Erregung mit den toten, farblosen Augen an. »Im übrigen möchte ich Ihnen raten, die geplanten Briefe an Fräulein Hortense durchaus nicht poetisch zu halten. Schreiben Sie nackt und versteckt

zugleich; beleidigen Sie getrost diese Frau mit Ihrer Schamlosigkeit – aber nur so, wie ein Traum beleidigt, der im Erwachen Lügen gestraft wird und dennoch weiter peinigt.« Er hob das Briefblatt von neuem hoch und setzte wieder das Einglas auf; dann begann er genußvoll, mit halbem Ton, den Text vor sich hin zu lesen.

»Mein angebetetes Fräulein Hortense! Wenden Sie nicht, ich bitte Sie, diese armselig kurzen Zeilen um in der Hoffnung, den Namen dessen zu finden, der ihr schwacher Urheber ist. Sie werden es jetzt und später nicht wissen, wessen Schicksal Sie schuldloser Weise besiegelt, wessen Herz Sie gebrochen haben.«

»Nein, – nicht gebrochen«, sagte Herr Quiche. »Dieser Ausdruck ist zu romantisch. Schreiben Sie lieber: entzündet – das ist schärfer und richtiger. Auch in der Geschlechtsliebe gilt nur die Wahrheit und führt am schnellsten zum Ziel. In Ihren folgenden Worten beweisen Sie es ja auch. Also weiter –«

»Genug, daß Sie ahnen, wie sehr Sie die Meinige sind. Denn Sie sind es. Ich besitze Sie ganz mit all Ihren Heimlichkeiten: Ihren Wünschen, die sich nach Freiheit sehnen, Ihrem klugen, allzu beweglichen Geist, der wie die Schlangenzunge gespalten von der Frage nach dem Mysterium der Liebe und dem Verbot, ihm zu huldigen, ist; Ihren Körper, in seiner starren Keuschheit wie die jungfräuliche Biene in ihrem Chitinpanzer eingeschlossen, und trotzdem schmelzbar wie weiches Wachs, das keinem Druck widersteht. Fragen Sie nicht, woher ich Sie kenne, und ob mir diese Kenntnis genügt, meine verdursteten Sinne daran zu befriedigen – die erste Frage deckt sich bereits mit der nach meiner Person, Geliebte, und muß aus tragischen Gründen ewig unbeantwortet bleiben; die zweite geht über die sorgsam begrenzte Erfahrung eines Mädchens hinaus ... es sei denn, daß dieses Wesen schon einmal die Süßigkeit unbefriedigter Liebe und die Maßlosigkeit der geistigen Lust, die sich ungelöschter Sinnlichkeit paart, an sich erfahren hätte.«

Herr Quiche blickte Bonmarché staunend an und sagte: »Sie wissen mehr als ich mit meiner Theorie.«

Herr Bonmarché winkte höflich ab. »Meine Frau ist über zehn Jahre tot. Seitdem lebe ich keusch.«

Der andere schob mit heftigem Ruck das Sesselchen zurück, worauf er gerade saß. Mit einem leichten Kreiselgefühl musterte er das dürre Männchen, das da den schwindelerregenden Abgrund seines Daseins vor ihm eröffnete. »Natürlich hatte ich hin und wieder ein kleines Abenteuer. Aber das zählt nicht und ist im Grunde durchaus nicht nach meinem Geschmack. Die subtileren Arten – nun, Sie verstehen – machen den Kenner erst aus.« Er sagte das in merkwürdig sprödem, eingerostetem Ton; niemand, der ihn hier vor sich sah, hätte anderes in ihm vermutet als einen Kleinbürger, ängstlich besorgt um seine Diät, seine Wäscheknöpfe und die richtige Kragenweite. Mit einem leichten Bedauern, diesen Brief nicht selber diktiert zu haben, nahm Herr Quiche noch einmal seine Lektüre gespannt und achtungsvoll auf.

»Nur um eines bitte ich Sie, mein Fräulein: die grenzenlose Verehrung und Liebe eines Verdammten nicht zu verschmähen, der sich andererseits begnügen wird, für immer verborgen zu bleiben – selig darüber, sein armes Geschwätz an Ihrem Herzen verborgen zu wissen wie einen Singvogel, Fäulein Hortense, dessen zitternde Flaumfedern in der Mulde zwischen den nackten Brüsten der Allerschönsten ruhen, sie liebkosen und mit dem Schnabel verwunden, ohne ihr wehe zu tun.«

»Dieses letzte Bild ist zu rokokohaft und enthüllt einen allzu galanten, also ältlichen, Freier, Herr Bonmarché, dessen Phantasie sich von Kupferstichen aus erotischen

Mappen nährt«, sagte Quiche in verächtlichem Ton. »Obwohl natürlich der kitzelnde Reiz dieses Bildes – nein, weg damit!«

»Also gut«, sagte Bonmarché unempfindlich, ». . ,für immer verborgen zu bleiben'. Nun den Schluß, Herr Quiche, wenn ich bitten darf. Lesen Sie noch zu Ende.«

»Doch ein Zeichen der seelischen Einheit zwischen uns beiden, Fräulein Hortense, erbittet sich mein Herz. Tragen Sie das hier beigefügte, kleine Geschenk am Halse, ohne daß ich es weiß. Doch, um nicht zu lügen: ich werde es wissen; vielmehr nicht wissen, sondern nur ahnen – freilich so vollkommen ahnen, daß mein nächster Brief Ihnen Zeit und Stunde ganz genau angeben wird, in der Sie es angelegt haben. Noch besser: tragen Sie es nicht offen, damit Ihr Vater keinen Verdacht schöpft, sondern heimlich unter der Bluse, wo es unser Geheimnis bleibt, und sprechen Sie mit keinem Menschen davon – –«

»Köstlich, Herr Bonmarché, köstlich!« rief Quiche mit ehrlicher Freude aus. »Denn was reizte ein Mädchen mehr, sein Geheimnis der Freundin weiterzugeben, als daß man es ihr untersagt. Und diese Freundin wird noch dazu Ihre eigene Tochter sein, von der Sie wissen wollen, wie weit die Vertraulichkeit beider geht. Welch ein Zopf aus feinen Kombinationen und übereinandergelegten Strähnen, mein lieber, guter Freund! Aber nun lassen Sie mich überlegen, wie dieses Schmuckstück beschaffen sein muß, um Suzette zum Sprechen zu bringen. Nicht zu kostbar ... aber originell; etwas kindlich ... vielleicht sogar – meinen Sie nicht? – eine Art Freundschaftszeichen, das Suzette sich von der Dame erbettelt, die es ihrerseits, viel zu stolz, sich von Ihnen beschenken zu lassen, an Ihr Töchterchen weitergibt. Nein, nein, das wäre denn doch zu einfach und könnte allzu leicht auf den Geber, der sich gerühmt hat, die Zeit zu wissen, in welcher Hortense seinen Schmuck anlegt, wieder zurückschließen lassen. Warten Sie. Etwas mit einem ‚Pendant!' Etwas, das nach Ergänzung ruft und nicht Mühe hat, sie zu finden. Es gibt solche Sachen aus dem Empire...« Herr Quiche sprang eilfertig auf die Füße, kramte mit scheußlichen kleinen Händen, in denen sich trotz der weiblichen Form eine ungeheuere Kraft ausdrückte, einen winzigen Schlüssel aus seiner Tasche und öffnete den Tresor.

Herr Bonmarché blickte ihm über die Schulter, als er die Kästen aufzog – von seiner Geschäftsgier ebenso wie seinen Trieben gepeinigt, die ihn angenehm zittern ließen.

»Lassen Sie sehen: zwei schnäbelnde Täubchen aus weißen Perlensplittern auf einem Nest von Saphir. Nein, nein, das paßt nicht zu Ihrem verderbten und lasterhaften Brief. Es müßte gefällig und doch raffiniert sein – vielleicht wie die Schlangennadel mit den Rubinaugen hier. Als Pendant diese Eidechse für Suzette – aber das könnte Hortense nur schwer unter der Bluse tragen.« Herr Quiche kramte weiter, sein Atem ging pfeifend, während er sich an dem Schmuck erregte und seine Vorstellungskraft sich bemühte, jenes einzigartige Stück herzuschaffen, das sich irgendwo noch verbergen mußte: in seiner Sammlung, in seinen Kästen, in dem Tresor eines anderen Händlers, den Taschen eines gehetzten Diebes, der es ihm in der nächsten Minute mit Sicherheit anbieten mußte, oder noch an dem Kleid einer schönen Frau, die es für ihren Liebhaber hingab, um ihm den Ankauf von Rauschgift oder die Tilgung der zahlreichen Schulden, die auf ihm lasteten, möglich zu machen – jetzt gleich, bei dem nächsten Klingeln der Schelle oder mindestens doch, bis seine Beschwörung zu Ende gegangen war.

»Sie sind zu aufgeregt, bester Quiche«, sagte Bonmarché überlegen und griff – außerstande, seine Begierde länger zurückzuhalten – blindlings in eine Lade, die er bis zum Ende herauszog.

»Nicht! Nicht!« schrie Herr Quiche und versuchte, den Kasten wieder zurückzuschieben. »Hier ist alles noch nicht beschriftet und gesetzmäßig eingetragen.«

In dem gleichen Augenblick stürzte klirrend und teilweise ineinander verhängt das ganze Geschmeide zu Boden; die beiden Männer darüber her – jeder von Furcht und Liebe gepeinigt, doch ohne den leisesten Vorwurf für seinen Unglücksgefährten. Sie wühlten jetzt ohne Sinn und Verstand, ja, fast noch, ohne zu prüfen; entwirrten die Anhänger, schoben die Ringe abwechselnd über die Finger und küßten unter entzückten Rufen bald dieses, bald jenes Stück. Plötzlich sagte Herr Bonmarché trocken und völlig ernüchtert: »Hier!« Der andere wischte sich geistesabwesend den Schweiß von der blassen Stirn und stierte blöd auf das Medaillon, das der Freund ihm entgegenhielt. Es waren zwei kunstvoll geschnittene Gemmen, die sich, durch ein Scharnier verbunden, genau aufeinander legten und Anfang und Ende einer Tragödie von Racine zu verdeutlichen schienen. »Phädra und Hippolyt – sehen Sie her!« sagte Herr Bonmarché. »Hier will die Königin ihren Stiefsohn den Wünschen gefügig machen, zu denen Aphrodite sie antreibt, die Hippolyt verschmäht. Welch gewagtes Thema: die halbentblößte, begierdetolle Gattin des Theseus wendet sich Hippolyt schmachtend zu, während Eros ihre Brüste wie Äpfel dem Jüngling entgegenhält. Er aber, der Spröde, wendet sich ab, kalt und verächtlich, durch göttliche Satzung einer höheren Pflicht geweiht. Auf der anderen Gemme Hippolyts Strafe: die Rache der Phädra, welche zugleich die Rache der Göttin ist. Aphrodite selber geißelt die Pferde, die den Jüngling zu Tode schleifen; seinen herrlichen Körper, den bald die Steine in Stücke reißen werden. Phädra und Hippolyt ...

welch ein Gleichnis«, sagte Herr Charles mit gurgelnder Stimme. »Hortense de Chamant und Lucien Benoît«, fügte er meckernd hinzu.
Herr Quiche blickte grenzenlos überrascht von dem Schmuckstück auf, das er eben noch durch sein Einglas betrachtet hatte. »Diese beiden also ...!« schrie er entzückt, »deren Skandalgeschichte bis hierher nach der Hauptstadt gedrungen ist – nein!« sagte er fassungslos. »Heloise und Abälard. Sie sind ein Glückspilz, Herr Bonmarché«, fügte er neidisch hinzu. »Wenn Sie wüßten, wie viele meiner Klienten ihren letzten Pfennig hergeben würden – aber sie haben den Köder nicht, den Sie sich, ohne den Zufall zu preisen, aus den Lenden geschnitten haben. Junge Kapläne«, log er drauflos, »und alte Herren vom Domkapitel, die Hortense zu bekehren wünschten.«
»Übrigens, wissen Sie eigentlich, wo dieser Benoît sich jetzt aufhält?« fragte ihn Bonmarché.
»Wo sonst, als in den Netzen der Kirche?« gab Quiche gelangweilt zurück. »Nachdem sich die erste Empörung gelegt und man sich angeblich von der Unschuld dieses Herrn überzeugt haben wollte, gewährte man ihm von neuem den Eintritt in das Missionsseminar. Er soll in China gearbeitet haben. Aber halt, ich glaube mich zu erinnern, daß man ihn kürzlich wieder zurückrief und ihn zum Novizenmeister der jungen Leute machte.«
»Hm«, sagte Bonmarché, »gar nicht schlecht«, und versank in beharrliches Schweigen.
»Also, bleiben wir bei dem Medaillon?« fragte Herr Quiche ihn zweimal, ohne Antwort von ihm zu erhalten. »Gut, gut. Ich bringe es zu Néval. Er wird mir schon den Gefallen tun, es sofort auseinanderzunehmen und in zwei Anhänger zu verwandeln, die wie Nußschalen nach Ergänzung rufen und doch auch etwas für sich sind. Wollen Sie darauf warten, oder –?«

»Ich muß in einigen Stunden wieder zu Hause sein«, erwiderte Bonmarché unruhig. »Das Beefsteak vertritt mich zwar, aber ich fürchte, daß Suzette mir Dummheiten macht.«

»Pah – lassen Sie nur diese Dummheiten reif und das Beefsteak sich seiner Hilflosigkeit ohne den Chef bewußt werden, Charles«, sagte Herr Quiche gelassen. »Mit dem ersten Morgenzug kommen Sie dann ganz unvermutet zurück. Das wird sehr wirkungsvoll, schätze ich, für alle Beteiligten sein...«

Wie wirkungsvoll in der Tat diese Heimkehr zunächst für Herrn Bonmarché war, hätte sich dieser nicht träumen lassen, als er die Gartentür frühmorgens aufschloß und Léontine, völlig zerflossen und der Auflösung nahe bis auf die festen, stark eingedrehten Zöpfchen, ihm weinend entgegenkam. Sie roch durchdringend nach Baldriantropfen, der obere Teil ihrer fetten Backen war unter den Augen entzündet, ihr kindischer Mund mit den vollen, unentschiedenen Lippen bebte von mühsam beherrschten Tränen, die sie heftig hinunterschluckte.

»Wo ist Suzette?« fragte Bonmarché brüsk.

Sie hob verzweiflungsvoll ihre Schultern; dann löste sich Léontines Schock in einem Strom von verwirrten Worten, der folgenden Tatbestand ungenau, doch wirkungsvoll umschrieb. Es war in der letzten Nacht ein Gewitter über Senlis heruntergegangen und die überaus furchtsame Léontine, nachdem sie sich überzeugt und einwandfrei festgestellt hatte, daß das Zimmer des Bruders leer war, an die Schlafkammertür der Suzette gelaufen, um dort unter Rütteln und Schreien das gefühllose junge Mädchen um Hilfe anzuflehen. Endlich, da niemand sich meldete, faßte sie den Entschluß, das Geheimnis ihres Nachschlüssels preiszugeben, und öffnete mit schlechtem Gewissen, aber merklich erleichtert die Tür, um gleich danach, außer sich vor Entsetzen und Scham, erleben zu müssen, daß Bett und Zimmer der Nichte vollkommen unberührt waren. »Was sollte ich tun? Dieses scheußliche Wetter – – die ganze Stube von Blitzen durchzuckt, obwohl die Jalousien geschlossen und die Portiere noch überdies dicht beigezogen war. Donnerschläge, du glaubst es nicht, wie an dem jüngsten Gericht, wirklich, ein Wetter, wie ich noch nie ...«

»Ein ähnliches erlebte«, beendete Bonmarché. »Und weiter? Was dann?«

»Mein erster Gedanke...«

Herr Bonmarché fixierte sie streng. »War Fräulein Hortense de Chamant, nicht wahr?« fragte er spöttisch und hart.

Seine Schwester blickte ihn fassungslos an. »Natürlich!« rief sie erleichtert aus. »Und ich Närrin glaubte, Pierre Rousselot oder René le Grand, die sie schon lange mit Briefchen und süßen Blicken verfolgen ... Aber nun bin ich selbst überzeugt, daß sich Suzette bei Fräulein Hortense verspätet haben mußte und von dem schrecklichen Wetter zurückgehalten wurde.«

Herr Bonmarché tippte sich leicht an die Stirn. »Und Herr de Chamant, meine kluge Schwester?« fragte er liebevoll.

Léontine blickte ihn argwöhnisch an. »Na, Herr de Chamant«, gab sie triumphierend und überlegen zurück. »Ich weiß natürlich, daß dieser Herr Blaubart keine Besucher duldet. Aber er ist, wie Suzette erzählt hat, vorgestern für eine Woche verreist, um der Tagung der Veterinäre in Orléans beizuwohnen. Man will ihn zum Vorstandsmitglied –«

»Der gestiefelten Esel machen«, beendete Bonmarché.

»Ich verstehe dich wirklich nicht, lieber Charles«, sagte die Tante wie immer. »Auf jeden Fall wird Suzette, wie ich glaube –«

Er schnitt ihr mit heftiger Handbewegung ihre Vermutungen ab. »Nein«, murmelte Bonmarché vor sich hin. »Ein Kind wird sie sicherlich nicht bekommen wie Fräulein Semele.«
»Semele?« fragte die Schwester entsetzt.
»Nun ja – diese Dame, die unter Blitzen von Jupiter empfing.«
Léontine errötete bis in den Ausschnitt ihres türkischen Morgenrocks. »Was für schlimme Reden du führst!« sagte sie vorwurfsvoll. »Wenn ich nicht wüßte, wie ehrbar du bist...«, fuhr sie schwärmerisch fort und hielt plötzlich inne, weil sie an die ‚galante Geliebte' in der Hauptstadt zu denken gewohnt war. »Ich meine ... seit dem Heimgang Elizens ...«, stotterte sie verwirrt.
»Schon gut.« Herr Bonmarché winkte ab. »Übrigens werden wir warten, bis Suzette von selber nach Hause kommt. Sie arbeitet, nehme ich an, heute morgen in der Spitalküche. Wie? Und, daß du mir die Kleine nicht auszankst!« fügte er väterlich bei. »Das würde unser Vertrauensverhältnis nur stören, Léontine.«
»Ich glaube nicht, daß Suzette dir vertraut«, erwiderte die Schwester.
Herr Bonmarché lachte fröhlich auf und strich sich über die Oberlippe. Ein Schnurren saß ihm tief in der Kehle wie dem Kater am Mäuseloch. »Ich vermute, ich kenne mein Töchterchen besser«, sagte er dann beruhigt...

»Du mußt aufstehn, Suzette. Man wird dich vermissen«, flüsterte Fräulein Hortense. Es dämmerte schon. Durch die Jalousien, die man des Unwetters wegen hermetisch verschlossen hatte, wölkte und quoll das Tageslicht mit fast körperlicher Substanz. Ein fahler, doch zäher und unbarmherziger Schein drängte sich durch die Spalten, der seidene Vorhang erbleichte allmählich und zeichnete die dunkleren Streifen des Fensterladens ab. Der Atem Suzettes ging langsam und tief, ohne sich zu verändern. Der linke Träger des Taghemds war ihr über die Achsel gerutscht; die nackten, mädchenhaft üppigen Arme lagen rechts und links auf der Decke, ganz wie bei einem Kind, das beim Einschlafen, satt von Geschenken und Lust, sein Spielzeug verloren hatte.

Hortense, bis auf Schuhe und Strümpfe noch vollkommen angekleidet, saß auf dem Fußende ihres Bettes und starrte mit verlorenem Ausdruck das atmende Mädchen an; dann wanderte ihr erloschener Blick zu dem Bric à Brac auf der Erde: den Wäschestücken, Schmucksachen, Briefen und herabgeglittenen Decken und Kissen, die den Eindruck machten, als schwömme das Lager auf Wogen und Meeresschaum. Keine noch so verzweifelte Ariadne konnte verzweifelter blicken: trostloser und zugleich wilder, zum Äußersten entschlossen und trotzdem jenen Adel nicht leugnend, der ihr Erbteil an Blut und Schicksal und von Natur her war. Dieses Kind hier ... wie unberührt es noch schlief und die vertraulichen Schrecken der Nacht, an denen Hortense ihm durch Briefe, durch Erzählungen und Erinnerungsstücke dachte Anteil gewähren zu können, wie ein Märchen vergessen hatte. Sie beugte sich vor und berührte sanft mit den Lippen Suzettens Haar; ein Duft wie von Walderde kam ihr entgegen, wenn der Frühling die ersten Kräuter und Anemonen zeitigt. Erinnerung streifte sie, vag und süß, keine bestimmte, sondern nur solche, die die Gabe der Tränen schenkt. War sie, Hortense, selber jemals so jung wie dieses Mädchen gewesen, wie diese derbe kleine Suzette mit den unbekümmerten, festen Gliedern und dem tierisch gesunden Schlaf?

»Suzette!« Sie streckte von neuem die Hand aus – eine Hand: zu geformt und in jedem Glied zu edel durch-

gebildet, um eigentlich gütig zu sein. Diese Rechte umschloß mit zärtlichem Druck die blanke Schulterkugel Suzettes und glitt dann vorsichtig weiter, um endlich die kleine Brust zu umschließen, die hart von Unschuld und Jugend war und warm wie ein Rebenhügel.
Suzette schlug die Augen auf. Lust und Erschrecken waren auf seltsame Weise in ihrer Tiefe verschwistert und verschmolzen zu einem süßen Entsetzen, das ohne Widerstand war. »Was tust du ?« flüsterte sie ... schon bereit, jede Antwort entgegenzunehmen.
In diesem Augenblick ging ein Ton wie das Seufzen des Menschenherzens, wenn es gehört werden könnte, durch den verschollenen Raum. Eine dünne, unendlich leise, aber melodische Klage, die langsam anstieg, sich senkte, verharrte und sich wiederum hob, um aufs neue in einem Meer von Entzücken und Wohllaut zu versinken, drang aus dem Nebengelaß der Kapelle durch die zugemauerte Tür. Orgelspiel, untermischt mit dem zarten, grillenhaft hohen und strengen, fast geisterhaften Gesang der Nonnen, begann die erste Hore des Tages geheimnisvoll einzuleiten. Dieser Chorgesang, diese jungfräulichen Stimmen kamen aus endloser Ferne; aus einer fühllosen, luftleeren Höhe, wo das siderische Lied der Planeten seinen schrecklichen Ursprung hatte; doch gleichzeitig auch aus unmeßbarer Tiefe, aus der Tiefe des Hades, wo weder Wunsch noch Erinnerung an die Schmerzen und Freuden des irdischen Daseins waren. Das gleichmäßig starke Summen und Singen, Respondieren und Weiterlaufen der Stimmen hinter fest verschlossenen Türen schien Hortense von immerher dagewesen und die Begleitmusik ihres Lebens, solange sie denken konnte, zu sein. Es war das unveränderlich Gleiche, die Eintönigkeit ohne Hebung und Senkung, der niemals verknotete Faden der Parze, den sie Tag für Tag aufspulen mußte, die grausame Träg-

heit der leeren Stunden und die quälende, ruhige Zufriedenheit eines Lebens, das – noch nicht lange begonnen – kein Ende absehen konnte. Mit einer jähen, wilden Bewegung warf sie die Hände an beide Ohren und starrte nach der Wand. Dann verzog ein merkwürdig grausames Lächeln ihre leicht geöffneten Lippen, und ein Ausdruck höchster Bewußtheit trat klar in ihre Augen: Kälte, die sie bis zum Grund erfüllte wie den See ein Zustrom von eisigem Wasser, blitzte in ihrer Tiefe und stieg bis zur Oberfläche. Schon hatten Verzweiflung und Wollust ihren Höhepunkt überschritten und sich selber gegenseitig zerstört, um einer letzten Entschlossenheit, einem Wagemut Platz zu machen, wie sie den Schwimmer erfüllen mag, der bereit ist, sich endlich vom höchsten Brett mit Begierde hinabzuwerfen, und noch einmal mit offenen Augen den Abstand zwischen sich und dem Wasserspiegel erprobt, den er durchmessen wird...

Wieder schwollen die Stimmen an und versetzten ihr Blut in schwache, doch gefährliche Vibrationen. Sie horchte wie auf eine Liedmelodie aus tiefer Vergangenheit. Sehnsucht, Verklärung, Schmerz und Enttäuschung erschütterten ihre Mienen – dann schlug die Flamme des Hasses empor wie Feuer aus einem lange bedeckten, nun aber wieder durchrüttelten und gelockerten Aschenhaufen. Sie wußte, daß sie zerstören würde, und im selben Augenblick wollte sie es und beendete schon ihr Vernichtungswerk, bevor sie begonnen hatte. Ihre frühere Rache und der Verrat an ihrem teuren Geliebten schienen jetzt erst Gestalt zu gewinnen und wie Geheimschrift deutlich zu werden, die hervortritt, wenn man das Briefblatt über der Kerze erwärmt. Es war etwas Neues hinzugetreten, ein Ferment, das sie wirksam machte und auskristallisierte. Jetzt plötzlich, in diesem Augenblick, war es Hortense erst bewußt geworden, wen sie damals schon hatte treffen wollen, und wem der doppelte Haß galt, mit dem sie Lucien zu zerstören und auszutilgen suchte. Wie ein Schwan mit weit entfalteten Schwingen, gnadelos, zitternd an allen Gliedern, warf sie sich über das junge Mädchen. »GOTT UND BENOÎT! GOTT UND BENOÎT!« stammelten ihre Lippen – – und während Suzette sie mit klaffenden Knien, entzückt und berauscht, empfing, gab sich Hortense einer Liebe hin, die sie weich und saugend hinunter in die Tiefe des Hades lockte, in die letzte Einsamkeit mit sich selbst, die keinen Gefährten mehr sucht, wie die Blüte, deren Pollen hinab auf die Narbe rieseln ... unermüdlich, bedürfnislos und zufrieden, keiner Sehnsucht mehr eingedenk...

III

»Vorbei die Gesänge der Matutin, die letzten Worte aus Menschenmund, das Rauschen der Zeremonienschleier und das lästige kleine Klingeln der Rosenkränze – – vorbei, vorbei ... Es ist Nacht. Es ist tiefe, unendliche Nacht; eine Nacht in der abgeschiedensten Zelle am Ende des Klosterflügels. Welche Nacht? Welche Zelle? Und welches Kloster? Diese Nacht, diese Zelle und dieser Flügel des Karmeliterklosters in dem normannischen Städtchen Lisieux; ich selbst: ‚Theresia vom Kinde Jesu und dem heiligsten Antlitz' – man kann uns benennen, ein Raum umgibt uns, und eine Zeit läuft in dem Stundenglas ab. Doch, nein. Das flackernde Lämpchen lügt, das mir die Wände der vielgeliebten, vertrauten Zelle vortäuschen möchte, die nackten Mauern, den Strohsack auf Brettern und den abgeblätterten Wasserkrug, den ich mir aus demselben Grunde, was sage ich, mit derselben Freude wie das elende, schmutzige Lämpchen wählte, dessen Docht ich, anstatt ihn schrauben zu können, mit der Nadel hochziehen muß. Nur ich bin die Gleiche. Ich bin Theresia – aber in einem anderen Dasein: *nicht jetzt, nicht drüben, nicht hier*. Welcher Friede. Obwohl ich außer mir bin, geht mein Puls wie immer, mein Herz schlägt ruhig, und meine Gedanken gehorchen mir und sind, wie es die Magnetnadel ist, auf einen einzigen Punkt gerichtet, auf den Pol in der Mitternacht meines Lebens, den anzuschauen ich niemals matt, noch müde werden kann; meine Sinne sind weit geöffnet und scharf wie Klingen, die man in Japan geschmiedet und den würdigsten Kämpfern ausgeteilt hat, damit sie nicht mutlos werden – ja, selbst noch das leise Gelächter der Hölle und die Zwiegespräche ihrer Bewohner – würdig eines Voltaire, eines Danton und eines Robespierre – regen sich ebenso deutlich am Grunde meines Gehörs wie das Nagen der Feldmaus, das verschlafene Zwitschern der jüngsten Meise und der weiche Abflug der Eule in den fernen, längst versunkenen Gärten meiner Kindheit. (O, Buissonets!) Denn auch sie sind außer sich wie ich selbst: wirklich, aber unendlich vervielfacht, losgelöst von dem Gesetz der Materie, dünnleibig, ohne ein anderes Echo als jenes, das ihnen meine Empfindung, wie der Schläger den Ball, zurückwirft, der ihn annimmt oder verweigert, wenn es die Spielregel will. Grenzenlos, fließend an ihren Rändern, ohne einander zu stören, zu durchdringen oder gar aufzuheben, sind alle Eindrücke: was ich höre, sehe ich gleichzeitig; was ich sehe, drückt sich in Worten aus, die mir wie Luft, Gerüche herbeitragend, zugehaucht werden und meine Haut berühren wie Flügel gespenstiger Schmetterlinge...

Nur mein eigenes Bild, ich sagte es schon, tritt mir keineswegs so entgegen. Es bleibt fest und umrissen, nüchtern und klar; gegenwärtig auf jene elende Weise, die mir die Schwäche, den Schmerz und die Mühsal des armen Kör-

pers, der mich umschließt, nur allzu begreiflich macht. Ich sehe mich selbst in dem lächerlich plumpen, verschnittenen Habit mit den abgestoßenen Ärmelrändern und den Schnürensandalen: verbogen und hart von der Wäschelauge, in der ich heute beim Spülen gestanden habe, während die törichte kleine Gehilfin mich unter Prusten und Kichern mit dem Seifenwasser bespritzte und ich abwechselnd mir den Schweiß von der Stirn und später die eiskalten Hände zu trocknen genötigt war, weil das Waschhaus nach alter Gewohnheit überhitzt war, und als wir die Wäschestücke in den Körben nach oben trugen, die scharfe Zugluft mir meine wunden Fingerknöchel zerbiß. Dazu quält mich der Husten und rächt sich dafür, daß ich ihn mit Gewalt während der Rekreation unterdrückt und mich zu dem schweigenden Lächeln, das die Klostergemeinde gleichsam als ihren Tribut erwartet, unter Schmerzen gezwungen habe. Nun schüttelt er sein Geschöpf... Er zerreißt die Stille, in der ich mich sammeln möchte, und reißt mir Stück um Stück jenen Himmel, den ich zwar glaube, doch kaum jemals fühle, geschweige denn erblicke, mit schrecklicher Eile auf.
Über mir Himmel und rings um mich Wüste: Dies war mein Wunschtraum, und er ist wirklich, ja, so sehr die Wirklichkeit selbst geworden, daß er mich zweifeln läßt, irgendein Jenseits sei wirklicher als er. Mein Gott, was sage ich: irgendein Jenseits? Doch, ich will es zu denken wagen. Denn die himmlische Stadt mit den Mauern aus Jaspis und Saphir ist mir fern und entfernt sich, je mehr ich mich ihr zu nähern und sie zu betrachten suche, mit eigentümlicher Eile; sie entzieht sich mir gleich dem Abendstern, der von Osten nach Westen geht und erst kurz vor dem Aufgang der Sonne wieder zum Morgenstern wird. Licht tauscht sich um Licht; je mehr es mir entschwindet und in Nacht zu versinken scheint, desto ge-

wisser – ich weiß es wohl – kommt es mir schon entgegen; aber, ach, ich fühle es nicht. Vielleicht, daß die Mitternacht längst vorüber und der Tag auf der Schwelle ist – doch kein Wächter ruft hier die Stunden aus, und meine Augen vermögen nicht die Finsternis zu durchdringen, denn wie bei den Nachtigallen, die man geblendet hat, damit sie schmelzender schlagen, ist das irdische Licht mir verlorengegangen, so daß ich nun Tag und Nacht singe: liebestrunken, der Zeit entfallen, dem Raum entzogen, an dem meine Flügel zerbrechen müßten, wenn er sie halten wollte.
Um mich die Wüste. Eintönig und erhaben zugleich, immer dieselbe, von nichts gegliedert als dem furchtbaren Wechsel der großen Askese, dem Feuer der Buße, dem Schlag der Geißel und dem strengen,fast allzu seraphischen Dienst des heiligen Offiziums. Der glühenden Hitze folgt eisiger Frost – aber Frost und Hitze sind beide so stark, daß sie nicht als verschieden empfunden werden, und die vollkommen finstere Nacht der Seele gleicht dem wehen Entzücken, mit welchem die Sonne – eine feuerflüssige, grausame Sonne ohne den Schleier der Atmosphäre – das menschliche Auge trifft. Keine Linderung. Unsre Oasen sind selten, und selbst die entschuldbaren Fata morganen, die dem Pilger im Traum erscheinen, verlieren mit verminderter Wunschkraft an Häufigkeit und Trost. Von Tag zu Tag läßt die Täuschung nach, im Guten wie im Bösen. Denn der abgefallene Lichtengel weiß, daß die Gabe der Unterscheidung an das Opfer der Sinne geknüpft ist, und hütet sich, unmittelbar wie Gott auf eine Seele wirken zu wollen, deren Einfall tore mit Chrysam gesalbt und verschlossen sind mit den gleichen Siegeln wie das Buch des göttlichen Lammes, das sie öffnet oder verhält. Er hat andere Mittel, der große Betrüger, von welchem die Unerfahrenen meinen, seine stärkste

Versuchung sei – kindlicher Glaube! – die Flamme des Geschlechts. Was bedeutet sie aber, gemessen an jener, die uns wie Wachs und Weihrauch verzehrt, wie Brandopfer, die den süßen Geruch des eigenen, schon verklärten, doch empfindsamen Fleisches atmen, und uns Fackeln ähnlich macht, die der Sturm immer weiter in jene Wüste hineintreibt, deren Mittelpunkt Er ist, der brennende Dornbusch, von dem wir abkünftig sind; mehr noch: als dessen Töchter und Söhne wir neben dem Cherubim stehen und im Karmel den Engeldienst üben. Doch, ach, nicht als reine, fühllose Geister, sondern in dem empfindsamen Fleisch, das noch gehöhnt werden kann:«

»Sieh dieses bittere Kraut dir zu Füßen und erkenne daran«, sagt der Widersacher, »daß du im Glauben, ihn zu umkreisen – im Kreis gegangen bist. Deine Mühe ist vollkommen wirkungslos, dein Gebet ohne Antwort geblieben. Was du suchst, verbirgt sich nur immer mehr – und wer sagt dir, daß das, wonach du verlangst, eine Wirklichkeit außer dir ist? Wie doch? Du meinst, daß, wie jeder Betrug eine Wahrheit voraussetzt, so auch der Satan den Schöpfergott dieser Welt? An wessen Wirklichkeit glaubst du also? An die meine? Hast du nicht oft erfahren, daß ein Wort von dir mich verschwinden läßt wie den Hauch auf einem beschlagenen Glas, dessen Fläche gleich wieder leer ist; wie der erste Hahnenschrei die Gespenster, welche nichts als Einbildung waren? Meine Tochter, schön und klug wie du bist, neige dein Ohr und höre mir zu, wenn ich jetzt mein Geheimnis verrate: auch ich bin nicht Wirklichkeit. Wenigstens solche nicht, die ihren Sitz an einem anderen Ort hat als in deiner eigenen Brust. Was du Gut und Böse nennst, Gott und den Satan, sind wie Feuer und Kälte, wie Tag und Nacht, Sommer und Winter, Leben und Tod immer das gleiche Prinzip. Um Gott und das Jenseits glauben zu können, glaubst du an mich als den Herrn dieser Erde und weißt doch, daß selbst nach dem Katechismus das Jenseits mich und die Erde Gott gleicherart mitenthält! Doch ich will dich von diesem Wahnbild erlösen, indem ich daraus verschwinde und auch Jenen, den du ‚den brennenden Dornbusch' in deinen Gebeten nennst, zwinge, dein Dasein zu verlassen, das dann wirklich erst – Wüste ist. An nichts mehr zu glauben, nichts mehr zu wünschen: welch erhabene Stille und welcher Friede, den ich dir schenken werde! Aber hast du ihn nicht schon lange zu eigen und fühlst ihn in dieser Stunde erst ganz, wo sich dir selbst die Dinge verweigern und außer sich sind wie du? Wo das Lämpchen dir lügt, deine Zelle sich weitet, und deine Sinne, die hart entwöhnten, die nicht mehr wie Sinne anderer Menschen an ein bestimmtes Organ gebunden und nur eines einzigen groben Eindrucks immerfort fähig sind – ich sage: wo diese Sinne wie flüchtige Essenzen sich auflösen und einander durchdringen, um die Hochzeit des Hades zu feiern? Wie willst du dich aber selber von ihnen, diesen Geistern der Luft, unterscheiden? Und von den Geistern der Luft den guten oder den bösen Geist? Denn keiner hat vor dem anderen eine größere Wirklichkeit, stärkere Dauer und höheren Rang voraus. Auch du, die sich Schwester Theresia nennt – –, führst du nicht Luftstreiche gegen dich selbst; es sei denn in jenen Augenblicken, wo du die Geißel herabnimmst, um durch sie den Schmerz als den Grundstoff des Lebens und damit dein eigenes zu erfühlen, das ohne ihn Einbildung wäre? Gut ... doch, ich will dir den Schmerz gestatten, bis du stark genug bist, auch ihn zu entbehren; diese Waffe, die ich großmütig dulde, weil sie mit mir verbündet ist. Nun schlage zu und triff dieses Fleisch, an dem ich keinen Anteil – in Ewigkeit nicht! – habe. Strecke die Hand aus, ergreife die Geißel, deren erster Hieb mich verjagen wird wie einen räudigen Hund!«

»Ich möchte dir antworten, Widersacher und Meister der Widersprüche, du, der sich verdichtet und dann verflüchtigt, um sich wiederum zu verdichten; der mit furchtbarer Zärtlichkeit meinen Gedanken wie ein Liebhaber seiner Freundin nachgeht – immer bereit, sich zurückzuziehen, wenn sie vor seiner Nähe erschrickt, und wiederzukehren, wenn ihre Laune es aus Langeweile verlangt. Du – leichter als Wind und beständiger als das Geigen der Mittagsgrille im Gras, die dem Auge unsichtbar bleibt: warum versuchst du mich mit der Lüge, weniger noch als das bare Nichts, aber mehr als die mühsam geglaubte Gewißheit meines armen Herzens zu sein, dem noch niemals eine andere Antwort von seinem Geliebten wurde als die Gabe der Ruth, die sich, Ähren lesend, zu den vergessenen Hälmchen, eins um das andere, bückte, um sie vom Acker zu heben – die Gabe der Geduld? Nimm die Geißel, sagtest du, fühle dich selbst, da kein andres Gefühl dir standhält, und vernichte diese Versuchung, indem du dich von ihr unterscheidest – aber du wußtest doch, Widersacher, daß mir die Geißel nur im Gehorsam und auf Befehl meiner Mutter Priorin, wie die Regel vorschreibt, gestattet ist. Du irrst daher, wenn du glaubst, meine Waffe sei diese Geißel hier – meine Waffe, gefallener Engel, ist der Gehorsam allein. Nun fliehst du. Ach, der Sieg über dich will mir allzu einfach erscheinen. Bleibe! Dich zu entlarven, ist leichter, als an Gott und seine Absicht zu glauben, der die Erde dir überliefert hat, damit du mit ihr nach Gefallen tust und ihre Geschöpfe schleuderst wie auf der Tenne die Spreu. Wenn du Mut hast, verachtest du diese Beute, welche dir blind in das Netz läuft, sich an die Angel stürzt, die du auswirfst, in die Flamme torkelt, die ihnen Erleuchtung und Wärme zu verbürgen, das Lager, das ihnen dauernde Lust, und das Schwert, das ihnen irdische Zukunft, die Tyrannei, die ihnen den Frieden, und der Besitz, der zu stillen verspricht, was im Haben sich selbst verzehrt. Nein, nein. Die Stelle, an der die Entscheidung über das Schicksal der Vielen fällt, der Ort, von dem aus der Kampf gelenkt, und das Schlachtfeld, wo er besiegelt wird, ist nicht die Welt – das weißt du wohl, Satan – es ist der heilige Berg des Karmel, jener sphärische Bienenkorb, Zelle an Zelle, wo jede deinen Erzfeind beherbergt: angriffslustig, bereit, ihren Sieg mit dem Leben selbst zu bezahlen und Tag für Tag eine Gegenwelt aus dem eigenen Leib zu erbauen; aus dem wunderbaren, geschmeidigen Stoff, den die Biene aus Gift und Süße bereitet und umgewandelt hat, aufgetürmt zu den Waben einer zukünftigen Erde: paradiesisch dem paradiesischen Schoß der ewigen Weisheit entstiegen, welche schon, ehe die Schöpfung wurde, ihren Plan, wie ein spielendes Kind seine Bänder, über den Abgrund geworfen hatte und die Menschenwege erschuf...

Oh Wege! Wege! Pfade des Herzens, die bald Ackerfurchen durch Korn und Mais, den schmalen Rebenzeilen des Weinbergs und überschwemmten Reisgräben gleichen; bald Linien, welche in Urväterzeiten der Pflug durch die frommen Felder gezogen, und den Siedlerspuren im glühenden Dunkel der zitternden Bambuswälder – hier gewaltsam mit Feuer und Schwert gerodet und noch grauschwarz von Aschenspuren; dort von Gattern befriedet, Flursteinen, Malen und Überlieferungen; wie der Schoß einer Kreißenden eingerissen, niedergetreten wie sumpfiges Gras, in die Felsen gehauen, von Kärrnern gebaut und von Königen im Triumphzug befahren – – Wege des Blitzes, Wege der Tiere, wo die Hirsche wechseln, das Murmeltier pfeift und die Nattern ihr Schlangenhemd liegenlassen... Räuberwege und Büßerpfade auf den erhabenen Höhen Tibets, gewundene Wege um die Pagode und endlose Straßen der eingestürzten chinesischen

Mauer entlang: ihr alle, Gleichnis der menschlichen Seele und ihrer Pilgernatur, ihrer Sehnsucht und ihrer Friedlosigkeit, ihres Ursprungs und ihres Zieles; der paradiesischen Herkunft des Raumes noch eingedenk, doch an das Chaos verloren – ich selber, ein Kind fast, nicht weit entfernt von der Quelle, aus welcher die Ströme Edens, und dem Brunnen, aus dem die Neugeburt Adams immer wieder entspringt, *will die Welt aus Liebe erbauen.* Hilflos und unersättlich zugleich, ohne Werkzeug, um ihre Felsen zu sprengen, ihr Urwälder niederzuschlagen, kann ich sie, Orpheus gleich, nur durch Gesang und das Hohe Lied meines Herzens bewegen, vor mir zur Seite zu rücken; ohne Schöpfkelle will ich die Flüsse und ohne Alraune die Tiefe aus ihren Angeln heben. Eingeschlossen in meiner Zelle und also noch weniger frei als die Biene, welche der Duftweg der Linde nach links, der Akazie nach rechts zu fliegen verlockt, kehre ich selber die Wege der Menschenkinder um. Wie ein Kriegsheer, das seine Posten ausstellt, besetze ich die Kreuzungen aller; ich werde an jedem Übergang stehen und Brückenzoll erheben. Denn ich wähle nicht aus, wie der Wanderer wählt, der nicht weiß, welchen Pfad er einschlagen soll, oder doch nur so, wie ich einmal als Kind vor einem Körbchen mit bunten Garnen, die man mir spielerisch hinhielt, ausrief: Ich wähle alle! Ach, mein ungenügsames Herz begreift nicht, wie es möglich ist, weniger als das Ganze oder nur einen Teil seiner Wünsche zu wollen und den anderen aufzugeben. Ich will die Erde in ihrer Fülle – nicht, um sie zu besitzen, sondern um sie zurückzugeben: jedes Sandkorn an seinen Schöpfer, damit er es neu zusammenfüge, jeden Wassertropfen seinem Erlöser, damit er das Wunder Kanas vollbringe, jede Vogelfeder dem Heiligen Geist, damit er sie seinen Aposteln zu Flügelschuhen binde. Gleich dem Adler verlangt mein Gefühl, die Welt mit Liebe zu überschatten: ihre Hochgebirge und ihre Täler, welche, je höher man ansteigt, einander immer ähnlicher werden wie Seligkeit und Schmerz. Doch was sage ich: mit dem Gefühl eines Adlers, der sich höher und höher schraubt? Nein. Nicht dem Adler, wahrhaftig nicht, sondern dem graubraunen Zaunkönig gleich, der sich unter seinen Fittichen birgt, um von ihm emporgetragen und mitgenommen zu werden. Dies ist der Weg meiner ‚Geistlichen Kindheit', den ich beschrieben habe; der kurze Weg, meiner Schwäche gemäß und meinen Flügeln, die von Natur aus nur gemacht sind, im Unterholz und im Gebüsch von Ast zu Ästchen zu schlüpfen. Ein Zaunkönig mit dem Herzen des Adlers – welch lächerlicher Anspruch! Welches Ausgesetztsein dem Spott der Hölle und doch: welche List von der Art des David, der den Riesen mit Schleuder und Stein bezwingt und der Schwäche des kindlichen Arms! Denn ich fordere dich nicht vermessen, Satan, sondern mit Zittern heraus; mit Gebet und Fasten, Tränen und Buße und beständiger Unterwerfung unter den Willen meiner Priorin, deren Befehl mir die Maße setzt, die ohne sie wie Nomadenzelte von dem Wüstensturm würden verweht und mit Leichtigkeit zugedeckt werden...

Berauscht und doch nüchtern; von Flammen verzehrt, doch heil wie der Salamander; in den Abgrund geworfen, doch unzerschmettert, bleibe ich immer neuen Kämpfen und Wunden aufgespart; ich sterbe täglich den gleichen Tod in Feuer oder Kälte und richte mich täglich empor. Wie ein mutiger kleiner Hahn, dem man Dolche an seine Füße gebunden hat, und welcher, noch ganz geblendet von dem plötzlichen Öffnen des Deckelkorbes, in dem er eingesperrt war, seinen grausamen Gegner anspringt, gehe ich blindlings und glühend vor Zorn gegen dich, Erzfeind, vor. Zerfetzt und blutend aus schrecklichen Wunden, lasse ich selbst mit durchbohrtem Auge, schon erlöschend, nicht von dir ab – und erst, wenn mein letzter, klagender Ruf, jener eigentümliche, eherne Ton, der am Herbstmorgen unwirklich ferne aus den nebligen Dörfern herdringt, verhallt ist ... dann erst, Verführer, höre ich auf, dein Gegenspieler zu sein. Dann erst ... es ist der schreckliche Tag, wann die Schalen des Zorngerichts ausgegossen, die Posaunen geblasen, die Siegel erbrochen und die Wesen gefordert werden. Das Jüngste Gericht wird mich ruhend finden wie das Zünglein an einer Waage, und bebend zwischen Gott und dem Satan werde ich nicht die Gerechtigkeit, sondern die Liebe versinnbildlicht haben, an welcher der Kampf dieser beiden Mächte, als er die Welt ins Gleichgewicht brachte, die Kraft seiner Ausschläge maß. Daß beide Schalen sich ausgewogen und einander verziehen haben, wird der Frieden der Hölle sein. Auch sie wird ruhen in tiefer, finsterer Majestät; in der Fülle der Bosheit, dem Ausmaß des Hasses und der Vollendung der Sünde, die Gott ihr gestattet hat. Er selbst legt das letzte Gewicht auf die Waage: die verschwendete Kraft seiner Auserwählten, die nutzlose Mühe, den ungehörten und ungelinderten Seufzer und den Überfluß, welcher unabgeerntet wie Früchte im nassen Oktobergras fault und von dem Fußtritt spielender Kinder beiseite gestoßen wird. Wie süß zu verschwenden – doch wieviel süßer, verschwendet worden zu sein! Zu vergessen ist nichts; doch vergessen zu werden, wo das Herz in Tafeln von Stein und Bronze sich eingeschrieben glaubte – welch überirdische Heiterkeit von der Art eines uralten Ammenreimes, dessen Text schon längst keinen Sinn mehr hat. Zu verlieren – ein Verlust oder nicht; aber verloren zu werden wie ein Kiesel, der durch die durchlöcherte Tasche des Knaben zur Erde fällt – welch bewußtlose Rückkehr und welcher Gehorsam, der zwar dem des Fallgesetzes ähnelt, doch wie der Gehorsam der Muttergottes von ihm unterschieden ist. Und wiederum sage ich: welcher Friede – aber wie darf ich es heute schon wagen, seiner teilhaftig zu sein?«

»Ist«, fragt der Satan und nähert sich wieder nach Art der Fledermäuse, die immer denselben Bogen mit Hartnäckigkeit umschreiben, »was du genießest, wirklich nur Friede, oder ist es nicht eher die tiefe Ermattung eines endlichen Wesens, das seine Schwäche mit der Schwäche anderer Wesen vereint, um auf dem Grund von Myriaden Leben jenen Fingerhut voll unsterblicher Taten und Handlungen zu finden, die der Vernichtung und damit mir selbst Einhalt gebieten können? Bist du, die sich mir entgegenwerfen und mir die Erde entreißen wollte, deiner Nichtigkeit überhaupt bewußt – und weißt du denn, wenn du es wirklich bist, gegen wen du eigentlich kämpfst? Ich könnte dich schütteln, wie ich schon häufig deinesgleichen geschüttelt, sie an den Haaren über den Boden ihrer düsteren Zelle gerissen, mit den Fäusten in das Gesicht geschlagen und an die Mauern gestoßen habe – ich, der ich in meinem Niedersturz die Kräfte des Himmels erschütterte und den Sternenbaum zu mir hinbog, daß die Planeten wie taube Nüsse herunterprasselten, ach! Doch ich verzichte darauf. Ich will eine bessere Rache nehmen und deiner Ohnmacht die Fülle zeigen, um die du gebeten hast. Deinen Wünschen, die, Wildgänsen gleich, wenn der Frühling sie von Süden nach Norden treibt – hier dem Eismeer und dort dem Himalaja entgegen – mit langgestreckten Hälsen und ungeduldigen Schreien den silbernen Flußbändern folgen und die tauenden Moore, das sumpfige Gras und die Igelrücken der Schachtelhalme nur mit dem flüchtig zeichnenden Schatten ihrer brausenden Flügel berühren, will ich die Augen öffnen; ich will ihnen das Gewimmel und die fürchterliche Vermehrung der

Menschensöhne zeigen, wenn sie sich, überquellend wie Maden, auf den ‚Pfaden des Herzens', wie du die Wege der Vielzuvielen genannt hast, taub und stumm vorwärts bewegen; den raupenhaften Zug der Verdammten, welcher, den Hinterleib aufgebäumt, sein Vorderteil weiterschiebt. Du sollst die Pilgerzüge in Indien nach den heiligen Wassern des Ganges sehen und die purpurbraunen Trauben der Leiber, die, stinkend von Fäulnis, Aussatz und Pest, an dem Uferrand niedergleiten; die Klöster von Lhasa, den Potala mit seinen goldenen Dächern und den wahnwitzig bimmelnden Bronzeglöckchen, deren Klöppel eines der frommen Geschöpfe, die wie Maulwürfe – augenlos und geschäftig – in den gemauerten Zellen hausen, von der Hoffnung auf das Nirvana zerfressen und verzehrt, in Bewegung setzt; das Traben der Kulis vor ihrer Rikscha, den trostlos und träge schaukelnden Hingang der Dschunken auf den asiatischen Flüssen und den Sammeltransport der Urnen, die ein findiger Reeder der USA für die toten Chinesen organisiert hat, damit ihre Reste, in Kistchen und Kästen übereinandergestapelt, den Weg in den Ahnenstaub finden. Die dampfenden Schlachthäuser von Chikago, in denen das dumpf ergebene Vieh und seine ihm allzu ähnlichen Treiber ihre Erfüllung finden; das Leben der Schuhputzer will ich dir zeigen, der Tellerwäscher, der Klöpplerinnen und der elenden, kleinen Vorstadtartisten, die ängstlich mit fünf, sechs Tellern jonglieren; die Versammlungssäle der Bibelforscher zwischen zwei Hinterhöfen, deren Wände, abgeblättert und kahl, immer dieselben Sprüche und Wasserflecken tragen, und in New York die christliche Kirche unter den Wolkenkratzern, die als ein beständiger Anachronismus ihren Zeigefinger nach oben hält, den niemand mehr sehen will...

Wieviel Lebewesen, die alle zusammen noch keinen Julius

Cäsar ergeben, und welche Verschwendung von Blut und Samen, um endlich in Stratford am Avon einen Shakespeare hervorzubringen! Täusche dich nicht: auch du bist nur eines jener unzähligen Blütenblätter, die, wenn der Frühling vorüber ist, zur Erde niedertaumeln oder mit andern zusammen das Bachbett hinabgeschwemmt werden. Wie viele deinesgleichen verbraucht die Natur, um ans Ziel zu gelangen – du aber, die du ihr diesen stillen, bedingungslosen Gehorsam durch deine Anmaßung ständig verweigerst und die Erde, wie eine Klapper die Kinderhand, umspannst in der Meinung, sie verändern zu können, indem du einige Steinchen in ihr durcheinanderschüttelst; die du denkst, du habest in deiner Erkenntnis die ganze Welt, wie der Bouquiniste an dem Seineufer das Leben in seinem Bücherkasten – wiederhole nicht dieses verhaßte Wort, dessen besessene Monotonie mich anflattert wie den Glasberg der Vogel, der gewiß ist, ihn durch beständiges Wetzen mit dem Schnabel am Ende der Ewigkeit abgetragen zu haben: *Liebe* – – es sei denn, du meintest den Taumel, der Körper zu Körper reißt und der Ursprung dieser Vermehrung ist. Aber vielleicht, du stolze, feuerblonde Normannin mit den grünen Meeraugen und der zarten, porzellanweißen Hyazinthenhaut, die so rasch von pulsendem Blut errötet und wiederum erblaßt, begreifst du dich selbst nicht, und während du glaubst, dein Herz (wie der Verschwender sein Geld) in einen tieferen Abgrund als den des Fleisches zu werfen, gleichst du doch nur der Gallionsfigur am Bug eines Seeräuberschiffes, die den schönen und keuschen Vorwand abgibt für die rasenden Wünsche seiner Besitzer; für die Eroberungsgier jener wilden, von der Weite des Ozeans trunkenen Seelen, für ihre glühenden Träume und eisigen Grausamkeiten. Du führst ein Gespensterschiff, mindestens aber den Argonautenzug an, der mit dem Wunsch nach dem Goldenen Vlies seine Habgier bemäntelte. Ob du ‚Liebe' sagst und meinst deinen Gott oder ‚Haß' und biegst wie der Bogenschütze die beiden Enden der Welt zueinander, um aus aller Kraft den tödlichen Pfeil gegen mich abzuschießen – ebenso wie diese Worte doch immer genau den gleichen Inhalt bedeuten, vermindert oder ergänzt sich in Seligkeit und Schmerzen durch deine Anstrengung nicht die Lebensfülle des Seins. Meine arme Freundin! Versuche nicht, den Hauch deiner Brust, die sich mühsam bei jedem neuen Hustenstoß quält, dem Atem des riesigen Raumes der Sternenwelt zuzugesellen, in der Hoffnung, entweder diesen Raum um deinen karg bemessenen Atem, oder den Atem deines schon kranken und todgeweihten Leibes um den Sphärenhauch zu vermehren! So edel auch deine Mühe sein mag, so ist sie doch nur eine einzige Täuschung deines Blutes, in welchem das Erbe von Eroberern und Soldaten kreist, die ihr Schwert noch nicht abgelegt haben. Weil du selbst die Welt nicht bekehren kannst, wie du es gern möchtest, so verbündest du dich durch Gebet und Fasten mit der elenden Schar der Missionare, die unter Schwitzen und Stottern in den Seminarien japanische Zeichen und chinesische Wortbilder malen; das ‚Om mani padme hum' übersetzen, die Bibel ins Sanskrit übertragen und resignierend darauf verzichten, die paulinische Glaubenslehre jemals einem Negerhirn klarzumachen. Siehst du sie, wie sie sich schnaubend bemühen, die Schale mit Kawa hinunterzuwürgen, in welche ein schmutziger Polynesier unter Rühren vorher hineingespuckt hat, und wie sie, auch so vergeblich, versuchen, seiner Dämonenangst mit dem Begriff einer geistigen Gottheit entgegenzutreten, den der Farbige niemals erfassen kann? Siehst du sie – – ?«

»Ja, ich sehe sie, Satan. Ich sehe den mageren, kleinen Menschen in dem indigoblauen Kittel und den über und über verstaubten Schuhen, der sich die Straße entlangschleppt, während sein Herz, dieser zähe und harte, unendlich gehorsame Muskel, einen zitternden Wirbel schlägt. Er läuft wie einer, der auf der Flucht ist und der Gefahr nicht achtet, welche ihm überall droht: stolpernd, vom Flimmern der Hitze geblendet, die vor seinen Augen hängt wie ein feiner, aus tanzenden Mücken gewebter Schleier; aber mehr noch geblendet und angezogen von dem inneren Bild, das seit vielen Tagen in seiner Vorstellung lebt: einem Altarstein und einer Patene, einem Kelch, von ein paar Menschen umgeben, die anders sprechen als er; eine andere Haut und andere Träume, andere Ängste und Wonnen haben; auf andere Art und Weise gezeugt und unter anderen Umständen selbst geboren wurden wie er. Er sieht ihre Hände, unsagbar fremd, mit den bläulich durchflossenen Nagelkuppen, ihre Augen mit der nächtlichen Iris, die von Geheimnissen überquillt, welche niemals mitgeteilt werden, den scheuen Rücken der schmalen Frauen und die Füße der Hühnerdiebe, der Räuber und lügnerischen Banditen, deren Zehen sich vor Ungeduld krümmen, während ihr Hirn sich neugierig einläßt mit der Botschaft, die man ihm bringt. Er sieht sie alle, Junge und Alte, in ihren Planetenbahnen... und er wirft sich unter sie wie ein großer, hellbrennender Meteor, der das Gesetz ihres Laufes verändert und den Aufbau ihrer Kristalle erschüttert, bis sie sich ganz und gar umgewandelt und wie in dem Tiegel des Alchimisten zu edleren Elementen wieder neu aufgebaut haben. Ein einziger Mensch nur, der in dem Schoß eines getauften Negerweibes ganze Generationen von Christen, von Kulturen und Theokratien erzeugt, die ohne ihn nicht wären! Diesen einen meine ich, wenn ich zitternd und blau gefroren vor Kälte mit bloßen Füßen den Weg zurück durch den offenen Kreuzgang gehe und das bißchen

Wärme dabei verliere, das mir der rauchige, alte Kamin in dem Saal der Rekreation für die Dauer einer einzigen Stunde am Tag gespendet hatte. Vielleicht, daß mein Frost seiner Fieberhitze ein wenig Kühlung spendet und daß meine Tränen, die mir zur Nacht am Rand der Wimper erstarren, das Gefühl seiner Hoffnungslosigkeit lösen und die Verzweiflung zum Schmelzen bringen, die den Einsamen überfällt; daß jedes Wort, welches unausgesprochen auf meinen durch das Schweigegelübde hermetisch verschlossenen Lippen verharrt, jenem Träger der Frohbotschaft zugehaucht und ihn ermutigen wird, und daß die Zärtlichkeit, die mein Herz, dieses hartgepanzerte, sich nicht gestattet, den armen Kleinen zugute kommt, die seine Hände am Weg auflesen, um sie Christus entgegenzuführen. Du hast also recht, vom Himmel Gestürzter, wenn du glaubst, jeder Atemzug meiner Brust mische sich mit unzähligen anderen, die eben begonnen werden, und mein Leib, der sich hingibt, baue im Tode den Leib der Unsterblichkeit. Prahle doch nicht mit der Weite der Erde! Er, der sie gebildet hat, kennt allein das Innere des Menschen, und siehe: es ist größer als alles, was vorher erschaffen wurde – – vielfältiger als die Fauna des Urwalds und unergründlicher als die Südsee mit ihren Korallenriffen; es ist höher als der Götterberg Tibets, breiter als Wolga und Mississippi, gefährlicher als das Nest der Kobra und unberechenbarer als Wind, der von Osten nach Westen dreht.

Gott aber ist größer als unser Herz – und während es sich in Furcht und Schrecken vor der Weite des Raumes zusammenzieht, der über Millionen Meilen hinweg die Fixsterne in dem großen Bären oder dem kalten Orion zu einem menschlichen Namen vereinigt, der als Bild in das Auge zurückkehrt, das ihn schaudernd entlassen hatte, nimmt er gleichzeitig die Vereinzelung fort, unter der es sich wie ein welkes Blatt bei dem Gedanken an die Myriaden verlorengegangener Seufzer krümmt und unter dem Gluthauch der Ohnmacht, sie in sich zu sammeln, vergeht. Er zeigt ihm die Einheit des Menschengeschlechtes in der Tiefe von Raum und Zeit: die Erlösungsbedürftigkeit aller Seelen, die mich heftiger schwindeln macht als die Weite der Milchstraße und die Größe der unerforschten, brennenden Flecke im Herzen Zentralafrikas – versunkene Seelen, vergessene Helden, die kein Rolandslied aufbewahrt! Denn die Gegenwart, sie ist gar nichts gegen den Ozean und den Abgrund der verflossenen zehntausend Jahre ... was sage ich: zehntausend? Hunderttausend und aber hunterttausend ... Kulturen der Minos, Kulturen der Inkas und der sagenhaften Atlantis, die nur das Gebet noch erreicht. Dieses eine, einzige Vaterunser – ich werfe es wie einen Stein in den Brunnen, und indem sein Schall aus der Tiefe zurückkehrt wie der Lichtschein eines schon längst zerstäubten und geborstenen Himmelskörpers, hat es das starre Naturgesetz von Wirkung und Ursache aufgehoben und den Faden der düsteren Parze zerrissen, die eins an das andere knüpft; es schwächt und zerstört die Folgen der Sünde, die vor Jahrtausenden ausging und in das Zukünftige wirkt; ja, es spielt, diese eigne Tochter Gottes, von neuem, wie die Weisheit des Ursprungs, zu seinen Füßen die Schöpfung zurecht und hätte noch heute die Möglichkeit (zu Ende gewagter Gedanke!), den trojanischen Krieg zu verhindern. Vergeblich also, mich durch den Anblick der Unendlichkeit schrecken zu wollen, oder in mir den Stolz meiner Herkunft, das normannische Blut anzurufen, das in den Rittern des Cotentin nach Neapel und über Sizilien bis Konstantinopel drang; das England eroberte und sogar das Russische Reich begründet und aufgeschlossen hat. Vergeblich, mich an den Herzog Wilhelm, an seinen Vater,

Robert den Teufel, und die schöne Arlette zu erinnern; an Richard Löwenherz, Heinrich Kurzrock und Johann ohne Land; an die Kolonisten von Kanada und, in den Tagen der Schreckensherrschaft, an die kühne Charlotte Corday. *Denn die Großen überschreiten ihr Blut wie Caesar den Rubikon ... und sie alle überschreitet der Beter, der seine Gegenwart darin hat, daß er in einem fort Zukunft ist und das Maß der Vergangenheit.* Dieser Freie: Womit kannst du ihn schrecken? Mit der Vergeblichkeit seiner Bitten? Er hat die Erfüllung vorweggenommen, indem er ihr entsagte. Mit der Einbildung, Gott in den Arm zu fallen und nach eigener Willkür seinen Ratschluß beeinflussen zu können? Gott selber läßt ihn nur soviel wünschen, wie er später gewähren will. Nach jeder Richtung hin ist er frei, denn er geht in Gottes Absichten ein wie ein Vogel in das Urelement der ätherischen Himmelslüfte, das ihn nirgends anstoßen läßt, sondern trägt, und ihn durch die Strömung der Winde nach seinem Gefallen lenkt. Womit also?

Ach, ich höre dich sagen: ‚Mit der Endlichkeit deiner selbst, Theresia!' – – und zum erstenmal sehe ich vollkommen deutlich und mit unerbittlicher Schärfe und Klarheit meinen Tod. Nicht den Tod an sich, über den man reden und philosophieren kann; auch nicht den Tod, den ich häufig wärend der großen Epidemie bei meinen Mitschwestern sah, wenn sie sich ihm in den letzten Zügen entgegenatmeten: versinkend, mit blicklos geöffneten Augen, die wie die Augen von Franz Xaver, als er auf der verlassenen Insel über den Ozean nach den Küsten seiner Sehnsucht Ausschau hielt, schon in die Ferne der begonnenen Ewigkeit gingen; sondern *meinen* Tod: diesen Tod meines Leibes, der eilig hervortritt und nun beginnt, das Fleisch zu schmelzen und zu verzehren, das seine Gestalt noch verhüllt; der in mir wächst wie das Kind in der Mutter und endlich übrigbleibt. Er ist das einzige, was ich wirklich mit aller Bestimmtheit weiß. Den Himmel glaube ich – doch ohne Trost und ohne jede Gewißheit; mich selber fühle ich – doch nur in Schmerzen und mit ständig vermehrter Qual. Er allein kann von allen Geschöpfen nicht angezweifelt werden, und daran, daß sie ihn fürchten, erkennen sie, daß sie sind. Aber fürchte ich ihn denn? In jener Tiefe, wo das Herz sich nicht mehr belügen kann, gibt mein Dasein mir Antwort: nein! Etwas anderes schreckt mich. Ich, die ich tausend und abertausend Leben in meinem eigenen lebe, sterbe doch nur einen einzigen, einen Atemzug dauernden Tod. Wenn also mein Leben auch weiter gar nichts als ein beständiges Sterben für die Rettung der Seelen wäre, eine einzige Todesnot – ach, dieser Tod, und sei er der Liebestod an und für sich, er, welcher das Sterben beendigt, hat selber Endlichkeit. Mit dem endlichen Tod vermag kein Geschöpf den unendlichen Tod der Sünde, die Hölle, aufzuheben. Denn auch die Hölle hat Gott in seiner Liebe geschaffen, und aus Liebe verleiht er ihr Ewigkeit und Tiefe ohne Maß. Die Hölle ist der Liebestod Gottes in den Seelen seiner mit Christi Blut erkauften Widersacher, und in jedem von ihnen verschenkt er sich aufs neue in diesen Tod. Seinen endlichen, schwachen Geschöpfen verleiht er, die Wahl ihres Herzens und ihres Willens bestätigend, volle Unendlichkeit und gestattet den Cherubim nicht und nicht den Seraphim, die Hölle anzutasten. Entsetzlicher Widerspruch also zwischen der Liebe Gottes, die noch die Hölle umfaßt und erhält, und der Liebe der Auserwählten, die sie zunichte lieben, in Wesenlosigkeit auflösen möchte, austilgen und in das Nichts versenken oder beendigen will! Doch sie bleibt. Sie bleibt über Raum und Zeit, von keinem Gefühl erschüttert, um keine einzige Seele vermindert, hinter der ihr Tor sich geschlossen hat, und der

Sieg über sie besteht nur darin, ihre Bürgerzahl voll zu machen und ihr zuzurufen: genug! Ja: mich erschrecken die Grenzen, Satan, die selbst meiner Liebe gesetzt sind – aber mehr noch erschreckt mich nun jenseits der Grenzen die Unabänderlichkeit. Ein Atemzug – und es gilt für immer, was beim letzten gegolten hat ... Ja, selbst die ewige Seligkeit würde uns, wenn wir anderes als die Liebe Gottes von ihr erwartet hätten, notwendigerweise enttäuschen müssen, denn wir erkennen in diesen Bezirken nur Inhalte, keine Formen, und von diesen stets nur die äußersten wieder: die Liebe und den Haß.
So will ich mich denn entschlossen über die Grenze begeben, die mich hindert, schon jetzt und hier nichts außer Liebe zu sein. Ich will mich einschmelzen in ihr zartes und glühendes Element wie der Hochsommer in die flimmernde Hitze über den Bauerngärten, die sich jedem Gegenstand unmerklich mitteilt und alle untereinander verbindet, sie durchdringt und aus ihnen ihr Wesen hervortreibt, an welchem, wenn jedes andere Merkmal vollkommen ausgetilgt wäre, der Sommer noch fühlbar wird. Ich will lieben, wie vor mir, außer Maria, noch kein weibliches Herz zu lieben gewagt hat; ich will eine Närrin der Liebe heißen und toll vor Liebe sein. In einer Zeit, die sich anmaßt, den Glauben durch die Vernunft zu erleuchten, will ich mich aller Gründe entschlagen und jedes Beweises entblößen, der auf den klappernden Stelzen der Einsicht dem Glauben zu Hilfe kommt. Furchtlos will ich so lange den Blick auf die Sonne der Offenbarung heften, bis meine Augen von ihr verzehrt sind und sich mir neue Organe der Erkenntnis gebildet haben. Mein Herz soll gleichzeitig sehen und hören, tasten und fühlen, denken und handeln und die Tätigkeit aller mit übernehmen, wenn sie müde geworden sind. Für die Priester, welche mit trostlosem Blick ihre kleine Dorfgemeinde umfangen, die von Tag zu Tag

lauer und träger wird; für die Prediger, die sich matt und verzweifelt in dem Netz ihrer Argumente verwirren, in dem nicht eine einzige Fliege hängen geblieben ist; die Katecheten, die ihren Samen zwischen Dornen und Dickicht werfen; die Sendboten, welche man steinigt und tötet, um Gott einen Dienst zu erweisen, und die Apostel, denen nicht Zeit bleibt, den Staub von den Schuhen zu schütteln, ehe man sie vertreibt – – für sie alle will ich in mir die Flamme einer unauslöschlichen Liebe entfachen, die imstande ist, sich von den bitteren Ranken der Enttäuschungen dieser Seelen zu nähren, und von dem Salz ihrer Tränen zu immer helleren Farben geläutert, von dem Wind ihrer Trübsal emporgetragen und endlich dem mystischen Bilde des Pelikans ähnlich wird: brennend, mit ausgebreiteten Flügeln, deren schleißende Feuerzungen erbeben, den geschmeidigen Flammenhals niederbeugend auf die flaumige Brust, die den Quell ihres Blutes für immer offenhält...«

»Ich, Lucien Benoît, fand vor dreißig Jahren auf der Isle St. Louis, von Malaria geschüttelt, diese Liebe der Karmeliternonne aus dem normannischen Städtchen Lisieux in meinem Inneren wieder. Sie hat mich getröstet über den Tod meiner vergeblichen Gründung, des Mutterhauses in China, und über den Tod meines Zeitalters auch, welchem in Furcht und Schrecken unterzugehen, bestimmt war. Wie eine Stadt an dem Horizont durch die Handfläche eines einzigen Menschen zugedeckt werden kann und trotzdem weiterwächst, fuhr sie inmitten der Herrschaft des Satans zwischen zwei Kriegen empor; sie wuchs und warf ihre Feuerfunken wie Samenkörner aus. In St. Peter erlebte ich, wie sich zur Ehre dieser kleinen unbedeutenden Nonne die silbernen Fanfaren der Kuppel mit dem Jubel der Menge mischten; und zurückgekehrt an die Stätte meines verlorenen Wirkens, sah ich bereits ihr rührendes Antlitz auf der Brust eines Sackträgers wieder im Hafen von Schanghai. Zum dritten Mal bin ich ihr dann begegnet, als aus einem der Dome

der Christenheit, wo diese jüngste Heilige Heimat und den unzulänglichen Pinsel eines frommen Malers gefunden hatte, ihr Bild entfernt und die Kathedrale zu einem Heiligtum heidnischen Blutes erklärt – und geschlossen wurde.
Nun sitze ich, müde und grau geworden, in dem freundlichen Hospital der Nonnen meines Vaterstädtchens Senlis. Es ist Herbst, in dem schütteren Laub der Platanen bewegt der Wind die gestachelten Früchte an ihren langen Schnüren spielerisch hin und her. Ihr Schatten zeichnet die kahle Erde mit flüchtigen Hieroglyphen; ich suche sie zu enträtseln und lese die Namen, die süßen Namen meiner toten Jugendgefährten: Hortense de Chamant, die an Stirn und Augen der Nonne Theresia ähnlich war, und Pierre Loux, den verschmitzten, lächelnden Burschen mit den Handgelenken aus Eisen, der mir zugeflüstert hat: »Komm! Die kleine bihira erwartet dich im Namen ihrer Brüder!« Hortense, wo bist du jetzt? Einzige Seele, die ich um tausend andre verließ, ohne daß doch diese vielen dein Gedächtnis austilgen konnten. Huschst du noch immer gespenstig und leise durch den verwachsenen Laubengarten und an den Pfirsichspalieren entlang in das kleine Schlafkabinett deiner Mutter, wo du die teuflisch täuschenden Briefe des früheren Pfandleihers lasest, die du für die meinigen hieltest? Noch bewegt sich der Türklopfer auf und nieder: eine Hand in einer Spitzenmanschette aus bläulich getöntem Kalk; doch der Briefkastenschlitz, der die Zettel empfing, mit denen die rotbraune kleine Suzette dich um ein Treffen bestürmt hat, nachdem du Senlis verlassen hattest, um mich in Paris zu suchen, ist mit Moos und Erde verstopft. Suzette ... deine Freundin, welche man nachher mit Belfontaine vermählte, der gleichfalls verschollen ist. An seinem Haus hat man später die steinerne Tafel angebracht, die den Satan während der Messe zeigt, seinen Gästen den Wein kredenzend – jene Tafel, die 1914 von einem Adelshof übrigblieb, den die Deutschen abgebrannt haben ...«

IV

Das Päckchen, in welchem Herr Bonmarché den einen der auseinandergenommenen Teile des Medaillons seinem Brief zugefügt und das er dem Gesellen Auvertins übergeben hatte, fiel mit dumpfem Aufschlag in das durchnäßte und erst flüchtig abgetrocknete Gras vor die Füße von Fräulein Hortense. Der Gewitternacht war – wie auf dem Gesicht einer verweinten Frau – das rasche Aufzucken eines Lichtes und gleich danach wieder Regen gefolgt, der einige Tage anhielt; so kam es, daß das Fräulein längere Zeit nicht den Garten betrat und der Bote sich nutzlos angestrengt hatte, den Auftrag auszuführen. Nun stiegen die Schwalben wieder über dem schmalen Baumgang in die gereinigte Luft; ihre eisenblau blitzenden, wendigen Körper schienen sich, Pfeilspitzen ähnlich, in das Sonnenlicht einzubohren, und Hortense, das blasse Stubengesicht mit behandschuhten Fingern beschirmend, wandte sich ihnen zu. In diesem Augenblick war das Päckchen vor ihr zur Erde gefallen und brachte, indem es das zitternde Netz ihrer Wahrnehmung unvermittelt durchstieß, in ihr den Eindruck hervor, als sei ein Vogelkörper am Boden aufgeprallt.

Sie zuckte zusammen, bückte sich dann und hob einen kleinen Gegenstand auf, der in weinrotes Seidenpapier gewickelt und um und um verschnürt war. Ihre Blicke suchten die Hauswand ab, sie erinnerte sich, im Bücken ein Fenster klirren und gleich darauf das hastige Niederfallen einer Rolljalousie gehört zu haben; aber sämtliche Fenster, gleichgültig leer, starrten sie teils verhangen, teils blicklos geöffnet an. Sie überlegte sofort, wer das Päckchen geworfen haben konnte, und wußte, daß einzig der Schneidergeselle, ein unzweideutiger Kuppler, dafür in Frage kam. Sicherlich stand er noch hinter dem Vorhang und beobachtete mit gierigen Blicken, wie das stolze Fräulein Hortense sich verhielt; er sah sie zornig das Päckchen öffnen, seinen Inhalt zertreten und das Billett, das es fraglos enthalten mußte, verächtlich in Stücke reißen. Vielmehr – er würde es sehen, wenn ... doch sie vermochte es nicht. Mit der Faust die kleine Botschaft umschließend, die sie (das Fräulein fühlte es deutlich) auf keinen Fall ungeöffnet und ungelesen lassen oder vernichten würde, ging Hortense mit scheinbarer Achtlosigkeit wieder dem Hause zu; hier ein geknicktes Ästchen entfernend, dort mit der Schere den blattlosen Kelch einer abgeblühten La-France-Rose kappend, blieb sie endlich, von Herzklopfen überrieselt, an einem der Obstbäume stehen, gegen dessen Stamm sie sich lehnte...

Es war etwas Ungeheures geschehen; etwas, das ihre Welt aus den Angeln und ihr trauriges Dasein, den Füßen betender Mystiker ähnlich, vom Boden gehoben hatte. Noch wußte sie nicht, was es eigentlich war; nur, daß sie mit ihrem ganzen Körper den dumpfen, unterirdischen Stoß einer Erschütterung auffing, welche, indem sie den Umschlag des Briefes mit flatternden Händen anriß, sich noch deutlicher wiederholte. Das Medaillon, das die Gemme umschloß, glitt ihr dabei in die Hand; ohne zu überlegen, ließ sie es durch den Halsausschnitt in ihre Bluse fallen, die enganliegenden Stäbe des Mieders fingen es auf und preßten die Kühle des Schmuckstückchens aus Emaille und Stein fest gegen ihre Haut. Der alte Apfelbaum mit der runden, majestätisch verzweigten Krone warf das Licht- und Schattenspiel seiner Blätter auf das Gesicht und die Hände der an ihn gelehnten Frau. Ihrer Vorstellung, von seinen Zweigen geschützt und vor allen Blicken verborgen zu werden, gab er das trügerische Gefühl, es in Wirklichkeit auch zu sein. Hortense hob das Briefblatt aus merkwürdig grobem, fast schülerhaftem Konzeptpapier an die von Hoffnung entfachten und kurzsichtigen Augen, die sich langsam zusammenzogen.

»Mein angebetetes Fräulein Hortense...«, las sie – und hatte vorweggenommen, daß diese Worte nicht ein Beginn, Einleitung oder Aufforderung, sondern schon Antwort waren. Denn sie waren es. Dieser Brief war die Antwort – im Weiterlesen glaubte sie, es unwiderleglich zu wissen – auf ihre Herausforderung ‚Gott und Benoît' –! Der eine von ihnen hatte ihr Antwort gegeben... Ein Rotschwänzchen stieß über ihr den Schrei, den gleichsam tonlosen, jähen Schrei der Warnung vor Gefahr aus; oder hatte sie selber, Hortense, geschrien: ohne Laut wie eine gläserne Scherbe, wenn das Licht sie aufblitzen läßt? Doch in sich entzweit und von lauernden Blicken rings umher angetastet, schob sie mit vollem Bewußtsein den Anruf ihrer Instinkte fort und gab sich mit blinder Entschlossenheit einer Täuschung hin, welche sie so gewaltsam in ihr innerstes Leben hineinriß, daß sie zur Wahrheit wurde; zu einer verwandelten allerdings, die nun ihrerseits anfing, Hortense die Gesetze ihrer Wirklichkeit aufzuprägen. Sie unterwarf sich dem eignen Betrug, wie ein Frommer dem Glauben sich unterwirft, und ihr sonst so spöttischer, klarer Verstand faßte die folgenden Sätze nur noch als Bestätigung auf.

»Wenden Sie nicht, ich bitte Sie, diese armselig kurzen Zeilen um, in der Hoffnung, den Namen dessen zu finden, der ihr schwacher Urheber ist. Sie werden es jetzt und später nicht wissen...« Hortense de Chamant ließ das Briefblatt sinken und horchte nach dem Hause; dann faltete sie den Brief zusammen, blickte sich noch einmal unschlüssig um und steckte ihn mit bewußtem Trotz in die offene Schürzentasche. »Sofort, Papa! Ich komme ja schon!« rief sie und hörte dem Klang ihrer Stimme, diesem fremden, ungeduldigen Jubel einer neugeborenen Seele, wie ein Unbeteiligter zu.

Herr de Chamant, dem dritten Napoleon in Physiognomie

und Barttracht ähnlich, lag mit gereiztem Gesicht auf dem Sofa, über dessen Lehne er beide Beine, zwei ausgemergelte, dürre Stöcke mit Gichtknoten, baumeln ließ. »Wo bleibst du? Hast du mich nicht gehört?« schrie er die Tochter hemmungslos an und versuchte sich aufzurichten. Das Zigarillo entglitt dabei seinen schmerzlich geöffneten Lippen und fiel auf den Teppichrand. »Das ist die ganze Hilfe, du Bestie, die ein kranker, elender Vater an deinesgleichen hat«, jammerte er wie ein Kind. Ohne sich zu verteidigen, half ihm Hortense in die Höhe und sagte sanft: »Du weißt doch, Papa, daß du nicht soviel rauchen darfst.« Dann bückte sie sich, hob das Zigarillo, das den Teppich schon angeschwärzt hatte, auf; legte es in die hübsche kleine Majolikaschale mit den Vergißmeinnichtranken, die der Vater, obwohl sie ihr Eigentum war, aus purem Sadismus gebrauchte, und drückte den Aschenkopf aus.

Herr de Chamant sah ihr aufmerksam zu und fragte mit näselnder Stimme: »Von wem hast du eigentlich dieses Schälchen?«

Gewohnheitsmäßig, wie seine Frage schon dutzende Male gestellt worden war, beantwortete sie Hortense. »Ein Souvenir von Mama, wie du weißt, zu meiner Erstkommunion.«

»Richtig«, sagte Chamant befriedigt. »Zu deiner Erstkommunion. Du warst ein reizendes Kind, Hortense, unter dem Spitzenschleier, den Désirée eigenhändig mit Blüten und Myrthenblättchen bestickte«, fuhr er plötzlich hemmungslos fort.

Désirée – – – Beide stockten und hielten den Atem an. Dieser Name war heute zum ersten Mal seit Jahren wieder gefallen und verbreitete sich in dem schwülen Zimmer wie der Duft aus einem entkorkten Fläschchen, dessen Inhalt schon längst vertrocknet und nicht mehr bestimmbar ist.

»Sie war damals so alt wie du heute«, begann de Chamant von neuem und blickte die Tochter an. »Zweiunddreißig, nicht wahr, Hortense?«

»Ich bin erst neunundzwanzig, Papa«, bemerkte das Fräulein steif.

»Aber Désirée war viel schöner als du«, sagte ihr Vater grausam. »Du bist verblüht, meine Tochter. Deine Mutter war rund und weich. Wen sie ansah mit ihren Taubenaugen unter der Kinderstirn und den hochgesteckten goldbraunen Haaren, hat sich verliebt in sie. Ich glaube, selbst der junge Abbé, der dich zur Erstkommunion führte, war verschossen in Désirée. Wie hieß er doch gleich? Na, es fällt mir noch ein. Entsinnst du dich nicht, Hortense?«

»Nein«, sagte die Tochter mit starrem Gesicht. »Ich entsinne mich nicht, Papa.«

»Nun schön. Es ist ja auch einerlei«, erwiderte de Chamant. »Er war ein Mystiker: Franz von Sales – aber ohne Franziska Chantal.« Herr de Chamant lachte unglücklich auf. »Vielleicht, daß er hoffte, in Désirées Seele eine solche Schwester gefunden zu haben – ihre Mädchenschwärmerei für das Kloster war ihm bekannt, wie ich weiß. Bah, Benoît Desbord... nun ist der Name mir eingefallen«, sagte Chamant befriedigt. »Benoît Desbord – –«, er fixierte die Tochter und zuckte plötzlich zusammen. »An was denkst du jetzt?« fragte er schreiend, mit gellender Fistelstimme. Hortense blickte unbewegt vor sich hin. Ihre Züge blieben vollkommen still, nur ihre Brust, an welcher, ihr fühlbar und anderen verborgen, das kleine Medaillon ruhte, bebte heftiger auf und nieder. »Ich irre mich übrigens. Nicht Benoît, sondern Bernard hieß dieser Desbord, der Désirée verehrte.«

»Und – ?« fragte Hortense mit tonloser Stimme, ohne den Blick zu heben.

»Nichts weiter.« Herr de Chamant zog sich ächzend an dem Arm seiner Tochter ein Stückchen höher, ließ die Beine auf den Boden herunter und griff nach seinem Stock; dann hob er sich unerwartet mit einem Ruck von dem Diwan und trat vor den Kamin. Der schwere Goldspiegel warf das Bild seines Oberkörpers zurück: den degenerierten, verwüsteten Kopf mit den edelgebildeten Schläfen, den sehnigen Hals und die haarige Brust in dem offenstehenden Morgenrock, dessen Teile er jetzt mit zitternden Händen übereinanderschlug. »Du glaubst wohl, daß sie mit diesem Desbord – ?« fragte er über die Schulter gedreht. »Aber nein, wo denkst du denn hin ? Sie ging zu ihm in die Predigt, um dort den Marquis Lafayette zu treffen, der damals als Hauptmann hier in Senlis bei dem schicken, marokkanischen Regiment stationiert war: weiße Röcke auf Taille und rote Stiefel, darüber das lammfellgefütterte marineblaue Cape. Aber auch der war es nicht. Vielmehr: der letzte nicht. Dann kam ein Leutnant. Hernach dessen Bursche, ein Kerl aus Algier –«

Chamant riß dem Fräulein gewaltsam die Hände von den Ohren. »Nun weißt du, warum ich dich einsperren mußte, du Tochter und Ebenbild dieser Hure, die gleichfalls mit einem Benoît begonnen – –«

»Ich denke, er hieß überhaupt nicht Benoît!« rief Hortense mit verzweifelter Stimme.

»... begonnen hat«, überschrie sie Chamant. »Aber zum Unterschied zu deiner Mutter endigst du auch bei ihm.«

«Benoît hat niemals...«

»Ich weiß. Ich weiß«, tobte der Alte weiter. »Auch du hast nicht – und auch Désirée hat nicht – ihr alle habt nicht gesündigt. Nur dein Vater. Höre mir zu, mein Kind, wenn ich jetzt mit dir sprechen werde. Es ist wahr, daß ich mehr als ihr alle zusammen gesündigt habe, Hortense«, sagte er plötzlich sanft. Seinen Blick auf das schauernde Mäd-

chen heftend, kam er, den Morgenrock fest um seine Hüften ziehend, auf sein zitterndes Opfer zu. »Désirée!« rief er schluchzend und griff blind wie ein Nachtwandler in die Richtung, wo seine Tochter stand.
Hortense wich, bleich wie der Tod, zurück und ballte die feinen Fäuste. »Bist du wahnsinnig?« zischte sie.
Herr de Chamant sank in sich zusammen. »Hilf mir dort in den Sessel«, wimmerte er, »und sage dem Klosterknecht, daß er den Dogcart wieder ausspannen muß, Hortense. Meine Schmerzen sind heute zu stark.« Von ihr unterstützt, ließ Chamant sich nieder und streckte die Beine aus – vorsichtig, als ob Gefahr sei, sie über den steifen Knien unbedacht abzubrechen. »Doch, doch«, wiederholte er, während ihm Speichel und Tränen in seinen Napoleonsbart flossen, »ich habe mehr als ihr alle, ich habe in Gedanken gesündigt und habe mich nicht gescheut, dich mitschuldig werden zu lassen. Wie ein Stück Obst, das der Geizhals in der Schale auf der Kredenz verwahrt, ohne es zu verzehren, habe ich dich mit Gedanken und Blicken so lange angetastet, bis du anfingst, dunkle Flecken zu zeigen; ich habe dich verdorben, Hortense, um deine Mutter in dir zu genießen, und dich in ihre Kleider gesteckt, um Désirée in dir zu haben – aber erst heute weiß ich genau, daß es mir wirklich gelungen ist, dich gleichfalls zu verderben, und daß auch du mir entfliehst.« Er fixierte sie mit steigender Wut. »Du hast einen Brief bekommen. Gib her!«
Seine Tochter griff in die Schürzentasche und warf mit dem Anschein völliger Kälte den Zettel auf den Tisch. »Ein Rezept von Suzette. Wenn du willst, hole ich deine Lupe. Sie schreibt sehr flüchtig und klein.«
»Du lügst!«
»Natürlich.« Das Fräulein lachte. »Ich habe immer gelogen.«

Der Alte blickte sie mißtrauisch an. »Es ist kein Rezept. Es ist ein Brief. Ein Liebesbrief, wie ich vermute.«
»Ja? Willst du lesen, Papa? Ich hole deine Lupe.«
»Ich will nicht lesen. Ich will nicht, hörst du!« schrie Herr de Chamant verzweifelt. »Ich werde auch nicht in die Predigt gehen, wo sich Désirée mit dem Hauptmann trifft, obwohl ich ganz genau weiß, daß die Hure nicht einmal ableugnen wird.« Er seufzte kläglich und sagte: »Désirée. Aber du bist ja Hortense. Unsere kleine Hortense, nicht wahr?, die bald ihren Vater gleichfalls verläßt, wie ihn alle verlassen haben.«
Das Fräulein blickte ihn aufmerksam an. »Gib mir Kleider«, sagte sie rasch.
»So. Kleider? Und neue Hüte?« fragte der Alte höhnisch. »Na, schön. Ich bringe dir alles mit, wenn ich wieder nach Orléans fahre.«
»Oh –«, sagte sie leise und haßerfüllt mit zusammengezogenen Brauen. »Es ist nicht nötig. Mein Freund hat geschrieben, daß er sie herbringen wird.«
»Benoît?«
»Natürlich.«
»Benoît Desbord?«
»Aber nein. Nun verwechselst du wieder die beiden. Es ist ja auch einerlei.«
Sie spielten noch eine Weile quälerisch hin und her. Endlich ermattete Herr de Chamant; seine feuchten, aber farblosen Lippen blieben halb geöffnet und unentschieden mitten im Sprechen stehen; zwei Spinnen von Müdigkeit liefen plötzlich von den Augenwinkeln herunter und gruben, den Nasenflügeln entlang, gespenstische Furchen ein. Er schlief. In dem unausgelüfteten Zimmer mit den Fahnen aus leicht parfümiertem Rauch stieg wieder die Schwüle an; die Langeweile, das dumpfe Gefühl der Ausweglosigkeit. Hortense, in einen Sessel gekauert, zog den

Zettel zu sich herüber und setzte ihre Lektüre fort, die vorhin durch den Anruf des Vaters unterbrochen worden war.

»Sie werden es jetzt und später nicht ahnen, wessen Schicksal Sie schuldloserweise besiegelt, wessen Herz Sie entzündet haben. Genug, daß Sie wissen, Fräulein Hortense, wie sehr Sie die Meinige sind. Denn Sie sind es. Ich besitze Sie ganz mit all Ihren Heimlichkeiten: Ihren Wünschen, die sich nach Freiheit sehnen...«

»Ja, ja.« Das Fräulein preßte den Brief wie ein Schulmädchen an die Brust und starrte in das Leere. Vor ihren kurzsichtig glänzenden Augen ergänzten sich die Zeilen so schnell und folgerichtig, als habe sie selbst sie geschrieben und schon lange herbeigezogen; doch nicht nur diese Zeilen, sondern das Bild ihres Schreibers auch: Lucien Benoît – nicht der junge Benoît, den sie vor endlosen Jahren geliebt, geküßt und begehrt haben mochte, sondern ein anderer: ein Benoît in dem Ordenshabit der Weißen Väter und der Haltung eines soeben ernannten, inspirierten Novizenmeisters, von dem man sich in Senlis erzählte, daß er unwahrscheinlich große Erfolge bei seinen Zöglingen habe.

[... Er steht, den Nacken vornübergebeugt, hinter dem krummen Rücken eines kleinen Bauernnovizen, um diesen Brief zu diktieren, diese enggeschriebenen Zeilen auf grobem Konzeptpapier. Der kleine, sommersprossige Lümmel mit den rotbewimperten hellblauen Augen, die sich – nun hebt er den Kopf in die Höhe – mit listig hingegebenem Ausdruck nach seinem Lehrer hinwenden, schielt ihn erwartungsvoll an. »Haben Sie? Weiter! Weiter!« Der Kleine zieht seine Schnupfnase hoch und tunkt von neuem die Feder ein, um stumpfsinnig fortzufahren: »... und muß aus tragischen Gründen ewig unbeantwortet bleiben...« Jetzt sieht sie ihn deutlich. Oh, wie er kämpft, um nicht noch mehr von sich zu verraten – ein Wort nur, aus dem sie entnehmen könnte – –. Doch der Schlingel da, dieses kleine Tier, in dessen Macht er sich gibt, fixiert ihn plötzlich, ihren Geliebten, mit unverschämtem Grinsen.)

Hortense warf einen erschreckten Blick auf den eingeschlummerten Vater. »Ich bin von Sinnen«, sagte sie laut. »Das kommt von der Einsamkeit.«

»Nur ein Zeichen der seelischen Einheit zwischen uns beiden erbittet sich mein Herz. Tragen Sie das hier beigefügte kleine Geschenk am Halse, ohne daß ich es weiß. Doch, um nicht zu lügen, ich werde es wissen; vielmehr nicht wissen, sondern nur ahnen – freilich so vollkommen ahnen, daß mein nächster Brief Ihnen Zeit und Stunde ganz genau angeben wird, in der Sie es angelegt haben.«

An dieser Stelle hielt Fräulein Hortense mit jähem Erschrecken inne. So war sie als kleines Mädchen erschrocken, als sie lernte: Gott ist allwissend. Gott sieht alles bei Tag und Nacht. Gott sah sie also. Ihr Abgott sah sie mit hunderttausend Augen, die von überall her auf sie niederblickten, sie verfolgten und in ihr Inneres drangen, bis es vollkommen bloßgelegt war. Vorsichtig öffnete sie ihre Bluse an den drei oberen Knöpfen und holte das Medaillon ängstlich mit unruhigen Fingern hervor. Phädra und Hippolyt. Altes Motiv der klassischen Literatur. Sie blickte, mit gerunzelter Stirn in ihrer Erinnerung suchend, was das Dargestellte bedeuten sollte, auf ihre Fingerspitzen.

»Laß sehen!« sagte ihr Vater plötzlich mit weit geöffneten Augen.

Totenbleich, aber gefaßt, wandte Hortense sich dem Alten zu und reichte ihm den Schmuck.

»Hübsch! Hübsch! Eine ganz delikate Arbeit«, murmelte Herr de Chamant. »Ich kann zwar nicht alles genau erkennen... Aber magst du mir nicht die Lupe holen – das

wolltest du doch schon vorhin. Na, also. Empire. Eine klassische Fabel. Racine. Wenn mich mein Gedächtnis nicht täuscht: Phädra und Hippolyt. Natürlich. Phädra und Hippolyt – ich entsinne mich noch genau an das Stück, das ich zusammen mit Désirée sah. In der Comédie française, meine Liebe, es war eine Lieblingsrolle der Bernhard. Diese Kälte und Wollust in einem; eigentlich war Désirée noch zu jung, aber wenn nicht der Ehemann seine Frau in Liebesdingen bildet, dann tut es ein anderer. Kennst du den Inhalt nicht? Nein? Das ist schade. Dafür wirft man das Schulgeld heraus. Eine Art von ägyptischem Josef, weißt du. Sie will – er will nicht. Er denkt wohl an Gott. Vielmehr an die Götter in diesem Fall, obwohl Aphrodite bereit ist, den Kuppler für ihn zu machen. Ich sehe dir an: Jetzt erinnerst du dich. Jetzt erinnerst du dich genau. Ob wir beide nicht einmal das Drama zusammen lesen wollen? Mit verteilten Rollen natürlich, du kannst ja den Briefschreiber mit einladen, das gibt dann mehr Abwechslung. Übrigens ein galanter Mann. Er will nichts umsonst von dir haben. Darauf muß man achten, wenn man die Liebe später zum Broterwerb macht. Nein, nein – ich meine es wirklich so – ein selten galanter Mann. Nur, vielleicht ... gib noch einmal das Medaillon her! Wahrhaftig: es ist nur ein halbes Schmuckstück, man sieht noch deutlich die Ansatzstellen der anderen Medaillonhälfte. Er ist also doch ein Geizhals, Hortense, oder ein ganz raffinierter Bursche, der dich neugierig auf die Fortsetzung macht, welche vielleicht niemals kommt.«
Sein boshaftes, scharfes Altmännergesicht – einem Brunnenspeier sehr ähnlich, aus dem mit unaufhörlichem Schwatzen das Wasser herunterläuft, blieb mitten im Plaudern stehen; ein hinterlistiges, lauerndes Licht glomm in den scharfen Augen Chamants, dann sagte er leichthin: »Du wunderst dich, wie? Aber ich hätte wirklich Lust, das

Stück zu Ende zu spielen. Verstehst du? Nein. Das verstehst du nicht. Aber du siehst doch, Hortense, daß der Schmuck aus zwei Hälften besteht!« Ihr verständnisloses Gesicht betrachtend, lachte er sie durchtrieben an und rieb sich geschäftig die Hände. »Die andere Hälfte steht noch aus – ich meine: für mich, Hortense. Ich habe das Ende nicht abgewartet und bin in der großen Pause einfach nach Hause gegangen. Aber jetzt spielt man weiter. Der Vorhang geht hoch. Was dahinter ist, weiß kein Mensch. Niemand weiß das. Wir sehen nur immer das Bild auf dem Vorhang, das für jedes Stück gleich bleibt: Apoll und die Musen. Oder das Urteil des Paris – im Hintergrunde Mars. Gut, gut. Ich lasse mich überraschen und mache Blindekuh, wenn du willst, um niemand das Spiel zu verderben, das ein Unbekannter in Szene gesetzt und wieder ins Rollen gebracht hat. Du, ich und der Dritte. Oder du und ich auf der einen Seite; drüben der Briefschreiber und dazwischen der große Unbekannte. Denn der Briefschreiber handelt auch nur im Auftrag, ohne daß er es weiß. Natürlich hat er dir etwas Bestimmtes, wahrscheinlich von diesem Benoît, zu sagen und mir von Désirée. Ich werde also von Désirée hören. Das fühle ich genau. Keine Logik, meinst du wohl? Na, na, na. Eine Logik wie unter Revenants, würde ich selber sagen. Ohne Zeit und Raum. Wenn sie stark genug ist, brauche ich bloß in die Hände zu klatschen, und alles ergibt sich von selbst. Natürlich müssen wir warten, Hortense, bis die andere Hälfte des Medaillons da ist – das Stichwort gewissermaßen.«

Die beiden Verdammten blickten sich an; jeder schien jetzt den anderen für irrsinnig zu halten und diesen Irrsinn für seine Zwecke bewußt gebrauchen zu wollen.

»Es ist gut; du kannst von heute ab tun, was du willst, Hortense. Vielmehr: was du mußt. Nur komme mir nicht

mit der Bitte nach neuen Kleidern. Das Schicksal muß Désirée finden können, wenn es jetzt nach ihr sucht.«
»Ich bin aber doch nicht Désirée, Vater«, erwiderte Hortense.
»Nein. Du bist beide in einem: Désirée und Hortense. Jedesmal bist du die Maske der anderen, oder die Maske ist du. Als die eine bist du immer pervers, weil du nicht die andere bist, die du darstellst; und das, was du darstellst, Hortense, bist ja nicht eigentlich du. Insofern ähnelst du auch Benoît, einem Mann in Umhang und Röcken und trotzdem keine Frau. Du bist die Verwirrung an und für sich und selber eine Verwirrte; die große Hure bist du, Hortense, die den Völkern den Kelch der Abgötterei, der Wollust und der Trunkenheit reicht, wie die Apokalypse erzählt. Bah –« sagte er plötzlich trocken. »Natürlich auch hier wieder das Symbol als ein Gleichnis für alles, was heute geschieht, und erst am Anfang ist. Der Krieg? Er ist nichts als ein Bruchteil, Hortense, von der Kraft des Satans, der seine Hände über ganz Frankreich deckt. Die Chimären sind ausgewachsen, mein Kind, wie die Tulpenstengel, wenn ihre Blüte am Verwelken ist, und strecken sich lang, um den Samen der Bosheit in weitem Umkreis über das Land zu werfen. In diesem Satansschatten leben wir nicht erst seit heute, und der tiefste Schatten ist nicht einmal dort, wo am Rande getötet wird. Denn der Schattenschoß gebiert immer neu. Neue Söhne und Töchter. Bankerte von Montesquieu und Rousseau. Neue Symbole, Hortense, wie du, und neue Redensarten.«
Er wendete sich mit jähem Ruck nach dem offenen Fenster und fragte: »Wo ist die Tafel geblieben, die man unter den Trümmern des Hauses Cénon, das die Deutschen angesteckt haben, damals gefunden hat?«
»Du meinst die Satansmesse, Papa?«
Er gab keine Antwort und sank zurück; seine Lippen be-

wegten sich ohne Laut, bis endlich ein greisenhaftes Gemurmel sich löste und erstarb.
Hortense hob das kleine Medaillon von dem Teppich auf, wohin es inzwischen den Händen des Alten entglitten war, und steckte es, mit dem Brief zusammen, in ihre Schürzentasche. »Also soll ich den Dogcart für heute wieder ausspannen lassen, Papa?« fragte sie laut und hart.
Herr de Chamant verzog seinen Mund und blinzelte sie an. »Welch ein Unsinn! Wer sagt das? Ich fahre natürlich. Wo soll sonst das Geld herkommen – –«
Suzette! Sie wollte am Nachmittag hier sein, dachte Hortense, als er endlich das Haus verlassen hatte, mit plötzlichem Widerwillen. Während ihr Blut das Erlebnis der Liebesnacht mit der Freundin schon wieder auszuscheiden bemüht war, arbeitete ihr Gehirn. Neue Kleider! dachte sie fieberhaft. Neue Handschuhe! Neue Hüte! Ein Paar moderne Knopfstiefelettchen mit honiggelbem Einsatz und schwarzer Lacklederkappe. Aber Suzette ist kleiner als ich. Kleiner und üppiger, wie? Wenn Lucien mich plötzlich auffordern würde, ihn zu treffen? Mit ihm zu fliehen? Sie muß mir helfen. Der große Koffer mit den eingebündelten Seidenstoffen steht immer noch auf dem Hängeboden, ohne verschlossen zu sein. Ein paar Schnitte sind wohl leicht zu beschaffen – Suzette erzählte von neuen Modellen aus Chikago und aus New York...
»Komm herein, Suzette! Komm rasch, mein Liebling. Wir haben nicht viel Zeit.«
»Da bin ich, Hortense. Hast du Sehnsucht nach mir? Ich vergehe vor Ungeduld!« Unfähig, sich noch länger zu zügeln, warf sich das stürmische junge Mädchen, ohne Hut und Handschuhe abzulegen, in die Arme von Fräulein Hortense und überschüttete sie mit rohen, fast brutalen Liebkosungen; ungeschickt, kindlich und drohend zugleich, glich sie bald ihrem Vater und seinen Erpresser-

mienen, bald einer erst eben erweckten Frau, deren Sinne noch hinter der Phantasie ihrer Träume zurückbleiben müssen. »Du zeigst mir doch heute, wie man sich pudert? Und schnüren mußt du mich, hörst du, Hortense, daß mir der Atem vergeht.«

»Gewiß, mein Herz. Aber hilf mir auch, den großen Koffer herunterholen, der mit den eingewickelten Stoffen am Hängeboden steht. Ich will mir neue Kleider und dir die Schoßbluse schneidern, wie das Journal sie beschreibt. Ich will fliehen, Suzette –!«

»Du willst fliehen ... Hortense? Mit mir?«

»Das weiß ich noch nicht. Vielleicht. Hör mir zu, mein Liebling. Ich habe ein Briefchen bekommen.«

Das junge Mädchen, starr vor Erstaunen, verschränkte heftig die derben Arme unter der kleinen Brust. »Von deinem Geliebten?« fragte sie, rot und rasend vor Eifersucht. »Von Lucien?«

»Von wem sonst? Du sollst lesen. Es ist der letzte der Briefe, die er geschrieben hat«, sagte Hortense sehr ruhig.

»Damals?«

»Nun ja: als Lucien schon gebunden und eingekleidet war. Aber erst heute, Suzette, verstehe ich diesen Brief. Erst heute, wo deine Liebe mich kühn macht und ich wieder zu leben beginne.«

»Ich begreife dich nicht, meine liebe Hortense«, sagte Suzette verwirrt.

»Gib acht. Lucien bemühte sich damals, mir wieder nahezukommen. Er ließ mir schreiben. Ob klaren Geistes oder in einem Anfall von Wahnsinn – ich weiß es nicht, Suzette. Hör zu!« Sie begann, den Brief zu lesen. »Und dies ist das Medaillon, das er mir schickte«, beendete sie den Bericht.

»Und wie hast du darauf geantwortet, he?« fragte Suzette begierig.

»Ich sagte doch schon, daß ich heute erst diese Zeilen begriffen habe«, erwiderte Hortense. »Meine Antwort wird sein«, sie umfaßte die Freundin und begann, die Schluchzende leise und langsam, fast aufmerksam, zu küssen, »in das Leben zurückzukehren.«
Kurze Zeit danach knieten beide Mädchen vor dem geöffneten Reisekoffer und packten die Stoffe aus; die dazwischengelegten Lavendelsäckchen verhauchten – matt und durchdringend zugleich – einen qualvollen Duft von Erinnerungen und unwiederbringlichem Sein. Ein Spitzenfächer entfaltete sich, hinter dem das Gesicht von Fräulein Hortense unwirklich zart wie das einer Sklavin hinter maurischem Gitterwerk aussah, und ein Schnürleib aus scharlachrotem Damast, der tiefschwarz eingefaßt und von langen Fischbeinstäben durchzogen war, kam an das Tageslicht. »Fest! Fester! So fest du nur kannst, Hortense!« sagte Suzette und drehte sich vor dem Aufsatzspiegel nach allen Seiten, wobei sie die Arme über den Kopf hob und die Flammen unter den Achselhöhlen, den Flossen eines Goldfischchens ähnlich, sich leise schlagend bewegten. »Glaubst du, daß ich noch gehen oder mich bücken kann?« fragte sie und stellte das eine Bein auf den Hocker, um den Seidenstrumpf hochzuziehen.
Ihre Freundin streifte ihr rasch und geschickt die runden Strumpfbänder über und half ihr in die Schuhe. »Warte!« sagte sie plötzlich und drückte den Bajonettverschluß des Medaillonkettchens auf, legte es rasch der Gefährtin um und wandte dieselbe sich zu. Die warme, vollkommen weiße Haut zwischen den Brüsten Suzettes schauderte an dem Metall. »Hübsch«, sagte Hortense, hob die Gemme zum Mund und ließ das Schmuckstück wieder zurück an seinen Ausgangsort fallen. »Behalte es als ein Freundschaftszeichen. Ich habe es noch niemals getragen und lege es auf dein Herz.«

»Also liebst du mich mehr als diesen Benoît?« rief Suzette und warf sich ihr leidenschaftlich aufs neue an die Brust.

»Warum trägst du nicht mehr deine Lourdesmedaille?« fragte die Tante mißbilligend, als die Familie Bonmarché anderntags bei dem Essen saß. Herr Bonmarché blickte angeregt auf und legte das Langustenbesteck, das er gerade zum Mund führen wollte, in seinen Teller zurück. »Nicht die Lourdesmedaille und nicht das Herz-Jesu; selbst den Schutzengelanhänger nicht, Suzette, den deine Mutter dir noch im Sterben um das Hälschen gehängt hat; und nicht die Medaille von dem Papstjubiläum. Charles–«, sie wandte sich, Unterstützung suchend, an ihren Bruder und fegte mit den Spitzenmanschetten ihrer gestikulierenden Arme die Weißbrotkrümel vom Tisch.
»Vielleicht habe ich eine neue und bessere, liebe Tante«, sagte Suzette rebellisch und warf ihren Kopf in den Nacken. »Übrigens ist es nicht nötig, daß du mir nachspionierst.«
»Ganz richtig. Ich bin derselben Meinung«, kläffte Herr Bonmarché. Léontine sah sprachlos von einem zum andern; ihr dickes Kindergesicht drückte Kränkung und gleichzeitig eine Verwunderung aus, die schon an Geistesverwirrung grenzte und sie vollkommen hilflos machte. »Ich bat dich doch bereits neulich, teuerste Léontine, alles zu unterlassen, was das Vertrauensverhältnis zwischen Suzette und mir stören könnte«, fügte Bonmarché tadelnd hinzu.
Seine Tochter blickte ihn aufmerksam an. »Vertrauensverhältnis? Was heißt das, Papa? Ich habe doch kein Verhältnis zu dir«, sagte sie unverschämt.
»Nein? Das ist schade. Ich will ja schließlich nur dein Bestes, mein liebes Kind.«
»Natürlich. Ich weiß. Herrn Marcel, zum Beispiel. Und

daß ich mich nicht unterstehe, Hortense de Chamant zu besuchen.«

»So? Meinst du?« Herrn Bonmarché dämmerte plötzlich, daß Suzette gelauscht haben könnte. »Nun, was deinen Umgang angeht, Suzette, so bin ich zu der Einsicht gekommen, daß du erwachsen genug bist, um zu wissen, was für dich taugt. Selbstredend«, fuhr er würdevoll fort, »hatte ich anfangs gewisse Bedenken, deine klösterliche Geistesverfassung durch den Umgang mit dieser Dame zu stärken, deren Vater, wie deine Tante mir sagte, demnächst Deputierter der Klerikalen für unseren Landkreis wird. Aber es mag ja sein, daß die Tochter anderer Anschauung ist.«

»Darüber sprechen wir nicht, Papa. Wir tauschen Kochrezepte und Häkelmuster aus«, sagte Suzette heuchlerisch.

»Und weshalb legst du dann plötzlich alle Medaillen, mein Kind, in deine Nachttischlade?« forschte die Tante empört.

»Wahrscheinlich, damit du etwas für deine Neugierde hast«, sagte die Nichte gelassen und brach eine Krebsschere auf. »Doch, um dich nicht allzu sehr zu bemühen, will ich euch nachher gerne zeigen, was ich unter der Bluse trage.«

Herr Bonmarché faltete jetzt sein Mundtuch temperamentvoll zusammen und schlug damit auf den Tisch. »Kein Anlaß, Suzette, und kein Interesse«, sagte er fast pathetisch. »Behalte dein Geheimnis für dich. Vielleicht gewinnt es dadurch an Bedeutung«, fuhr Herr Bonmarché väterlich fort und tätschelte ihren Arm...

Der zweite Brief an Fräulein Hortense hatte folgenden Wortlaut: »Geliebteste! Ach, wie sehr quälen Sie mich. Ich hatte geglaubt, durch mein Schreiben Erleichterung zu finden, und habe gehandelt wie ein Verletzter, der den

Verband von der Wunde abnimmt, die ihn immer heftiger schmerzt. Welche Torheit! Nun quillt das Blut wieder aus, das schon zu fließen aufgehört hatte; es durchtränkt das Tuch, das es aufhalten sollte, und zeigt den Ort seiner Herkunft an, den die Binde verborgen hatte. Unaufhörlich strömt es von neuem nach, es färbt verräterisch seinen Umkreis, und mit Schrecken erkenne ich, daß die Haut, die darüber gewachsen zu sein schien, weniger war als die Knospenhülle, die die Blüte mit Leichtigkeit sprengt. Verzeihen Sie mir! Versuchen Sie gütigst, diesen Brief nicht zu Ende zu lesen, denn ich fühle, daß ich mit jedem Satz nicht nur die verborgene Wunde enthülle, aus der diese Worte fließen, sondern zuletzt auch mich selbst. Ja, ich bin, Geliebteste, so sehr eins mit dieser Daseinswunde, daß ich mich nicht mehr von ihr und der Welt unterscheiden kann. Im übrigen bin ich sicher, daß Sie wissen, wer Ihnen schreibt. Oder wenigstens, daß Sie glauben zu wissen – aber Sie irren sich.« (Diese Satzhälfte: »aber Sie irren sich«, war nicht nur einer der Haken und Sprünge, die das hasenhaft geile Gehirn des ehrenwerten Herrn Bonmarché schlug, sondern entsprang einer Unsicherheit, besser noch: einem Taumelgefühl, das ihn während des Schreibens befallen und ihn um sich selber gedreht hatte. Denn während Herr Bonmarché formulierte, war er von Grund auf ein anderer als der, den er sonst zu leben und darzustellen pflegte; er trat in seinen eigenen Schatten und lebte das durchaus andere Dasein eines Wesens, das ihm erst sichtbar wurde, wenn die Sonne ihm gleichsam im Rücken stand. Möglicherweise ahnte er aber dunkel, daß nur in diesem Zustand jene Verwandlung mit ihm geschehen und ihn ringsherum angreifen konnte, die Herr Quiche ihm vorausgesagt hatte, als er ihm in der rue Mazarin seinen Plan entwickelt und dabei sich selber als den Unbekannten bezeichnet hatte, der als Dritter mitspielen sollte – denn indem er mehr und mehr zu dem wurde, den er in Briefen vorgab zu sein, um so mehr erfüllte sich auch die Floskel: »Ich fühle, daß ich mit jedem Satz nicht nur die verborgene Wunde enthülle, aus der diese Worte fließen, sondern zuletzt auch mich selbst«, mit furchtbarer Realität.)

Wo das zweite Schreiben geendigt hatte, setzte das dritte sich fort. »Fräulein Hortense, ich weiß, daß mein Brief zuviel von Ihnen verlangt hat, als er bat, nicht zu Ende gelesen zu werden; deshalb brach ich ihn ab. Ich bin entmutigt. Ich fühle deutlich, daß der Zeiger des Schicksals die Glücksminute, die meine Sehnsucht sich innig erhoffte, noch nicht oder, ach, schon längst überschritten hat, denn der volle, bebende Anschlag blieb aus, an dem ich gefühlt hätte, daß mir ein Zeichen gegeben worden sei. Sie haben das Medaillon nicht angelegt, Fräulein Hortense. Sie können es nicht angelegt haben – diese Tatsache hätte sich mir gewiß auf den verborgenen Bahnen des Blutes mitgeteilt. Vielleicht sogar haben Sie es verächtlich beiseitegeschoben oder verschenkt oder einfach, fast ohne nachzudenken, zu Ihrem anderen Schmuck geworfen; zu dem kleinen, silbernen Ring beispielsweise, den Sie als halbes Kind einst getragen und ausgewachsen haben.« (Diese Anspielung auf den silbernen Ring war ebenso kühn wie durchtrieben; gleichzeitig aber so plump – denn welches bessere junge Mädchen beginnt nicht mit einem silbernen Ring von zweifelhaftem Wert –, daß ein unbetäubter Verstand sie hätte warnen müssen.) »Trotzdem gebe ich es nicht auf, Sie zu lieben und anzubeten. Einem Schützen gleich, der im Schatten stehend seinen Bogen spannt und den Pfeil gegen das Licht abschießt, werfe ich blindlings, geblendet von Ihnen und Ihrer Kostbarkeit, die zweite Hälfte des Medaillons vor Ihre Füße, ohne auf Antwort oder gar Dank zu hoffen. Gewiß: Sie werden auch diese nicht tragen, sondern zur ersten legen, aber das kümmert mich nicht. Diese beiden Hälften, ich schwöre es Ihnen, werden zusammenkommen; sie werden sich küssen, wenn sie bei Ihnen in Ihrem Schmuckkästchen liegen, und sich berühren, wenn sie am Ende zueinander gefunden haben. Denn sie werden sich treffen wie Himmel und Erde, wie Liebe und Liebe oder vielleicht – wer weiß es – wie Liebe und Haß. Das Gesetz ihrer Anziehungskraft zu stören, ist unmöglich, Fräulein Hortense.«

An dieser Stelle des Briefes hatte Bonmarché eingehalten, um zuerst mit prickelndem Wohlgefallen und eitler Autorenfreude den sich steigernden Schwung und die innere Logik seiner letzten Sätze nachzuempfinden und hinter künstlichen Schicksalswolken sich einer Gottheit ähnlich zu fühlen, die sie nach eignem Gefallen aufgetürmt hat und zerstreut – dann aber, je mehr er zu Jupiter wurde, auch dem Gefühl einer Moira, ihrer Unentrinnbarkeit, ihrem Zauber und ihrer Dunkelheit unterworfen, die der Preis für die Wirksamkeit seiner Worte und die Bürgschaft für ihre Realität und Zuverlässigkeit war. Kaum hatte Bonmarché, fast allmächtig, das Spiel gemischt, als er selber bereits hineingemischt worden war; er mußte mitspielen, wenn er wollte, daß die Karten aufgehen sollten. Sie zu zinken oder die eine und andere in dem Ärmel verschwinden zu lassen, hätte jetzt keinen Sinn mehr gehabt, denn der Punkt war erreicht, wo, um zu gewinnen, der Betrüger das begonnene Spiel mit redlichen Mitteln fortsetzen mußte; das heißt, wo er selbst an die Wahrheit seiner Worte zu glauben hatte. Vielleicht einen einzigen Augenblick lang hatte die Wahl ihm offengestanden, die Gefühle des Briefschreibers vorzutäuschen oder eins mit ihnen zu sein – zumindest aber seine Person in den Postagenten (Herrn Bonmarché) und Lucien

Benoît aufzuspalten. Doch seltsamerweise zog er es vor, mit diesem Benoît zu verschmelzen und sein Schicksal mitzuerleiden. »Die subtileren Arten ... nun, Sie verstehen –«, hatte er Quiche gegenüber geäußert; aber reicht, man frage sich selbst, diese Antwort aus, um Herrn Bonmarchés Haltung genügend zu erklären, die Haltung eines Verbrechers nämlich, der kein Bedenken trug, seine Tochter später mit Belfontaine zu vermählen, obwohl er wußte, daß dieser – seit dem Krieg in Frankreich hängengeblieben und naturalisiert – in Bigamie mit ihr lebte: ein Gespaltener durch und durch bis zum Gürtel, der sich der Stelle, wo diese Spaltung ihren Anfang genommen hatte, nicht mehr entsinnen konnte und sie leiden mußte, bis endlich die Schneide auf den unzerstörbaren Diamanten in seiner Daseinsmitte zu treffen und an ihm zu zerspellen bestimmt war ...

Hortense wog das Medaillon auf der Hand, das dem dritten Brief beigefügt war. Er wurde an einem der folgenden Tage kurz vor der Dämmerung in das Gras, wo der Goldlack blühte, geworfen und wäre fast übersehen worden, hätte sich diesmal nicht das Papier von dem schlecht umwickelten Schmuck gelöst und ihn dem Abendlicht preisgegeben, das ihn mit letzter Kraft, langsam verlöschend, wie ein magischer Finger berührte und ihn zwergengoldähnlich machte. Das Bindeglied! Aber für wen und zwischen welchen Teilen? Was geschah, wenn sie es gleichfalls verschenkte? Und was, wenn sie es trug? Wen zwang es zusammen? Sie und Suzette? Suzette und Benoît? Ihren Vater und die verlorene Désirée oder – das Fräulein schauderte und fühlte sich einer Gewalt gegenüber, die das sichtbare Zeichen nur dazu brauchte, um Unsägliches darzustellen – sie alle, die wie in der Messe die Christen durch das Gleiche verbunden wurden und sich an dem Gleichen als Miterlöste oder Mitverdammte erkannten?

Ob die Medaillonteile in Wirklichkeit zueinanderfanden, wie jener schrieb, den Hortense mit dem Namen ihres Geliebten voreilig bezeichnet hatte, war vollkommen einerlei; es war nachträglich und bedeutete nichts als die Bestätigung einer Verbindung, die in ihr bereits vollzogen war; einer Hochzeit, die schon vorweggenommen, einer Bereitschaft, die ohne Rest schon alles gegeben hatte. Sie würde es tragen... »Sagte ich nicht, daß das Medaillon aus zwei Teilen bestand?« fragte sie leichthin, als es Suzette in einer zärtlichen Stunde entdeckte, und die beiden Schmuckstücke sich mit grillenhaft zartem Geräusch berührten und das zum Erklirren brachten, was, wie Samenkörner aus einer reifen, geöffneten Kapsel, lautlos zu fallen und weiterzuwuchern bestimmt war. »Die Rache der Göttin. Siehst du?« flüsterte ihr Hortense ins Ohr und hielt die Gemme ein Stück von sich weg, um sie der Freundin zu zeigen.

»Ja?« fragte Suzette gelangweilt. Dann preßte sie ihren Mund von neuem auf die Lippen von Hortense de Chamant, die sich unwillkürlich verschmälerten, während ihr Blick, von den flatternden Lidern immer wieder verdeckt, sich wie ein gefangener Vogel bereits zu befreien strebte. »Ich bin aber doch nicht Hippolyt«, sagte Suzette kurz danach. »Oder findest du mich zu spröde, Hortense, oder zu ungelehrig?« In dem eifersüchtig dumpfen Gefühl, ihrer Freundin noch immer nicht zu genügen, setzte Suzette ihre Zärtlichkeit fort, deren kindische Wildheit sich unwillkürlich zu einer Grausamkeit steigerte, die ihrem Wesen im tiefsten gemäß war und nach Ergänzung verlangte.

Hortense, wie von einer Schlafenden, die sich an unruhigen Träumen berauscht, löste sich vorsichtig ab. »Ich möchte mit dir kommen, Suzette«, sagte sie hinterlistig.

Das junge Mädchen bog sich zurück und blickte sie

prüfend an; eine Mischung aus hingerissener Wollust und bedrohter Besitzerfreude zuckte wie Wetterleuchten über ihr heißes Gesicht. »Aber wozu denn, Hortense, und wohin?« fragte sie dann gelassen mit erstaunlicher Nüchternheit; ihr gänzlicher Mangel an Geist wie an jeglicher Phantasie, die sich, wenn auch nur leise, von dem Boden der Tatsachen hätte erheben und ins Blaue abstoßen können, machte sie unüberwindlich und klug, wenn es ihr Eigentum galt. Es war ihr daher durchaus nicht gegeben, diesen Ausruf der Freundin nur als einen Seufzer in das Wesenlose zu deuten – was er ja auch, wir wissen es, in Wirklichkeit nicht war – und ihr eigensinniger kleiner Kopf begann sofort, alle Möglichkeiten mit fast männlicher Pedanterie zu durchdenken und an die Stelle zu setzen, wohin sie vernünftigerweise gehörten und ihren Sinn bewiesen. »Hier können wir uns doch am besten lieben. Kein anderer stört uns. Ich weiß, wo du bist«, sagte Suzette naiv.

Ihre Freundin wollte etwas erwidern, schwieg aber plötzlich still. In dem panischen Flimmern der Mittagsstunde war wieder der Aufschlag im Gras zu hören, jenes fast unwirklich dumpfe Geräusch, mit dem sich bereits die erste Botschaft wie ein Engelsturz angekündigt und das Leben von Fräulein Hortense mit sich gerissen hatte.

»Was hast du?«

»Nichts. Nichts.« Hortense zog das junge Mädchen gewalttätig zu sich heran und erstickte seine erstaunten Rufe in amazonischen Grausamkeiten, wilden Liebkosungen, kleinen Lauten und barbarischen Liebesküssen...

»Die Entscheidung, ich fühle es, ist gefallen, meine angebetete Freundin«, las Hortense in dem letzten der Briefe, der ihr Schicksal besiegeln sollte. »Sie haben mein Medaillon angenommen und damit Ihr Los, mich gleichfalls zu lieben und für mich, den jetzt noch Verborgenen, durch die Flammen der Hölle zu gehen. Denn ein anderer Weg ist nicht möglich, mein Fräulein, wenn man der Hölle ein Opfer entreißen und sie um die Beute betrügen will, der sie gewiß zu sein glaubt.« (Dieser Satz war vollkommen unwiderleglich und ergänzte auf merkwürdig logische Weise die Behauptung, welche Herr Bonmarché mit kühner Sicherheit aussprach: daß Hortense das Medaillon angenommen und damit ihr Los entschieden, ihren Weg schon beschritten habe. Der große Hasardeur der Vernunft, welcher Herr Bonmarché war, hatte recht behalten – Hortense war besiegt, ihr Wille befeuert, doch ihre Instinkte berauscht und ihre Einsicht verdunkelt. Darum nahm sie die folgenden Sätze ohne jedes Erstaunen auf; sie eilte ihnen sogar entgegen und war fast enttäuscht, daß nicht mehr von ihrer Tatkraft erwartet, ihrem Opfermut, ihrer Bereitschaft verlangt und von ihnen gefordert wurde als ein vorgeschriebener Gang.) »Sie werden sich also, Fräulein Hortense, das nötige Geld verschaffen, um in der Nacht nach dem nächsten Vollmond mit dem ersten Zug nach Paris zu fahren; genauer gesagt: mit dem ersten Frühzug, der Senlis, soweit ich im Bilde bin, um 3.50 verläßt. In Paris angekommen, begeben Sie sich sofort in die rue Cardinal Mercier zu einem gewissen Herrn Quiche. Diesem Herrn Quiche, meinem Mittelsmann, zeigen Sie nur das Medaillon vor, das Sie unter der Bluse tragen. Herr Quiche wird Sie daraufhin an einen bestimmten Ort geleiten, den ich regelmäßig besuche. Hier werden wir endlich uns wiedersehen, meine geliebteste Freundin, um einander so vollkommen anzugehören, wie mein traurig verpfuschtes Dasein es zuläßt, Fräulein Hortense. Noch immer darf ich mich nicht enthüllen, wir werden uns unter Verkleidungen lieben, um uns nachher von neuem zu trennen und in die Hölle zurückzukehren, die jedem von uns beschieden ist – Sie nach Senlis und ich ... ach, lassen Sie mich schweigen, um nicht noch mehr zu verraten. Aber die Hölle wird nicht mehr die Hölle und der Himmel, den wir genossen haben, wird nicht mehr der Himmel sein. Eine himmlische Hölle, ein höllischer Himmel ist von da ab der Anteil jener Gestalten, die sich nur in den äußersten Daseinsformen bisher bewegen durften. Wir werden irdisch sein, Fräulein Hortense! Irdisch! Wir unglückseligen Götter vermischen unser erstarrtes Bildnis, dieses Idol unsrer selbst, mit Erde; mit der guten Erde der Isle de France, aus der die Wurzeln der Pappelbäume ihr beständiges Schwatzen und Rauschen ziehen, ihr nachbarliches Geflüster und weithin sichtbares Nebeneinander, das dem Horizont seine Unendlichkeit nimmt, ihn gliedert und heimisch macht. Unsere Mühsal wird voller Behagen, unser Schlaf ohne Träume sein. Wir werden es nicht mehr unschicklich finden, nach dem Essen in den Zähnen zu stochern und uns des Guten noch einmal erinnern, das uns als Nachgeschmack auf der Zunge und unter dem Gaumen blieb. Weil wir nicht mehr unsterblich sind, Fräulein Hortense, werden wir teil an der Losung haben, die uns das ‚Carpe diem' zur Pflicht und die Zufriedenheit zu dem Maßstab für ein gelungenes Leben macht, das jedermann achten muß. Wir werden Bürger des Reiches sein, um dessen Sicherheit jetzt von unseren Braven gekämpft wird im Namen der Vernunft und der Ehre, der Freiheit und der Menschlichkeit. Noch einmal: wir werden irdisch und werden menschlich sein, meine Freundin...« Und dann nach weiteren Phrasen und dem Satan vertrauten Redensarten folgte die eigenartige Wendung, die Hortense wieder an den Anfang dieses seltsamen Briefwechsels führte und ihre beleidigten Sinne beruhigte, ihren weiblichen Stolz, den natürlichen Adel ihres noch unvergewaltigten Wesens und die angeborene Klugheit ihres Geistes zum Schweigen brachte: »Wir haben sehr viel gelitten, Geliebte, und dieses Übermaß stillen Leidens, das uns über die Grenze getrieben und abgesondert hatte, gibt uns das Recht, ja sogar die Pflicht, uns von dem gemein menschlichen Schicksal nicht länger zurückzuhalten und unseren Anteil an Lust und Entzücken so vollkommen zu genießen, daß in dem Ausschlag des Pendels unser Leben zu jener Mitte zurückkehrt, die ihm natürlich ist. Unsere Liebe ist also ein Akt der Großmut gegen die Gottheit, die uns unersättlich geschaffen hat, ohne doch unsre Begierde befriedigen zu können. Wir erlassen ihr gleichsam die Schuld an unserem Dasein, Geliebte, und nehmen den Schuldschein zurück, den wir ihr ausgestellt haben.«

Ein Schauder der Liebe und des Entsetzens überflog das Gesicht von Hortense. Dies war Lucien. Ein zerstörter Lucien, der sich vergeblich die Möglichkeit eines behaglichen Daseins der Mitte einzureden versuchte und der nun, durch Himmel und Hölle geschleudert, mit dem letzten Atemzug seine Freundin um Erbarmen und Hilfe bat. Er konnte nicht mehr. Jenes Maß, das nicht eine Gottheit, sondern er selbst sich einst auferlegt hatte, und das ihn so schön, so hippolytenhaft, ach, und in all seiner Kälte begehrenswert und anbetungswürdig für ihr gekränktes, entzündetes Herz gemacht hatte, war zerbrochen wie eine Rüstung, die ihm Ruhe und Selbstbewußtsein gegeben und auch ihr in all ihren Schmerzen ein Maß der Vollkommenheit verbürgt und sie aufrecht gehalten hatte. Lucien, ihr Abgott, wand sich im Staub und war im Begriff, gewöhnlich zu werden und das Opfer zu schmähen und zu verraten, das ihr eigenes armes Dasein bis dahin – sie glaubte, es deutlich zu fühlen – erhöht und gerechtfertigt hatte. Nun wußte sie, daß sie nicht nur um ihn, sondern auch um sich selber kämpfte; vielleicht auch [es durchzuckte sie flüchtig] um ihren unglückseligen Vater, indem sie das Gegenteil dessen vollbrachte, was Désirée getan: zu gehen, um wieder zurückzukehren und die geheiligten Bilder von neuem aufzurichten. Ja, ja, Lucien! Nun würde sie kommen, um, umgekehrt, ihn zu verlassen, bevor er sie besessen und den übermenschlichen Durst seines Wesens an ihr gelöscht haben könnte. Welche Rache! dachte sie hingerissen. Welche Wollust, die zugleich Pflicht, und welche Grausamkeit, die zugleich die zärtlichste Schonung war!

Ihre Züge spannten sich fieberhaft, das Blut vibrierte und brannte in ihren Fingerspitzen; in ihren weit geöffneten Augen spiegelte sich, schon verwandelt, das mystische Abenteuer der Liebe, dem sie entgegenbebte. Ihre Blicke überflogen das Briefblatt und prägten ihrem Gehirn noch einmal die entscheidenden Sätze ein: ‚Sie werden sich also, Fräulein Hortense, das nötige Geld verschaffen, um in der Nacht nach dem nächsten Vollmond ...'

Fräulein de Chamant, wie ein Kind, das die Abwesenheit der Eltern benutzt, um auf Entdeckungsreisen zu gehen, lief in das Schlafzimmer ihres Vaters und zog die Nachttischlade heraus, wo er unbekümmert sein Geld hineinzuwerfen pflegte. Dieses Schlafzimmer, das nach dem Fortgang der Mutter seinen Charakter geändert hatte, enthielt die bescheidenen Möbel aus der Junggesellenzeit de Chamants: sein Eisenbett, einen rohen Waschtisch und (dazu wenig passend) den großen, reich eingelegten Schrank seines Vaters, der früher ein Gewehr- und Munitionsschrank gewesen war; früher, als noch der Großvater lebte, ein mächtiger Nimrod vor dem Herrn und ein Säufer und Schürzenjäger dazu – gefürchtet im Wald von Halette. Ein alter Kupferstich an der Wand stellte Paul und Virginie dar; er war der einzige Zimmerschmuck, wenn man nicht das Hirschgeweih rechnen wollte, das

Herr de Chamant, wie sich selbst zum Spott, darüber aufgehängt hatte. In der Luft lag wie immer Pfeifenrauch, der selbst durch beständiges Lüften nicht zu vertreiben war; auf dem Nachttisch häuften sich Fachjournale, in die sich Herr de Chamant vor dem Einschlafen zu vertiefen pflegte; die Schubladen klemmten von halb verbrauchten Medikamentenschachteln. Hortense durchwühlte sie rasch und unbekümmert nach Geld, hob eine Zigarrenkiste heraus und schlug den Deckel zurück. Die brasilianische Tabakschönheit auf seiner Innenseite mit den rabenschwarzen, gelockten Haaren, dem nelkenroten Mund und dem arglos dekolletierten Busen blickte sie fröhlich an. Zwanzig Franc ... fünfzig Franc ... dazu Kupfer und einige Silberstücke, schon seit Jahren hatte Hortense kein Geld mehr in ihrer Hand gehalten ... Ob es genügte? Ob es das war, was in dem seltsamen Liebesbrief als ‚das nötige Geld‘ bezeichnet wurde? dachte das Fräulein beunruhigt. Ich müßte Suzette darnach fragen, überlegte sie fieberhaft. Nein, nein. Nicht Suzette. Suzette darf nichts ahnen. Mein Vater noch weniger. Einerlei. Hastig stopfte sie alles in ihre Schürzentasche; danach, weil der Platz ihr nicht sicher schien, in das japanische Kästchen mit Luciens Abschiedsbriefen.

»Glauben Sie wirklich«, fragte Herr Quiche, »daß Ihr Vögelchen in das Netz geht?« Er blickte Bonmarché spöttisch an und fuhr fort: »Ich frage Sie, woraufhin? Gewiß – Ihre Briefe waren geschickt, aber bedenken Sie, daß die Dame keinen Pfennig ihr eigen nennt, kein Kostüm, keinen Hut, in welchem sie nicht wie entsprungen von einem Maskenball aussieht, den die Midinetten im ‚Bateau-Lavoir‘ oder im ‚Lapin agile‘ ihren Freunden gegeben haben. Sehr hübsch, nur eigentlich nicht ganz passend für unsre moderne Héloise, die Abälard besucht.«

»Sie wird ihren Abälard gar nicht sehen«, versetzte Herr Bonmarché kühl.
»Gar nicht sehen?« fragte Herr Quiche verblüfft. »Und der Briefschreiber selbst? Wie lange noch soll er im Hintergrund bleiben?«
»Da er nicht existiert – ich meine: nicht so, wie das Fräulein glaubt, daß er existiert – so lange wie Gott im Himmel, der auch nicht existiert«, erwiderte Bonmarché.
»Schon gut«, sagte Quiche, »doch im Hinblick darauf, daß Sie den Scherz in bestimmter Absicht und auf ein bestimmtes Ziel hin in Szene gesetzt haben, bester Charles – –«
»So? Habe ich das?« fragte Bonmarché, zog ein Scherchen aus seiner Westentasche und schnitt sorgfältig mit gelangweilter Miene ein Stückchen Nagelhaut ab. »Es kann sein. Aber, wissen Sie, Quiche – diese Dinge laufen, wenn man sie richtig, das heißt, in selbstloser Weise anfängt, auch ohne ihren Urheber weiter ... verlassen Sie sich drauf.« Er steckte das Scherchen wieder ein und fuhr mit der gleichen Stimme wie eben ohne jeden Gefühlston fort: »Ich weiß natürlich, daß Sie jetzt denken: dieser alte Gauner, dieser Herr Charles, wünscht von hier ab keinen Zuschauer mehr, um entgegen seinen Prinzipien das Täubchen selbst zu verspeisen, das er ins Garn gelockt hat. Aber nein, mein Bester, das stimmt nicht. Ich bin noch immer, auf Ehrenwort, vor der Demaskierung gegangen.«
»Und der Pfaffe? Dieser Lucien Benoît? Soll er zum Segen der Zulukaffer nicht endgültig daran gehindert werden, sein Weihwasser zu verspritzen? Warum geben Sie nicht den beiden Gelegenheit zu einem tête-à-tête, bei welchem sie in flagranti erwischt und an den Pranger der Presse gestellt werden? Hä, mein Freund?« fragte Herr Quiche verbittert.

»Ta, ta, ta. Was heißt: in flagranti erwischt?« fragte Bonmarché ungerührt. »Ich glaube nicht, daß das gelingen wird, mein allerbester Quiche. Zwar ist unser Abälard nicht verstümmelt, wie sein Original es war, aber die Keuschheit und das Gebet dieser rasenden Mönche sind schlimmer als eine Kastration. Ich kenne diese Art. Woher?« Herr Bonmarché winkte ab. »Intuition. Lektüre. Was weiß ich? Es ist schließlich einerlei.«

»Und – was wünschen Sie jetzt noch von mir, mein Lieber?« fragte Herr Quiche mit schleppender Stimme und setzte das Einglas auf.

»Nichts weiter, als daß Sie die Dame zu Ihrem ‚Nestchen' bringen«, erwiderte Bonmarché, »und ihr einige Stunden später meinen letzten – ja, bitte, wirklich: meinen allerletzten – Brief übergeben, der das Ganze aufklären wird.«

»Zu dem ‚Nestchen'?« fragte Herr Quiche mit säuerlicher Miene.

»Ganz richtig. Zu Madame Mamérelle...«

»Die schon längst nicht mehr lebt«, ergänzte Quiche und blickte Herrn Bonmarché an.

»Bedauerlich. Und wer führt jetzt das Unternehmen weiter? Marguerite?«

»Jawohl – Marguerite und Marie, die ‚Zwillinge', wie sie sich nennen; erinnern Sie sich, Charles?«

»Flüchtig. Marie ist das Perlhuhn mit der sommersprossigen Haut?«

»Ganz richtig. Und Marguerite das Mädchen mit dem Muttermal auf dem Oberschenkel, das die Form des italienischen Stiefels samt Sizilien und Korsika hat. Außerdem sind noch drei andere da, gleichfalls gelernte Putzmacherinnen, die das Federbordell auf der Höhe halten, wenn der Betrieb einmal stockt.«

»Ich habe den Namen ‚Federbordell' niemals so richtig verstanden«, sagte Herr Bonmarché.

»Ganz einfach. Die Mädchen fertigen dort sämtlichen Hutputz aus Federn an, die sie in Blumen, Früchte und Vögelchen verwandeln – eine Spezialität des Hauses, nichts weiter, wie es viele gibt, lieber Charles. Dieser Hutputz geht teils an Großbetriebe, teils an Privatkundschaft weiter; manches Mal ist die Nachfrage stark, dann wieder entsteht eine Flaute – das hängt von der Mode ab. Um dieser Unsicherheit zu begegnen, kaschieren die jungen Damen am Abend ihre Werkstatt als einen kleinen Salon, wo man plaudern, ein Glas Chablis zu sich nehmen oder in den dahintergelegenen Räumen eine andere – Spezialität zwanglos genießen kann. Wie Sie sehen: ein hochsolider und anständiger Betrieb. Nicht eines der jungen Mädchen, mit welchem ein Mann sich schämen müßte, am Katherinentag tanzen zu gehen – es sei denn, daß Marguerite allzu oft ihren Rock aufhebt, um den Stiefel zu zeigen, der allerdings einzig ist. Ich frage Sie also noch einmal: was soll das Fräulein Hortense de Chamant unter diesen – Naturkindern, hm? Hat sie das Putzgewerbe erlernt? Oder will sie Pension bezahlen? Auf jeden Fall, bester Herr Bonmarché, ist das ‚Nestchen' mein Privatunternehmen – kein Absteigequartier. Für solche Experimente habe ich, ehrlich gesagt, zuviel Kapital investiert. Laufkundschaft ruiniert den Bestand und macht sich, ohne zu zahlen, dünne, bevor Marguerite dazu kommt, die Zeche zu kassieren.«
»Wundervoll«, sagte Herr Bonmarché neidlos. »Das ist großartig organisiert. Fürchten Sie nicht, daß ich Ihren Betrieb durcheinanderbringe, Herr Quiche.«
»Schön. Aber was geschieht mit der Dame, wenn sie den Brief empfangen und durchgelesen hat?« forschte der andere hartnäckig weiter, verzog das Gesicht und ließ das Einglas mit geschickter Grimasse fallen.
Herr Bonmarché zuckte leicht mit den Schultern. »Wo-

her soll ich das wissen? Ich bin kein Prophet und lasse mich überraschen. Mein Ziel ist erreicht. Alles andere ist jetzt nur Vergnügen für mich. Ich war Autor und Regisseur zugleich – nun will ich Zuschauer sein.«
»Aber als Autor, Herr Bonmarché, müssen Sie schließlich wissen, wie der fünfte Akt endigen wird.«
»Durchaus nicht! Bis dahin war alles bestimmt und ganz genau festgelegt wie in einem klassischen Stück von Racine ... hehe, natürlich: wie von Racine – soviel Tote und soviel Liebespaare in so und so viel Stunden. Von jetzt ab wird improvisiert.«
»Wer improvisiert?« fragte Monsieur Quiche mit drohender Fistelstimme, richtete seinen Fettkoloß auf und sah aus gigantischer Höhe auf den mageren Bonmarché.
Der Pfandleiher gab seinem Freund den Blick mit versteckter Bosheit zurück. »Kasperl. Hanswurst. Das Schicksal. Die Götter. Bitte, bedienen Sie sich«, krähte er animiert.
»Besser gefragt: Wer bezahlt?« fragte Herr Quiche brutal.
»Ach so. Na – wer das Vergnügen hat«, erwiderte Bonmarché. »Und das bin natürlich ich. Ich sagte doch schon: die subtileren Arten machen den Kenner erst aus. Ich bleibe in meinem Parkettsessel sitzen und genieße im Hintergrund. Übrigens brauchen Sie nicht zu fürchten, daß das Drama sich hinschleppen wird. Wenn mich nicht alles täuscht, wird Hortense das ‚Nestchen' schon sehr bald wieder verlassen, um nach Hause zurückzukehren.«
Herr Quiche wiegte ungläubig seinen Kopf in den Speckfalten hin und her. »Nach Hause? Das glauben Sie selber nicht, Charles. Aber lassen Sie uns jetzt ein Gläschen Bordeaux und anschließend in der ‚Verwitweten Auster' ein kleines Souper zu uns nehmen. Der Wirt hat dort eine neue Methode, den Schinken mit Kräutern zusammen zu rösten, die er vorher in Kognak gelegt hat.«

Seinen letzten – »ja, wirklich: den allerletzten, glauben Sie mir, Herr Quiche!« – also den letzten der Briefe an Fräulein Hortense de Chamant schrieb Herr Bonmarché allen Ernstes in der ‚Verwitweten Auster' zwischen Sekt und hitzigem Armagnac, den er, schon völlig berauscht, in den ersteren übergoß, und scharf gepfefferten Käseschnittchen, die die Trunkenheit aufheben sollten. Es war schon sehr spät, als die beiden das kleine Lokal verließen – jeder mit einem Mädchen am Arm, das sich nicht abschütteln lassen wollte und immer wieder mit zärtlichen Griffen nach ihren Brieftaschen tastete, bis endlich der muskulöse Herr Quiche den Damen mit Prügel drohte und sie, fürchterlich schimpfend, verjagte.
»Wieviel Uhr?« fragte Bonmarché, plötzlich ernüchtert, und suchte den Himmel ab.
»Es wird gegen drei sein«, erwiderte Quiche.
»Dann macht sich Fräulein Hortense jetzt fertig, um an den Bahnhof zu gehen. Solche Leute, die lange nicht mehr gereist sind, kommen nicht früh genug fort ...«

Er hatte recht. Hortense de Chamant saß wirklich zu dieser Stunde schon vollkommen angekleidet auf ihrem glattgestrichenen Bett, die Reisetasche zu ihren Füßen, und blickte mit heftig klopfendem Herzen nach der glasüberstürzten Stutzuhr, in der sich das Kerzenlicht spiegelte, während das Wachs mit winzigem Knistern unaufhaltsam herunterbrannte. Es mußte schon dämmern, doch wagte sie nicht die Jalousien zu öffnen, um ihren Vater nicht aufzuwecken, der erst vor einer Stunde von der kalbenden Kuh des Bauern Automne nach Hause gekommen war – übermüdet, aber wie immer mit katzenhaften Schritten, die höchstens die Mäuse der alten, geheimnisvoll riechenden Räume hätten erwecken können. In ihrer Hand lag der Schlüssel des Tores, das vom Garten hinaus auf die

Straße ging; sie hatte es nicht einmal nötig gehabt, sich besonders um ihn zu bemühen, denn Herr de Chamant, der ihn, wie sie wußte, immer in seiner Umhängetasche und diese über der Schulter trug, wenn er von Hause fortging, hatte ihn in der Zigarrenkiste, die seine Tochter vor einigen Tagen nach Geld durchwühlt hatte, liegen gelassen ... vielleicht, als er neuen Tabak in seine Shagpfeife stopfen wollte, vielleicht auch als Antwort auf ihren Diebstahl, den er, wahrscheinlich aus Nachlässigkeit, mit keinem Wort erwähnte, oder – gewagter, doch richtiger und furchtbarer Gedanke – weil er innerlich nicht nur mürbe genug war, der Flucht seiner Tochter zuzustimmen, sondern sogar, von verrückter Hoffnung und uneingestandener Sehnsucht getrieben, sich als mystischen Lohn seiner Großmut Désirées Rückkehr versprach. Als die Stutzuhr wieder zum Schlag ausholte, erhob sich Fräulein Hortense wie ein Mensch, der – sei es aus Trunkenheit, sei es aus Schlaf – seines Gleichgewichts nicht mehr sicher ist, nahm die Kerze von der Kaminplatte fort und trat vor den Aufsatzspiegel ihres kleinen Toilettentischchens, um den Anblick noch einmal zu prüfen, den sie Lucien (sie bebte davor) sehr bald gewähren würde. Die Kerze zitterte, in dem Glas bewegte sich schwankend die Straußenfeder über der Kante des Hütchens, dessen Sammet hier und dort schon zerschlissen und sorgfältig nachgestopft war. Das Gesicht darunter war totenblaß, Hortense stellte hastig die Kerze nieder, hockte sich auf den geblümten Schemel und entnahm einem Töpfchen mit Rouge etwas Farbe, die sie mit flatternden Händen auftrug, um sie dann wieder mit Puder, und den Puder mit Rouge zu bedecken, so daß eine Maske aus Scham und Verzweiflung, Hoffnung und starrer Schönheit entstand, welche wie abgenommen von einer durchaus Fremden und in dem künstlichen Licht trotz der Farbe kalkig und totenhaft war.

»Fort!« sagte sie eilig zu sich selbst und – das offenstehende Töpfchen mit Rouge und den überall abgestäubten, verwischten Puder bemerkend – »Ich komme morgen schon wieder zurück ... sicherlich aber übermorgen, dann räume ich hier auf ...« Sie faßte die Tasche und lief aus dem Zimmer, ohne sich umzusehen, huschte den Flur entlang und erreichte, an allen Gliedern zitternd, die Glastür, die das Arbeitszimmer des Vaters zu dem schmalen Garten hin abschloß, und zog die Vorhänge auf. Sofort war das ganze Zimmer voll von irisierendem Rosa; dem Rosa, das auf der Innenseite der Muschel zu finden ist. Die Morgenröte zwischen noch grauen und zartblauen Wolkenbänken, die mit Wasser vollgesogen waren, färbte die Statuette des Eidechsentöters auf seiner Säule neben dem Schreibtisch Chamants, die runde Visitenkartenschale aus Alabaster, den Briefbeschwerer und tönte die Mahagonimöbel mit stärkeren Tinten ein. In dem Garten lärmten, als sie heraustrat, die Finken und Meisen – nicht mehr melodisch, weil schon lange die Zeit der ersten Liebe vorbei und nur noch die Sorge um ihre Brut, die kleinen Warnungsschreie der Eltern und das ungeübte Gezwitscher der Jungen übriggeblieben war; dazwischen krähte von weitem in triumphierenden Tönen ein Hahn, als sei es sein Werk, daß die Nacht vorüber und der Tag gegen alle Erwartung noch einmal gekommen war. Fräulein Hortense ging jetzt rasch durch den Baumgang auf die große Holzpforte zu, rechts und links sichernd, als könne noch immer ein unerwartetes Hindernis ihr plötzlich den Weg verlegen. Sie hörte nicht, daß ihr im Rücken leise das Schlafzimmerfenster Chamants, von Sonnenlicht überschüttet, aufging, und ihr Vater, den dunklen Morgenrock um seine Schultern ziehend, an die Brüstung getreten war. Groß, breit, mit verwilderten Haaren und übernächtigen Zügen, stand er wie ein verlorener Blaubart vor dem Hintergrund seiner purpurnen Höhle und blickte der Tochter nach ...

Erst, als Hortense die Straße gewonnen hatte, trat sie fester, mit ganzer Sohle, auf und wagte, den Kopf zu heben. Plätze, Winkel und Straßen waren noch ausgestorben. Das Leben der alten französischen Kleinstadt war wie in einen Brunnen gefallen, in dem es mit beharrlicher Bosheit, ohne Hoffnung auf Trost, verweilte. Gewiß: es würde, wie jeden Tag, so auch an diesem Morgen an ächzenden Seilen und Winden heraufgezogen werden: widerwillig, unendlich mürrisch, weil es eigentlich der Vergangenheit und kaum noch sich selbst angehörte, würde es aus der Tiefe steigen, mit allzu schweren Gewichten beladen, die bereits mittags wieder auf dem sommerlich heißen Marktplatz in den Schoß des Vergessens herunterdrängten und das Gras in den Ritzen zur Erde beugten, es ausdörrten und in die Pfeife eines alten, grämlichen Pan mit geschulterter Mistgabel stopften. Eine Katze wischte scheu um die Ecke, einige Straßen weiter klapperte, quietschte und rappelte ein Leiterwagen mit blechernen Kannen, und der grelle Lokomotivenpfiff eines Güterzugs schnitt durch die unbewegte und noch jungfräuliche Stille wie Räder durch frischen Schnee. Diese munteren, mutigen Töne schienen den Bann gebrochen zu haben, der über dem Städtchen lag. Die Gespenster auf dem riesigen Turm der Notre-Dame-Kathedrale streckten die langen Hälse aus zerfließendem Morgengewölk und Dunst über die Steinbalustraden hinaus, um den Clairons-Signalen zu lauschen, die jetzt ihren peitschenden, süßen Klang immer drängender aus unendlicher Ferne in das dumpfe Ohr der Schläfer schickten, die er zu wecken bestimmt war, zu ernüchtern und aufzurütteln. Diese Vampire waren wie immer von weißen Tauben umflattert, eine von ihnen löste sich ab und setzte sich der kopflosen

Jungfrau in dem Domgärtchen auf den Schoß: zutraulich, von der Hoffnung belebt, in der Mulde, wo früher das Kind saß, einige Körner zu finden. Blind und taub duldete es die Beraubte, sie gab, was sie hatte – in einen Schlaf von solcher Tiefe versunken, daß nichts mehr sie anrühren konnte. So teilte sie ihr Los mit St. Pierre, der kleinen und älteren Kathedrale, welche, östlich der Notre-Dame gegenüber, unbewegt an dem Marktplatz hockte, krötenhaft breit, ein verzauberter Berg mit romantischen Fundamenten, aus welchen ganz Frankreich stieg: dieses grausam-gemütvolle, weiblich-zarte und bäuerliche Frankreich, verstümmelt von der Revolution, mit kalten Augen und einer Milchbrust, auf welche die kleinen häßlichen Engel der mausgrauen Madonna noch immer in starrer Bewunderung blicken.

Der Platz vor der schlummernden Kathedrale, in der seit dem Ausbruch der Egalité keine Gottheit mehr wachte, war so verödet, daß Fräulein Hortense de Chamant allen Ernstes zu träumen glaubte; er war mit seinen buckligen Steinen wie ein Pygmäengebirge von unübersichtlicher Drohung und tückischer Grausamkeit. Jeder Stein ein vom Himmel gefallener Mond, der Kälte und Verlassenheit barg und den Fuß in die Irre führte. Sollte sie umkehren? Warnte sie das dumpfe Dröhnen der Geisterpferde, das die Leute an Markttagen hören wollten, wenn es den Bauern, die dienstags und freitags ihr Gemüse hier stapelten, aus dem Innern der Kathedrale als Antwort entgegenkam – jener Pferde, welche die Deutschen in dem vorletzten Krieg an dem Chorgestühl angebunden und zwischen dem verkohlten Gebälk getränkt und gefüttert hatten? Zum ersten Mal fühlte sich Fräulein Hortense in eine Einsamkeit aufgenommen, die noch größer war als die ihre; unaufhebbar und unabänderlich, solange sich nicht dieses Volk als Ganzes wieder zu Gott bekehrte. Ihr

Herz, das stolze und adelige, dessen Pulsieren sich aus den Herzen ihrer Vorfahren in der Vendée abgelöst und von ihnen die Glut, die Unbedingtheit und den Durst, sich zu opfern, empfangen hatte, überstieg die eigenen, furchtbaren Schmerzen und flammte gleichsam empor wie ein Licht, dessen Docht von dem letzten, schmelzenden Wachs noch einmal die Kraft zu blendender Größe und strahlender Helle empfing ... »Ja, ja, Lucien«, sagte sie wieder laut, als habe sein dringender Anruf von neuem nach ihrer Bereitschaft verlangt. Zwischen dem ersten und zweiten Ja fielen die beiden Schläge der Turmuhr; es war halb vier, in zwanzig Minuten ging die Kleinbahn nach Chantilly, wo Hortense in den D-Zug umsteigen mußte, der sie zur Hauptstadt brachte. Unwissend, wieviel Zeit ihr noch blieb, hastete sie dahin; noch kurz vor Chantilly pochte ihr Herz in unregelmäßigen Schlägen, und im Vorbeifahren zuckte das Band der verschilften, silbrigen Wasserläufe, die Gestalt eines Jägers mit seinen Hunden, die kurz an der Leine gingen, die Bahnwärtergärtchen mit ihren grellen, flackernden Blumenrabatten und die bärtige, untersetzte Frau, welche die Weichen bediente, deren Handhabung ihr ein Kriegsinvalide gestikulierend erklärte, fast wie in einem Kaleidoskop – rasend und irrsinnig – auf. Die dicke, freundliche Philomène, die einen Tragstall von Hühnern und in der Armbeuge einen Korb frische Eier nach Chantilly brachte, gab Fräulein Hortense an dem Zug nach Paris, als diese, behindert durch ihren Cul, das hohe Trittbrett erkletterte, mit dem runden Knie einen Stoß. Die Hühner, durch diese Bewegung erschüttert, fingen gackernd zu kreischen an. Zwei Soldaten, die an dem Bahnsteig (das Käppi weit nach hinten geschoben, den Daumen in dem Gewehrriemen) sorglos und übermütig stolzierten, riefen Hortense etwas zu. Obwohl das Fräulein sie nicht verstand, krümmte ihr ganzer Körper

sich vor Entsetzen zusammen; sie sank in die Polster des leeren Abteils, in welchem das blaue Nachtlicht, gespenstig genug, noch brannte, und preßte die fein behandschuhten Finger krampfhaft zwischen die Knie. Die Bannmeile von Paris, die ihr rasch mit den elenden Hütten der ‚Zone', dem Schrott und Schmutz ihrer Schrebergärten und dem vergifteten Laubwerk ihrer zerzausten Bäume, die gleichsam in eisernen Blumentöpfen und göttlichen Flüchen staken, entgegenflog, schien den Sinn dieses Zurufs furchtbar erläutern zu wollen; ja, in Bildern und scheußlichen Hieroglyphen noch nackter zu wiederholen ...
Die große Halle der Gare du Nord – in ihrer eigentümlichen Mischung von Übermüdung und Schlaflosigkeit – war von den Passagieren der ersten Morgenzüge auf drastische Weise belebt: Handlungsgehilfen mit quirlenden Stöckchen und hohen Stehkragen spitzten den Mund einem Abenteuer entgegen, das sie niemals erleben würden; Zöglinge einer Bildungsanstalt marschierten in geschlossener Reihe – ihre Holzköpfe in bukolischen Farben voll mit der Entengrütze liberalistischer Redensarten – unentwegt und bieder dem Ausgang zu; ein alter Abbé mit befleckter Soutane und dicken, dörflichen Schuhen schleppte die perlengestickte, auseinanderquellende Reisetasche an dem Rand der Geleise wie zwischen den Furchen eines staubigen Feldwegs entlang; zwei Nonnen in einem bunten Haufen normannischer Bäuerinnen gingen mit ehrbar starren Gesichtern wie gemästetes Weihnachtsgeflügel dahin; ihre sorgsam eingefältelten Hauben waren wie frisch aus der Schachtel genommen und glänzten in reinstem Weiß. Obwohl die Hitze unter dem Glasdach schon wieder im Steigen war, fröstelte es Hortense. Sie trat vor dem Bahnhof besinnungslos in eine Cafébar, die von Arbeitern und Soldaten erfüllt war, welche mit halbem Oberkörper über der Theke lagen. Ein Korporal führte das große Wort, in der

Ecke stand ein Haufen Gewehre, die wahrscheinlich erwarteten, daß ihre Herren sie wieder abholen würden. Der dürre Garçon hörte neugierig zu, ein Nickelhahn dampfte und schlechter, doch überheißer Kaffee ergoß sich in das Kännchen, das er auf einem beschlagenen und flüchtig abgewischten Tablett dem Fräulein herüberschob. Sie setzte die Tasse eilig an ihre Lippen und trank, ein junger Arbeiter, der gerade ein Gläschen Anis herunterkippte, sah mitleidig zu ihr hinüber, klappte sein Taschenmesser auf und schnitt von der Weißbrotstange, die vor ihm auf dem Tisch lag, ein Stück herunter, spießte es an und reichte es Fräulein Hortense.

»Nehmen Sie nur, Madame«, sagte er dann verlegen, »heißer Kaffee auf nüchternen Magen zieht Blasen, wie man sagt.«

Sie blickte ihn verständnislos an, errötete, warf einen Geldschein, ohne ihn zu betrachten, auf die Theke und stürzte hinaus. Das Gewieher der Männer folgte ihr, der Korporal sagte, beleidigt, unterbrochen worden zu sein: »Da hast du es, Jean-Marie. Sie frühstückt doch jetzt bei dem Präsidenten im Elysée-Palast.«

»Zweihundertfünfzig Franc. Keinen mehr«, sagte Herr Quiche mit eiskalter Stimme und nahm die Lupe vom Auge fort, mit der er gerade den großen, makellos schimmernden Solitär einer Kravattennadel geprüft und sekundenschnell eintaxiert hatte.

Der junge Mann, dem der Schmuck gehörte, nahm ihn heftig an sich, legte die Nadel in das ausgeschlagene Kästchen zurück und wandte sich, blaß vor Enttäuschung, wieder dem Ausgang zu. »Keinen mehr? Ist das wirklich Ihr Ernst, Herr Quiche?« fragte er brüchig in flatterndem Tonfall und drehte noch einmal den Kopf zu ihm über die Schulter zurück.

In diesem Augenblick zuckte in den Krötenpupillen Quiches ein winziges Feuer auf; die Tür zu dem Versatzraum war plötzlich mit dem charakteristischen Knarren gegangen, das hier die sonst übliche Klingel ersetzte; eine Duftwelle und ein seidenes Rauschen, ein Schleifen, Knistern und Rascheln über huschenden Stiefelchen lief durch den Vorraum und dann auf einen der (durch die Milchglasscheibe abgesonderten) Schalter zu, deren Kunden, diskret verborgen, einander unsichtbar blieben. Der Anblick der Dame, zu der Geruch und Geräusche gehörten, war dem jungen Menschen, so schnell er ihn auch, indem er den Kopf herumwarf, zu erhaschen suchte, entgangen. »Einen Moment noch, Monsieur!« sagte Quiche, indem er mit großer Eile zu dem anderen Schalter und seiner Kundin hinüberwechselte. Nun hörte der junge Mann ein Geräusch, als ob Gerstenkörner in einer Hand aneinander gerieben würden; sodann nach diesen schüchternen Tönen, die fraglos von einer feinen Kette hervorgebracht worden waren, den Aufschlag des Anhängers auf der Platte und dann die unangenehme Stimme des Pfandleihers: »Ich bedaure, Madame. Kommen Sie später wieder. In der Mittagszeit bleibt mein Geschäft geschlossen, aber nachher stehe ich selbstverständlich durchaus zu Ihrer Verfügung.«

»Oh –!« sagte die Dame. Enttäuschung und Schmerz klangen in diesem einfachen Laut zu einer Klage zusammen, die das Herz des jungen Mannes mit Trauer und gleichzeitig derartig mit Wut erfüllte, daß er, jede Rücksicht vergessend, zu Quiche hinüberrief: »Aber Monsieur, warum schwindeln Sie? Ihr Geschäft ist doch durchgehend offen, wie ich von früher her weiß!«

»Heute nicht. Ich erwarte Besuch«, sagte Quiche mit unerschütterter Miene. »Aber wenn Sie warten wollen, Monsieur, so fertige ich die Dame noch ab und schließe dann

hinter Ihnen, wenn ich ausgezahlt habe, zu. Dreihundert Franc? Ist es recht?«
»Ja, so. Natürlich. Schon gut ...«, gab er völlig verwirrt zur Antwort und griff wieder nach der Nadel, die er schon eingesteckt hatte.
»Nein, bitte –«, hörte er jetzt aufs neue die Frauenstimme sagen. »Ich will nichts beleihen ...« Tödliche Stille folgte diesen gestammelten Worten, in denen Hortense sich preisgab. »Sehen Sie – –!«
Wieder klirrte die Kette; ein feistes Lächeln, unendlich grausam, klang durch die Antwort Quiches: »Aber bitte! Nur keine Hemmung, Madame! Hübsch, sehr hübsch. Ein recht apartes Stückchen. Phädra und Hippolyt, wie?«
Er mußte die Lupe genommen haben, das gewohnheitsmäßige Schaben seines Messerchens an dem Goldrand der Fassung drang zu dem Ohr des Lauschers, welches sich angestrengt vollsog, während sein Hirn, von dem Duft umnebelt, dessen Wellen sich ausbreiteten und verstärkten, zu kombinieren anfing. Nelke, dachte er. Rote Nelke. Eine dunkle Frau mit blauschwarzem Haar und exotisch gespitzten Brüsten. Wie die Seide sich über den Hüften spannt und ihre Formen herauspreßt, die noch ganz mädchenhaft sind! Mein Gott – sie ist ebenso elegant wie schön und bedauernswert. Ob sie in Not ist? Was führt sie hierher? Vielleicht hat ihr Gatte im Glücksspiel verloren, oder sie ist als Spionin Erpressern ausgeliefert. Eine fremde Agentin, die Geld braucht, um über die Grenze zu kommen ...
»Sehr gut. Aber hier ist das Schmuckstück auseinandergenommen, Madame. Haben Sie nicht auch die andere Hälfte?« fragte Quiche, der schon längst im Bilde war und die Wonne, Katze und Maus zu spielen, so sehr zu genießen anfing, daß er gegen seinen Auftrag beschloß, das Spiel in die Länge zu ziehen.

»Ich dachte, Monsieur, dieses hier genügt –.« Jetzt drang die Stimme, erstickt von Angst und gefärbt von einem noch unhörbaren und in der Kehle gesammelten Weinen zu dem jungen Lauscher hinüber.

Dieser Schuft! Er quält sie. Er foltert ihr Herz, das nur Zärtlichkeiten gewöhnt ist. Wie sie leidet! Wenn ich ihr helfen könnte ... Ein Wort noch, und ich erschlage ihn und raube die Kasse aus – –!

»Bitte, zeigen Sie noch einmal her, Madame. Doch. Ich glaube mich jetzt zu erinnern. Aber können Sie mir nicht wenigstens sagen, wie die andere Hälfte aussieht, die Sie nicht mitgebracht haben?« fragte Herr Quiche und fuhr, seine Stimme mit Absicht nur um weniges dämpfend, fort: »Man muß vorsichtig sein, begreifen Sie, damit kein Irrtum entsteht. Mein Auftraggeber... ich nehme an, daß Sie ihn kennen, Madame – –. Er ist stark und jähzornig, und vor allem muß er im Hintergrund bleiben«, sagte Quiche mit berechnender Stimme und schien von neuem das Schmuckstück unter die Lupe zu nehmen.

Ich habe recht. Sie ist in der Hand einer politischen Bande, die sie festhält, erpreßt und peinigt, dachte der junge Mann. Man müßte sie retten! Ich müßte sie retten –!

»Die andere Hälfte?« fragte Hortense. »Die andere Hälfte des Medaillons ist die Versuchung des Hippolyt durch Phädra und Aphrodite.«

»Ja, richtig. Die Versuchung des Jünglings«, erwiderte Herr Quiche. »Dieses Stichwort genügt mir. Ich habe die Ehre, Sie nach dem ‚Nestchen' zu führen, wo Monsieur Sie erwarten wird. Erschrecken Sie nicht. Ich gebe zu, daß der Treffpunkt eigentümlich gewählt und der Name nicht sehr vertrauenerweckend für solch ein platonisches Rendezvous ist, wie es mir vorschwebt, Madame.«

»Monsieur verkehrt dort – gewohnheitsmäßig?« fragte

Hortense mit zitternder Stimme und umkrampfte das Medaillon.
»Ich habe nicht die Befugnis, Madame, über die Lebensart von Monsieur detaillierte Auskunft zu geben«, erwiderte Quiche gelassen und setzte das Einglas ab. Er ließ das Fräulein rücksichtslos stehen, entnahm der Kasse dreihundert Franc und ging zu dem anderen Schalter hinüber; zählte, ohne den jungen Mann eines weiteren Blikkes zu würdigen, die Geldscheine vor ihm auf und sagte: »Los, los, ich schließe jetzt ab. Die Bedingungen kennen Sie. Zinsen wie immer – natürlich mit Kriegszuschlag.« Plötzlich beugte er sich vertraulich über die Holzbarriere. »Und auf Ihr nächstes Stück, mein Herr Autor, bekomme ich wohl Tantiemen für meine – Inspiration«, flüsterte er gemein.
Als der Kunde den Raum verlassen hatte, kehrte Herr Quiche wieder aufgeräumt zu Fräulein Hortense zurück. Sie bot einen jammervollen Anblick. Ihr Gesicht war erloschen, das helle Rouge, zwei kreisrunde Flecken bildend, lag abgesondert und viel zu dick auf den hochgeschwungenen Wangenbögen, in dem Nasenwinkel klebte der Puder und ließ die Falten zum Mund herunter nur um so deutlicher sichtbar werden; der Hals stieg mager und unter dem Kinn schon in der Linie erschlafft und gebrochen aus dem ängstlichen Dekolleté der Bluse, die durch eine rührende kleine Brosche zusammengehalten war.
»Gehen wir!« sagte der Pfandleiher munter. »An der Ecke nehmen wir eine Droschke, damit Sie in Ihrem Aufzug kein Verkehrsmittel zu benutzen brauchen, das Sie unnötig fremden Blicken aussetzt«, fügte er taktlos hinzu.
Sie errötete, ließ ihren Schleier von der Krempe des Hütchens herunter und band ihn gewalttätig fest. Sie verließen das Haus und durchquerten den Hof, wo ein schrulliger Antiquitätenhändler alte Grabkreuze aus der

Bretagne und den ornamentierten Steinbelag einer abgetragenen Kirche in einem Schuppen gestapelt hatte; der junge Autor, von dem Gewirr und hinter den Namensschildern der rostigen Kreuze verborgen, sah den biedermännischen Rücken Quiches und daneben die zarte, hohe Gestalt einer merkwürdig kostümierten Dame, die dicht verschleiert war. Welch unvorsichtige Maske! dachte der junge Mann besorgt und gleichzeitig schon aufs neue entflammt von seiner Beschützerrolle. Er folgte den beiden bis auf die Straße; Herr Quiche und seine Begleiterin stiegen, ohne sich umzusehen, in einen herbeigewinkten Wagen; der junge Autor, die Hand auf der glücklich geblähten Börse, warf sich sofort in den nächsten und befahl seinem Kutscher, sich dicht hinter dem ersten zu halten. Noch in späteren Jahren, zu Ruhm gekommen und die Seltsamkeiten des Lebens mit erkalteten Sinnen betrachtend, hat der junge Mann nicht den Eindruck vergessen, den Paris ihm auf dieser kurzen Fahrt machte: die schmale rue Cardinal Mercier auf die breitere rue d'Amsterdam und hinunter nach der Gare St. Lazare, Lafayette vorüber, den schmetternden Boulevard Haußmann schneidend, die Opéra streifend und das Gesumse des Boulevard des Capucines überquerend, dann einbiegend in die rue de la Paix bis zur Place Vendôme und von da aus hinein in das zarte, unendlich süße Gewinkel einer dahinterliegenden Straße, wo drei, vier Häuser von reinstem Empire einen kleinen Innenhof bildeten, die winzige Bühne gleichsam eines Kammerspielhauses von zwar morbiden, doch erlesenen Ambitionen ...

Der Himmel über dem Schauplatz des Dramas, welches dort abrollen sollte, war tief gewitterblau; von dem dunklen, rötlichen Violett der reifen Aubergine; es machte den ganz unwirklichen Eindruck der wassertragenden Atmosphäre, die das luftige Element verläßt, um körperhaft zu werden, und daher gleichsam inmitten einer Verwandlung steht – – Zeus, Vater des Äthers, verleiblichte sich und betrat, von purpurnen Locken umwallt, die irdische Bühne, um sich wie immer einer der Menschentöchter begierdetoll zu vermählen. Die Eierschalenfarbe der Häuser, deren Fenster in kühlem Grün und Altrosa abgesetzt waren, stimmte auf merkwürdig passende Art zu dem Geschehen, dem sie den Rahmen und Hintergrund geben sollten; hätten sich im Verlauf die Gebäude an Schnüren in die Höhe gehoben oder in Wolken verwandelt, denen Blitz und Donner entfuhren, so wäre es, weil bis dahin alles genau berechnet und wie in einem klassischen Stück rundherum einkalkuliert war, nicht verwunderlicher gewesen, als wenn das verborgene Schicksal persönlich in Erscheinung getreten wäre. – Aber beides war nicht der Fall. –

Der junge Autor, während er selbst in dem Fond der Droschke verharrte, sah Quiche und sein schönes Geheimnis in dem linken Seitenflügel des Hauses – »Marguerite und Marie Pimpinelle« – verschwinden, stieg aus und bezahlte; fest entschlossen, die Dame nicht aus den Augen und noch weniger aus dem Sinn zu verlieren, bis er ihre Bekanntschaft gemacht und ihr Vertrauen erworben hätte. Langsam schlenderte er an die Haustür und blickte die schmale Front des Gebäudes mit gemischten Gefühlen hoch. Sollte er warten und diesen Quiche einfach zur Rede stellen, wenn er wieder das Haus verließ? Oder eindringen und nach ihr fragen? Unmöglich! Er schätzte diesen Flügel auf mindestens sechs Parteien, die jede über das Dasein der andern durchaus nicht im Bilde war. Was wußte er? Weder Name, noch Alter oder Beruf der Geheimnisvollen waren ihm ja bekannt oder konnten erraten werden. Das Beste war also wirklich, zu warten und seine ‚Geliebte‘, wie er Hortense bereits in Gedanken nannte, bei dem Verlassen des Hauses kurzerhand an-

zusprechen, vorausgesetzt, daß der elende Quiche sie nicht wieder begleitete. Diese Vermutung lag nahe, war aber trotzdem nicht sehr wahrscheinlich, denn der junge Autor – wie jeder, der mit Quiche in Berührung kam – wußte, daß der Pfandleiher keiner erotischen Regung (man sprach von ihm als einem Eunuchen) außer der einer allerdings sehr verzweigten Kuppelei fähig war. In der Erinnerung fiel ihm ein, daß er eben beim raschen Vorüberfahren am Eingang der Straße ein Eßlokal nach elsässischer Art gesehen und es aus unerklärlichen Gründen dem Gedächtnis eingeprägt hatte. Es war eines der hübschen, kleinen, sehr kostspieligen Restaurants in ländlicher Aufmachung: mit einem Kamin und viel Kupfergeschirr, rohen Holzbänken, alten Stichen und gewürfelten Vorhängen... in Verbindung mit märchenhafter Bedienung und gehörig gepfefferten Preisen. Hier zu warten, wäre bestimmt ein Vergnügen, dachte Camille Deschâteaux; außerdem waren die Fenster sehr tief und gaben den Blick nach der Straße frei, die sich am anderen Ende verkropfte und eine Sackgasse bildete, so daß sowohl Quiche wie der Unbekannten ein anderer Rückweg als dieser unmöglich und ihre Annäherung (da eine Droschke sich erst an der Ecke auftreiben ließ) bereits aus mindestens hundert Metern Entfernung deutlich erkennbar wäre.
Er kehrte also um und trat ein; der Bratenspieß drehte sich vor dem Kamin, von einem Küchenjungen bedient, welcher das angebräunte Geflügel unaufhörlich mit Fett begoß, während ein Kellner rasch und geräuschlos die Weinkarte vor Herrn Deschâteaux legte und ihn, leise flüsternd, beriet. Sofort fiel eine behagliche Stimmung über den jungen Menschen, der von früh an noch nichts gegessen hatte, und das Glas Burgunder auf nüchternen Magen machte ihn glauben, schon an das Ziel aller Wünsche gekommen zu sein.

»Ich bin glücklich«, dachte er, »und das Leben ist reich an Möglichkeiten. Heute oben und morgen unten wie die Schaukel auf einem Jahrmarktsvergnügen – das Bleibende ist man selbst. Alles andre ist nur Traum und Rausch: ein unendlicher Wirbel, in welchem, wenn wir vorüberfliegen, manchmal ein lange Gesuchtes auftaucht – – ein schönes Gesicht, eine zarte Landschaft oder oft nur auch eine Seifenblase in schillerndem Perlmutt. Dieses Vergängliche einzufangen und ihm Ewigkeit zu verleihen, ist der Sinn des Daseins für einen Menschen, der als Künstler geboren ist. Bst! Nichts davon, daß jetzt Tausende bluten und ihr Leben, wie man so sagt, den Acker der Zukunft düngt. Diese Empfindungen, diese Phrasen mögen für Kleinbürger gut sein, die nicht wissen, daß ein einziger Vers, ein einziger Ton imstande ist, ganze Welten von Leid aufzuwiegen und ihren Schmerz zu verklären und wesenlos zu machen. Es ist wahr, daß die Künstler nicht die Person oder den Gegenstand meinen, sondern nur ihre eigne Empfindung, die an den Sachen haftet. Sie kennen die Treue einzig allein als Treue zu sich selbst; besser gesagt: zu dem Dämon, dem sie hoffnungslos angehören. Welch ein Geheimnis! Mit ihm zusammen bilden sie einen neuen Leib, einen verklärten mystischen Kosmos, in welchem, wie für den Christ in der Messe, die Materie verwandelt ist. Der Mensch und die Kunst! Ein gewaltiger Dämon. Der Mensch und die Macht. Ein anderer. Der Mensch und das Geld. Der Mensch und die Wollust... lauter Welten nebeneinander, getrennt wie Planeten und doch vielleicht durch ein und dasselbe Gesetz verbunden, das ihre Bahnen sich überschneiden und die Figuren des Lebens sich bilden und lösen läßt. Wahrscheinlich, ich weiß es nicht, ist ihnen allen ein Urdämon übergeordnet, eine Gottheit, die alle einschließt, und dem Künstler auch Macht, dem Mächtigen Geld und dem Reichen Wollust verleiht. Das eine birgt die Verheißung des andern schon in sich wie die acht Seligkeiten, die einander im Schoße halten. Auch ich... das weiß ich heute bereits ... werde nicht nur Visionen, sondern auch Ruhm und Macht über Frauen haben«, träumte er spielerisch weiter und hob das Glas zu dem Mund. »Man muß nur Geduld haben, warten können und das Glück nicht aus den Augen verlieren, wenn es vorüberkommt. Warten. Das ist es. Was tut sie wohl jetzt, und wessen Blicke betrachten sie, um sich hoffnungslos wieder abzuwenden von meinem Eigentum? Denn das ist sie, ohne daß sie es weiß. Ihre Hände, ihr Mund, ihr Geruch, ihre Haare gehören mir, wie mir der Vers gehört, der von ihr inspiriert worden ist.« Ein Zug von Schwermut und Reinheit zugleich trat auf das Antlitz des jungen Mannes, als er innerlich fortfuhr: »Was macht es? Ich könnte bereits auf sie verzichten, ohne sie jemals gesehen, geschweige besessen zu haben ... die schöne Unbekannte – –.«

»Dies also, meine Damen, ist Fräulein ... der Name tut nichts zur Sache«, sagte Herr Quiche diskret und schob die völlig erschöpfte Hortense zu einem Sesselchen, das inmitten eines Wustes von Stoffen, Federn in allen Formen und Farben, übersponnenen Drähten, Gummiband und mit Seide bezogenen Nadelkissen auf drei goldenen Füßchen stand; das vierte war abgebrochen und ein Holzklotz untergeschoben, der das kleine Rokokomöbel mit der übrigen Zimmereinrichtung versöhnte: den Arbeitstischen, der Leiter, den Regalen und Glasschränken, die die Modelle, und den Schüben, welche das Material in wildem Durcheinander enthielten.
»Billy!« schrie ein besonders großes, rotbraunes Mädchen mit breitem Mund und mächtigen Oberschenkeln. »Du kommst doch immer auf etwas Neues für deine Kunden.

Na! Wo hast du sie aufgetrieben, sag, diese komische Großmama?«

Herr Quiche hob abwehrend seine Hände und sagte grunzend: »Ich bitte dich, teuerste Marguerite. Du hast eine Dame vor dir, damit du es nur weißt.«

»Natürlich«, gab ihm die Große in gleichem Tonfall zurück. »Sie hat nur wohl etwas lange in der Mottenkiste gelegen. Simone! Cathérine! Georgette und Marie! Habt ihr schon so ein schönes Modell für Vater Giraud gesehen?« Sie stieß das Fräulein, noch immer lachend, gutmütig roh in die Seite. »Aber gib acht, Tantchen, hörst du, daß der alte Frömmler dir nicht die Preise, wenn er heute hierherkommt, drückt. Eine Garderobe wie deine hat ihren Anschaffungswert, auch wenn sie nicht gerade nach Barbizon passen würde.«

Die blonde Simone, ein ganz junges Mädchen, welches gerade mit der Brennschere eine Straußenfeder in die Form einer Orchideenblüte, sie zupfend und kräuselnd, brachte, fragte aufsässig: »Woher wissen Sie denn, Fräulein Marguerite, daß Vater Giraud heute abend in den Salon kommt?«

»Aha – sie ist eifersüchtig, die Kleine«, erklärte die Geschäftsdame wichtig dem grinsenden Monsieur Quiche. »Giraud hat nämlich versprochen, ein Aktbild von ihr zu malen; natürlich in seiner gewohnten Manier: halbdunkles Zimmer, das Mädchen auf einem Sofa liegend, den Handspiegel in der Linken haltend und mit der Rechten in eine Schachtel Pralinen auf dem Tischchen neben dem Ruhebett greifend – Unterschrift entweder ‚Demi-Vierge' oder ‚Die kleine Unschuld'; ich sage dir, Billy, ein richtiges Stück für'n Sudelbildermarkt.«

Simone warf wie rasend die Brennschere hin und stampfte mit dem Fuß. »Ich mache das nicht mehr mit, Patron, damit Sie es nur wissen!« schrie sie hysterisch. »Immer

dasselbe: wenn einer Erfolg hat, wie beispielsweise dieser Giraud, darf nur Marguerite ihn plündern und ihm die Taschen nach außen drehen – egal, ob er *mein* Revier ist und das von Georgette oder Cathérine, ja sogar von Marie! Habe ich recht oder nicht?« wandte sie sich an die andern Mädchen und sah sie herausfordernd an.
Sofort erhob sich ein wildes Geschrei, sogar die phlegmatische Cathérine und die fischblütig kalte Marie stimmten gestikulierend ein.
Simone, von diesem Erfolg angefeuert, fegte schlankweg von einem Tisch die Modejournale herunter, hob das Röckchen, stieg auf die Platte und rief mit gellender Kinderstimme: »Ich habe zwar nicht den italienischen Stiefel auf meinem Beinchen wie Marguerite, und auch auf meinem kleinen Popo sitzt mir kein Cul wie dort dieser Dame, sondern alles ist Gott sei Dank echt – aber wer mir in mein Gehege kommt, dem kratze ich rücksichtslos beide Augen mit meinen Nägeln aus!«
»Bist du verrückt?« rief die Große empört, trat auf sie zu und schlug ihr von unten herauf rechts und links fest um die Ohren; es klatschte tüchtig, Simone blieb der Mund vor Verwunderung offenstehen. »Komm herunter, du albernes, kleines Tier«, sagte sie dann und wandte sich ruhig den anderen Mädchen zu. »Habe *ich* diese alte Schachtel mitgebracht oder Herr Quiche?« fragte sie hoheitsvoll. »Na, na, na. Keine Aufregung, Tantchen.« Sie klopfte Hortense mit ermunterndem Lachen zwischen die Schulterblätter. »Man sieht doch, sie ist heute nacht vergeblich auf Tour gewesen«, sagte sie vorwurfsvoll zu Simone, »und schon lange über die Jahre hinaus, wo man stundenlang hin und her geht, ohne was im Magen zu haben. Marsch, bring ihr ein Gläschen Rotwein, Simone, und ein paar Löffelbiskuits.«
Hortense de Chamant stand plötzlich auf und nahm ihren

Schleier ab. »Wann wird Monsieur voraussichtlich kommen?« fragte sie Quiche in einem Ton, den ihre Ahnen aus der Vendée gegenüber dem Stallknecht hatten.
Herr Quiche war keineswegs überrascht. »Habe ich nicht gesagt: eine Dame?« wieherte er entzückt. »Das ist Rasse, das verleugnet sich nicht, das hat früher genau so sein Hälschen auf die Guillotine gelegt.«
Die sanfte Georgette, eine Freundin der zornigen, kleinen Simone, blickte sie mitleidig an. »Nehmen Sie sich diesen Unsinn nur nicht zu Herzen, Madame. Wir sind alle gleich. Na, und alt werden wir auch einmal.«
»Das ist wahr. Sie hat vollkommen recht«, sagte die langsame Cathérine mit eingefetteter Kehle. »Nur der Geschmack, das weiß man ja selbst, ist jedesmal verschieden. Und eigentlich ist Ihr Kostüm nicht einmal übel, Madame. Diese Rüschen, diese gestreifte Seide, kaum ein bißchen verschossen, die kleine Mantille aus feinstem Spiegelsamt – das hat Geld, das hat einen Haufen Geld gekostet, ihr könnt es mir glauben, von solchen Sachen verstehe ich etwas.«
»Papperlapapp«, sagte Marguerite. »Darum handelt es sich jetzt nicht. An wen wird Giraud heute abend zahlen? An den Salon oder an die – Dame, die Monsieur Quiche mitgebracht hat?« fragte sie den Patron.
In diesem Augenblick sank Hortense wie eine Puppe zusammen, deren Füße ein Kind auf zu glatter Fläche unverläßlich aufgestellt hat. Sie brach lautlos und leise nach vorne über, ihre Beine, wie ohne Kniegelenk, rutschten unter dem Rock hervor, gespreizt, mit aufwärts gestellten Sohlen, als ob die kleinen, geschnürten Schuhe an den Strümpfen festgeklebt wären.
»Da haben wir es!« schrie die Große erbittert. »Nun kannst du auch zusehen, Billy, wie du fertig mit dieser Sache wirst, die du dir eingebrockt hast. Was mich betrifft –«

»Na, was denn, was denn!« beruhigte sie Monsieur Quiche. »Es handelt sich weder um Vater Giraud, noch um einen anderen Herrn. Dieses Fräulein Hortense de Chamant, wie sie heißt, soll hier eine Nachricht erwarten, besser gesagt: ein Briefchen, das schon in meinem Besitz ist, doch die Dame aus ganz bestimmten Gründen erst später erreichen darf. Sie wird hierauf wieder das Haus verlassen und wissen, daß sie – mon Dieu! – einem galanten Späßchen zum Opfer gefallen ist.«

»Alles, was recht ist«, sagte Simone, die sich noch immer die Backe hielt, und sah scheu nach dem Häufchen Unglück hin, das auf der Erde lag. »Ich möchte ihr nicht dieses Briefchen, von dem Sie da sprechen, Herr Quiche, überreichen – auch nicht auf einem Tablett.«

»Was meinen Sie, Fräulein Marguerite, wenn wir das arme Ding da nebenan auf den Diwan legten?« fragte die sanfte Georgette. »Irgendwo muß sie schließlich bleiben und sich ausruhen. Wie, Herr Quiche?« Schon hatte sie Fräulein Hortense mit ungewöhnlicher Energie unter den Arm gefaßt, um sie kurzerhand hochzuheben; die kalte Marie griff gleichfalls zu, und Cathérine schlug den Vorhang zurück, der den Arbeitsraum von dem Nestchen trennte, das er deutlich genug verbarg.

Plötzlich hatte Herr Quiche es eilig, wieder nach Hause zu kommen. »Das Geschäft, meine Damen. Ich muß jetzt gehen. Hier ist der Brief, liebe Marguerite. Ich denke, du hast nicht nur den italienischen Stiefel samt Sizilien und Korsika auf dem Bein, sondern bist auch nicht auf den Kopf gefallen und wirst wissen, wie man das Frauenzimmer auf gute Art wieder los wird.« Er setzte den Hut auf. »Noblesse oblige. Auf Wiedersehen, Kinder. Und grüßt mir schön den braven Vater Giraud...«

Kaum eine halbe Minute danach kam Hortense de Chamant wieder zu sich und schlug die Augen auf. Sie befand sich in einem ziemlich großen, mit Tischen und Stühlen bestellten Raum, der eine Stuckdecke hatte, die in der Mitte eines ovalen, aus Blättern und Früchten bestehenden Kranzes ein farbiges Medaillon trug. Es war ein mythologisches Thema, das ungenau durchdacht, schlecht gezeichnet, doch mit der üblichen Glätte und dem Pinselgeschick des 18. Jahrhunderts rasch hingeworfen war. Man sah eine Göttin, wahrscheinlich Venus, auf einem muschelförmigen Wagen, der von bebänderten Tauben gezogen und von Putten mit Rosen beworfen wurde. Neben dem Sofa hockte auf einem niedrigen Tischchen die sanfte Georgette und blickte Hortense halb ängstlich, halb ehrfurchtsvoll an.

»Geht es Ihnen jetzt besser, Madame?« fragte sie leise und setzte dem Fräulein ein Weinglas an den Mund. »Hier. Nehmen Sie einen tüchtigen Schluck! Das bringt wieder auf die Beine.« Sie stützte Hortense mit geschicktem Griff unter dem Kopf und flößte ihr langsam Schlückchen um Schlückchen ein; ihr Gesicht trug dabei den vernünftigen Ausdruck eines geduldigen, frühreifen Kindes, das es gewöhnt ist, seinen Geschwistern die Nase abzuwischen oder den Vater, wenn er betrunken aus der Schenke nach Hause torkelt, über den Randstein zu führen. (»Hör mal, Georgette«, hatte Marguerite zu ihrer kleinen Gehilfin gesagt. »Da ist der Brief, den sie haben soll, wenn sie wieder bei Sinnen ist. Kein Gedanke, daß wir ihn warm werden lassen, wie der Patron es will. Du gibst ihn ihr – und dann marsch, hinaus! Natürlich in höflicher Form. Solche Sachen mag Quiche alleine machen. Das stört nur und bringt nichts ein.«) Georgette überlegte. Sollte sie es wagen, ihr jetzt den bewußten Brief zu geben und sie dann hinauszubugsieren? Sie seufzte. Ob sie womöglich von neuem in Ohnmacht fiel? Oder rabiat wurde und ihr das Glas ganz einfach an den Kopf warf oder die Spiegel zer-

schlug? Na, ja. Sie sah recht merkwürdig aus. Eigentlich nicht wie ein Straßenmädchen, aber auch nicht wie, beispielsweise, ihre Tante Yvonne mit der brandroten Tolle, die immer in Schwarz ging, viel betete und ein Knopflädchen in der rue Mazarin hatte, wo Georgette sich bei Prügelstrafe nicht blicken lassen durfte. Es half nichts. »Geben Sie acht, Madame!« sagte Georgette resolut. »Hier ist ein Brief, den mir Monsieur Quiche für Sie übergeben hat. Er wird nicht hübsch sein, denke ich mir, denn was soll schon von diesem Halunken kommen, außer Unglück und Gaunerei. Drauf spucken. Im Grund sind sie alle gleich und geben sich nichts heraus. Na, nur langsam. Regen Sie sich nicht auf und reißen Sie nicht den Umschlag entzwei, vielleicht ist ein Blauer drin.«
Sie nahm rasch das Weinglas und die Karaffe und trug beide auf einem Tablett zu dem äußersten Ecktischchen hin; dabei schielte sie zu Hortense hinüber und zog ihre Schultern ein wie als Kind, wenn Schläge darauf fielen...
Als Hortense die erste Hälfte des Briefes nicht eigentlich gelesen, sondern hinter sich gebracht und bewältigt hatte wie einen Weg, der in völlige Dunkelheit mündet, sah sie betäubt von den Zeilen auf und fand ihr Spiegelbild in einem Glas mit schwerem, vergoldetem Rahmen aus abgeblättertem Stuck. Es hing dem Diwan genau gegenüber und zeigte Hortense eine fremde Frau von unbestimmbarem Alter und fleckigem Gesicht. Sie erkannte sich nicht, und erst, als sie mühsam das Blatt wieder an die Augen hob, schloß sie aus der gespiegelten Geste, sie müsse es selber sein.
»Um es noch einmal deutlich zu sagen«, an dieser fast beliebigen Stelle setzte sie ihre Lektüre fort, »Sie sind einer Täuschung zum Opfer gefallen, an der Sie nicht schuldlos sind. Ihre Torheit in grotesker Verbindung mit Ihrem Hochmut, der es nicht zuläßt, einzugestehen, daß irgend-

ein Mann, den Sie jemals liebten, Sie könnte verschmerzt oder vergessen haben, hat Sie auf einen Weg geführt, der noch nicht zu Ende ist. Wohin wollen Sie nun? Bedenken Sie doch! Zurückzukehren dürfte unmöglich und mit dem Odium der Lächerlichkeit bereits jetzt schon behaftet sein. Einen Lucien Benoît – welch phantastischer Traum! – gibt es nicht, Fräulein Hortense de Chamant, oder hat ihn vielmehr noch niemals gegeben – – wenigstens so nicht, wie Ihre Wünsche ihn sich erschaffen haben. Sie wären also dem tiefsten geistigen Elend und nicht nur ihm, sondern dem Elend an und für sich, der Verzweiflung, dem Tod und dem Wahnsinn rettungslos preisgegeben, wenn der Partner, welcher mit Ihnen spielte, nicht am Ende doch noch ein Lucien Benoît und also Ihr wirklicher Partner wäre: zitternd vor Schmerz, Ihnen wehe zu tun, und gepeinigt von der geheimen Lust, Sie mit Geißeln geschlagen zu haben. Er ist es. Er ist ein Mensch wie Sie: sehr einsam, sehr wollüstig und zu stolz, ein Schicksal anzunehmen, das ihn unter das Maß des Verbrechens erniedrigt, welches ihm möglich ist. Dieser Mensch erwartet Sie, wie die Hölle eine schöne Seele erwartet – glühend, aber unendlich geduldig und seines Sieges gewiß. Wohin Sie sich jetzt auch wenden werden, werden Sie ihm begegnen und ihm überall angehören.«

(»Wie stellen Sie sich das praktisch vor?« hatte Quiche in der ‚verwitweten Auster' beim Genuß dieser eigentümlich präzisen, aber mystischen Wendung gefragt – nicht ohne Spannung und in dem Gefühl, in Bonmarché seinen Herrn und Meister gefunden zu haben.

»Vorstellen?« gab ihm der andere achselzuckend zurück. »Überhaupt nicht. Aber das wäre gelogen«, verbesserte er sich selbst.

»Also?«

Herr Bonmarché schwieg und lächelte vor sich hin ...)

»– Und ihm überall angehören«, wiederholte Fräulein Hortense mechanisch und faltete sorgsam das Briefblatt zusammen, öffnete dann ihr Täschchen, schob es hinein und zog einen weißen Zettel, einen Umschlag und einen Bleistift heraus, den sie mit der Zunge benetzte.
»Wollen Sie etwas schreiben, Madame?« fragte Georgette erleichtert. »Nehmen Sie doch eine Unterlage. Warten Sie. Hier.« Sie legte dem Fräulein ein Modeheft auf den Schoß. »Wissen Sie, eigentlich ist so ein Kerl überhaupt keine Antwort wert«, sagte sie teilnahmsvoll.
Hortense blickte starr in das Spiegelglas und schien angestrengt nachzudenken. »Gott hat uns beide getäuscht, Lucien«, schrieb sie dann plötzlich nieder. »Er hat dich weder damals gerufen, noch mir heute Antwort gegeben. Gott ist stumm. Er überläßt uns gefühllos den kindischen Hirngespinsten, die wir in frommem Eifer geknüpft und vor ihm aufgestellt haben, damit er sich in ihnen verfängt und von uns berührt werden kann. Er braucht uns nicht. Weder unsere Bemühung, noch unser Zeugnis für ihn, am wenigstens aber den Lobgesang, den wir ihm schenken wollten. Unsre Leiber sind nichts als Steine in seiner allmächtigen Hand, die er täglich neu aufeinanderschichtet und mit dem Mörtel unserer Tränen und Mühsal untereinander verbindet, um sie morgen wieder zusammenzuwerfen und unter dem Fuß zu zermahlen. Dieser Gott ließ es zu, daß ein dunkler Verbrecher sich Deines Namens und Deiner Gestalt, Lucien Benoît, bediente, um mich fort von Senlis zu locken. Ich glaubte, Dir helfen zu müssen, Geliebter, nicht nur Du selber zu bleiben, sondern der Gottheit die Ehre zu geben, die Dich zum Eigentum auserwählte und mich gewürdigt hatte, der Inhalt Deines höchsten Opfers zu sein. Um diesem Opfer und damit Dir selbst ebenbürtig zu werden, wollte ich heute die Lust, Lucien, die Du mir anbieten würdest, verschmähen; ich wollte

Dich Gott zurückgeben, ja, wie Du mich einst unberührt an mein Dasein, an mein trauriges und verwünschtes Dasein, zurückgegeben hattest. Welcher Hohn! In dieser teuflischen Täuschung bin ich heute zum zweiten Mal von Dir verschmäht, weil überhaupt nicht begehrt worden, ach! Und die Möglichkeit, auf Dich zu verzichten, besteht nicht mehr, weil die Wahl nicht bestand, Dich zu lassen oder zu halten, zu binden oder zu lösen, zu wollen oder nicht. Ich bin ein Spott der Hölle geworden, ich habe mich lächerlich, lieber Lucien, und zum Gegenstand eines Mitleids gemacht, das mich mehr beleidigt als Haß. Diese Schmach kann nur mit mir selbst endgültig ausgelöscht werden ... Doch wie es zu jenem Selbstbetrug kam, sollst Du wissen, damit, wenn mein schreckliches Ende Dir zugetragen wird, Deine Seele, mehr noch: Dein Herz, es begreift und mich vor Jenem entschuldigt, der sich anmaßt, mein Richter zu sein. Lästere ich? Auch ich bin gelästert und mitten in meinem frömmsten Gebet von dem Kehrreim der Hölle angeplärrt worden. Ich bin vernichtet und suche das Nichts als meinen einzigen Trost – –.«

Fräulein Hortense de Chamant, jenes Schreiben mit vollem Namen zeichnend, steckte das Blatt in den gleichen Umschlag, der Bonmarchés letzte Zeilen enthielt, und fügte die übrigen Briefe bei, die sie von ihm empfangen und gleichsam als Ausweis mit sich getragen hatte. »Haben Sie etwas Leim, damit ich zukleben kann?« fragte sie abwesend, nahm ihn entgegen und drückte die Spitze des Umschlags auf die Papiertasche nieder; der Inhalt bauschte sich, hob das Dreieck von den angestrichenen Rändern ab und ließ das Innere klaffen. Der Umschlag selbst war noch unbeschrieben, doch trug seine Rückseite Bonmarchés Namen und die Ortsangabe Senlis; ein Umstand, der von dem Verbrecher in der Trunkenheit unbemerkt geblieben und Anlaß geworden war, daß sich später Lucien

Benoît den Zusammenhang deuten konnte. Auch Hortense in ihrer Verwirrung hatte den Absender nicht bemerkt, sondern setzte jetzt in hochmütig hohen, aber zerrissenen Zügen die Anschrift auf das Papier – vielmehr den Namen ‚Lucien Benoît' und darunter, ungenau, doch unterstrichen: Ordensgebäude der Weißen Väter, Seminar der Missionen. – Sie zögerte und winkte Georgette heran.
»Wollen Sie mir etwas besorgen?« fragte sie knapp und beherrscht. Ohne die Antwort abzuwarten, fuhr sie fort: »Sie überbringen den Brief einem gewissen Pater Benoît, dem Novizenmeister des Ordens der Weißen Väter hier in Paris, die Straße weiß ich nicht.«
»Einem Pater?« sagte Georgette vergnügt. »Dann brauche ich bloß meine Tante Yvonne in der rue Mazarin zu fragen. Sie hat ein Knopflädchen, Knöpfe und Spitzen, und kennt jeden Kanzelredner. Das ist er nicht? Na, geben Sie her. Ich besorge den Brief schon hin.«
Hortense erhob sich und trat vor den Spiegel; Georgette, wie ein gefälliges Zöfchen, reichte ihr die Mantille und zupfte den Cul zurecht. »Wollen Sie sich nicht noch pudern oder die Lippen markieren?«
»Es ist nicht nötig«, bemerkte Hortense. »Doch. Geben Sie mir mein Täschchen. Den Puder. Das Rouge. Dieses künstliche Licht wird alles übertreiben«, sagte sie unzufrieden. Sie betrachtete sich. Ein gespenstisches Lachen verzerrte ihr Gesicht. ‚Bin ich das?' dachte sie. ‚Und seit wann? Dieser Erzengel ohne Flügel!' Sie näherte sich ihrem Spiegelbild und hauchte ein Küßchen darauf. »Lebe wohl!« sagte Fräulein Hortense kokett zu der Dame hinter dem Glas. Fest überzeugt, diese fremde Erscheinung in dem Spiegel zurückgelassen zu haben, veränderte sich, als Hortense das Zimmer, den Arbeitsraum der schäkernden Mädchen und schließlich das Haus verließ, ihre Haltung, ihre Miene, ihre Büste, ihr Gang. Der stolze Bau ihres Körpers

zerfiel, ihre Arme schlenkerten in den Gelenken, die Füße schleiften, der Kopf sank zur Seite, die Straußenfeder auf ihrem Hütchen tanzte nun wie der Aufputz unermüdlich trabender Zirkuspferde lächerlich auf und ab.
Als Camille Deschâteaux den zerbrochenen Umriß seiner Geliebten erblickte, welche die Straße entlang kam, durchzuckte ihn das Gefühl, angeredet zu sein, wie ein elektrischer Schlag. ‚Welch eine Schauspielerin von Format', dachte er hingerissen. ‚So verändern Tiere, wenn sie bemüht sind, die Aufmerksamkeit ihrer Feinde von dem Nest abzulenken, den Habitus; so gleicht sich ein Schmetterling welken Blättern und ein Marder mit wellenförmigem Bauch der Bodenerhebung an. Doch vor wem flieht sie? Wen sucht sie zu täuschen? In wessen Auftrag handelt sie wohl? Und welche Aufgabe hat sie zu lösen, die nach Erfüllung verlangt?' Er erhob sich brennend vor Ungeduld, zahlte und ging aus der Tür.
Es war kurz nach Mittag; stechende Hitze flimmerte auf den unabgelöschten, bläulichen Steinen der kleinen Straße, deren Buckel und Rinnen noch von der Feuchte eines Gewitters glänzten, das eben, als Hortense an Benoît in dem ‚Nestchen' geschrieben hatte, heruntergegangen war.
Der junge Mann vertrat ihr den Weg. »Madame –!«
Sie blickte neugierig auf und reichte ihm nachlässig, ohne zu zögern, zwei behandschuhte Fingerspitzen. »Ah – Sie sind es«, sagte sie sinnlos. »Kommen Sie mit mir? Das heißt, ich habe nicht viel Zeit ...«
Während sie sprach, war sie weitergehastet; Camille Deschâteaux, darüber betroffen, daß sein Angriff so schnell Erfolg haben sollte und wahrscheinlich in irgendeinem Hotel augenblicklich beendigt sein würde, lachte kurz und beleidigt auf; gleichzeitig warnte ihn aber ein unbestimmtes Gefühl, diese Frau als Hure zu nehmen. »Wohin denn?« fragte er schroffer, als er beabsichtigt hatte. Sie wischte

leichtsinnig seine Frage mit einer Schulterbewegung fort. Wieder war es ihr selber, als ob die gebrochene Schwinge eines Erzengels diese Bewegung vollführt und sie der geronnenen Atmosphäre für immer einverleibt hätte. »Wer bist du?« fragte Deschâteaux nackt und außer sich vor Begierde; seine Stimme, obwohl belegt und leise, klang wie das ferne, gefährliche Brüllen einer gereizten Bestie, die toll vor Erwartung ist. Gleichzeitig drängte er seine Beute in der engen Gasse gegen die Mauer und preßte sich an sie an.
»Wer ich bin?« wiederholte Hortense de Chamant und bog ihren Kopf nach hinten, hob die Arme, nestelte an dem Schleier und nahm ihn zuvorkommend ab. »Eine Chimäre«, sagte sie dann geheimnistuerisch. »Die jüngste Chimäre von Notre Dame.« (Sie meinte Notre-Dame von Senlis.) »Immer zum Absprung bereit.«
Entgeistert starrte Camille Deschâteaux den reizenden Totenkopf an: das zarte Gesicht, entfleischt und von Schweiß, wie eine Maske von Wachs, überzogen; die halbgeöffneten, girrenden Lippen mit den schönen, schamlos blinkenden Zähnen, die tiefen, dunkelblau schattenden Schläfen, hinter denen der Wahnsinn wohnte, das blicklose Augenpaar.
»Bst – nicht erschrecken«, flüsterte sie und legte dem jungen Menschen die Arme um den Hals.
Diese Bewegung, unendlich zart und hemmungslos in einem, brachte ihn wieder zu sich. Er fühlte fast körperlich ihre Reinheit und ihre Verworfenheit; die Unberührtheit ihres noch spröden und amazonischen Fleisches und den zersprengenden Durst ihrer Träume, die ohne Beispiel waren. In der menschenleeren, glühenden Gasse, an deren wenigen Fenstern die Jalousien der Hitze wegen heruntergelassen waren, standen beide sich gegenüber. »Liebe mich!« sagte sie sanft. »Ich heiße Désirée.« Sie streckte die Hand aus und zog ihn weiter; er überließ sich ihr willenlos

mit der Neugierde junger Menschen, die nur sich selber sucht und für die erbärmlich billige Pointe des literarischen Abenteuers auf die Möglichkeit einer Erfahrung bereits verzichtet hat. Schon begannen seine Gedanken wieder um den eingebildeten Punkt zu kreisen, der seiner Phantasie zu dem Anlaß dieser Begegnung geworden war, und mit der eintönig stumpfen und monotonen Hartnäkkigkeit des Fetischisten den Gegenstand anzusaugen, der später in einem Bühnenstück von ziemlichem Raffinement die urteilslose Menschheit begeistern und sogar rühren sollte. Gefiltert durch Brutalität und Talent, ergoß das Schicksal seiner Gefährtin seine tödlich feinen Essenzen in Deschâteaux' Eingeweide, ohne sie anzugreifen; es machte ihn durchsichtig, ohne ihn zu erhellen; geschmeidig, ohne ihn nachgiebig, zart und liebevoll zu machen; feinfühlend ohne Barmherzigkeit, verständnisvoll ohne tiefere Regung, hilfsbereit ohne Anteilnahme und spielerisch ohne Lust. In diesen Stunden, wo Deschâteaux die ‚flüchtende Chimäre', wie sie sich selber nannte, begleitete und ihren hastenden Füßen ohne Ermüdung folgte, schien es ihm, als ob kein Fleck von Paris damals von ihr nicht berührt worden wäre; er sieht noch heute einzelne Bilder, die, ihrer riesenhaften Entfernung voneinander und ihrer abstrusen Beziehung zu anderen Dingen wegen, unmöglich zusammengehören und sich dennoch für immer magisch verschwistert und wie die Figuren in einem Teppich verbunden haben – –

Den gipsernen kleinen Engel, zum Beispiel, auf der umgestülpten, hölzernen Bütte eines Bateau-Lavoir im Kanal St. Martin und die schräge, trostlos geneigte Fläche eines unbebauten, sandigen Plätzchens in dem Häusergestrüpp des Montmartre, unterhalb Sacré-Coeur; das staubige, schüchterne Blumenrondell mit den unwirklich grellen Mimosenköpfchen in dem Hof des Musée de Cluny; den

schimmelfeuchten, entsetzlichen Flecken auf der Mauer eines Althändlerladens in der unmittelbaren Nähe der Place de la Bastille, welcher die Form einer vivisezierten, geöffneten Fledermaus hatte, und das Bistro in der rue de birague, an dessen Ausschank ein fuchsroter Jude mit seinem Kleidersack lehnte und den Apéritif herunterstürzte, während schon seine nackten Zehen unaufhörlich über dem Boden spielten, als ob sie den düsteren Auftrag hätten, ihn beständig hinwegzureißen. Er sieht sich unter den rieselnden Lichtern, die das Blattwerk der großen Edelkastanien im Jardin du Luxembourg auf seine Hände und die Brüste seiner Begleiterin tropfte, als er sie vor den Medici-Brunnen mit kaltem Lächeln liebkoste ... Doch ebenso sieht er, ganz wie in Träumen, an dem Ostrand des Ungeheuers Paris, wo es schon in den Wirrwarr der »Zone« übergeht, die seltsamen Auslagen seiner Märkte: den Kupfertopf mit der Satyrfratze eines vergnügten Poincaré und die zerbrochene Sèvres-Tasse, aus welcher ein schmutziges altes Weib getrost seinen Rotwein schlürfte; die hellgetupfte, vom Wind bewegte Traube der Krammetsvögel neben den Eichhornbälgen, die an Stangen aufgespießt waren, und die Treppe des Nachtasyls, die noch leer, aber mit Kreidestrichen beschmiert und von den Dauergästen des Elends auf jeder Stufe bereits reserviert und mit Nummern bezeichnet war ...
Er sieht an der Seite seiner Chimäre die ganze Stadt so, wie Asmodäus auf der Balustrade von Notre-Dame, der bocksbärtige Teufel der Lust, sie seit Jahrhunderten sieht: als einen Silberfisch, eingehüllt in die Haut seiner kostbaren Atmosphäre, die von winzigen Teilchen aus Schmutz und Staub, Feuchtigkeit, Küssen, geflüsterten Worten und boshaften Gesprächen in einem fort flirrt und vibriert; und er hört mit weit geöffneten Ohren das nie endende Summen und Brausen der Tiefe -- jenes Orchester, das, ohne

doch jemals zu gemeinsamem Musizieren zu kommen, unaufhörlich die Instrumente stimmt, damit sie dem jüngsten Gericht ihren Ton geläutert entgegentragen. Er ist ganz Gehör wie der Engel der Botschaft, aber ach! er hört alles mit gleicher Stärke: den Kanon der jungen Käseverkäufer auf dem gestuften Markt von Montmartre und den schnellen, lustigen Kehrreim des fröhlichen Lumpenhändlers auf dem Boulevard Sebastopol; das blecherne Trällern der Chansonetten: »L'on y danse, l'on y danse« auf der Kellertreppe eines Vergnügungslokals und die leise, verzweifelte Frage der flüchtenden Chimäre nach der Menschwerdung Gottes; diese verrückte und unüberhörbare Frage: »Glauben Sie an die Menschheit Christi, ich meine: an die Menschwerdung Gottes in einem einfachen menschlichen Herzen und einem leidensfähigen Körper, der gequält und geprüft werden kann?«
Dies war, er glaubte sich zu erinnern, an der kleinen, schmutzigen Litfaßsäule auf dem Platz vor Saint Germain l'Auxerrois und später – gelehnt an die über und über mit Plakaten beklebte Holzwand vor dem Langschiff von Saint Martin des Champs – ihr fassungsloses, entsetzliches Weinen, als er sie (stolz auf sein bißchen Wissen) »meine kleine Manichäerin« nannte ... Ja, dies war komischerweise unter der Bildreklame von Dubonnet gewesen, wo sich ein eckiger schwarzer Golem mit fast mathematisch verkürztem Arm seinen Likör einschenkt. St. Germain l'Auxerrois ... St. Martin des Champs ... St. Germain des Prés ... St. Julien le Pauvre ... es schien Camille Deschâteaux zuletzt, als ob ihrer beider Weg wie ein Strom, der immer gleich bleibt, während die Dinge ihr Schattenbild in ihm spiegeln, sich an allen Kirchen der Stadt geteilt, Wirbel gebildet und jede von ihnen als eine Frage umschlossen hätte, eine Isle de la cité und ein Schiff, das zuletzt auseinandergeborsten und untergegangen war.

»Glauben Sie, daß es eine Erhörung oder wenigstens eine Antwort gibt? Das heißt: glauben Sie an den Sinn dieses Daseins, oder glauben Sie, daß der Glaube genügt, um unser Leben von allen Wünschen so vollständig zu entleeren, daß sich Sinn und Unsinn aufheben, wie, und der ‚Glaube an sich' als der offene Mund einer lautlos schreienden, starren Meduse, als der Hohlraum der dritten, schrecklichen Bitte des Vaterunsers und, ach, als das Nichts, aus dem die Schöpfung geworden sein soll, am Ende übrigbleibt?« Gleich darauf jener blasphemische Ausbruch eines Jubels, der sie erzittern machte wie einen apokalyptischen Engel, welcher anbetend niederfällt: »Aber tröstet das Nichts nicht? Ist nicht das Nichts jenes Etwas, das stärker und größer als alle Inhalte ist, also auch stärker als Himmel und Hölle, weil es nicht ist, und daher nicht leiden, nicht beginnen, nicht endigen kann? Ich will Ihnen etwas sagen, mein Herr, aber erzählen Sie es nicht weiter: das Nichts ist größer als dieser Gott mit dem entsetzlichen Trieb zu erschaffen, für den er von seinen Geschöpfen noch Dank und Anbetung erwartet. Warum sind wir nicht Nichts? Die Chimäre weiß es, die geheime Gegengöttin des Schöpfers, die der Mensch auf den Kathedralen erhöht und über die Engel gesetzt hat, über Märtyrer und Evangelisten und über die Mutter Christi selbst, die sich nur wenig von ihr unterscheidet; nur darin, daß ihr Schoß Gott ins Fleisch, während der Schoß der Chimäre den Menschen ins Nichts gebiert. Warum sind wir also nicht Nichts, Deschâteaux? Komm, laß uns Nichts sein! Laß uns den Schoß der Natur und der Übernatur verlassen, dieses Geschwätz, dieses Ammengerede von Geburt und Wiedergeburt. Warum hält uns der Kreis? Nur, weil wir nicht wagen, über den Rand zu treten. Und doch wäre da, wo er endigt, das Glück, die ewige Seligkeit; es wäre das Hochzeitsbett, Deschâteaux, in das wir uns wer-

fen könnten, wenn wir Mut genug hätten, lieber Camille; lieber, lieber Camille ...«
Und dann sagte sie unter den maurischen Bögen von Sacré-Coeur, dieser Kirche der Frauen, der hysterisch Erhitzten, der Büßer und geistigen Morphinisten: »Ich bin keine Selbstmörderin, Camille, die im Geheimen den Wunsch hat, noch einmal wiederzukehren. Darum darf ich nichts mehr begehren müssen und alles besessen haben.«
Hierauf, entblößt von jeglicher Rücksicht, wiederholte sie jene sanfte Bitte, mit der sie Deschâteaux fortgezogen und ohne die geringste Gefallsucht an sich gebunden hatte: »Liebe mich!« sagte sie hoffnungslos. »Ich heiße Désirée.«
Wer weiß, wenn der junge Mensch dieser Bitte entsprochen hätte, – ob nicht ihr Durst nach Vernichtung gestillt und ihr bereits zerbrochener Leib sich wieder zurückgegeben und an dem Entzücken ihres Geliebten gereinigt worden wäre? Doch er vermochte es nicht. Er vermochte sie jetzt nicht mehr zu lieben, weil eine furchtbare Wahrheit in ihm ihre Verkörperung suchte und ihr menschenmörderisch finsterer Kult ihn zum Priester auserwählt hatte; zu der männlichen Entsprechung der Göttin, welche »Chimäre« hieß; »Große Hure«, »Babylon, Mutter der Lüge« und »Schwester der Vernunft«! Sie – die »Verwirrung an und für sich«, wie der alte Chamant ihr Wesen hellsichtig gedeutet hatte, stand für viele gleichnishaft als das Sinnbild der finsteren Aufklärung da, die mit dem Wahnsinn, mit der Verzweiflung und dem Mysterium des Nichts notwendig enden mußte; und die an der Hand von Rousseau die Bühne ihres Jahrhunderts als Schäferin, von Lämmern begleitet, betreten hatte, verwandelte sich heute (von Blutrausch und bösen Opiaten trunken) in eine neue Phädra, die sich und den Liebsten vernichtete und die Sinnlosigkeit auf den leeren Thron und die alten Altäre setzte. Désirée konnte gerettet werden. Hortense de Cha-

mant aber nicht. Wer weiß es, an welchem Zeitpunkt sie der furchtbaren Gnadenwahl Satans freiwillig zugestimmt hatte – und in dem Wasser der Seine untergegangen war? Denn sie war es schon, ehe noch Deschâteaux sie auf dem Pont Marie stehen ließ und mit einer Hure davonging, die gerade des Weges kam. Sie empfing seine letzten Liebkosungen nicht, um die sie gebettelt hatte, und endete wirklich als Selbstmörderin, als eine einfache, törichte und verzweifelte Selbstmörderin, die keinen Ausweg mehr weiß. Ihr Ende wäre ganz unbedeutend und völlig sinnlos gewesen, wenn nicht gerade der Pont Marie das Andenken jener jungen Prophetin in seinem Namen aufbewahrt hätte, die am Beginn der Revolution, in den Hinfluß der Seine starrend, den vorweggenommenen Weltuntergang von Neunzehnhundertundvierzehn und nicht nur ihn, sondern auch den Ausbruch der deutschen Revolution, kaum zwanzig Jahre nach diesem Krieg, schon damals vorausgesagt hätte. Aber wieviel Selbstmörder hat die Seine und hat auch der Pont Marie schon gesehen, ohne daß doch der Seineschiffer Guillaume, der Hortense de Chamant aus dem Wasser fischte, davon tiefer berührt worden wäre. Hier freilich sah er in ein Gesicht, das er nicht mehr vergessen konnte, weil es mit einem Zeichen gesiegelt und so unverkennbar von dem geprägt war, was der alte Pfarrer von Pointarmé, dem Heimatort des Schiffers Guillaume, den »Kuß des Friedens« nannte. Wahrscheinlich hatte Guillaume schon lange auf dieses Zeichen gewartet, ohne daß er es wußte ... schon damals, als er in jener hellen und doch seltsam verworrenen Nacht seinen Kahn an einem Pfosten der Isle St. Louis und die Laterne an einem Nagel dieses Pfostens befestigt hatte, bei deren Schein er den Brief des Pfarrers über den Tod seines Bruders las, der nach langem Vagabundieren, um in Pointarmé endlich zu sterben, nach Hause gekommen war. Guillaume, er ent-

sinnt sich noch ganz genau, hatte immer wieder von seinem Brief, der schlecht zu entziffern war, aufgesehen, um Beistand zu erbitten – – zuletzt, als ein Mensch im Priesterrock vorübergekommen war; doch das Gesicht dieses jungen Mannes war so furchtbar müde gewesen, daß es Guillaume nicht wagte. Es war nicht nur müde, es war entleert – so überirdisch entleert von allem wie das Gesicht der ertrunkenen Frau, die der Schiffer aus dem Wasser gezogen und lange betrachtet hatte. Auch es war leer, doch jetzt ohne Hohn und ohne den schwarzen Triumph des Nichts, auf den es noch kurz vor dem Ende verzichtet haben mußte. Es war arm wie das Gesicht einer Nonne und gleichzeitig ohne Geschlechtsmerkmale; es war die Armut, die nichts mehr entbehrt, weil sie das Letzte: SICH SELBST so hat, als hätte sie nicht ...
Dieses Schwestergesicht des Lucien Benoît glich gleichzeitig einem andern, das in der Seele von Frankreich gebildet, für kurze Dauer hervorgetreten und an der Schwelle der Revolution untergegangen war. Nun war es wieder im Kommen. Nicht heute oder morgen, aber schon übermorgen; und es glich einem Sternbild, das mit dem Wechsel der Jahreszeit seinen Bogen erhöht und ihn (mächtig gespannt gleich dem Rücken eines brüllenden Stiers, der den Kopf gesenkt und die Füße in den glühenden Sand der Arena gegraben hat) feurig über den Horizont wölbt. Dieses Sternbild und dieser Name, an den dämmernden Himmel geschrieben, hieß:

JOSEF BENEDIKT LABRE

»Da geht er«, sagte Abbé Le Roy zu dem lächelnden Belfontaine und blickte aus dem Fenster seines geräumigen Arbeitszimmers im Pfarrhause von Senlis dem Küster François auf den Rücken, der, beladen mit Kirchenwäsche, unter den Arm ein paar Bücher geklemmt, über den Hof stolzierte. Er seufzte. »Sehen Sie nur seinen Gang – ist er nicht der vollendete Hochmut und dabei immer noch besser als die steinerne Miene, vor welcher man unwillkürlich immer wieder zusammenrutscht. Eigentlich müßte ich ihn ja hassen, aber Sie wissen, Herr Belfontaine, daß mir solche Gefühle nicht liegen. Überdies ist er absolut unentbehrlich und unersetzbar für mich«, wehrte er einen Vorschlag ab, den er schon kommen fühlte. »Er kennt das Rituale im Schlaf und hat die Heiligentage im Kopf wie ein päpstlicher Kammerherr. Das Missale schlägt er mit zwei, drei Griffen, fast möchte ich sagen: mit dem Elan und der unüberbietbaren Eleganz des Taschendiebes auf, er weiß genau, welche Farbe gilt, und im Zweifelsfall entscheidet er so, wie Fénélon, mit Molina gepaart, entschieden haben würde.«

»Sehr gut. Er nimmt Ihnen vieles ab«, erwiderte Belfontaine. »Sie können sich Ihren Liebhabereien in aller Ruhe widmen, und treibt er es einmal gar zu arg, so weisen Sie ihn ganz einfach in seine Schranken zurück.«

»Zurückweisen? Nein, das kann ich nicht«, erwiderte Le Roy mit ängstlichem Gesicht. »Sie haben recht: er erleichtert mir vieles. Aber nun ist er wieder böse, weil ich, anstatt seinen Vortrag über die Art, wie er morgen den Hochaltar herrichten möchte, geduldig anzuhören, das überseeische Päckchen aus Indochina geöffnet habe, das mir mein Freund – Sie wissen: Herr Nue, der Schmetterlingsforscher in Battambang! – soeben zugeschickt hat.«

»Eine neue Sendung? Zeigen Sie her!« sagte Belfontaine angeregt.

Gleich darauf beugten sich beide Herren über einen besonders schönen, tropischen Schmetterling von erstaunlicher Spannweite; seine Flügel von majestätischer Bläue waren erdbraun geädert, das obere Paar von dem dunkleren Rand aus mit zwei flammendweißen Bändern gezeichnet, die, Blitzen ähnlich, schräg in das Blau der unteren Flügel stießen. »Der große Atlas! Sehen Sie nur«, sagte Le Roy entzückt. »Diese Reinheit und Tiefe der Farben ist selten und findet sich eigentlich nur noch bei Fischen und Edelsteinen.«

»Also bei jenem Teil der Natur, der fast etwas – Künstliches hat«, erwiderte Belfontaine.

»Richtig«, sagte der Pfarrer lebhaft. »Etwas Künstliches. Oder könnte man nicht auch – Künstlerisches sagen?« setzte er seine Betrachtung fort und verfiel in das rhapsodierende Schwelgen aller Naturanbeter. »Die Natur als Kunstwerk; ihr Schöpfer als Künstler, der sich selbst in der Harmonie aller Farben und Formen offenbart.«

»Ja, ja, ja«, sagte Belfontaine leicht gelangweilt und fügte taktvoll hinzu: »Eigentlich meinte ich ‚künstlich' mehr im Sinne von Baudelaire. Doch warum nicht? Der Schöpfer als Künstler und gleichzeitig als Ästhet und Genießer seiner eigenen Produktion.«

Die runden Wangen von Abbé Le Roy überflog eine kindliche Röte. »Sie treiben alles zu sehr auf die Spitze, mein lieber Herr Belfontaine«, sagte er unsicher. »Wenn man Sie hört, wird sofort eine halbe Ketzerei aus meinen Redensarten.«

»Aber nein!« wehrte Belfontaine freundlich ab. »Sie wissen doch selbst, wie sehr ich Ihre Betrachtungsweise, Ihre Weltoffenheit und Ihre Beziehung zu allem Schönen schätze. Und darum begreife ich eigentlich kaum, warum Sie sich nicht mit François verstehen, diesem Fanatiker und Ästheten des kirchlichen Rituale.« Er sah wieder in den Hof hinunter, wo der Küster, in die Betrachtung einer Magnolienblüte versunken, stehen geblieben war; vielleicht aber war es nicht diese Blüte, die seine Bewunderung fesselte, sondern er meditierte nur wie ein Inder, dem jeder Gegenstand, wenn er ihn wunschlos und hingegeben betrachtet, zum Weltenschoß zu werden vermag.

»Da kennen Sie aber François schlecht, wenn Sie ihn einen Ästheten nennen«, erwiderte Le Roy. »Er weiß zwar alle Baustile, Schlösser und historischen Punkte der Isle de France aufzuzählen – dieser uneheliche Sprößling des Grafen von Mortefontaine –, aber das alles ist ihm nur Vorwand, um daran sein unerschöpfliches Thema von den ‚Masken des Satans' zu entwickeln, mit welchem er mich verfolgt und peinigt ... ob ich hören will oder nicht.«

Herr Belfontaine lachte herzlich auf. »Und was meint er mit diesen Masken des Satans?« fragte er den Abbé.

»Nun – so ziemlich alles, was heute besteht«, entgegnete Le Roy. »Der moderne Staat: eine Maske des Satans. Der Nationalismus. Das Militär. Die Zivilisation.«

»Also huldigt Ihr Küster wohl einem mystischen Bolschewismus?« fragte Herr Belfontaine. »Sieben Jahre nach einem gewonnenen Krieg ist dieser Sparren vielleicht verzeihlich, zum mindesten ungefährlich.«

»Bolschewismus?« sagte Le Roy versonnen und spießte den großen Atlas vorsichtig auf eine Nadel. »Das wohl weniger. Aber ‚mystisch' würde ich gleichfalls sagen. Ein mystischer Unsinn, wie er in vielen französischen Pfarrhöfen wuchert; besonders natürlich in der Bretagne, wo François' Mutter her war.«

»Aus St. Malo? Dol? Oder Mont St. Michel?« fragte Herr Belfontaine lebhaft. »Ich kenne diese Gegend.«

»Nein. Aus dem Arcoat. Aus Quimper, wo die meisten Leute den Kopf auf die linke Schulter legen wie ihre Kathedrale den Chor, der nicht richtig ausbalanciert ist. Das wissen Sie nicht? Ich dachte immer, die unterrichtetsten aller Franzosen seien die Eingebürgerten, wie? Und das sind Sie doch schon eine Weile!«

»Natürlich, aber erklären Sie endlich –«

»Warum der Chor dieser Kathedrale sich auf die Seite neigt? Passen Sie auf. Man sagt, um den sterbenden Christus am Kreuze nachzuahmen, der das Haupt auf die Schulter legt. Doch das ist Unsinn. In Wirklichkeit hat der Boden zu wenig Widerstand«, fügte er trocken hinzu. »Na, lassen Sie. Jeder Pfarrer hat den Küster, den er verdient. Übrigens, wenn mich nicht alles täuscht, werden Sie wohl das nächste seiner Opfer sein, Belfontaine.«

Der andere, ehrlich erschrocken, hob abwehrend beide Hände. »Um Gottes willen – warum und wieso? Als ein Mann, der das Bestehende liebt und in Frankreich das Land der Ordnung verehrt, des Maßes, das immer wieder errungen, und der Mitte, die – wie von Atlas der Himmel – mit angestemmter Schulter getragen und auf dem Nacken wie eine Kugel, die weder nach rechts, noch nach links herunterrollen darf, behütet worden ist, kann mich François doch eigentlich nur mit Unbehagen betrachten. Ich biete ihm keinerlei Haftmöglichkeit für seine Theorien, die zur Voraussetzung eines haben, ohne daß es weder Revolutionen noch Kriege geben kann. Dieses eine, das mir vollkommen fehlt« - Herr Belfontaine strich sich genußvoll über die glattrasierten, bläulich glänzenden Wangen – »ist, schlicht und einfach gesagt, die Unzufriedenheit. Oder positiv ausgedrückt, Herr Abbé: ich bin zufrieden. Ich wünsche daher keine Veränderung.« Mit auf dem Rücken gefalteten Händen wandelte Belfontaine hin und her ... von dem Fenster bis zu dem köstlichen Schreibtisch in der

Mitte des Arbeitszimmers, der reich mit Elfenbein intarsiert war, und wieder zurück zu dem Fenster, an dessen Kreuz er sich schließlich lehnte – gelassen, mit einem behaglichen Lächeln von ruhiger Freundlichkeit.

»Es ist wahr!« rief der Abbé Le Roy mit entzückter Bewunderung aus. »Sie sind der zufriedenste Mensch, den ich kenne, ohne ein Spießer zu sein. Sie sind harmonisch. Um einen Vergleich von grotesker Überspitzung zu brauchen: undenkbar, sich vorzustellen, mein Freund, daß Sie den Kopf auf die Schulter legten, wie der Chor der bewußten Kathedrale, von der wir eben sprachen; ich meine damit – natürlich cum grano salis –« haspelte er verlegen, »Sie sind im Gleichgewicht, wie ... wie eine griechische Statue«, platzte Le Roy heraus. »Und gleichwohl sind Sie von Fleisch und Blut. Ein zärtlicher Gatte, ein guter Bürger, ein Kunstkenner und ein Mann von Geschmack bei Bildern und bei Weinen«, setzte er konventionell hinzu und nahm den eigenen Überschwang mit dieser Phrase zurück.

»Und bei alledem glauben Sie, daß sich François für meine Person interessiert?« fragte ihn Belfontaine.

»François – ach, lassen wir diesen François. Verraten Sie mir lieber, ob Sie schon immer so waren. So gleichgewichtig, so überlegen, so harmonisch – und so zufrieden. Ich frage das nicht aus Neugierde, nein. Mein Interesse ist rein psychologisch und vollkommen absichtslos. Ist dieser Zustand mühsam errungen oder schon angeboren? Hatten Sie Zeiten, wo Sie zerrissen oder gar unglücklich waren?« fragte Le Roy wie ein praktischer Arzt, der sich bei einem Patienten nach dem Zustand seiner Galle erkundigt: Wann hatten Sie Schmerzen? Bei welchen Speisen? Trug eine Aufregung dazu bei, die Krämpfe auszulösen?

Herr Belfontaine sah ihn offen an. »Darauf zu antworten,

lieber Freund, ist mir leider gar nicht gegeben. Natürlich hat man eine Entwicklung. Jede Jugendzeit kennt ihre tragischen Possen, ihre Maßlosigkeit, ihren Überschwang und ihre Sehnsucht, die sich an Dingen oder Personen berauscht, die unerreichbar sind. Doch, ich glaube, das meinen Sie nicht.«

»Nein«, setzte Le Roy von neuem an. »Diese typischen Phasen kehren schließlich in jedem Leben wieder –«

»Und an die anderen, werter Freund, erinnere ich mich nicht.« Das verdutzte Gesicht des Abbé betrachtend, sagte Belfontaine lächelnd: »Es ist so. Wenn es mir nämlich schmerzlich oder auch nur verdrießlich wäre, würde ich sagen: ich leide ... ich leide an einem Erinnerungsausfall, der ganze Wegstrecken meines Daseins in völlige Dunkelheit hüllt. Ich meine das natürlich nicht so«, fügte er hastig hinzu, »als ob ich nicht dazu fähig wäre, meinen ‚Lebenslauf', wie man das nennt, lückenlos nachzuzeichnen. Etwas anderes ist der Fall. Ich lebe gewissermaßen nur in zwei Dimensionen; auf dem Schnittpunkt zweier Koordinaten, der nichts als ‚Gegenwart' heißt. Selbstverständlich kann ich jede der Linien beliebig nach rückwärts verlängern und dazu ‚Vergangenheit' sagen oder nach vorwärts und diese Richtung mit dem Namen ‚Zukunft' bezeichnen; doch diese Vergangenheit, diese Zukunft haben beide die Dimension der Tiefe, das heißt, jene seltsame Zauberkraft nicht, die die Vergangenheit zu dem macht, was man – Erinnerung nennt, und die Zukunft in Sehnsucht verwandelt. Ich lebe die Gegenwart. Ruhig und zufrieden, lebe ich trotzdem mit allen Poren den glücklichen Augenblick.«

»Sie sind zu beneiden«, sagte Le Roy und stieß einen Seufzer aus. »Ein kleinerer Geist als Sie, mein Freund, würde ohne Spannungen gleichsam verfetten oder an Langeweile förmlich zugrunde gehen.«

»Ohne Spannungen? Aber wo denken Sie hin! Das gibt es doch schon rein körperlich nicht. Man fühlt sich an jedem Tag anders, das Blut läuft bald schneller, bald träger dahin und ist mit immer anderen Stoffen, wie ein Strom mit wechselnden Gütern, beladen, die ihre Reize, feiner und gröber, an alle Organe abgeben und diese Organe wieder aufeinander umstimmen; sie gleichsam mit Hunden hetzen, mit Geißeln und kleinen Skorpionen schlagen, um sie nachgiebig, munter, geschmeidig und muskulös zu erhalten. Und diesem körperlichen Kalkül, das sich immer wieder mit Zucken und Flimmern und winzigen Ruderschlägen wie ein Glockentierchen ins Gleichgewicht setzt, entspricht ein geistiges, lieber Freund, das nicht weniger aufregend ist. Denn Ihre Umgebung und was sie anfüllt: die Dinge, und wie sie einander stoßen und sich miteinander vertragen; Linien, die nach Ergänzung verlangen, und Farben, die sich beißen; das hüpfende, unverschämte Stakkato des goldenen Lichtchens hier auf dem Flügel Ihres barocken Engelköpfchens über dem gravitätischen Einband von Pascals Briefen, das ihrem braunen, gesättigten Hinströmen über der Tiefe Antwort gibt wie ein flacher Kiesel, welcher das unzerstörbare Wasser mit hüpfendem Aufschlag peinigt: diese Umgebung, sage ich, die beständig leise verändert wird, weil Sie selber verändert sind, Abschied nehmen und neue Gäste empfangen, wie zum Beispiel heute den großen Atlas und morgen den Brief, dessen Marke Sie unter der Lupe prüfen, ob ihre Zähnchen unverletzt sind. – Sie ist nichts weiter als Atmosphäre, die Sie ein- und ausatmen, Herr Abbé, eine geheime Chemie aller Teile, aus welchen Sie selber aufgebaut sind; eine Materie, die den Gesetzen der Anziehung, Abstoßung und Vernichtung, also dem schöpferischen Vollzug Ihrer Persönlichkeit unterliegt und die Welt als ein Netz von Verflechtungen ausweist (zwar nicht von groben Kausalgesetzen, sondern nach Art des Webstücks, wo das sausende Schiffchen des Selbstbewußtseins immer neue Verbindungen schlägt!); einen Gobelin, in welchen Sie selbst unaufhörlich hineingewirkt werden; kurzum: als etwas, möchte ich sagen, das gleichzeitig innen und außen ist und seinen Überschuß unaufhörlich an den Gegenpol abgibt, ihn auffüllt und wieder von ihm empfängt. Eine Bewegung, die dazu dient, Ruhe und Gleichgewicht zu verbürgen; paradox gesagt: *dieses Dasein als stehende Bewegung;* als etwas, das ganz in sich selber und für sich selber ist, tätig und ruhend in einem, doch ohne Bezogenheit.«

»Also weniger noch als ein blindes Pferd, das, den Göpel bewegend, im Kreise geht?« fragte Le Roy naiv.

»Mein Gott, Herr Abbé, wie stümperhaft muß ich mich ausgedrückt haben!« rief Belfontaine entsetzt. »Das blinde Pferd – als ein Bild des Daseins – handelt doch unter dem Zwang, während das Leben, wie ich es verstehe, schlechthinnige **Freiheit ist! Nicht Freiheit: wozu ... sondern Freiheit: in sich – ein künstlerisches Spiel!«**

»Und Gott als der Künstler, nicht wahr?« sagte Le Roy befriedigt. »Unser Gespräch, welch geheime Logik, kehrt wieder dahin zurück, wo wir es begonnen haben. Trotzdem: das blinde Pferd unterm Göpel will mir noch nicht aus dem Sinn. Es bewegt sich. Doch aus der Entfernung Unendlich, also von drüben, betrachtet, bewegt es sich auch wieder nicht. Es geht im Kreis, es kommt nicht voran; dieser Kreis auf den Erdradius umgerechnet, wäre so winzig, daß man bereits von dem nächsten Fixstern aus sagen müßte, es trete auf einem Punkt. Und damit wäre doch eigentlich der Anspruch unseres Daseins, als ‚stehende Bewegung' begriffen zu werden, erfüllt. Aber Sie haben recht. Dieses Wesen handelt aus einem gewissen Zwang und aus einer Bezogenheit. Nicht auf den

Göpel bezogen, o nein, sondern beispielsweise auf jenen Brunnen, dessen Wasser es durch die auf den Göpel übertragene und vervielfachte Kraft unaufhörlich zutage bringt. Seine Bewegung geht also doch nicht nur einfach – im Kreis. Sie geht in die Tiefe ... dorthin, wo der Schnittpunkt der beiden Koordinaten, von dem wir gesprochen haben, wie ein Stein in den Brunnen fällt. Ich weiß, das ist mathematisch falsch: ein Punkt ist kein Körper, Herr Belfontaine, aber alle Vergleiche hinken.«

»In welchen Brunnen?« fragte zerstreut, mit einem Perlmuttmesser spielend, das er auf- und zuklappte, Belfontaine und blickte vor sich hin. »Ich glaube, wir dürfen doch diese Bilder von dem blinden Pferd von dem Göpel und dem Brunnen, aus dem er das Wasser heraufholt, nicht allzu sehr pressen, mein Freund.«

»Natürlich nicht«, sagte Le Roy erschrocken und zog sich sofort zurück. »Es sind nur Bilder, nichts weiter. Sogar theologische Bilder, was die Sache nicht besser macht. Bei dem blinden Pferd an den blinden Glauben und dem Brunnen an die Taufe zu denken...«

»Ist allzu billig, verehrter Freund«, sagte Belfontaine mit wieherndem Lachen, »besonders, wenn man – nun fahre ich fort – aus diesen Bildern den Pferdefuß Ihrer gestern von mir verweigerten Bitte deutlich herauskommen sieht. Aber gut. Ich gebe nach, Herr Abbé. Ich willige in die Patenschaft ein, die Sie mir angedreht haben. Wo ist eigentlich dieser kleine Bastard, den man den unglückseligen Nonnen unseres geistlichen Krankenhauses als Geschenk auf die Schwelle legte?«

»Nun – immer noch, wo er gefunden wurde. Zwar nicht mehr auf der Schwelle, sondern im Hospital. Ich habe mich, als ich heute morgen in der Kapelle die Messe las, von dem Befinden des winzigen Burschen persönlich überzeugt und festgestellt, daß eine Nottaufe, bah, überhaupt nicht in Frage kommt. Er ist munter und kräftig, mit schwarzer Wolle (die allerdings, wie mir die Pflegerin sagte, später noch ausfallen wird) auf seinem runden Köpfchen, das für den marokkanischen Fez seines Erzeugers schon jetzt wie geschaffen zu sein scheint. Eine Landplage, diese schönen, großen, tapferen Kolonialsoldaten, deren Garnison noch verstärkt werden wird, wie man mir neulich sagte.«

»Aber sie stellen doch wohl unleugbar das französische Imperium höchst eindrucksvoll durch sich dar«, erwiderte Belfontaine. »Wenn man einem von ihnen zur Nacht unter der Laterne begegnet, glaubt man sich auf die tragische Bühne eines Welttheaters versetzt, das gleichwohl die Elemente der Buffonerie und der Comedia de la capa y espada' nicht auszuschließen scheint. Was wollen Sie? Frankreich ist Kunst und Geist, und seine Lenden sind müde geworden, die Erde ist erschöpft. Also muß es auch seine Kinder nehmen, woher sie ihm kommen: durch Einbürgerung, durch Emigration von draußen und aus den Kolonien; kurzum, durch eine künstliche Zeugung, die in dem Schmelztiegel seines Wesens zur Über-Zeugung wird. Und darum ist es vielleicht doch nicht ganz unangebracht, Herr Abbé, wenn ich für diesen kleinen Franzosen den Taufpaten mache, obwohl – –« (ein Donnerschlag in der eigenen Brust ließ ihn – glücklicherweise unhörbar, doch ohne zu zögern oder innezuhalten – fortfahren: »dieser ganze Mumpitz mir widerwärtig und im besten Fall einerlei ist – –« Doch, weil auch dieser innere Donner zum großen Teil nur Theaterdonner und also fast ein Genuß für ihn und eine Spiegelung seiner selbst war, glaubte Belfontaine jene Worte wie ein Schauspieler vor der Rampe ‚beiseite', aber für seinen geistlichen Freund vernehmbar gesprochen zu haben, und blickte mit leichter Verlegenheit den harmlosen Pfarrer an).

»Ich wußte es ja«, sagte dieser befriedigt, »daß Sie mir meine Bitte nicht abschlagen würden, Herr Belfontaine ... um so mehr, als sich eine große Verpflichtung daraus nicht ergeben wird.« »Oh – warum nicht?« erwiderte Belfontaine eifrig. »Eine Pflicht übernehmen, heißt für mich, sie gewissenhaft auszuführen. Etwas bloß in effigie darzustellen, hätte höchstens für eine Hinrichtung Reiz – und so schlimm wird es ja wohl nicht werden, obwohl mich als einen Menschen der Ratio bei diesen symbolischen Reinigungsriten etwas Unbehagen beschleicht.«
»Das sind keine Reinigungsriten, mein Freund. Noch viel weniger eine symbolische Handlung«, sagte der andere steif.
»Ich weiß. Ich weiß. Es ist, mit Salz auf der Zunge und Speichel in den Ohren, eine mystische Neugeburt. Aber Sie geben doch zu, Herr Abbé, daß dieser Teil der erhabenen christlichen Liebeslehre nichts zu tun hat mit ihrem höchsten Gebot – mit der Regelung der Beziehungen der Menschen zueinander und zu der Obrigkeit; ja, daß sogar der natürliche, mit uns geborene und nur verdeckte ‚Contrat social' des französischen Wesens von diesen sakramentalen Riten wie der Geist eines Seneca oder Plotin von den sonderbar wilden Mysterien ihrer Zeit überschattet wird. Das Taufbecken unserer Kathedralen ist jedesmal eine Mithrashöhle mit dämonischen Tieren am Grunde; mit Wasser, in welchem die mystische Hochzeit der Elemente durch Hauch und Feuer und durch die Eingießung heiliger Öle wie vor Jahrtausenden dargestellt wird – aber haben wir denn eine Religion oder eine Mythologie? Jetzt habe ich Sie erschreckt, Herr Abbé, ohne daß ich es wollte. Doch, sehen Sie, diese Dinge bedrohen meinen Verstand. Das heißt, sie würden ihn sicher bedrohen, wenn ich sie mehr als symbolisch oder gleichnishaft nehmen wollte, nämlich als Wirklichkeit. Nein, nein. Auch das trifft die Sache nicht ganz. Denn eine Wirklich-

keit sind sie ja wohl; ein Bilderschatz auf dem Grund der Psyche; Münzen, mit uralten Zeichen und Herrschergestalten geprägt, die der Verstand, ach, nur allzu gerne wie ein Falschspieler auf den Tisch wirft, um Schulden damit zu bezahlen, für die diese Münze nicht gilt.«
Le Roy sah den anderen pfiffig an und entfaltete dann seine Meinung wie eine japanische Trockenblume, die man ins Wasser gelegt hat. »Auf dem Grund der Seele, sagten Sie eben und sprachen von einem Bilderschatz mit uralten Zeichen, Herr Belfontaine, der demnach fraglos, mein lieber Freund, in Ihrer Erinnerung lebt.«
Herr Belfontaine seufzte nachsichtig auf. »Nun gleichen Sie ganz einem Missionar mit listigen Äuglein und heißen Backen, die sich gleich triumphierend aufblähen werden, während der Mund sich zuspitzt, um in die Trompete zu stoßen. Denn mit dem Wörtchen ‚Erinnerung' glauben Sie mich gefangen und hinunter in das Verließ der dritten Dimension geworfen zu haben, mein Freund. Aber halt, Herr Abbé. Auch hier müssen wir unterscheiden. Die Erinnerung nämlich, welche den Vorrat an seelischen Realitäten hütet, die da Chimäre, Licht, Feuer, Drache, Harpyen oder wie sonst noch heißen, gehört mir nicht, wie meine Hand mir gehört oder das Haus meines Schwiegervaters, das auf mich überschrieben ist. Besser noch: diese Erinnerung besitze ich nicht zu eigen« – hemmungslos sprach Herr Belfontaine weiter, ohne zu überlegen – »wie der Christ seine Schuld, seine Reue, seine Sünde und seine Buße besitzt, für die eine durchaus andere Form von Gedächtnis gilt, sondern gleichsam als Sippenbesitz; als etwas, das ich in einer Schicht meiner Seele, wo diese Seele zur Sippenseele und dieses Gut zum Gemeingut wird, mit anderen Menschen teile. Die Erinnerung – oder meinen Sie nicht – hat wie alles auf dieser Erde ihren Januskopf, Herr Abbé.« Das sprachlose Stau-

nen des armen Le Roy bemerkend, das sich mit furchtbarer Eile auf der törichten Landschaft seines Gesichts wie Mondlicht, wenn plötzlich die Wolken zerreißen, auszubreiten begann, veranlaßte Belfontaine, rasch beide Teile des Vorhangs zusammenzuschlagen, die (ohne seine Absicht) den Ausblick auf jene Bühne weithin eröffnen sollten, welche der Marokkaner am Anfang mit ‚capa y espada' recht harmlos betreten hatte. »Na, lassen wir diese Spitzfindigkeiten«, sagte er liebenswürdig. »Wieviel, Herr Abbé, darf ich heute dem kleinen Lazare in die Windeln binden ? Und ist es recht, wenn ich diese Summe allmonatlich an die frommen Schwestern, die ihn aufziehen, überweise ?« Er zog sein Scheckbuch, schraubte die Kappe des Füllfederhalters herunter und setzte eine beträchtliche Summe, vor sich hinträllernd, auf das Papier. »Das berührt natürlich nicht, Herr Abbé, Ihre Stolgebühr, die ich auf andere Weise Ihnen erstatten möchte – das linke Spitzbogenfenster in dem Chor unsrer Kirche ist nämlich noch immer, wo das Salamanderband von dem Einschlag der feindlichen Kugeln getroffen wurde, durch gewöhnliches Glas ersetzt.«
»Und Sie wollen –«, fragte Le Roy überrascht und verklärte sich wie ein Kind.
»Ja. Da ich endlich den richtigen Mann für diese Arbeit gefunden habe, möchte ich unbescheidener Weise den Stifter dazu spielen ... zwar nicht mit Krallenkrause und Umhang und dem Stoßdegen an der Seite, sondern nur mit meinem eigenen Namen in der Ecke des Bogenfensters.«
»Ich danke Ihnen im Auftrage der Kunst und unserer ganzen Gemeinde«, sagte Le Roy pathetisch. »Und wo wohnt dieser Glasmaler ? Sagen Sie!« forschte er wißbegierig.
»Sie werden erstaunt sein. In einem Flügel der alten Behausung von St. Symphorien im Walde von Pontpoint. Ich entdeckte ihn eigentlich nur durch Zufall; bei einem

Spaziergang, welcher mich neulich in die Nähe dieses Gemäuers führte, das da zwischen den Bäumen auftaucht wie der Hexenturm vor Joringel, der seine Jorinde sucht. Ach so – Sie kennen die beiden nicht. Ein deutsches Märchen. Jorinde, die Braut, wurde in eine ‚Zükith' verwandelt, eine Nachtigall, die Joringel erlöst, indem er die Hexe mit einer Blume, auf deren Grund ein Tautropfen liegt, berührt und unschädlich macht.«

»Mit der Blume oder dem Tropfen?« fragte der andere gründlich.

»Ich weiß nicht. Wahrscheinlich mit beiden. Aber wir schweifen ab. Da also, in der zerfallenen Burg von St. Symphorien –«

»Pontpoint, sagten Sie?« unterbrach ihn Le Roy und fügte hinzu: »Ich kenne dort nur die kleine Kapelle der Johanniter und eine Kirche des Heiligen Gervasius. Aber erzählen Sie lieber von Ihrem Glasmaler, he! Ist er alt oder jung? Wo hat er gelernt und haben Sie Entwürfe gesehen, mit denen er sich als der Könner erweist, dem ein so subtiles Geschäft wie diese Renovation kann übertragen werden?«

»Zu viele Fragen auf einmal«, sagte Herr Belfontaine und lächelte zurück. »Nein, er ist weder alt noch jung ... Wie soll ich es Ihnen erklären? Am ehesten könnte ich sagen, er habe Daniels Alter, den wir uns eigentlich immer als Jüngling und gleichzeitig als den Propheten mit Flammenaugen denken und feuerflüssigem Bart. Zeit spielt in diesem Gesicht keine Rolle –.«

»Das bedeutet also, er lebt wie Sie dem glücklichen Augenblick?« fragte Le Roy befriedigt und blickte Belfontaine an. Dieser, ohne zu wissen warum, fühlte sich, wie sehr häufig, von Le Roy mißverstanden und verstummte peinlich berührt. Aber eigentlich hat der Abbé ja recht, dachte er gleichzeitig. Welch ein Unsinn, diesen braven

Mann mit einem Propheten – und warum gar mit Daniel? – zu vergleichen. Wie komme ich dazu? Trotzdem erwiderte er pedantisch: »Man müßte eher sagen, er lebe außer der Zeit.« Er zog seine Uhr. »Zeit hin, Zeit her. Ich muß gehen, mein Freund. Madame nimmt es übel, wenn ich allzu unpünktlich bin.«
»Aber laufen Sie nicht François in die Hände!« rief Le Roy ihm gut gelaunt nach.
Natürlich war der Küster der erste, der Belfontaine schon auf der Treppe, wie gerufen, entgegenkam; doch sah er nicht auf, sondern war in ein Buch, das er dicht vor die Nase hielt, so vertieft, daß er im Halblicht des Treppenhauses den Pfarrer vor sich glaubte und mit mechanisch gemurmeltem Gruß sein Käppchen lüftete. »Poulain behauptet –«, sagte er leise und blickte starr vor sich hin.
»Nun, was behauptet er denn, François?« fragte ihn Belfontaine.
Der Küster fuhr wie gestochen zurück und bäumte den dürren Körper wie eine Ringelnatter, öffnete ohne Laut seinen Mund und schloß ihn wieder, indem er die Lippen mit einem kurzen, zischenden Ton zwischen die Kiefern preßte.
»Na, na, na –«, machte Belfontaine achselzuckend und ging die Treppe hinab.
Auf der Straße quoll ihm gesättigtes Licht, durchfunkelt von Vogelstimmen, und ein Schwall von paradiesischen Düften, der aus frischer Erde, strotzendem Laub und dem Hauch der Glyzinien über der Mauer sich selbst zur Wonne gemacht war, unvermittelt entgegen; es drang auf ihn ein, überschüttete ihn und warf ihm sein Nessushemd über, durchbohrte ihn mit glühenden Pfeilen, die Elementargötter (ihre Köcher mit geduldiger Eile leerend) in seine Poren schossen, und durchtränkte ihn gleichzeitig mit dem Salböl dieses fürstlichen Frühsommertages, welcher

sich zu vollenden und darzustellen strebte. Jedes Mittel und jeder Gegenstand waren ihm dazu recht: wie Midas verwandelte er in Gold, was sein tastender Finger berührte, und in Kaskaden aus fließendem Licht das zitternde Laub, die Büsche in Quellen, die blühenden Stauden in angehaltene Springbrunnen, in Strahlen und entfächerte Regenbahnen. Es war ein Licht, das gleichzeitig alles bebrütete und löschte; eine Fasanhenne, golden gesprenkelt, die über ihrem Nest saß und nichts duldete außer ihren Eiern und der Wärme, die sie verbreitete: unwiderstehlich, mit wachsender Stärke und sich selbst genügender Lust.

Vor welcher Zeit, dachte Belfontaine, oder welcher Ewigkeit hatte er diesem Feuerkörper im Zelt des Jahres geheimnisvoll beigewohnt? Er entsann sich: ein Weg lief durch niedrigen Weizen, ein blauer Feldstein glühte sich aus, seine Schuhe waren voll Staub. Aber trotzdem war dieser Körper wie Tau; er war frisch wie Wasser, flimmerte, blitzte und ging, als er ihn ins Auge faßte, mit Gedankenschnelle vorbei. Eine Weile noch, und er sah ihn von neuem unter mächtigen Apfelbäumen, in einem Grasgarten, dessen Pfade in etwas gespiegelt waren wie einem gläsernen Ball. Hinweg und fort und gleich wieder da – – Siebenmal zuckte ein Bild in ihm auf, das sich kaum zu erkennen gegeben hatte, als es schon wieder verschwand. ‚Begreifst du mich?‘ ‚Nein.‘ ‚Erinnerst du dich?‘ ‚Ich weiß nicht, was Erinnerung ist, denn ich lebe dem Augenblick.‘ Herr Belfontaine nahm seinen Hut ab und wischte den Schweiß von der Stirn. Der erste, wirklich glühende Tag spannte sich über dem Städtchen, aber jetzt noch ohne die Schrecken der Ermüdung und Langeweile, der dumpfen Hitze, des stehenden Bachbetts und der gärenden Sinnlichkeit. Er war heiter und königlich; jung wie das Laub, dessen Grün noch nicht nachgedunkelt hatte, und stark wie uralter Wein.

»Heute!« sagte Herr Belfontaine laut und genoß mit diesem Wort einen Zustand, der ihn bereits seit Jahren erfüllte: das Gleichgewicht all seiner Kräfte, seine Gesundheit, welche spielend – dem Ball des Joungleurs vergleichbar – über jeden Muskel hinrollte, den mühelosen Besitz des Verstandes, der im Einklang mit seinen irdischen Gütern, einer reizenden Frau, einem schönen Haus und der fraglosen, ruhigen Anerkennung all seiner Mitbürger war.
»Heute!« sagte er noch einmal und ließ sich für einen Augenblick auf dem Bänkchen neben der kopflosen Jungfrau in dem kleinen Domgarten nieder, wobei er die unbestimmte, doch angenehme Empfindung hatte, in ihrem gedankenlosen ‚Immer- und Ewigdasein' schon von jeher gespiegelt zu sein ... Auch sie war ohne Erinnerung; wie? Oder stellte sie vielleicht dieses Wort in der Abwesenheit ihres Hauptes dar, das ein Fehlendes immerfort anzurufen und um Ergänzung zu bitten schien wie der leere Stock einer Gartenkugel, die plötzlich von einem Steinwurf zerschmettert worden war? Nun wußte er, was die Frage: ‚Begreifst du mich?' bedeutet und worauf sie abgezielt hatte. Natürlich wußte er. »Heute ... (*habe ich dich gezeugt*)« ergänzte eine innere Stimme – wie zum Spaß aufs neue von Donner begleitet als einem Requisit. »Zu billig«, dachte Herr Belfontaine. »Schlechtes Theater. Als ob ich nicht wüßte, daß heute mein Tauftag ist. Na also! Was weiter? Auf diesen folgt wieder ein anderer Tag, eine Reihe von Tagen ohne Ermüdung und ohne Langeweile, eine Kette von glücklichen Augenblicken, die glatt und sinnlich wie kleine Brüste, wie Jadekugeln, wie schimmernde Perlen durch die fühlsamen Finger gleiten, welche nichts festhalten mögen, weil das nächste Vergnügen schon lockt. Nichts zu erwarten und nichts zu erraten verlangen, den Schleier der Maja nicht aufheben

wollen, ist, wie ich fest überzeugt bin, der Glückseligkeit letzter Schluß. Ich brauche dazu keinen Laubfrosch und kein Hygrometer; mich peinigt nicht die verrückte Frage nach der ‚Natur der Natur', die mit dem Gesetz der Sünde beginnt und bei vernünftigen Menschen mit dem Fallgesetz endigen muß. Gesetz am Anfang, Gesetz am Ende, wie Herr Mösinger einmal sagte; dazwischen bleibt Raum genug für die Freude, besser ausgedrückt: den Genuß. Einen schönen Tag wie den heutigen müßte man eigentlich feiern, man sollte essen und trinken und Freunde um sich haben. Ob ich Grandpierre heute einmal mit Suzette bekannt machen soll? Denn er wird kommen, obwohl ich ihn nicht erwarte und sein Kommen nicht einmal wünsche, weil er mir gleichgültig ist. Wenn ich könnte, würde ich ihn ganz einfach wie eine Klette vom Ärmel lesen, aber er weiß zu viel. Er ist, ob ich will oder nicht, mein Gedächtnis; ein Tresor, zu dem ich den Schlüssel verloren, ein Geheimkonto, von dem ich nicht ahne, wie hoch ich es bereits überzogen, eine Forderung, die ich blind unterschrieben und in cumulo anerkannt habe. Natürlich habe ich nichts zu fürchten, denn Grandpierre ist mein Freund. Ich verdanke ihm alles ... angefangen von der Entführung nach Frankreich, kurz vor Ausbruch des Krieges; dieser lustigen Reise an die Loire, die schließlich (wahrscheinlich im Einverständnis mit Grandpierres geheimen Plänen) mit meiner Internierung in Saint-Germain endigte. Doch nicht genug: auch die nette Bekanntschaft mit meinem Schwiegervater habe ich ihm zu verdanken ... oder glaube wenigstens, daß sie auf ihn als den Anstifter dieser Sache zurückgeht, die mir später das Haus und den Garten und nach meiner Einbürgerung die Postagentur, und natürlich vor allem meine Suzette eingebracht hat, – – diese ehrbare, launische kleine Frau, die ich zwar nicht als erster, ich möchte es schwören, besessen habe, und deren erotische Wünsche in umgekehrtem Verhältnis zu den Erfahrungen stehen, die sie in ihrer Ehe gemacht hat, vielmehr gemacht haben *kann* ... Wenn mich nicht alles täuscht, werden Grandpierre und Suzette aneinander Gefallen finden – vorausgesetzt, daß er nicht bereits wieder seinen Beruf gewechselt hat und diesmal zum Beispiel (schauderhafte, doch unabweisbare Vorstellung) als Leichenbeschauer kommt. Aber was gilt es? Vielleicht wird er mich diesmal mit seinem Besuch verschonen, der eigentlich keinen Sinn mehr hat, da ich seit dem letzten Mal von ihm weiß, daß mein äußeres Leben jetzt ganz und gar in Ordnung gekommen ist. Elisabeth ist nicht mehr, Gott sei Dank. Die schleichende Grippe, die sie sich kurz nach dem Weltkrieg bei der Pflege Elfriedens holte, als dieses Kind mit der langen Nase, diese häßliche, kleine Vorsehung, starb, hat sie endlich hinweggerafft. Wer erinnert sich jetzt noch an den Besitzer von ‚Schweickert Nachfolger', he? (Er ist verschollen. Bei einem Versuch, von dem Internierungsgelände zu fliehen, ist er erschossen worden.) Vielleicht noch Mathias. Bah, lächerlich. Oder hieß er eigentlich nicht Mathieu? Ich entsinne mich nicht genau. Was hat mich angetrieben, zum Teufel, daß ich gestern abend Le Roy gegenüber von ihm gesprochen habe? Weg damit! Der Abbé ist zu dumm, um die Bedeutung dieses Gesprächs auch nur annähernd zu begreifen, und der Tag HEUTE ist viel zu schön, um Grillen nachzujagen. Sollte wirklich dieser Tricheur noch kommen – – was sage ich: dieser Grandpierre! – so wird er mich schon irgendwo finden; ich werde ihn zum Souper einladen und meiner Frau vorstellen; wir werden von alten Zeiten plaudern, von dem Wirtschaftsflügel des Schlosses Trois-Hêtres und der Diana im Erlengehölz, die eigentlich eine Kuhmagd mit mahagonifarbenen Haaren, in Wirklichkeit aber, wer weiß es, eine Urenkelin von Königen war, deren einer sie zwischen dem Halali und dem Sonnenuntergang zeugte ...«

Herr Belfontaine erhob sich elastisch und eilte angeregt weiter. Ich darf nicht vergessen, dachte er, die Blutegel für meinen Schwiegervater bei Louarment mitzunehmen. Charles bildet sich allen Ernstes ein, daß dieses Gewürm aus dem Tümpel, welchen die kleine Nonette auf den sumpfigen Wiesen bildet, eine größere Saugkraft habe als die ganze Zucht von Paris. Daraus macht Louarment ein Geschäft und setzt in dem Hinterzimmer seiner verwinkelten Apotheke den Erlös für die Blutegel wieder in Morphium und Haschischpaste um, die Bonmarché ihm besorgt. Eine Hand wäscht die andre. Warum auch nicht? Ob Louarment ein Süchtiger ist und Bonmarché dunkle Geschäfte mit Schmuck und Rauschgiften macht, geht mich im Grunde so wenig an -- als ob Suzette, wenn ich einmal tot bin, einen Geliebten hat. Oder soll sie dann etwa keinen haben? Eigentlich wäre es sogar besser, sie hätte jetzt schon einen und ersparte mir, Gott im Himmel, die Ablehnung ihrer Launen, die mir manchmal fast unbequem sind.

»Pardon!« Ein großer, hellblonder Mensch mit breiten Schifferschultern, wiegendem Gang und hängenden Armen hatte Belfontaine angestoßen, indem er ihn überholte.

Dieser Kerl, dieses seltsame Individuum, dachte Herr Belfontaine ärgerlich, kreuzt heute bereits zum zweiten Mal meinen Weg und rempelt mich dabei an. Ein Fremder. Ich werde Louarment fragen, woher er eigentlich kommt.

»Das kann ich Ihnen nun auch nicht sagen«, entgegnete kurz darauf Louarment. »Soviel ich weiß, wohnt er im Henri IV. Wenigstens fliegt er dort Abend für Abend total besoffen heraus. Hier sind die bestellten Blutegel. Na? Sind sie nicht schön und kräftig und fett wie in

Salatöl gewälzt?« Er hielt das Gläschen gegen das Licht und schnalzte mit der Zunge; dann drehte er sich zu Belfontaine hin und fragte, während sich seine Züge in wilder Erwartung spannten: »Haben Sie ... mitgebracht – – – Hat er Ihnen das Päckchen ausgehändigt? Bitte, machen Sie rasch!«

Der andere betrachtete ihn mit wissenschaftlicher Neugier und sagte dann kalt: »Mein Schwiegervater kommt erst Ende der Woche wieder herein. Hat's nicht so lange Zeit?«

Bei seinen Worten sank Louarment verzweiflungsvoll in sich zusammen. »Ich werde wahnsinnig, Belfontaine. Bedenken Sie doch, daß ich nur noch eine einzige große Ampulle habe, die höchstens drei Spritzen enthält. Eigene Rezepturen wage ich nicht mehr unterzuschieben, weil ich glaube, daß mich das Syndikat bereits überwachen läßt. Sie müssen mir helfen. Hier sind die Tiere. Fahren Sie heute noch nach Paris und sagen Sie Bonmarché –«

»Papperlapapp. Es war nur ein Scherz. Morgen kommt er ja selbst.«

»Sie sind ein Engel. Vielmehr ein Teufel, mich so gefoltert zu haben. Nun, solche Dinge verstehen Sie nicht. Dazu sind Sie zu ehrenhaft. Aber ich muß mir jetzt gleich eine Spritze setzen, entschuldigen Sie, damit ich munter werde.« Er sägte mit flatternden Händen die Glasspitze der Ampulle ab, riß den Rock herunter und knöpfte das Hemd auf, wobei seine unbehaarte, dunkel getönte Brust, mit den Narben unzähliger Stiche gezeichnet, fast schamlos zum Vorschein kam. »Sehen Sie«, plauderte Louarment nachher mit angeregtem Ausdruck, während das Gift schon langsam zu wirken und ihn zu erheitern begann – »diese Laster: Morphium, Opium und Haschisch, zieht sich ein Kolonialapotheker wie das Trinken mit Leichtigkeit zu. Die Gelegenheit bietet sich mühelos und immer

wieder an, und endlich gibt man nach. Zum ersten Mal hat man vielleicht nur die Öde damit betäuben wollen, die den Menschen inmitten einer Natur, die ihm feindlich ist, überfällt. Dann fühlt man sein Selbstbewußtsein gesteigert; das Machtgefühl, das die Droge verleiht; die geistige Durchdringung der Räume, die eben noch grenzenlos schienen, läßt einen das Leben leichter ertragen, als es ohne sie möglich wäre. Wer lebt ohne Hilfe? Keiner von uns und die am wenigsten, die mit der Herrschaft über andere Menschen spielen. Auch die perversen Formen der Liebe kommen alle nur aus der Lebensangst und sind nichts als ein Notbehelf. Selbst Charles – oder wissen Sie eigentlich nichts von Ihrem Schwiegervater?« fragte er mit gespieltem Takt und betrachtete das erstaunte Gesicht seines Besuchers mit großem Behagen, ohne die Absicht zu zeigen, sich näher auszudrücken.
»Nein«, sagte Herr Belfontaine förmlich, »und ich wünsche auch nichts zu erfahren. Schon, daß ich hier Zeuge des Lasters bin, dem Sie sich unterwerfen, ist mir peinlich und ekelhaft.«
»So. Peinlich«, murmelte Louarment und drehte die Glasphiole mit den Blutegeln zwischen zwei Fingern versonnen hin und her. (Wenn er wüßte, dachte er, daß diese Tiere nur dazu da sind, wie Charles mir sagte, um sich an den nackten Körpern von ganz jungen Mädchen anzusaugen, die Bonmarché für das genossene Schauspiel, das ihre Qual ihm bereitet hat, mit billigem Schmuck belohnt.) »Peinlich und ekelhaft, sagten Sie?« fuhr er vollkommen unbeleidigt fort. »Aber Sie kennen nicht diesen Zauber der ‚künstlichen Paradiese', wie Baudelaire sie nennt. Diese marmornen Träume, metallenen Kräfte und gläsernen Gedanken; diese Silberadern, das Sonnengeflecht und der Mondsee inmitten des Körpers aus kalten Edelsteinen. Verstehen Sie mich richtig: ich meine einen Zustand und

keinen Inhalt, Herr Belfontaine; eine Entrückung, ein Außer-sich-sein, das von keiner Zerstörung berührt werden kann, weil es unzerbrechlich wie Diamant ist, vollkommen hart und unteilbar – es sei denn durch sich selbst.«

»Unzerbrechlich bis zu dem Zeitpunkt, wo die Droge zu Ende ist, wie ?« gab ihm Belfontaine spöttisch zurück.

»Auch Ihre Droge, mein Lieber, wird einmal zu Ende sein«, sagte Louarment plötzlich verfinstert. »Nur wissen Sie es nicht.«

»Ich habe noch nie eine Droge gebraucht.«

»Nein ?« fragte der andere wieder höflich und zog seinen Schlips zurecht. »Und doch habe ich das Gefühl bei Ihnen, als ob Sie eigentlich ganz und gar von einer Droge lebten und total künstlich ernährt sind. Ja. Stellen Sie sich das vor !«

»Sie sind unverschämt und verrückt zugleich«, sagte Herr Belfontaine grob. »Die Kolonien haben sehr wenig von Ihnen zurückgelassen.«

»Gewiß, das weiß ich«, gab Louarment zu. »Und wenn ich dann einem Menschen begegne, der so vollkommen ist wie Sie: vollkommen ehrenhaft und geachtet, gesund und heiter, ohne Exaltationen vernünftig bis zur Gespenstigkeit und sich selbst durchschaubar wie Fensterglas, das man eben erst abgewischt hat – dann, lieber Belfontaine, muß ich sagen, daß ein solches Leben die Säfte, mit denen es sich erbaut, nicht aus der Erde zieht; aus gemeinem Dreck mit Wasser vermischt, aus verschmutztem Blut, das immer aufs neue gezwungen ist, sich im Hindurchgang der Herzkammer wieder zu reinigen; aus Rausch und Tränen, Schmerzen und Wonne ... aus all diesem Zeug, das uns sterblich macht und unüberwindlich zugleich. Halt! Ich glaube, nun weiß ich, woraus Sie leben und wie das Pulver heißt, Belfontaine, das Sie sich unter Husten und Krächzen die Kehle hinabgeschüttet und einverleibt

haben, du lieber Gott, wie allopathisches Gift. VERNUNFT ... na, habe ich recht oder nicht?« fragte er triumphierend und blickte den anderen an.
Herr Belfontaine lachte mitleidig auf.» Ist das alles? Ist das die ganze Erkenntnis, die Sie gewonnen haben, mein armer Louarment?«
Von seiner Hellsichtigkeit wie ein Besessener angetrieben, sprach der Süchtige ungerührt weiter. »Geben Sie acht, nun sehe ich Sie wie früher die Photographen unter dem schwarzen Tuch. Von mir bleibt nichts übrig als bloß zwei Beine und ein spitzer Hintern, der sich herausstreckt, während die Finger der rechten Hand nervös mit dem Abzug spielen. Keine Angst! Diese künstlichen Arrangements, wie Sie eines darstellen, Belfontaine, sind keinesfalls zu verfehlen. Übrigens ist meine Linse sehr scharf und stellt wie die futuristische Kunst zugleich das Dahinterliegende dar; besser: das Interieur. Natürlich. Ich dachte mir's. Großer Gott – Sie tragen in Ihrem Eingeweide eine Synagoge herum. Selbstverständlich keine aus Holz und Lehm wie die armen, kleinen Dinger in Gorki oder in Sabludowo, schief von der Schneelast im Winter und geborsten von Sommerhitze, mit Rissen und Sprüngen und voll Gesumse, voll Schnattern, Drehen und Wiegen und dem ewig rinnenden Lobgesang über verfilzten Bärten – o nein! Eine Reform-Synagoge. Einen Koloß aus Beton, sehr modern, sehr schlicht, sehr künstlerisch empfunden. Keinen Sabbath, am liebsten auch kein Hebräisch, kein Zeremonialgesetz. Sie fragen: was bleibt, Herr Louarment? Sehr viel. Die Hauptsache nämlich: der Kultus der Vernunft. Na, glauben Sie immer noch nicht, mein Lieber, daß das ein künstliches Paradies in der Art wie das von Baudelaire ist – ganz ohne Haschisch und Opium, aber ebenso gnadenlos?«
»Gnade –!« erwiderte Belfontaine heftig und wollte fort-

fahren, als dieses Wort ihn, allzu unvorsichtig gebraucht, mit schneidendem Licht übergoß. Er erlitt eine kurze, heftige Blendung, die augenblicklich vorüberging und ihn für ebenso kurze Weile einer purpurnen Finsternis überließ, aus deren kochendem Schoß Fontänen von längst vergessenen Formen – oder waren es Töne, Düfte, Gefühle? – herausgeschleudert wurden, die gleich darauf wie Gewölle, das ein mächtiger Raubvogel auswirft, von dem aufs neue entbrannten Licht verzehrt und verschlungen wurden. Dieses Gewölle inmitten des Lichtes und die tosende, eifervoll leckende Flamme, die es blitzschnell in sich verwandelte, nahm Belfontaine vollkommen deutlich und mit solcher Schärfe der Wahrnehmung auf, daß er unwillkürlich die Augen schloß, um jene Bilder, die eigentlich eines und also im Grunde unteilbar und ununterschieden waren, noch einmal hervorzurufen. Doch es gelang ihm nicht. Nur ein zarter, sich mit großer Eile verbreitender Schmerz (gleich wie Ringe auf einem Wasserspiegel) war ihm zurückgeblieben; eine Berührung mit wanderndem Feuer, welches so schonend war, daß es, die tieferen Schichten belassend, über das eben Ergriffene hinging wie eine Reinigung.

»Hiob«, hörte er Louarment sagen, »der sich mit einer Scherbe den Schorf des Zweifels und der Vernunft von seinen Schwären kratzte – –« Der andere mußte bereits eine Weile zu ihm gesprochen haben, ohne daß Belfontaine es gehört oder begriffen hatte ... »Hiob, sagte ich, nannte später, als er wieder zu Kindern gekommen war, seine Töchter ‚Schminkhörnchen', ‚Wohlgeruch' – also so etwas wie ‚Soir de Paris' – und ‚Täubchen' – womit er wohl ausdrücken wollte, daß am Ende der Prüfung die Freude stand; eine kindliche, paradiesische Freude, die das Gegenteil unserer künstlichen ist und sich nicht schämt, mit Worten zu spielen, die uns lächerlich vorkommen mö-

gen.« Herr Louarment lachte mißtönend auf. »Schwamm drüber. Und vergessen Sie nicht, Ihren Schwiegervater daran zu erinnern –«
»Daß Sie nur noch eine Ampulle haben«, sagte Belfontaine ungeduldig. »Meinetwegen. Adieu, Louarment!«

Er nahm seinen Hut und ging. Auf der Straße stellte er seine Uhr nach dem Schlag, der langsam und abgewogen von dem Turm der Kathedrale herabfiel, und ging nach der Richtung des alten Schlosses ohne besondere Eile weiter – ein Mann, dessen kluge Vermögensverwaltung und fast bescheiden zu nennender Anspruch an den äußeren Rahmen des Daseins ihm erlaubte, ohne die Peitsche eines Berufes zu leben. ‚Eigentlich sollte ich wieder einmal Suzette einen Strauß mitbringen', dachte er menschenfreundlich, ‚und sie von der Post abholen; wir könnten in dem Hotel des Arènes zu Mittag speisen und erst zu dem Tee wieder nach Hause kommen. Das ‚Beefsteak' versieht den Nachmittagsdienst auch ohne meine Frau. Tee' – dachte er gleich darauf verächtlich und rümpfte seine Nase. ‚Welche Französin trinkt nachmittags Tee?! Doch das ist auch eine ihrer Launen, mit denen sie sich apart und großstädtisch vorkommen mag. Tee! Seit das englische Hauptquartier den ‚Grand Cerf' mit seinem Besuch beehrte, muß die unglückselige Léontine als Sklavin ihrer verteufelten Nichte den Samowar bedienen. Noch immer setzt Suzette alles durch, was ihr hübsches Köpfchen sich vornimmt. Sie ist der energischste kleine Drache, den man sich denken kann. Rücksichtslos, egoistisch und hart ... aber sanft und spielerisch wie eine Katze, wenn es gilt, zu dem Ziel zu gelangen, das ihr die angewandte Mühe und den Einsatz zu lohnen scheint. Insofern ist sie natürlich die ideale Geschäftsfrau, wobei es im Grunde ganz gleichgültig ist, welcher Art diese kleinen Geschäfte sind, welche

Suzette betreibt. Ich bin fest überzeugt, daß sie neben dem Postamt, dessen Agentur sie für das Bedürfnis ihrer Kleinstadterotik, das heißt ihrer Sucht, Sensationen mitzuerleben, unbedingt notwendig hat, sich auch noch an Bonmarchés Pfandgeschäft in der rue Cardinal Mercier beteiligt, ohne daß jemand es weiß. Um so besser für mich. Sie braucht keinen Freund für ihren Anspruch an Schmuck und Toiletten, den sie selber befriedigen kann ... ‚Eigentlich', dachte er amüsiert, ‚kenne ich meine Frau sehr wenig. Das mag wohl der Grund dafür sein, daß wir beide so gut miteinander leben. Zwei Höllenbewohner können einander nicht fremder und gleichzeitig nicht vertrauter sein, als ich und Frau Belfontaine.'

Noch immer erheitert, betrat er den Laden von Cailleux und Cadot. »Ich brauche ein großes Arrangement – am liebsten weißen Flieder und Rosen«, sagte er zu der Tante des jungen Philippe Cadot, der wie immer nicht anwesend war, sondern sich in Chantilly mit seinem Schlips in dandyhaft müden Farben und mit der parvenuhaften Sucht zu wetten in den Pferdeställen herumtrieb.

Die alte Dame hob ihr Lorgnon wohlwollend an die Augen und wackelte mit der hochgetürmten, vermotteten Frisur. »Madame hat wohl heute Geburtstag, wie?« sagte sie mütterlich. »Madeleine!« Ein schüchternes, kleines Mädchen mit zigeunerbraunen mageren Armen stellte geschickt den Strauß zusammen und umwickelte ihn mit Bast.

»Nehmen Sie das Bukett gleich mit?« fragte Madame Cadot nebenbei, indem sie die Blüten mit dem Zerstäuber verschwenderisch unter Wasser setzte und mit Seidenpapier umhüllte.

»Ja, gewiß. Nein, warten Sie. Schicken Sie lieber den Strauß mit einem Billett nach Hause. Ich habe noch eine Besorgung zu machen«, sagte plötzlich Herr Belfontaine.

Er trat an das Pult, entnahm einem offenen Kästchen Karte und Umschlag, besann sich kurz und schrieb dann: »Liebe Suzette ...« Über die Schulter zurückgedreht, fragte er hastig: »Wie spät ist es? Also noch zwanzig Minuten, bis das Postamt geschlossen wird.« Dann zerriß er die Karte. »Komm her, mein Kind«, sagte er zu der Zigeunerin, »und gib genau acht, was ich sage. Du bringst den Strauß auf die Postagentur und bittest Madame, mit dem Essen ohne mich anzufangen. Ich habe noch eine Besprechung vor und komme erst später nach Haus.«

Als der Kunde den Laden verlassen hatte, riß die alte Cadot der Kleinen den Strauß wie eine Furie aus den mageren Fingern und sagte: »Keine Rede davon, daß du jetzt schon hinläufst. Zuerst wird der Kranz für den toten Herrn Vincent und die Siegerschleife mit Maiglöckchen, Veilchen und Mimosen fertig gebunden, welche mein Neffe bestellt hat. Auf die Post kommst du früh genug.«

Die kleine Zigeunerin blickte bedenklich nach dem recht erheblichen Trinkgeld, das Herr Belfontaine auf die Kante des Ladentisches hingelegt hatte, und sagte schnüffelnd: »Ich weiß nicht genau, ob der Herr nicht am Ende nachkontrolliert – ?«

»Mit der Uhr in der Hand, du Schneegans, wie?« fauchte die Alte zornig. »Marsch, los! In deinen Verschlag! Junge Beine laufen den Weg zur Post in genau zwei Minuten. Bis dahin bleiben noch achtzehn, in denen du arbeiten kannst.«

Sie hatten beide nicht völlig unrecht, denn Herr Belfontaine blieb in der Tat eine Weile, über den eigenen Wankelmut bestürzt und erstaunt, auf der Straße stehen, bevor er sich endlich entschloß, bei Herrn Duval, dem jungen Wirt und Besitzer des Hotel des Arènes, zu Mittag zu essen – – und die kleine Zigeunerin schlüpfte gerade noch wie ein Mäuschen durch die offene Tür der Postagentur,

als Suzette schon die Ärmelschoner herabnahm und im Begriff stand, ein windschiefes Pappschild mit der Inschrift ‚Geschlossen' aufzuhängen, das weiteren Briefmarkenkäufern den Eintritt verwehren sollte. Sie konnte allerdings nicht verhindern, daß ein auffallend hellblonder junger Mensch mit breiten Schultern und wiegenden, gorillahaften Schritten die Gelegenheit nützte, sich, als sie herauskam, durch die heftig klappernde Tür zu drängen, deren ausgeleierter Mechanismus mit banalem Getöse hinter ihm zuschlug und seine Dreistigkeit und deren Erfolg bestätigte.
Es war der gleiche Mann, unverkennbar, welcher Belfontaines Mißfallen und Erstaunen auf sich gezogen hatte, als er ihn heute zum zweiten Male anstieß und überholte. Er war es auch, der ihn vor zehn Minuten aus dem Gastzimmer des Hotels des Arènes in die Küche zurückgetrieben hatte, weil sein Anblick – der Fremde hatte die Arme unverschämt breit auf der Tischplatte liegen, eine ausgetrunkene Flasche Wein und einen Aschbecher vor sich, der mit Stummeln angefüllt war – Belfontaine merkwürdig reizte und zugleich unsicher machte.
»Was ist das für ein Bursche, Etienne ?« hatte er hastig den jungen Herrn Duval gefragt und mit einer schnickenden Kopfbewegung durch die Glastür in die Stube gedeutet, als ob keiner von allen Mittagsgästen, welche zur Zeit in dem braunen, vollen, von Rauch und Essensdunst leicht verwölkten Speisezimmer der alten Auberge anwesend waren, in Frage käme und gemeint sein könnte wie der.
Der Wirt, in eine Berechnung vertieft, die seinen Weinflaschen galt, überhörte diese sinnlose Frage; doch gab seine Mutter Herrn Belfontaine Antwort, obwohl sie (mit dem Rücken zu dem Gastzimmer sitzend) kaum wissen konnte, um wen es sich handelte. »Ein Taugenichts. Einer, der hinter dem Branntwein und den Mädchen her ist,

mein Herr. Solange er noch Geld hat wie eben, kann der Wirt nichts dagegen machen. Wahrscheinlich ist es ein abgemusterter Seemann – man merkt es an seinem abscheulichen Gang und dem goldenen Plättchen im Ohr.« Sie setzte sich wieder behaglich zurecht, schob die Tonschüssel mit den Zuckererbsen, die sie gerade entkernte, über die breiten Schenkel und stellte die Füße, welche wie immer in dicken Pantoffeln staken, auf einen kleinen Schemel, der über dem Steinboden stand; diesem zuverlässigen, sauberen, burgunderrot glänzenden Boden, in welchem sich das Kupfergeschirr, das an den Wänden aufgereiht war, samt der Herdflamme spiegelte ...

Auf das kleine goldene Plättchen mit dem blauen Emaillestern in der Mitte starrte Suzette Belfontaine fasziniert, während der junge Mensch sich wie einer, der es gewohnt ist, über die Mauer eines Hafenkais in das Wasser zu spukken, mit lässig geschwungener Hüfte an das Brett des Postschalters lehnte.

»Ich nehme jetzt keine Einzahlung mehr und auch sonst nichts an«, wehrte sie heftig ab, »und schließe bis fünfzehn Uhr.«

»Auch dieses nicht?« fragte der junge Mensch, seine prachtvollen Zähne entblößend, und zog aus der Brusttasche, wo seine Hand aufreizend lässig gespielt und etwas umschlossen hatte, ein längliches Kästchen heraus. »Nein? Wirklich nicht?« Seine hellblauen Augen, die dünn bewimpert waren, hielten mit nackten, glühenden Blicken die ihrigen fest, und während er plötzlich mit einem kurzen, knackenden Ton die Schatulle aufspringen ließ, glitten sie von dem Gesicht der Frau bis zu dem Ansatz des Busens herunter, wo dieser sich, immer noch mädchenhaft, über dem Ausschnitt teilte, und ließen wieder ab. Dann legte er zart mit brutalen Händen, die gleichwohl etwas Verspieltes hatten, eine Perlenschnur von bezauberndem

Glanz, ohne Makel und Fehl, vor sie hin. »Echt«, sagte er. »Wie gefällt sie Ihnen, und was würden Sie darauf geben? Herr Bonmarché hat mich zu Ihnen geschickt, weil Sie besser taxieren können.«

»Ihren Ausweis! Na? Oder ist sie gestohlen?« fragte Suzette ihn kalt. Eine wilde Gier, gepaart mit Verachtung, ließ sie von oben bis unten erzittern und verdunkelte ihren Blick.

»Wahrscheinlich. Die schöne Odette, meine Mutter, hat sie von einem Soldaten der Fremdenlegion bekommen, der später ausgebüchst ist. Haben Sie nichts von Odette gehört? Der berühmten Diseuse in Marseille?« plauderte er naiv.

»Sie lügen.«

»Alle Matrosen lügen. Also – wollen Sie oder nicht?« Er streckte die Hand aus, wie um die Kette wieder zurückzunehmen; Suzette beherrschte sich mühsam und griff, um sich abzulenken, nach dem Strauß, der noch immer unausgewickelt und vergessen neben ihr lag; dann erhob sie sich, ging nach hinten, ließ Wasser in eine Kristallvase laufen, nahm das Seidenpapier und den Bast herunter und stellte sie zwischen sich und den Fremden, der ihren Bewegungen mit den Augen eines Raubtiers folgte, das seiner Beute schon vollkommen sicher ist.

»Geben Sie her. Was wollen Sie haben, falls die Kette sich wirklich als echt herausstellt?« fragte Suzette ihn ruhig. »Ich sehe bereits: das Schloß ist Platin. Die Perlen sind kaum synthetisch, ich habe das im Gefühl.« Während sie redete, bog sie die Zweige mit ihren sinnlichen Fingern, die auf den Knöcheln gepolstert waren und in rosigen Spitzen endigten, unachtsam auseinander – ihr weißes Gesicht mit der zarten Haut und den winzigen Sommersprossen, den grünen Augen, den roten Haaren, die sie erst seit kurzem, der Mode entsprechend, in einem Pagenschnitt trug, flimmerte wie das Gesicht des Sommers aus dieser Blumenlaube, die es halb verdeckte, halb seinen Reizen erst schmeichelte und sie hob. (Bin ich wahnsinnig? dachte sie. Diese Kette auch noch vor dem Kerl da zu loben, anstatt sie herunterzumachen! Aber es hilft nichts. Ich muß sie haben, und wenn es mein Leben kostet. Ich verbrenne einfach nach ihr.)

»Sie haben den richtigen Hals dazu, diesen Schmuck zu tragen, Madame«, sagte der Bursche jetzt leise; seine Stimme, an und für sich schon heiser von allzu vielem Rauchen und Trinken, belegte sich immer mehr. »Solch ein Hälschen ... weiß und sahnig wie Kuhmilch, wenn sie frisch aus dem Euter spritzt ...« Seine Hände krampften sich langsam zusammen; ein ungeheuer herrischer Ausdruck trat so nackt und entsetzlich auf sein Gesicht, daß Suzette sich zu fürchten begann.

»Gehen Sie!« schrie sie den Fremden an. »Sie sehen doch, das Amt ist geschlossen –. Verlassen Sie das Büro!«

Sie erhob sich, nahm ihren Hut von dem Haken und setzte ihn vor einem kleinen Spiegel, der über dem Waschbecken hing, mit betonter Langsamkeit auf; dabei fühlte sie, wie der Fremde sie nicht aus den Augen ließ und ihr den eigenen Körper so bewußt machte, als ob er ihn streichelte. Ihre Büste straffte sich, unter dem dünnen Seidenbatist der Bluse traten die kleinen Knospen eigenwillig hervor, die Korsettstangen knackten, durch ihre Hüften lief eine Welle von wollüstiger Angst. Noch war die Schalterbarriere zwischen ihr und dem Unbekannten – aber wie lange wohl? Schon schob er das Gesäß auf das Zahlbrett; unbekümmert, geschmeidig und leise wie ein böser und sinnlicher Traum. Blitzschnell durchfuhr sie das vage Gefühl, ihm ausgeliefert zu sein: sie waren allein, die Straße war leer, alle Menschen beim Mittagessen – –.

(Madame tupfte vorsichtig mit dem Mundtuch den Burgunder von ihren rougierten Lippen; Monsieur, in seine Zeitung vertieft, stellte lautlos das Weinglas nieder. »Etwas Neues, Edmond?« »Wieso, Charlotte? Immer das gleiche. Ein Dienstmädchen hat seine Herrschaft bestohlen, ein Bankbeamter die Kasse, ein Deputierter die Wähler, welche ihn aufgestellt haben.«)

Stille ... Sollte sie schreien? Oder die Kette ergreifen, die der Bursche ihr langsam hinschob?

»Nun –?« fragte er brüchig; sein Mund blieb offen, auf seiner nur schwach behaarten, flaumigen Oberlippe lag ein Schimmer von feinem Schweiß. In diesem Augenblick fühlte Suzette, daß das Raubtier bereits geschwächt und, wenn sie Mut genug hatte, ihr ausgeliefert war. Ein wilder Triumph, eine rasende Lust, sich mit der Gefahr zu messen, drang ihr wie Gift in die Adern; wie ein Rausch, der sich nicht mehr aufhalten ließ und sie zugleich trunken und überwach, bewußt und willfährig machte. Sie hob die Kette ruhig an den Mund und biß prüfend auf ihre Perlen, hauchte sie an, ließ sie einzeln durch ihre Finger gleiten, verweilte bei einigen, prüfte von neuem und öffnete das Schloß.

»Fünftausend Franc –«

»Ist das Schloß allein wert«, sagte er unverschämt. »Ich weiß, was ich habe, Madame.« Sie schob mit dem Anschein von Gleichgültigkeit die Schnur zurück: »Wie Sie wollen, mein Herr. Vielleicht zahlt man anderswo mehr. Ich glaubte übrigens, daß Sie den Schmuck nur beleihen und nicht verkaufen möchten. Sonst natürlich – das Doppelte.« Spielerisch riß sie ein Fliederblütchen mit spitzen Fingern aus seiner Dolde, saugte und spie es aus. Ein zweites ... ein drittes ... Er schien zu zögern und tastete nach dem Schmuck, dabei berührte er ohne Absicht ihren herunterhängenden Arm und umklammerte, heftig atmend, das zierliche Handgelenk.

»Fünftausend – und dazu dich, meine Kleine«, sagte er hemmungslos und zog sie räuberisch näher. Sie standen sich jetzt Gesicht an Gesicht wie Zweikämpfer gegenüber, sein Atem streifte schon ihre Haare, auf dem Grund ihrer Augen erkannte er winzige graugelbe Pünktchen, die zu flirren und flimmern schienen. »Also abgemacht. Zehntausend Franc –«

»Und die Kette hole ich mir hinterher wieder zurück«, überlegte er bei sich selbst. »Das Geld kann ich gleich mitnehmen, hm ?« sagte er unbekümmert.

»Sie denken wohl: hier aus der Postkasse. Wie ?« fragte Suzette ihn spöttisch. Ein leises Bedauern darüber, daß dieses gefährliche Abenteuer schon abgeschlossen sein sollte, und die prickelnde Lust, es fortzusetzen, kämpften mit ihrer Vernunft. »Eine solche Summe wie diese hat man nicht in der Schublade liegen. Kommen Sie morgen wieder«, sagte sie gleichgültig, ohne den Arm von ihm zurückzuziehen.

Mit dem Instinkt des verliebten Verbrechers fühlte er, daß sie log. »Warum nicht heute ?« flüsterte er, als ob es sich um ein Rendezvous und nicht um ein Geldgeschäft handelte, und riß sie zu sich heran. Sein Mund stürzte sich über sie, seine Lippen; ein Hauch von Frische, gemischt mit dem Duft eben genossenen Weines; seine Zähne klirrten gegen die ihren und suchten gierig wie das Gebiß eines Marders die pulsierende Stelle an ihrer Kehle, wo sie sich festbeißen wollten; dann stieß ihn Suzette mit aller Gewalt vor die Brust und machte sich plötzlich frei.

»Heute nachmittag, wenn die Postagentur geschlossen wird, also um achtzehn Uhr, bin ich allein zu Hause«, sagte sie, über sich selbst entsetzt, aber vollkommen klar und kalt. »Sie kommen von dem Schloßgarten her und halten sich längs der westlichen Mauer bis zu den Gemüsebeeten. Dort ist ein grüngestrichenes Pförtchen, dessen Riegel Sie nur zurückschieben müssen, um unseren eigenen Garten von der Rückseite her zu betreten ... Sie verfolgen den Hauptweg und gehen über die große Treppe auf die halbrunde Steinterrasse; ich öffne die Glastür des Gartensälchens, das linker Hand einen Wandschirm hat, hinter dem sich eine Tapetentür, die in das Haus führt, verbirgt. Alles weitere findet sich.«

»Und Ihr Gatte?« fragte der Fremde mit angespanntem Gesicht.

»Wird nicht zu Hause sein. Niemand ist da und braucht von diesem Geschäft zu wissen. Haben Sie mich verstanden?« fragte sie heftig und heiß. »Die Kette geben Sie mir gleich mit, sie gehört mir – zu jedem Preis«, setzte sie widerstrebend hinzu und flüsterte: »Haben Sie keine Angst. Ich werde sie Ihnen nicht vorenthalten, denn Sie haben mich kompromittiert.«

Wieder erhellte sich ihr Verstand, ohne den furchtbaren Ansprung ihrer entfesselten Wünsche jetzt noch verhindern zu können. Wohin gerate ich? dachte Suzette. Und was will ich? Die Kette? Den Mann? Einerlei. Was ich in Wirklichkeit will, werde ich später wissen. Hauptsache, daß ich es will. Néans macht heute den Nachmittagsdienst. Inzwischen hebe ich auf der Bank in Chantilly zehntausend Franc ab. Nein – besser fünfzehntausend. Bis achtzehn Uhr bin ich zurück. Unsinn. Ich nehme natürlich die Summe aus dem kleinen Tresor meines Vaters, zu dem ich den Nachschlüssel habe, und ersuche Lazare, zu der Bank zu fahren und das Geld für mich abzuholen. Soviel ich weiß, fährt Herr de Chamant heute nachmittag zu den Ställen hinunter, um die neue Stute Cadots anzusehen, die einen entzündeten Huf hat, und nimmt Lazare bestimmt mit, wenn ich ihn darum bitte. Auf diese Weise kommt Belfontaine nicht vor dem Abend nach Hause, vielleicht sogar erst in der Nacht. Und was Léontine angeht, so trifft es sich ja vorzüglich, daß der alte Schwätzer Richmond

seinen Vortrag über den ‚Geist der Romantik' auf heute verschoben hat. Sie wird es sich also nicht nehmen lassen, ihm wie immer zu Füßen zu sitzen. Gut, daß die kleine Tapetentür wieder freigelegt wurde. Als junges Mädchen mußte ich immer, wenn ich den Klatsch von Papa und der Tante hinter dem Wandschirm belauscht hatte, über die Treppe und dann durch eines der Fenster zurück, um in das Haus zu gelangen.
»Was stehen Sie hier noch immer herum?« fuhr sie ungeduldig den Fremden an und steckte das Kästchen ein.
»Ich gehe ja schon, in Teufels Namen. Aber Sie sind zu schön, als daß man sich losmachen könnte«, schmeichelte er entzückt. Wieder trafen sich ihre Blicke, doch diesmal als Spießgesellen. »Und gerissen«, fuhr er bewundernd fort, »wie eine ganz große Dame, die ihren Mann so geschickt betrügt, daß er noch ‚Danke schön' sagt ... Nun, nun – ich bin ja schon unterwegs. Also bis nachher.«
»Vorsicht! Aber vor allem: Sie werden nichts mehr trinken. Ich mache sonst nicht auf.«
»Keine Sorge.« Er drehte die leeren Taschen mit den Tabakskrümeln nach außen und grinste sie spitzbübisch an. Dann wandte er sich auf dem Absatz um und verließ die Postagentur.
In dem staubigen Raum blieb Suzette Belfontaine vor der Kristallvase stehen und griff gedankenverloren an ihren Blusenausschnitt. ‚Sie haben den richtigen Hals dafür, diesen Schmuck zu tragen, Madame', ging es ihr durch den Sinn. Mechanisch nestelten ihre Hände die kleine goldene Kette mit dem Anhänger ab, die sie trug, und legten sie auf den Tisch. Phädra und Hippolyt – wieviel Jahre hatte das unglückselige Paar schon an ihrem Halse geruht! Hortense kam nicht wieder, die Vielgeliebte, die ihr den rasenden Durst ihrer Sinne zurückgelassen hatte ... den Stachel zu quälen, gequält zu werden, zu betrügen

und ein Idol zu umarmen, das einer grausamen Gottheit glich, der man sich ausliefern mußte, um verdammt oder selig, oder auch beides, und endlich gesättigt zu werden. Gedankenverloren starrte Suzette auf das Medaillon, das die Versuchung des Jünglings durch die schamlose Phädra zeigte, die ihre holden Brüste zur Schau trug und, als sie verschmäht wurde, ihren Abgott zu Tode schleifen ließ. Sie ballte die Fäuste. Geißel und Peitsche für das Dunkel der Liebesnächte und sehr viel Schmuck, das dämonische Glühen geheimnisvoll kalter Steine, die man um hohen Geldwert erwerben und wieder abstoßen konnte; Geld, nacktes, unedles Geld, auf der Kante der Bettstatt zurückgelassen, worauf sich der Leib verkaufte; aber auch Perlen, wie Königinnen und königliche Maitressen sie trugen ... dies alles in einem einzigen Rausch von unermeßlicher Tiefe ... nur einmal ... berechnet und vorbereitet und dann wieder fortgeworfen wie dieses Medaillon, dieser Schmuck hier, den sie jetzt in die Ecke fegte.
An dem Aufschlag der Gemme, dem feinen Klirren des Kettchens am Boden ernüchterte sich Suzette. Es ist so, dachte sie, daß mich Hortense durch diesen lächerlich billigen Schmuck an das verhaßte Gewerbe meines Vaters gebunden hat, in dessen Schubladen ich das Pendant und damit die schauerliche Erklärung einer Tragödie gefunden habe, die mir halbwegs immer noch dunkel bleibt. Von da ab habe ich Schmuck gesammelt und Gefallen an leblosen Steinen gefunden, deren grünes, gelbes und rotes Blut sich erstarrend kristallisiert; ich habe auf einen Schmuck gewartet, der alles in sich vereinigen würde: Kostbarkeit, Glanz und Herkunft aus einer unendlichen Tiefe, an welcher etwas Süßliches klebt, das geronnenem Blut ähnlich ist; Schmuck, der ein Verbrechen in sich enthält oder irgendwie nach sich zieht. Dieser Schmuck ist mir heute endlich begegnet und mit ihm wahrscheinlich noch mehr.

Ich muß ihn besitzen, ihn tragen; nicht jetzt, sondern erst, wenn er wirklich und wahrhaftig mein Eigentum ist. – (»Fünftausend und dazu dich, meine Kleine«, bebte es in ihr nach ...) Nun schloß sie eilends die Schübe ab, legte rasch ihre Listen zusammen und klappte das Schreibpult zu. »Eine halbe Stunde über die Zeit«, murmelte sie vor sich hin. »Aber das tut nichts. Die Tante hält sicher bereits ihr Mittagsschläfchen, und Lazare kommt frühestens in einer Stunde, sonst hätte er mir nicht Blumen geschickt –. Pah, Blumen! Eine einzige Perle wiegt alle Blumen der Welt auf.« Sie betrachtete sie verächtlich. »Dieses Zeug für Muttergottesaltäre und blauweiße Lourdeskapellen. Wo der Kerl sich jetzt herumtreiben mag? Sicherlich streicht er wie eine Katze in dem Schloßpark umher oder setzt sich auf irgendeinen verdreckten und vom Regen ausgewaschenen Stein, wo er die Moosflechte abkratzt, um sich die Zeit zu vertreiben. Und Lazare? Lazare wird wie üblich auf der Suche nach neuen Ablegern und Stecklingen für sein Gewächshaus sein oder nach ausgefallenen alten, aromatisch gewürzten Reimen für seine prachtvoll gedrehten Sonette; Wörter, die er sich, wie ich weiß, aus den Folianten der Stadtbücherei oder, in die Betrachtung der Schlüssel- und Münzensammlung des Musée Régional versunken, zusammensuchen wird.«

Hier irrte sich freilich Suzette, und zwar nicht unerheblich, denn Belfontaine war sofort, nachdem er die Auskunft der Mutter Duvals über den Fremden empfangen hatte – gewiß eine unzuverlässige Auskunft und bloß nach Frau Duvals Gefühl – die Treppe hinauf nach dem ersten Stock in sein Zimmer gegangen, das ihm stillschweigend seit der Zeit reserviert war, als man dem neuen französischen Bürger die Postagentur übertrug – damals, als Belfontaines zweites Leben und seine Ehe, die eigentlich Bigamie, sein Glück, das wie ein Gewächshaus, und dieses Gewächshaus selber, das im Grunde nur eine Kakteenzucht von schlafenden Schlangen, erstarrten Echsen und geschuppten Dämonen war, seinen Anfang genommen hatte. In dieses mit Chinoiserien austapezierte Zimmer der Auberge des Arènes zog sich Belfontaine immer wieder zurück, wenn er ‚allein sein' wollte – das heißt, mit dem inneren Wesen jener Pflanzengebilde zusammen, die er durch Samen und Stecklinge unermüdlich zu vermehren bestrebt war, um sie gleichzeitig immer wieder in toten, doch kostbaren Sonetten von merkwürdig irisierendem Glanz und Feuer nachzugestalten; in Wortpetrefakten, welche den Abdruck des Lebens bis in jede Ader hinein bewahrten; das plötzlich unterbundene Spiel seiner Kräfte, die stehengebliebene Form, den mumifizierten Leib. Dabei gelangen ihm einzelne Bilder, die plötzlich aus dem verholzten Stamm und den harten Spitzen wie Feuerzungen, Kakteenblüten nicht unähnlich, brachen und ihn zugleich glücklich und unglücklich machten, weil sie den Geist, dessen Kinder sie waren, in dem Augenblick ihres Ursprungs vergaßen, oder sich ihn sogar unterwarfen und selber zum Herrscher wurden. So entstand allmählich das sonderbare und von den Liebhabern schöner und seltener Gartenbücher häufig als eine Art moderner und gleichsam gepreßter ‚Georgica' bezeichnete Werk des Herrn Belfontaine, in welchem exotische Sagen und Märchen und Belehrungen über Herkunft und Samen, Lebensbedingungen, Anspruch und Pflege dieser Kakteen mit edlen Sonetten von fraglos geglückter Naturbetrachtung, aber erstaunlicher Kälte und Künstlichkeit wechselten. Hier kehrten sehr häufig Vergleiche mit Schlüssel und Münze wieder: Dingen, die dazu dienen, eine Kammer, ein Verließ, einen Kasten auf- und zuzuschließen und das Enthaltene mit dem Wert seiner selbst oder nur als Fiktion seiner selbst nach Art der Münze zu siegeln, ihm das Antlitz des Herrschers, der Gottheit, besser: des göttlichen Herrschers als Zeichen aufzuprägen und dadurch den Besitzer der Münze zu dem Teilhaber an dieser Gottheit zu machen, die ihm sowohl den Teil ihrer selbst, als auch das Ganze gestattete, indem sie jeden Teil mit dem Ganzen: dem ganzen Haupt in unzähligen Gliedern, prägte und siegelte. Daß Belfontaine mit diesen Vergleichen die groteske Welt der Kakteen, jener gekrümmten und bärtigen Wesen, die in sich selber den Schlüssel zu dem Geheimnis der Form überhaupt – und damit noch mehr – zu erfassen suchte, war nicht einmal übel; doch wußte am wenigsten Belfontaine selber, daß er nicht nur den Leib der Natur, sondern das eigene Wesen unaufhörlich umkreiste. Er sprach es aus. Eine Welt von Dämonen, die unter der Schwelle seines Bewußtseins wie zusammengebogene Embryonen mit faltigen, uralten Häuptern hockten, welche selber ohne Erinnerung waren, aber gespeist mit dem Wissen des Blutes, trat schemenhaft an das Licht, um wieder zurückzusinken; wie der Mund eines Taubstummen redete er mit gleichsam verdeckter Zunge, die sich selbst nicht vernehmen kann, und während er scheinbar die Sprache des Tages und ihren Wortschatz mit allen teilte, enthüllte er unablässig sein Leiden: den Wolfsrachen, den gespaltenen Gaumen, aus dem es hervorquoll und ohne sein Wissen um Erbarmen und Hilfe bat ...

Auch heute, nachdem er das Mittagessen auf sein Zimmer befohlen hatte, setzte er sich mit der Absicht, ein begonnenes Pflanzensonett, wenn schon nicht zu beenden, so doch zu verbessern und weiterzutreiben, an den zierlichen Rokokoschreibtisch vor dem schmalen, tiefgezogenen Fenster und breitete mit der Pedanterie, die ihm Genuß war, seine Papiere langsam und sorgfältig aus. Noch bewahrte seine Hand das Gefühl des trockenen, zuverlässigen Seiles,

das hier in der schönen, alten Auberge die Stelle eines Geländers vertrat und ihn über breite steinerne Stufen in das obere Stockwerk geleitet hatte; das Gefühl des Hanfes, aus dem es gedreht, und der Knoten, an denen es unterbrochen und wieder fortgeknüpft war.
Dieses Seil, dachte Belfontaine plötzlich, von dem Blitz einer Intuition betroffen, die den ungeschützten musischen Zustand seines Wesens zum Anlaß genommen hatte; dieses Seil: *es ging von innen nach oben.* Von einem Innen, das tiefer als alle Mysterien lag; noch tiefer als die Wohnung des Oknos, jenes unglückseligen, alten Mannes, der sein Seil zwischen Binsen und Röhricht aus rieselnder Sumpferde flocht. Denn die Wohnung des Oknos – obzwar unendlich versunken – schwebte doch zwischen dem Wasserspiegel und dem »Zeitenschoß«, wie man das dunkle, aber allgemeine Bewußtsein der Menschheit zu nennen pflegt, entsann sich Herr Belfontaine, und sie auszuloten war nicht unmöglich, während jenes »Innen«, das er empfand, vollkommen unbetretbar, sich selber unbekannt und von außen nicht zu erforschen war. Das Kind der Danaë auf den Wellen war nicht annähernd so versiegelt wie dieses andere Götterkind, welches er ‚Innen' nannte, ohne zu wissen warum; doch fühlte er schon das furchtbare Lot, das sich langsam und unerbittlich durch die bitteren Wogen senkte, die Angel, die es herausheben würde und an das Tageslicht schleudern. Ob er wirklich nur der Gegenwart lebte oder, wie Louarment glaubte, seine Vergangenheit in sich herumtrug, war einerlei: diesem augenlosen, allfühlsamen Lot entging er nicht. Dieser Angel bot er sich waffenlos dar.
Von einer entsetzlichen Angst gepeinigt, blickte Belfontaine von dem Blatt empor, das über und über bedeckt mit kleinen, gekrümmten Buchstaben war, die ihren Sinn, anstatt ihn zu enthüllen, vor einander zu bergen schienen, *und sah.*

Er erblickte eine Gestalt, von der er, ohne zu überlegen, wußte, daß sie schon jahrelang in ihm gehaust, ihn bewohnt und durchdrungen hatte. Dem menschlichen Auge, der zeichnenden Hand unfaßbar und daher nicht zu beschreiben, weil sie in unaufhörlichem Wandel, in fließender Hin- und Herbewegung, in Auflösung und Verdichtung war, empfand sie das Geistesauge als ein festumrissenes Zeichen; als das immer wiederkehrende Bild des Salamanders, wie ihn die Fenster der großen Kathedrale im Laufband aufbewahrten, wo das reine, feurige Licht des Glases ihn in den heiteren Aufstieg seiner Kaskade hinaufnahm – einen Zwillingsbruder und Freund der Chimären, die der Stein hinausstieß und gleichzeitig bannte, vernichtete und hielt. Nun war dieses Zeichen aus Belfontaine wieder herausgetreten: ein aufrecht gehender Salamander von geschmeidiger Schwärze und finsterem Glanz, den er nur von hinten erblickte wie etwas, das schon vorüber war ... (»Jetzt« – durchfuhr ihn eine Erinnerung ... da durfte Moses ihn schauen: doch nur seinen Rücken, das, was vergangen und nicht, was zukünftig war.) Ein unendlicher Schauder, leise und lang, ließ ihn von oben bis unten erzittern, ein Schwanken, das den Grund unter ihm wie ein Erdbeben spaltete. »Jetzt –«, wiederholte er, schon bewußt, daß dieses Wort – wie kein anderes der Hölle fürchterlich und verhaßt – eine Beschwörung war. »Jetzt –«, aber das Zeichen des Salamanders wanderte unaufhörlich weiter, ohne innezuhalten, sich umzudrehen oder Kontur zu gewinnen; es vollführte Bewegungen, ähnlich wie die eintönig trostlose Melodie des Saxophons, wenn sie spät in der Nacht jaulend und scheu um sich selber schwänzelt und ihre Kreise zieht. Kein sinnlicher Eindruck konnte so deutlich, keine Erfahrung so unwiderleglich, kein Wort so endgültig sein wie dieses dämonische Wesen, das zu erkennen unmöglich, zu kennen ihm selbstverständlich und seit Jahren eins mit ihm war. Verzweifelt erhob er sich, trat an das Fenster und versuchte sich abzulenken; er schloß die Augen, öffnete sie, fixierte einen Mann auf der Straße, dessen Erscheinung er in sich aufnahm und bis in jede Kleinigkeit: Halstuch, Farbe der Hosen und Schnitt der Schuhe, sich einzuprägen suchte. Vergeblich. Ohne im mindesten das Bild der äußeren Welt zu stören, durchwandelte (von einem Auge, dessen Netzhaut tiefer lag als die erste, wie ein Schatten zurückgeworfen) das reptilische Wesen alles, was ihm den Weg verstellte. Er mußte es zu Gesicht bekommen, koste es, was es wolle, und sich Gesicht an Gesicht mit ihm messen, dachte Herr Belfontaine. Natürlich war das Ganze nichts weiter als eine Überreizung, wahrscheinlich durch die blendende Hitze und seine Gedanken an die Arbeit des Glasmalers ausgelöst ... sicher ... die ihn unaufhörlich verfolgte. Ob er ihn nicht noch einmal besuchte und die Beschäftigung mit dem Sonett auf spätere Zeit verschob? Völlig versunken, sah er noch immer auf die mittäglich leere Straße und legte den Kopf an die Fensterscheiben, wobei er die Hände unter die Stirn schob und in dieser Stellung verharrte.

Der Wald von Pontpoint ... Durch junge Sträucher und Baumstämme, welche die Nachmittagssonne mit spielenden Lichtern fleckte, tauchte St. Symphorien auf: die alten Mauern, berückend nahe und doch wie in Träumen ungreifbar; der Turm mit den Schießscharten, graues Gestein, hinter dem die zeitlosen Wolken zogen, und über dem Grund, wie vor einigen Wochen, die blaue Scilla, die Anemone mit ihrer rosigen Tiefe ...

»Daniel – –«, flüsterten seine Lippen; ein mächtiges Haupt, von der Sonne umlodert, teilte löwenhaft das Gehölz.

»Was willst du von mir?«

»Das Fenster – – du weißt doch ... das Fenster der Kathedrale mit den durchschossenen Bändern der Salamander, mein Freund.«

»Ich bin nicht dein Freund. Noch nicht. Doch dein Engel. Nein ... rühre mich nicht an.«

»Ob es mein Tod ist: ich rühre dich an.«

»Nun schreist du.«

»Um Hilfe – –!«

»Ich bin nicht die Hilfe. Nur Feuer und Sturm, der dich hintreibt zu jenem Berg, du Verlorener, von welchem dir Hilfe kommt.«

»Ein Psalm. Pah. Nichts weiter. Löse dich nicht. Nimm die Bäume nicht mit dir. Das Schloß. Die Blumen. Nimm lieber die Leere. Die grenzenlose und gräßliche Leere des Himmels, an dem keine Wolke mehr hängt.«

»Ich bin die Leere. Die vollkommen reine und makellose Leere, die Gottes Finger beschreibt. Lies. Höre. Ich will dir die Augen öffnen und das Wachs aus den Ohren nehmen...«

Herr Belfontaine trat einen Schritt zurück, ließ die Hände von dem Fensterkreuz fallen und blickte in das Licht. »Er ist fort. Der Salamander ist fort«, sagte er vor sich hin. »Nichts als der Himmel, und in dem Äther, diesem furchtbar reinen und leeren Äther, die Vogelhieroglyphe. Aber auch sie ist noch eine Täuschung, ein Erinnerungsbild von heute morgen, als ich die Lerche aufsteigen sah, immer höher, an einem goldenen Seil, einem Sonnenfaden, den sie hinauswarf, aus Tönen bildete, sich zum Jubel und der langsamen Erde zum Trost. Der braunblonde Vogel, die schlanke Lerche ... wie süß, wie süß, wie süß. Sie ist es. Es ist ihre Seele. Die Seele einer verstorbenen Frau. Die Lerche Elisabeth.«

Plötzlich warf er sich über den Tisch und verbarg den Kopf in den Armen. Das Seil, das von Innen nach Oben stieg ... und zwischen Innen und Oben das Sumpfland der Salamander; das Land der Auflösung, der Verwesung mit ihrer behaglichen Wärme, die aus dem blasigen Fleisch der Toten und der brütenden Hitze zwischen den Binsen, dem Schoß der Sumpfblüte und den Kiemen der faulenden Fische dampfte, die auf der Seite lagen ... Das Reich des Oknos – wie lange noch würde er es bewohnen? Und wer wagte es, ihn in dem Totsein zu stören, das er täglich mit fröhlichem Schnalzen genoß, mit der Erzeugung von schillernden Blasen ohne Dauer und Festigkeit? Niemand. Niemand durfte ihn stören, wenn er selbst diese Störung nicht wollte.

Aber konnte er wirklich noch wollen? Zum Teufel – Herr Belfontaine sprang auf die Füße und rief kurz und heftig: »Herein!« Ein Küchenmädchen, das bereits zweimal, ohne Antwort erhalten zu haben, mit der Fußspitze angeklopft hatte, trat mit beladenem Brett in das Zimmer und setzte es vorsichtig ab.

»Nun?« fragte er, ohne hinzusehen.

»Grüne Bohnen, Kalbsbrust. Maroneneis ...«, sagte sie triumphierend. »Den Rochecorbon bringe ich noch.«

»Keinen Rochecorbon«, widersprach er ihr sachlich und namenlos erleichtert. »Einen Bourgueil oder einen Chinon, wenn er schon unbedingt aus der Heimat deines Wasserhuhnjägers sein muß; oder jagt er jetzt vorwiegend Schnepfen und Rebhühner, hm, mein Kind?« fragte Belfontaine väterlich.

Die hübsche Rosalie verzog ihren Mund. »Ich glaube, er jagt schon alles, was ihm nur vor die Flinte kommt und glänzende Federn hat«, seufzte sie drollig und setzte hinzu: »Sobald er bestallter Forstmeister ist, werden wir heiraten, Herr. Ein Mensch wie Polykarp hält es nicht aus, im kalten Bett zu schlafen.«

Herr Belfontaine lachte belustigt auf. »Ein Schürzen- und Schnepfenjäger, Rosalie, mit dem Namen eines Märtyrerbischofs«, sagte er amüsiert.

Die Kleine blickte ihn ärgerlich an. »Wer kann etwas für den Namen, auf den er getauft worden ist?« sagte sie böse und setzte hinzu: »Wenn jeder das wäre, wozu ihn sein Name einmal machen wollte, Herr Belfontaine, gäbe es höchstwahrscheinlich nur noch Heilige auf der Welt.«
»Brrr – welcher Gedanke.« Er schüttelte sich. »Aber du bist ein kluges Mädchen und wirst deinem Polykarp keine Antwort und keinen Kuß schuldig bleiben. Habe ich recht oder nicht?«
»Wohin käme ich?« sagte sie schon besänftigt. »Also einen Bourgueil?«
»Nein, laß. Überhaupt keinen Wein, mein Kind. Er verwirrt mir nur die Gedanken, wenn ich beim Arbeiten bin.«
Rosalie schob sich schmeichlerisch näher und blickte zutraulich auf die Blätter, welche den Schreibtisch bedeckten. »Was gibt das denn?« fragte sie.
»Ein Gedicht.«
»Oh – ein Gedicht. Eines wie ‚Vole mon coeur, vole?' oder ‚Je m'en vais par le monde?'« fragte sie wißbegierig.
»Nicht ganz. Aber ‚Vole mon coeur, vole' – ist ein sehr hübsches Gedicht.«
»Nicht wahr?« Sie sah auf die Blätter nieder und runzelte die Stirn.
»Dies ist schwieriger, wie ich glaube. Ein einfaches Mädchen wie ich wird es wohl kaum verstehen.«
Belfontaine blickte sie lächelnd an: ihr eifriges, junges Gesichtchen, ihre krausen, glänzenden Haare, die blauschwarz schillerten; den festen Busen, die drallen Arme und den mädchenhaft schmalen Leib. Plötzlich hob sich Rosalie auf ihre Zehenspitzen und legte ihm ihre Hände verführerisch um den Hals.
»Soll ich dableiben?« flüsterte sie.
Er schüttelte sie ab wie ein Kätzchen und sagte freund-

lich, aber entschieden: »Du müßtest dich schämen, mein Kind, so lasterhaft zu sein.«

Als sie gegangen war, setzte er sich zu seiner Mahlzeit nieder – ein Mann der Formen, frei und beherrscht, der, wenn er auch mit sich selbst allein ist, nicht den leisesten Anstand verletzt. ‚Eigentlich solltest du König von Spanien oder Abt von Montserrat sein', hatte Suzette einmal lachend bemerkt, womit sie auf seine der Öffentlichkeit verpflichtete Haltung anspielen mochte, die ihn veranlaßte, stets wie vor Spiegeln, vor einer Rampe, auf offenem Markt, und trotzdem für sich zu speisen; abgesondert, in grenzenloser, undurchdringlicher Einsamkeit. Insgeheim natürlich meinte Suzette seine sämtlichen Lebensäußerungen, vor allem seine Beziehung zu ihr, deren fürchterliche Bewußtheit und Diskretion schon in Schamlosigkeit und verworfene Kälte umschlug – unfähig, sich an das göttliche Spiel der hundert Entschleierungen, an den Wachtraum der Liebe, den Rausch und das Rätsel, sinnenhaft hinzugeben.

Nun also – er aß jetzt; nicht weiter berührt von dem kleinen Zwischenfall mit Rosalie, aber zerstreuter als sonst, schob mit der linken Hand die Papiere näher zu sich heran und las; ersetzte ein Wort durch ein anderes und summte vor sich hin. Nein, weg damit! Dieser neue Begriff sprang unvermittelt aus dem Sonett und fügte sich nicht ein. Er war genau und plastisch – gewiß; aber ein anderes Element vermischte sich durch ihn mit dem Ganzen und machte es unharmonisch. Belfontaine fühlte: nicht nur das Sonett, sondern er selber: auch er war vermischt; mit einem irdischen Stoff vermischt, der ihn durchlässig, dunkel und unruhig machte und ihn an den Anfang zurückwarf – an welchen Anfang? Er wußte es nicht – in die Formlosigkeit und an jenen Ort, wo das Ungeformte (wie Adams Lehm) sich nach Erschaffung sehnte.

Ein Seufzer schwellte ihn; unbestimmte und unausdrückbare Wünsche gingen hin und her wie Orchesterstimmen, die sich in Einklang zu setzen streben, anheben, abreißen und aufs neue ihren Klang in das Leere flößen. ‚Frühling', dachte er leicht verächtlich. Aufbruch und Annäherung der Geschöpfe; der Kreislauf des Wassers in den verjüngten, schwellenden Adern der Erde. Die Luftströme, die einander durchdringen und launische Wirbel bilden, und der taumelnde, blinde Anflug der Bienen zu tausend Blumenschößen, die sie, ohne zu wissen, befruchten müssen, weil die große Mutter es will. Frühling – aber wie lange schon hatte er keinen Frühling mehr, wenigstens so nicht, empfunden: so bedeutungsvoll; als ob mit dem Frühling ein anderes Wesen, das nicht ‚Natur' hieß, nicht ‚Schöpferkraft' oder ‚Erneuerung' schlechthin, nach seinem Wesen suchte. Also doch Vermischung? Nein, – nicht Vermischung, sondern das Gegenteil. Ein Unaussprechliches, Unbekanntes, ein vollkommen Anderes – aber ach, auch diese Bezeichnung genügte noch nicht, dachte er hoffnungslos. Ein Schlagschatten über den Weg der Welt. Ein Schwert, das mitten durch sie hindurchging und quer zu allem lag. Ein Ärgernis für Gefühl und Vernunft. Undeutlich; aber nicht, weil es unklar, sondern weil die Entfernung – aus der es beide ansprach, vernichtete, aufhob – eine unendliche war. *Dieses Unaussprechliche suchte ihn, während er vor ihm floh.*

Hastig warf Belfontaine seine Blätter wieder zusammen, verließ das Zimmer und eilte auf die Straße.

»Nicht so rasch, Herr Belfontaine, nicht so rasch«, rief eine Stimme ihm nach, und die Hand des Küsters François legte sich ihm auf die Schultern. »Nein, nein – warum erschrecken Sie so?« fragte er heiter und fügte hinzu: »Ich verfolge Sie schon eine ganze Weile; eigentlich schon seit dem Vormittag, als Sie ins Pfarrhaus kamen. Jawohl: verfolgen ist der richtige Ausdruck oder beschleichen, wenn Ihnen das lieber und weniger unbequem ist. Allerdings mit sehr harmloser Absicht, nämlich nur, um eine Frage zu stellen, die Sie mir sicher beantworten können, denn Sie sind ja Fachmann dafür...«

»Wofür? Für die Masken des Satans?« fragte ihn Belfontaine schroff.

»Aber nein«, erwiderte jener betroffen. »Doch, um bei diesem Ausdruck zu bleiben: für die Masken der Natur, wie ich glaube. Für Kakteen und Blumenzucht.«

»Wieso: der Natur? Na, einerlei«, sagte Belfontaine merklich entspannt. »Um was handelt es sich dabei?«

»Sie wissen, ich veredele gern«, erwiderte François, »vor allem Rosen und Apfelbäume. Das ist meine Liebhaberei. Aber seit einiger Zeit will mir dieses Geschäft nicht mehr glücken, wenn ich im Mai das treibende Auge auf das schlafende okuliere. Wie soll ich mir das erklären?«

»Dann okulieren Sie eben, mein Lieber, auf das treibende«, sagte Herr Belfontaine. »Jeder, wie es ihm paßt. Handelt es sich denn um Bäume der gleichen Art – oder?«

»Durchaus nicht. Und auch ihr Standort, sehen Sie, ist verschieden«, fing François von neuem an und begann umständlich über den Unterschied seiner Ergebnisse zu berichten; über die Art, wie er vorgegangen und worin, seiner Meinung nach, der Grund für seine Fehlschläge lag. Herr Belfontaine hörte mit halbem Ohr zu.

»Soso. Wohl möglich ... schon denkbar«, warf er merkwürdig abwesend ein.

»Langweile ich Sie?« fragte plötzlich der Küster.

»Nein, nein. Doch, wäre es nicht gescheiter, einen zünftigen Gärtner zu fragen?«

»Sie haben recht. Doch der zünftige Gärtner müßte dann auch die Voraussetzung kennen, aus der meine Frage entspringt. Dieser zünftige Gärtner – – RABBONI!« sagte er unvermittelt und blieb mit glühendem Ausdruck, der etwas gefährlich Wildes hatte, vor seinem Begleiter stehen. »Setzen wir uns.« Sie waren inzwischen bis zu dem Schloßpark gekommen, der Küster lenkte Belfontaine fast gewaltsam zu einer der Bänke und drückte ihn nieder, während er weitersprach. »Die Voraussetzung für meine Liebhaberei ist die Weltanschauung, Herr Belfontaine, die ihr zugrunde liegt. Ja.«

»Also doch!« dachte Belfontaine. »Gott im Himmel, und deshalb verfolgt er mich. Abbé le Roy hatte recht.«

Der Küster lehnte sich weit zurück, sein harpyenhaft ausgezehrtes Profil stand scharf und kühn in die Luft. »Sie kennen ja wohl das Pauluswort, daß die Natur noch immer in Wehen liegt und um Erlösung bittet?« fragte er Belfontaine. »Man muß ihr also zu Hilfe kommen. Verstehen sie mich recht. Okulieren – was ist das anderes, als daß wir ihr helfen, Herr Belfontaine, wieder wie vormals zu werden. Paradiesisch. Ohne Makel und Fehl, wie der Schöpfer sie einmal gewollt hat. Im Grunde müssen wir also dem Schöpfer zu Hilfe kommen und ersetzen, was an der Schöpfung mangelt, seitdem sie gefallen ist; nicht anders, wie wenn Sankt Paulus sagt: ‚Ich ersetze in meinen Gliedern, was an Christi Leiden noch fehlt.' Beide wenden sich an den Menschen: die Natur, die jetzt durch den Menschen ihre Natur verändern und himmlisch werden möchte, und Gott, der sein Werk der Erlösung in ihm zu vollenden wünscht. Über diese Dinge, Herr Belfontaine, habe ich nachgedacht – nicht gestern oder heute, sondern schon lange Zeit.«

»Gott ... bittet?« fraget Herr Belfontaine in grenzenlosem Erstaunen. »Wie wäre das denkbar, mein guter François, wenn er wirklich der Schöpfer ist?«

»Er bittet nicht nur – er läßt sich herab! In unser Fleisch, in unsere Glieder, die ständig gegen ihn kämpfen. Er verdemütigt sich bis zur Gleichförmigkeit und verkauft sich in unsre Natur. Dieser bittende Gott – – in der Predigt von Petrus Chrysologus heißt es: ,Wenn meine Gottheit euch zu erhaben ist, ach, so erkennt mich doch in dem Fleisch. Betrachtet in mir euren Leib, eure Glieder, euer Herz und euer Gebein! Und wenn ihr dann immer noch vor dem zagt, was göttlich ist: warum liebt ihr dann nicht eure eigne Natur?'«

»Das sind antike Gedanken, François«, erwiderte Belfontaine. »Und wenn Sie schon so belesen sind, nun, dann müßten Sie wissen, daß jeder Myste, der nach Vergottung strebt, ähnlich denkt. Jeder Mithrasjünger und jeder Sohn der eleusinischen Mutter würde genau so sprechen wie Petrus Chrysologus.«

»Nicht so – liebevoll. Nein. Aber selbst, wenn das wäre, so ist doch diese Erlösungsbitte einmal wirklich geworden, Herr Belfontaine. Nicht in den eleusinischen Mysten, sondern in uns; in Ihnen und mir; nicht damals nur, sondern jetzt und heute; und jede Rose, die ich bemüht bin zu veredeln, lieber Herr Belfontaine, setzt jenes Erlösungswerk fort. Wer nicht Priester werden konnte, wie ich«, sagte der Küster nachdenklich, »mußte wenigstens Gärtner werden. Denn auch der Gärtner ist, richtig verstanden, Gottes Stellvertreter auf Erden. In dem Wunder der mystischen Rose wird die Natur konsekriert.«

»Gehen wir«, sagte Herr Belfontaine hastig. »Meine Frau erwartet mich. Wenn Sie wollen, beantworte ich Ihre Frage lieber ein anderes Mal. Diese Frage nach der ,Natur der Natur', wie ein Bekannter von mir sich vor Jahren ausgedrückt hat.«

»Die Natur der Natur.« Der Küster leuchtete auf. »Das ist es. Man könnte auch sagen: das Mysterium an und für sich. Die Wiedergeburt. Die Taufe, Herr Belfontaine. Leben Sie wohl.« Er wandte sich ab und kehrte noch einmal um. »Wissen Sie«, fragte François durchtrieben, »was schon immer mein größter Wunsch war, wenn ich am Taufbecken ministrierte, bester Herr Belfontaine? Dieses Erlebnis noch einmal mit dem Geist eines voll erwachsenen Mannes vollziehen zu dürfen.« Er zuckte die Achseln. »Doch das bedeutet, daß ich ein Mohammedaner wie unsere Kolonialsoldaten oder ein Jude gewesen wäre, und beides trifft nicht zu.«

»‚Leider' müssen Sie jetzt noch sagen, um Ihre abstrusen Wünsche glaubwürdig erscheinen zu lassen«, erwiderte Belfontaine. Was der Küster ihm geantwortet hatte, war Belfontaine entgangen; er sah nur noch, während er schon durch den Gemüsegarten des Schloßparks ging und das Pförtchen zu dem eigenen Anwesen öffnete, die Augen des anderen vor sich: diese meerblauen, scharfen Augen des Küsters und ihr blendendes, aber kindliches Leuchten; das reine Lächeln, welches der Formen, um sich deutlich zu machen, nicht mehr bedurfte und ihn an ein anderes Lächeln flüchtig erinnerte. Das Lächeln des Pfarrers Mathias auf dem Gartenfest vor unendlichen Jahren und das Lächeln Elisabeths, das sie zurückgab; das Lächeln des Glasmalers, das zugleich Drohung aus einer Überfülle von Klarheit und Erkenntnis des Menschen war; dazwischen das gespenstische Lächeln der armen Helene, als sie die Fesseln ihres Leibes im Begriff stand zu lösen, und über dem Wasser des Schwanentempels das entleerte Lächeln der Leda – – War es dies? War es jenes? Er wußte es nicht; nur daß es ihn jedesmal als Verheißung, als die Verheißung von Freude schlechthin, gestreift und getroffen hatte.

Freude ... Aber war es auch Freude, was ihm kurz darauf in Suzettes Boudoir aus dem Spiegel entgegenkam? Er betrat ihr Zimmer vom Garten her, ein merkwürdig unverspieltes und phantasieloses Zimmer mit kostbaren

Mahagonimöbeln, deren Tischchen und Aufsätze sämtlich mit Marmorplatten belegt und fast geizig mit sparsamem Schnitzwerk aus kleinen länglichen Kränzen und Schleifchen (als ein Zugeständnis gewissermaßen an das Empire, dem sie angehörten) verziert und bezeichnet waren. Nur ein Ruhebett auf goldenen Füßen zeugte von Üppigkeit; es war reich beladen mit prachtvollen Kissen aus Damast und Sammet, Seide und Spitzen und beherbergte nach der Sitte dieser schrecklichen Jahre als Dauergast einen Pierrot mit schlenkernden Gliedern, einer Pfauenfeder am schwarzen Käppchen und lasterhaftem Mund.

Der plötzlichen Hitze wegen waren die Jalousien zur Hälfte heruntergelassen, doch leckte die stechende Nachmittagssonne mit zitternder Zunge über den Teppich und umspielte die nackten Füße Suzettes, die vor dem Kaminspiegel stand. Wahrscheinlich hatte sie sich entkleidet, um sich, der Jahreszeit angemessen, sommerlich umzuziehen, und war darüber ins Träumen geraten, denn den Boden bedeckten Wäsche und Strümpfe, Schuhe und Mieder ... alles wie eben vom Leibe gerissen und nachlässig hingeworfen, während sie selbst – eine Abart von weiblichem Narziß – mit ihrem Spiegelbild lächelte und, beide Ellbogen aufgestützt, die umgelegte Kette emporhob, deren Perlen sie durch die Lippen zog: langsam, in tiefe Andacht versunken, ohne sich stören zu lassen. Herr Belfontaine blieb in der offenen Tür, die Suzette zu schließen versäumt haben mochte, wie angewurzelt stehen. Aus dem Schoß des Vergessens tauchte das Bild eines Hauses auf, das er damals erst ahnte, und das nun sein eigenes war: bläulich beworfen, mit Stufen, die man emporstieg; die Frau vor dem Spiegel, vollkommen nackt, beide Ellbogen aufgestützt. Ihr Lächeln vertiefte sich, wurde weicher und gleichzeitig wesenloser; es ging nicht zu ihm, sondern suchte sich selbst und kehrte aus dem Spiegel zurück, dessen Glas den Hauch ihres Mundes empfing, ohne sich zu beschlagen. War es Suzette, war es eine Vision, ein Mittagsspuk, der ihn äffte? Nein, nein. Sie war es. Mit aller Schärfe sah er den kleinen, vertrauten Leberfleck unterhalb ihres Schulterblattes, über den jetzt die Sonne spielte, und an dem Ansatz des Rückens die beiden Venusgrübchen, die mit der wechselnden Biegung der Hüften sich bald schwächer, bald stärker markierten.

»Nun?« fragte sie in den Spiegel hinein, ohne sich umzudrehen. »Ist die Kette nicht schön, Lazare? Ich will mir ein eng anliegendes Kleid mit tiefem Ausschnitt arbeiten lassen, damit ich sie tragen kann. Eigentlich ist das nicht ganz modern, dieses Stilkleid, wie es mir vorschwebt, aber der Schmuck ist die Hauptsache. Nicht? Dieser köstliche, himmlische Schmuck, Lazare, den die Hautwärme erst zur Entfaltung bringt, diese Perlen – –« Jetzt wandte sie sich von dem Spiegel ab und kam langsam auf Belfontaine zu. »Im Grunde müßte man, ihnen zu Ehren, jede Kleidung weglassen, wenn man sie umlegt, jeden anderen Schmuck ...« Sie spielte versonnen mit ihren sinnlichen Fingern, nahm Ring um Ring von ihnen herunter und warf sie Belfontaine zu; er bückte sich, heftig angewidert von ihren Verführungskünsten, und legte sie sorgfältig Stück um Stück auf eine Marmorkonsole neben dem Ruhebett. Suzette lachte laut. »Zigaretten gefällig? Bediene dich, es geniert mich nicht, und gib mir auch selber Feuer.«

In dem halbdunklen Raum – die Sonne mußte sich plötzlich verfinstert haben und hinter die Wolken gegangen sein – sah er den Lichtschein des Streichhölzchens grell und heftig über den Perlenschmuck blitzen und von den stachelbeergrünen Augen der Frau zurückgeworfen werden. »Wer hat dir die Kette verkauft, Suzette?« fragte er mißtrauisch. »Solch ein Stück findet man nicht auf der Straße.«

Sie wandte sich achselzuckend ab und warf sich, die Beine leicht angezogen, auf das Ruhebett; nahm den Pierrot in den Arm und blies nach der Pfauenfeder. »Das weiß ich selber nicht, lieber Lazare. Ein Händler hat sie mir angeboten, der sie seinerseits wieder von einem Dritten in Kommission bekam. Wahrscheinlich aus Familienbesitz. Irgend ein armes, adliges Luder wird Geld gebraucht haben. Vielleicht stammt aber auch die Kette von einer alten Choristin der großen Opéra, der sie vor Jahren ihr Freund zum Geschenk gemacht hatte. Eine, die noch Napoleon den Dritten und in der Loge den blendenden Busen der Kaiserin Eugenie erlebt hat – was meinst du zu dieser Version?«
»Du wirst die Kette nicht tragen, Suzette!« sagte Herr Belfontaine finster.
»Oh! Bist du am Ende abergläubisch?« fragte sie spöttisch und kalt. »Perlen bedeuten Tränen, ich weiß. Tränen – –« Sie warf ihre Zigarette in einen Aschbecher, dehnte sich, hob die Arme und ließ die Puppe langsam zu Boden gleiten, während sie weitersprach. »Aber wenn ich nun gern einmal weinen möchte? Wirkliche Tränen? Ich habe schon lange nicht mehr geweint, Belfontaine.« Er blickte Suzette betroffen an; aus der kleinen Majolikaschale mit den Vergißmeinnichtranken, die Suzette als Aschbecher diente, stieg der bläuliche Rauch ihrer Zigarette geheimnisvoll in die Luft. »Zum letzten Mal, als ich wußte, daß Hortense nicht zurückkommen würde; du weißt, Hortense de Chamant, von deren verrücktem Vater ich dieses Schälchen da habe. Sie wäre die richtige Frau gewesen, eine Perlenkette zu tragen, und hatte den stolzesten Nacken, den man sich vorstellen kann. Aber sie hatte keinen Geliebten, der imstande war, ihr ein Geschenk wie diese Kette zu machen; sie hatte überhaupt keinen solchen, und den sie dafür hielt, war ein Schurke, der sie

mit unechten Liebesbriefen und einem Medaillon nach Paris und in den Untergang lockte.«

»Man sagt doch –«, warf Herr Belfontaine ein.

»Bah, man sagt vieles. Man glaubt noch immer, daß dieser Lucien Benoît es sei, der die Briefe geschrieben hat ... (Um so mehr, als er kurz vor dem Weltkrieg von China zurückgekommen war und bald danach wieder dorthin zurückging). Aber ich weiß es besser.« Suzette zog von neuem die Beine an den Leib, verschränkte die Hände um ihre Knie und starrte vor sich hin. »Gib mir die Jacke dort über dem Stuhl. In der Tasche muß das Medaillon sein, das den Briefen beigefügt war. Sie schenkte mir damals die eine Hälfte: die Versuchung des Hippolyt, weißt du, durch Phädra und Aphrodite. Die andere Hälfte behielt sie selbst. Ich fand sie in Paris.«

»Bist du verrückt?« fragte Belfontaine. »Eine Stecknadel in Paris zu finden, die eine Verschollene trug!«

»O nein – ich fand sie bei dem Verfasser der falschen Briefe, Lazare. Es war mein Vater. In seinen Schüben; genauer gesagt: in dem Leihgeschäft eines gewissen Herrn Quiche, rue Cardinal Mercier.«

»Und daraus willst du schließen, Suzette, daß es dein Vater war, der Hortense zu sich hinüberlockte?«

»Zu sich nicht, Lazare. Welch absurder Gedanke. Aber er wollte uns beide trennen, mich und Hortense, denn er haßte sie, weil sie den Plänen, die er als liebender Vater mit seiner Tochter hatte, im Wege zu stehen schien.«

»Welchen Plänen?«

»Nichts weiter. Nur so.« Suzette schien gelangweilt zu sein und warf jetzt einen Morgenrock über, dessen schwarze, schillernde Seide mit chinesischen Drachen bestickt war; Herr Belfontaine dachte angestrengt nach und fragte dann hartnäckig: »Aber warum ließest du dann den Verdacht auf Benoît, ihr Geliebter gewesen zu sein?«

Sie lachte schmerzlich. »Er war es ja. Er liebte Hortense so unendlich, daß seiner Leidenschaft nur noch der Himmel als Erfüllung genügen konnte. Wer liebt, muß leiden. Hortense machte ihn, und er machte sie so grenzenlos leiden, wie nur bei einer ganz großen Liebe gelitten werden kann. Wenigstens sagt man so. Und ich selbst – – –«

»Du selbst?«

»Ich hatte keinen Anlaß, Lazare, diesen Menschen in Schutz zu nehmen. Es genügte, daß sein Schweigen Hortense vor dem Spott der Menge in Schutz nahm und sie zu einer Märtyrerin machte, deren Ende sogar ein Dichter besang wie dieser Camille Deschâteaux. Nur der alte Chamant, der gleichfalls den Zusammenhang ahnen mochte und dem auch das Medaillon, wie ich weiß, nicht unbekannt war, gibt sich nicht mit dem Märchen zufrieden, das unter die Leute kam. Er sagte mir, erst wenn die beiden Teile des Medaillons wieder zusammenfänden (zusammenfänden in seiner Hand, die noch immer wie die Hand eines Bettlers dem Unsichtbaren entgegengehalten und erwartungsvoll offen sei!) wolle er glauben, daß nicht nur Benoît, sondern zugleich mit Benoît der Himmel seine Tochter gerufen habe. Abwechselnd sprach er von Désirée und dann wieder von Hortense. Wahrscheinlich glaubte er, entweder beide oder keine von ihnen in diesem Zeichen, diesem Schmuckstück zurückzuerhalten, das ihm wie ein Orakel war. Ich hätte ja dem Schicksal schon lange nachhelfen können, Lazare – aber ich wollte nicht. Ich wollte nicht hergeben, was mich noch immer mit Hortense de Chamant verband. Nun ist das vorbei. Ich bin jetzt kein Kind mehr, kein Backfisch, der Briefe und Blumen aufhebt oder ein Freundschaftszeichen wie hier dieses Medaillon. Das wurde mir an der Perlenschnur klar – ob du es glaubst oder nicht. Man kann nicht beides zusammen tragen: dieses Gefühlsding aus der Schatulle unserer Ur-

großmütter und den Schmuck einer Königin. Ich werde also Herrn de Chamant –. Ja, so. Um was ich dich bitten wollte: gib Herrn de Chamant heute nachmittag das Medaillon selber zurück. Ich möchte fünftausend Franc von meinem Konto in Chantilly durch dich abheben lassen, und da heute der Alte mit seinem Dogcart sowieso zu den Reitställen hinfährt, um die Stute des jungen Cadot anzusehen, wäre es ganz natürlich, wenn du dich anschließen wolltest. Ein Gruß von mir wird sicher genügen, damit er dich mitnimmt, Lazare. Abgemacht?«
Schmeichlerisch, aber befehlend, streckte Suzette ihm die rosige Hand hin, in der das Medaillon lag. Belfontaine wehrte unfreundlich ab.
»Kein Gedanke. Ganz abgesehen davon, daß mir dieses Geschäft nicht gefällt, Suzette, will ich den Glasmaler heute besuchen, der das Domfenster ausbessern soll. Ich muß also nach dem Wald von Pontpoint. Sprachen wir nicht schon davon?«
»Welcher Glasmaler«, fragte Suzette verblüfft, »wohnt in dem Wald von Pontpoint? Und wo soll seine Werkstatt sein? Doch etwa nicht in der kleinen Kapelle der Johanniter, Lazare?«
»Natürlich nicht. In der alten Behausung von St. Symphorion hat kürzlich ein Mann aus der Schule von Chartres seine Werkstatt aufgemacht – sprachen wir nicht ... ja, sprachen wir nicht davon?« wiederholte Herr Belfontaine.
»Von solchen Dingen sprechen wir nicht«, entgegnete sie gelassen. »Also schlägst du mir meine Bitte ab, nach Chantilly zu fahren?«
Belfontaine blickte stumm vor sich hin; ein unerklärlicher leiser Schauder, eine panische Furcht, nur geträumt zu haben, eilte ihm plötzlich wie eine Schlange von dem Nacken über den Rücken herunter und war früher schon

einmal erlebt und genau so empfunden worden. (Stellen Sie sich doch bitte vor, daß ich in diesen elenden Dörfern, die gar keine Ausdehnung haben, irregegangen bin ...' entsann er sich, damals gesagt zu haben! Damals – wann war das doch gleich?) »Nein, nein, ich fahre natürlich«, sagte Herr Belfontaine hastig. »Der Werkstattbesuch hat noch Zeit, wenn ich es recht überlege. Gib also das Medaillon her.«
Er faßte Suzette an dem Handgelenk und zog sie zu sich heran. Der verzweifelte Wunsch, zu vergessen und nur noch der Gegenwart zu gehören, warf ihn plötzlich über den halbnackten Körper dieser unaufrichtigen Frau ...
»Liebst du mich?« fragte er später und suchte mit geschlossenen Augen noch einmal ihren Mund.
»Natürlich. Aber du mußt jetzt gehen«, sagte sie ungeduldig. »Du verfehlst sonst Herrn de Chamant.«

Der Dogcart war bereits vorgefahren, als Belfontaine in den Klosterhof trat; ein junger Bursche in lässiger Haltung klopfte dem Pferd den Hals. Der Eisenschimmel, ein junges Tier, tänzelte unruhig in dem Geschirr und schlug mit dem schönen, seidigen Schweif nach ein paar Stechfliegen; gleich darauf erschien, den Havelock umgehängt, die Tasche wie immer über der Schulter, der alte Chamant und winkte dem Burschen, ihm in den Wagen zu helfen. Sein Gesicht war von Schmerzen verzerrt; die Linke, welche das Zigarillo mit großer Mühe festhielt, zitterte stark, doch der eiserne Wille, der ihn unaufhörlich beseelte, vermochte Herrn de Chamant nicht nur aufrecht zu erhalten, sondern gab ihm außerdem über alle, die ihm irgendwie nahekamen, eine deutliche Überlegenheit.
»Nun?« fragte er von oben herab, doch nicht unfreundlich, Belfontaine und faßte die Zügel an. »Was führt Sie zu mir, mein Freund? Hat Madame einen Wunsch? Er ist schon

erfüllt, bevor Sie ihn vorgebracht haben«, sagte er ritterlich.

»Allerdings. Suzette läßt Sie bitten, mich nach Chantilly mitzunehmen. Leider gestatten noch immer die Gesetze nicht, daß eine Französin über ihr Konto verfügt. Selbst wenn sie so tüchtig ist wie meine Frau«, setzte Belfontaine lachend hinzu.

»Kommen Sie. Steigen Sie auf den Wagen. Da ich zufällig heute selbst kutschiere, ist für uns beide Platz. Ich kann mich allerdings nicht verbürgen, daß Sie mit heilen Knochen nach Chantilly kommen, mein Lieber. Das Tier ist sehr feurig und geht noch nicht lange in dem Geschirr – he, Adelaïde«, schrie er befehlend und lehnte sich zurück. Als sie kurz danach aus dem Klosterhof fuhren und Adelaïde ausgriff, sah Herr Belfontaine unter den zierlichen Hufen zahlreiche Funken sprühen. Das Tier, kaum zu zügeln, beruhigte sich erst, als der Wagen das Städtchen hinter sich hatte und auf einen der breiten Waldwege einbog, an denen die Isle de France so reich ist wie an freundlichen Weihern, versteckten Dörfern, Schlössern und Prioreien. Einige Reiter, Männer und Frauen von ungewöhnlicher Eleganz, kamen in englischem Trab an einer Kreuzung vorüber. Die Stute wieherte, wollte steigen und mußte von Herrn de Chamant kürzer genommen werden. Einer der Herren grüßte und rief etwas zu de Chamant herüber, der mit gesenkter Gerte den Gruß erwiderte.

»Brrr – lassen wir Adelaïde wieder zu sich kommen, Herr Belfontaine«, sagte er, bremste und hielt den Dogcart mit ruhiger Kraft auf der Kreuzung an, die soeben die Kavalkade übertrabt und verlassen hatte.

»Wissen Sie übrigens, wer das war?« fragte er Belfontaine leicht und deutete mit dem Kopf in die Richtung, wo die Reiter verschwunden waren. Ohne auf Antwort zu warten, sagte er trocken: »Ein Halbbruder unseres Küsters

François – der Graf von Mortefontaine. Die hübschen jungen Leute in seiner Begleitung, das heißt: seine Söhne und ihre beiden Frauen, müßten eigentlich ‚Onkel' zu François sagen; aber ich glaube, daß sich der Küster diese Vertraulichkeit ebenso scharf wie das Geld seines Bruders verbitten würde, wenn der Graf es noch einmal wagen sollte, ihm etwas anzubieten.«
»War François früher nicht selber auf dem Schloßgut Mortefontaine?« fragte der andere angeregt. »Als Gärtner, soviel ich weiß?«
»Als Gärtner und Archivar seines Vaters, des alten Mortefontaine«, erwiderte de Chamant. »Als Vorleser, Krankenpfleger zuletzt, blieb der Küster dort bis zu seinem Tode und verließ das Schloßgut erst, als die Söhne seines Stiefbruders groß genug waren, ihn über die Achsel anzusehen und ihm Trinkgelder zuzumuten.«
»François ist sehr stolz?«
»Sehr stolz und sehr klug, wie viele natürliche Söhne, die der lendenlahme Adel des Landes, angefangen von Franz dem Ersten, mit jungem Bauernblut zeugte; mit den schönen und frommen Mädchen des Artois, der Bretagne und der Normandie. Außerdem ist er nicht ungebildet, ein fanatischer Bücherwurm und ein Mensch, der eigne Gedanken hat.«
Herr Belfontaine sagte: »In diese Gedanken von durchaus eigener Prägung hat der Küster mich heute ziemlich gewaltsam einzuführen versucht.«
»Eine Ehre für Sie, Herr Belfontaine«, sagte der andere ruhig. »War es wieder sein Lieblingsgebiet: Mysterientheologie?«
»Ich dachte, sein Lieblingsgebiet seien die Masken des Satans«, entgegnete Belfontaine.
Herr de Chamant, von dem spöttischen Ausdruck seines Begleiters leicht irritiert, sah ihn scharf von der Seite an.

»Das wird wohl dazugehören, mein Lieber, wenn man irgendwie von den Zusammenhängen zwischen Natur und Gnade redet und von der Geschicklichkeit Satans, herüber- und hinüberzuwechseln; wie ein Falschspieler diese beiden Karten mit der Standardmeinung und dem Aspekt überkommener Theologie zu zinken und jedesmal eine ihnen geschwind dazwischenzuwerfen, sobald sich das Spiel unterstehen sollte, eine neue Ordnung heraufzuführen, mehr noch: die neue Schöpfung, die uns verheißen wurde. Insofern« – er lachte scharf und verächtlich – »ist der Satan heute ein Freund alles Bestehenden, ein Mann der Vernunft, ein Mann der Katheder, der wahrhafte Bürger, der Untertan und der Grundstein unsrer Sparkassen, Kanzeln und Schulen, werter Herr Belfontaine, ob man es weiß oder nicht. Das ist das Ende ... He! Adelaïde!« Er berührte die Stute leicht mit der Peitsche, sie schoß davon; der Dogcart (ihr nach) sprang fast aus den Federn und schüttelte sich wie ein Vogel, der auffliegen möchte.
»Das Ende ... wovon?« fragte Belfontaine und starrte vor sich hin.
»Das Ende der Aufklärung. Aber damit auch das Ende jener geschichtlichen Sendung, der unser Land sich, entsetzlich genug, unterfangen hatte – von Blut berauscht, den Taumelkelch in der Hand. Nun«, fuhr de Chamant fast gemütlich fort, »schon Robespierre hat die Vernunft korsettiert und das Scheusal in den Panzer der Tugend und Rechtschaffenheit gezwungen. Was heute bleibt, ist das kalte Symbol der Briefmarkendame, mein Lieber, die ihre tauben, trockenen Körner mit Grazie gegen den Wind wirft – gegen den heiligen Geist.«
Sie fuhren schweigsam weiter; erst später, mit Überspringung mehrerer Schlüsse, die Herr de Chamant inzwischen gezogen haben mochte, sagte er: »Nichts gegen die Ver-

nunft als ein Gut, das Gott geschaffen hat. Aber wir müssen erst Narren werden, um sie wiederzufinden, Herr Belfontaine, und uns von allem entäußern, was wir gewonnen haben ... nicht zuletzt von uns selbst ...«
»Was heißt: von uns selbst?« fragte Belfontaine in eingerostetem Ton.
Ohne Antwort auf seine Frage zu geben, deutete de Chamant mit der Peitsche auf ein halbverfallenes kleines Gebäude, dessen Gemäuer über und über mit Immergrün überrankt und von einigen roh gescheuerten Tischen und Eisenstühlen umstellt war, auf deren einem ein alter Mann saß, der mit kindisch zufriedenem Ausdruck in das Sonnenlicht blinzelte.
»Ich meine nicht die Armut an sich, das heißt: das Freisein von irdischen Gütern und geistigem Besitz, sonst wäre dieser Diogenes da das menschliche Ideal. Ich meine auch nicht: zurück zur Natur oder die Neuverteilung der Erde als einen wie immer gearteten, gut ausgedachten, schlecht ausgeführten und teuflisch fälschenden Sozialismus, der sich selbst zum Erlöser macht.«
»Sondern?« fragte Herr Belfontaine und blickte den anderen an.
»Schwer auszudrücken. Nicht, was wir sind, sondern was wir sein werden, Belfontaine, wenn wir durch Gnade oder Gewalt einmal ganz und gar abgeschält worden sind wie die Weidenrute, die sich ein Knabe vom Baum herunterschneidet, um sie als Stecken zu brauchen. Aber so kann nur Gott uns berauben oder der Satan, mein Lieber; besser noch: Gott, der den Satan zu seinem Werkzeug macht.«
»Ich verstehe nicht.«
»Nein – wie sollten Sie auch. Erst wer begonnen hat, zu verlieren, begreift, was er noch hergeben kann. Ich selbst – – zuerst Désirée, dann Hortense – – –« murmelte de Chamant.

Hortense! Wie ein Schlag durchzuckte der Auftrag, den Belfontaine übernommen hatte, sein träumendes Gehirn. Er griff nach der Brusttasche, holte langsam, doch ohne zu überlegen, wie er die Sache begründen sollte, das Medaillon hervor und öffnete seine Hand; Herr de Chamant, gedankenverloren, hatte die Brauen zusammengezogen und blickte geradeaus.

Die Stute trabte nun gleichmäßig weiter, das Sattelzeug knirschte, Geruch von Leder und Pferd vermischte sich im Vorüberfahren mit dem Duft der Walderde, Duft dieses Bodens, der seit Jahrhunderten schon ein Garten; dieses Gartens, der schon ebenso lang Schöpfung der Menschen war, Schlösser trug und aus dem Gehege der Schlösser entwachsene Blumen, üppiges Gras und verwilderte Edelfrüchte, die durch das Unterholz drangen.

»Tulpen! Sehen Sie!« sagte plötzlich Herr de Chamant mit kindlicher Freude und deutete mit der Peitschenspitze auf einige Blütenkelche. »Eine klassische, eine künstliche Landschaft mit Stolz und Besitzgefühl«, erläuterte er sodann. »Wundert es Sie, daß der große Racine ein Sohn dieser Erde ist?«

»Sie lieben Racine?« fragte Belfontaine rasch.

»Lieben? O nein. Einen Shakespeare liebt man; einen Racine kann man bloß bewundern ... und auch dann nur, wenn man Franzose ist«, schränkte er ritterlich ein.

Herr Belfontaine umkrampfte den Schmuck. »Und seine – – Phädra?« fragte er leise und unter einem Zwang wie ein Mensch, den ein Traum auf die Bühne gestellt hat, ohne daß er von seiner Rolle mehr als das Stichwort beherrscht.

Mit einem Ruck hielt der andere an. »Was sagten Sie eben? Phädra? Phädra und Hippolyt?« Sein aristokratisch beherrschtes Gesicht war wie in Stücke zersprungen und von tödlicher Blässe bedeckt. »Sie haben mir etwas zu sagen?« fragte er dann in brüchigem Ton und blickte Belfontaine an.

»Das nicht. Aber etwas abzugeben.« Herr Belfontaine bot seine Handfläche dar, in der das Medaillon ruhte. »Hier.«

Herr de Chamant, den Havelock öffnend, faßte nach seiner Lorgnette und hob sie an die Augen. Dann fühlte er mit zitternden Fingern nach dem Medaillon, nahm es entgegen und betastete es wie ein blinder Bettler das Geldstück, das er empfangen hat. »Da ist es. Da sind sie – die beiden Teile«, sagte er überwältigt. »Das Getrennte hat sich wieder vereinigt. Die Hoffnung ist erfüllt.« Mit verzücktem Ausdruck betrachtete er die Linienführung, den feinen Schnitt und den figürlichen Reichtum der Gemme und begann als ein Kenner, das Kunstwerk zu loben ... spielerisch und mit der Nonchalance des alten Edelmannes.

Belfontaine hörte ihm aufmerksam zu; erstaunt und erleichtert, daß seine Rolle so plötzlich ausgespielt war; Adelaïde schlug mit dem Schweif, trat hin und her und bewegte den Wagen zu einem kleinen Gebüsch hin, wo sie zu grasen begann.

»Von wem haben Sie –? Nein. Sagen Sie nichts«, unterbrach sich Herr de Chamant. »Ich glaube, ich ahne es.« Er wandte sich ganz Herrn Belfontaine zu und packte ihn am Arm. »Sie haben Pater Benoît gekannt? Den ‚Engel des Internierungslagers', wie man ihn allgemein nannte?« fragte er drängend und rauh. »Erinnern Sie sich an ihn?«

»Ich – erinnere mich«, sagte Belfontaine. Eine wolkenhaft flüchtige Impression zog zart (bald verschwommen, bald schärfer umrissen) an seinem inneren Auge vorüber und gab den Blick auf ein Antlitz frei, das wie eine Landschaft, ein Himmel darüber und ein breiter, unermüdlicher Strom mit erhabenen Ufern war. Zuletzt aber war es ganz einfach Benoît mit den schlichten, liebedurchglühten Zügen und den scharfen, graublauen Augen, vor denen sich nichts

verbarg. Oder war es Daniel? Wie sagte Chamant? Er nannte ihn ‚Engel'. Den ‚Engel des Internierungslagers', wenn er richtig hingehört hatte.
»Gut.« Herr de Chamant schien befriedigt zu sein. »Sie haben ihn also gekannt. Sie haben an einer Wende gestanden, wo Sie ihn treffen mußten, denn nur ein Mensch an der Wende trifft Lucien Benoît ... trifft den Engel, der ihn zur Umkehr bewegt. Deshalb nannte ich ihn den ‚Engel des Internierungslagers'; nannten ihn alle so. Nicht, weil er Gutes tat; oh, natürlich tat er auch Gutes; ganz wie die Quäker oder Miß Soundso. Vor allem aber – – er wendete. Vielmehr: er war die Wende schlechthin. Er stand an der Kreuzung. Verzeihen Sie, daß ich so undeutlich bin. Es gibt Schutzengelbilder, wissen Sie: ein Junge, ein Mädchen werden von einem Abgrund durch ihren Engel zurückgezogen, der sie sanft an der Schulter faßt. Der sie umdreht und ihnen den Weg zeigt, welcher nach Hause führt. Wahrscheinlich blieb er als Missionar, was er von Anfang an war. Keiner, der überredet – ach, nein – oder zwingen will, sondern einer, der nichts als dasteht, Herr Belfontaine. Ganz einfach dasteht und wirkt und wendet ... Aber das wissen Sie ja.«
»Ich weiß gar nichts«, sagte der andere laut. »Ich habe das Medaillon angenommen und jahrelang mit mir herumgetragen, ohne es abzugeben. Wahrscheinlich hätte es wirklich mein Leben wenden können ...« (Dummes Zeug, was rede ich? dachte er – aber immerhin hilft es mir weiter in dieser Verlegenheit) – »oder das Ihre, Herr de Chamant, wenn ich den Auftrag ausgeführt hätte; aber das tat ich nicht. Ich habe ihn wieder vergessen, nun ja, und erst heute ...«
»Falsch«, sagte Herr de Chamant. »Warum lügen Sie? Heute ist immer. Und HEUTE – –«, er atmete plötzlich aus. Gleich darauf fuhr er nüchtern fort: »Es wird ein Gewitter

geben. Sehen Sie nur die Fliegen an, wie toll sie sich gebärden. Arme, kleine Adelaïde, ich hätte sie vor der Fahrt mit Essig abreiben sollen.« Seine Peitsche zuckte nach ihrem Rücken, einige Stechfliegen fuhren auf und ließen sich wieder nieder. »Aber ich wußte ja vorher nicht – –. Na, keine Entschuldigung. Das meiste könnte man vorher wissen. Was meinen Sie, Belfontaine? Nehmen wir an, eine Frau verläßt Sie. Zum Beispiel Ihre Gattin. Oder die Tochter. ‚Adieu, Papa. Ich komme morgen bestimmt zurück; morgen oder auch übermorgen; ganz sicher bin ich aber am Ende der Woche wieder da.‘«

»Und sie kommt überhaupt nicht? Niemals mehr?« fragte Herr Belfontaine.

»Wo denken Sie hin? Was heißt: überhaupt nicht? Natürlich kommt sie wieder. Sicher nicht gleich und ganz sicher nicht morgen oder auch übermorgen. In gewissem Sinn kommt sie immer wieder. Immer und heute – verstehen Sie? Nein. Nein, das verstehen Sie nicht.«

»Erklären Sie mir! Was soll das heißen: in ‚gewissem Sinn‘?« forschte Belfontaine; sein Gesicht drückte Abwesenheit, Langeweile, wenn nicht sogar Überdruß aus. »Und warum hätte man das schon vorher ahnen können?«

»‚In gewissem Sinn‘? Ich meine: in Gott. Ist das nun deutlich genug? In Gottes Gegenwart. Wer in ihr lebt, erkennt den Ablauf der Dinge als ein ewiges Immerfort.«

Herr Belfontaine hob erstaunt den Kopf. »Sie sprechen hier etwas aus, de Chamant, was mich eigentümlich berührt. Auch ich verabscheue Gestern und Morgen und lebe die Gegenwart. Allerdings nicht diesen mystischen Zeitraum, den Sie ‚Gottes Gegenwart‘ nennen, sondern *meine* Gegenwart. Jetzt und Heute«, sagte er selbstbewußt.

»Gefährlich, Herr Belfontaine. Sehr gefährlich. Denn dann leben Sie ungeschützt. Ohne die Erfahrung, die Ihnen das Gestern bot, und ohne die Vorahnung, welche das Morgen schon auf uns zukommen läßt. Jeder Blitz kann Sie treffen, jedes Ereignis entscheidend für Sie sein.«

»Ungeschützt, sagten Sie. Nun – und mein Engel?« fragte Belfontaine leise zurück.

Der andere blickte ihn nachsichtig an. »Kennen Sie nicht die Schutzengelbilder, wo das kleine Mädchen, der kleine Junge, bis an die Stelle des Stegs geführt werden, wo er durchbrochen ist? Und hier erst, weder vorher noch nachher, begegnet Ihnen der Engel, um Sie zurückzuführen. Heute. Nicht in dem Heute der Kinder, sondern dem Heute und Immer von Gottes Gegenwart.«

»Und der durchbrochene Steg, Chamant? Das durchschossene Salamanderband in unserer Kathedrale?« fragte Belfontaine mit trockenem Mund und fühlte, daß er imstande war, auf dem hauchdünnen, stählernen Seil des Gesprächs, das ihn weiter und immer weiter weg von seinem Ausgangspunkt führte, wie ein Nachtwandler fortzugehen. »Was bedeutet die Lücke von Brett zu Brett? Die durchschossene Stelle? Das Nichts in dem Ablauf der spielenden Salamander?«

Herr de Chamant riß die Stute so unvermittelt zurück, daß das Tier mit jähem Gewieher hochstieg und der Dogcart sich fast überschlug. »Das Nichts. Sie nennen das Nichts, Belfontaine, und glauben damit Hortense zu nennen, die ‚Chimäre', wie sie Deschâteaux nannte, dieser Dichter des Nihilismus, wie? Der sie sagen läßt: ‚Warum sind wir nicht Nichts? Komm, laß uns Nichts sein, laß uns den Schoß der Natur und der Übernatur verlassen, dieses Geschwätz, dieses Ammengerede von Geburt und Wiedergeburt.' Denn Sie sprechen doch von Hortense, mein Freund? Oder sprechen Sie von Benoît? Nein, schweigen Sie. Ich weiß, was Sie fragten und was Sie wissen wollen. Ihnen zu antworten, wäre schwer, wenn ich nicht jahrelang über das Nichts nachgedacht hätte, Herr Belfontaine

– eigentlich schon so lange, wie meine Tochter fort ist; vielleicht sogar noch länger, vielleicht seit Désirée –« Er brach ab und biß sich auf den Schnurrbart, ärgerlich über sich selbst. »Hüh – Adelaïde!« Nun faßte er die Zügel und schnalzte mit der Zunge; die Stute setzte sich in Bewegung, fast vorsichtig, nachdenklich, Schritt für Schritt.

»Das Nichts ist der Gegenpol zu der – Gnade, in die es umschlagen kann«, erläuterte Herr de Chamant. »Die Gnade ist Alles, erfüllt und verdrängt und setzt sich an die Stelle von Allem, was bis dahin gewesen ist. Ihr Anspruch ist ein unendlicher: nichts, was außer ihr ist, kann sie dulden; ja nicht einmal die Sehnsucht nach ihr kann neben ihr bestehen. Sie braucht die Leere. Die sprachlose, reine und vollkommen tiefe Leere. Den Äther ohne Schleier und Wolke. Die Wunschlosigkeit, den Schlaf ohne Traum, das Vergessen und Außer-Sich-Sein. Nichts haben, am wenigsten aber sich selbst; ja ein Gefäß sein ist noch zu viel, denn die Gnade ist auch zuletzt das Gefäß, in welches sie sich ergießt. Eine reifende Frucht: was weiß sie von ihrer Fruchtwerdung, Belfontaine? Und unterscheidet sie zwischen dem Fleisch und der Süße, die sie plötzlich erfüllt; an jeder Stelle, in jeder Pore und bis an die Grenzen der Schale, so daß sie jetzt nur noch ‚Apfel' heißt, ‚Birne' und ‚Aprikose'? Von sich selbst verdrängt, ist sie ganz sie selbst; von ihrem wahren Wesen erfüllt, kann sie nur noch wesentlich sein. Ist sie Nichts oder Alles? Sie weiß es nicht, so wenig, wie sie den Zeitpunkt kennt, an dem sie zum Apfel wurde, zur Birne, zur Aprikose. Denn sie erstreckt sich nicht in die Zeit, so wenig sich dorthin das Nichts oder die Gnade erstreckt. Das Nichts und die Gnade sind zeitlos – aber nur an und für sich, und wie die Gnade das Nichts verdrängt und es in sich umschlagen läßt, mein Freund, so ist die Zeit die Gnade schlechthin, wiewohl sie nur Heute und Immer ist und ewige Gegenwart. Sie kennen den Ausdruck ‚Gnadenzeit' oder die ‚Zeit der Gnade'. Heute, mein Sohn, ist die Zeit der Gnade, sagen die Missionare; die Dominikaner, die Jesuiten, die das Missionskreuz ohne Bedenken auf seine ästhetische Wirkung in unsere Kirchen pflanzen. Kein schöner Anblick. Na, nichts zu machen. Die Renovierung unserer Kathedralen durch unsere neuen Gotiker, wie, ist schließlich auch nicht besser. Da kommen die Ställe. Ich setze Sie ab, obwohl Sie eigentlich warten könnten, denn die Stute Cadots zu besichtigen, dauert nur fünf Minuten. Wenn Sie wollen, fahre ich Sie mit Vergnügen bis zu der Bank; ich habe nichts vor und keine Zeit zu verlieren. Na? Einverstanden? Ganz wie Sie denken. Aber Sie werden sich eilen müssen, sonst stehen Sie vor verschlossener Tür und kommen unverrichteter Sache zu Ihrer Gattin zurück. Ich glaube gar, das wollen Sie auch. Na? Habe ich recht geraten?«

»Wenn sich's nur de Chamant nicht einfallen läßt, Lazare wieder mitzubringen«, dachte Suzette beunruhigt und blickte nach der Uhr. »Er könnte sonst leicht zu früh hier sein – aber ich glaube es nicht. Was er dem Alten wohl vorgeschwatzt hat, als er ihm das Medaillon gab? Einerlei. Hauptsache, daß ich das Ding auf gute Weise los bin; dieses Stückchen Vergangenheit. Phädra und Hippolyt werden sich freuen, wieder beisammen zu sein; vielmehr Hortense und Benoît. Eigentlich eine hübsche Rache für die schmachvollen Küsse, mit denen sie mich zum Narren gehalten hat, meine Hortense, die wiederum selbst von dem feinen Lucien mit seinen gefälschten Briefen an der Nase herumgeführt wurde.«
Suzette warf einen Morgenrock über und öffnete die Fenster. »Wie schwül es ist«, sagte sie vor sich hin. »Schwül und langweilig wie alle Sommertage, die ich von Jugend an kenne. Das also ist das Leben einer hübschen, gesunden

Frau; ach, was: überhaupt das Leben. Eine Rechenaufgabe, grau und banal. Mancher nimmt einen Schluck Fusel dazwischen oder kaut auf den Fingernägeln, je nach Temperament. Das Ganze ist keinen Schuß Pulver wert, wenn es auch manchmal recht amüsant, ja sogar aufregend ist. Dieser Kerl – wie frech und galant er war; unverschämt stark; man sah seine Muskeln unter dem dünnen Trikot. Ich möchte ... Was möchte ich eigentlich? Ich weiß es selber nicht. Doch, natürlich. Ich möchte die Perlenkette. Nur die Kette? Jawohl, nur die Kette. Die aber um jeden Preis.« Vor ihren Augen zog feierlich traumhaft ein längst vergessenes Bild vorüber, das dem Giebelfeld einer Kathedrale – welcher? und war es das Giebelfeld oder eines ihrer Portale? – entnommen gewesen sein mußte: die Schar der Verdammten, von einer schweren Kette umwunden, bewegte sich feixend und grinsend dem Abgrund der Hölle zu. Ein Lichtbildervortrag, dachte Suzette, bei welchem Richmond den symbolischen Sinn – bah! dieser ästhetische Krüppel – – sie stampfte mit dem Fuß. »Die Fessel unserer Leidenschaften ...«, hörte sie Richmond salbungsvoll sagen und lachte plötzlich auf. An dieser Fessel wurde sie also in die Hölle hinabgeführt; das heißt, in der Hölle war sie ja schon und zwar seit geraumer Zeit. Nun sollte sie endlich ihr Abzeichen tragen, diese Kette, an der es deutlich wurde, wessen Braut sie war, Suzette Belfontaine, geborene Bonmarché. Die Kette gehörte ihr. Umgekehrt: sie gehörte der Kette, sie war ihr verfallen, niemand und nichts konnte sie von ihr trennen; es sei denn, der Satan selbst forderte sie zurück. Blitzartig fühlte, schmeckte, ertastete die Besessene ein Gesetz der Hölle: daß ihre Gunst, genau wie die Gunst des Himmels, immer wieder aufs neue verliehen und erst mit dem letzten Atemzug endgültig erworben wurde. Also starb sie vielleicht an der Kette, wie? dachte sie furchtlos weiter. Vielleicht an dem Besitzer der Kette, der nicht zögern würde, sich seinen Raub wieder zurückzuholen, um ihn aufs neue in Geld umzusetzen und das gefährlich berauschende Spiel von vorne anzufangen. Bah, Einbildung. Dieser arme Teufel würde glücklich sein, ohne Scherereien mit Polizei und Gesetz und so weiter zu dem gewünschten Handel zu kommen, und sich dann aus dem Staube machen. Sie gähnte und hob ihre üppigen Arme, verschränkte die Hände hinter dem Nacken und prüfte, während der Morgenrock, von keinem Gürtel gehalten, sich teilte, ihre gestraffte Brust. »Ich werde zuzahlen müssen«, sagte sie plötzlich laut; ihre Sinnlichkeit, von der Erkenntnis befeuert, daß sie selbst als Draufgabe gelten würde, löste sich keinen Augenblick lang von dem rechnerischen Verstand ...

»Suzette, wo steckst du? Ich muß jetzt gehen«, rief Léontines Stimme von draußen. »Es ist bereits siebzehn Uhr. He, hörst du nicht?«

Die Schritte der Tante näherten sich mit gewichtiger Eile; sie hörten sich wie der derbe Gang eines Dragoners an, der sich Mühe gibt, leise zu sein. Suzette schlüpfte rasch in ihre Pantoffeln und öffnete die Tür.

»Verzeihung«, sagte die Tante geniert und streifte mit verschüchtertem Blick den Anzug ihrer Nichte. »Du hast wohl geschlafen, mein Kind?«

Suzette, wie immer gepeinigt von ihrer grundlos devoten Haltung, wollte schon eine freche und ungeduldige Antwort geben, als sie sich plötzlich besann.

»Durchaus nicht«, sagte sie liebenswürdig. »Das Zimmer ist zu heiß. Überdies hat Néans mich gebeten ...«

»Néans!! Néans! Dieser faule Schlingel packt dir sämtliche Arbeiten auf«, empörte sich die Tante, erleichtert, nicht gescholten worden zu sein. »Du kommst zu nichts anderm, kein bißchen Vergnügen«, – ihr Blick streifte rasch den zerfetzten Stoß einiger Schundromane zu Füßen des Ruhebetts – »aus lauter Pflichtgefühl. Na!!«

»Richtig«, erwiderte spöttisch Suzette. »Andere Leute besuchen Konzerte oder Vorträge über den ‚Geist der Romantik', während man hier über Zahlen schmort, Formularen und ähnlichem Zeug.«

»Aber, Liebste, – du hättest demnach Interesse«, rief Tante Léontine.

»Demnach. Aber nicht an Richmonds Geschwätz«, erwiderte Suzette, »sondern an einer Tasse Tee und etwas gebuttertem Toast. Wie lange dauert der Unsinn heute, und wann wirst du zu Hause sein?«

Léontine, aufs tiefste für ihren Liebling, den edlen Graukopf Richmond gekränkt, strich sich die Hüften herunter. »Du bist respektlos, mein gutes Kind«, sagte sie würdevoll. »Wenn du wissen willst, wann ich zurück sein werde: Das hängt natürlich von dem Ausgang der Diskussion ab, die sich heute anschließen soll.«

»Aha. Von der Diskussion. Ich verstehe«, sagte die Nichte sanft. »Und worüber werdet ihr diskutieren?« fragte sie todernst.

»Nun, das ist verschieden.«

»Natürlich.«

»Jede Dame bringt irgendein Zettelchen mit, worauf die Frage vermerkt ist, die Richmond beantworten soll. Manchmal bezieht sie sich auch auf das Thema, worüber die Vorträge gingen, aber meistens ergibt sie sich aus dem Bedürfnis, den eigenen Inspirationen zu folgen, die der Grundton ausgelöst hat. Man lockert sich, löst sich ab von dem Drang, alles wortwörtlich zu nehmen; man verliert das Schwergewicht seiner selbst«, sagte die dicke Tante emphatisch, »und gibt sich hin an die innere Stimme, die von dem Tageslärm überdeckt war; man fängt zu schweben an, liebe Suzette, immer höher, ach, bis in jene Gefilde,

wo Frage und Antwort zusammenfallen und jedes Geheimnis zur Offenbarung eines noch höheren wird.«
Suzette, mit leicht geöffnetem Mund, starrte sie sprachlos an. »Und auch du hast ein solches Geheimnis, he?« fragte sie wißbegierig.
Der mächtige Busen von Frau Léontine wogte angeregt auf und nieder. »Gewiß, mein Kind. Aber ich fürchte, ich langweile dich damit. Es ist nichts Reales. Nur ein Gedanke, den ich schon lange verfolge.«
»Ein Gedanke. Wirklich, sehr interessant«, sagte Suzette verständnislos und bereute schon ihre Frage.
»Stelle dir, bitte, ein Karussell vor«, sagte Frau Léontine, »das sich mit allen Figuren an dir vorüberdreht. Zuerst ein Schimmel, hernach ein Brauner, ein Rappe, ein Pferd mit silbernem Sattel und eines mit purpurrotem. Du hast soeben den Jungen fixiert, welcher den Schimmel reitet, wie er dahinfliegt und sich zurück nach dem folgenden Reiter wendet. Dieser Braune – von dir aus gesehen ist er der Folgende, aber von seinem eigenen Gesicht her kann er ebenso gut der Anführer sein, dem alle übrigen folgen, und der Schimmel ist jetzt der erste nicht mehr, sondern der letzte in einer Biegung, die der Braune begonnen hat. Jeder ist Anfang und Ende zugleich – aber was er ist, hängt von dem Zuschauer ab, der ihm den Namen verleiht.«
»Und das soll dein ganzes Geheimnis sein?« fragte Suzette gereizt. »Das kommt davon, wenn du zu denken anfängst. Ein Karussell! Mir dreht sich der Kopf. Warum soll ich mir ein Karussell mit bunten Holzpferdchen vorstellen, hm? Und was ist daran rätselhaft?«
Die Tante sah sie geängstigt an; ihre verfetteten, roten Backen verstärkten das Bild einer alten Frau von ungewöhnlicher Torheit, die sich bis zur Narrheit in einen Gedanken, der über sie hinwegging, verrannt hat und voll

Schwermut einsieht, daß sie gar nichts erklären kann. »Ich meine damit – – das Geheimnis der Führung«, begann sie endlich zu stottern. »Der Vorsehung, der Vorherbestimmung, kurzum der Weltregierung«, platzte sie dann heraus. »Regiert Gott allein oder mit den Menschen, und braucht er ihren Willen dazu und ihre Gebete, die er erhört, weil sie vorherbestimmt waren, von ihm angenommen zu werden? Er steht draußen und sieht, wie die Pferde sich drehen; er weiß, daß, was uns zu kommen scheint, bereits das Vergangene ist; das Erste das Letzte; das Letzte der Anfang und der Anfang wieder das Ende, ganz wie es ihm gefällt. Dreht sich die Welt nur immer im Kreise oder kommt sie, indem sie weitergeht, zuletzt auf sich selber zu?«

»Ich glaube wirklich, du bist verrückt«, sagte Suzette brutal. »Was hat dieses Philosophieren für einen praktischen Sinn? Denkst du nur einfach ins Blaue hinein, oder meinst du etwas Bestimmtes mit deiner Spinnerei?«

»Gib acht, ich will versuchen, Suzette, dir klarzumachen, wie wichtig es ist, darüber nachzudenken«, sagte die Tante erhitzt.

»Du wirst zu spät kommen.«

»Einerlei. Dieser Augenblick ist zu kostbar, um ihn ungenützt verstreichen zu lassen«, rief Léontine aus. »Nehmen wir nur, um dieses Geheimnis zu erläutern, den heutigen Tag. Belfontaine hat das Haus verlassen, um, wie er mir beim Weggehen sagte, sich Herrn de Chamant anzuschließen. Aus Zufall? Aus Laune? Durchaus nicht. Er übergibt ihm ein Medaillon aus dem Besitz von Hortense.«

»Unsinn! Das Schmuckstück gehört zur Hälfte mir selbst ... und zur anderen Hälfte – – aber wozu erkläre ich dir das eigentlich? Er übergibt ihm den Schmuck, und basta. Was ist daran rätselhaft?«

»Der Zusammenhang. Verstehe mich recht. Daß es heute

geschieht und nicht gestern geschah. Daß Belfontaine diesen Schmuck überbringt und nicht Lucien Benoît, wie man logischerweise von Gottes Vorsehung annehmen sollte, wenn die Vorsehung logisch wäre wie ein Theaterstück. Denn Benoît war schließlich der Anfang von allem, was geschehen ist: daß Hortense davonlief und du hinterher; daß du später das Pfandleiherwesen und die doppelte Buchführung lerntest, dein schwärmerisches Wesen verlorst und Belfontaine heiratetest. Nein, sage nicht ‚papperlapapp', mein Kind. Der Zusammenhang geht noch weiter, noch hinter Benoît zurück. Er ist der Knoten in dem Gewebe, den man erst aufschneiden muß, um hinter das Ganze zu kommen; doch wer die Schere hält, bist nicht du, geschweige Lazare Belfontaine.«

»Ich finde«, fauchte Suzette sie an, »deine Neugier geht seltsame Wege. Anstatt dich wie früher damit zu begnügen, in meinen Kassetten zu stöbern und meine Briefe zu lesen, oder mir unter die Bluse zu greifen und zu fühlen, wessen Medaille ich trage, kommst du mir jetzt philosophisch und hoffst, mir Erklärungen abzulisten, die auf dein allgemeines Geschwätz mit Tatsachen antworten werden. Natürlich«, fuhr sie hemmungslos fort und fiel in einen schreienden Tonfall von unangenehmer Schärfe, der gleichzeitig etwas Jammervolles und entsetzlich Trostloses hatte, »natürlich ist heute (und nicht etwa gestern!) ein ganz besonderer Tag. Natürlich kommt heute ein Liebhaber zu mir, den ich gestern noch nicht gekannt habe, ha! Natürlich erfahren wir alle heute, daß wir wie Spinngewebe und Spuk auseinandergehauen werden: Lazare und ich, ich und Hortense, Hortense und ihr Vater –«

Sie schrie und keifte noch immer weiter, als die Tante schon längst das Zimmer verlassen, sich würdevoll aus dem Umkreis ihrer Beleidigungen entfernt und Herrn Richmond aufgesucht hatte. Erschöpft und von ihrem plötzlichen Ausbruch auf seltsame Weise benommen, sank Suzette auf das Ruhebett nieder. »Was gibt man einem Matrosen zu essen?« fragte sie ihren Pierrot. Die Puppe grinste sie traurig an und flog gleich darauf in die Ecke. »Ach was – es wird ihm wohl einerlei sein«, fuhr Suzette in ihrem Selbstgespräch fort und erinnerte sich an die Bewegung, mit der der Bursche, schamlos und kalt, seine Taschen umgedreht hatte. »Ich habe ein Töpfchen Ingwer da, Salzmandeln und kandierte Früchte; ein paar Kekse finden sich noch. Dazu einen Südwein, ölig und schwer, den man eigentlich kaum einem Menschen unverdünnt zumuten kann. Aber wir werden ihn unvermischt trinken; Süßes und Scharfes dazwischen essen, ganz wie es uns gefällt.« Sie schnalzte genießerisch mit der Zunge, flüchtig durchschauerte sie der Gedanke, ein gefangenes Fischweib habe soeben mit dem silbernen Schwanz geschlagen ...

»Heda, wohin mein Kind? Nur nicht so eilig. Deine Arbeit läuft nicht davon«, rief der Matrose von einer Bank aus der kleinen Blumenbinderin zu, die gerade vorüberkam. »Kennst du mich nicht mehr?«
Sie stutzte und sah ihn argwöhnisch an.
»Nanana? So stolz? Oder noch so dumm?« Blitzschnell streckte er seine Beine der Länge nach aus und warf sich nach vorne, um die Strauchelnde aufzufangen; dann zog er sie mit geübtem Griff, nicht unzärtlich, auf den Schoß.
»Wollen Sie mich wohl loslassen, Herr?« zischte die kleine Zigeunerin leise und versuchte, sich loszumachen. »Was fällt Ihnen eigentlich ein?«
»Nichts weiter. Aber du kennst mich doch; besinne dich einmal.«
»Ich kenne Sie nicht.«
»Nein? Aber ich kenne dich. Soll ich dir sagen – –?«

»Was?« forschte das Mädel und blickte ihn gleichzeitig furchtsam und bebend vor Neugierde an.
»Na, zum Beispiel, wie du heißest, mein Täubchen.«
»Wie denn?«
»Luise.«
»Falsch!«
»Aber natürlich, wie kannst du Luise heißen! Du heißest Carmen.«
»Mein Gott, woher ...?« (Eigentlich hieß sie ja auch nicht »Carmen«. Aber sie wünschte sich, »Carmen« zu heißen, seit sie die Oper gesehen hatte. »Carmen« ... hoch, ja. Also: »Carmen.«)
»Das sagt mir mein kleiner Finger. Der da! Na, sieh ihn dir doch an.«
Die Kleine blickte gehorsam hin, der Matrose, unverschämt lachend, zog sie fester auf seinen Schoß. »Nein, sei nur ruhig, es hilft dir ja doch nichts. Wenn ich wollte, läge ich heute nacht mitten in deinem Bett. Aber ich will nicht, du brauchst nicht so ängstlich an deine Medaille zu greifen. Ich will nur verschiedenes von dir wissen, du kleiner Wuschelkopf. Schließlich kennst du doch hier die Leute wie die Blumen, die du zusammenbindest, und kannst mir Auskunft geben. Zum Beispiel –«
»Machen Sie rasch, mein Herr«, sagte Carmen verängstigt und doch geschmeichelt, »Frau Cadot wartet auf mich.«
»Zum Beispiel: von wem waren die Blumen, die du heute zur Post bringen mußtest?«
»Na, von Herrn Belfontaine selbstverständlich«, sagte das Mädel naiv.
»Aha. Von dem Gatten der Postbeamtin. Ein hübscher Mann? Ein galanter Mann?« forschte er spöttisch weiter.
»Hübsch und galant kann man wohl nicht sagen. Aber ein – schicker Mann«, verteidigte sie ihren Trinkgeldkunden mit kindlicher Aufrichtigkeit.

»Reich?«
»Aber sicher. Als Schwiegersohn des alten Herrn Bonmarché!«
»Ja, richtig. Des alten Herrn Halsabschneiders, wolltest du sagen, mein Kind. Also kommt Belfontaine aus Paris? Oder ist er von hier gebürtig?«
»Von hier? Was denken Sie? Nicht aus Paris und überhaupt nicht ...« Die Kleine druckste, verschluckte sich und fuhr dann im Flüsterton fort: »Ich weiß es ja auch nur durch Zufall wie alles; wenn ich in meinem Bretterverschlag hinter dem Blumenladen ein Arrangement zusammenstelle, verstehe ich jedes einzelne Wort, das Frau Cadot mit den Kunden spricht, und müßte mir schon die Ohren verstopfen, wenn ich nicht zuhören wollte. Herr Belfontaine ist nämlich – ein Boche«, stammelte Carmen, selber entsetzt über ihre Schwatzhaftigkeit. »Einer, der während des Kriegs interniert war und hinterher dageblieben und Franzose geworden ist. Herr Bonmarché hat ihm den neuen Paß und die Postagentur gekauft und dazu seine Tochter gegeben.«
»Aber konnte der reiche Halunke nichts Besseres für sie finden? Seine Tochter ist doch gar nicht so übel, viel jünger wahrscheinlich als dieser Gatte und ein kluges Stück Weiberfleisch.«
»Das ging nicht. Suzette stand in schlechtem Ruf. Sie war mit einem Fräulein befreundet, einer gewissen Hortense de Chamant, die ihrem Vater während des Krieges in den Kleidern der Mutter durchging und seitdem verschollen ist. Auch ihre Mutter war schon so eine und rückte dem Alten mit Offizieren des marokkanischen Regimentes ohne Verabschiedung aus.«
»Das gefällt mir. Das gefällt mir wirklich sehr gut«, sagte der Kerl begeistert. »Und Suzette hat das Fräulein ein Stück begleitet? Oder wie war die Sache?« fragte er aufgeregt weiter.

»Begleitet? Aber, wo denken Sie hin!« gab die Kleine entrüstet zurück. »Freilich muß sie darum gewußt und ihr bei der Flucht geholfen haben, denn ihre Tante, Madame Léontine, soll sich wie eine Verrückte hinterher angestellt haben, lief herum und erzählte in allen Häusern, es sei ihre Schuld, daß Suzette verdorben und für einen Mann aus guter Familie keine Partie mehr wäre. In diesen Reden kam irgend etwas von einem Gewitter vor, ich weiß nicht recht, hat es die Tante verhindert, auf die Suche nach ihrer Nichte zu gehen, oder verschwand damals Fräulein Hortense unter Blitz und Regen und war geplatzt, als ihr Vater von einer Fahrt über Land am Morgen nach Hause kam – – –«

Die Kleine redete jetzt wie ein Buch in gesteigerten Ausdrücken weiter; erhitzte sich, schmückte aus, was sie wußte, und fügte nach ihrem Kleinstadtgeschmack dem Bukett aus Klatschmohn und Gänseblümchen, aus Parmaveilchen und prätentiösen, tugendhaft steifen Wasserlilien ein paar Zweige banalen Spargelkrauts bei; drehte das Ganze nach allen Seiten und umwickelte es mit dem Urteil des allgemeinen ‚On dit'. Der Matrose hörte schon nicht mehr hin und klopfte gedankenlos seine Pfeife an der Rückwand der Holzbank aus.

»Um wieder auf diesen Boche zu kommen«, sagte er dann, »ich habe durchaus nichts gegen die Boches, mein Kind. Sie sind tapfer und dumm wie die Stiere, und wer es mit ihnen richtig versteht, redet ihnen in ein paar Phrasen Himmel und Hölle auf. Man sagt, sie stehen schon stramm, bevor sie laufen können, und exerzieren auch noch im Bett: rechts, links, marsch, marsch und so weiter. Na, mag sein, daß Herr Belfontaine anders ist, aber wie hat er denn überhaupt diesen Bonmarché kennengelernt?«

»Das weiß man nicht«, sagte das Mädel bedauernd. »Es soll

eine dunkle Geschichte sein, manche erzählen von Leihgeschäften, die der alte Bonmarché mit den Insassen des Internierungslagers getätigt und die er, gewissenlos wie er ist, durch einen bestochenen Korporal hat ausführen lassen; andere sagen: durch den Geistlichen, der das Lager versorgte und wie Bonmarché aus Senlis war ... aber das stimmt wohl nicht. Freilich«, sie legte die Stirn in Falten, »ist das der gleiche Benoît gewesen, hinter dem die adlige Freundin Suzettes, diese Hortense de Chamant, her war, und den sie sich in Paris wiederzufinden bemühte. Er war ihr Verlobter, bevor er sich von ihr trennte, um in das Kloster zu gehen. In welches Kloster? Ach, einerlei. Ich glaube, in das der Weißen Väter, die ihre Leute vor allem in die Missionen schicken. Er soll in China gewesen und kurz vor dem Kriege vorübergehend nach Frankreich zurückgekehrt sein. Jetzt ist er natürlich längst nicht mehr da«, schloß Carmen befriedigt ab. »Nur komisch, daß alle Leute noch immer von ihm sprechen und ihn mit der neuen Heiligen in einem Atemzuge nennen; ich meine mit der von Lisieux«, sagte das Blumenmädel.

Ihr Zuhörer, nach Matrosenart, spuckte im Bogen aus. »Ich denke, man nennt ihn mit Fräulein Hortense in einem Atemzug, wie?«

»Mit dieser auch«, sagte Carmen dumm und strebte von seinem Schoß. »Aber genau so oft mit Theresia. Mit der kleinen Theresia vom Kinde Jesu – ach, kennen Sie die nicht?«

Der Matrose schüttelte sich vor Lachen. »Ich kenne nicht alle Mädchen, mein Herz, obwohl ich sehr viele kenne«, sagte er dann vergnügt. »Aber ich glaube, dieser Benoît muß wohl noch einen besonderen Pfiff, ich meine etwas Eigenes haben, damit man ihn nicht vergißt.«

Er schnalzte unverschämt mit der Zunge, die Kleine

blickte ihn wichtigtuend aus kreisrunden Augen an und flüsterte dann:
»Die Oberin der Vincentinerinnen sagte einmal zu Madame Cadot, dieser Pater Benoît sei aus unserem Städtchen überhaupt nicht mehr fortzudenken; so wenig wie die Tafel des Marschalls Foch und der Obelisk des erschossenen Bürgermeisters. ‚Er beunruhigt alle', sagte sie nämlich, ‚er würde sogar, wenn sie dem Heil der Seelen und damit der Liebe Gottes hinderlich wären, die Steine der alten St. Pierre und den Glockenturm unserer Kathedrale durch sein Gebet von der Stelle rücken, wie man beim Brettspiel den Springer oder die Dame verschiebt. Er ist ein Beter, das ist sein Geheimnis und die Qual aller Sünder, die dieses Gebet nicht schlafen läßt, Frau Cadot' ... sagte die Oberin.«

So aber lautete das Gebet und die Vision des Lucien Benoît, der zu dieser Stunde auf seinem verseuchten Lager erwachte, von Schwarzwasserfieber und Durst geschüttelt, abgemagert bis auf die Knochen und verzehrt von der Sehnsucht, den eigenen Leib, jeden Atemzug seiner gequälten Brust und die tiefe Ruhe, die sie inmitten ihrer tobenden Schmerzen erfüllte, seinem Erlöser zur Rettung der Sünder und der Ehre des Vaters darzubringen, der ihn und sie gleicherweise für sich erschaffen hat:
»Hier bin ich, mein Gott, hier bin ich. Ich bin ein Bündel aus Schmerz und Feuer, das man mit einem eisernen Haken aus dem feurigen Hof deines Herzens gerissen, mit Wasser übergossen, auseinandergezerrt, geschlagen und mit Füßen getreten hat. Aber ich brenne. Ich brenne weiter und werde nicht aufhören, fortzuflammen, solange noch ein einziger Funke aus meiner Daseinsmitte emporschlägt und nach verbrennbaren Stoffen greift,

nach der Materie menschlichen Lebens und dem Windhauch des Geistes, der die Materie samt der Flamme lebendig macht. Ich kämpfe. Ich kämpfe nach Art des Feuers: anscheinend nur um mein eigenes Leben – und reiße das fremde in mich hinein, um es mir ähnlich zu machen; ich verzehre es, schlacke es aus und entlasse uns beide als Licht und Glut. Ich kämpfe und bebe. Schauer des Todes und ein immerwährendes Zittern überlaufen mich, Qualen der Hilflosigkeit und das Bewußtsein der eigenen Ohnmacht, Gefahr der Vergänglichkeit, Schrecken des Endes und das Gefühl der ersterbenden Flamme, die sich leise wimmernd der Erde anpreßt, um gleich darauf wieder emporzuflackern, wenn ein winziger Halm, ein Nichts an Gewährung sie von neuem anfacht und speist.

Mit wem kämpfe ich? Ach, jene Totenerscheinung, die ihr gewaltiges, düsteres Haupt mit dem starren Nacken zu mir emporhob, und der du Gewalt gegeben hast, Gott, mich mit dem Aufgebot aller Schrecken zu vernichten und anzugreifen, setzt von neuem die mächtigen Hände auf meine hilflose Brust. Luther! Er ist es, dein dunkler Sohn, der die Kutte der Augustiner abwarf und sich mit dem Beffchen bekleidete, das sich – grotesk und traurig zugleich – über dem wortgewaltigen Hals und seinen Schmähungen blähte; über der Sprachenverwirrung der tausend und abertausend Stimmen, die nun durcheinandergehen; einander suchen und überschreien, grell, eintönig, trostlos, mit schrecklich verwildertem Echo und nur von sich selbst bestätigt, jede ›ex cathedra‹, jede ›Hier-steh-ich‹, jede ›Ich-kann-nicht-anders‹. Sie betteln und drohen, rufen und schelten und versprechen Himmel und Hölle; sie sinken wieder in sich zusammen wie Gummitiere, denen die Luft, bevor sie es merken, entwichen ist – –, und während sie schweigen, verstummen gleichfalls die großen Litaneien; es verstummt ihr unermüdliches ›Bitt-für-uns‹ und ›Erbarme-dich-unser‹. ›Lamm Gottes, das du hinwegnimmst die Sünden der Welt; Lamm Gottes, erbarme dich unser.‹ Nun schweigt die Masse wie eine Mauer zwischen Mitternacht und Matutina: dunkel, befleckt mit den unkeuschen Zeichen, die Betrunkene auf ihre Steine gekritzelt und wieder abgewischt haben. Wie kalt sie ist, wie verlassen und nutzlos; nicht einmal Mauerbrech mehr, der Gute, oder Cymbelkraut drängt sich durch ihre Ritzen, und nur der weißliche, saure Ausschlag, der Kirchhofsmauern zu eigen ist, kommt und geht wie Mondlicht auf ihren Quadern, ohne sie zu beleben oder ganz zerfallen zu lassen ...

Nur einmal noch tönte diese Materie, tönte das Volk, von welchem der Abfall und die Disharmonie der Töne ausging, wie eine Memnonsäule: Johann Sebastian Bach! Die Musik der Deutschen – mein Gott: wie ein Opfer, das sich selbst verzehrt und dich dadurch versöhnt, brachte das Volk sich dar. Dann schwieg es. Hartnäckig, bitter, verdrossen und wütend wie ein Mann, der die Pfeife, welche ihm ausging, zwischen den Zähnen herumschiebt und auf keine Freude mehr hofft. Ach, Freude! Woher soll es sie nehmen? Aus der Neunten Symphonie seines Sohnes, der, als er sich vermaß, dieses Feuer vom Himmel herabzureißen, mit Taubheit geschlagen wurde?! Der Titan. Welch ein Sinnbild – – wie traurig. Ein Riese, der mit gekrümmten Schultern und eingezogenem Nacken später das Vestibül der Häuser und den herrschaftlichen Aufgang zu tragen oder nur zu verzieren bestimmt war ... Er, und seine Schwester, die Karyatide, welche ich plötzlich herabstürzen sehe, geborsten von einem dämonischen Feuer, dessen Ursache jetzt noch verborgen ist, obwohl sie geahnt werden kann.

Dieser einzelne: was bleibt ihm nun übrig? Er strebt fort von seinesgleichen und hin zu einem höheren Dasein: zu der ersten Etage der Mietwohnung etwa und dem Balkon voll Petunien, die so langweilig sind wie er. Er zerfällt mit dem Nachbarn, und seine gestreifte Markise ist bestrebt, das Geheimnis sorgfältig zu hüten, jenes Geheimnis, das darin besteht, *daß er ohne Mysterium ist.* Der einzelne mit dem Sammelnamen; jener Herr aus Marseille und Pont-à-Mousson, aus Bad Nauheim oder Köslin – aber wird er denn wirklich für immer ohne Mysterium bleiben? Ach, die Würde des Menschen und sein Beruf bestehen darin, daß er selbst ein Myste und ein Glied an dem Leib seiner Gottheit ist, deren Name ihm eingeprägt wurde. Doch der finstere Name des Satans: wie soll er sich Herrn Schmidt und Herrn Müller, Herrn Lejeune und dem freundlichen, dicken Herrn aus Utrecht, dem trägen Ackerbauern aus Bourges und dem Ölexperten aus Saloniki verständlich machen, es sei denn, daß er aus seiner schrecklichen Tiefe wie ein Korkpfropfen auftreibt ... banal und munter und mit blökender Zuversicht, mit Versprechungen und dem uralten Zuruf der blendenden Engel beladen: eine große Freude zu sein. Freude! Wer sie zuerst verspricht, wird der Herr dieser traurigen Menge werden; ihr Abgott, dem sie mit Zymbeln und Flöten und den Pauken vor ihren Spitzbäuchen folgen – besinnungslos, ohne danach zu fragen, wohin er sie führen wird. Wie einen Magneten wird er die Freude in das Gewimmel der Allzuvielen unter den grauen Eisenstaub werfen, der sich zusammenschließt, Formen annimmt und neue Figuren bildet; die Ordnung des Satans, eine genaue und höchst pedantische Ordnung, die jeder Freiheit entbehrt.

Dein Engel, o Gott, erblickt sie bereits und nach ihm jenes deiner Geschöpfe, das ihm am ähnlichsten ist: der Flieger, der über dem Rollfeld kreist; über der Windrose in der Tiefe; die aus tausend Fahnen gebildet wird, aus lebendigen Leibern, schwingenden Hüften und miteinander verklammerten Händen, die sich zum Beten nicht falten dürfen, damit die Kette nicht reißt ...

Da ist sie: die geordnete Masse der unterschiedslosen Termiten; die einexerzierte Bewegung der Armen und ihre brüllende Hymne ›Gib uns Brot, Glückseligkeit, Reichtum und Macht! Nimm uns verendeten Protestanten das Denken wieder ab, mit dem wir nichts anfangen können!‹

Der Titan – nun stößt er die krummen Beine, diese Glieder des vollendeten Menschen, als Möbeltransporteur in den Stuck und bückt sich unter den Treppenaufgang der Phrase aus Sandstein und Papiermaché, aus Lüge und Gewalt. Eine blinde und sprachlose, dumpfe Kraft zieht sich langsam zu einem einzigen Muskel, einem geballten Stück Fleisch zusammen und erinnert sich nicht mehr daran, o mein Gott, dein Ebenbild zu sein. Wie eine gestachelte, haarige Raupe auf hunderttausend Füßen kriecht sie gehorsam und hoffnungslos weiter, sie setzt in ihrer Bewegung nicht einen einzigen Augenblick aus, denn sie bewegt sich – ein riesiges Darmstück – um der Bewegung willen, und ihre Peristaltik erzeugt den Fortgang und Weiterschub allen Kotes, die Wanderschaft ohne Sinn und Verstand, den Quirl des Daseins, die Flucht vor der Ruhe, die Heimatlosigkeit und den Treck. Mein Gott, erbarme dich aller Ketzer und ihrer Häresien! Erbarme dich Luthers, der mit der Freiheit des Urteils begonnen hat und sein Volk in alle vier Winde hinausblies; der Europa wie ein Schlächter zerbeilte und ihm mit dem Vater das Vaterhaus nahm, mit dem Schoß der mystischen Rose die Ruhe und mit dem Sitz der Weisheit die Stelle, wo sie friedlich verweilen darf.

Die jüngste Häresie und der Treck bilden die neue Einheit, in der sich die Masse erkennt. Wer wird sie zu dir, o mein Gott, bekehren? Wer wird sie erlösen von ihrem Fluch, sich dahinzuschleppen auf tausend Straßen, mit

Matratzen, Tiegeln und Töpfen beladen, keuchend unter der Last des Holzes, das ihre Speisen kochen, und der Hacke, die ihre zerfallene Wohnung nach Hausrat durchwühlen wird? Wer gibt diesem Land wieder neue Klöster des Stillschweigens und der Anbetung, Herr? Wer schenkt ihm das Bedürfnis zu spielen in der Art, wie die Weisheit am Anfang spielt, ehe die Schöpfung war? Wer verwandelt das fürchterliche Gebilde aus lauter Zweck, o mein freier Gott, in pure Nutzlosigkeit? In reinen Lobgesang jede Bitte, und jeden Mangel in ein Gefäß, das mit Ursprung angefüllt ist; mit Nichts an Gegenwart, Nichts an Zukunft und Nichts an Vergangenheit?
Um was bitte ich also? Um welche Gestalt beschwöre ich dich, meinen Schöpfer, der nach dem Wort des Propheten die Welt wie einen Mantel zusammenrollt, wenn ihr Ende gekommen ist? *Ich bitte dich um den Bettler, Herr.* Um den Bettler aus Freiheit, den Bettler aus Liebe, den Bettler aus Freude; den tausendfältigen Bettler der künftigen Christenheit. Mein Gebet soll sich an ihm festbeißen, Herr, wie ein unbarmherziger Angelhaken, der ihn nicht mehr loslassen wird. Gib mir einen für viele, nur diesen einen, der jetzt noch mit der Menge der Fische zum Laichen hinunterzieht. Gib mir den magersten Hering! Nein! Gib mir einen, den du noch weniger nutzlos und wertloser noch als den Hering gemacht hast; den du ganz entblößen willst wie einen Sklaven, der sich selber nicht mehr gehört. Nimm ihn und schenke ihn mir, mein Gott, wie eine Mutter, die Erbsen ausliest, die schlechtesten ihrem kleinen Mädchen, das danebensteht, in sein Töpfchen schenkt; wie eine Glasscherbe, welche die Kinder an der nächsten Ecke schon wieder aus den Händen verloren haben; einen Spielpfennig, dessen Aufdruck nicht mehr wert ist als er selbst. Laß uns tauschen, Herr: mein gelebtes Leben, meine Mühsal, das Brandopfer dieses Da-

seins gegen den Taugenichts; gegen den Bettler, den Heiligen Wertlos, den Sankte Niemand und Nichts. Wie ein Rinnsal, das sich in heißen Sommern zwischen Kieselsteinen verliert, laß mich einmünden in das Bachbett des Bettlers; laß mich der Faden sein, der es benetzt und imstande ist, es mit Wasser zu füllen, wenn deine Gnade wie Regen auf es herunterstürzt. Er verzeihe mir, daß ich ihn jetzt aus der Masse herausbeten muß; daß ich, um ihn zu fangen, mich mit dem ganzen Gewicht meines Leibes gegen die Angelschnur stemme, die ihn herausziehen wird. Ach, ich fühle schon, wie er zittert und bebt, wie er sich wehrt, verzweifelt und angstvoll, und ich höre das zischende Brausen der Woge, den Wirbel des Wassers, das Donnern der Sintflut, die ihn mystischerweise aufs neue gebären und ihn auswerfen wird wie Jonas, der zum Zeichen gesetzt worden ist ... Meine letzte Kraft geht in diesem Gebet, mein letztes Blut in der Wunde, die ich ihm schlage, dahin. Nichts weiter werde ich später noch sein als ein kranker und müder Mann aus den Tropen: der gescheiterte Missionar Benoît in dem Hospital in Senlis. Ich werde die Kinder Fang spielen sehen, und die chinesische Schattenzeichnung der langgestielten Platanenfrüchte mit meinen Augen verfolgen, wenn der Wind sie an sonnigen Spätherbsttagen über dem Pflaster wiegt – –.

So löse ich mich ab von dem Dasein: schicksallos und zufrieden, daß mich keiner mehr haben will ...«

Als Belfontaine unverrichteter Sache aus Chantilly zurückkam – er hatte die Lokalbahn genommen und an einem der Schlagbäume unterwegs Herrn de Chamant überholt – war das Wetter schon umgeschlagen. Der Horizont hatte sich ringsum verhängt, auf den bläulich schillernden Wiesen schien der Druck der Atmosphäre zu lasten und ihre Feuchtigkeit niederzuhalten, um sie von unten her, quirlend und bräunliche Blasen bildend, als Grundwasser auszutreiben; ein hohles Stöhnen, noch weit entfernt, ging durch die mächtigen Sykomoren, die über die Schloßmauern hingen, und die Steine, regungsloser denn je an den Zustand der stummen Materie gefesselt, öffneten ihre Poren zu dem lautlosen Anruf der Kreaturen, denen die Sprache versagt ist, wenn kein Menschenblick sie berührt. Die Straßen, eben noch gegenwärtig und von Handel und Wandel erfüllt, krochen in sich zusammen wie Träume, die sich übereinanderschieben; ihre Häuser, ermattet und von dem Brummen der großen Fliegen erschüttert, schienen bewohnt zu sein von Gespenstern, welche, statt durch die Türen, durch Wände und Schlüsselloch gehen – sie waren dünn geschabt, unwirklich, wolkig, aber zugleich von der Art jenes Stoffes, aus welchem die Furcht besteht: jedes ein Zuchthaus und eine Festung, aus welcher Gemurmel dringt; überhitztes, idiotenhaftes Gesumse, insektenhaftes Geschrei ...

Die alte Cadot, den Wasserzerstäuber in ihrer mürben Altweiberhand haltend, spritzte wohl schon zum zwanzigsten Male die gleiche Zimmerlinde mit verlorenem Ausdruck an; jedesmal, wenn sie den Gummiball füllte, gab sie dabei ein Seufzen von sich, das ebenso mechanisch wie vollkommen sinnlos war.

Ihre Kusine hinwieder, die Mutter Herrn Duvals aus dem Hotel des Arènes, hatte die Kupfergefäße von dem Bord ihrer Küche heruntergenommen und schien ihre Flecken zu zählen; unschlüssig, welchen Topf oder Tiegel sie zu putzen beginnen sollte, drehte sie immer wieder ein über und über erblindetes Kännchen zwischen den Fingern, stellte es hin und hob es von neuem auf. Ihr Sohn, den Kopf auf die Arme gelegt und die Arme über den Tisch geworfen, sah ihr von unten her zu; jedesmal, wenn eine

Fliege ihn anflog, zuckte er mit den Schultern und schien »Nein, dieses nicht!« anzudeuten – worauf Mutter Duval gehorsam das Kännchen absetzte, wieder aufnahm und es endlich zu reiben begann.
Hinter dem Schaufensterglas der alten Apotheke erschien mit gelangweilter Miene, einen Tropenhelm schief in die Stirn gedrückt, der verkommene Louarment. Weil er sich überlegte, ob seine Morphiumampullen bis zur nächsten Sendung ausreichen würden, machte er einen gehetzten und unzufriedenen Eindruck, den auch das tändelnde Spielen mit den lächerlichen Berlocken an seiner Uhrkette nicht zu verwischen oder abzuschwächen vermochte.
Ihm gegenüber legte in dem Magazin ‚Petit Louvre' ein junges Mädchen die Seidenstoffe langsam und unschlüssig um; ein vulgärer, giftgrüner Streifen schob sich hartnäckig immer wieder neben das zarte Lavendelblau einer Krawattenseide und biß danach wie ein Hund; obwohl die Verkäuferin sich geduldig um eine andere Anordnung mühte, ergab sich jedesmal wieder aufs neue die scheußliche Konstellation der beiden wie unter einem Zwang.
Sinnlosigkeit und Fatum näherten sich auf den Wolkenbänken, die sich unaufhaltsam über den Himmel und seine letzten lichteren Stellen, über die letzte hellblaue Bucht und die Mündungsplätze der weißen Winde samt den Küsten der Guten Hoffnung schoben, und schleierten den Horizont ein, bis er völlig verschwunden war. Gleichzeitig fingen die Espenzweige ihre langgestielten, furchtsamen Blätter wie Spindeln zu drehen an; die Schwalben schossen zum Greifen nahe über den Boden dahin, und von fern her schlugen, obwohl noch kein Lüftchen ging, einzelne Türen und Fenster gegen die morsche Fassung, aus welcher sie ausbrechen wollten. Immer mehr verdichtete sich das Gefühl der Ausweglosigkeit; es peitschte

und ermüdete, schreckte und schläferte gleichermaßen Herrn Belfontaines Sinne ein.
Mit herunterhängenden schlaffen Händen, deren nikotinbraune Fingerspitzen von Träumen angefüllt waren, von phantastischen Spielen und stummen Begierden, die sein Bewußtsein verabscheut hätte, wenn sie bis dorthin gedrungen wären, ging er jetzt auf den Schloßgarten zu und streifte fast mit der Schulter die engen, aus alten Quadern gefügten Mauern, die ihn bis zu dem Eingang führten. Auch hinter ihnen erstreckten sich tiefe, geheimnisvolle Gärten mit steinernen Pavillonen – jeder für sich eine Isle de France, die sich unersättlich und voll von Geschichten, von Anekdoten und kleinen Dramen zwischen die Blumenrabatten und Küchenkräuter drängten. In der regungslosen, geronnenen Luft sammelte sich die Vergangenheit an; sie begleitete Belfontaine wie eine Frau, deren Hüften sich, glühend vor Wollust, an seine Seite drängten, und überschüttete ihn mit Worten, die keiner menschlichen Sprache entstammten, sondern reine Verführung waren. Sein ganzes Wesen sättigte sich mit dieser Atmosphäre; ohne Trennungswände vermischte er sich in einer Art von Osmose mit dieser Flut, die ihn rings umgab, ihn durchdrang und eins machte mit ihr selbst; ihm ihre Farben lieh, ihren Schimmer und ihre Zeitlosigkeit.
Noch einmal überfiel ihn der Dämon der ewigen Wiederkehr ... Er sah unter fast geschlossenen Augen die sumpfige kleine Schilfbucht der Loire, wo er fischte und angelte; sah das Flimmern über der kaum bewegten und wie von Schuppen und Flossen durchsilberten Wasserfläche; den großen Kirschbaum, der weiter zurückstand und über und über von Schattenmorellen wie von feurigen Küssen glühte; hörte das leise Klirren der Kette, wenn sich der Kahn von dem Holzpfahl abstieß, und roch so deutlich den Teerduft des Steges, der glatt und grün-

lich von Algen war, daß sich sein Eingeweide in süßen, drängenden Stößen zusammenzog; er erblickte die Mondsichel über Trois-Hêtres mit dem kleinen, freundlichen Stern in der Biegung und nahm das allabendliche Gemälde der bäuerlichen Ferme wie ein aus früherem Leben Zurückgekehrter wahr: den riesigen, langsam verblassenden Himmel, von dem sich zwei große Pappeln wie Wachttürme abhoben; graublaue Dächer unter breiten, gedrückten Apfelbäumen, die in Waldgehölz übergingen; die offene Tür des Bauernhauses, die den rauchigen Lichtschein des Herdes hinauswarf, den Grasgarten mit den Wäschepfählen und die ruhige Gestalt des Bauernmädchens, das Stück für Stück von der Leine abnahm und in den Weidenkorb legte. Von neuem fühlte er die Erregung, mit der er auf »Coquelicot« wartete; doch diese Erregung ging schon in Trauer, und die Trauer in jenen Zustand über, der ihn mitzutönen bewogen hatte: »Ich habe keine Lust mehr! Ich habe keine Lust mehr!« Wie bei Sonnenblumen verkohlte und schwärzte sich seine Lebensmitte, während noch ihre Strahlenzungen Flammen zu werfen schienen, und plötzlich sah er, unendlich viel weiter als Trois-Hêtres entfernt, seine kleine Tochter, die mit dem Strickzeug in ihren Händen auf der Gartentreppe saß und sich quälte, die Maschen aufzuspießen ...
Dieses Bildchen, ganz winzig, aber unendlich scharf, schien sich wie mit photographischen Säuren seiner Erinnerung eingeätzt und ihn, ohne daß er es wußte, beständig begleitet zu haben; es hatte den Hintergrund seines Daseins ganz und gar ausgebrannt, ihn zerstört und war wie ein flüssiges Feuer den Rändern entlanggelaufen ... »Keine Lust mehr –!« wiederholte er leise mit sinnloser Hartnäckigkeit. Trois-Hêtres war nun völlig verschwunden, und wie aus einem verlassenen Krater stieg das Städtchen empor, aus dem ihn vor Jahren Herr

Tricheur fortgelockt hatte; es lag, als ob eine Erdkatastrophe es mit Asche berieselt hätte, erloschen, aber auf schreckliche Weise vollkommen erhalten da: seine Weinbergsmauern, die sich wie Schlangen über die Höhe wanden; die kahlen, baumlosen Hügelketten, welche es rings umgaben, und die von unendlicher Öde erfüllten Niederungen, wo Taubnessel, Wollblume, Kreuzkraut und Hasenklee wucherten. Was war Trois-Hêtres und diesem Ort gemeinsam außer der Frage nach der »Natur der Natur«? Was verband sie außer der Melancholie, die auf dem Grund jedes ausgeglühten, gesättigten Tages liegt? Und was konnten sie beide dem Manne geben, dessen Trostlosigkeit daraus Nahrung zog, daß es immer der gleiche Vogelschwarm und die gleiche Sonnenblume zu sein schien, die alljährlich einander suchten; der gleiche Duft der Reseden war, der über den sorgsam gejäteten Blumenrondellen schwebte, und das gleiche dünne Gerinnsel des niederfallenden Wasserstrahls, den die eiserne Röhre in seinem Garten, dem Garten mit der gläsernen Kugel, aus dem kleinen Becken emporhob ... dicht neben dem Muschelkalkzwerg ...
Wie lange noch würde er es ertragen, daß alles sich wiederholte?
Unter Wetterleuchten zuckte und flammte die Stelle in seinem Inneren auf, wo Herr Belfontaine vor undenklichen Zeiten die Gewitterspiele verfolgt und nicht der Verwandlung – das war unmöglich! – doch der Verzauberung der Natur als Zuschauer beigewohnt hatte ... dieser Verzauberung, die schon von jeher ein Bestandteil seines eigenen Wesens und die Ursache seiner Befriedigung, seines Entzückens, doch auch der Trauer auf dem Grund seiner selbst gewesen war: nur Gegenwart zu sein. Die ewige Wiederkehr und der Kreislauf, das Außer-sich-sein, der unendliche Bogen, den die Flammenblitze des Eros

schlossen – was hätte ein Kolonialwarenhändler und Postagent davon wissen können, wenn nicht Blut und Same in seinen Hoden, die unsterblichen Zellen des Immer und Ewig schon vor Jahrtausenden dieses Wissen in sich getragen hätten?
Nun entsann sich Herr Belfontaine plötzlich wieder, daß er gestern abend den Kuckuck gehört und seine betörenden Rufe gedankenlos nachgezählt hatte. Wie weit er gekommen war, wußte er nicht mehr – nur, daß ihn die süße Monotonie dieser stets wiederholten Rufe in Bann geschlagen und mit sich entführt haben mußte. Sie hatten ihn weiter und weiter gelockt, über die Wiesen und das Gehölz, das diese Wiesen begrenzte; in den Wald, in die Wälder der Isle de France und in den Forst von Halette. In die Tiefe der Zeit war er ihnen gefolgt wie ein Kuckucksmännchen dem Kuckucksweibchen, das er leichtsinnig zu begatten gewillt ist – gleichgültig gegen den Umstand, daß ihrer beider Nest nicht der Brut, sondern nur den merlinischen Spielen dient. Suzette! Ein jäher Blitz der Erkenntnis ging vor Belfontaines Füßen nieder; gleichzeitig schien der Boden zu schwanken und ihn wieder emporzuheben ... jetzt nicht mehr in Vogelform, nicht mehr entbunden von menschlichem Gesetz.
Suzette! Sie war es, die er von jeher gesucht, in Coquelicot umarmt, in Helene geflohen hatte. Sie war die Diana der Erlengehölze, die Leda des Schwanentempels, das Kuckucksweibchen, die Vogelfee und die nackte Frau vor dem Spiegel gewesen, die ihn verzaubert hatte. Sie war alles in einem: die gläserne Schöpfung, in deren täuschender, saugender Tiefe sich alle spiegelten; sie war – obwohl selber ganz unberührbar – die Täuschung an sich, die Verkehrung der Welt in Ferne und Magie. In ihrem unnachgiebigen, harten, von keiner Inbrunst als der der Sinne durchglühten Fleisch war sie eben noch Circe, doch

gleichzeitig schon das Ende der Phantasiegebilde gewesen, die sie bewirkt hatte; war die Stelle, wo der Träumer aufschlagen mußte. Sie lockte und stieß zugleich wieder zurück; sie war die Verwirrung der Wege gewesen und in der Verwirrung ebenso sehr die Ausweglosigkeit; das Labyrinth und die grelle Enthüllung der kalten und satanischen Pläne, nach welchen es angelegt war; die Logik der Sünde, der Biß der Schlange, die nach sich selber greift. Als schuldig befunden, endete hier, was als Fatum begonnen hatte, und ohne Hoffnung wurde das Leben in sich zurückgeworfen.

Mit einem leisen, erstaunten Schrei eilte Herr Belfontaine weiter: schon wieder hatte der Kuckuck gerufen und seinen Namen dem Brausen der Götterbäume vermischt, die, wie von dunklen Händen durchwühlt, mit ihren grünlichen Blütenrispen dem Gewitter entgegenbebten; der Luftraum ging aus zartgrauer Färbung in jenen flüchtigen Zustand über, wo Asphodeloswiesen die Bläue ihrer Unterweltveilchen als Fata morgana über den Horizont ziehen, als eine Oase, in der sich Lethe (wie ein Bergsee nahe dem Himmel) spiegelt, und die Vergänglichkeit selber sich aufhebt und vergeht ...

Vergehen! War es nicht dieses Wort, dachte Herr Belfontaine, in dem sich der Schlüssel zum Berge Sesam endgültig auflösen würde; zu seiner Vergangenheit, ja, zu ihm selbst, wie in allzu scharfer Lauge? In der er unterging und verschwand, noch bevor er den Grund erreichte? In der er Nichts wurde, *um auch ihn mit sich in Nichts zu verwandeln*? (»Warum sind wir nicht Nichts?« hörte Belfontaine Herrn de Chamant zitieren. »Komm, laß uns Nichts sein! Laß uns den Schoß der Natur und Übernatur verlassen, dieses Geschwätz, dieses Ammengerede von Geburt und Wiedergeburt!«) Er wollte vergehen. Er wollte Nichts sein und jene dämonische Freiheit schmecken, von welcher Deschâteaux seine Hortense weiterhin sagen läßt: »Warum hält uns der Kreis? Nur, weil wir nicht wagen, über den Rand zu treten. Und doch wäre da, wo er endigt, das Glück; die ewige Seligkeit.« Ammengeschwätz. Der Schoß der Natur – er ödete ihn an. Er war seiner müde. Er sehnte sich, ihn endlich zu verlassen und in das Leere zu treten, über den schwindelnden Rand des Daseins, wo es in seinen Gegenpol umschlägt, das Leben in Tod und der Tod in – –

»GNADE!« sagte mit furchtbarer Stimme das unsichtbare Wesen, das seinen Nacken berührte, jedes Haar seines Hauptes emporhob, es sträubte und es verwandelte, als ob Sturm durch eine verlassene und schon fast erkaltete Feuerstelle und ihre Umwallung raste, um die Funken hinaufzuschlagen. Er wollte sich umdrehen, doch der Windstoß, der ihn von hinten her anschob und an den Schultern packte, ließ diese Wendung nicht zu. Flügel – brausende, peitschende, mit schleißenden Federkielen – schlugen und geißelten ihn voran, eine Staubwolke überschüttete ihn mit feinem, grauweißem Sand ...

»Es gibt ein Wetter, Herr Belfontaine!« rief der Schloßgärtner im Vorübereilen seinem Nachbarn zu, dessen blasses Gesicht an ihm vorüberwehte wie die Unterseite gewisser Blätter, wenn die unruhige Luft ihre Stengel emporhebt. »Decken Sie gleich das Gewächshaus mit den Strohmatten zu, es wird hageln, so wahr ich Valentin heiße!«

Seinen prophetischen Worten schien das Klappern der Jalousien an den hohen, erdgeschossigen Fenstern der Orangerie recht zu geben; die ganze Natur war schon mitten im Aufruhr und nahm in ihrer Erregung wie eine Frau, deren weite Ärmel die Bilder von dem Kaminbord fegen, auch das menschliche Machwerk mit: eine nur lose aufgesetzte und am Fuß bereits geborstene Vase schlug von dem Steingeländer der Terrasse zum Estrich nieder, wo sie in Scherben sprang; Puppengeschirr, das die Enkelkinder des alten Valentin auf der Treppe, wo sie gespielt haben mußten, stehengelassen und (mit Wasser und Weißdornblüten gefüllt, die den Streuzucker vorstellen sollten) in der Eile des Aufbruchs vergessen hatten, goß seinen arglosen Inhalt wie Elfenspeise aus; das Bastgehänge, das an einem Nagel der gewundenen Rokokosäule, die einsam inmitten des Rosenrondells stand, befestigt war, buhlte mit Wetter und Wind und bemühte sich, seine Strähne den Dornenzweigen der Hochstämmchen zu verflechten, welche bald knospen würden.

Hier eine Harke und dort ein Kännchen von der Erde aufnehmend, strebte der Gärtner seiner Behausung zu. Das erste, noch sehr entfernte Grollen folgte Blitzen, die mehr Gedanke als Licht, mehr Drohung als Wirklichkeit waren. »Wahrscheinlich geht es noch einmal vorüber!« rief Herr Belfontaine in seine Wolke gehüllt nach der Richtung, wo er den Gärtner vermutete, und –

»Ja, freilich wird er vorübergehen, und dann erst wird man dem Ganzen auf den Rücken sehen, Herr Belfontaine«, schrie der Gärtner mit hohler Stimme zurück und hielt mitten im Laufen an.

»Wer«, fragte Belfontaine atemlos, »wird vorübergehen?«

»Der Hagel – ich sagte es doch schon. Aber erst, wenn er wirklich vorüber ist, wird man wissen, wie groß – –« Er wollte sagen: »der Schaden war«, doch Belfontaine war schon verschwunden, ohne sich umzudrehen.

»Vorüber –«, fuhr in der Seelentiefe seiner grenzenlosen Verlorenheit eine Stimme fort, die, obwohl ihm vertraut, doch kaum die seinige war ... vielmehr die eines Gefangenen, der in der Dunkelheit seines Verließes den Hilferuf an die Mauer klopft. Vorüber – die Hand auf der Schulter Mosis – – und schon vorüber. Die Hand auf der

Hüfte – – – vorüber, vorüber ... nun durfte er ihn schauen: den Rücken Jahwes; das, was vergangen, und nicht, was zukünftig war.
»*Jetzt*«, sagte Belfontaine wie vor Jahren und versuchte gewaltsam die Augen zu öffnen, die noch immer von feinem Sandstaub erfüllt und wie von Schleierflören verdeckt, von auf- und abtanzenden Mücken verstört und von einer Binde gehalten waren, die hauchdünn darüberlag. »Jetzt – jetzt – –!« Herr Belfontaine eilte weiter, blindlings, die Arme weit vorgestreckt wie ein Mensch, der sich mitten in finsterer Nacht durch das Gelände tastet. Er war erblindet. Vielmehr: sein Auge – zwar fähig, die ihn umgebende Welt mühelos aufzunehmen – starrte nach innen; es war ein Spiegel, über dem, wie über die Linse des photographischen Apparates, das Tuch geworfen wurde, das alles abdeckt, außer dem einen und einzigen Gegenstand, der ihm genügt, für das Ganze der Welt zu treten ... einer Welt, die sich umgekehrt auf ihr spiegelt, um erst in der Tiefe des Menschen wieder aufgerichtet zu werden. Wohin tastete er? Durch welches Gelände? Sein Standort – er fühlte ihn, ohne zu sehen, nur durch die namenlos leichte Berührung der beiden Schenkel des magischen Zirkels, an welche er anstieß – war zwischen der gläsernen Kugel und dem Bild auf der Gartentreppe; zwischen der Illusion und der Wahrheit, der mühsam und schwer zu bestehenden Wahrheit, auf die hin sein Engel ihn peitschte und stieß; die auf ihn wartete – (ach, schon wie lange!) zäh und geduldig, an gleicher Stelle, unverrückbar und zeitlos, ewiges Heute, heutiges Jetzt und Hier.
Noch einmal versuchte er auszuweichen und wieder umzukehren, als der erste wirkliche Blitz und Donner ihm wie der Wagen Elias' über den Scheitel fuhr; gleichzeitig faßte der Sturm ihn von neuem an beiden Schultern, die

Wolken barsten, und die niederstürzende Sintflut des Regens mischte ihr numinoses und sühnendes Element mit dem Gericht aus Schwefel und Tuba, das den Grund seiner Füße spaltete und den Hilflosen durch die kleine Pforte seines bereits überschwemmten Besitztums auf die Treppe zu dem Gewächshaus drängte, wo er schwankte, stürzte, hinunterrollte, mit dem Anprall seines betäubten Körpers die Glastür nach innen aufschlug und zwischen den hohen Kakteenbrettern wie leblos liegenblieb ... Der Regen raste. Er warf sich nicht mehr in einzelnen Strahlen, sondern als eine Masse, ein Dämon, ein Körper, als Kreatur Wasser gegen die Scheiben, die er verhängte und undurchsichtig machte. Das grelle Feuer der fast beständig niederzuckenden Blitze mischte sich mit dem Regen, und beide Elemente verschmolzen zu einem neuen: einem seraphischen Wesen, das Licht und Wasser in einem war, vergeistigtes Wasser, verleiblichtes Licht, das Unaussprechliche an und für sich, bevor es in Raum und Zeit tritt, um fest und faßbar zu werden – –.

Mit weit geöffneten Augen, die sahen und doch nicht sahen, lag, zusammengekrümmt, die Beine fest an den Körper gezogen, Herr Belfontaine an der Erde. Die Tür des Glashauses war von neuem hinter ihm zugefahren und der ganze Raum, in dem sich die Hitze des Tages gesammelt hatte, von dumpfer Schwüle erfüllt. Blitz, Blitz und Blitz. Jeder nächste verstärkte die Feuerglocke, in welcher der Klöppel des Donners anschlug, zuletzt fast ununterbrochen, während sie schwang und ausschwang, und der Anschlag sich wiederholte. Diesem Anschlag schien jedesmal (immer stärker) ein neues Aufspringen aller Sphären, ein Krachen wie von berstenden Türen, ein Knirschen, als ob sich verrostete Schlüssel in ihren Schlössern drehten, zu folgen. Der Geruch der Blitze, fast aromatisch, lag nahezu körperlich in der Luft, und ihre Bahn – wie die Bahn der

Schlange, wenn sie, begierig, sich zu erneuern und den Schuppenleib abzuwerfen, durch das knisternde Heidekraut hinfährt – trug dem leichteren Element die Fährte des Feuers ein. Als große Alraunen, der Zeigekraft mächtig, durchfuhren sie auch den Schoß der Erde, den Schoß der Erinnerung. Berg Sesam, strotzend von Gold und Unrat, tat sich auf, und Aladins Wunderlampe durchfunkelte geisterhaft alle Räume, die sich nun – Grotte an Grotte schließend – zu einer einzigen Höhle verbanden, in der nichts außer Gegenwart war. Sie gerann, wurde fest, und der Wolkenbruch ging allmählich in Hagel über ...
Alles Erstarrte schlug sich jetzt nieder, die Eiskörner prasselten, prallten in schrägem Aufschlag gegen die Wände und fegten über das Dach. Das Sieb der Gerechtigkeit rasselte und trennte Weizen und Spreu voneinander, ägyptische Götter straften den Büßer, während die Trommelwirbel der Reue ununterbrochen ertönten und ihre Hundeköpfe sich drehten, mit siebenschwänzigen Peitschen. Noch immer brüllte der löwenhafte und im Gebrüll sich entfernende Donner wie eine wandernde Prozession von sagenhaften Tieren; nicht der gefesselte Büßer selbst, sondern die beiden Wände rechts und links schoben sich weiter – diese Wände aus einmal gelebtem Dasein, dessen Schuld und Empörung ihn einschloß; ihn einengte, riesenhaft überstieg und keinen Ausweg mehr duldete, es sei denn, der feuerflüssige Himmel, der gewittertragende, senke sich furchtbar und vernichtend auf ihn herab. Daß er diese Vernichtung wirklich ersehnte und schon leichter wurde, indem sie ihr Werk, das verzehrende, an ihm begann (leichter wie eine Frucht, die die Vögel bis in das Kerngehäuse zerstören und zuletzt unkenntlich machen) war seine Rettung. Er gab sich hin und erduldete seinen Tod. Zerfleischt, entsagte er seinem Fleisch; seine Sinne, von scharfen Krallen zerrissen, schlossen sich, gänzlich er-

taubt und erblindet, einer Botschaft auf, die der Myste empfängt, wenn er vollkommen außer sich ist, und was in ihn eindrang wie Duft von fremden, vergeistigten Spezereien, fand keinen Widerstand mehr. Eine Reinigung, die dem schrecklichen Feuer der Verwesung gleichkam, verzehrte sein üppiges Eingeweide; sie ergoß sich durch das Geflecht seiner Adern, in denen Blut und Wasser sich trennten und das Werk der Zersetzung begann; der Scheidung, der Unterscheidung und der Loslösung von sich selbst. Niemand konnte ihn jetzt noch zurück in seine Erscheinung rufen; seine Erscheinung bannen, hieß den Schatten eines Toten beschwören, der sich in nichts von anderen Schatten im Totenreich unterschied; der ihr Totsein teilte, ihr fließendes Bild und ihre Machtlosigkeit.
Über ihm sprang noch immer der Hagel in zornigen, kurzen Schlägen, als ob er ihn unter Steinen begraben und sein Andenken auslöschen wollte, auf das Glasdach und endigte ebenso jäh, wie er vorher eingesetzt hatte; dann strömte wieder der Regen von neuem, die undeutliche Gestalt eines Mannes rannte, den Rockkragen hochgeschlagen, an dem Gewächshaus vorüber und eilte über die nassen Stufen der Terrasse empor in das Gartensälchen, dessen tief gezogene Türjalousien zurückgenommen waren.
Herr Belfontaine suchte sich aufzurichten, indem er sich auf die Ellbogen stützte und den Kopf hin- und herbewegte. Aber er war gefesselt, ohne zu wissen wovon; er war von Binden umwickelt, geschnürt wie die Strohpuppe auf dem Acker, der Säugling im Weidenkorb. Zwischen Tod und Geburt oder besser: zwischen Vernichtung und Wiedergeburt erstreckte sich das Nichts. In dieses Nichts, das der Schöpfer sucht, um Himmel und Erde daraus zu schaffen; das er verdrängt, um sich selber an seine Stelle zu setzen, war Belfontaine geworfen. Zunichte gemacht,

war er Nichts geworden; vernichtet, konnte er jetzt nicht mehr fragen, warum er nicht Nichts sei, doch etwas zu wollen, das sich nur um weniges, nur um ein Haar, über den Rand jenes Nichtseins erhöbe, lag nicht in seiner Macht. Kein Gefühl, das sich zwischen seine Vernichtung und ein wie immer geartetes Leben, das außer ihm war, drängte. Keine Hoffnung und keine Erwartung, die sich hinhielten, um verwirklicht zu werden. Denn vernichtet bis in den Kern der Atome, hätten zuvor die Atome selbst geschaffen werden müssen, um in Bewegung und in das alte, geheimnisvolle Spiel zu geraten, welches das Spiel der göttlichen Weisheit vor dem Thron der Allmacht nachahmt und sucht, um ihm ebenbildlich zu werden.
Das Gewitter entfernte sich jetzt; doch der Regen schien seine Gewalt zu vermehren; es war nichts von Sanftmut an seinen Güssen, sondern nur Jähzorn und Raserei, Übermacht, Übermaß, Fülle der Kraft und Fülle der Zerstörung. Man hörte, wie sich auf allen Wegen die Rinnsale reißend zusammenschlossen und über die Grenzen traten, die ihnen gesetzt worden waren; wie das Wasser brodelnde Tümpel und Wirbel bildete, neptunische Locken, die überall von dem Scheitel der Gottheit herunterrollten und der Verfestigung ihres Gesichts widerstrebten; man hörte das Gurgeln, wo sich die Flut in einen Rost oder Gully, fern auf der Straße, stürzte; das Rauschen der Dachkandeln und der Rohre, den Gesang des Unwetters und das Pochen, das Pulsen, Schnalzen und Schnellen der einzelnen Regentropfen. Wie der Kasten, der Danaës Kind umschloß; die Arche; das Schilfkörbchen Mosis; schwamm das Glasgehäuse inmitten des Wassers; unter Wasser begraben und innen trocken, erfüllt von den dämonischen Formen der schlangenhaften Kakteen, die angehaltenen Zaubersprüchen und stehengebliebenen Formen glichen – Reptilien, Drachenhälsen und Kröten mit gebuckelten

Warzenhäuten. Ob der Finger Satans ihr Wachstum gehemmt und ihnen die Fähigkeit, auch im Bösen weiterzuwuchern, abgelistet, oder ob er sich selber betrogen hatte, indem er das Böse aus sich heraus und in Gestaltwerdung trieb – gleichviel: ihre gefesselte Ohnmacht, ihre titanische Bosheit der Form und die Härte ihres verholzten Wesens waren unfähig, mehr zu wollen als Beharrung und Todesschlaf. Sie seufzten nicht mehr nach Art der Schöpfung und sie schienen unter den Rand der Natur und ihrer eingeborenen Bitte um Erlösung gesunken zu sein. Auch sie – –

Eine plötzliche Stille ließ Belfontaine erbeben. Der Donner verstummte. Regen und Blitze setzten unvermittelt und wie in die Brust eines richtenden Engels zurückgenommen ihre Beschäftigung aus. Sie stürzten zusammen, wie Sklaven stürzen, wenn ihr Gebieter im Nahen ist, und verhielten jeglichen Laut. Dieses Verstummen war so entsetzlich, diese Stille so vollkommen, daß die Grenze zwischen Außen und Innen zerbrach. Sehr deutlich hörte Herr Belfontaine grillenhaft leise Geräusche: ein schreckhaftes, eiliges Rudern, ein Rauschen, wie wenn Kielwasser hinter dem Bug eines Schiffes wieder zusammenschlägt, und dann aus unendlicher Ferne Laute, die über das Wasser drangen: »Der große Pan ist gestorben. Der große Pan ist tot.« ... Ist gestorben, tönte es in ihm nach, *und die ungeheure Magie seines Daseins fiel ringsum von ihm ab.* Sie verließ ihn, sie flüchtete in grotesken, schauerlich irren Sprüngen, ihre Bocksfüße trappelten, ihre hellen, gläsernen Bocksaugen trübten sich und irrten von ihm fort. Nun schmolz die Scheidewand zwischen ihm und der Vergangenheit nieder: die Scheidewand der Schuld. Er erinnerte sich. In den Zustand der Reue und damit der Erinnerung gehoben, trat sein Inneres aus dem Zustand der Vernünftigkeit in den Zustand der Torheit, in den Geheimniszustand des

Innen, das erinnertes Außen ist. Dann trafen ihn Worte, die ein Befehl; ein Befehl, der Verwandlung; Verwandlung, die Zuruf, und ein Zuruf, der Neugeburt war:

LAZARUS! KOMM HERAUS!

Er gehorchte. Ohne zu zögern, entstieg er seinem eigenen Grabe und fühlte, wie er sich langsam emporhob – nicht anders als ein Träumender fühlt, daß er bar jeder Schwerkraft ist. Indem er die Stufen hinaufging, die aus dem Gewächshaus nach oben führten, bemerkte er, daß eine Lage Bast heruntergefegt worden war. Er nahm sie gedankenlos von der Erde, um sie wieder an den Nagel zu hängen, und sah ein graubraunes Schneckengehäuse, das darunter gelegen hatte. Es war ausgeblasen; die Schwingung seiner bezaubernd schönen Spirale, die Anmut seiner verblaßten und herzergreifenden Farben berührte Belfontaine. War es die liegengebliebene Tuba des Gerichtsengels? War es Rolands Horn, das dem Helden im Tode entfallen war? Oder war es beides: die Tuba des Engels, das Horn des Helden, der um Rettung gerufen hatte, und überdies noch sein eigenes Dasein – vollkommen leer, gereinigt von Unrat und nichts als Erinnerung? Er schloß die Hand um das zarte Gebilde, als solle die feine Fadenspirale ihn aus dem Labyrinth seines Lebens wieder ins Offene führen. Diese Spule – aus welcher Meerestiefe stieg sie langsam und sicher empor? Welchen Abgrund und welche Entfernung maß sie unwiderruflich aus? Und welche Ariadne, mein Gott, hatte ihm diesen Zwirn der Erbarmung in dem Schattenreich vor die Füße gespielt, damit er sich an ihn halte? Er kannte sie. Er erkannte sie, die neue Ariadne, und wurde in diesem Wiedererkennen als ein Dritter, ein Kind ihrer selbst, auf mystische Weise gezeugt. Wie die Verführung vielfache Namen und Gesichtet hatte, bald Leda, bald Helena oder Diana hieß, so auch diese: Elisa-

beth war ihr Name, Geistliche Rose, Gnade und Gemeinschaft der Heiligen.
Mit einem rauhen, schluchzenden Laut brach Belfontaine in die Knie; auf die nasse Erde, den glänzenden Stein und den harten, schneidenden Kies. Undeutlich fühlte er, wie ihm Heilung und Hilfe zuteil wurde: etwas, das löste, kniete neben ihm, um ihm die Binden, und etwas, das band, hielt ihn liebevoll aufrecht, um ihm den Taumel der Schwäche und Todesangst abzunehmen. Wie in früheren Zeiten warf sie ihm Worte und leise geflüsterte Bitten zu: »Warum schläfst du denn nicht? Ja – gehe! Es ist besser, du nimmst dir ... Zeit.« Sie stand neben ihm, Schlüsselträgerin und Weberin in einem, um die Zeilen seiner Sonette zu schließen und das Schiffchen durch das Webstück zu führen, das er begonnen hatte; sie las ihm die Wollspinne von dem Ärmel, und über seine Schulter gebeugt, sagte sie ihm das Sterbegebet aus dem altfranzösischen Rolandslied mit deutlicher Stimme vor. Er wiederholte es:

»Veire paterne, ki unkes ne mentis,
Saint Lazarus de mort resurrexis
Et Daniel des leons guaresis,
Guaris de mei l'ame de tuz perils
Pour les pecches que en ma vie fis!«

Nach der zweiten Zeile begann eine Flöte. Sie kam aus dem Innern des Hauses und drängte ihre Kadenzen versucherisch in sein Gebet. Die Flöte des Grandpierre. Die Flöte des Täuschers. Aber er ließ nicht ab zu beten, obwohl die Flöte dringlicher wurde, näher zu kommen und wieder zu fliehen schien. Nun entsann sich Belfontaine jenes Menschen, der während des Unwetters schattenhaft an dem Gewächshaus vorbeigestürzt war; er wußte, daß dieser an ihn – auch er – einen unaufschiebbaren Auftrag hatte, eine Forderung, einen Befehl. Die Flöte lockte. Sie

kam jetzt von der Terrasse ... jetzt aus dem Palmensälchen – aber das Sälchen war menschenleer, als Belfontaine es betrat. Gewissenhaft aufgeräumt, wie es sich immer darbot, wenn Tante Léontine das Haus verlassen hatte, deutete nichts auf die Anwesenheit eines Fremden hin, es sei denn der Umstand, daß das Häufchen Bridgekarten, das in der Mitte des Rauchtischchens mit der eingravierten indischen Tigerjagd lag, zum Rand hin geschoben war und der Teppichläufer von einer Reihe nasser Fußstapfen deutlich gezeichnet wurde, die sich im Hintergrund, aufgesaugt von einem Wolfsfell, verloren ...
Unschlüssig, wohin er sich wenden sollte, blieb Belfontaine stehen, bis wieder die Flöte ihre spielenden Läufe begann. Sie drangen von der ersten Etage über die Treppe herunter und zogen sich gleich darauf schon zurück, als Herr Belfontaine sich nach oben wandte – bestürzt von der Tatsache, daß die Töne aus seinem und Suzettes Schlafzimmer kamen, dessen Tür leicht angelehnt war. Zwischen dieser Tür und dem inneren Raum hing in unwillig schleifenden Messingringen, die sich jedesmal, wenn man das Zimmer betrat, klirrend zusammenschoben, ein schwerer Velourvorhang. Er hütete und betonte ausdrücklich die Abgeschlossenheit und den Duft dieser Liebesgrotte in Seegrün und Silber, die gleichsam aufwog, was an Gewichten dem sogenannten ‚Boudoir' Suzettes – diesem kalten, ausgeklügelten Zimmer – und seiner Gefühlswelt fehlte. Mit seinem riesigen, reichgeschnitzten, muschelförmigen Himmelbett, seinen farbigen Stichen nach Schäferszenen von Watteau an den Wänden, dem Smyrnateppich und der verspielten Tapete war es reines Rokoko – fertig gekauft und samt der ihm eigentümlichen Art bürgerlicher Erotik von einer Fabrik geliefert, die solide und teuer war. Natürlich glich es – nicht nur nach der Ansicht der guten Léontine – durchaus nicht der Vorstellung

eines Zimmers, wo ehelicher Liebe gepflogen, gezeugt und geboren wird ... Aber andererseits hätte Herr Richmond, wenn es ihm je vergönnt worden wäre, einen Blick in diesen Schlafraum zu werfen, nichts Unschickliches entdekken, sondern ihn nur nach dem Sprachgebrauch seiner empfindsamen Psyche als ‚poetisch' bezeichnen können. Es wäre ihm freilich dabei entgangen, daß das Zimmer mit reichlich viel Spiegeln und Spiegelchen angefüllt war und die zierlichen Wandleuchter, welche das Glas in ihrer Mitte flankierten, keine elektrischen, sondern echte gedrehte Wachskerzen trugen, die im Augenblick, wo Herr Belfontaine über die Treppe heraufkam und sich dem Schlafzimmer näherte, einen schmalen, goldgelben Streifen unter den Türvorhang schoben; ein Rinnsal aus Licht, nur deshalb sichtbar, weil sich der Himmel von neuem völlig verfinstert hatte und einzig das, was noch heller als das Tageslicht war, zur Erscheinung und im Vergleich mit ihm brachte. Auch die Musik tönte ferner und schwächer; sie verteilte sich gleichsam wie Wasser und breitete sich aus; der feste und von dem Druck der Röhre gesammelte Strahl wurde jetzt in viele, weit schwächere, zerlegt, die von allen Seiten in Form einer Glocke herunterrieselten. War das Flötenspiel eine akustische Täuschung oder ging der Spieler von Stockwerk zu Stockwerk, indem er flötete? Entschlossen, diesen Zauber zu brechen und ihm auf die Spur zu kommen, wollte Belfontaine schon das Zimmer betreten und den Vorhang zurückschieben, als er sich plötzlich, einer tieferen Eingebung folgend, besann und ihn nur anhob – ein weniges bloß, damit das Klirren der Messingringe ihn nicht verraten konnte.
Mitten in ihren Läufen brach die Flöte ab. Sie setzte jäh aus, als sei es nun nicht mehr dringlich, Belfontaine weiter zu führen; das ganze Haus wurde vollkommen still, es hielt den Atem an und verstummte so ganz und gar un-

vermittelt, daß diese Entleerung von jedem Geräusch, dieses plötzliche Fehlen von jeglichem Laut, und sei es nur einem geflüsterten Hauch, einem Knacken, Rieseln und Rauschen, dem Furchtgefühl einer sich steigernden Angst und endlich dem Schrecken gleichkam, der dicht vor der Katastrophe die Kreaturen befällt.

Ein Medusengesicht mit geöffnetem Mund – zu einem lautlosen Schrei geöffnet, dem sich auszulösen verboten war – verging in dieser gräßlichen Stille wie eine langsam brennende Mischung aus schmelzenden Substanzen, die an die Stelle der Atmosphäre, der Atemluft und des Raumes traten, den sie vernichtete. Medusa starrte und schmolz zugleich dahin. Ihre Schlangenhäupter, steil aufgerichtet wie bei sich begattenden Tieren, suchten vergeblich, sich zu erneuern, während die Lautlosigkeit sie verzehrte, und wiegten sich in dem scheußlichen Takt einer brünstigen Todesangst. Dann verging ihre Form, und ein wilder Duft von blühendem Lavendel drang durch die Schlafzimmertür. Es war der Duft aus den Kleidern Suzettes, der Duft ihrer Wäsche und ihres Körpers, der ganz darin gebadet zu sein und ihn zu verströmen schien. Dieser kräftige und doch vertraute Duft ernüchterte Belfontaine. Entschlossen, hob er den Vorhang an und blieb wie an Ort und Stelle gefesselt, erstarrt und ungläubig stehen. Der Ankleidespiegel, von den zwei Flügeln des Toilettentischchens gehalten, das schräg über Eck stand, spiegelte Bett, Szenerie und Wandleuchter wieder; die Tiefe der Muschel, den Glanz der Perlen auf Suzettes reglosem Busen und die milde Süße der Kerzenflammen, deren leiser Atem darüberspielte, den Geist versinnlichte, aber die Sinne sublimierte und geistig machte. Suzette, nur mit ihrem Morgenrock aus chinesischer Seide bekleidet, in welchem sie sich noch vor kurzem mit Belfontaine unterhalten hatte, lag wie erschöpft und hingeschleudert über der Lagerstatt, einen Arm von dem Bettrand herunterhängend, und streifte mit der Hand fast den Boden ... mit einer Hand, deren sinnliche Finger auseinandergefallen waren. Über sie beugte sich aufmerksam, mit dem Rücken zur Tür, der Matrose. Sehr deutlich zeichnete sich die Spannung, die ihn erfüllte, an seinen Muskeln ab: an dem unbeweglichen Bogen des Körpers und den eingezogenen Schulterkugeln, der krampfhaften Haltung der Oberarme, die sich fest an die Rippen preßten, und dem Nacken, in den sich wie eine helle, silberblond flimmernde Raupe sehr kleine, aber gekrauste und dichte Haare erstreckten. In dem Raum, dessen seidene Übergardinen ringsum geschlossen waren, herrschte Stille; man vernahm keinen Laut außer dem Knistern der Dochte; die Flammen sanken bald in sich zusammen, bald reckten sie sich höher und erhellten schließlich das ganze Zimmer in allen Einzelheiten. Es gab sich preis, es verriet seine Laster und seine nächtlichen Spiele, seine geheimen, rasenden Wünsche und seine Gedankensünden. Es veränderte sich, seine Farben schielten zu ihren Gegenfarben und verschossen ins Geisterhafte; sein Reichtum schien aus den platzenden Polstern als Betrug der Füllung – elendes Seegras und Zupfwolle – auszutreten; das Mobiliar, an den Kanten und Ecken überall abgestoßen, auf der Platte befleckt durch den klebrigen Fuß der Likörgläser, die man dort abgesetzt hatte, verlor seinen Glanz und erblindete; es wurde gewöhnlich und ekelhaft wie ein Skelett.

Nun näherten sich die Hände des Matrosen der Perlenkette, schoben sie weiter und öffneten mit geschickten und häufig geübten Griffen ihr kostbares Platinschloß. Die Kette raschelte, klirrte und glitt – wie an Kleopatras Brüsten die Schlange, nachdem sie gebissen hatte – herunter; er griff sie, bevor sie sich in der Landschaft eines Körpers verstecken konnte, welcher vollkommen willenlos war, und barg sie in seinem Tabakbeutel, der neben dem Himmelbett lag. Dann zog er fast pedantisch die Teile des schwarzen Morgenrocks wieder zusammen, die sich verschoben hatten, und versuchte den Ansatz der Kehle wie ein Liebhaber zuzudecken, der nach genossenen Freuden die Male: den Biß und die Zeichen der würgenden Liebe, vor den Augen der Menschen verhüllt. Nun richtete er sich empor. In dem Spiegel begegneten seine Augen Lazarus Belfontaine. *Er war es.* Es war Grandpierre, war Tricheur, der ihn wie immer betrogen und in dem Wechsel seiner Erscheinung geblendet und eingekreist hatte. Der Veränderliche, der Lügner an sich, glich zwar in nichts diesem blonden Matrosen, mit dem sich jetzt Belfontaine, ohne zu sprechen, in dem Spiegelglas unterredete, noch deckte er sich mit dem Bild von Grandpierre, dem haarigen Flötenspieler. Aber er war es. Von seiner Erscheinung ging das gleiche Gefühl der Befriedigung aus, das Belfontaine auf dem Gartenfest in A. überdrungen hatte, als der Täuscher ihn fragte: »Erkennst du mich ? Erkennen Sie Ihren alten Lehrer aus Orléans immer noch nicht ?« Das gleiche Zwinkern und Blinzeln wie zwischen Jugendgefährten, der gleiche Blitz, der die Hölle der Laster und ihrer scheußlichen Spiele öffnet: »O gai – Franc cavalier!«

Na, schien der Matrose ihn aufzufordern, wenn Sie näher kommen möchten, mein Herr, so mache ich gerne Platz. Keine Schüchternheit. Es ist alles nur menschlich. Immer dasselbe: die Liebe, das Geldverdienen, der Spaß, den beides mit sich bringt. Wir wissen Bescheid. Zwei Burschen wie uns macht keiner etwas vor. Ein bißchen langweilig, glauben Sie nicht ? Wenn der Fuchs die Rute ... na, Sie begreifen – – sagt man bei uns in Marseille. Schön, schön, ich verstehe, es gibt nicht nur fleischliche Sünden. Ein älterer Herr wie Sie, mon ami, vergeht sich mit ebensoviel Erfolg gegen den Heiligen Geist. Aber hören Sie, bitte, mit diesen Faxen, *diesem lächerlichen, entsetzlichen Mumpitz von der Stirn zu der Brust und von links nach rechts* auf, sonst vergesse ich mich am Ende, so höflich ich sonst auch bin. Also – ?

Er drehte sich langsam um, und ein ihm vollkommen Unbekannter wandte sich Belfontaine zu. »Lassen Sie mich mal sofort heraus«, sagte er unverschämt, »oder ich schlage Krach.«

»Sie bleiben, Grandpierre.«

»Ich heiße nicht Grandpierre und kann nichts dafür, daß das Mädel sich wehrte, mir die Kette zurückzugeben – toll und verrückt wie sie war. Notwehr. Sie dürfen mir dankbar sein, daß die Kratzbürste nicht mehr lebt.« Er stieß Belfontaine heftig gegen die Brust und setzte mit ein paar Sprüngen die Treppe hinunter. »Adjö denn!« rief er von unten herauf.

Gleich darauf fühlte sich der Matrose von Belfontaine an den Schultern gepackt und mit übermenschlichen Kräften gewaltsam festgehalten; eine Frau – es war Tante Léontine, die eben nach Hause kam – schrie und gellte mit durchdringender Stimme um Hilfe; doch gelang es dem Raubmörder, sich noch einmal von Belfontaine loszumachen. Er fegte wie eine Katze durch das Palmensälchen und schwang sich im Nu über den Rand der Terrasse, gewann das Freie, verschwand in dem Park und für immer auch aus Senlis.

Einige Monate später verließ Herr Belfontaine gleichfalls das Städtchen, um nach Deutschland zurückzukehren. Die öffentliche Meinung vergaß ihn ebenso schnell wie den ärgerlichen und skandalösen Prozeß um eine Perlenkette, die sein Schwiegervater aus dem Besitz der ‚Dienerinnen Mariens' erworben haben wollte. Er versuchte, diesen Erwerb, der dem Brautschatz einer jungen Novizin entstammte, mit mehreren Schuldscheinen, die ihm das Kloster im Lauf der Monate ausgestellt hatte, vergeblich zu begründen, und die Kette – Perlen bedeuten Tränen – kehrte in die Gemeinschaft der Büßerinnen zurück. Von dort aus in das Eigentumsrecht der Weißen Väter übergegangen, löste sie siebzehn Jahre danach (die feile Bewachung eines polnischen Konzentrationslagers kaufend) einige staatenlose jüdische Christen aus. Diesen Menschen gelang es unter sehr großen und, wie sich später herausstellen sollte, vollkommen vergeblichen Mühen zu russischen Partisanen zu stoßen, wo ihre geschwächten Körper dem Anfall einer tückischen Seuche erlagen, die keine Auflehnung fand. Nur ein alter Mann, obwohl zart und gebrechlich, doch erstaunlich widerstandsfähig, schlug sich – den langsamen Vormarsch der Roten Armee begleitend – wieder nach Westen durch. Um ihn (als die Mitte einer geistigen Aura von Gepeinigten und Verfolgten) wob sich ganz ohne äußeren Anlaß eine Art von Legendenbildung. Man nannte ihn ‚Vater Lazarus' und vermutete einen Menschen in ihm, dem die Gabe der Heilung und das Charisma der Erwekkung gegeben war. Sehr viele wollten von ihm gehört oder andere Menschen gesehen haben, die seine Sphäre berührten. Man verwechselte ihn, verlor das Gefühl für seine Identität. Er wurde aus einem armen Häftling zu dem Armen schlechthin und endlich zu einem betenden Bettler, der mit der Mütze, den Rücken gebeugt und den schlohweißen, kurzgeschnittenen Bart zu gemurmelten Dankesworten bewegend, an den heiligen Straßen des Ostens stand, die allmählich – gefurcht von dem endlosen Treck der motorisierten Heere – in das Ursprungsland der Empörung führten: nach Preußen und Wittenberg ... in das Herzland der deutschen Reformation ...

EPILOG 1943

Das Pfarrhaus von A. Es ist Winter; ein schwarzer, naßkalter Abend mit ständig sich drehendem Wind. In dem Arbeitszimmer des alten Pfarrers ist ein Teil der früheren Fresserrunde um den häßlichen Tisch versammelt, von dessen traurig mißhandelter Platte eine graugrün verschossene Sammetdecke ihre Fransen (ach, schon wie lange!) herunterhängen läßt.

PERSONEN

Der Pfarrer Mathias
Der dicke Böhmer, kurzweg der »Dicke« genannt
Der dünne Kiebich, genannt der »Dünne«
Der große Gitzler, genannt der »Große«
Der kleine Rübsam, genannt der »Kleine«

Und späterhin:
Der Kaplan des Pfarrers, ein Sanitätssoldat, der von der Ostfront gerade auf Urlaub kommt
Der unsichtbar Anwesende

Außerdem:
Die drei Feuerwehrmänner – Sidrach, Misach und Abdenago

Zuletzt:
Die Haushälterin des Pfarrers
Die Küchenschwester Eustachia

DER DICKE: Wie schlecht hier wieder verdunkelt ist! Wann werden Sie endlich die Tüte mit den Heftzwecken aus der Tasche kramen, statt hier am Bücherregal zu stehen und die Kempner Väterbibliothek mit Gewalt durcheinander zu schieben?

DER GROSSE: Aber Sie sehen doch, daß sich dahinter eine Rolle Papier eingeklemmt hat. Schwarz, undurchlässig, wie ich es brauche. Nun kann ich damit die schlechten Stellen der Pappstücke übernageln, die irgendein frommer Idiot an dem Fenster eingesetzt hat.

DER KLEINE: Und überdies sind sie viel zu kurz. Das beste wären Schnappjalousien. Habe ich recht oder nicht?

DER DÜNNE: Sie haben natürlich immer recht. Wer selber zu kurz geraten ist, Kleiner, merkt überall, wo es fehlt ... Warum knallen Sie jetzt Ihren Hut auf den Tisch? Drehen Sie lieber das Licht ab, damit wir den Einsatz herausnehmen können, bevor der arme Mathias ein Protokoll bezieht.

DER KLEINE: Lächerlich. Dieses Zimmer liegt tiefer als der Garten mit seiner Brombeerhecke. Höchstens, daß man das Licht von oben her sehen könnte. Was meinen Sie, Großer?

DER GROSSE: Ganz ausgeschlossen. Von oben her sieht man kein Licht. Eine einzige Birne. Heruntergezogen und ringsherum abgeschirmt; ein winziger Schein auf der Nasenspitze des Pfarrers und auf dem Brevier. Laßt ihm das Lichtchen. Laßt ihm das bißchen elende Helligkeit für sein Brevier, das er heute noch unbedingt zu Ende beten muß. Von oben her sieht man kein Licht.

DER DICKE: Von oben her – –?

DER DÜNNE: Nun: von oben her ...

DER KLEINE: ... oben her –?

DER GROSSE: Sieht man kein Licht. Die Erde ist dunkel. Das mysteriöse neue Geschöpf mit den metallenen Cherubflügeln, die von oben bis unten mit Augen bedeckt sind, den ausgeklügelten Meßgeräten in seinen Eingeweiden und den beim Aufschlag zerplatzenden Toden, die wie Zuckerhüte geformt sind, welche es ... Vogel Rock, der den Kot herunterfallen läßt ...

DER DÜNNE: Halt! Halt! Sie setzen das Tier zusammen wie der Seher auf Patmos seine Gestalten, die man, kaum daß man anfängt, ihre Vorstellung festzuhalten, schon wieder vergessen hat. Also aus Elementen, die nicht zusammengehören. Beschränken Sie sich lieber darauf, einen bestimmten Vergleich ohne Abschweifung durchzuführen und entscheiden Sie sich für den Vogel oder meinetwegen auch für den Cherub, wenn Ihnen das passender scheint.

DER GROSSE: Ich entscheide mich jetzt noch für gar nichts, sondern ich warte ganz einfach ab, wofür sich meine Bilder entscheiden, Sie trauriger Allopath. Oder mischen Sie denn nicht selber tagsüber den Widerspruch an und für sich mit ihren Arzneien zusammen, in der Hoffnung, daß es gerade er ist, aus welchem die Heilung kommt?

DER DICKE: Er hat recht. Laßt den Großen nur immer in Widersprüchen reden. Um so besser, je paradoxer; um so einleuchtender, je dunkler, und um so genauer, je mysteriöser seine Vergleiche sind. Ich, der ich selbst in die Breite gehe, ich wenigstens finde ...

DER KLEINE: Daß der Große endlich sein Satzlabyrinth auseinandernehmen und einen Punkt, einen Aussichtspunkt gleichsam, versteht ihr, dahinter setzen sollte.

DER GROSSE: Einen Aussichtspunkt setzt man nicht an das Ende, sondern genau in die Mitte des Labyrinthes,

Kleiner ... oder noch besser: man steigt in ein Flugzeug und betrachtet das Labyrinth von oben – aber ihr wollt mich ja, wie ich merke, nicht aussprechen lassen. Oder?

DER DÜNNE: Vollkommen vergeblich zu hoffen, daß wir heute zu Rand kommen werden. Wir fangen noch nicht einmal an.

DER GROSSE: Ich, für mein Teil, glaube, daß schon das Rollfeld ein gutes Stück unter uns liegt, ihr habt es bloß nicht bemerkt.

DER DÜNNE: Ich sage noch einmal, daß es vergeblich, vollkommen vergeblich ist. Oder sehen Sie über sich, unter sich oder neben sich einen festen Punkt in diesem schwarzgrauen Brei? Wir wissen noch nicht einmal ganz genau, ob wir uns wirklich vorwärts bewegen, wie uns das dröhnende, leere Geplärr der Propeller einreden möchte.

DER KLEINE: Manchmal glaube ich ganz im Ernst, daß das ptolemäische Weltsystem wieder im Kommen ist. Findet ihr das nicht auch?

DER DÜNNE: Darum handelt es sich im Augenblick nicht. Aber ich habe das dunkle Gefühl, daß irgend jemand die Meßinstrumente überall abmontiert hat.

DER KLEINE: Eine schöne Bescherung. Was sollen wir machen? Wenn wir jetzt an die nächste Brandmauer stoßen, hat es uns nichts geholfen, zu glauben, daß das ptolemäische Weltsystem wieder im Kommen ist. Überhaupt: Systeme! Ich habe sie satt. Es fehlt an dem festen Punkt.

DER DÜNNE: An dem Scheinwerfer!

DER GROSSE: Scheinwerfer hin und her. Den Scheinwerfer brauchen wir erst, wenn wir landen – doch zwischen Abflug und Landung ist nichts, woran wir uns halten könnten. Der Dünne hat recht: wir wissen nicht einmal, ob wir uns vorwärts bewegen ... geschweige, daß wir die Richtung kennen, welche wir einschlagen müssen, um an das Ziel zu gelangen.

DER KLEINE: An welches Ziel? Soweit ich im Bild bin, hatten wir doch noch niemals ein Ziel, wenn wir zusammen kamen; sondern umgekehrt: das Ziel hatte uns und zog uns wie der Magnetberg das Schiff ...

DER DÜNNE: ... das Luftschiff –

DER KLEINE: Unsinn. Das Schiff. Wie war das übrigens mit dem Magnetberg? Hat der Magnet ihm nicht alle Schrauben und Nägel aus seinem Holzbauch gezogen und es dadurch zum Scheitern gebracht? Man sollte sich nicht auf die Technik verlassen. Das trojanische Pferd und das Weltsystem des Ptolemäus sind immer noch besser dazu geeignet, an die Dinge heranzukommen, als die modernen Kreiselgeräte, mit denen man uns foppt.

DER DÜNNE: Er läßt nicht ab von seiner Idee.

DER GROSSE: In Gottes Namen. So mag er doch auf seinem trojanischen Pferd in die Mitte des ptolemäischen Weltbilds, dieser neue Don Quichotte, reiten. Er kommt schon wieder zurück. Aber findet ihr es nicht eigentümlich, daß wir jetzt schon zum zweiten Mal an ein Bild aus dem orientalischen Sagenkreis stoßen – zuerst an den Vogel Rock und hernach an den Magnetberg – –?

DER KLEINE: Immer noch besser, nur an ein Bild, als an die Brandmauer anzustoßen, die der Dünne uns prophezeit hat!

DER DICKE: Ich, für mein Teil, ich suche schon krampfhaft nach einer zuverlässigen Planke, auf der ich davonschwimmen könnte.

DER DÜNNE: Sie schwimmen auch so. Ihr Fett wird Sie sicher bis an das Ufer tragen.

DER GROSSE: Aber wollt ihr mir denn nicht lieber helfen, diesen seltsamen Zufall aufzuklären ...

DER UNSICHTBAR ANWESENDE: Es gibt keinen Zufall!

DER GROSSE: ... aufzuklären, durch den der Vogel Rock auf die Spitze des Magnetbergs gekommen ist? Ich glaube nicht, daß es Absicht war, wie?

DER KLEINE: Ist es Absicht, wenn sich ein Reimpaar findet? Viel eher könnte man häufig sagen, es sei eine Mesalliance.

DER DÜNNE: Es sollte dem Kleinen verboten sein, immerfort abzuschweifen!

DER KLEINE: Wer sagt denn, daß ich abgeschweift bin? Wahrscheinlich trabt mein trojanisches Holzpferd geradewegs auf euch zu.

DER GROSSE: Übrigens weiß ich jetzt selber die Antwort nach dieser Unterbrechung. Der Vogel Rock, der Magnetberg und der verschollene Belfontaine, über den wir uns unterhalten wollten, sind alle drei aus derselben Familie –

DER DICKE: Oho!

DER GROSSE: Nämlich drei Orientalen. Und da stets ein Wort das andere gibt ...

DER DÜNNE: Ganz natürlich. Diese Rasse hält immer wie Pech und Schwefel zusammen.

DER KLEINE: Ich finde das durchaus nicht natürlich, wenn ein Berg, ein Mensch und ein Vogel zusammenhalten, Dünner!

DER GROSSE: Trotzdem ist diese Verbindung schon einmal vorgekommen. Denkt an den Ararat, denkt an Noë und die Taube, die Noë ausgeschickt hatte, als der Regen zu Ende war.

DER DICKE: Der Regen hört überhaupt nicht mehr auf ... die Finsternis, die wir Verdunkelung nennen ... und die zuerst in den Köpfen begonnen und mit

Schnappjalousien, schwarzem Papier und schlechter Pappe geendet hat; das Wasser ... die Flut, in welcher wir treiben –

DER KLEINE: Ich kann es nicht mehr über mich bringen, in offenen Flüssen zu baden, seitdem ich auf einen Eselskadaver getreten bin, in welchem die Aale wühlten und wimmelten!

DER DICKE: ... die Flut des Jammers, die Flut der Tränen, die Sintflut – vermehrt um den eignen Speichel, den der Ekel über das freche Gezücht der Zeitungsschreiber hervorbringt – –

DER KLEINE: Die Aale! Die Aale in dem Kadaver!

DER GROSSE: ... vermehrt um den Todesschweiß und um das Wasser, das die Blase der Sterbenden austreten läßt.

DER DÜNNE: Und das Chaos. Vergeßt mir das Chaos nicht! Dieses Chaos aus aufgeweichter Materie –

DER DICKE: Aus aufgeweichten Begriffen. Wie?

DER DÜNNE: Begriffe sind keine Materie, Sie alter Manichäer. Oder wollen Sie damit sagen, daß nur eine Scheinwelt aufgelöst wird; Versatzstücke gleichsam, und eine Fassade aus lauter Papiermaché?

DER KLEINE: Ich kann euch versichern: die Luftschutzkeller unserer Propagandisten sind durchaus nicht von Papiermaché.

DER GROSSE: Und ich – – ich sage euch, daß kein Pompeji und Herkulanum das Chaos so gründlich klarmachen können wie ein paar Plüschmöbel, die auf der Straße unter offenem Himmel stehen, mit Kalkstaub bedeckt, von der Mine geschlitzt, auf alten, abgebrochenen Füßen oder grausam auf den Rücken gedreht, während aus ihren hilflosen Bäuchen das Eingeweide quillt. Und dann von oben ein feiner Regen, eine Frau steht da und sagt: die Sprungfedern rosten. Oder: wie gut, daß Oma das nicht mehr erleben mußte.

DER DICKE: Erzählten Sie nicht auch etwas von Betten?

DER GROSSE: Ganz richtig. Das Paradies der Betten. Das Paradies nach dem Sündenfall, wenn die vordere Hauswand eingestürzt ist und das Schlafzimmer –

DER DÜNNE: ... aus geflammter Birke, an jeder Seite ein Nachttisch mit Glasplatte, über den Betten das obligate Heidekrautbild: blühende Heide, mein Gott heißt Natur – und schon wieder kein Präservativ zu haben – –! Aber, bitte, fahren Sie fort.

DER GROSSE: ... wenn die vordere Hauswand eingestürzt ist, und das Schlafzimmer wie eine Puppenstube, ein Bühnenbild, das nach der Rampe zu, nach dem Tertius gaudens hin, offensteht, allen Blicken ausgesetzt wird.

DER KLEINE: Eine Frau im Unterrock, die soeben von dem Postboten überrascht worden ist!

DER GROSSE: Diese Interieurs, ob sie Schlafzimmer sind oder Küchen und Badezimmer, haben alle etwas Intimes und Unanständiges an sich, sobald sie von der Vernichtung (in flagranti gleichsam!) betroffen und öffentlich bloßgestellt sind. Sie ähneln den schrecklichen Träumen, wißt ihr, in denen man plötzlich merkt, daß man nackt ist und nicht einmal mehr das berühmte Feigenblatt hat, um sich zuzudecken – überhaupt nichts mehr außer jener Gebärde, mit welcher Adam und Eva ihr Geschlecht zu verhüllen suchten.

DER UNSICHTBAR ANWESENDE: Vor wem zu verhüllen?

DER GROSSE: Schon wieder! Es muß ein Bauchredner unter euch sein, der mir ständig dazwischenquasselt.

DER DICKE: Es war das Geräusch der Propeller, nichts weiter, das uns unaufhörlich begleitet.

DER KLEINE: Die Propaganda!

DER DÜNNE: Die Wahrheit von morgen –!

DER GROSSE: Einerlei, was es auch war. Ich bin von Berlin nicht zurückgekommen, um mich hier verspotten zu lassen. Ich bin nicht umsonst an der furchtbaren Ecke im Norden stehengeblieben, an die Brandmauer angepreßt wie eine Katze, als der schiefe Balkon heruntersauste –

DER KLEINE: Die Brandmauer! Hört ihr? Nun sind wir doch noch an die Brandmauer angestoßen – –!

DER GROSSE: ... heruntersauste und mich unter Mörtel und einer Wolke aus Kalk begrub. An dieser Ecke – ich muß es sagen! – dieser Ecke an der Iranischen Straße, wo ich plötzlich das Halleluja von Händel, jenen Lobgesang himmlischer Heerscharen, hörte, den irgendeine zerrillte Platte, von der letzten Nadel gepeinigt, hervorzubringen suchte.

DER DÜNNE: Gott sei Dank – eine Orientierung in Regen und Dunkelheit. Das Grammophon aus dem Eckhaus an der Iranischen Straße ... diese Ecke ... das Halleluja von Händel als trigonometrischer Punkt.

DER DICKE: Ich verstehe nicht, wo das Grammophon herkam. Gerade hier –

DER GROSSE: Sie meinen wohl: hier – aus dem jüdischen Krankenhaus?

DER KLEINE: Was mich betrifft, so verschmerzte ich eher das Grammophon und das Radio als meinen Goldfischteich! Oder wißt ihr nicht, daß auch Hunde und Katzen, Fische und Schildkröten, Papageien oder Kanarienvögel – also alles, was nur das Leben ein wenig erheitern könnte – den Juden entzogen wurde? Ganz abgesehen von Milch und Eiern, Geflügel und Früchten, Fleisch, Zuckerwaren –

DER GROSSE: Und das Klopfzeichen aus dem Radio! Denkt an das Klopfzeichen aus dem Radio an unseren Kerkerwänden! Hier spricht England – –!

DER KLEINE: Aber mein Goldfischbassin! Begreift ihr denn nicht, was ein Goldfischbassin …

DER DÜNNE: Welches Glück, daß der Kleine jetzt endlich festsitzt und in einem fort nach dem Wasserfloh schnappt, den Ihr Stichwort ihm eingeflößt hat. Doch sollten Sie nicht, was das Eckhaus betrifft, einer akustischen Täuschung zum Opfer gefallen sein?

DER UNSICHTBAR ANWESENDE: Hier spricht ein Toter! Hier spricht ein Zeuge! Hier spricht die innere Stimme!

Ein heftiger Windstoß, danach ein Brausen, das in Orgelspiel und in das Halleluja von Händel übergeht.

DER GROSSE: Stellt das Radio ab! Seid ihr verrückt geworden! Natürlich auf der englischen Welle – ich dachte es mir schon.

DER PFARRER *(bewegt lautlos die Lippen und fährt, die halb erloschenen Augen auf das Brevier des Tages gesenkt, mit dem Finger die Zeilen entlang)*: … et in saecula saeculorum. – Amen.

Das Orgelspiel und der Sturm verebben, das Halleluja verklingt in der Ferne, es tritt völlige Stille ein.

DER GROSSE *(beginnt zu singen. Bald psalmodierend … bald in dem Tonfall der Bänkelsängerlieder)*: Auch ich bin Zeuge. Verflucht soll sein, wer das Eckhaus im Norden vergißt!

DIE ANDEREN: Verflucht und vergessen in Ewigkeit.

DER GROSSE: Das Haus des Jammers, in welchem die Kranken auf schmutzig bezogenen Betten liegen und gegen die Wände starren …

DIE ANDEREN: Verflucht und vergessen in Ewigkeit.

DER GROSSE: Dieses Haus, von Gerüchten des Schreckens erfüllt: heute noch geht ein neuer Transport, ein Sammeltransport mit Frauen und Kindern nach Auschwitz und Birkenau. Sagt nicht Auschwitz, sagt lieber Theresienstadt, und wir wollen zufrieden sein! Theresienstadt soll ein Kino haben, Theresienstadt ist sehr schön. Ihr kommt nicht dorthin, ihr zweihundert Menschen, doch ihr braucht nicht zu Fuß zu gehn. Zweihundert Menschen, damit die Wagen, die Viehwagen, voll sind – hineingestoßen! –, wir fahren ganz ohne Schein. Wir fahren nach Osten, wir fahren nach Polen in das endlose Grauen hinein. Wir vielen Verdammten, wir fahren zu vielen, wir Privilegierten selbzweit, wir fahren nach Auschwitz, wir fahren nach Polen ...

DIE ANDEREN: Verflucht und vergessen in Ewigkeit.

DER GROSSE: Auch ich bin Zeuge. Verflucht, wer das Eckhaus im Norden Berlins vergißt! Das Haus der Alten, die ganz zufrieden auf den Bänken im Innenhof sitzen und die Brotkruste, eingespeichelt mit Tränen, von Backe zu Backe schieben. Ob heute Besuch kommt? Wer soll schon kommen? Ich habe von Eiern geträumt. Eier bedeuten Ärger, ach Gott, und ich hatte einen so schönen Laden, ein Bijouteriegeschäft. Ich auch! Eine Feinplätterei in Neukölln. Jedes Jahr auf die Sparkasse fünfzehntausend, dazu die Zinsen geschlagen, rechnen Sie drei Prozent. Heute erst habe ich wieder von Läusen – Läuse bedeuten Geld – geträumt; Geld ... Geld ... und es juckt mich der Daumenballen – – oder ob das bloß Wanzen sind? Die Sonne scheint warm und sie plaudern, sie mauscheln, sie gehen jetzt an den Küchenfenstern und den großen klebrigen Kesseln entlang, an deren Rand noch die ewigen Rüben vom Mittagessen her sitzen. Mein Sohn in Chikago, ja, Gott sei Dank, meine Tochter in Tel Aviv ... und mein Magengeschwür wird zusehends schlechter, ich gehe schon vollkommen schief. Eine Stimme ruft von der vierten Station: Exitus! Macht sie bereit! Sie haben es hinter sich, haben den Lohn – –

DIE ANDEREN: Verflucht und vergessen in Ewigkeit.

DER GROSSE: Auch ich bin Zeuge. Verflucht, wer das Eckhaus im Norden Berlins vergißt. Das Haus der Kinder, der altklugen Zwerge, mit dem Judenstern auf dem Kleid. Lauter Sterntaler, erst vom Himmel gefallen, und schon schmutzig, erkaltet und stumpf. Sie schreien, sie toben die Gänge hinunter, sie lachen, wie Blechnäpfe lachen könnten, wenn sie zusammenstoßen. Ihre Augen werden das Meer nicht sehen oder das Hochgebirge, die Köpfe der Knaben werden rachitisch und die Becken der Mädchen verengert sein, wenn sie älter geworden sind. Aber wie sollten sie älter werden, diese Kinder – alt wie der Westerwald –, die jetzt schon am Ende sind? Sie wissen alles: es gibt kein Geheimnis und keinen Schleier für sie. Sie ahnen bereits, daß ihr bloßes Dasein als Verbrechen gilt, und der Schoß ihrer Mutter bedeutet für sie die Pforte des Todes, weil er fruchtbar gewesen ist. Diese Kleinen: wer freut sich im Grunde mit ihnen? Wer hat Geduld, wenn sie zänkisch und boshaft, wenn sie diebisch und lüstern sind? Wer erträgt ihre Fehler, außer der alten, schrecklich mißhandelten Puppe, die ihnen unter zerrauften Locken zuzulächeln versucht, oder das Holzpferd, das aus dem Stierkampf der ungezogenen kleinen Knaben auf nur drei Beinen zurückgekommen und völlig erblindet ist? Wer tröstet sie, wenn sie mit Steinen beworfen oder verhöhnt werden, weil einem Mistfink ihre Nase nicht mehr gefällt? Wer gibt ihnen ihren gerechten Anteil an Liebe und Fröhlichkeit? Man lehrt sie mißtrauen, man lehrt sie sehr gründlich und ganz von Herzen hassen, man lehrt sie den elenden Hochmut der Abgesonderten. Man sagt ihnen: ‚Sara‘ bedeutet Fürstin und ‚Israel‘ Gottesstreiter, die anderen aber heißen ‚Gojim‘, und wenn eure ‚Mamme-Loschen‘ euch ausstößt, so tut ihr besser daran zu jiddeln – ihr, deren Väter das Mittelhochdeutsch nach dem Osten getragen haben. Man lehrt sie hassen, man lehrt sie die Horra, es dröhnt in den Gängen und schreit, sie hopsen wie Böcke zu fremden Gesängen, und Tel Aviv ist sehr weit. Sie tanzen die Horra bis zum Ermatten, ihr Vater schreit in Lublin, ihre Mutter weint sich die Augen aus, und sie träumen sich fort von Berlin. Man lehrt sie hassen, man lehrt sie die Horra, es dröhnt in den Gängen und schreit. Geduld! Ihr tanzt bald zu der Gaskammer hin – –

DIE ANDEREN: Verflucht und vergessen in Ewigkeit.

DER GROSSE: Auch ich bin Zeuge. Verflucht, wer das Eckhaus im Norden Berlins vergißt! Das Haus und das Zimmer der jungen Mädchen auf der traurigen Säuglingsstation, wo die Kleinsten den Kopf noch nicht heben können, obwohl sie ein Jahr alt sind. Dort leben die jungen Mädchen und hüten als Helferinnen und Kinderschwestern, was mager und faltig wie eine Alraune im Gitterbettchen liegt. Sie sagen: ‚süß', und sie meinen sich selbst; ihre jungen fünfzehnjährigen Brüste, die den ausgewachsenen Häkelpullover – sag, seh ich nicht aus wie Marika Rökk? – mit ihrer Frühreife sprengen; ihre sorgsam polierten Fingernägel, die sie heimlich fortwährend schneiden und feilen und mit dem ausgetrockneten Rest einer Schminke zu färben versuchen; ihre Wüstenaugen, die flink und verstohlen in alle Ecken schweifen und doch immer voll Schwermut sind. An der Innentür ihrer Kleiderschränke haben sie Adolphe Menjou und Willy Fritsch angeheftet, und in dem Wäschefach unter den alten, zerfledderten Magazinen verbirgt sich der Liebesbrief, den ein Soldat ihnen postlagernd zugestellt hat. Denn sie legen heimlich den Judenstern ab, wenn sie zum Stelldichein gehen, belügen und bestehlen einander und borgen sich gegenseitig das Haarnetz oder den Lippenstift aus. Sie besuchen den Filmpalast, und sie treffen den Freund in der winzigen Kaffeestube, wo ein paar wackelnde Stühle neben der Theke stehen. Sie lassen sich graugelbe Kuchenstücke mit falschem Eierschaum, Amerikaner und Limonade spendieren und rauchen Zigaretten. So leben sie fast wie die anderen Mädchen in diesem verruchten Viertel und lachen oft ganz ohne Grund.

Sie lachen, wenn oben im Irrenhaus ein Verrückter sich austobt und zuckt. Sie lachen, wenn eine schwerkranke Frau in die Schüssel mit Kohlrüben spuckt. Sie lachen über den Sabbat der Alten mit seinem Geplärr und Verbot. Sie wissen genau, wie rasch sie erkalten, doch sie glauben nicht an den Tod. Sie sagen: ‚ich flitze!' Sie sagen: ‚SS? Die sind Männer wie alle.' Sie geben sich keß. Sie geben sich Haltung, sie sagen: ‚bye! bye!', wenn der Wagen schon vorfährt mit Jammergeschrei. Und ihr zartes Gelock, ach, wie bald geht's verloren, ihre Unschuld – wem tat sie schon leid? Sie werden gestempelt, geschändet, geschoren – –

DIE ANDEREN: Verflucht und vergessen in Ewigkeit.

Sirenengeheul. Die Sirene ertönt zuerst in der Ferne und springt dann auch auf das Städtchen über; ihre gräßlichen Tonwellen – alarmierend und gleichzeitig furchtbar vertraut – heben und senken sich unaufhörlich, um endlich auszuheulen.

DER PFARRER *(sieht unerwartet nach oben, senkt dann die Augen von neuem und betet gleichmütig weiter.)*

DER GROSSE: Eine Stunde früher als sonst. Sehr dumm. Ob wir diesmal nach unten gehen?

DER KLEINE: Wie immer. Wir bleiben natürlich oben. Oder glaubt ihr, das lächerliche Gewinkel mit den paar Holzstützen und dem Wirrwarr der Gas- und Wasserrohre...

DER DICKE: ... ohne Ausstieg wie eine Mausefalle ...

DER DÜNNE: ... mit der Indianeraxt und dem Pickel, den noch keiner wirklich gehandhabt hat ...

DER GROSSE: ... der Alchimistenküche von heute, sprich: Luftschutzapotheke ...

DER KLEINE: Das Beste an ihr ist das halbe Pfund Zucker, obwohl mir bis heute noch nicht recht klar ist, wozu es eigentlich dient!

DER DÜNNE: Sie meinen den Würfelzucker? Mein Gott. Natürlich, um bei Vergiftungen die Tropfen einzunehmen, welche – –

DER GROSSE: Still doch. Sie kommen. *Man hört das Geräusch der rasch sich nähernden Flugzeuge.* Ich finde nun wirklich selber, wir sollten das Licht ausmachen. *Er tut es, zwei Stühle fallen um.* Welch babylonisches Durcheinander in dem Wohnraum der Westeuropäer! Wären wir beispielsweise in Japan –

DER DICKE: Bomber! Nun sind sie genau darüber.

DER DÜNNE: Worüber?

DER DICKE: Sie fragen: worüber? Na – über Babylon! *Ein dumpfer, heftiger Schlag an der Haustür.*

DER UNSICHTBAR ANWESENDE *(ruft mit lauter Stimme):* Sind Sidrach, Misach und Abdenago hier?

DER GROSSE: Wahrscheinlich Leute, die unterwegs sind und rasch in den Keller wollen. Jeden Augenblick kann eine Bombe fallen. Wir müssen die erste Welle vorübergehen lassen. Übrigens bin ich fest überzeugt, daß wir kein Angriffsziel sind.

DER DICKE: Vorbei. Die erste Welle ist fort. Ich schalte das Licht wieder ein.

Er tut es, das Licht in der Birne flammt auf und beleuchtet drei Feuerwehrmänner in alt-assyrischer Kleidung, die unter ihnen sitzen. Sie tragen hohe, zuckerhutförmige Helme und haben Täfelchen, die an Schnüren von dem Hals auf die Brust herunterhängen – mit einer Inschrift in Keilbuchstaben, die niemand lesen kann. Ihre Hosen, so weit sie die Tunika frei läßt, sind unten zusammengeschnürt.

DER PFARRER *(nickt ihnen höflich zu und beschäftigt sich wieder von neuem mit dem Text in seinem Brevier.)*

DER GROSSE: Guten Abend. Darf ich die Herren bitten, ein wenig zusammenzurücken? Der Raum ist ziemlich eng.

DER KLEINE: Wenn niemand etwas dagegen hat, setze ich mich in die Ofenecke. Ich friere fürchterlich. Doch vielleicht möchte einer unserer Herrn Besucher –?

MISACH *(für alle):* Sehr liebenswürdig. Aber wir danken. Wir finden diese Temperatur gerade angenehm. Sie müssen wissen, daß wir soeben aus dem Feuerofen des Nebukadnezar gekommen sind, mein Herr.

DER GROSSE: Ich dachte es mir. Sie haben noch alle den Brandgeruch in den Kleidern, diesen widerwärtigen, öden Geruch einer ausgegangenen Pfeife. Er ist mir noch vollkommen deutlich von meiner Berliner Reise her in dem Gedächtnis geblieben – übrigens finde ich ihn am schlimmsten bei Häuserruinen, die naß geworden, oder an Schlacken- und Kohlenhalden, die durch platzende Heizungsrohre unter Wasser gesetzt worden sind. Aber, sagen Sie – brennt es denn in der Nähe? Man hat keinen Einschlag gehört.

DER DICKE: Still doch! Das Licht aus! Die zweite Welle ist schon im Anflug begriffen. *Die Birne erlischt, in den Täfelchen fängt die Keilschrift magisch zu glühen an. Sie lautet, wie zu erwarten war: Mene, Tekel, Upharsin.* Das war eine Bombe. Jetzt wieder! Aber was kann man, zum Teufel, außer den paar Kasernen, eigentlich bei uns suchen? Noch eine! Sicherlich hat sich der Tommy nicht richtig orientiert.

SIDRACH: Verzeihung, ich verstehe Sie nicht. Diese Stadt hat doch rings einen mächtigen Gürtel von Rüstungsindustrie?! Nehmen Sie nur die Deutschen Werke, die Mannesmannwerke, Borsig, und wie sie alle heißen – – ganz abgesehen von all den kleinen versprengten Ablegern hier und dort im Innern der Stadt ... Warum schweigen Sie? Warum sind Sie so still? Was ist Ihnen in die Glieder gefahren? Haben Sie etwa Angst?

In der Umgebung schlägt hart und deutlich Bombe um Bombe ein. Man hört das Fensterglas klirren, die Türen aus ihren Fassungen treten, von der Decke kommen Brocken herunter, die Luft ist mit Kalkstaub erfüllt.

MISACH: Kein Grund zur Aufregung. Bleiben Sie ruhig und setzen Sie sich hin! *Zu Sidrach und Abdenago.* Diese Herren konnten natürlich nicht wissen, daß das Flugzeug, in welchem sie sich befanden, in der Hauptstadt Nebukadnezars gelandet und jetzt mitten in Babylon ist.

Eine neue Bombe. Die Ziegelsteine tanzen vom Dach herunter und klirren am Boden auf. Der Luftzug fegt scharf durch das offene Zimmer, über dem jetzt die nackten Dachsparren stehen; ein glühendroter, von Rauchschleiern schwarz gezeichneter Himmel hebt sich hinter den Balken ab.

ABDENAGO: Warum wußten sie das eigentlich nicht? Haben sie denn den großen Aufmarsch in all diesen Jahren nicht mitgemacht und wurde vor ihren Augen nicht die scheußliche Bildsäule aufgerichtet, die man überall sieht, wo man geht und steht, von allen Himmelsrichtungen her, allen Orten, in allen Gerichtsgebäuden und auf allen Versammlungsplätzen?

SIDRACH: Und haben sie nicht mit eigenen Ohren den betäubenden Lärm von Horn und Flöte; von Zither, Leier und Harfe gehört? Von Sackpfeifen, jeglichem Saitenspiel und aller Art von Oboen: Hat nicht der Herold mit kräftiger Stimme allenthalben zur Anbetung aufgerufen – unermüdlich und dauerhaft?! Und sind nicht Satrapen eingesetzt worden, Vorsteher, Statthalter, Rechtsgelehrte, um diesen Götzendienst einzuführen und mit Gewalt schmackhaft zu machen?

DER GROSSE: Ich glaube, jetzt fange ich an zu verstehen. Doch warum drücken sich beide Herren so – altertümlich aus? Übrigens sind wir hier – abgesehen von der ungemütlichen Situation – ganz und gar unter uns. Sie können also ruhig »Trommeln und Pauken« statt »Flöte und Saitenspiel« für das Schmettern der Leibstandarte sagen; »Propaganda und Radio« für diesen Herold mit der unermüdlichen Stimme – ganz abgesehen von Ihrem Nebukadnezar, der, soviel mir bekannt ist, von Zeit zu Zeit gleichfalls auf allen Vieren kriecht; zwar nicht, um Kräuter, Gras oder Früchte, sondern Teppiche zu verspeisen, und dessen Name – *Ein furchtbarer Einschlag. Totenstille. Vollkommene Finsternis.*

DER DICKE: Lebt ihr eigentlich noch? Hat einer von euch eine Taschenlampe? So redet doch ein Wort! *Das elektrische Licht geht von selbst wieder an, die drei Feuerwehrmänner sind fort, das Zimmer ist unverändert.* Gott sei Dank. Die Flugzeuge sind vorbei. Es ist gut vorübergegangen.

DER DÜNNE: Das nennen Sie gut vorübergegangen? Ich habe mich noch niemals im Leben so unbehaglich gefühlt.

DER KLEINE: Das kommt daher, weil uns der Große so gründlich von seiner Reise erzählt hat.

DER GROSSE: Man könnte nicht aufhören zu erzählen, wenn man einmal begonnen hat. Stellt euch ein Kaleidoskop vor, in welchem die Bilder einander jagen und erst durch die immer raschere Drehung der Trommel miteinander verschmelzen und den Gegensatz aufheben, der ihrer Bindung zu widersprechen scheint. So denke ich beispielsweise an die springende Wasserfontäne aus den geplatzten Rohren, die sich inmitten des Flammenmeeres wie der Lobgesang der drei Jünglinge im Feuerofen erhob.

DER DÜNNE: Unterlassen Sie bitte diesen Vergleich, der mich im Hinblick auf das Erlebnis, welches wir eben hatten, noch schwanken und schlottern macht!

DER GROSSE: ... oder an die gestörte Alte, die unaufhörlich mit ihrem Besen über den Fußboden hin und her ging und den Schmutz von dem Rand in das Freie fegte; von dem zweiten Stock auf die Straße hinunter ... mechanisch in jahrelang eingeübtem, durchaus vernünftigem Arbeitsrhythmus, und die überhaupt nicht davon irritiert, geschweige, davon behindert wurde, daß die Vorderwand vollkommen fehlte.

DER KLEINE: Sie war also doch nicht geistesgestört, sondern der Prototyp einer Hausfrau, die den Staub, den die Katastrophe verursacht, viel tragischer empfindet als die Tragödie selbst.

DER DICKE: Ich wiederum meine, daß ihre Haltung an ein gespenstisches Wesen erinnert – an einen weiblichen Golem, zum Beispiel, oder an eine Parze, die mit dem mythologischen Besen die Penaten zum Haus herausfegt.

DER DÜNNE: Jede Hausfrau, mein Lieber, ist stets die Mischung aus einem mechanischen Golem und einer besentragenden Parze – merken Sie sich das, bitte!

DER GROSSE: ... oder an jene winzig kleine, grauschwarz gekleidete Frauenfigur, die ich von einem Fensterplatz in der Stadtbahn beobachtete – der Zug fuhr gerade stakelnd und stotternd in der Höhe des dritten Stockwerks vorüber – als sie in schwindelerregender Tiefe durch ihren zerstörten Hausgarten ging, ein Körbchen in ihrer Linken tragend, in der Rechten ein Küchenmesser, und sich immer wieder nach Brennesseln, Melde und jungem Löwenzahn bückte. Sie glich einer Ameise, flink und fleißig, wie sie da wimmelte ... grenzenlos einsam und abgeschnitten von ihrem Bau ...

DER DICKE: Hören Sie auf! Eine Parze, ein Golem, ein sonderbares Insekt – möchten Sie nicht diese Menagerie noch um die Evakuierten vermehren, die jetzt unsre friedliche kleine Stadt und die Ortschaften überschwemmen? Sie haben aus Friedenau oder Steglitz ihre Ecke, die Ecke am Grünkramhändler oder am Milchladen, mitgebracht und sammeln sich, wie sich gierige Fliegen um einen Tropfen Honig –

DER KLEINE: Kunsthonig!

DER GROSSE: Um einen Tropfen Kunsthonig sammeln, an dieser schrecklich vertrauten Ecke, ohne die sie so wenig leben könnten wie ihr Vorbild ohne die Wärme, die Fäulnis und den Kot.

DER KLEINE: Gott behüte uns vor den Evakuierten! Es sollte tatsächlich so etwas wie einen Exorzismus gegen ihr Dasein geben.

DER GROSSE *(fährt unbewegt fort)*: ... oder an die entsetzlich verstörte, wild galoppierende Herde, die sich, sobald die Sirene ertönt, in den Schutz der Flaktürme drängt.

DER DÜNNE: Diese Flaktürme haben Sie »Jahwe« genannt?

DER GROSSE: Im Anschluß an den 90. Psalm finde ich keinen besseren Namen für diese Schutzgötter unserer Zeit und ihre, wie man behauptet hat, vollkommene Sicherheit.

DER DICKE: Ein Jahwe, der über Parzen und Fliegen, Ameisen und mechanischen Wesen eine Glocke aus Sicherheit bildet; eine Landschaft aus Trümmern,

Schutthaufen, Balken und gähnenden Ruinen, die den Hintergrund abgibt für diese Gesellschaft entfesselter Gespenster ... gestürzte Sinnbilder: Engel und Palme und die lastentragende Karyatide -- wo aber bleibt der Mensch?

DER GROSSE: Ich sehe ihn nicht. Die Bewegung scheint ihn aufgesogen zu haben.

DER DÜNNE: Wie meinen Sie das: die Bewegung? Und welche Art von Bewegung? Von woher geht sie aus?

DER GROSSE: Ich meine die Bewegung an sich. Zunächst: den Aufmarsch. Die Formationen. Den Gleichschritt und die Parade. Hier war der Anfang. Dann kam der Treck. Die Umsiedlung. Der Rückmarsch der Deutschen. Die Balten wanderten und die Wolhynier. Die Tiroler, die Auslandsdeutschen. Auf der ganzen Welt fing der Deutsche wieder zu wandern an. Der ewige Jude unter den Völkern, der Stachel im Fleisch der Völkerfamilie, das eingekapselte Stück Dynamit, das steckengebliebene kleine Geschoß begann, sich in Bewegung zu setzen, und näherte sich der Aorta wieder, um die Schlagader zu bedrohen. Zuletzt der Krieg; die Atomisierung; der große Zyklon, der jegliche Bindung vernichtet und hinfällig macht. Der Bombenkrieg, der die Stätte der Ruhe unter den Trümmern begräbt; das steinerne Haus, den ererbten Besitz, den Platz, der mit Zirkel und Winkelmaß vermessen worden ist. Wo ist das Ende dieser Bewegung, und wie hört sie auf? Dieser schäumende Schmelztiegel aller Völker – wann wird er zur Ruhe kommen?

DER DICKE: Dieser Schmelztiegel über dem magischen Dreifuß in der Zauberküche des alten Chronos – wann wird er überkochen?

DER DÜNNE: Und wird aus dem Zerfall der Atome die Verwandlung des Zeitalters steigen? Die Verwandlung des

Menschen, den diese Bewegung in den Strudel der Atomisierung gezogen und scheinbar vernichtet hat?

DER DICKE: Wie heißt das Ferment, durch welches die Mischung, die Masse, auszukristallisieren und neue Formen, neue Gestalten zu bilden imstande ist?

DER GROSSE: ... das Eidolon, welches langsam heraufkommt und das Ziel dieser Wallfahrt den Heimatlosen, den Vertriebenen, unfreiwilligen Bettlern und widerwilligen Büßern einer Gesamtschuld kenntlich zu machen und zu umschließen vermag?

DER PFARRER *(hat sich plötzlich erhoben und steht – die halb versinkenden Augen in die Ferne gerichtet – mit dem Anschein äußerster Spannung auf wankenden Füßen da. Seine Lippen bewegen sich unaufhörlich, ohne doch einen Laut zu entlassen, dann ruft er, ein kurzes, stürmisches Klopfen beantwortend):* Herein!

DER KAPLAN *(ein einfacher Sanitäter tritt, einen Strom von Kälte verbreitend, mit fröhlichem Lachen hinzu):* Da bin ich. Ich habe ihn endlich gefunden, den mysteriösen Bettler, den Pilger, den Mann an den Wegerändern, den Magneten und das ewige Thema, um welches schon immer eure Kolloquien und beschwörenden Anrufe kreisen ...

DER GROSSE: Wen? Sprechen Sie rasch! Wen haben Sie endlich an den Wegerändern gefunden?

DER KAPLAN: Ich bin erstaunt. Wen sonst als den Freund, den verschollenen Belfontaine? Das heißt, ich habe jetzt seine Spur in Litzmannstadt gefunden und einen Menschen gesprochen, der ihm dort begegnet sein will.

DER DICKE: Es wollen ihm viele begegnet sein – in der Ukraine, in Polen und westlich von Smolensk. Jedesmal wurde sein Alter verschieden angegeben, bald trug er Pilger- und Bettler- und bald Soldatenkleidung; hier wurde er als typischer Jude, dort wieder als ein

Mensch geschildert, dem selbst der kleinste Zug dieser Rasse nicht nachzuweisen war. Wenn man dann etwas genauer fragte, war die Antwort fast immer die gleiche: nämlich, daß er ‚nicht eigentlich' alt und ‚nicht eigentlich' jung zu nennen, nicht stark und nicht mager, nicht groß und nicht klein, nicht auffallend, aber trotzdem nicht zu verkennen sei.

DER KLEINE: Wer ist er also in Wirklichkeit? Woher kommt er? Wo geht er hin?

DER DÜNNE: Wie heißt er, in dem sich der Mensch von heute wie in einem Spiegel erkennt?

DER GROSSE: Wie heißt der Heilige unserer Tage, das mystische Eidolon? Und wo taucht er zum ersten Mal auf?

DER PFARRER *(mit einfacher Stimme, als spräche er von einem Bekannten)*

Er heißt JOSEF BENEDIKT LABRE

geboren im Pas de Calais.

DER GROSSE: Wann geboren?

DER PFARRER: Im Zeitalter der Vernunft, dem 18. Jahrhundert.

DER DÜNNE: Also ein Zeitgenosse Voltaires.

DER PFARRER: Als Montesquieu starb, war er sieben Jahre. Diderot hat ihn ein Jahr überlebt. Der ‚Contrat social' und ‚Emile' wurden zu seiner Lebzeit geschrieben, das d'Alembert'sche Prinzip entdeckt, die Kritik der reinen Vernunft beendet, Werther und Goetz publiziert.

DER DICKE: So starb er also noch vor dem Ausbruch der Französischen Revolution.

DER PFARRER: Ein halbes Dutzend Jahre vorher.

DER KAPLAN: Saturn auf der Zeitenschwelle!

DER PFARRER: Legen Sie Ihren Tornister ab und mit ihm den mythologischen Ausdruck für diesen armen Pilger und Bettelmann, Herr Konfrater. Er wird Ihnen und uns dadurch nicht klarer – dieser Benedikt Labre, welcher sein Brot allerdings mit Vorliebe auf der Schwelle der Gotteshäuser verzehrt hat; dieser ewige Wallfahrer, Wanderer, Wandler zwischen den Heiligtümern Europas – zwischen Amettes und Loretto, Einsiedeln, Assisi und Rom.

DER KLEINE: Man sollte sein Brot nicht im Hocken essen; auf jeder Treppe, auf jedem Baumstumpf und Kilometerstein. Aber ich bin ganz fest überzeugt, daß diese Art von Ernährung die Mahlzeit von Morgen ist. Oder sieht man nicht heute schon, wie die Menschen zum großen Teil aus dem Rucksack leben, im Gehen essen, im Stehen trinken – –

DER DICKE: Erläutern Sie jetzt noch die Stehbierhalle und wenden Sie dann auf der Stelle Ihr trojanisches Holzpferd um!

DER GROSSE: Ich glaube, wir tun nicht recht daran, den Kleinen zurückzuweisen.

DER KAPLAN: Übrigens wird dieser Benedikt Labre mir wieder erinnerlich. Er kommt aus Nordfrankreich, ein Sohn der weiten und fast immer verhangenen Ebene, über welcher zu allen Jahreszeiten ein perlgrauer Schimmer liegt – ein Tränenschleier, ein Hauch der Sehnsucht nach Ferne und Abenteuer; nach Freude (wir sind ja nahe bei Flandern!), nach tiefer, unersättlicher Freude, welche gleichzeitig immerwährenden Wechsel und ewige Dauer sucht, und nach der Fremde, nach kühnen und edelmütigen Taten, nach den Blumen des Bösen, dem Blut des Drachen und der Befreiung der Jungfrau durch Demut und Heldentum.

DER GROSSE: Nach dem Meer, nach dem Ruderschiff und nach der Küste, die jenseits der Meerenge liegt!

DER UNSICHTBAR ANWESENDE: Hört! Hört! Hier spricht England! Hier spricht König Artus zu Artus' Tafelrunde!

DER KAPLAN: Von jetzt ab werdet ihr Lanzelot heißen, Erek, Durmant und Gawein. Wer auszieht, kehre zu sich zurück; Mündung und Quelle sind eins!

DER GROSSE: Zog Labre als Pilger aus oder als Bettler? Oder als beides zugleich?

DER PFARRER: Er zog als Büßer aus und in einem als Pilger und Bettelmann.

DER DICKE: Und wofür büßte er?

DER PFARRER: Für die Gesamtschuld des europäischen Menschen. Für die Schuld der Könige und der Kärrner; der Herrscher, der Unterdrückten; der Philosophen, der Dichter, der Künstler und Mathematiker büßte der Arme im Geist. Herangewachsen, suchte er unaufhörlich Gelegenheit zur Buße wie Parsifal den Gral. Er suchte sie in den strengen Orden der Trappisten und Zisterzienser, wo er vorübergehend Habit und Klosternamen erhielt; er suchte sie früher schon bei den Karthäusern in Neoville, wie in Sept Fontaines – –

DER KLEINE: Sprechen wir noch von Labre oder Lazarus Belfontaine?

DER PFARRER: ... bis eine heftige, schmerzhafte Krankheit seinen plötzlichen Austritt erzwang.

DER KAPLAN: Lassen Sie mich jetzt weiter berichten. Es ist alles vollkommen klar. Er wurde zum Bettler. In ärmlicher Kleidung, die Mahnung des Evangeliums befolgend, hatte er weder doppeltes Schuhwerk, noch mehr als einen Mantel und keinen Mundvorrat. So zog er dahin ...

DER GROSSE: Ich sehe ihn deutlich. Er ging, den Rosenkranz in den Händen, die einsamen Feldwege, welche von Regen und Hagel ausgewaschen, von der Hitze gedörrt, von Kälte vereist und von den Wagenspuren der Bauern tief eingesunken waren. Vor dem Eingang der Ortschaften blieb er stehen und bückte sich, um eine Gelberübe aus dem fetten Boden zu ziehen oder aus ein paar grünen Schoten eine Handvoll Zuckererbsen zu lösen, einen Apfel im Grasgarten aufzuheben, eine heruntergefallene Birne, die schon weich und wurmstichig war. Dann konnte es ihm öfter geschehen, daß ein Bauer ihn mit Prügel und Peitsche von seinen Beerensträuchern vertrieb, der Hund ihn verbellte, die Knechte und Mägde mit Steinen nach ihm warfen.

DER DICKE: Doch es kam wohl auch vor, daß die Bäuerin den Pilger, den Heimatlosen, mit ihren Bitten belud: ihrem Wunsch nach einer reichlichen Ernte, nach Erlassung des Pachtzins, Bewahrung der Tiere vor Rotlauf oder Staupe und der Hoffnung auf Leibeserben.

DER PFARRER: Vergeßt nicht, daß er sich nachts von dem Küster in die Kirche einsperren ließ. Dort betete er, wenn im Winter der Frost die Fenster mit Eisblumen überzog, er betete neben den aufgebahrten, langsam erstarrenden Toten; er betete, und er hing so fest, wie die Fledermaus in den Dachsparren hängt, so zusammengefaltet, so unablöslich mit Leib und Seele und jedem Nerv in seinen Gebeten, betrachtend und büßend – daß man ihn oft erst mit scharfen Essenzen zum Leben erwecken mußte.

DER GROSSE: Aber außer von diesem erhabenen, unendlich gesammelten, mystischen Beten – was wissen wir im Grunde von ihm? Wie hat er sich von anderen Pilgern und Wallfahrern unterschieden? Und was macht ihn so gegenwärtig?

DER KAPLAN: Ich weiß es. Dieser Franzose aus dem Lande der Beharrung schlechthin, der Kleinbürger, Bauern und Rentnernaturen, eroberte sich die Heiligtümer in Savoyen, der Schweiz und Deutschland, an der Mittelmeerküste, in Rom. Wie andere Forscher früher reisten, um die West-Ostpassage zu finden, das magische Indien, das weise China, und dabei völlig anderes fanden, als sie erwartet hatten, so reiste Labre – bedenkt: ein Jüngling, dessen Vater in dem Dörfchen Amettes einen winzigen Kramladen hatte! – mit den Schwingen des Zugvogels, der sich im Ozean auf Klippen und Felsenriffen zur Ruhe niederläßt, zu den Wallfahrtsorten von ganz Europa und ahnte nicht, daß die Unruhe selbst, die geheime Bewegung des Kontinents, die Völkerwanderung unserer Tage, ihm ihre Flügel geliehen hatte, um gegenwärtig zu werden. Ihm, der in den härtesten Klöstern des Landes eine Stätte gesucht hatte, welche in Einem Zelle und Grab umschloß, befahl der heilige Geist, sich von allem außer eben den Fittichen abzulösen, außer dem Reisemantel, der flatternd von seinen Vogelschultern herabhing, und den Schnürensandalen, die seine Zehen, die hornigen, beschützten. Er verwandelte ihn in reine Bewegung; er zehrte, wie Sturm an dem Bleibenden zehrt, an seiner Erscheinung; er nahm ihn sich selbst und verhüllte ihm, während er ihn vorantrieb, die eigentlichen Ziele; er blendete ihn und stürzte den Seher in tiefe Dunkelheit. So entblößte er ihn von dem eigenen Ursprung, von seinem Vaterhaus und von dem Land, das ihn geboren hatte, ohne ihn mit einem anderen jemals entschädigt zu haben, er machte ihn heimatlos – staatenlos würden wir heute sagen –, er verbot ihm an Eigentum alles außer dem Almosen, ja selbst sein Gebet verwandelte er in Stille; in ein Schweigen, das jedes Zwiegespräch ausschloß und nur von dem Auf- und Niederflackern der Ewigen Lampe skandiert war.

DER PFARRER: Mehr noch. Wie jedem Mystiker vor ihm und jedem vollkommen Armen mochte ihm Gott auch zuletzt noch den Trost seiner Gegenwart und die Hoffnung auf Erhörung genommen haben. Er machte ihn so vollkommen einsam, daß, als ihn die Kirche ein Saekulum später zu der Ehre der Altäre erhob, die wenigsten Christen eigentlich wußten, wer dieser Heilige war. Er wurde nicht volkstümlich – weder in Frankreich, wo Gambetta und sein gefährlicher Anhang die Gemüter damals viel mehr erhitzten als der arme Narr von Amettes; noch in Rom, wo die Kinder, als sie ihn sterbend auf den Stufen von San Martino al Monte, seiner Lieblingskirche, gefunden hatten, riefen: Ach, der Heilige stirbt! Der Heilige ist tot! Er blieb anonym, und keine Legende heftete sich an ihn; er wurde aufbewahrt wie ein Vorrat in dem Ölkrug der Witwe; ein Obolus unter der Zunge der Toten, von dem man vorher nicht wissen kann, welchen Wert er im Notfall besitzt.

DER GROSSE: Welche Notwendigkeit an der Wende der Not – –!

DER PFARRER: Eine Sanduhr, die im Verborgenen laufen und erst, wenn die Weltenstunde erfüllt war, in der Hand der Geschichte emporgehoben und allen Blicken gezeigt werden sollte ...

DER GROSSE: Gezeigt, nicht als der Zustand der Leere, sondern – weit furchtbarer noch – als der Zustand der stattgehabten Entleerung ...

DER KAPLAN: ... die aber, indem sich die Hälfte der Sanduhr ihres Inhalts entledigte ...

DER PFARRER: ... in Freiheit und in der Liebe Gottes, bedenkt diesen Unterschied wohl!

DER KAPLAN: ... die andere Hälfte im stillen bereichert und bis oben hin angefüllt hatte.

DER KLEINE: Ich, für mein Teil, sehe das Bild jener Frau, von welcher der Große gleichfalls erzählte, die nach dem Luftangriff ganz verstört aus ihrem Keller heraufkam, während es oben schon brannte, und einen Teller in ihrer Hand trug, auf welchem ein marinierter Hering, von einigen Zwiebelringen umgeben, wie ein freundliches Stilleben lag. Dieser Hering, dieser silberne Fisch, zuckt, während ihr Vergleich um Vergleich für euren Heiligen findet, jetzt wieder in meinem Gehirn. Er bewegt seine Flossen, schlägt mit dem Schwanz und ist in aller Stummheit bemüht, zu sagen, er sei noch da.

DER DÜNNE: Was hatte sie? Einen Fisch, sagen Sie? Einen Fisch, den sie aus dem Keller herauftrug, aus dem Dunkel, aus der Vergessenheit als einzigen Besitz? Den verschütteten Fisch, den verlorenen Fisch, den die Finsternis schön zu bedecken glaubte; das Zeichen, in welchem die Sonne in den Osterfestkreis tritt?

DER DICKE: Nicht mehr lange. Der Fisch hat den Widder, und der Wassermann wird in dem nächsten Äon wieder den Fisch ablösen – –.

DER DÜNNE: In dem nächsten Äon. Wird es den Äon des Wassermannes geben, und wie sieht der Wassermann aus?

DER GROSSE: Er steigt schon empor. Er steigt aus den Fluten wie Christus aus dem Jordan nach seiner Wassertaufe. Ein getaufter Äon, bis zu den Hüften von schäumenden Wogen umhüllt; ein Haupt, dem die nassen, purpurnen Locken bis auf die Schultern rollen; ein Angesicht, das sich begierig nach den zerreißenden Wolken und der flammenden Taube dreht.

DER KLEINE: Aber ich fürchte, inzwischen müssen wir alle den Weg des Trecks und der Völkerwanderung gehen; den Weg der Flüchtlinge und der Bettler, der Habenichtse, der Heimatlosen, den Weg, den vor uns das Salzfaß und die Essigflasche gegangen sind, die während des Bombardements von dem Küchentisch auf den Steinboden schlugen und ihren Inhalt vermischten; den Weg der Dinge, an denen wir hängen, und die wir unter den Trümmern des Hauses mit Hacke und Hand unter Stöhnen und Seufzen herauszugraben versuchen – diesen Gemüsewolf unserer Mutter, das Waffeleisen, die Nähmaschine, obwohl sie verbogen ist. Mit Töpfen, Tiegeln und Pfannen beladen, die Betten in Laken fest eingebunden und über den Auflagen kreuz und quer die Sprungfedermatratzen, ziehen wir jetzt noch dahin. Auf die Erde gebückt und trotzdem bemüht, unsere Last zu bewahren, verlieren wir zu unserem Glück Stück um Stück dieser Habe; Stück um Stück dieser alten Sünden, deren Schuld uns erst vergeben sein wird, wenn wir der trüben, schmählichen Lust an ihrem falsch gebrauchten Besitz ganz abgeschworen haben.

DER GROSSE: Inzwischen aber – ich fahre fort – was wird uns bleiben in jenem Büchlein, dessen blauer Pappdeckel, eingerissen, verschmutzt und befleckt von häufiger Benutzung, die Aufschrift ‚Mein Hab und Gut' trägt?

DER KAPLAN: Was dürfen wir tragen außer der Habe, die zuerst *uns* getragen hat – außer der Liebe Gottes und dem Kreuz, mit dem das Geheimnis der Liebe untrennbar verbunden ist?

DER PFARRER: Gepriesen sei das unbrennbare Holz, das dauerhafte und harte Holz, das Holz des Kreuzes inmitten der brausenden Feuerflamme!

DIE ANDEREN: Gelobt und gepriesen in Ewigkeit.

DER PFARRER: Gepriesen sei alles, was Teil hat an der Natur dieses Holzes: die Türpfosten unserer Häuser, die der Engel des Herrn bezeichnete, damit sie für unseren Auszug aus Ägypten geöffnet blieben; die Schwelle, welche uns noch so lange, wie es notwendig sein wird, geleitet und hält, damit wir sie überschreiten können, bevor sie einstürzt und sinkt; der Dachstuhl, in welchen die Brandfackel fallen, und der Estrich, auf welchen sich der Kanister mit Benzin und Phosphor ergießen wird, um unser irdisches Teil zu verzehren und den Pilgerpfad sichtbar zu machen inmitten der Finsternis.

DIE ANDEREN: Gelobt und gepriesen in Ewigkeit!

DER PFARRER: Gelobt sei der Wind, der die Flamme emporträgt und sich mit seinem dämonischen Sausen ihrem furchtbaren Atem vermischt.

DIE ANDEREN: Gelobt und gepriesen in Ewigkeit!

DER PFARRER: Gelobt sei das Wasser, gelobt sei der Regen, gelobt sei der Hagel, der Schnee und die Schmelze, die das Feuer löschen, wenn es den Auftrag zu Ende geführt hat; welche das Haus, diesen erweiterten Leib des Menschen, aufzulösen beginnen; es durchsickern und es mit tausend Tropfen wie eine Harfe umspielen, auf welcher die göttliche Weisheit des Ursprungs wieder zu tönen beginnt.

DIE ANDEREN: Gelobt und gepriesen in Ewigkeit!

DER PFARRER: Gelobt sei der schwache irdische Raum, der wie ein Zelt inmitten des Ackers von dem Feldhüter aufgeschlagen und, wenn die Ernte eingebracht wurde, zusammengefaltet wird. Gelobt sei, die ihn durcheilt bei Nacht und bei Tag: die allmächtige Zeit. Gelobt sei der Schöpfer in seinen Geschöpfen und sein Honig, *die Gnade* in irdenen Töpfen –

DIE ANDEREN: Gelobt und gepriesen in Ewigkeit!

Von fern und nah hört man jetzt die Entwarnung, die von allen Sirenen aufgegriffen und begierig weitergesagt wird. Dann endlich senkt sich der Dauerton wieder und verschwindet wie ein Gerinnsel im Gully, wenn der Regen sich ausgetobt hat. Die alte Haushälterin des Pfarrers geleitet ihren frommen Besuch, eine Küchenschwester des Klosters, mit der Taschenlampe hinaus. In dem Hausflur bleiben beide noch stehen und warten geduldig das Ende der langen Entwarnung ab.

DIE HAUSHÄLTERIN: Ich glaube, Schwester Eustachia, wir dürfen jetzt schlafen gehen.

SCHWESTER EUSTACHIA: Aber vergessen Sie nur nicht, den Kamillentee für den bösen Finger heute abend noch überzubrühen. Sie könnten auch ein Seifenbad machen, wenn Sie gute Kernseife hätten und nicht dieses schlechte Tonstück, dessen Schmutz man hinterher abwaschen muß, wenn man glaubt, gereinigt zu sein. Haben Sie übrigens das Rezept für die Bratlinge ausprobiert?

DIE HAUSHÄLTERIN *(ihren Finger betrachtend)*: Er geht sicher ganz bald schon von selber auf. Die Eiterbeule ist gelb. Meinen Sie das Rezept für die Klopse aus aufgequollener Grütze, die mit frischer Blutwurst vermischt und alsdann in der Pfanne gebraten wird? Ich habe in solchen Sachen kein Glück. Diese Dinger halten mir nicht zusammen, sondern verlaufen im Nu.

SCHWESTER EUSTACHIA: Sie dürfen natürlich das Mehl nicht vergessen, ein paar gute Eßlöffel voll. Roggenmehl rösten Sie vorher an, damit es mehr ausgibt, verstehen Sie, dazu eine Prise Pfeffer und Salz, eine fein gewiegte Zwiebel darunter und etwas Majoran. Ganz einfach –

DIE HAUSHÄLTERIN: Das meinen Sie so. Aber ich sagte Ihnen ja schon: ich habe damit kein Glück. Wie Gott will. Der letzte Namenstagskuchen ist mir auch wieder sitzen geblieben. Ohne Backpulver geht es nicht.

SCHWESTER EUSTACHIA: Welch ein Unsinn! Ganz einfach: ein Teelöffel Natron und zwei Löffel Essig darunter – Sie sollen sehen – –

DIE HAUSHÄLTERIN: Ich kann mir nicht helfen: ohne Backpulver geht es nicht. Wie Gott will. Ein Glück, daß Hochwürden alt ist. Er schmeckt und sieht fast nichts mehr. Dazu das wenige Fett, liebe Schwester, wie soll man da kochen können? Nicht ein einziges Mal, daß mir nicht der Kohlrabi unten im Topf anhängt. Wie Gott will. Das Leben wird immer schlechter, man freut sich fast auf den Tod. Für morgen habe ich Trockengemüse in Wasser eingeweicht – Wirsingkohl – aber ich merke bereits, daß die Strünke nicht aufquellen wollen. Unsere Einmachgläser, ach Gott, hat Hochwürden schon im November verbraucht, als die Evakuierten kamen. Ich habe auch früher nicht gut gekocht – aber jetzt schmeckt alles wie Stroh. Wie Gott will. Wir haben es bald überstanden, der Geistliche Herr und ich ... Ach so, Sie müssen nach Hause, Schwester? Ich schließe ja schon auf. Fünf Treppen hinunter, fallen Sie nicht, es ist eine ungerade Zahl. Gute Nacht –. *Sie wendet sich mühsam um und geht in die Küche zurück.* So ist das. Wir werden alle nicht jünger, auch die gute Eustachia nicht. Wenn ich bedenke, wie frisch sie noch war, als sie hier in das Kloster eintrat, und die Oberin Maura noch lebte. Das waren Zeiten! Wie sagte sie doch, die heiligmäßige Schwester Maura, wenn sie in Schweickert's Laden hereinkam, und die junge Frau Belfontaine ihr den Korb voll Zucker und Weizenmehl packte? ‚Guten Tag – das Jesuskind kommt auf Besuch, was verdirbt denn schon wieder im Laden?' Alle tot – Elisabeth und Elfriedchen, und von Herrn Belfontaine weiß kein Mensch mehr, wo er geblieben ist. Wie Gott will. Ob ich wirklich den Finger noch bade? Er geht sicher von selber auf. Wie Gott will. Heute Nacht kommt kein Angriff mehr. Der Mond ist im Untergang.

NACHWORT
von Elisabeth Hoffmann

»Ein dichterisches Kunstwerk hohen Ranges, ⟨...⟩ ein Hexen- und Engelskessel, in dessen Tiefen es unaufhörlich gärt und kocht, während die Oberfläche darüber – in dichtester und dabei zartester Bewegung wie kaum sonst in einem Prosawerk – mit allen Farben des Zaubertums schillert«, so hat Hermann Broch 1949 in einer Rezension für die Literarische Revue »Das unauslöschliche Siegel« charakterisiert. Diesen Roman, der mit seinem Motto »Commystis committo«, den Miteingeweihten vertraue ich mich an, jede andere als die von der Autorin gewollte Rezeption – »gläubigen Nachvollzug« hat sie es einmal genannt – auszuschließen scheint. Doch wenn ein literarisches Werk sich dadurch auszeichnet, mehrdeutig zu sein, eine jeweils neue Rezeption nicht nur zu gestatten, sondern sogar zu fordern, dann ist wohl eine kritische, mithin 'ungläubige', die Vielschichtigkeit des Romans rekonstruierende Sicht erlaubt.
Vielschichtigkeit, das ist zunächst einmal wörtlich zu nehmen. Denn das Geschehen wird auf ganz verschiedenen räumlichen und zeitlichen Ebenen, die nur lose miteinander verknüpft sind, angesiedelt. Diese Struktur, die von der zeitgenössischen Kritik als formale Kühnheit gerühmt oder als Indiz der Modernität konstatiert wurde, verlangt vom Leser viel Aufmerksamkeit. Doch ist die Form keineswegs so aufgelöst und disparat, daß eine lineare Handlung nicht erkennbar wäre. Vielmehr bietet die gesamte erste Hälfte des Romans – unterbrochen nur durch den zweimaligen Schauplatzwechsel und Zeit-

sprung – auch eine in sich geschlossene Story. Dargestellt werden zwei Tage aus dem Leben des Ladenbesitzers Lazarus Belfontaine in dem Städtchen A., eine Chiffre, die leicht als Alzey zu entziffern ist. Wer einmal in dem Geburtsort Elisabeth Langgässers, den sie als Zehnjährige verließ, gewesen ist, wird die Topographie, Straßen und selbst einzelne Häuser mühelos wiedererkennen. Als einer ihrer Leser sie auf diese Übereinstimmungen hinwies, erwiderte sie, daß Alzey doch »nur die mythologische Kulisse für ⟨ihr⟩ eigentliches Anliegen: die Wiedergeburt des gefallenen Menschen in dem 'Unauslöschlichen Siegel' der Taufe, in Gnade und Erlösung« sei (Brief an Lorenz Fey v. 28. 3. 49). Wie sehr sich die Autorin hier provoziert fühlte, zeigt ihre insgesamt äußerst schroffe Reaktion. Vermutlich ahnte sie, daß die nicht selten virtuose Gestaltung dessen, was ihr als bloße Kulisse erschien, manchen Leser eher zu faszinieren vermag als die Botschaft des Romans. Zu den Passagen, die vor allem durch eine ästhetisch überzeugende, höchst anschauliche Darstellung der inneren und äußeren Welt beeindrucken, zählt auch die folgende:

»Hier also war das frühere Ghetto, dachte Herr Belfontaine wieder, und daß diese Häuser von etwas anderm als von Gespenstern bewohnt sein sollten, war einfach nicht vorzustellen. Dieses wolkengraue Gebäude zum Beispiel: schief, abgeblättert, mit großen Flecken und einer Glasscheibe, die so verschmutzt war, daß der Schuh- und Kleiderhaufen dahinter in der ungewissen Art, sich zu häufen und übereinanderzuschieben, fast etwas Menschenähnliches hatte und je nach der Blickrichtung bald einem Körper, an dem das Leichenhemd mitverwest, glich; bald einem Säufer im Rinnstein oder einem Ertrunkenen – –. ⟨...⟩ Er hastete weiter, stumm und verstört; was er suchen wollte, wußte er nicht; noch weniger, was er verloren hatte, und am wenigsten, was ihn trieb. Indessen zerfiel mit dem wandernden Mond und dem huschenden Wechsel von Nacht und Morgen die Welt um ihn immer mehr. Die schemenhafte Tücke der Dinge, eine Art von Verabredung, die er schon früher an ihnen beobachtet hatte, ließ ihn aufs neue den Weg verfehlen und jagte ihn im Kreis. 'Ein Labyrinth!' sagte Belfontaine zornig und stampfte mit dem Fuß. 'Welch ein Schmutz! Wie häßlich selbst in der Nacht! Dieses Stadtviertel taugt zu nichts weiter, als abgerissen zu werden.' Als ob sich dieser vernünftigen Einsicht die Häuser nicht länger mehr widersetzten und nachzugeben schienen, flammte plötzlich ein tiefschwarzes Fenster auf und brannte der furchtbar verschimmelten Mauer ein grelles Feuermal ein.« (S. 207, 209). Wie hier eine versunkene Welt beschworen und die Atmosphäre des Unheimlichen vermittelt wird, ist schon eindringlich genug; darüber hinaus deutet die Szene bereits auf das Schicksal der Juden im Dritten Reich hin. Noch direkter erscheint dieser Zusammenhang in dem Gespräch zwischen dem Pfarrer Mathias und Belfontaine:

»'Wenn ich nicht irre, war hier das Ghetto?' fragte der Geistliche höflich.

'Es war nicht nur. Es ist es auch noch', erwiderte Belfontaine. 'Von der Altschul ist freilich nichts übriggeblieben als eine Gasse, die ‚Altschulreuel', und ein Gemäuer, das ‚Rabbihof' heißt – soviel ich weiß, hat ein Judenpogrom vor etlichen hundert Jahren den Rabbi samt seiner Altschul von der Erde hinweggenommen. Aber trotzdem leben noch immer einige Althändler hier, ein Pferdemetzger, ein Pfandleiher, ja ... und was dieser Gewerbe mehr sind. Die neue Synagoge natürlich hat damit nicht das geringste zu tun, und wenn wir vor ihren drei Kuppeln stünden, so wäre es mir ein leichtes, mich von dort aus

zurechtzufinden. Allerdings müßte zuvor einer kommen, der wieder Feuer in ihr Gestühl wirft, damit wir die Richtung haben...' 'Merkwürdig', sagte der Pfarrer betroffen, 'mir war doch vor einer Stunde, als ob ich den Widerschein eines Brandes am Himmel gesehen hätte.'
'Das haben Sie auch, Herr Pfarrer', sagte Belfontaine ausdrucksvoll. 'Ich erzählte Ihnen doch eben, daß wir zur Probe den letzten Satz des Feuerwerks ausprobiert haben.'
'Nein', widersprach ihm der Geistliche heftig, 'unmöglich, daß das ein Feuerwerk war. Ich sage Ihnen, es war ein Brand –', er zitterte plötzlich am ganzen Leibe und packte mit geschlossenen Augen Herrn Belfontaine an der Hand.« (S. 213)
In diesem Abschnitt mag die Symbolik etwas aufdringlich erscheinen; die Überfülle von Bildern, deren Sinn und Funktion manchmal rätselhaft bleiben, ist ein grundsätzliches Problem des Romans. Der verschwenderische Einsatz von Metaphern ist jedoch eine Strategie, die dazu dient, die sinnliche Dimension des Daseins poetisch einzufangen. Ob es sich um die akribische Schilderung opulenter Mahlzeiten oder seelischer Befindlichkeiten, einer in der Mittagshitze imaginierten Landschaft oder eines simplen Feldwegs handelt, immer wieder entstehen atmosphärisch dichte Bilder der jeweiligen Situation: konkrete Anschauung und pointierte Darstellung von Wirklichkeit, zumindest von Realitätspartikeln, zeichnen den Roman aus, dessen Handlung im Mai 1914 einsetzt. In satirischer Zuspitzung wird ein dekadentes Bürgertum vorgeführt, dessen zur Schau getragene Wohlanständigkeit die aggressiven und destruktiven Impulse nur mühsam verdeckt. Die gesellschaftskritische Dimension bleibt allerdings ziemlich peripher, auch wenn die Dialoge den Geist der Zeit –

jedenfalls bruchstückhaft – widerspiegeln und sich Beobachtungen finden wie die folgende über die Honoratioren von A., die allfreitäglich Freßgelage veranstalten und als angebliche Feinschmeckerrunde kulturelles Niveau bloß vortäuschen:
»Heute nun war die Runde von einem Ausflug zurückgekommen, der sie für einige Tage auf ein Wasserschlößchen im Spessart entführt und mit Tafeln und Bechern, Schachspiel und prächtigen Mondaufgängen auf das angenehmste beschäftigt hatte. Ein früheres Mitglied der Runde, Heimatforscher und Archivar, dem von Staats wegen die Erlaubnis, dort in alten Papieren zu schnüffeln, vor kurzem erteilt worden war, hatte sie eingeladen: den Amtsrichter und den Apotheker, von denen der erste seinem Assessor, der zweite seinem Gehilfen die Arbeit überließ; Herrn Böhmer, welcher von seinen Zinsen, Herrn Rübsam, der von den Zinsen anderer Leute lebte, nicht zu vergessen Herrn Gitzler, der sich nur mit dem kleinen Finger auf seinen Kohlen- und Kalihandel, mit den anderen vier auf die Börse stützte und als einziger außer Herrn Belfontaine etwas von Aktien verstand; lauter unabhängige Leute also, natürlich auch unabhängig im Denken, wie sie ausdrücklich zu betonen pflegten.« (S. 42)
Wie aber verhält es sich mit der Hauptfigur Lazarus Belfontaine? Ist er wirklich ein Mann ohne Eigenschaften, nur der »irdische Brennpunkt eines Bündels von Schicksalen« (Vortragsnotizen im Nachlaß)? Viele Kritiker und Forscher haben das genau so oder ähnlich gesehen, andere der Autorin vorgeworfen, sie könne Menschen, speziell Männer, nicht überzeugend genug darstellen, und daher sei die Figur des Belfontaine auch so blaß und konturlos geblieben. All diese Behauptungen scheinen mir jedoch sehr fragwürdig zu sein. Zwar wird der Leser nach einem

Signalement des ‚Helden' vergeblich suchen, aber das ist zumindest im modernen Roman keineswegs außergewöhnlich. Erinnert sei nur an Adrian Leverkühn und Serenus Zeitblom aus dem »Doktor Faustus«, deren äußere Gestalt ebenfalls im Dunkeln bleibt, weil sie, wie Thomas Mann sagte, das »Geheimnis der Identität« zu hüten hatten. Um ein solches Geheimnis der Identität könnte es sich auch im »Unauslöschlichen Siegel« handeln, nämlich die zwischen dem *Juden* Lazarus Belfontaine und Eduard Langgässer, dem jüdischen Vater der Autorin, dessen Gestalt und früher Tod schon in der Kindheitsmythe »Proserpina« (1933) literarisch transponiert wurden. Wenn ich im folgenden diesen Aspekt ausführlicher darlege, so nicht, um nach realen Vorbildern für Personen des Romans zu fahnden. Vielmehr geht es um die Frage, wie sich die Halbjüdin Elisabeth Langgässer mit ihrer Herkunft, wegen der ihr seit 1936 jede Publikation in Deutschland untersagt war, in *dem* Werk auseinandergesetzt hat, das während der nationalsozialistischen Herrschaft entstand. Natürlich wird der geliebte und für die Entwicklung der Tochter so bedeutsame Vater im »Unauslöschlichen Siegel« nicht porträtiert, aber es gibt eine Reihe von 'Übereinstimmungen', die nicht zufällig sein können und bisher zu wenig beachtet wurden.

Von Belfontaine heißt es: »So gab er den Anblick eines gepflegten, mit sich zufriedenen Mannes ab, nicht eigentlich eines Kaufmanns, aber auch keines Beamten; sicherlich keines Künstlers, doch eines kunstempfänglichen Menschen; vielleicht eines Architekten, wofür man Belfontaine schon auf Reisen öfter gehalten hatte.« (S. 46) Eduard Langgässer *war* Architekt, zeichnerisch begabt und an Kunst interessiert. Seine Familie, die wie ihre Glaubensgenossen die Befreiung aus dem Ghetto den Auswirkungen der Französischen Revolution verdankte, war seit Generationen in Mainz ansässig, er selbst ist dort 1846 geboren, zur Schule gegangen und hat unter anderem in der Schweiz und in Frankreich studiert. Über Belfontaine erfahren wir, daß »dieser lebhafte, offene Mann ⟨...⟩ in Mainz die höhere Schule besucht, Italien und sämtliche Schweizer Kantone zu seinem Vergnügen bereist ⟨...⟩ hatte.« (S. 47) Seine Hände werden gleich zu Beginn des Romans auffallend genau beschrieben: »sie waren weder zu groß, noch zu klein, eher breit als schmal, aber auch nicht plump, und hatten gleichmäßig dicke Finger mit spatelförmigen Kuppen. Nur die Nägel standen, kaum fühlbar, in eigentümlichem Gegensatz zu ihren Fingerenden. Sie hatten, vielleicht, weil Herr Belfontaine ein leidenschaftlicher Raucher war, eine vergilbte Farbe, als wären sie abgestorben oder als hätte das Blut nicht mehr die Kraft, sie bis an den Rand zu füllen; auch waren sie spitzer geschnitten, als man erwarten sollte, und diese graugelbe Farbe in Verbindung mit ihrer gepflegten Form gab ihnen etwas von Stolz und Schwermut und geheimer Absonderung...« (S. 13f.). Es ist zwar nicht zu beweisen, aber keineswegs unwahrscheinlich, daß diese Schilderung von sehr realen Erinnerungen inspiriert wurde. »Schwermut« und »Absonderung« — diesen Eindruck vermittelt wohl auch das Porträt des Vaters in der autobiographisch beziehungsreichen »Proserpina«. Eduard Langgässer ist nicht irgendwann konvertiert, sondern er ließ sich — einen Tag vor der Heirat mit der Katholikin Eugenie Dienst — am 2. Mai 1884 taufen. Seine Eltern waren bereits verstorben, der einzige überlebende Bruder wanderte schon früh nach Frankreich aus. An einem Maitag des Jahres 1914 erinnert sich Belfontaine an seine genau sieben Jahre zurückliegende, am Tag vor der Hochzeit erfolgte Taufe: »Nun, meine Eltern waren schon tot, ich hatte auch keine Geschwister, ein paar entfernte Verwandte nur ... und brauchte nach nichts zu fragen. Das bißchen Wasser, dachte ich damals, kann dir ja wohl nicht schaden – – .« (S. 25) Eine letzte 'Parallele' sei noch genannt. Belfontaines Vater wird als Kaufmann »mit dem Konsultitel eines Räuberstaates da unten in Kaffeeamerika« (S. 179) geschildert, der seinem Sohn durch eine sorgfältige, kosmopolitische Erziehung den sozialen Aufstieg ermöglichen will. Auf der Geburtsurkunde Eduard Langgässers erscheint dessen Vater Coloman als Sensal, eine wenig gebräuchliche Bezeichnung für Makler und bei flüchtigem Lesen durchaus auch als Consul entzifferbar.

Wie gesagt, diese Übereinstimmungen können nicht zufällig sein. Denn Elisabeth Langgässer hat die betreffenden Dokumente nicht nur gekannt, sondern sie sah sich gerade zu der Zeit, als sie den Roman begann, gezwungen, über ihre Herkunft Rechenschaft abzulegen. Die Reichsschrifttumskammer forderte von ihren Mitgliedern den »Ariernachweis«, den die Autorin nicht erbringen konnte. Auch auf eine Ausnahmegenehmigung hoffte sie vergebens, und hatte doch in einem Brief an den »Reichskulturwalter« vom 17. 8. 1937 ihre schriftstellerische Begabung auf die »rein arische« Linie der mütterlichen Familie zurückgeführt. Sicher sollte man dieses verzweifelte und im übrigen recht naive Manöver nicht vorschnell moralisch beurteilen. Andererseits wird man fragen müssen, ob hieraus nicht zumindest eine ambivalente Haltung gegenüber der eigenen jüdischen Herkunft spricht. In dem Zusammenhang sei noch einmal an den oben ausführlich zitierten Dialog zwischen dem Pfarrer Mathias und Belfontaine erinnert. Nur ein völlig verblendeter und ignoranter Leser wird bei dieser Textstelle nicht an die brennenden Synagogen der sogenannten Reichskristallnacht, des Pogroms vom November

1938, denken. Wie ist dann aber Belfontaines Bemerkung »allerdings müßte zuvor einer kommen, der wieder Feuer in ihr ⟨der Synagoge⟩ Gestühl wirft, damit wir die Richtung haben ...« zu verstehen? Wie anders, als daß der Judenverfolgung im Dritten Reich ein geheimer Sinn der Läuterung und des Opfergangs unterlegt wird? Und es gibt weitere Textsignale, die diese Deutung unterstützen. Gegen Ende des Romans versteigt sich der drogensüchtige Apotheker Louarment gegenüber Belfontaine zu der Behauptung:

»Großer Gott — Sie tragen in Ihrem Eingeweide eine Synagoge herum. Selbstverständlich keine aus Holz und Lehm wie die armen, kleinen Dinger in Gorki oder in Sabludowo, schief von der Schneelast im Winter und geborsten von Sommerhitze, mit Rissen und Sprüngen und voll Gesumse, voll Schnattern, Drehen und Wiegen und dem ewig rinnenden Lobgesang über verfilzten Bärten – o nein! Eine Reform-Synagoge. Einen Koloß aus Beton, sehr modern, sehr schlicht, sehr künstlerisch empfunden. Keinen Sabbath, am liebsten auch kein Hebräisch, kein Zeremonialgesetz. Sie fragen: was bleibt, Herr Louarment? Sehr viel. Die Hauptsache nämlich: der Kultus der Vernunft.« (S. 502)

Es ist aber eben dieser »Kultus der Vernunft«, in dem Elisabeth Langgässer die Wurzel allen Übels, nicht zuletzt die des Faschismus, sieht, für dessen Entstehung dann konsequenterweise insbesondere das aufgeklärte Judentum mitverantwortlich wäre. Diese zutiefst ideologische und ignorante Verdrehung von Ursache und Wirkung zeigt auch, daß Elisabeth Langgässer die jüdische Religion und Tradition nie als selbständige, eigenwertige oder gar gleichberechtigte Glaubens- und Denkweise begriffen hat. Mehr noch: Der alte Vorwurf gegen die »verstockten« Juden, sie hätten den Messias nicht erkannt und trügen die Schuld an seinem Tod, spukt auch im »Unauslöschlichen Siegel« herum. Dieses Argument hatte aber der *religiöse* Antisemitismus – oder besser gesagt Antijudaismus – jahrhundertelang benutzt. Wäre er zumindest nicht latent so weit verbreitet und tief verwurzelt gewesen, der nationalsozialistische Rassenwahn, die Verfolgung und Vernichtung der Juden wären weniger widerspruchslos hingenommen worden. Eben diesen Zusammenhang scheint Elisabeth Langgässer nicht konsequent genug durchdacht zu haben. Auf der einen Seite sieht sie Christen *und* Juden als »Kinder Abrahams«, die sich ihrer gemeinsamen Wurzeln im Alten Bund bewußt sein sollten. Aber allzuoft betont sie die Überlegenheit der christlichen und implizit die Mängel der jüdischen Religion. Wenn Belfontaine, obwohl getauft, nicht an die Gottheit Christi zu glauben vermag und bekennt »Ich bin ein Israelit geblieben. C'etait plus fort que moi« (S. 257), dann macht er sich eben eines 'Irrtums' schuldig. Einerseits konstruiert die Autorin die Mitverantwortung des Judentums für das Aufkommen des Faschismus, andererseits erinnert der von der zeitgenössischen Kritik meist ignorierte Epilog des »Unauslöschlichen Siegels« an das konkrete jüdische Schicksal so unverhüllt und intensiv, daß diese Szenen in der deutschen Nachkriegsliteratur ihresgleichen suchen. Besonders eindringlich und realistisch ist die Schilderung des Krankenhauses in der Iranischen Straße (S. 601 ff). Dort war Cordelia, die wegen ihres jüdischen Vaters als »Volljüdin« eingestufte Tochter Elisabeth Langgässers, zwangsweise untergebracht, bevor sie über Theresienstadt nach Auschwitz deportiert wurde. Ihre Erinnerungen »Gebranntes Kind sucht das Feuer« berichten davon. Dort ist auch nachzulesen, wie sie, das einst »fromme katholische Mädchen«, den Weg nicht zum jüdischen Glauben, aber zu

ihrem Volk Israel fand. Die Mutter hingegen stilisierte das Schicksal dieses Volkes zum Opfergang.
Die ambivalente und widersprüchliche Beziehung Elisabeth Langgässers zum Judentum resultierte natürlich auch aus ihren religiösen Überzeugungen. Die Radikalität und Unbedingtheit ihres Glaubens spiegelt sich in der Botschaft des Romans wider, die man in wenigen Sätzen zusammenfassen kann: Die Weltgeschichte ist die Bühne, auf der Gott und Satan ihren Kampf austragen um die Seele des Menschen. Dieser kann sich nur für die eine oder andere Seite entscheiden, am Gang der Entwicklung, »der Schlacht ⟨...⟩ wie sie stehen wird bis zum Jüngsten Tag. Schlecht für Gott und gut für den Satan« (S. 330) vermag er nichts zu ändern. Alle historischen Ereignisse, so grausam und zerstörerisch sie sein mögen, verblassen neben der heilsgeschichtlichen Dimension, die mit der Geburt Jesu Christi in eine von Grund auf böse und sündige Welt gekommen ist. Die »Empörung« Luthers gegen die Kirche, der Protestantismus und die »finstere Aufklärung«, die auf die menschliche Vernunft und freie Entscheidung des Individuums pochen, haben erst das Unheil heraufbeschworen, wie es sich vor allem seit dem Ersten Weltkrieg und schließlich im Faschismus, der »Katastrophe schlechthin«, manifestiert. Allein der »blinde Glaube« an die Gnade, die weder durch gute Werke noch durch ein gottgefälliges Leben erkauft werden kann (hier denkt Elisabeth Langgässer auf einmal ganz lutherisch), verspricht Rettung und Erlösung.
Diese ebenso schlichte wie radikale Botschaft wird jedoch nicht in einer rührseligen Bekehrungsgeschichte literarisch anspruchslos präsentiert. Vielmehr benutzt die Autorin den Diskurs einzelner Gestalten des Romans, fiktive Dokumente (die Manuskripte des Donoso Cortes, die aber aus einem seiner Werke montiert sind) und authentische

Zeugnisse (Schriften der heiligen Theresia von Lisieux), um ihre 'Wahrheit' dem Leser nahezubringen. So dogmatisch und rigide und damit für den Andersdenkenden problematisch ihr Konzept auch erscheinen mag, die intellektuelle Anstrengung Elisabeth Langgässers und das redliche Bemühen, eine adäquate moderne Form zu finden, verdienen Hochachtung. Werke eines Claudel oder Bernanos sind dem vergleichbar, während die zeitgenössische christliche Literatur in Deutschland auch unter ästhetischen Gesichtspunkten wohl kaum daneben bestehen kann.

Ähnlich wie Bernanos hat Elisabeth Langgässer die Triebstruktur des Menschen nicht einfach ausgeklammert oder verharmlost, ein Faktum, das im prüden Klima der 40er und 50er Jahre natürlich Irritationen auslöste und der Autorin sogar den Beinamen Sancta Pornographica einbrachte. So zugespitzt und polemisch diese Formulierung eines boshaften Kritikers auch ist, sie trifft doch einen wesentlichen Punkt. Daß einige kirchliche Kreise das Buch gerne auf dem Index gesehen hätten und vor allem katholische Akademikerinnen sich über einschlägige 'Stellen', namentlich die lesbische Szene, empörten, war für die Autorin nicht überraschend. Gegen den Vorwurf, sie stelle das Böse, sprich die hemmungslose Sinnlichkeit und die sündhafte Liebe, nicht abschreckend genug dar, und gegen den Verdacht, sie selbst müsse doch von dem Bösen fasziniert sein, wenn sie es so virtuos schildern könne, hatte sich die Autorin immer wieder zu wehren. Sie tat es mit dem Argument, daß gerade der christliche Dichter die Realität ungeschönt wiedergeben müsse. Denn nur wenn diese bis in den letzten Winkel der Sünde, des Grauens und der Verzweiflung ausgeleuchtet sei, werde die ungeheuere Dimension der göttlichen Gnade sichtbar.

Die Darstellung von Sexualität ist demnach legitim und notwendig. Allerdings wäre es verfehlt, daraus auf ein dualistisches, gar manichäisches Weltbild Elisabeth Langgässers zu schließen. Die Sexualität wird nämlich keineswegs einseitig dem Reich des Bösen zugeordnet, sondern teilweise geradezu sakralisiert, auf jeden Fall aber mystifiziert. Ihre erlösende, gleichsam seelenrettende Funktion scheint im Roman als Möglichkeit auf, wenn die verzweifelte Hortense de Chamant kurz vor ihrem Selbstmord dem Dichter Camille Deschateâux begegnet und mit ihm durch das nächtliche Paris irrt:

»Hierauf, entblößt von jeglicher Rücksicht, wiederholte sie jene sanfte Bitte, mit der sie Deschateâux fortgezogen und ohne die geringste Gefallsucht an sich gebunden hatte: 'Liebe mich!' sagte sie hoffnungslos. 'Ich heiße Désirée.'

Wer weiß, wenn der junge Mensch dieser Bitte entsprochen hätte – ob nicht ihr Durst nach Vernichtung gestillt und ihr bereits zerbrochener Leib sich wieder zurückgegeben und an dem Entzücken ihres Geliebten gereinigt worden wäre ? Doch er vermochte es nicht.« (S. 475)

Das scheinbare Paradox der gleichzeitigen Dämonisierung und Sakralisierung von Sexualität läßt sich nicht ohne weiteres aus dem Konzept des Romans oder den Prämissen christlicher Dichtung ableiten. Es resultiert wohl eher aus einer Problematik, die Elisabeth Langgässer selbst ganz persönlich betraf. Die letzten beiden Strophen des 1947 entstandenen Gedichts »Blütenbaum« und ihre Kommentierung desselben deuten darauf hin:

Ach, du leidest mit Entsetzen
der Befruchtung Qual.
Schleißend fällt und fliegt in Fetzen
der Geflügelten Ergötzen,
und du trägst ihr Mal.

Nicht mehr Göttin, nicht Mänade,
die auf Rache sann,
wirst du irdisch. Licht wird Gnade,
dunkler Leib der Früchte Lade,
Lazarus dein Mann.

In einem bisher unveröffentlichten Brief an Horst Lange vom 10. 5. 47 schreibt die Autorin, es sei ein »sehr barbarisches Gedicht ⟨...⟩ im Grunde ist es (richtig verstanden) das erste Liebesgedicht meines Lebens an Reinhold«. Reinhold – so wurde Wilhelm Hoffmann, mit dem sie seit 1935 verheiratet war, von seiner Frau genannt. In dieser Ehe hat Elisabeth Langgässer anscheinend zum erstenmal ihre eigene Sexualität nicht mehr vorwiegend als aggressiv-zerstörerisch erlebt. Waren die früheren Liebesbeziehungen auch wegen ihrer überhöhten Ansprüche – nicht zuletzt, was die geistig-seelische Übereinstimmung betraf – und an ihrem fatalen Hang zur Mythologisierung gescheitert, so fand sie in Wilhelm Hoffmann wohl den Partner, der bereit und fähig war, auf ihre Vorstellungen einzugehen, wenngleich er sich oft genug überfordert fühlte und dann mit depressivem Rückzug reagierte. Dennoch muß diese keineswegs immer harmonische und schon gar nicht idyllische Ehe viele Momente des Glücks und des Gelingens enthalten haben. Den Gestalten des Romans hingegen wird eine solche erotisch-sexuelle Erfüllung nicht zuteil: alle Paarbeziehungen sind dort, jedenfalls in der irdischen Sphäre, zum Scheitern verurteilt. Trotzdem ist die utopische Dimension des »Unauslöschlichen Siegels« nicht allein an die jenseitige, metaphysische Ebene gebunden. Sie findet sich vielmehr häufig auch dort, wo Natur wahrgenommen und gleichnishaft beschrieben wird wie in der oft erwähnten Schwanenszene:

»Dann verdunkelte sich der Eingang des Tempels, und zwei einander begattende Schwäne drangen wie eine riesige Wolke, vor Liebeswut rasend, mit vorgestreckten, stimmlos erstarrenden Hälsen ein und zerbrachen den Wasserspiegel. Das Männchen, während sich sein Gefieder wie eine Spindel zusammenlegte, drückte die Schwänin nieder und war schon im nächsten Augenblick über sie weggeglitten, die immer noch eifernd hackte und bebte; nicnt lange danach umspielten sie beide einander und zogen ruhig ihre sanften Kreise, liebkosten mit ihren Schnäbeln den Rücken des Gefährten und drängten, nebeneinander schwimmend, in einer zweiten, stilleren Einheit liebevoll Leib an Leib.« (S. 261)

Mir scheint, es sind gerade solche Bilder, von denen es eine Fülle gibt, die zeigen, daß der Roman wie jedes Kunstwerk nicht einfach in seinem Konzept – hier also in dem religiös-theologischen Überbau – aufgeht. Der Leser kann daher die im »Unauslöschlichen Siegel« thematisierte Sinn- und Identitätskrise sowie die zugehörigen Kategorien von Verdrängung und Erinnerung, Schuld und Gnade vor dem Hintergrund persönlicher, aber auch historischer Erfahrungen realisieren, ohne die Deutungsmuster der Autorin übernehmen zu müssen. Vielleicht zeichnet sich moderne christliche Dichtung gerade dadurch aus, daß sie eine Antwort auf Grundfragen menschlichen Daseins zu geben versucht, die in ihrer Radikalität nicht hinter die der Problemstellung zurückfällt und im Grunde nur als eine Aufforderung zum Diskurs betrachtet werden will. Ist Elisabeth Langgässer im »Unauslöschlichen Siegel« diesem Anspruch gerecht geworden? Selbst wenn der Roman den kritischen Leser empören und zu Widerspruch reizen sollte, es entginge ihm etwas, wenn er ihn ignorieren würde.

Die hier vorliegende Neuausgabe beruht auf der dritten

Auflage des »Unauslöschlichen Siegels« von 1949, der letzten, die noch zu Lebzeiten der Autorin erschien und in der Druckfehler der Erstausgabe von 1946 verbessert wurden. Handschriftliche Fassungen, Manuskripte oder Druckfahnen des Werkes existieren nicht mehr, mit Ausnahme der 14 handschriftlichen Blätter des Epilogs und Mikrofilmen von Fragmenten des Typoskripts. Um einen möglichst authentischen, fehlerfreien Text darbieten zu können, wurde die dritte Auflage außerdem noch mit der einige Abweichungen enthaltenden Werkausgabe von 1959 verglichen. Das dort fehlende, seit der vierten Auflage gestrichene Proszenium wird wieder aufgenommen. Die Autorin hat dieses Proszenium nachträglich, auf eine Anregung ihres Verlegers Eugen Claassen hin, geschrieben. Ebenfalls aus der inzwischen im Marbacher Literaturarchiv deponierten Verlagskorrespondenz geht hervor, wie es zu der Streichung kam. Vor allem Wilhelm Hoffmann hielt das Proszenium für überflüssig, da es kein genuiner Bestandteil des Romans und dieser selbst nun – Anfang der fünfziger Jahre – beim Publikum eingeführt sei. Gerade das zweite Argument spricht jedoch dafür, das Proszenium heute, da die Voraussetzungen der Rezeption ganz andere sind, dem Leser nicht vorzuenthalten.

Epilog 1943

Das Pfarrhaus von A. Es ist Winter, ein schwarzer, nasskalter Abend mit beständig sich drehendem Wind. In dem Arbeitszimmer des alten Pfarres ist ein Teil der früheren Fresserrunde um den breiten soliden Tisch versammelt, von dessen [illegible] Platte eine grüne, verschossene Sammetdecke ihre Fransen (ach, schon wie lange!) herunterhängen lässt.

Personen: Der Pfarrer Mathias.
Der dicke Sommer, [illegible] „der Dicke" genannt
Der dünne Rothkiebil, genannt „der Dünne"
Der grosse Sigler, genannt „der Grosse"
Der kleine Ribbaum genannt „der Kleine"
und später der Kaplan des Pfarrers (ein Sanitätssoldat von der Ostfront gerade auf Urlaub gekommen)

Anlage: Der unsichtbar Anwesende.
Aussen:
Die drei Feuerwehrmänner Sidrach, Misach und Abdenago, die zu [illegible]

Der Dicke: Wie schlecht hier wieder verdunkelt ist. Ich möchte Sie endlich einmal bitten, dass Sie die Tüte mit den Kaffeebohnen aus der Tasche kramen, die stellt hier am Bücherregal zu stehen, und die Kempfner Väterbibliothek [illegible] mit Gewalt durcheinander zu schieben.

Der Grosse: Aber Sie sehen doch, dass sich dahinter eine Rolle [illegible] papier eingeklemmt hat. Schwarz, unzuverlässig, wie ich es brauche. Nun kann ich damit die schlechten Stellen der Pappstücke übermalen, die irgend ein frommer Idiot eingepasst hat.

Der Kleine: Und am dem Fenster [illegible] sind sie viel zu kurz. [illegible] das Beste wären Schnapp-jalousieen. Habe ich recht oder nicht?

Der Dünne: Sie haben natürlich immer recht. Wer selber zu kurz geraten ist, Kleiner, merkt überall, wo es fehlt, ... Warum krallen Sie jetzt Ihre Faust auf den Tisch? Drehen Sie lieber das Licht ab, damit wir den Einsatz herausnehmen können, bevor der arme Mathias ein Protokoll bezieht.

Der Kleine: Lächerlich. Dieses Zimmer liegt tiefer als der Garten mit seiner Brombeerhecke. Höchstens, dass man das Licht von oben her bemerkte. Was meinen Sie, Grosser?

Der Grosse: Ganz ausgeschlossen. Von oben sieht man kein Licht. Eine einzige Birne. Heruntergezogen und ringsherum abgeschirmt. Ein winziger Schein auf der Nasenspitze des Pfarres und auf sein Brevier. Lasst ihm das Licht.

INHALT

Heinrich Böll
im dtv

Foto: Isolde Ohlbaum

ROMANE

Irisches Tagebuch · dtv 1

Ansichten eines Clowns · dtv 400

Wo warst du, Adam? · dtv 856

Gruppenbild mit Dame · dtv 959

Billard um halbzehn · dtv 991

Und sagte kein einziges Wort
dtv 1518

Haus ohne Hüter · dtv 1631

Fürsorgliche Belagerung
dtv 10001

ERZÄHLUNGEN/
GEDICHTE

Als der Krieg ausbrach · dtv 339

Nicht nur zur Weihnachtszeit
dtv 350 · dtv großdruck 2575

Wanderer, kommst du nach Spa …
dtv 437

Ende einer Dienstfahrt · dtv 566

Der Zug war pünktlich · dtv 818

Die verlorene Ehre der Katharina
Blum · dtv 1150
dtv großdruck 25001

Das Brot der frühen Jahre
dtv 1374

Du fährst zu oft nach Heidelberg
dtv 1725

Das Vermächtnis · dtv 10326

Die Verwundung · dtv 10472

Das Heinrich Böll Lesebuch
dtv 10031

Was soll aus dem Jungen bloß
werden?
Oder: Irgendwas mit Büchern
dtv 10169

HÖRSPIELE

Zum Tee bei Dr. Borsig
dtv 200

Hausfriedensbruch. Aussatz
dtv 1439

Ein Tag wie sonst
dtv 1536

GESPRÄCHE, SCHRIFTEN
UND REDEN

In eigener und anderer Sache
Schriften und Reden 1952 – 1985
9 Bände in Kassette
dtv 5962

Eine deutsche Erinnerung
Interview mit René Wintzen
dtv 1691

Zeugen unseres Jahrhunderts

Schalom Ben-Chorin:
Jugend an der Isar
dtv 10937

Yue Daiyun:
Als hundert Blumen blühen sollten
Die Odyssee einer modernen Chinesin vom Langen Marsch bis heute
dtv 11040

Inge Deutschkron:
Ich trug den gelben Stern
dtv 10402

Lotte H. Eisner:
Ich hatte einst ein schönes Vaterland
Memoiren
dtv 10848

Lisa Fittko:
Mein Weg über die Pyrenäen
Erinnerungen 1940/41
dtv 11028

Ingeborg Hecht:
Als unsichtbare Mauern wuchsen
Eine deutsche Familie unter den Nürnberger Rassengesetzen
dtv 10699

George F. Kennan:
Memoiren eines Diplomaten
dtv 10096

Christian Graf von Krockow:
Die Reise nach Pommern
Bericht aus einem verschwiegenen Land
dtv 10885

Hans Graf von Lehndorff:
Menschen, Pferde, weites Land
dtv 10162

Ostpreußisches Tagebuch
Aufzeichnungen eines Arztes aus den Jahren 1945-1947
dtv 2923

Danièle Philippe:
Es begann in der Normandie
Eine französische Kindheit im Zweiten Weltkrieg
dtv 10634

Pu Yi:
Ich war Kaiser von China
Vom Himmelssohn zum Neuen Menschen
dtv 10710

Vilma Sturm:
Barfuß auf Asphalt
Ein unordentlicher Lebenslauf
dtv 10404
dtv großdruck 25005

Marion Yorck von Wartenburg:
Die Stärke der Stille
Erzählung eines Lebens aus dem deutschen Widerstand
dtv 10772

Krystyna Zywulska:
Tanz, Mädchen . . .
Vom Warschauer Getto nach Auschwitz
Ein Überlebensbericht
dtv 10983